금병매 살인사건

妖異金瓶梅

요령매
살인
사건

야마다 후타로 연작소설

권일영 옮김

스토리텔러

일러두기

이 연작 단편집은 1959년에 책으로 엮여 나왔습니다. 따라서 사회적 약자, 소수자에 대한 옳지 못한 표현이 있습니다. 작가가 고인이라는 점과 집필 시기를 헤아려 이해해 주시기를 바랍니다.

- 옮긴이의 후기를 먼저 읽어 기본 정보를 파악한 뒤에 본문 읽기를 권합니다.
- 본문의 각주는 모두 옮긴이가 붙였습니다.
- 원전 《금병매》는 중국 송나라 시대를 배경으로 하지만 명나라 때 만들어진 소설이라 두 시대의 문물과 풍습이 섞여 있습니다.
- 이 작품집의 인물은 원전의 등장인물과는 이름이 같아도 사뭇 다른 모습으로 묘사하기도 합니다. 또한 원전에는 등장하지 않는 인물도 나오며, 《수호전》의 인물이 등장하기도 합니다.
- 맨 뒤에 실린 〈인어등롱〉은 〈낙인 찍힌 미녀들〉과 같은 사건을 다루어 도입부가 거의 같지만, 다른 등장인물과 다른 전개, 다른 결말을 보입니다.

요이 금병매

요이
금병매

붉은 신발

여자의 원한

'과형(剮刑)'은 다른 이름으로 '능지형(陵遲刑)'이라고 한다. 죄인
의 손가락은 물론 팔과 다리 관절, 그리고 목까지 도끼로 잘라내는
옛 중국의 형벌이다.

누나를 범하고 죽인 죄인이 성 밖 처형장에서 이 형벌을 받는다
고 아침 일찍부터 이 지방에서 으뜸가는 상인 서문경(西門慶)[1]의 저
택은 구경하러 가려는 주인 부부와 딸을 비롯해 일곱 명의 첩과 그
첩의 시중을 드는 하녀들까지 화장하고 몸단장하느라 무척 시끌벅
적했다.

게다가 이 집 주인 서문경과 어울려 다니며 못된 짓을 일삼는 친
구 응백작(應伯爵)까지 왔다. 다른 사람보다 일곱 배는 떠들썩한 남

[1] 성은 '서문'이고 '경'이 이름이다.

자가 어슬렁어슬렁 이 방 저 방 기웃거리며 화장하는 첩들을 별 내용도 없는 익살스러운 말로 까르르까르르 웃기며 돌아다니고 있었다. 익살스럽다고는 했는데 그건 잔재주이고, 가만히 보면 좀 말랐지만 나름대로 기품이 없지도 않다. 전형적인 미남인 서문경과는 좀 다른 부류라고는 해도 제법 잘생긴 사내다. 원래 비단 도매상을 크게 하는 부잣집 아들이었는데 그런 집 자식이 대개 그렇듯 방탕한 길로 들어서 결국 빈털터리가 되어 지금은 홍등가에서 손님들 비위나 맞추고 흥을 돋우는 일을 하며 살아간다. 무슨 일이 있으면 이렇게 서문경의 저택을 드나들며 빌붙으려고 했다. 하지만 재미있는 사람이고 뭘 부탁하면 거절하는 일이 없고 여자와 놀아나는 방면에서는 모르는 게 없을 만큼 재주꾼이었다. 성격은 거칠지만 그래도 사람은 괜찮아 한없이 쾌락을 추구하는 서문경은 그와 의형제 결의까지 맺었다.

"아니, 이 친구. 그 비녀는 어떻게 된 거야?"

큰방을 나서려는 응백작의 머리를 흘끔 본 서문경이 두툼한 귀에 담비 귀마개를 차면서 의아하다는 표정으로 물었다.

"아, 이거……?"

응백작은 슬쩍 멋을 부리려고 머리에 꽂은 하얀 은비녀에 손을 대며 싱글벙글 웃는 표정을 지었다.

"호호호. 이건 이계저(李桂姐)가 준 거죠."

"이계저가?"

서문경은 도무지 이해되지 않는다는 표정을 지었다. 이계저라고 하면 이 지방 화류계에서 으뜸으로 꼽는 기생이다. 언젠가 이계저가 졸라 서문경은 가장 아끼는 다섯째 부인 반금련(潘金蓮)의 검은 머리카락 한 줌을 몰래 가지고 가서 그 어여쁜 기생의 신발 바닥에 넣어주고 그걸 신도록 허락했을 만큼 각별한 사이였기 때문이다.

"그럴 리가. 이계저가 그 비녀를 자네에게 줄 리 없을 텐데."

눈웃음을 치던 응백작은 서문경이 발끈하는 표정을 보더니 이크, 하며 당황한 기색을 보였다.

"아, 이런, 형님이 이계저에게 준 비녀인가요? 이거 실수했네. 흐흐흐. 아, 방금 한 말은 헛나온 겁니다. 사실은 요전에 잔뜩 취한 이계저가 떨어뜨린 걸 슬쩍 실례한 거죠. 이거 그만 들통나고 말았네. 으하하!"

응백작은 어물쩍 웃어넘기려 들었다. 그러면서도 비녀는 돌려주지 않고, 뒤로 땋아 늘인 머리에 꽂은 채 천연덕스러운 표정으로 방을 나가버렸다.

서문경은 쓴웃음을 지었다.

"정말 고약한 녀석이야."

"저 사람이라면 정말로 한 손으로는 여자를 품에 안고 다른 손으로는 여자 머리에서 비녀를 슬쩍 빼낼지도 모르죠."

옆에 있던 첫째 부인 오월랑(吳月娘)이 이렇게 말하며 입을 손으로 가리고 웃었다. 원래 둘째 부인이었는데 첫째 부인이 세상을 떠나 정실부인이 되었다. 첫째 부인이 낳은 딸이 오월랑을 잘 따르는 모습을 보면 알 수 있듯이 정숙하고 차분하다. 조금 엉큼한 구석도 있으나 워낙 총명한 여성이었다. 그래도 여자이기 때문인지 의외로 응백작 같은 날파람둥이에게 호감을 느끼는 듯했다. 서문경이 노래하는 기생에게 준 비녀를 응백작이 슬쩍했다고 하니 통쾌하게 여기는지도 모른다.

"설마. 아무리 그래도 저 녀석이 내 여자를 훔치지는 않겠지."

마음에 들기만 하면 남의 아내고 뭐고 가리지 않고 빼앗는 주제에 아주 진지한 면도 있는 서문경은 오월랑의 농담을 곧이곧대로 받아들여, 새하얀 비단으로 만든 충정관²을 쓰면서 좀 불안한 눈길로 도무지 마음을 놓을 수 없는 못된 친구가 사라진 뒤뜰 쪽을 바라보았다…….

응백작은 노래 재주가 뛰어난 기생 출신인 둘째 부인 이교아(李嬌兒)와 다리가 늘씬한 셋째 부인 맹옥루(孟玉樓)의 방을 건들거리며 들여다보고 다녔다. 그리고 서문경이 친구 화자허(花子虛)를 울화병이 들어 죽게 만들면서까지 빼앗은, 작고 정교한 인형처럼 아름답지만 늘 수심에 젖은 표정인 여섯째 부인 이병아(李瓶兒)가 웃음을 짓게 해주고, 수화문³을 지나 얼마 전 새로 단장한 후원으로 어슬렁어슬렁 걸어 들어갔다.

후원에는 남쪽 바로 앞에 일곱째 부인 송혜련(宋惠蓮)이 지내는 방이 있고, 맞은편 왼쪽에는 넷째 부인 손설아(孫雪娥), 오른쪽에는 여덟째 부인 봉소추(鳳素秋)가 머무는 방이 있다. 북쪽 제일 안쪽에는 다섯째 부인 반금련이 쓰는 방이 있는데 이 방들을 이어주는 회

---

2 《금병매》의 시대 배경은 송나라이지만, 명나라 때 만들어졌기 때문에 명나라 풍습과 문물이 종종 나온다. '충정관(忠靖冠)'도 주로 명나라 때 벼슬아치들이 쓰던 모자다. 서문경은 뇌물을 주고 벼슬을 사들였다.

3 垂花門. 중국 옛 주택 건축에 쓰이던 문의 형식 가운데 하나다. 처마 밑에 꽃을 조각한 수화주를 매단다. 이 문을 기준으로 중정을 남북으로 나누어 내원과 외원으로 구분한다. 일반 손님은 이 문까지만 갈 수 있어 안으로 들어가지 못한다.

랑이 넓고 아름다운 정사각형 중정을 둘러싸고 있다. 동남쪽 구석에 자리 잡은 작은 서재에는 도화동이라는 이름이 붙어 있는데, 뻔질나게 드나드는 응백작이 집주인 서문경과 틀어박혀 쑥덕쑥덕 고약하고 야한 이야기를 나누는 방이었다.

세상 물정에 훤한 응백작이 그런 이야기를 먼저 꺼내지만, 서문경이 하는 이야기를 들으면 혀를 내두르지 않을 수 없었다. 서문경은 놀라울 만큼 여색을 밝혔다. 부인과 첩이 모두 여덟 명이나 되는데도 반금련의 시중을 드는 방춘매(龐春梅)에게까지 손을 댔고, 서문경의 밑에서 오래 일한 점원들의 아내와도 몰래 정을 통했다. 그것도 부족해 유곽에는 아끼는 기생까지 두고 있다. 소문에 따르면 서문경은 요즘 서역에서 온 인도 승려로부터 성생활에 좋은 이상한 약을 얻어 쓴다고 한다. 그렇게까지 해서 색욕을 돋우려는 게 좀 이상하기도 하고 때론 대단하다는 생각도 들지만, 응백작은 말로 표현할 수 없는 불안을 느꼈다.

술에 잔뜩 취해 그 도화동에서 하룻밤 묵은 적이 있다. 그때 이집 어디선가 흘러나오는 간드러진 목소리, 흐느낌, 애절한 한숨 소리 등을 듣고서 이 작은 아방궁의 주인 서문경을 둘러싼 열 명이 넘는 여자의 육체와 영혼이 빚어내는 요사스러운 분위기 때문에 응백작은 가위눌릴 것만 같았다…….

도화동 앞 회랑으로 다가가니 이미 곱게 치장을 마친 세 여인이 앙칼진 목소리로 말다툼을 벌이고 있었다. 일곱째 부인 송혜련과 여덟째 부인 봉소추가 넷째 부인 손설아를 들볶으며 뭐라고 소리치고 있었다.

"넌 이 집 개나 마찬가지야. 서방님 처소에 가서 꼬리를 흔들고, 큰언니 방에 가서는 아양을 떨며, 없는 말을 지어내어 우리 흉을 잔뜩 보고."

"넌 부엌일이라도 좀 제대로 해야지. 뭐야, 오늘 아침 그 해파리탕 맛은. 그런 건 개도 먹지 않을걸."

두 사람에게 당하는 작고 가냘픈 손설아는 분을 이기지 못해 몸을 바들바들 떨며 눈을 치켜떴다. 하지만 쉽게 대꾸하지 못했다.

손설아는 원래 옛 정실부인의 하녀였다. 서문경의 주체하지 못하는 바람기 때문에 넷째 부인이 되었지만, 지금까지만 따지면 가장 사랑을 못 받는 편이다. 깊은 밤에 일어나 꿈을 꾸며 돌아다니는 몽유병이 있기 때문이기도 하다. 그래도 요리 솜씨는 뛰어나 자연히 주방에서 보내는 시간이 많고, 심부름하는 하인들을 부려 각 방에 음식을 보내는 역할을 맡고 있다. 하지만 측은하게도 질투를 이기지 못해 다른 여자들을 흉보느라 정신이 팔린 여인이었다.

"이런 제길. 참았더니 분수를 모르네. 뭐야, ……지금은 어처구니없게 너희 둘 다 사랑받고 있다지만 두고 보자. 어떻게 되는지……."

손설아가 가쁜 숨을 몰아쉬며 말했다. 창백한 입술 끄트머리에는 살짝 거품이 흘러나왔다.

"흥, 분하면 너도 사랑을 받아보렴. 뼈에 가죽을 발라놓은 듯 뼈쩍 마른 주제에."

"그게 아니면, 우리가 먹을 음식에 짐독⁴이라도 넣겠다는 거야, 뭐야?"

손설아가 대들자 송혜련과 봉소추는 화가 머리끝까지 솟았다. 두 사람 모두 첩으로 들어온 지 얼마 되지 않았기 때문에 이런저런 마음고생이 많았다. 먼저 들어온 부인과 첩들을 향한 질투가 존재감이 가장 옅은 손설아에게 쏟아진 셈일 테지만, 두 사람 다 고집이 센 데다가 서문경의 총애에 기대어 요즘 더욱 오만하게 굴었다.

처음에는 어리둥절해 닭들이 사납게 싸우는 모습이라도 보듯 지켜보던 응백작의 한쪽 뺨에 빙긋 보조개가 파였다.

"자자, 이제 출발해야 해요. 싸움은 그만, 그만하시고."

응백작은 그렇게 말하더니 또 씩 웃었다.

"짐독이라면 다섯째 형수 전매특허죠."

무심코 입에 올리기는 했지만 바로 그때 등 뒤쪽 회랑에서 불쑥 인기척이 났다. 아무리 배짱 좋은 응백작이라도 간담이 서늘했다.

돌아보니 회랑의 주칠⁵한 굵은 기둥에 등을 기대듯 하며 역시 다섯째 부인 반금련이 호박씨를 씹고 있었다. 언제부터 거기 있었는지는 알 수 없다. 아까부터 세 첩이 다투는 소리를 가만히 듣고 있었을지도 모른다.

초승달처럼 가느다란 눈썹. 타는 듯 빨갛고 촉촉한 입술. 미모도 따라올 여자가 없을 테지만 이 반금련에게 다가가면 사향 냄새 같은 향기가 코를 찌른다. 봉(鳳)을 새긴 비녀가 늘 욕정에 몸을 떨고 있는 듯했다. 잠자리에서 보여주는 엄청난 매혹은 서문경도 틈

---

4   중국 고대 문헌에 등장하는 짐(鴆)이라는 상상 속의 새가 날개에 지닌 무서운 독을 말한다. 아주 무서운 독의 대명사처럼 쓰인다.

5   朱漆. 옻칠에 주사를 혼합해 붉게 칠하는 방법을 말한다. 궁중 건축이나 가구, 공예품에 자주 쓰인다.

만 나면 자랑하듯 늘어놓는 바람에 잘 알고 있다. 게다가 응백작도 방탕한 무뢰한으로 십 년 넘는 경력을 쌓은 처지라 반금련이야말로 세상에서 달리 찾아보기 힘든 음란한 여자가 틀림없다는 사실을 간파하고 있었다. 여색에 관해서는 수전노처럼 욕심을 부리는 서문경이 불안해하는 눈치지만, 응백작은 이 집에 있는 서문경의 애첩들에게 손을 댈 마음이 전혀 없다. 하지만 서문경에 대한 의리나 손익을 따져 봐도 반금련만은 마음이 흔들렸다.

서문 저택의 다섯째 부인으로 들어오기 전까지 반금련은 저잣거리에서 호떡을 파는 사내의 아내에 지나지 않았다. 응백작이 짐독이니 어쩌니 하는 소리를 입에 올린 까닭은 그 호떡장수 남편이 어느 날 얼굴색이 누렇게 뜨고 입술이 보라색으로 변하더니 몸에 있는 아홉 개의 구멍에서 피를 쏟다가 숨을 거두고 말았기 때문이다. 주변 사람들은 반금련이 독을 먹였기 때문이라고 수군거렸다. 아름다운 반금련은 깊이를 가늠할 수 없는 표독스러운 면도 있었다. 그러면서도 그건 터무니없는 소문이라며 장난꾸러기처럼 깔깔 웃어 넘기는 명랑함도 함께 지녔다.

"호호호."

반금련이 천진한 목소리로 거침없이 웃음을 터뜨리자, 귀에 걸린 파란 귀고리가 함께 흔들렸다.

"어머, 어쩜. 무섭게 싸우네……. 소추 씨, 설아 씨, 그리고 혜련 씨. 그런 집안싸움보다 사람을 죽인 죄인이 어떻게 처형당하는지 빨리 구경하러 갑시다."

다섯 명이 왁자지껄하며 중정을 지나는 회랑을 걸어 대문으로 나가니 서문경은 물론이고 다른 사람들도 벌써 다들 나와 기다리고 있었다. 문밖에는 열 채가 넘는 가마가 늘어서 있었다.

가마 쪽으로 천천히 걸어가는데 갑자기 송혜련이 꺄악, 하고 비명을 질렀다. 돌아보니 송혜련의 오른쪽 신발이 벗겨져 뒤에 남아 있었다.

"이게 뭐야? 끈끈이 아니야?"

응백작이 비틀거리는 혜련을 안아 부축하면서 들여다보고 말했다.

정말로 붉은색 신발 주변 땅바닥에는 푸른색이 도는 회색 물체가 뒤엉켜 있었다. 아무래도 끈끈이 같았다. 아이들이 장난을 친 것인지도 모른다.

"내왕아(来旺兒)!"

서문경이 소리치자마자 문지기 내왕아가 달려왔다. 비쩍 마르고 자그마한, 원숭이 같은 얼굴을 한 남자였다. 서문경의 꾸지람을 들으며 신발을 주우려고 했으나 쉬이 떨어지질 않았다. 손설아가 재미있다는 듯이 키득키득 웃었다.

봉소추가 손설아를 흘끔 돌아보며 말했다.

"뭐가 우스워? 혜련 언니, 제 신발을 신으시죠."

송혜련은 응백작의 어깨에 기댄 채 방긋 웃었다.

"고마워, 호호. 그렇지만 내 발은 아마 금련 씨 신발도 헐렁할 정도일 텐데……."

봉소추는 못마땅한 표정을 지었다. 모처럼 호의를 베풀었는데 받아들여지지 않았기 때문만은 아니다. 마치 너처럼 발이 큰 사람 신

발은 못 신는다는 듯한 혜련의 말투에 부아가 치민 것이다.[6]

바로 그때 갈아신을 신발을 가지러 집 안으로 달려갔던 하녀가 돌아왔다.

이렇게 서문 집안 사람들은 매일 반복되는 심술궂은 작은 다툼과 앙갚음 소동을 한바탕 거친 뒤, 드디어 희희낙락 '과형'을 구경하기 위해 아름다운 교자를 타고 줄지어 나아가기 시작했다.

요염한 달

사흘만 지나면 원소절[7]이다. 그 전날 밤은 여섯째 부인 이병아의 생일이라서 서문경을 비롯해 여섯 명의 부인이 이병아의 방에 초대되어 술을 마셨다. 손설아만은 '과형'을 보고 돌아온 날부터 감기 기운이 있어 머리가 아프다며 몸져누워 오지 않았다.

여자들은 계속 손설아의 흉을 보았다. 그저께 늦은 밤, 인형을 안고 그 손을 뜯어내 여기저기 흘리면서 비틀비틀 회랑과 중정을 배회하는 손설아를 본 사람이 있다는 것이다.

"과형인가?"

이런 자리에는 빠지지 않는 응백작이 커다란 가죽 부대에서 칠현금을 꺼내며 키들키들 웃었다.

"상대가 인형이라 다행이지만 말이에요."

조금 전까지 반금련과 장기를 두던 봉소추가 얼굴을 찡그리며 말

---

6 '전족(纏足)' 풍습에서도 알 수 있듯이 중국은 예전에 작은 발을 미녀의 조건으로 여기던 시대가 있다.

7 元宵節. 중국에서 음력 정월 보름을 가리키는 말.

했다. 반금련은 크게 져서 돈을 5전이나 잃어 재미없다는 듯이 금화주[8]를 홀짝홀짝 마시고 있었다.

응백작은 칠현금을 뜯으며 남곡[9]을 불렀다. 주인인 서문경이 너무 조용하다는 생각이 들어 슬쩍 은으로 만든 등잔의 어둑어둑한 그늘을 보니 서문경은 여섯째 부인 이병아의 목에 한쪽 팔을 두르고 있었다. 그녀가 뭐라뭐라 이야기하자 침을 흘릴 듯이 입을 벌리고 새빨개진 얼굴로 고개를 끄덕였다.

"거참, 형님……. 이게 뭡니까? 아무리 생신이라고 해도 다른 여섯 형수님도 절세미인인데, 좀 너무하지 않은가요?"

"아, 이 사람에게 축하할 일은 그게 아닐세."

"엥?"

"아무래도 아기가 생긴 모양일세."

귓불까지 빨개져 고개를 숙인 이병아에게 다른 첩들은 부러움과 질투가 섞인 탄성을 쏟아냈다.

그런데 왠지 반금련이 보이지 않았다. 응백작은 한 곡 더 부르고 우스갯소리를 늘어놓으며 술을 잔뜩 퍼마신 다음, 얌전한 이병아를 짓궂게 놀리다가 곁에 있던 송혜련에게 따귀를 호되게 얻어맞고는 정원으로 도망쳤다.

파르스름한 차가운 달빛이 화끈거리는 뺨에 닿자 기분이 한결 좋아졌다.

---

8 金華酒. 찹쌀과 홍국 등 독특한 누룩을 써서 빚는 청주. 송나라 때에도 유명한 술이었다.

9 南曲. 송, 원, 명나라 때 유행한 중국 남쪽 지방의 여러 곡조를 두루 일컫는 말.

그런데 조금 전 이병아의 방에서 빠져나온 반금련은 어두운 눈빛을 하고 부글부글 끓는 속을 누르며 화원을 거닐고 있었다. 장기에 진 것도 못마땅하지만 서문경과 이병아가 새롱거리는 꼴도 마음에 들지 않았다. 아마 얼마 전부터 자꾸 토하던 이병아가 그 이유를 털어놓은 모양이었다. 서문경은 오늘 밤 틀림없이 이병아의 처소에 들 것이다……. 그리고 반금련에게는 그보다 더 짜증 나는 일이 있었다.

반금련은 문득 풀숲에서 희게 빛나는 작은 물건을 발견했다. 집어 드니 당나귀 가죽으로 만든 인형의 한쪽 팔이었다. 열 걸음도 떨어지지 않은 곳에도 잡아 뜯은 한쪽 다리가 떨어져 있었다. 손설아가 꿈꾸며 방황하던 중에 저지른 짓이 틀림없었다. 반금련은 웃지 않았다. 사흘 전 '과형'을 당한 남자가 손가락을 하나씩, 그리고 팔꿈치, 어깨, 이어서 같은 순서로 다리를, 마지막에는 목을 도끼로 쳐냈을 때 지르던 처참한 비명과 안개처럼 솟구치던 피가 머릿속에 떠올랐다.

몸서리치며 돌아가려는데 대나무밭 너머에 있는 태호석[10] 뒤에 한 남자가 웅크리고 있는 모습이 보였다. 흠칫 놀라 가만히 보니 아무래도 문지기 내왕아인 모양이다.

'아니 이렇게 추운데 뭘 하는 걸까?'

살금살금 등 뒤로 다가간 반금련은 고개를 갸웃거렸다. 내왕아는 손에 뭔가를 들고 자기 뺨에 비벼대고 있었다. 혀로 핥고 빨았다.

10   太湖石. 녹아내리며 기묘한 모양을 이룬 석회암 덩어리로 정원석이나 분재 등에 사용한다. 중국 태호(太湖)라는 호수에 많아 이런 이름이 붙었다.

달빛에 드러날 때 보니 그건 원앙새 부리처럼 코가 굽은 작은 신발이었다.

"내왕아!"

갑자기 이름이 불려 내왕아는 깜짝 놀라 펄쩍 뛰었다.

"그거 혜련 씨 신발 아니니?"

덜덜 떨며 원숭이 같은 얼굴을 찡그린 채 고개를 끄덕이는 문지기를 매서운 눈빛으로 바라보던 반금련이 이윽고 입을 열었다.

"지난번 대문 앞 길바닥에 끈끈이를 발라놓은 건 네 짓이지?"

반금련의 머리가 무서울 만큼 잘 돌아간다는 사실은 이 집안 사람 누구나 다 알고 있다.

내왕아는 부들부들 떨면서 다시 고개를 끄덕였다.

"신발이 탐이 났니?"

"예, 마님."

"혜련 씨 신발이?"

"아뇨, 그냥 신발이."

반금련이 씩 웃었다.

"거기 앉아."

내왕아는 붉은 신발을 품에 안고 떨면서 앉았다.

"누워."

내왕아는 불안 때문에 일그러진 얼굴로 넝마 조각처럼 드러누웠다. 반금련은 그 얼굴 위에 자기 신발을 얹었다. 얹었다기보다 짓밟았다는 표현이 더 어울릴 동작이었다.

"그럼 내 신발도 주마. 옜다."

그러자 반금련이 상상도 못 한 반응이 발아래서 일어났다.

잔인하게 짓밟히면서 문지기는 신음했다. 하지만 고통스러운 신음이 아니라 희열에 들뜬 탄식이었다.

그 탄식은 밤에 서문경이 들려주는 신음과 너무 닮았다. 신발 바닥을 통해 느껴지는 코와 입의 섬뜩한 촉감에 소름이 끼쳐 반금련은 반사적으로 그 얼굴을 질끈 밟았다. 그러자 다시 환희에 찬 야릇한 소리가 나더니 코피가 양쪽 뺨으로 흐르기 시작했다. 반금련은 훌쩍 물러났다.

내왕아는 어둠 속에서도 요사한 꿈에서나 볼 듯한 흰 입김을 내뿜으며 드넓은 밤하늘에 둥실 뜬 푸른 달을 바라보고 있었다.

"아아……, 신발…… 작은 신발……, 발…… 여자 발……."

숨이 끊어질 듯 이어지는 목소리로, 내왕아는 이렇게 황홀한 표정으로 헛소리를 웅얼거렸다.

반금련은 문지기의 기괴한 모습을 가만히 내려다보았다. 그녀는 자기 신발과 발이 얼마나 격렬한 매혹의 아지랑이가 되어 남자를 휘감는지 안다. 서문경은 자주 금련의 신발에 술을 따라 마셨다. 자기도 목욕하다가 멍하니 매끄러운 새하얀 오른발을 보며 손보다 몇 배나 동물적이고 신비한 생물 같다는 생각이 들어 갑자기 활활 타오르는 이상한 욕정을 느낀 나머지 미친 듯이 자기 발을 두드리거나 문지르기까지 한 적도 있다. 하지만 이 남자만큼 여자의 발에 순교자처럼 희열에 넘치는 표정을 보이는 사람은 여태 본 적이 없다. 원숭이처럼 징그럽게 생긴 이 조그만 남자가…….

갑자기 정욕의 옅은 구름이 금련의 두 눈을 뒤덮었다.

"그래…… 넌 내 발이 탐나는 거로구나. 신발이……, 내 발이."

반금련은 몸을 파르르 떨면서 천천히 다가갔다. 술꾼이 모든 술잔을 사양하지 않듯이, 금련은 모든 형태의 색욕에 민감하게 반응하고 정신없이 도취하는 여자였다. 사향 냄새를 풍기며 금련의 하의가 말려 올라갔다.

"아아…… 아아…… 아아……."

내왕아는 꿈속에서 헤매듯 신음했다. 이 다섯째 부인이 그런 미친 듯한, 종잡을 수 없는 욕정을 드러낸 뒤에 보이는 반작용이 얼마나 잔인하고 음침한 얼굴로 자기를 집어삼키게 될지는 상상도 할 수 없었다. 그는 조심하거나 머뭇거리는 기색조차 보이지 않았다.

원숭이처럼 생긴 문지기는 배추벌레 같은 열 손가락으로 반금련의 신발을 쓰다듬고 강아지처럼 킁킁 냄새를 받았다. 피와 땀과 침으로 축축해진 뺨을 그 발에 문질렀다. 그리고 혀를 내밀어 우락[11] 같은 금련의 발을 핥았다.

반금련은 다시 몸을 푸르르 떨었다. 혐오감 때문에 몸서리를 친 것이 아니었다. 내왕아가 발과 종아리, 그리고 둥그런 무릎을 핥아 올라가자, 그녀는 곧 숨이 끊어질 듯 가쁘게 몰아쉬었다. 희열을 견딜 수 없어 잔뜩 상기한 뺨처럼 발그레해진 몸을 흔들고 있었다.

푸르고 또 푸른 달빛의 깊은 밑바닥에 있는 이 요사스럽고 은밀한 한 폭의 그림을 누가 짐작이나 하겠는가. 그런데 그때 조금 떨어진 대나무숲 그늘에서 살며시 자리를 피하는 사람이 있었다. 응백작이었다.

---

11   牛酪. 우유의 지방을 분리해 응고시킨 것으로 서양의 버터 같은 식품이다.

그 닳고 닳은 응백작도 슬쩍 쓴웃음을 지었지만, 가위눌린 듯한 멍한 눈을 하고 자꾸만 고개를 갸웃거리며 어슬렁어슬렁 멀어져 갔다.

달에 물고기 비늘 같은 구름이 걸려, 드넓은 저택은 차츰 어두워졌다.

끔찍한 형벌

달을 숨긴 구름은 원소절 날이 밝았는데도 물러나기는커녕, 점심 때쯤부터는 눈을 뿌리기 시작했다.

그래도 마을 사람들은 다들 등롱을 내걸고, 탈을 쓴 사내아이들은 아침부터 폭죽을 터뜨리며 노래를 불렀다. 그리고 등롱으로 장식한 수레를 끌고 춤추며 돌아다녔다. 저녁이 되자 사람은 더 늘어났다. 줄기차게 내리는 함박눈 속에 온갖 가게들이 꽃등, 부용등, 설화등, 낙타등, 청사자등, 흰코끼리등을 내걸었다. 사람들은 거리에 붐비는 인파를 뚫고 봉래산을 짊어진 커다란 바다거북을 본뜬 화려한 장식 수레와 길게 이어지는 멋진 봉련¹²을 끌며 줄지어 천천히 걸었다.

서문경 저택에서는 저녁부터 드넓은 거실에 모여 잔치를 벌였다. 손설아는 아직도 과형을 본 충격에서 벗어나지 못한 모양이었다. 머리가 아프다며 그 자리에 나오지 않았다. 이날 밤은 반금련까지 잔치 중간에 아랫배가 무지근하다며 자기 방으로 물러났다. 하필이면 이날 달거리가 시작된 모양이었다.

12 鳳輦. 꼭대기에 금빛 봉황을 장식한 가마.

이날 저녁에는 사람들이 많이 다니는 사자가(獅子街)로 다 함께 몰려가 불야성을 이룬 장관을 구경하기로 되어있었다. 여느 때처럼 분위기를 띄우는 역할을 맡은 응백작도 와있었다. 술자리가 한창일 때, 마치 미리 입이라도 맞춘 듯 일곱째 부인 송혜련과 여덟째 부인 봉소추가 동시에 머리가 아프다고 했다. 어젯밤에도 술판을 벌였으니 숙취 때문인지도 모른다. 술 욕심이 많은 응백작은 양쪽에서 창백한 얼굴을 한 두 미인의 술을 슬쩍 가져다 꿀꺽꿀꺽 마셨다. 다들 술자리에서 일어나 사자가로 출발할 무렵에는 응백작도 머리가 마비되는 듯 멍해지고 이상하게 졸음이 밀려왔다. 그는 도화동으로 가서 눈을 잠깐 붙인 뒤에 사자가로 뒤따라가려고 했다.

이렇게 해서 그날 밤 원래는 텅 빌 예정이었던 서문경의 저택 후원에는 우연히 동상방[13]의 봉소추와 서상방의 손설아, 남상방의 송혜련과 북상방의 반금련, 그리고 동남쪽에 있는 도화동에 응백작이 남아있게 되었다.

서문경과 그 일행이 사자가로 출발한 뒤, 응백작은 이상하게 졸려서 도화동 침대로 가 잠이 들었다.

눈을 떴을 때는 술에 곯아떨어졌다가 깼을 때처럼 몸이 축 처지고 머릿속 깊은 곳까지 마비되었다. 그 마비가 불쾌하면서도 묘하게 황홀한 느낌이라 잠에서 깼는데도 반쯤 꿈을 꾸는 듯, 반쯤 깨어 있는 듯 아른아른한 기분이었다.

쥐 죽은 듯 고요한 저택은 깊은 바닷속 같았다. 멀리 시내에서 들

---

13 중국 전통 주택 양식에서 '상방(廂房)'은 수화문 안쪽 가운데 있는 정방(正房)을 사이에 두고 지어놓은 곁채를 말한다. 이 소설에서는 동서남북에 네 개의 상방이 있다.

려오는 폭죽과 악기 소리가 뒤섞였지만 마치 물 밖에서 들려오는 듯했다.

시간이 얼마나 흘렀는지 알 수 없었다. 응백작은 문득 목이 말랐다. 몸을 일으키려고 했는데 온몸이 나른해 움직일 수 없었다. 지익, 지익, 지지직……. 뭔가 타는 냄새가 희미하게 났다. 벌꿀로 만든 초를 꽂은 촛대에 흐릿하게 쌍무지개가 둥실 떠있었다.

"불길한 징조로군……. 누가 죽어 나가겠어……."

응백작은 유곽에서 몸을 파는 천한 기생들이 촛불을 보며 길흉을 점치는 모습을 볼 때마다 비웃었다. 그런데 지금은 뭐라고 표현할 길이 없는 서늘한 공포에 휩싸였다.

북쪽에서 발소리가 들려왔다. 봉소추가 지내는 방 쪽에서 누군가 혼자 회랑을 걸어 이쪽으로 오는 기척이었다.

"누구요……? 나 물 좀 주시오……."

응백작이 이렇게 말을 건넸지만, 목이 잠겨 소리가 제대로 나지 않았다.

"누구요……?"

발소리는 도화동 문 앞을 지나 서쪽으로, 송혜련이 있는 방 쪽으로 멀어졌다.

봉소추가 송혜련이 있는 방으로 놀러 가는 건지도 모른다.

다시 시간이 얼마나 흘렀을까? 응백작이 느끼기에는 기껏해야 일경[14]도 되지 않은 시각 같았지만, 서문경 일행이 집에 돌아온 때가 삼경이 한참 지난 시각이었다고 하니 그가 네 시간이 넘도록 비몽사몽 누워있었다는 소리다. 멀리 바깥 대문 쪽에서 들려오는 왁

[서문경의 저택 후원 약도]

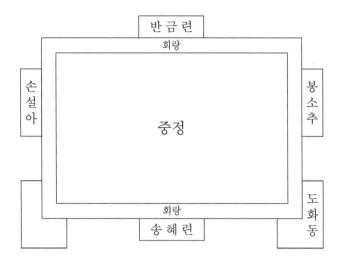

자지껄한 소리를 듣고서야 응백작은 간신히 뜨뜻미지근한 황홀과 온몸을 파고드는 공포의 주술에서 풀려날 수 있었다.

응백작은 머리를 설레설레 저으며 촛대를 들고 비틀비틀 도화동에서 회랑으로 나왔다. 그리고 송혜련이 있는 방 쪽으로 열 걸음쯤 옮겼을 때였다.

"헉……!"

응백작은 소리 없는 비명을 질렀다.

회랑 바닥을 비추는 둥근 불빛 안에 새빨간 꽃잎처럼 흩어진 핏

---

14 一更. 하룻밤을 5경으로 나눈 첫 번째 부분이며 저녁 7시에서 9시 사이이다. 이경은 밤 9시부터 11시 사이, 삼경은 밤 11시부터 새벽 1시 사이, 사경은 새벽 1시부터 새벽 3시 사이, 오경은 새벽 3시부터 새벽 5시까지이다.

방울이 눈에 들어왔다.

그 자리에서 꼼짝도 할 수 없었다. 다음 순간, 응백작은 고꾸라질 듯 달려나가 송혜련의 방 앞으로 갔다.

"부인! 부인!"

다급하게 소리쳤는데 아무런 대답도 없었다. 문을 여니 이 방에 있을 줄 알았던 봉소추의 모습은 보이지 않았다. 일곱째 부인 송혜련만 침대에 누워있었다.

촛농이 수북하게 쌓인, 꺼질 듯 가물거리는 불빛 속에서 송혜련의 얼굴은 밀랍으로 만든 초보다 더 창백해 보였다.

"부인……, 좀 일어나시오!"

다시 송혜련을 깨우려 그 상반신을 흔들며 안아 일으킨 응백작은 그녀의 몸이 싸늘하고 축 늘어진 상태라는 걸 깨달았다. 그리고 더 무시무시한 일이 일어났다. 이상한 물체가 침대에서 바닥으로 떨어졌다. 으악, 하고 비명을 지르며 일으켜 세우려던 송혜련의 상반신을 내동댕이쳤다. 바닥에 떨어진 물체는 허벅지에서 잘려 나간, 신발도 신지 않은 맨발의 오른쪽 다리였다.

침대에 쓰러진 상반신의 기이한 각도를 보면 왼쪽 발도 마찬가지로 잘렸을 것이다. 응백작은 잔뜩 겁에 질린 눈으로 방 안을 둘러보았다 ……. 정신을 가다듬고 살펴보니 바닥은 온통 짙은 핏빛으로 물들어 있었다.

하늘로 오르는 용을 감싼 구름을 피로 적시며 장지문에 푹 꽂혀 있는 물체는 번쩍이는 부엌칼 한 자루였다.

깜빡이던 촛불이 툭 꺼졌다. 덩달아 응백작이 들고 있던 촛불까지 꺼져 주위가 칠흑 같은 어둠에 휩싸인 순간, 응백작은 후다닥 밖으로 뛰쳐나왔다.

누군가 웃는 소리가 들려왔다. 점점 가까워지고 있었다. 응백작은 그리로 달려가려다가 가까스로 발길을 멈추었다. 찬물을 뒤집어쓴 듯한 표정으로 덜덜 떨리는 두 무릎을 움켜쥐고 응백작은 중얼거렸다.

"잠깐, 잠깐만……. 바로 지금이 내가 두둑한 배짱을 보여줘야 할 순간일 텐데."

간신히 이렇게 작은 목소리로 중얼거렸다. 목소리가 떨렸다.

응백작은 허위허위 도화동 쪽으로 돌아와 회랑을 북쪽으로 돌아 봉소추의 방 앞으로 갔다.

"부인……."

문을 두드렸다. 대꾸가 없었다. 온몸에 소름이 쫙 끼쳤다.

오그라드는 손으로 주칠을 한 문을 열었다……. 이 방에도 은으로 만든 촛대에는 촛농이 수북하게 쌓였고, 촛불은 힘없이 깜빡였다. 봉소추는 방 안에 있었다.

여덟째 부인 봉소추는 피가 웅덩이를 이룬 침대 위에서 처참하게 죽어있었다. 다리는……, 다리는……, 다리가 없었다. 그녀의 몸은 머리와 몸통, 두 팔 뿐이었다.

탁자에 놓인 향로에서는 용연향[15] 연기가 가느다랗게 피어오르고 있었다.

응백작은 봉소추에게 다가갈 수 없었다. 그저 겁에 질린 눈으로

15 龍涎香. 향유고래에서 채취한 향료를 써서 만든 향.

그 기괴한 주검을 바라보며 슬금슬금 뒷걸음질하기 시작했다. 하지만 사람이란 이런 때면 먼지 한 톨에도 발이 걸려 넘어지기 마련. 응백작은 뭔가에 발이 걸려 쾅, 하고 허수아비처럼 벌러덩 자빠졌다.

응백작은 다시 허수아비처럼 벌떡 일어나, 비틀비틀 회랑을 걸어 다섯째 부인 반금련의 방 앞으로 갔다.

"부인……."

이 방의 주인도 대답이 없었다. 응백작은 눈이 휘둥그레졌다. 숨도 쉴 수 없을 것만 같았다.

"부인……, 부인……. 부인!"

"뉘시오?"

잠시 후, 다행히도 안에서 졸린 듯한 목소리가 들려왔다.

"응백작입니다. 문 좀 열어주세요."

"어머? 안 됩니다……. 서방님이 지금 출타 중이라서."

"장난치려는 게 아니오. 제발……, 송씨 부인과 봉씨 부인이 살해되었다고요."

조금 기다리니 문이 열렸다.

반금련이 잠에서 막 깨어났을 때면 늘 보여주는 으스름달처럼 흐릿한 얼굴이 나타났다. 한 손에 든 촛대의 촛불에 영문을 몰라 더욱 윤곽이 흐릿해진 듯한 얼굴이 떠올랐다.

"뭐라고요?"

"교형이에요."

"교형?"

"두 부인의 두 다리가 몸통에서 잘려 나갔어요."

반금련은 살짝 웃다가 얼어붙은 응백작의 표정을 보고 바로 숨을 삼켰다.

"누가 죽었다는 말인가요?"

"그래요."

"누, 누가?"

다시 봉소추의 방으로 가려던 응백작은 이때 비로소 살인을 저지른 범인이 있다는 사실을 깨달았다. 그리고 동시에 응백작만이 아니라 반금련도 서로 약속이나 한 듯 서상방 쪽으로 고개를 돌렸다. 두 사람은 똑같이 끔찍한 생각을 떠올린 모양이었다.

"먼저 손씨 부인 안부를 확인해 봅시다."

두 사람은 서쪽으로 뻗은 회랑을 지나 남쪽으로 꺾어져 손설아의 방 앞으로 달려갔다.

"부인!"

아무런 대꾸도 없었다. 하지만 방 안 기척에 귀 기울이기도 전에 응백작은 흔들리는 불빛 아래서 뜻밖의, 그러나 '혹시' 하며 예상했던 것보다 더 구역질이 날 만큼 끔찍한 물체를 발견하고 비명을 질렀다. 손설아의 방문 앞에 놓여 있던 것은 자색 수자[16]로 지은 신발을 신은 채 피범벅이 된 희고 포동포동한 살이 붙은 오른쪽 발이었다.

문은 열려있었고, 넷째 부인 손설아는 방 안 침대 위에 누워있

---

16   繡子. 견직물 가운데 한 종류로 광택이 나며 부드러워 가방이나 모자, 옷감용으로 많이 사용한다.

었다.

그러나 평화로워 보이는 은촛대의 불빛 아래 손설아는 깨어있을 때는 보여준 적이 없는 천진난만한 아름다운 옆얼굴을 보이며 꼼짝도 하지 않았다.

꿈속의 산책

말이 없는 사람은 잠이 든 사람뿐만이 아니었다.

두 사람은 뱃멀미라도 하듯 그 옆에 우두커니 서있었다. 밤새도록 이 마을 저 마을 몰려다니던 노랫소리가 무슨 영문인지 이때만은 땅속으로 꺼진 듯 전혀 들리지 않았다.

먼저 정적을 깬 것은 두 사람이 아니라 바깥에서 들어오던 서문경이 술에 취해 등불을 바라보며 부르는 간등부(看燈賦)라는 노래와 껄껄거리는 밝은 웃음이었다.

"아니, 이런. 이리 좋은 날 잠이나 자는 것들은 모조리 밝은 곳으로 불러내 따끔한 벌을 줘야겠구나. 으하하! 자, 이리 나오거라!"

"형님, 형님, 여기, 여기요, 여기예요."

응백작이 간신히 목소리를 내어 불렀다.

뜻밖의 방향에서 들려온 목소리에 서문경은 깜짝 놀란 모양이었지만, 바로 뭐라고 소리치며 후다닥 달려왔다. 서동(書童), 화동(畫童), 금동(琴童)이라고 불리는 잘생긴 소년들이 서문경의 뒤를 따랐다.

"뭔가, 왜 그래?"

서문경은 손설아의 방 앞에 서있는 응백작과 반금련의 모습을 바라보며 소리쳤다. 그리고 문득 바닥으로 눈길을 옮기더니 가만히 보다가 바로 무슨 뜻인지 알 수 없는 소리를 비명처럼 지르며 엉덩방아를 찧었다. 이어서 으악, 하는 소리와 함께 화동은 들고 있던 촛대를 내던지고 도망쳤다.

"이게 뭔가……? 여자 발 아닌가!"

"맞아요, 형님. 봉씨 부인 오른쪽 발이죠."

"뭐? 그, 그러면 소추는?"

"방에서 두 다리가 잘린 채 죽어있었죠……. 송씨 부인도 마찬가지고. 송씨 부인도 두 발이 잘려 나갔지만 남아있기는 남아있어요."

"누구야? 이런 미친 짓을 한 게?"

말없이 침대 쪽을 바라보는 응백작과 반금련의 시선을 따라가더니 서문경은 의아한 표정을 지었다.

"저거란 말인가?"

"모르겠어요. 우리도 좀 전에 이리 왔거든요. 손씨 부인은 저렇게 잠들어 있었고……."

서문경은 술이 싹 깨고 여자 생각도 달아났다. 찬물을 뒤집어쓴 듯한 표정으로 비틀비틀 침대 쪽으로 걸어가다가 문득 그 아래 벗어놓은 검은 신발을 보았다.

"잔뜩 젖었군. 어딜 돌아다닌 걸까, 이건……?"

이렇게 묻고 나서야 퍼뜩 깨달았다. 손설아에게 몽유병이 있다는 사실을.

"소추와 혜련의 다리가 잘렸다고……?"

"아아, 너무 끔찍해! 인형 발을 자르는 정도에서 그치지 않았네.

그러고 보니 내 방 앞을 서쪽에서 동쪽으로 비틀비틀 지나가는 발소리가 들렸는데, 그게 설아 씨였나?"

의자에 두 손을 짚고 기대어 서있던 반금련이 소름 돋는다는 듯한 목소리로 말했다. 그렇다면 응백작이 들은 것도 소추를 죽이고 다음 희생자를 노리기 위해 송혜련의 방으로 비틀거리며 지나가던, 꿈속에서 헤매는 살인자의 발소리였던 걸까? 응백작이 반금련을 바라보며 말했다.

"형수님, 형수님은 다행히 목숨을 건졌네요."

"나, 나요? 난 설아 씨에게 원한을 살 짓은 전혀 한 적 없어요. 제일 미움을 산 건 혜련 씨와 소추 씨였지."

"그럴지도 모겠군요……. 그런데 신발이 이렇게 젖었는데, 대체 어디를 돌아다녔던 걸까요?"

고개를 든 응백작은 그제야 비로소 중정과는 반대편인 서쪽의 작은 창이 살짝 열려있는 것을 발견했다. 그는 성큼성큼 걸어가 창을 열었다. 눈은 어느새 그쳤다. 구름 사이로 보름달이 모습을 드러내 눈 덮인 새하얀 세상을 비추고 있었다.

"어, 여기 발자국이 있네……."

"뭐? 설아의 발자국인가?"

서문경이 물었다.

"아뇨. 그건 아닌 것 같고. 더 큰 발자국이에요. 서쪽 담장 쪽으로 열 걸음 갔다가 거기서 남쪽 수화문 방향으로 꺾어졌군요."

문밖이 소란스러워졌다. 서동이 돌아다니며 끔찍한 변이 일어났다고 외치며 다녔으리라. 수많은 발소리가 우르르 밀려왔다.

서문경은 얼른 손설아를 흔들어 깨우려고 했지만, 그녀는 쉽게 깨어나지 못했다. 다른 부인들과 오래 일한 점원들, 남녀 하인들이 공포와 호기심으로 어쩔 줄 모르는 표정을 지었다. 응백작은 그들에게 아직 나오지 않은 봉소추의 다른 다리 한 짝을 찾으라고 지시했다.

검시관 하구(何九)가 달려왔을 때는 이미 다음과 같은 사실이 밝혀진 상태였다.

송혜련의 방 장지에 박혀 있던 것은 요리 솜씨가 뛰어난 손설아의 부엌칼이 틀림없다. 손설아는 역시 또 꿈속에서 헤맸던 모양이다. 그녀의 방 앞 회랑에서 중정으로 신발 자국이 어지럽게 찍혀 있었다. 그리고 그 한가운데쯤에는 마구 돌아다니다 돌아온 걸로 보이는 자국이 또렷하게 남았다. 하지만 봉소추의 왼쪽 다리는 아무리 찾아도 보이지 않았다. 다만 피투성이가 되어 연못가에 떨어져 있던 자색 신발 한 짝은 발견되었다.

"한쪽 발에 신발이 두 짝? 앞뒤가 맞지 않네……."

사람들이 웅성거리는 가운데, 응백작은 도화동으로 몸을 피해 잔뜩 움츠러든 마음을 술로 달래려는 듯 금화주를 벌컥벌컥 마셨다. 혼잣말을 중얼거리던 그는 갑자기 훌쩍 방을 나가 근처를 지나던 장안이라는 하인에게 물었다.

"내왕아는 집에 있는가?"

"글쎄요, 이런 소동이 일어나서 잘 모르겠습니다……."

"집 안에 있으면 내게 오라고 전하게. 허, 참. 참으로 이상한 노릇이군."

응백작은 고개를 갸웃거리며 회랑을 돌아 다시 손설아의 방으로 돌아갔다.

가보니 서문경이 검시관에게 은자 몇 냥[17]을 건네는 중이었다. 문제를 키우지 않으려고 관청 쪽에 기름칠을 해두려는 속셈이다. 하지만 사태를 키우지 않으려고 해도 이렇게 끔찍한 참극은 일찍이 본 적이 없다. 그래서 서문경이 찔러주려는 은자로는 그 대가가 적다고 생각하는지 검시관 하구는 완강하게 뿌리치는 중이었다. 그런데 응백작이 뒤에서 불쑥 나타나 히죽거리는 바람에 하구는 얼떨결에 은자를 받아 품에 넣고 말았다.

"자, 이제 그럼 손씨 부인을 깨워야 하겠군요."

하구가 얼른 위엄을 갖추고 엄숙하게 말하며 자리에서 일어나자, 응백작이 한쪽 손을 들어 제지하며 물었다.

"잠깐만, ……도대체 어떻게 된 겁니까?"

"그야 손씨 부인이 범인이지."

"아니, 부인이 어떻게 그 두 사람의 다리를 잘라냈다는 겁니까?"

"그게 말일세, 내가 듣자니 손설아는 봉소추와 송혜련을 지독하게 미워했다더군. 바로 사나흘 전에 과형을 구경하러 갔다 온 뒤 증오하는 마음과 과형을 집행하는 모습이 꿈속에서 뒤섞여 그만 두 부인을 살해했겠지."

"아니, 제가 여쭙고 싶은 건 손씨 부인이 어떤 경로를 거쳐 두 사

17　평신웨이가 쓴 《중국 화폐사》에 따르면 명나라 목종 때 쌀 100킬로그램이 은자 0.591냥, 신종 때는 은자 0.638냥이었다고 한다. 연구자들은 《금병매》의 언어, 문화 양식은 송나라보다 명나라에 가깝다고 본다.

람의 다리를 자르고 돌아다녔느냐, 하는 겁니다."

"어떤 경로? 이 친구 참 귀찮게 구는군……. 그런 건 그 부인을 깨워 데리고 오면 알 수 있겠지."

"그렇게 해서는 알아낼 수 없죠. 부인은 잠이 든 상태였을 테니까요."

응백작이 받아쳤다. 그러자 외려 서문경이 불안해하며 응백작을 노려보았다.

"금련도 그렇고 자네도 발소리를 들었다고 하지 않았나? 설아는 이 방에서 부엌칼을 들고 금련이 방 앞을 지나 동상방 쪽으로 가서 소추를 죽이고 그다음에 도화동 앞을 지나 혜련을 죽이러 갔겠지."

"흠, 그렇지만 이 방 앞에 떨어져 있던 건 봉씨 부인의 다리입니다. 그렇다면 손씨 부인이 봉씨 부인의 두 다리를 양쪽 겨드랑이에 끼고 송씨 부인이 있는 방으로 쳐들어갔다는 건가요? 그리고 다시 힘들게 봉씨 부인의 다리를 가지고 이 방으로 돌아왔다고요?"

"그렇다면, 송씨 부인을 먼저 해쳤겠지."

"정말이지 점점 머릿속이 복잡해지네요. 저나 반씨 부인이나 그 반대 방향으로 돌아가는 발소리를 들었습니다. 봉씨 부인 쪽을 나중에 찾아갔다면 송씨 부인 방에 있던 부엌칼은 도대체 어떻게 된 걸까요?"

침대 쪽으로 다가가 입을 멍하니 벌리고 있던 하구는 그래도 뇌물로 받은 은자 몇 냥 값을 하는 벼슬아치의 위엄을 보여야 한다고 생각했던지, 시선을 들어 허공을 바라보며 엄숙한 목소리로 말했다.

"그건 아마 이렇게 되었을 걸세. 손설아는 봉소추를 죽이고, 그

다음에 송혜련을 죽이고는 다시 봉소추의 방으로 다리를 가지러 갔 겠지. 왜 봉소추의 다리를 가지러 갔느냐? 그거야 사람 다리를 잘 라내는 미치광이이니 내가 그 속셈을 알 길이 없지."

"어디를 지나 봉씨 부인의 방으로 돌아갔고, 어디를 거쳐 다시 이 방으로 돌아온 걸까요? 저는 동상방에서 남상방 쪽으로 걸어가 는 발소리를 한 번 들었을 뿐인데."

"그거야 반씨 부인 쪽 회랑을 왕복한 거지."

"그렇다면 반씨 부인은 방 앞을 지나는 발소리를 적어도 세 번은 들었겠군요. 하지만 조금 전 부인 이야기로는 그런 것 같지는 않던 데……. 뭐, 이건 나중에 본인에게 다시 물어볼 필요가 있겠군요. 하지만 하 대인, 그렇다면 봉씨 부인을 죽인 다음에 송씨 부인을 죽 이러 가는 도중에 도화동 문 앞 언저리에 핏방울을 남긴 범인은 그 뒤에 잘라낸 두 다리를 가지고 서쪽에서 북쪽 회랑으로 꺾어져 걸 었을 텐데 거기에는 핏방울이 전혀 보이지 않습니다. 이건 대체 어 떻게 된 걸까요?"

"그야 중정을 질러갔을 테지."

"아니죠. 눈 위에 남은 손씨 부인의 발자국은 중정 한복판에만 있고, 이 방 앞 회랑을 오락가락했을 뿐이지 다른 쪽 회랑에는 발자 국이 전혀 없는 것 같은데요."

그제야 사태가 생각보다 더 복잡하다는 사실을 하구와 서문경도 이해한 모양이었다. 깜짝 놀란 표정을 지으며 응백작의 얼굴을 바 라보던 두 사람은 동시에 소리쳤다.

"도대체 너는 무슨 말을 하고 싶은 거냐?"

"그게 참, 뭐라고 말씀드려야 할지 모르겠습니다."

응백작은 금화주 냄새를 폴폴 풍기며 목덜미를 긁적였다.

"다만 다리 하나와 신발 두 짝이 아직 발견되지 않아서, 그게 어디 있는지 알아내기만 한다면……."

"뭐? 다리 하나와 신발 두 짝?"

"그렇습니다. 봉씨 부인의 왼쪽 다리와 송씨 부인의 붉은색 신발이."

너무 당혹스러워 얼굴을 마주 보는 서문경과 하구는 아랑곳하지 않고, 응백작은 서쪽의 작은 창으로 기울어지는 푸르른 보름달 달빛을 바라보며 중얼거렸다.

"이 저택에는 여자 다리와 신발에 정신이 팔린 하인이 하나 있죠, 그 녀석이 손씨 부인이 몽유병으로 중정을 비틀비틀 걸어 다니는 사이에 저 작은 창문을 통해 이 방으로 숨어들어 와 회랑으로 나간 다음 봉씨 부인과 송씨 부인의 다리를 자르고 돌아다녔을 겁니다. 그렇다고 하더라도 그 발소리와 피 문제는 여전히 이해되지 않기는 마찬가지지만요. 어쨌든 그 녀석이 잠꼬대 삼아 그런 짓을 저지르지는 않았을 테니, 잡아 오면 알게 되겠죠……."

그때 내왕아를 찾으러 갔던 하인 장안이 종종걸음으로 다가왔다.

"나리, 내왕아가 어디로 도망친 모양입니다!"

"이런!"

응백작이 펄쩍 뛰었다.

"그놈이로군! 역시, 그랬나? 하 대인, 내왕아란 녀석을 잡아주시오!"

하구가 뛰어나간 뒤 응백작은 멍한 표정을 짓는 서문경을 돌아보며 웃었다.

"형님, 여자에게 인기가 하늘을 찌르는 사나이 표정이 왜 그러시오? 그렇게 시무룩한 표정 짓지 마세요. 당장 내일 아침이라도 내가 바로 일곱째, 여덟째 부인을 대신할 여자를 구해 데려올 테니까. 대신 소개료는 선금으로 받을 수 있으면 좋겠는데."

"이런 멍청이!"

이튿날 밝혀진 사실이지만, 내왕아가 칠현금을 넣는 가죽 부대에 뭔가 길쭉한 물건을 담아 어깨에 짊어지고, 원소절 한밤중의 붐비는 인파를 헤치며 기쁨에 겨워 이글거리는 두 눈에 핏발을 세운 채 원숭이처럼 날아가듯 성 밖으로 달려가는 모습을 본 사람이 있었다고 한다.

하룻밤 사이에 자기 머리맡을 두 차례나 무시무시한 운명이 오갔다는 사실도 모른 채, 넷째 부인 손설아는 천진난만하고 아름다운 옆얼굴을 보이며 여전히 새근새근 자고 있었다.

붉은 연꽃

이틀 뒤, 서문경 저택의 넓은 거실에서는 시체 두 구를 염습하는 절차가 이루어졌다.

'염습'이란 입관하기 전에 치르는 장례 의식이다. 시신을 노송나무 통에 담긴 따스한 물로 깨끗하게 씻긴 다음에 머리카락도 삼베로 묶고, 하얀 수의를 입힌다. 고인이 여자라면 염습도 여성이 맡는다.

응백작은 따지자면 장례위원장 같은 역할을 맡아 풍수지리를 잘 아는 술사, 승려, 관리, 장의사 등을 만나 의논하고 조문객까지 맞이하느라 완전히 녹초가 되었다. 사안이 사안인만큼, 무슨 일이든 화려하고 거창하게 치르고 싶어 하는 서문경도 이 끔찍한 시신만은 빨리 땅에 묻고 싶은지, 출관[18]도 그날 안으로 하라고 해 눈알이 핑핑 돌 만큼 바쁜 하루였다.

이윽고 응백작의 지시에 따라 넓은 거실에 붉은 천을 걸친 관이 두 개 들어왔다. 입구 쪽에서는 검시관 하구가 서문경을 붙들고 뭔가 보고하는 중이었다. 아마 내왕아는 봉소추의 한쪽 다리와 송혜련의 신발을 가지고 멀리 달아난 모양이었다.

관을 안치한 다음, 응백작은 발을 치고 옆방으로 들어가 아이고 죽겠다는 표정을 지으며 잠깐 숨을 돌리려 술을 한잔 마셨다.

넓은 거실에 놓인 두 개의 관은 장막으로 둘러쌌는데, 그 안에서 여자들이 구슬피 우는 곡소리가 들려왔다. 상복을 입은 나머지 여섯 명의 부인과 하녀들이 곡을 하며 틈틈이 이야기를 나누고 있었다.

"혜련 씨 관에는 어떤 옷들을 넣어줄까요?"

"새로 지은 노란색 명주 치마와 무늬가 있는 흰색 저고리를……."

"신발은?"

곡소리가 멈췄다. 다들 두 사람의 혼백이 어떻게 저승길을 걸어갈지 걱정스러운 게 틀림없다.

봉소추는 다리가 하나뿐이다.

"혜련 씨가 신던 그 붉은 신발은 찾지 못했는데, 그러면 금빛 나

---

18   出棺. 출상(出喪, 상여가 상가를 떠나는 일)하기 위해 관을 집 밖으로 모시는 일.

비를 수놓은 검은색 신발을 신기면 어떨까?"

첫째 부인 오월랑이 이렇게 말하자 훌쩍거리던 반금련이 대답하는 소리가 들렸다.

"아니에요, 혜련 씨는 붉은 신발을 아주 좋아했어요……. 춘매야, 춘매야. 내 방에 가서 내 신발 가운데 붉은 신발을 가지고 오렴. 그걸 신기게."

반금련의 몸종 방춘매가 장막을 들추고 나와 안채로 달려가는 모습이 보였다.

밖에서는 조문객이 올 때마다 퉁소와 징 소리가 들려왔다. 응백작도 차츰 슬퍼졌다. 세상을 뜬 봉소추, 송혜련과 즐겁게 어울리던 추억이 자꾸만 떠올랐다. 응백작은 눈물을 흘리면서도 한편으로는 서문경이 굳이 관 안에 넣으라고 고집을 부리는 은괴를 어떻게 빼돌릴까 궁리하고 있었다.

춘매가 붉은 신발을 들고 다시 장막 안으로 들어갔다. 잠시 뒤, 금련이 내쉬는 구슬픈 한숨 소리가 들렸다.

"어머……, 혜련 씨 발이 내 신발에 들어가지 않네……. 내 신발이 너무 작은 걸까?"

"어쩔 수 없죠. 그냥 혜련 씨가 가지고 있던 검은색 신발을 신겨주죠."

셋째 부인 맹옥루의 목소리가 들려왔다.

응백작은 흐느끼며 술잔을 들고, 은괴를 생각하며 눈물을 흘렸다. 그러다 문득 술잔 든 손을 딱 멈췄다. 눈동자도 움직이지 않았다. 한동안 그러고 있더니 불쑥 몸서리를 쳤다.

응백작은 새파랗게 질려 넋을 잃었다. 그리고 또 한참이 지난 뒤에 다시 히죽거리며 웃기 시작했다.

그러다가 다시 뭔가 골똘히 생각에 잠긴 표정을 지었다. 심지어 숯과 갈대를 바닥에 깐 관에 시신을 모실 때도 은괴 생각은 나지 않는 모양이었다.

출관은 오후 늦게야 이루어졌다. 눈은 어제부터 그쳐 날씨는 맑았지만 몇 백 명이나 되는 사람들이 분주히 오가는 바람에 문 앞에서 넓은 거실까지 오가는 길에는 마치 연못 같은 웅덩이가 파였다. 여기저기 종이와 선향이 떨어져 진흙투성이가 되었다. 밖에는 비단 일산[19]과 붉은 명기[20]가 흔들리는 아래로 문상객과 일꾼, 그리고 수많은 교자가 대기하고 있었다. 두 사람의 시신을 모신 관의 뒤를 이어 삼베로 만든 관을 머리에 쓰고 상복을 차려입은 서문경이 고개를 푹 숙인 채 걸었다. 그 뒤를 따라 여자들이 천천히, 진창에 빠지지 않으려고 위태롭게 걸었다.

정원을 가로지를 때 차분한 얼굴로 반금련의 뒤를 따르던 응백작이 불쑥 물었다.

"형수님, 그런데 말입니다. 송씨 부인 관에는 역시 형수님 신발을 넣어주었나요?"

"아뇨. ……혜련 씨 발에는 신길 수가 없어서."

"그래요? 그럼 어차피 꺼내 온 신발이니 봉씨 부인 관에 넣어주시지 그랬어요?"

19 日傘. 햇볕을 가리기 위하여 세운 큰 양산.
20 銘旗. 장례 때 드는 죽은 이의 관직이나 성명을 적은 깃발을 말한다.

"어마? 소추 씨 발은 혜련 씨보다 훨씬 크니 더 신길 수 없지 않겠어요?"

금련은 울어서 퉁퉁 부은 눈으로 의아하다는 눈빛을 던졌다.

"그런데 말이에요, 봉씨 부인의 관에 넣은 건 송씨 부인의 오른발이죠."

"예? 뭐라고요?"

"그러니까 그날 밤 손씨 부인 방 앞에 떨어져 있던 건 봉씨 부인의 신발을 신은 송씨 부인의 다리였다는 겁니다. 그러니 내왕아란 놈이 들고 쏜살같이 도망쳐 종적을 감춘 것도 송씨 부인의 왼쪽 다리……. 아무리 생각해도 그 다리에 미친 녀석이 애써 여자의 다리를 넷이나 잘라내면서까지 발이 큰 봉씨 부인의 발을 훔쳐 달아났다는 건 이해되지 않는다고 생각했었죠."

"응 선생……, 그러면 혜련 씨의 몸통에 붙어 있던 다리는 뭐죠?"

"송씨 부인의 몸통에 붙어 있던 다리는 물론 봉씨 부인의 두 다리죠. 그래서 형수님의 신발을 신길 수 없던 거고."

반금련이 걸음을 멈췄다. 장례 행렬은 문 쪽으로 계속 흘러갔다. 금련은 걸음을 잊은 듯 가만히 의미심장한 표정을 지은 응백작의 얼굴을 바라보다가 입을 열었다.

"그걸 왜 여태 말하지 않았던 거죠……?"

"헤헤. 그게 말이죠……, 조금 전에 알게 되었거든요. 그걸 깨닫고 나니 그날 밤의 일이 모두 설명이 되더군요."

"그날 밤의 일?"

"그래요. 살인자가 바닥을 기어간 흔적이."

"내왕아를 말하는 건가요?"

"여자 발에 미친 내왕아란 녀석은 아무래도 그날 밤 손씨 부인 방 서쪽 창으로 접근했겠죠. 녀석은 뼈를 얻은 개처럼 여자의 아름답고 동그스름한 발을 기대했을 겁니다……. 그런데, 나는 더 거슬러 올라가 이씨 부인의 생일잔치 때 누가 송씨 부인과 봉씨 부인의 술에 수상한 약을 넣었다는 사실을 깨닫게 되었죠. 그 술을 내가 슬쩍 마시기도 했으니까. 물론 나도 당연히 그 벌은 받았습니다……. 아편이었죠. 그건 서문 대인이 서역에서 온 스님에게 얻은 겁니다. 그 덕분에 그날 밤 봉씨 부인이나 송씨 부인은 모두 자기 방에서 죽은 듯 잠이 들었고……."

장례 행렬은 구슬프게 곡을 하느라 이제는 목이 쉰 사람들처럼 조용히 흘러갔다. 웅백작과 반금련은 멍한 얼굴로 서로 마주 보며 우두커니 서 있었다.

"그런데 밤이 깊어 손씨 부인이 그 몽유병 때문에 중정으로 비틀비틀 걸어 나오는 걸 지켜본 살인자는 동쪽 회랑을 북쪽에서 내려와 봉씨 부인의 방으로 들어가 그녀를 죽이고 두 다리를 잘라내 칠현금을 넣어두던 가죽 부대에 넣어, 도화동 앞을 지나갔죠. 도화동 문 앞의 핏방울은 가죽 부대 틈새로 흘러나온 겁니다. 그런 다음 송씨 부인을 죽여 또 두 다리를 잘라낸 다음 봉씨 부인의 두 다리를 붙여 놓고, 대신 송씨 부인의 두 다리를 가죽 부대에 넣어 짊어지고 나온 거죠. 그리고 그 한쪽 발에는 봉씨 부인의 보라색 신발을 신겨 손씨 부인 방 앞에 던져두고, 다른 한쪽의 보라색 신발은 손씨 부인이 꿈꾸듯 걷고 있던 중정을 향해 힘껏 내던졌겠죠. 그리고 남은 또 한쪽의 송씨 부인 다리와 두 개의 붉은 신발을 지닌 범인은 손씨 부인이 비운 방으로 들어간 다음 서쪽 작은 창으로 다가갑니다. 밖에는 방금 이야기한 내왕아란 녀석이 침을 흘리고 혀를 날름거리며 기다리고 있었고……."

금련은 투명한 표정으로 응백작을 노려보았다. 장례식용 흰색 신발 발끝을 살짝 움직여 문 앞에서 나는 징과 북소리에 장단을 맞추고 있었다. 깊고 깊은 물속 같은 눈이었다.

"내왕아란 녀석은 손씨 부인이 죄를 뒤집어쓰게 될 거라는 살인자의 말을 믿었을지도 모릅니다. 하지만 녀석이 어찌 알았겠습니까? 손씨 부인이 누명을 벗게 되면 죄는 도망친 자기가 다 덮어쓰도록 꾸민 간교한 함정일 줄을……. 하기야 그 녀석은 죄나 벌 같은 건 아랑곳하지 않고 지금쯤 아주 먼 곳에서 마음 놓고 아름다운 여자의 발과 신발에 제 뺨을 문지르고 있을 테니까."

"그럼……, 누가……, 무엇 때문에……, 두 사람 다리를 잘라냈다는 거죠?"

반금련이 옆에 서 있는 버드나무에 기대어 낮은 목소리로 물었다. 주위에는 이제 아무도 없었다. 그저 마을에 울려 퍼지는 장송음악 소리만 천천히 멀어져가고 있었다.

응백작이 특유의 한쪽 보조개를 뺨에 새기며 대꾸했다.

"바로 그 무엇 때문에, 라는 게 무섭죠."

응백작은 깊이를 가늠할 수 없는 반금련의 눈을 들여다보았다.

"과형을 구경하러 가던 날 아침, 송씨 부인이 '내 발은 아마 금련 씨 신발도 헐렁할 정도일 텐데……'라는 말 딱 한 마디를 들었기 때문이죠."

"……."

"그리고 입관할 때 '어머, ……혜련 씨 발이 내 신발에 들어가지
않네'라고 딱 한 마디 반박하기 위해서."

"……."

"그러기 위해 형수님은 송씨 부인의 몸통에 봉씨 부인의 큰 발을
가져다 붙여놓은 거죠."

응백작은 숨이 가빠졌다. 반금련은 말없이 푸르른 겨울 하늘을
우러러보고 있었다. 거의 성스러울 만큼 아름다운 옆얼굴이었다.
응백작은 저도 모르게 헛소리를 중얼거리고 말았다.

"하지만 형수님의 아름다움은 그런 사실을 없던 일로 만들어드
릴 만한 가치가 있죠."

반금련이 눈길을 돌려 응백작을 바라보았다. 심연 같은 검은 눈
동자에 요사스러운 교태 같은 웃음의 물결이 살랑살랑 흔들렸다.

"그래요, 나는 입을 다물 겁니다, 형수님."

응백작의 몸이 해파리처럼 힘없이 흔들리기 시작했다.

"은, 은괴 같은 거라면 충분한 대가가 되겠지만."

반금련의 매끄러운 팔이 응백작의 목에 황홀하게 감겼다.

"그냥 그 입술을……."

반금련의 숨결이 응백작의 코로 스며들었다. 숨이 멎을 것만 같
았다. 입안으로 날아드는 침향 냄새 나는 꽃잎처럼, 촉촉하고 부드
러운 혀를 빨아들였다. 이 터무니없을 만큼 어릿광대 같은 탐정은
어쩌면 나도 독약을 마시게 될지 모르겠다고 생각하며 아득한 바다

으로 가라앉았다. 그리고 아주 짧은 무하유지향[21]에 빠져들어 갔다.

장례 행렬 소리는 이미 들리지 않았다.

---

21 無何有之鄕. 있는 것이란 아무것도 없는 곳이라는 뜻. 장자(莊子)가 추구하는 이상
    향을 말한다.

미녀와 미소년

기묘한 자세

눈 내리던 어느 날 밤, 서문경은 못된 친구 응백작과 함께 고주망태가 되어 집으로 돌아왔다.

그날 밤, 두 사람은 단골 기생집에 가서 평소 서문경이 자주 술자리에 불러내던 노래 잘하는 기생 이계저를 찾았는데, 하필 숙모 생신이라며 외출했다고 했다. 어쩔 수 없이 응백작을 상대로 술을 마시다가 우연히 이계저가 다른 방에서 어느 젊은 벼슬아치와 자고 있다는 사실을 알게 되었다. 화가 머리끝까지 난 서문경은 상을 뒤엎고, 접시와 술잔을 마구 집어던졌다. 그리고 자기가 사준 실내 장식용 깔개와 걸개도 찢어버렸다. 나중에는 가래침을 뱉으며 이렇게 말하고 돌아왔다.

"다시는 이 집에 발을 들이지 않겠다."

"형님, 진정하셔. 홍등가에서 계집이 양다리 걸치는 일이야 흔하지 뭐. 화낼수록 세상 물정 모른다는 핀잔이나 듣게 된다고요."

응백작은 서문경을 달래며 히죽거렸다.

응백작은 원래 비단 장사를 크게 했지만 놀기 좋아해 다 털어먹고 지금은 서문경의 비위를 맞추며 빌붙어 지내는 처지다. 하지만 그걸 창피해하거나 한심하게 여기지도 않는 듯했다. 타고난 익살꾼인지, 세속을 초월한 진짜 풍류객인지 분간이 되지 않는 사내였다.

"에잇, 아직도 화가 가라앉지 않네. 어떻게 해야 속이 풀리려나, 그 화냥년을?"

"맞아요, 형님. 화냥년이죠, 화냥년. '열매도 맺지 못하는 들판에 핀 꽃을 따라가 보니 아내에 견줄 만한 꽃은 없도다, 이부자리 속 재미야 별로지만 아침까지 끼고 있어도 돈은 들지 않네'라는 이야기도 있잖아요? 으하하, 형님, 형님은 진짜 배가 불러서 그래요, 배가. 그렇게 잘 대해주는 어여쁜 부인들이 집에 수두룩한데 밖에 나와서 또 여기저기 손을 대니. 벌 받은 거요."

"무슨 소리야, 계집은 이년이고 저년이고 믿을 년이 어디 있다고!"

"에이, 꼭 다 그런 건 아니죠. 자, 기분 풀고 집에서 마십시다. 와, 눈이 펑펑 쏟아지네. 마치 거위 솜털 같아. 형님, 부인들을 모두 깨워 시끌벅적하게 눈 구경을 즐기며 술이나 마십시다."

이렇게 해서 서문경 저택 안채 거실에서는 때아닌 눈 구경 술판이 벌어졌다.

서문경은 등불을 든 소년 둘을 불러 한 명에게는 추위를 피하기 위한 매화 무늬 장막을 치게 하고, 다른 소년에게는 화로에 수탄[1]을 채우도록 했다. 졸린 얼굴로 마지못해서 모여든 여섯 부인도 술에 취한 서문경의 심상치 않은 모습을 보고 정신이 퍼뜩 들어 요리와 술병, 술잔을 내왔다.

눈 구경을 하며 술을 마시는 자리라지만 한밤중이라 눈이 제대로 보일 리 없고, 또 방탕하기 짝이 없는 두 사람에게 그런 풍류가 있을 리 없다. 서문경은 좌우에 화동과 금동이라는 잘생긴 소년을 가까이 앉히고 계속 술잔을 들이켰다. 하지만 응백작은 말리화주(茉莉花酒)를 홀짝거리며 꽃처럼 아름다운 여섯 부인에게 농담을 건네며 시시덕거렸다.

셋째 부인 맹옥루는 술을 따라 둘째 부인 이교아에게 건네고, 정실부인인 오월랑에게 고개를 숙이며 말했다.

"큰언니, 부디 제가 드리는 잔을 받아 주십시오."

"아유, 그냥 들어요. 우리 이런 자리에서는 너무 격식 따지지 맙시다."

단아한 오월랑이 말했다. 그러자 여섯째 부인 이병아가 입을 열었다.

"하지만 그러시면 우리는 차례도 오지 않을 텐데요."

다들 서문경의 눈치를 살피면서도 아닌 척하고 있다. 부인들이 화동과 금동을 질투하는 눈치가 빤히 보여 응백작은 우스웠다. 아직 소년이라지만 참으로 예쁘게 생기기는 했다. 화동은 17세, 살짝 안개가 낀 듯 매끄러운 얼굴의 선은 여자보다 더 곱다. 응석이라도

---

1   獸炭. 짐승의 뼈, 피, 살, 털 따위를 이용해 만든 활성탄.

부리듯 서문경에게 속삭이는 입술 사이로 하얀 치아가 드러났다. 그에 비해 한 살 위인 금동은 그만큼 키도 크고 옥을 깎아낸 듯한 소년 특유의 늠름함이 엿보였다.

"역시 형님은 안목이 높으셔……."

이렇게 말하며 소년들 쪽을 바라보는데 옆에 있던 다섯째 부인 반금련이 팔꿈치로 응백작의 옆구리를 찔렀다.

"뭐예요, 덩달아서……. 기분 나쁘네."

약삭빠르기 짝이 없는 응백작도 반금련 앞에서는 한 수 접고 들어간다. 이 여자에게는 그 섬세하고 정교한 미술품 같은 완벽 미모 속에 모든 남자를 바닥 모를 깊은 늪으로 끌고 들어갈 듯한 무섭고도 원시적인 힘이 깃들어 있다.

반금련이 응백작에게 물었다.

"응 선생, 사내애를 데리고 논 적 있나요? 하기야, 있겠지. 대체 남자가 남자에게 무슨 재미를 느낀다는 걸까?"

"헤헤, 재미는커녕 언제였던가 아주 큰 봉변을 당했죠. 에이, 남자애하고는 같이 놀 게 아니라니까요."

응백작은 당황했지만 늘 그렇듯 진담인지 농담인지 알 수 없을 소리로 눙치고 넘어가려고 했다.

"아, 그게 말입니다. 어떤 미소년을 엎어놓고 한창일 때를 생각해 보세요. 상대방이 만약 '잠깐……, 잠깐만요'라고 합니다. 나는 이미 기다릴 수 없는 상태라 안간힘을 쓰며 얼굴을 잔뜩 찡그리죠. 그런데 미소년은 '아뇨, 미안해요. 갑자기 방귀가 나올 것 같아서'. 난 그래도 조금만 참으라고 말하려는데 그만 내 입에, 우엑……."

"아니, 왜요?"

"입에, 방귀가."

"어머, 호호호, 오호호!"

왠지 살벌한 분위기가 감돌던 술자리를 뒤흔드는 반금련의 거침 없는 웃음소리에 서문경이 이쪽을 노려보며 물어뜯을 듯한 표정으로 소리쳤다.

"웃음소리가 시끄럽구나. 대체 뭐가 그리 우습다는 거냐?"

"하하, 우리 형님은 아직 화가 가라앉지 않으셨네. 기생에게 차인 남자에게 화풀이 당하는 부인들이야말로 진짜 딱하군요. 다들 기분이 언짢아 보이잖아요."

"왜?"

"왜라뇨? 형님, 화동이와 금동이도 분명히 예쁘지만, 이런 아리따운 부인들을 두고서 그러면 안 되죠. 이렇게 기막힌 부인들을 어디서 구한다고."

"여자는 화동이와 금동이만 못하지!"

"후후, 정말 서슬이 퍼렇군. 재미있네. 좋아, 그렇다면 미녀와 미소년의 맛을 한번 비교해 봅시다."

"무슨 소릴 지껄이는 거냐? 미소년 맛이야 너도 뻔히 알면서 쫑알쫑알……."

"자, 그럼 우리 서문 대인의 쫑알쫑알을 들어보지 않겠습니까? 우선 미소년이 미녀보다 나은 점은 뭐라고 생각하십니까?"

"남자는 주인을 배신하지 않지."

"그런 건 믿을 수 없죠. 나 같은 놈은 돈만 준다면 부모도 죽이려고 들 텐데."

응백작이 태연하게 대꾸했다. 그가 서문경의 발언에 이토록 토를 다는 일은 드물다. 그러면서도 왠지 남을 화나게 만들지 않는 모습은 이 남자가 지닌 덕목이다. 부인들과 두 미소년도 마른침을 삼키며 두 사람을 지켜보았다. 두 사람은 옥신각신했지만, 야릇하면서도 아름다운 대치였다.

서문경이 발끈해서 내뱉었다.

"미소년은 매화 향이 나지."

"그렇다면 이교아 부인에게서는 부용 향이 나고 이병아 부인에게선 백합 향이 나죠."

"못된 녀석. 남자는 말이야, 애당초 여자처럼 색만 맛보는 게 아니야. 머리가 잘 돌아가 금방 반응이 오는 면이 있지. 그래서 단순히 색을 즐긴다는 느낌이 들지 않아. 더 깊고 깊은 면이 있네."

"형님, 그건 말이 되지 않죠. 우린 지금 색에 관해서만 비교하자는 겁니다."

"그래, 좋아!"

서문경이 불쑥 안색을 바꾸고 버럭 화를 냈다.

"정 그렇다면 그 증거를 네게 보여주마……. 다들 이리 나와서 줄을 서라!"

대체 무슨 생각인지 모르겠지만 이 폭군이 이런 표정을 지을 때 명령에 따르지 않는 짓은 호랑이의 화를 돋우는 꼴이나 마찬가지다. 아니, 그보다 더 무섭다. 다들 놀란 표정으로 자리에서 일어나 머뭇머뭇 한 줄로 늘어섰다.

"옷을 몽땅 벗어라."

여자와 소년들이 술렁거렸다. 정실부인인 오월랑은 고개를 들고 단호하게 말했다.

"전 싫어요."

"……으음, 뭐 당신은 예외로 하지."

아무리 서문경이라도 정실부인에게는 기가 눌렸다. 하지만 이내 취한 눈으로 다른 사람들을 뚫어지게 바라보더니 갑자기 탁자의 접시를 내려치며 호통을 쳤다.

"어서! 시키는 대로 하지 못할까!"

당황한 응백작이 말리려고 서문경 쪽을 돌아보았을 때, 반금련이 살짝 웃으며 말했다.

"흥, 술주정뱅이. 옷을 벗으면 되는 거죠?"

그러면서 누런빛을 띤 갈색 저고리와 옅은 복숭아색 치마를 벗기 시작했다. 응백작은 입만 뻐끔거릴 뿐 할 말을 삼킨 듯 히죽거리며 구경했다.

머리에는 봉(鳳)을 본떠 만든 은비녀, 귀에는 비취 귀고리, 발에는 붉은 신발을 남긴 채 옷을 다 벗은 반금련은 자리에서 훌쩍 일어났다. 화로에서 타오르는 불길이 그림자를 이루어 눈처럼 새하얀 반금련의 몸을 타고 꿈틀꿈틀 기어오르는 듯했다. 어둠 속에 드러난 요염한 자태는 이미 이 세상 사람으로 보이지 않았다. 산전수전 다 겪은 응백작마저 꼴깍 군침을 삼켰다.

그러자 서문경이 노려보는 가운데 다른 첩들과 두 소년도 슬금슬금 옷을 벗기 시작했다. 무거워 보일 만큼 풍만한 이교아, 옅은 갈색 피부에 탄력 있는 몸을 지닌 맹옥루, 여리여리 가녀린 넷째 부인 손설아, 작은 공예품처럼 사랑스러운, 그리고…… 여자들보다 더 부끄러워하는 화동과 금동. 발가벗은 화동은 가슴과 아랫도리만 가리면 그야말로 여자로 착각할 만큼 요염했다. 그에 비해 금동은 근육이 탄탄하게 살아있는 산양처럼 맑고 상큼해 보였다.

"다들 엎드려. 손과 발로 기듯이. 그렇지. 팔꿈치와 무릎을 바닥에 짚고 엉덩이를 높이 치켜들어!"

서문경이 엄숙하게 말했다……. 이윽고 눈앞에 일곱 명의 엉덩이가 떠올랐다. 응백작은 웃을 수도 없었다. 이 얼마나 숨 막히는 광경이란 말인가. 이 모습은 뭔가를 닮았다는 생각이 들었다. 응백작은 이상하게 어지러운 머리로 생각을 정리했다. 틀림없이 동물의 모습이다. 그리고 그건 인간이 아득히 먼 옛날, 동물이었던 시절의 본능을 일깨우는 자세였다.

"백호……."

응백작이 신음하듯 간신히 중얼거렸다.

옛 음서로 유명한 《동현자》[2]에서 본 백호라는 짐승은 분명히 이런 모습이었다. 서문경은 키득키득 웃었다.

"어떤가, 아우? 엉덩이를 비교해 보라고……. 어느 쪽이 제일 아름답지? 뭐야, 그렇게 여자들 엉덩이만 빤히 보지 말고. 저 금동이란 녀석의 매끄럽고 탄력 있는 근육을 보라고. 그리고 저 화동이란

---

2   洞玄子. 중국 당나라 때 만들어진 것으로 보이는 성생활 지침서. 누가 지었는지 모른다. 30가지 성행위 체위를 여러 동물과 비교해 설명하는 내용이 있는데, 스물한 번째 체위로 '백호등(白虎騰)'에 대한 설명이 있다. 한편 제목을 《통현자》로 읽어야 한다는 주장도 있다.

아이의 반짝반짝 빛나는 윤기와 흰 복숭아처럼 흰 허리 곡선을 보라니까……."

그때 바로 옆에 힘없이 웅크리고 있는 사람이 보였다. 가만히 보니 제일 끄트머리에 있던 다섯째 부인 반금련이 어느새 이쪽으로 와서 쪼그려 앉아 있었다.

"정말 그렇네. 어머머, 저 금동이 엉덩이 예쁜 걸 좀 봐. 나도 저랬으면 좋겠네."

반금련은 말을 마치자마자 아무것도 걸치지 않은 팔로 금동의 허리를 감더니 새빨간 입술로 엉덩이에 입맞춤했다.

"아니, 저것이!"

서문경이 얼른 떼어내자, 반금련은 그의 품 안에서 몸을 뒤로 젖히며 갑자기 웃음을 터뜨렸다. 요염하게 빛나는 눈에는 눈물이 고여있었다. 이상한 흥분이 이 여자를 사로잡은 것이 분명했다.

반금련이야말로 이 세상에서 보기 드물게 색을 밝히는 여자라는 사실을 은근히 꿰뚫어 보고 있는 응백작은 왠지 뜨거운 진흙탕 속에서 뭔가 살짝 차갑게 툭툭 솟아오르는 거품 같은, 아주 불길한 예감을 느꼈다.

'형님, 이러면 안 돼요……. 뭔지는 잘 모르겠지만 이러면 안 돼……. 틀림없이 터무니없는 소동이 벌어질 거야, 형님…….'

'탁탑'이란 형벌

사업을 크게 하는 서문경을 둘러싸고 총애를 다투는 여섯 미녀와 두 미소년. 그들 사이의 질시와 반목은 짐작이 가고도 남는다. 배짱 두둑하고 색을 밝히는 서문경은 때로 언성을 높이며 혼을 내기도 하고, 때론 일부러 질투의 씨앗을 뿌려 그로 인해 퍼져나가는 파문을 즐기기까지 했다. 그래도 자꾸 뒤엉키며 달라붙는 거미줄 같은, 집안 여자들끼리 쌓아 올린 원한이 문제를 일으킬 때는 참견하지 않는다. 그럴 때는 화동과 금동을 상대로 삼았다. 다른 여섯 명의 처첩 사이에는 겉으로는 몰라도 예외 없이 깊은 원한의 끈이 뒤엉켜 있지만, 이 두 명의 아름다운 소년 사이에는 봄바람 같은 따스한 기운이 느껴졌기 때문이다.

서문경은 몰랐다. 저 미소년 둘이 몰래 서로 사랑하는 사이라는 사실을.

두 미소년이 사랑하는 사이가 된 것도 어쩌면 당연한 노릇이다. 요전에 서문경이 여자 때문에 화가 나 남색을 예찬했지만, 이러니저러니 해도 평소에는 부인들과 즐기는 일이 훨씬 많았다. 게다가 두 소년에게는 다른 욕망의 배출구가 허락되지 않았다. 변덕스러운 서문경은 이따금 격렬한 애무를 하거나 툭하면 눈 뜨고 볼 수 없는 추태를 벌이며 귀를 간지럽히는 간드러진 웃음소리를 들려주었다. 하지만 그 정도로는 두 소년이 성적으로 만족할 수 없었다. 그래서 두 미소년은 서로를 육욕의 대상으로 삼기 시작했다.

그런데 이 사이 좋은 기묘한 두 연인에게 처음으로 비극적인 돌멩이가 날아든 것은 요염한 엉덩이 비교를 하던 날 밤부터 사흘이 지나서였다.

그날 밤, 나이가 더 많은 금동의 방을 몰래 찾아간 화동은 금동이 보이지 않아서 불안한 표정으로 이리저리 찾아다녔다.

"그런데 어젯밤에도 방에 없었는데······."

화동이 문득 침대 아래쪽을 보았다. 그리고 얼른 달려가 향낭[3] 하나를 주워 들었다.

"이건 여자 물건인데, 누구 향낭일까?"

허공을 바라보던 화동의 아름다운 눈이 불쑥 깜짝 놀란 듯이 점점 커졌다. 그는 향낭을 다시 가만히 들여다보았다.

'설마 금동이가 날 배신하고······?'

화동은 얼른 방에서 나왔다. 그리고 의혹으로 가득한 눈빛을 번득이며 후원을 향해 걸음을 서둘렀다. 후원에는 애첩들이 지내는 방과 그 방들을 잇는 회랑이 있다.

화동은 북쪽으로 뻗은 회랑을 걸었다. 가장 안쪽에 있는 반금련의 방 앞에 이르자 그는 하얀 고양이처럼 발소리를 죽였다.

방 안에는 불이 켜져 있었다. 안에서 부드럽게 떨리는 목소리가 들려왔다.

"금동아, 금동아. 네 몸은 정말 아름다워. 우리 서방님도 멋지지만, 역시 젊음이 좋은 거로구나······."

"아아, 마님. 저도 처음입니다. 여자 젖가슴을 만지다니······. 저는 나리가 부러워 죽겠어요······."

문밖에서 엿듣던 화동의 눈꼬리가 치켜 올라갔다. 온몸을 떨다가 저도 모르게 문을 힘껏 두드릴 뻔했다. 하지만 얼른 그 손을 내리고 가만히 생각했다. 그러더니 미친 사람처럼 희미한 웃음을 지으며 왔던 길을 조용히 되돌아갔다.

3   香囊. 건강, 비상용 약, 액세서리 등의 목적으로 향을 담은 주머니.

화동은 큰방으로 들어갔다. 서문경은 이날 밤에도 놀러 온 응백작과 마주 앉아 술을 마시며 요즘 크게 유행하는 마작을 하고 있었다. 일종의 도박인데 이런 짓에는 천재적인 응백작에게 봉이 잡힌 모양이다. 옆에서 오월랑이 가소롭다는 듯이 웃다가 들어오는 화동을 보고 꾸짖었다.

"무슨 짓이냐? 인사도 제대로 하지 않고."

"나리, 다섯째 마님께서……."

서문경은 마작에 정신이 팔려 고개도 들지 않았다. 화동은 숨을 크게 들이쉰 다음 말했다.

"지금 다섯째 마님께서 금동이를 방으로 끌어들여서…… 재미를 보고 있습니다."

"뭐야?"

서문경은 마작 패를 내려놓고 자리에서 일어났다. 응백작이 그런 서문경을 쳐다보며 말했다.

"형님, 승부를 겨루다 중간에 패를 던지면 지는 거요."

"화동아, 그게 정말이냐?"

"제가 어찌 거짓을 아뢰겠습니까. 방금 금동이 방에 가봤는데 없더군요. 그런데 다섯째 마님의 향낭이 떨어져 있어서 마음에 걸려 후원에 가보았더니……."

"그 계집이라면 그럴지도 모르지. 이걸 어떡한다?"

"형님, 그것 보세요. 다섯째 형수님은 몰라도 사내놈들은 믿을 게 못 된다고 했잖아요."

응백작은 히죽거리며 웃다가 문득 미간을 찌푸렸다. 시뻘게진 서문경의 얼굴이 너무도 무시무시했기 때문이다. 당연히 화가 치밀테지만 이런 문제에는 완전히 사람이 아닌 것처럼 잔인해지는 서문경이었다.

서문경은 쏜살같이 큰방을 뛰쳐나가 수화문을 지나 후원으로 달려갔다. 응백작과 화동, 오월랑도 서둘러 그 뒤를 따랐다.

요란한 발소리와 함께 서문경은 반금련의 방으로 달려갔다. 거의다 도착했을 때, 안에서도 그 발소리를 들었는지 방문이 열렸다.

"꼼짝 마라, 이놈!

놀란 듯 다시 닫은 문을 서문경이 무섭게 소리치며 벌컥 열어젖혔다. 온돌바닥을 넉넉히 데웠는지, 방 안은 후끈할 만큼 따뜻했다. 침대는 검은 칠을 입힌 표면에 금가루를 곱게 뿌렸고, 새빨간 천으로 사방을 둘렀다. 그 안에서 무릎을 감싸고 웅크린 금련과 금동은 둘 다 실오라기 하나 걸치지 않은 발가벗은 몸이었다. 뒤를 이어 달려 들어온 오월랑과 응백작도 그 모습을 보곤 할 말을 잃었다.

"꼼짝하지 말거라, 이 음탕한 계집!"

허둥지둥 옷을 걸치려는 금련에게 서문경이 호통쳤다.

금련은 달려 들어온 사람들을 겁에 질린 눈으로 둘러보더니 불쑥 허리를 흰 뱀처럼 뒤틀며 침대 위에서 움직였다. 그리고 사람들이 둘러서서 보고 있는데도 이루 형언할 수 없을 만큼 달콤하고 애교 넘치는 목소리로 말했다.

"서방님……. 용서하셔요……. 이게 다 당신 탓이라고요……. 내 방에 통 들러주지 않으시니……."

"거짓말! 난 나흘 전에 여기 들었다."

서문경은 호통을 치며 갑자기 금련의 뺨을 호되게 갈겼다.

깜짝 놀란 금련은 원망스럽다는 눈빛으로 서문경을 쳐다본 뒤, 살짝 미소를 짓고 있는 화동과 그 손에 들린 향낭을 발견하고 입을 열었다.

"화동아……. 네가 쓸데없는 고자질을 한 거로구나."

화동은 당황해 대꾸했다.

"아니, 그게, 아까 금동이 방에 갔더니 향낭이 떨어져 있어서, 이상하다 싶어 일단 나리께 가져다드렸을 뿐인데……."

"향낭?"

침대 위에서 떨고 있던 금동이 의아하다는 듯 물었다.

"그런 향낭은 난 본 적도 없어."

"이 훼방꾼!"

갑자기 반금련은 이렇게 소리치더니 벌떡 일어나 옆에 있던 촛대를 움켜쥐고 화동의 가슴을 찔렀다. 불이 붙은 초가 가슴을 찌르자, 화동은 비명을 지르며 오른쪽 가슴을 쥐고 주저앉았다.

"어리석은 것."

서문경이 발을 들어 걷어찼다. 반금련은 그 자리에 쓰러졌다.

"내가 향낭이 누구 것인지 따지는 줄 아느냐? 적반하장이란 바로 너희들을 가리키는 말이로구나."

서문경은 상아처럼 매끄러운 금련의 배 위에 발을 얹고 화동을 돌아보았다.

"화동아. 이 계집을 어떻게 해주랴?"

"다시는…… 이런 짓을 하지 못하게……."

화동은 가슴을 누른 채 고통과 증오로 끓어오르는 눈빛으로 금련을 노려보았다. 녀석이 증오하는 사람은 금동이 아니었다. 금동을 빼앗아 간 저 음탕한 여자였다.

"아, 이 촛농으로 거길 봉해 버리는 게 좋겠군요."

"뭐? ……거길, 막아? 어허, 이런."

아무리 서문경이라도 그 말에는 당황할 수밖에 없었다. 응백작은 의아했다. 이 희대의 호색한이 엄청난 돈을 들여 사들인 애첩이다. 그러니 그 소중한 쾌락의 문을 막을 수는 없을 것 같았다.

"으음. 맞아, 그게 있었지. 응백작. 자네 탁랍(卓蠟)이란 걸 아나?"

"탁랍? 모르는데요."

"그게 말이야, 환관들을 물리치고 정권을 잡은 뒤에 멋대로 나라를 주무르다가 살해된 후한의 장군 동탁 때문에 생긴 말이지. 그 시체를 거리에 내다 버리고 배꼽에 심지를 꽂아 불을 붙였는데 며칠동안이나 그 불이 꺼지지 않았다더군. 그 형벌을 '탁랍형'이라고 하네. 화동 녀석이 한 말을 듣고 생각난 거야. 그래, 이 음탕한 계집의 배 위에 그렇게 불을 붙여 어떻게 되는지 본때를 보여주겠어."

"형님, 그래도 그건 좀 너무하죠. 물론 다섯째 형수님이 잘못은 했지만 그게 형님이 얼마 전 엉덩이를 비교하는 바람에 일어난 일이라고요. 그때 마가 낀 게 틀림없어요."

"시끄럽네, 이 사람아. 제 계집과 부리는 놈이 잘못을 저질러 주인이 벌을 내리는데 무슨 말이 그리 많아?"

이런 상태라면 아무리 말려도 물러설 서문경이 아니다. 쥐 죽은 듯 조용한 가운데 뒷산 대나무숲에서는 소복소복 눈 내리는 소리가 으스스하게 들려왔다.

곧 알몸으로 드러누운 반금련의 배꼽 위에 초를 세우고 불을 붙였다. 뜨거운 촛농이 주르륵 흘러내릴 때마다 금련은 몸을 좌우로 뒤틀었다. 꿈틀거리는 곡선을 보며 응백작은 숨이 멎을 것만 같았다.

"꿈틀거리지 말아, 이것아."

이렇게 명령하는 서문경의 목소리도 갈라져 나왔다. 화가 머리끝까지 치솟았지만, 점점 더 야릇한 기분이 드는 모양이었다. 그리고 그 분노가 침대 위에 웅크리고 있는 금동 쪽으로도 향했다.

"자, 저 짐승은 어떻게 할까?"

서문경이 이를 갈며 말했다.

그러자 반금련이 고통스러운 나머지 눈꼬리에서 관자놀이로 눈물을 흘리면서 흐느껴 말했다.

"아아! 서방님, 제가 잘못했어요. 어떤 벌이라도 달게 받을게요……. 둘 다 벌을 받아야 당연하겠죠……. 서방님, 그러니 부디 제가 다시 오늘 밤과 같은 잘못을 저지르지 않도록……, 금동이를 더는 사내가 아니게 만들어주세요."

"아니, 뭐라고? 저놈을 내시처럼 만들라는 건가?"

서문경은 눈이 휘둥그레졌다.

내시란 거세당한 사내를 말한다. 동양에만 있는 악몽처럼 기이한 형벌…… 아니, 관습이었다. 흔히 부형[4]이라고 하는데, 다들 꺼리기

---

4   腐刑. 옛날 중국에서 집행하던 다섯 가지 형벌 가운데 하나로 죄인의 생식기를 제거하는 형벌이다. '궁형'이라고도 한다.

는 하지만 한편으로 일단 부형을 당하고 환관이 되어 궁궐에 들어가기만 하면 후궁에서부터 천자에 이르기까지 두루 가까이서 접할 일이 가장 많다. 그걸 기회로 삼아 권세와 부귀를 손에 쥘 수 있어서 환관들은 종종 천하를 쥐락펴락했다. 어느 시대나 궁중에는 삼천 명의 환관을 두었는데 응모자가 삼 만여 명에 이를 만큼 이상한 사람들이 있었다. 하지만 평범한 사내라면 무엇보다 두려워하는 형벌이 틀림없었다.

이 형벌은 음경과 음낭의 뿌리 부분을 단단한 끈으로 묶어 피가 통하지 않게 한 다음, 아주 날카로운 칼로 단숨에 절단한다. 그리고 요도에 관을 꽂아 오줌을 눌 수 있게 할 뿐, 잘라낸 부위는 기름으로 태워 소독하고 마치는 식으로 진행되었다.

"좋아……. 화동아, 끈과 면도칼을 가져오너라."

서문경이 쉰 목소리로 말했다.

"아아……."

실성한 듯한 목소리를 낸 사람은 금동뿐만이 아니었다. 상황이 뜻밖의 방향으로 흐르자, 아무 말도 할 수 없게 된 화동이 내는 신음이었다.

"아니, 형님. 그건 너무하지 않소?"

응백작은 당황해 도움을 청하듯 정실부인 오월랑 쪽을 바라보았다. 하지만 정숙하고 기품 있는 오월랑도 왠지 가면을 쓴 사람처럼 무표정한 얼굴로 아무 말이 없었다. 그 발그레한 뺨 안쪽에는 여자의 악마적 본능 같은 불길이 조용히 타오르고 있는 듯했지만, 그건 아마도 착각이리라. 놀랍고 두려워서 표정이 얼어붙었는지도 모른다.

서문경이 버럭 소리를 질렀다.

"아니, 자네 무슨 소리인가. 저 계집도 저렇게 벌을 받고 있지 않은가. 금동이 이놈, 너를 죽이지 않는 것만 해도 다행인 줄 알거라."

그 말을 듣고서야 응백작은 서문경이 매우 진지하며 장난이 아니라는 사실을 깨달았다. 그는 머리를 감싸 쥔 채로 구석에 있는 의자에 털썩 주저앉았다. 또 뒷산에서 바스락거리며 눈 내리는 소리가 들려왔다.

금동이 울부짖는 소리가 점점 커졌다. 화동은 결국 머릿속에 피가 안 통하는 사람처럼 픽 쓰러지고 말았다. 배꼽에 꽂은 심지의 불이 크게 흔들린 까닭은 금련이 그쪽으로 고개를 돌렸기 때문이었다. 스르륵, 스르륵, 촛농이 새하얀 살갗을 타고 흘러내렸다. 바로 그때 응백작은 반금련의 고통스러운 얼굴에 눈물이 흐르는데도 살짝 웃음이 스치는 것을 본 기분이 들어, 환각을 보았나 싶어 그만 눈이 휘둥그레졌다.

이상한 불빛

응백작은 불길하게 느꼈던 자기 예감이 맞아떨어졌다고 생각했다. 하지만 그 예감을 훨씬 뛰어넘는, 너무도 무시무시하고 불길한 사건이 서문경 저택에서 일어난 것은 그로부터 닷새째 되던 날 밤이었다.

그날도 희끗희끗 날리던 눈은 오후에 그쳤지만 언제 또 내릴지 모를 그런 하늘이었다.

서문경은 마음이 울적했다. 날씨 탓만은 아니었다. 궁형, 거세 수
술을 공식적으로 당한 자는 잠실⁵이라고 부르는 캄캄한 방 안에 집
어넣고 아물기를 기다리게 한다. 하지만 서문경의 저택에는 그럴
만한 방이 없어 금동에게 벌을 내린 뒤에 '장춘오(藏春塢)'라고 부르
는 뒷산 동굴에 처넣었는데, 고통을 이기지 못하는 구슬픈 비명이
밤낮없이 바람을 타고 들려왔기 때문이다.

"화동아……, 화동아……. 이게 다 네놈 탓이야! 이 원한은 반드
시 갚고야 말 테다!"

밥은 아침저녁으로 화동이 가져다주도록 했다. 화동도 내키지는
않았지만, 시키는 대로 할 수밖에 없었다. 그래서 장춘오에 있는 달
모양의 창문으로 음식을 던져 넣고는 후다닥 그곳을 떠났다. 화동
은 서문경을 볼 때마다 원망하는 눈길을 보냈다. 서문경도 화가 조
금 가라앉고 보니 생각보다 정이 많이 들었던 금동이라 잠자리가
편치 않았다.

뒷산에서 울부짖는 소리가 귀를 때려, 서문경은 계속 술을 마셨
다. 정실부인 오월랑은 친정 잔치에 가서 집을 비웠고, 둘째 부인
이교아는 달마다 찾아오는 달거리 때문에 자기 방에 틀어박혀 있
었다. 셋째 부인 맹옥루는 금동이 원래 자기가 시집올 때 데려온 종
이라 잔뜩 화가 났고, 여섯째 부인 이병아는 몸이 좋지 않았다. 손
설아는 이럴 때 술 상대가 되어줄 만한 성격의 여자가 전혀 아니다.
친구인 응백작마저 그 뒤로는 찾아오지 않았다. 이렇게 되니 역시

---

5   蠶室.누에를 치는 방이란 뜻도 있지만, 중국에서는 궁형에 처한 죄인을 가두던 감옥
     을 가리키기도 한다. 바람이나 빛이 전혀 들지 않는 방이다.

가장 그리운 사람은 반금련인데, 아무래도 그쪽으로 발길을 돌리기는 남자 체면이 꼴이 아니다.

저녁 무렵, 반금련이 부리는 춘매라는 몸종이 노파 한 명을 데리고 큰방 앞 복도를 지나가는 모습을 보고 서문경이 불러 세웠다.

"아니, 유씨 할멈. 언제 오셨었나?"

입구에 멈춘 사람은 몸이 반으로 접히다시피 등이 굽어 흰머리가 땅에 닿을 듯한 눈먼 노파였다. 앞을 보지 못하지만 침을 놓고 점을 치며 주술사 노릇도 했다.

"아이고, 나리. 그간 평안하셨습니까? 예, 예……. 반씨 부인께서 부르셔서 다녀가는 길이라오."

그쯤이야 노파를 데리고 가던 춘매가 반금련의 몸종이라는 사실로도 쉽게 알 수 있다. 금련이 무슨 일로 불렀느냐고 묻고 싶은 걸 참고, 서문경은 다시 큼직한 술잔을 입으로 가져가는데, 노파는 끈을 당겨 여미는 두루주머니 주둥이처럼 쪼글쪼글한 입을 오므리며 킥 웃었다.

"나리. 부인을 그만 용서하시죠. ……너무 가엾어서."

"이런 망할 할망구! 쓸데없는 소리 마시오."

"호오 호오, 호오. 이러니저러니 해도 나리께선 틀림없이 용서하시게 될 거요. 왜냐하면 이 할망구가 남녀 화합 주술을 걸고 왔으니까 말이오."

"뭐라고?"

"나리는 틀림없이 오늘 밤 반씨 부인 처소에 들게 될 거요. 아, 아니. 지금은 너무 이르고. 나리……, 오늘 밤 이경이 되면 부디 금련 부인의 방으로 가주시오."

"무슨 소릴. 내가 그런 음란한 계집에게 갈 것 같아?"

"나리. 잊지 마시오. 이경이에요, 이경. 호오 호오 호오."

올빼미 우는 소리 같은 웃음을 남기고 노파는 가버렸다.

참말일까, 거짓말일까? 밤하늘의 별마저 이리저리 움직일 수 있다는 소문이 난 노파였다. 어떤 주술을 걸었는지 모르지만 술을 마시다 보니 서문경은 점점 묘한 기분이 들었다. 그 탁랍형을 받을 때 흰 뱀처럼 꿈틀거리던 금련의 요염한 자태가 머릿속에 떠올라 지워지지 않았다.

'흥, 유씨 할멈을 불러 나와 화합하도록 주술을 걸었다고? 뻔뻔하다면 뻔뻔하지만, 그래도 한편으론 측은한 계집 아닌가······?'

이경 조금 전, 서문경은 참지 못하고 비틀거리며 큰방을 나와 후원으로 향했다.

긴 회랑을 걸어 금련의 방으로 가서 문을 두드렸다.

"안에 있는가?"

불러 보았는데 대답이 없다.

"날세. 문 열어."

불은 켜져 있는데 안에서는 바스락거리는 소리도 나지 않는다. 아직 화가 가라앉지 않았나? 아니면 이경이 되기 전에는 문을 열면 안 된다는 주술 때문일까? 어쨌든 모처럼 몸소 찾아왔는데 대답도 없다니 괘씸하다. 서문경은 술기운 탓에 화가 불끈 치밀어 올랐다.

"오냐, 열지 않겠다면 나도 생각이 있다. 이경이 되건 삼경이 되건 다시 오지 않을 테니 그리 알아라. 유씨 할멈이 이야기하는 주술

따위 내겐 통하지 않아!"

문을 쾅 걷어차고 잔뜩 화가 나 회랑을 걸어 돌아가다가 동상방 문이 반쯤 열려있고 안에서 희미한 불빛이 흘러나오는 게 보였다. 그 방은 전에 봉소추라는 첩이 살던 방인데 지금은 아무도 쓰지 않아, 저런 불빛이 흘러나올 리가 없었다.

'……?'

안을 들여다본 서문경은 쓴웃음을 지었다.

화동이었다. 녀석이 돌아앉아 볼일을 보는 중이었다. 틀림없이 뒷산 장춘오에 음식을 가져다주고 돌아오다가 갑자기 용변이 급해진 모양이다. 한 손에 촛불을 든 채로 바지를 까고 붉은색 변기 위에 웅크리고 앉아있었다.

그러나 욕정이 발동해 반금련의 처소까지 갔던 서문경의 눈에는 그 희미한 불빛을 받아 야릇하게 부드러운 윤곽이 그늘을 드리우는, 둥글고 작은 언덕 같은 화동의 엉덩이는 마치 빛나는 보석처럼 보였다.

"화동아."

불쑥 이름을 부르자 소년은 얼른 일어나 뒤를 돌아보는 바람에 고샅이 고스란히 드러났다. 얼른 손으로 가리는 바람에 초가 바닥에 떨어져 방 안이 캄캄해졌다.

이 방은 침대도 있고 이부자리도 그대로 깔려있을 것이다. 희대의 호색한 서문경은 욕망이 불끈 치솟아 어둠 속으로 성큼 뛰어들었다.

"아아……, 제발……."

잔뜩 잠긴 목소리로 가쁘게 숨을 몰아쉬는 상대의 목소리와 뒤에서 꼭 껴안은 서문경의 폭풍 같은 숨소리가 방 안에서 뒤엉켰다.

그러다 서문경은 흠칫 놀라 벌떡 일어났다. 그때 뒷산 쪽에서 또 저주에 찬 비통한 외침이 들려왔기 때문이다.

"화동아……, 이놈아……, 네가 나를 남자가 아니게 만들었어. 다 네 탓이야. 너만, 즐기겠다는 속셈으로. 나는 용서하지 않겠어. 반드시 갚아줄 테다."

늘 그렇듯 응백작이 아무런 기별도 없이 훌쩍 찾아온 것은 이경이 조금 지났을 때였다.

한밤중에도 바람처럼 불쑥 찾아오는 응백작이지만 요 며칠은 지난번에 보여준 서문경의 난폭한 모습에 완전히 질려서 걸음을 끊었다. 하지만 오늘 밤은 저녁부터 빚쟁이에게 쫓기는 바람에 돈이 없어 몸을 피할 곳을 구하지 못해 어쩔 수 없이 형님으로 모시는 서문경의 집으로 도망쳐 온 것이다.

빚쟁이에게 쫓기면서도 발걸음만은 태연했다. 밖에서 물으니 "나리께선 후원으로 가셨습니다" 하기에 아하, 그렇다면 틀림없이 반금련과 틀어졌던 사이를 되돌린 모양이라고 생각하고 응백작은 히죽거리면서 회랑을 걸었다.

동상방 쪽 회랑에서 북상방으로 꺾어지는 모퉁이에서 응백작은 문득 걸음을 멈췄다.

한 잎, 두 잎, 흰 꽃잎 같은 것이 떨어졌다. 또 눈이 내리기 시작한 모양이다. 하지만 응백작의 눈에 이상하게 비친 것은 하늘에서 내리는 눈이 아니었다. 그 어둠 너머에 있는, 아마 뒷산 장춘오 부근에서 피어올랐을 한 줄기 불빛이었다.

'그런데 동굴에서 흘러나오는 불빛은 아닌 듯하고. 동굴 밖에, 불이 붙은 초 한 자루를 초롱도 없이 땅바닥에 세워둔 모양이네…….'

고개를 갸웃거리면서 응백작이 북상방으로 가보니 아니나 다를까 서문경은 반금련과 함께 천연덕스럽게 술을 마시는 중이었다.

"아, 어서 오게. 한동안 얼굴을 보이지 않더니. 마침 잘 왔어. 으하하, 보다시피 오늘 이경을 기해 화해했네, 화해. 자, 아우도 같이 한잔하세."

서문경은 아주 쾌활한 목소리로 말했다.

"아, 고마워요. 그런데, 형님. 뒷산 쪽에 이상한 불빛이 보이던데요."

"불이? 글쎄, 장춘오 부근에는 불을 밝힐 일이 없을 텐데."

"아니에요. 초롱도 없이 그냥 초만 세워둔 모양이던데."

"그렇다면 화동이 녀석 아닐까? 아까 금동이에게 식사를 가져다주라고 해두었는데."

"그런가? 하지만…… 아무래도 이상하네. 제가 잠시 지켜보았는데 불빛은 전혀 움직이지 않았거든요."

"귀찮군. 그렇다면 일단 나가 봐야지. 거참."

두 사람은 다시 회랑으로 나가 모퉁이까지 불빛을 살피러 갔다. 눈이 점점 더 많이 내리는 가운데 저 멀리 불빛이 땅바닥 위에서 타오르고 있었다.

"여하튼 직접 가서 살펴보세."

두 사람은 쌓이는 눈을 밟으며 뒷산 기슭까지 걸었다.

불빛은 틀림없이 촛불이었다. 그런데 초가 이상하게 눈 속에 떡하니 세워져 있었다. 눈 속에……? 아니, 아니다. 저 눈 속에서 불룩 솟아난 건 뭐지?

"아니, 아니, 이게 뭐야……."

응백작이 깜짝 놀라 외쳤다.

눈 위에 상반신을 처박고 누군가 엎어져 있다. 그것도 엉덩이를 드러낸 채 공처럼 쑥 내밀고. 초는 그 항문에 단단히 꽂혀있었다.

"화동아!"

그 옷차림을 보고 눈치챈 서문경이 절규한 뒤에는 꽁꽁 얼어붙은 침묵이 거대한 어둠을 점령했다.

초는 홀로 타고 있었다. 쉬지 않고 내리는 눈 속에 야릇한 둥근 빛을 그리며 주르륵주르륵 촛농을 흘렸다. 두 사람은 한동안 숨을 죽인 채 이 아름답고 처참한 '촛대'의 불빛을 멍하니 바라보았다.

수상한 미소년

"화동아!"

겨우 정신을 차린 서문경이 허겁지겁 쌓인 눈을 손으로 긁어 헤치기 시작했다. 눈 속에서 드러난 얼굴은 아니나 다를까, 고통스러운 표정으로 눈을 부릅뜨고 입술이 보랏빛으로 일그러진 화동이었다.

시체가 흔들리니 촛불이 크게 요동쳤다. 게다가 눈이 펑펑 쏟아지는데도 피 기름을 머금은 초의 불꽃은 사그라지지도 않고 치익, 하는 소리를 내며 더 활활 타올랐다.

"후우……."

응백작이 이상한 한숨을 내쉬고 그 초를 뽑았다. 새하얀 초 아랫부분에서 새빨간 핏방울이 떨어졌다.

피와 촛불 사이의 가느다란 초 몸통 부분을 조심스럽게 잡은 채, 응백작은 서문경의 부릅뜬 눈이 향한 데를 바라보았다. 그런데 장춘오의 문이 열려 있었다.

"금동이 짓인가?"

응백작이 중얼거렸다.

"밖에서 자물쇠를 채우고 열쇠는 화동이에게 맡겼는데……."

서문경은 대꾸하더니 마음을 단단히 먹은 표정으로 문 쪽으로 다가가 장춘오 안을 들여다보았다.

"금동아, 금동아. 어디 있느냐? 없냐……? 아우, 불 좀 비춰보게."

"형님……, 금동이는 도망친 모양입니다."

응백작이 말했다. 그리고 촛불을 낮춰 들고 가만히 땅바닥을 살폈다.

밤부터 내리던 눈은 점심때쯤 그쳤었다. 눈 위에 발자국 몇 개가 뚜렷하게 찍혀있었다. 방금 이곳에 온 서문경과 응백작 말고 저택 쪽에서 온 사람은 시체가 된 화동뿐이다. 그렇다면 화동은 눈이 그친 오후가 되어서야 비로소 식사를 가져왔다는 소리가 된다. 그것 말고는 반대로 장춘오에서 집 방향으로 걸어간 발자국뿐이었다.

"……그렇지만 녀석이 집으로 돌아갔다면 누군가 본 사람이 있을 테고, 그렇다면 내게 알렸을 텐데."

서문경은 의아하다는 듯 중얼거리며 응백작과 함께 그 발자국을 따라 걷기 시작했다.

"앗!"

회랑 남동쪽 모퉁이에 이르렀을 때, 서문경이 불쑥 소리쳤다. 거기에는 도화동이라고 불리는 작은 방이 있는데 그 바로 앞 입구 처마 밑에 누군가 엎어져 있었다.

"금동이다!"

응백작이 소리쳤다.

금동은 숨이 멎은 상태였다. 시체에 특별한 이상은 없었다. 피도 보이지 않았다. 그토록 아름답던 뺨도 깎아낸 듯 홀쭉해졌고, '부형'을 당한 남자 특유의, 수술 부위에서 풍기는 악취가 코를 찔렀다.

"이제 알겠군."

서문경은 크게 낙담하며 멍하니 중얼거렸다.

"금동이 녀석, 요 네댓새 화동에게 심한 욕을 퍼부었지. 궁형을 내리라고 한 금련이나 궁형을 내린 나에게 욕을 퍼부을 수는 없으니, 고자질한 화동이를 원망한 모양일세……. 언젠가 반드시 앙갚음하겠다고 울부짖었는데. 오늘 밤 무슨 사정이 있었는지 몰라도 화동이가 마지못해 장춘오 문을 열어준 모양이군. 그러자 화동이를 죽여버리고……."

"왜 거기에 초를 꽂았을까요?"

"글쎄, 그건 나도 모르지."

"금동이와 화동이는 평소 사이가 나빴나요? 제겐 그렇게 보이지 않았는데. 형님이라면 아실 텐데, 그 속사정을."

"속사정이라고?"

"뭐, 상황이 이렇게 되었으니 솔직하게 말씀드리죠. 서로 엉덩이를 질투했다거나."

"무슨 말도 안 되는 소릴……. 아니야. 그런 면에서는 여자들과 달리 두 녀석은 이상하리만치 사이좋게 지냈어. 하기야 그토록 원한을 품었다면 무슨 짓을 할지도 모를 일이지만."

"앙갚음한다면 화동이도 궁형에 처하는 게 나았을 텐데요."

"이 사람아, 장춘오에는 그런 데 쓸 칼 같은 게 없어."

"아아, 그런가요? 그런데 아직 잘 이해되지 않네. 화동이는 그렇다 치더라도 금동이는 왜 죽은 걸까?"

"미안하지만 난 그 뒤로 금동이를 들여다보지 않았는데 그사이 많이 쇠약해진 모양이더군. 화동이를 죽이기는 했는데 그만 기운이 다해 숨을 거둔 모양이지……. 뭐, 자세한 내용은 하구 같은 검시관이라도 불러 살펴보라고 하는 수밖에 없겠네. 그나저나 이거 골치 아프게 되었군. 어떻게든 조용히 넘어가고 싶은데."

머리를 감싸고 회랑으로 가려는 서문경을 응백작이 불러 세웠다.

"형님, 좀 전에는 아까 화동이를 만났다고 하셨잖아요?"

"맞아. 동쪽 회랑에서였지……. 금동이 식사를 가져다주러 간다고 했는데……. 두 시간쯤 전이었나?"

그러더니 서문경은 갑자기 모호한 표정을 지었다.

"그 뒤로 후원에 들어온 사람은 없나요?"

"그건 모르겠는데. 아마 없을 테지. 그런데 왜 그런 걸 묻나?"

서문경은 짜증이 난 모양이다.

"그걸 알려면 수화문 문지기인 평안에게 물어봐야겠지. 어쨌든 화동이가 금동이에게 살해당한 건 확실해. 장춘오에 갔던 사람은 화동이뿐이니까. 그리고 금동이가 여기까지 도망쳐 죽었다는 건 발자국을 보면 알 수 있지. 다른 사람은 아무 관계가 없지 않겠나?"

"아뇨. 있어요, 형님."

응백작은 고개를 꼬며 말했다.

"만약 아무도 이 후원에 들어온 일이 없다는 게 확실하다면 아주 심각해집니다."

"뭐야? 후원에는 금련과 설아가 있었어. 그리고 아아, 저녁에 유씨 노파와 춘매가 들어왔었던 모양이고. 그 밖에는 나하고 자네, 그리고 화동이 정도일걸……. 대체 뭐가 심각해진다는 거지?"

"왜냐하면 말이에요, 형님."

응백작은 물끄러미 시체를 내려다보며 말했다.

"금동이는 장춘오에서 여기까지 스스로 걸어온 게 아니에요……. 누가 업어 옮긴 것 같아서 그럽니다."

"아니, 뭐, 뭐라고?"

서문경은 버럭 소리를 지르며 펄쩍 뛰었다.

"자네가 그걸 어떻게 아나?"

"그 동굴에서 나와 여기까지 눈 위를 걸어왔다면 발바닥에 묻은 흙은 도중에 다 떨어졌을 겁니다. 하지만 이걸 보세요, 금동이 신발 바닥에는 아직도 동굴 안에서 묻은 흙이 그대로 붙어있잖아요……."

"……."

"누가 업어 옮겼다는 증거죠. 화동이는 아닙니다. 그 녀석은 장춘오 앞에서 죽었으니까. 그렇다면 이건 더 끔찍한 이야기예요. 이 집에서 장춘오까지 걸어갔는데 발자국은 한 사람 몫만 남아 있다면, 그건 화동이 발자국이 아니라 화동이도 역시 누군가에게 업혀 갔다는 이야기가 되죠……. 그러니까, 화동이도 살해당한 거로 보는 게 앞뒤가 맞아요."

"금련인가……? 유씨 할멈……? 아니면……."

서문경은 잔뜩 잠긴 목소리로 말을 이었다.

"아니야. 아무리 소년이라지만 그 덩치를 짊어지고 눈 속에 그만큼 걷는다는 건 전족[6]을 한 여자들에겐 힘든 일이지."

"그렇다면……."

바로 그때 촛불이 이리저리 흔들린 까닭은 응백작이 야릇한 웃음을 지으면서 엉거주춤 도망치는 시늉을 했기 때문이다. 하지만 응백작마저도 일종의 흥분을 이기지 못하고 있었다. 자기도 모르게 피로 물든 초의 아랫부분을 꼭 움켜쥐고 말을 이었다.

"형님, 그렇다면…… 안됐지만 범인은 형님이라는 이야기가 되는데요……?"

"멍청한 소리!"

서문경은 버럭 소리를 질렀지만, 다음 순간 갑자기 입을 다물었다. 응백작이 엉덩이를 뒤로 뺀 자세로 살피니 서문경은 고개를 푹 숙인 채 어깨를 들썩이며 숨을 쉬고 있었다.

"형님……."

6 纏足. 여성의 엄지발가락 이외의 발가락을 모두 발바닥 방향으로 접어 꼭 묶어 자라지 못하도록 만드는 일이나 그런 발을 말한다. 중국의 오랜 풍습이었다.

"맞아, 날세."

서문경은 큰 몸집 어디서 나오는지 믿을 수 없을 정도로 가느다란 목소리로 말했다.

"내가 그랬어. 자네 말이 맞아. 일단 내 말을 가만히 잘 들어보게……. 하지만 처음부터 그럴 작정이었던 건 아니야. 그야말로 우연히 일어난 재앙이었지. 그래서 힘들게 짜낸 고육지책이었어."

"으음. 뭐 그럴 테죠. 인제 와서 형님이 화동이는 물론 금동이까지 죽일 이유는 없으니. 도대체 어떻게 된 일입니까?"

"오늘 저녁 무렵이었지. 그 주술을 건다는 유씨 할멈이 왔어. 금련을 위해 나하고 화합하도록 주술을 걸었으니 밤 이경이 되면 금련이 있는 방으로 가보라더군. 처음에는 무슨 쓸데없는 소린가 싶었는데 술을 한잔하다가 불쑥 유씨 할멈이 한 말이 신경 쓰여서 이경쯤 되어 금련이 있는 방으로 갔었네. 문을 두드려도 응답이 없더군. 화가 나서 돌아오던 중에 빈 동상방에서 화동이 녀석이 엉덩이를 까고 요강에 쭈그리고 앉아있는 게 보였네. 그래서……, 내가 그만 장난기가 동해서……."

"하기야 형님은 취미가 고약하시니까."

응백작이 쓴웃음을 지었다.

"아니, 그런데 녀석이 땀을 잔뜩 흘리더군. ……그래서 그 뭐냐, 화동이가 도중에 갑자기 이상한 소리를 지르더니 그만 축 늘어지는 거야. 이름을 부르고 흔들어 보았는데 꼼짝도 하지 않았네. 방 안이 캄캄하기도 해서 나는 얼른 그 방에서 뛰쳐나왔지……."

"아니, 캄캄해요? 그런데 용케 화동이라는 건 알아보셨네요."

"아니지. 처음엔 화동이가 초를 들고 있었어. 내가 덮칠 때 꺼져 버린 모양이야. 그래서 그 방을 뛰쳐나와 금련의 방으로 촛불을 얻으러 갔는데 여전히 응답이 없더군. 다시 동상방으로 달려가 더듬 더듬 화동이를 만져보았네. 그랬더니 아뿔싸, 벌써 싸늘해졌어. 당황해서 방 밖으로 뛰쳐나가려다가 생각해 보니 사람들이 알게 되면 아주 곤란하겠더군. 이럴 땐 역시 가장 의지할 수 있는 사람이 금련이지. 그래서 다시 금련의 방으로 가서 문 앞에서 어떻게 해야 하나 고민하고 있는데 뒤에서 누가 어깨를 툭 치는 거야. 금련이는 그때까지 이리저리 거닐고 있었다더군."

"……."

"그래서 촛불을 들고 둘이 함께 동상방으로 가보았어. 아니나 다를까 화동이는 숨이 끊어진 상태였어……. 그다음부터는 금련이 낸 꾀야. 내가 살인자가 되지 않기 위해서는 누군가를 범인으로 만들어야만 하지. 그래서 불쌍하기는 하지만 어제부터 화동에게 저주를 퍼붓던 금동이 녀석에게 뒤집어씌우는 방법밖에 없겠다고 생각했어. 내가 화동이를 업고 장춘오로 가서 금련이 준 짐독을 탄 술을 먹여 죽였고, 그 시체를 다시 등에 업고 온 걸세……."

"……그러면 화동이 엉덩이에 꽂은 초도 형수님이 낸 꾀입니까?"

"그래. 대체 그럴 필요가 어디 있느냐고 내가 물었더니, 눈이라도 다시 내리면 애써 궁리해 낸 발자국을 이용한 속임수가 아무 쓸모도 없게 된다. 이상야릇한 촛불을 밝혀 놓고 다른 사람을 부르는 게 낫겠다고……."

"그뿐인가요……?"

응백작이 야릇한 표정을 지으며 살짝 고개를 꼰 순간, 손에 든 촛불에 흰 나방 같은 눈발이 스치며 훅 꺼지고 말았다.

어둠 속에서 털썩 무릎 꿇는 소리와 함께 울먹이는 서문경의 목소리가 들렸다.

"이보게, 제발 좀 눈감아 주게. 의형제의 정을 생각해서 아무에게도 이야기하지 말아줘. 내가 보답은 확실히 하겠네. 부탁해!"

"아니, 제가 형님이 저지른 짓이라는 걸 밝히면 그건 제 밥줄을 끊는 짓이나 마찬가지죠. 그리고 보답이라니, 당치도 않은 말씀이에요."

응백작은 어둠 속에서 손을 뿌리치는 척했지만, 서문경이 다시 그 손을 잡는 기척이 느껴졌다.

"그런데, 형님. 제가 지금 빚쟁이에게 쫓기는 처지인데 이건 좀 벗어나게 해주세요. 부탁드립니다……."

반금련의 고백

선반에서 멋대로 꺼내 온 술을 홀짝거리던 응백작은 도화동으로 돌아온 뒤로 시무룩하게 침대에 걸터앉아 있던 서문경을 바라보며 이렇게 중얼거렸다.

"그렇지만…… 아무래도 앞뒤가 너무 착착 맞아떨어지는 것 같네……."

응백작은 뭔가를 탐색하듯 눈을 반쯤 뜨고 툭 내뱉었다.

"형님……. 그게 정말 화동이었을까요?"

"뭐? 그게 무슨 소린가? 그건 분명히 화동이었어. 금동이는 장춘오에 갇혀있었고. 그리고 무엇보다 뒤에서 껴안을 때 가슴에 단단하게 두른 천이 만져졌다니까. 그건 화동이가 그날 밤 금련의 촛대에 찔려서 생긴 상처 때문에 붕대를 두르고 있었던 거지. 그리고……."

"그리고?"

"무엇보다 촛불이 아직 꺼지기 전에 내가 말을 걸자 깜짝 놀라 화동이 일어섰는데……, 그때 얼핏 남자의 물건이 보였다니까. 금동이는 그게 없잖아……"

"그런가……?"

응백작은 몸의 긴장을 슬쩍 풀며 술잔을 홀짝 비웠다. 바로 그때 다시 눈이 휘둥그레졌다. 온몸에 소름이 끼쳤다.

서문경이 흠칫 놀란 표정으로 돌아보며 물었다.

"아니, 자네 또 왜 그러나?"

"아뇨, 아무것도 아니에요. 아, 잠깐 형수님께 알려드리고 오겠습니다. 걱정하고 계실 테니 마음 놓으시라고요."

머리를 감싸 쥔 서문경을 남겨두고 응백작은 훌쩍 도화동을 나와 회랑을 걸어 반금련의 방문을 두드렸다. 중정에는 눈이 어지럽게 내려 쌓이고 있었다.

"들어와요."

안으로 들어가니 반금련은 의자에 걸터앉은 채로 긴 속눈썹 아래 있는 아름다운 눈동자를 들어 응백작을 바라보았다.

"어머, 서방님은?"

"곧 오실 겁니다."

"그래요? 조금 전 이상한 불빛을 보았다면서요?"

그러면서 금련은 봄에 나온 파처럼 흰 손가락으로 이상한 물건을 만지작거렸다. 가만히 보니 남자와 여자를 본뜬 유치한 인형을 서로 마주하게 하고 붉은 실로 열심히 묶고 있었다.

"뭐, 그 불빛은……. 화동이와 금동이가 모두 죽고 말았죠. 그런데 그 인형은 뭡니까?"

"예? ……아, 이거? 오늘 유씨 할멈이 준 거죠. 남녀 화합을 비는 거래요, 호호. 아, 그런데 방금 뭐라고 했죠?"

"금동이 녀석이 결국 장춘오에서 미친 모양입니다. 저녁 식사를 가져간 화동이를 죽이고 자기도 죽고 말았네요. 허허……, 그렇게 되었으니 이제 부인과 서문 대인은 절대로 멀어질 리 없게 된 셈인가요?"

반금련은 의자에서 벌떡 일어났다. 하지만 응백작이 손에 든 인형을 바라보고 있는 걸 눈치채고 도로 앉았다.

"어머, 무서워……. 불쌍하게도."

반금련이 중얼거렸다.

"그렇지만 형수님께서 형님을 이토록 소중하게 여기시니 애처롭기도 하면서 한편으론 부럽군요. 그런 면에서 보면 좀 이상한 이야기가 되겠지만 화동이와 금동이라는 대단한 연적이 죽었다는 건……. 아니……, 그런데 남자 인형의 눈을 빨간 실로 꿰매는 건 어떤 의미죠?"

"이건 서방님 눈에 다른 예쁜 것들이 보이는 걸 막기 위해서."

금련은 탁자 위에 놓인 작은 바구니에서 약쑥을 한 꼬집 집어내고 있었다.

"아하, 그렇군요……. 그렇지만 형수님, 나 같으면 이렇게 했을 겁니다. 가령 형님께서 잘생긴 두 소년에게 반했다고 칩시다. 그때 제가 여자라면 죽음을 무릅쓰고 그 가운데 한 녀석을 유혹하겠어요. 어라, 그런데 쑥으로 인형의 심장을 태우는 건 무슨 뜻인가요?"

"유씨 할멈은 이렇게 하면 서방님의 마음이 내 생각으로 불타오르게 만들 수 있다고 하더군요."

"그다음에는 그 소년 방에 제 향낭을 던져 넣고, 다른 소년이 그걸 발견하게 해 형님께 고자질하게 만들고, 일부러 몰래 소년을 만나는 척해 현장을 덮치게 만드는 거죠. 그렇게 해서 그 벌로 상대방 미소년은 남자가 아니게 되는 벌을 받게 되고……. 어? 왜 인형 손에 못까지 박죠?"

인형 손에는 작은 못을 칠 때마다 금련의 하얀 이마로 흘러내린 검은 머리카락이 뇌쇄적인 그늘을 드리웠다.

"이건 내가 무슨 짓을 해도 앞으로 누구도 서방님에게 절대 수작을 부리지 못하게 만들기 위해서."

"아, 그 정도라면 형님께선 결코 탁랍형 같은 벌을 떠올릴 수 없겠군요. 형님이 가장 좋아하는 사람은 바로 형수님일 테니까요. 어쨌든, 나 같으면 그토록 원하는 형님을 이경 무렵에 이곳으로 불러들일 겁니다. 다만 형수님은 그전에 또 다른 소년 한 명은 짐독을 써서 죽이고, 그 미소년의 모습으로 변장해 기다리는 거죠……."

반금련은 불쑥 인형을 바닥에 내려놓더니 응백작을 쳐다보았다.

앵두 같은 입술에서 무시무시한 한숨이 흘러나왔다.

"응 선생이라면 남자니까 젊고 아름다운 미소년으로 변장할 수 있겠죠⋯⋯."

"아니죠. 여자라도 가슴을 천으로 단단히 조여 매고, 남자 물건을 매달면⋯⋯. 물론 그 물건은 벌을 받아 잘린 그 소년 것일 테고⋯⋯, 대충 위장하는 정도면 눈을 속일 수 없는 것도 아니죠. 아니, 뭐랄까, 그야말로 기상천외, 일찍이 들어본 적도 없는 변장이죠⋯⋯. 아, 형수님, 하던 일을 계속하시죠."

반금련은 종이를 꺼내 떨리는 손으로 그 종이에 주사[7]로 무슨 주문 같은 걸 쓰기 시작했다.

"그리고 형님이 소년으로 착각한 부인을 덮칠 때 놀라서 그만 정신을 잃은 척하는 거죠. 형님은 당황해 뛰쳐나갈 테고, 그 틈에 미리 죽여놓았던 소년의 시체를 침대 뒤에서 꺼내놓고 형수님은 그 방에서 빠져나오는 거예요. 그다음 원래 모습으로 돌아와 잔뜩 겁을 먹은 형님의 어깨를 톡톡 두드려 드린다⋯⋯. 그다음은 자기가 사람을 죽였다고 착각해 겁에 질린 형님을 몰아붙이면 무슨 일이든 시키는 대로 하실 테고. 슬쩍 유도해서 탁랍형으로 앙갚음도 하고⋯⋯. 아니, 형수님. 애써 주문을 쓴 종이를 태우다니, 왜 그러죠?"

"이 재를 차에 타서 마시게 하면 그 사람은 나를 미치도록 좋아하게 된다는 거예요⋯⋯."

"호오. 그거 나도 한잔 타 주시겠어요, 형수님?"

---

7   朱沙. 수은으로 이루어진 황화 광물. 짙은 붉은색이며 광택이 나. 부적을 쓸 때 붉은색 물감으로도 사용하며 약재로도 쓰인다.

응백작이 히죽거렸다. 반금련은 다시 일어섰다. 요염하기 짝이 없는 얼굴로 미소를 지으려는 듯하다가 표정이 이상하게 굳어졌다.

"안 돼요. 저는 서방님을 위해 정절을 지켜야만 해요."

"……?"

"응 선생, 지금 나눈 이야기는 댁이 내 남편이라면 몰라도 이제 모두 끝난 일이에요. 누가 누구로 변장했건, 그 변장한 모습은 이미 사라졌고, 도로 원래 모습으로 돌아왔으니까. 무슨 요구를 하려고 해도 이미 늦었어요……."

아름다운 얼굴에서 이글거리는 반금련의 눈을 바라보며 응백작은 웃었다. 거의 찬탄에 가까운 미소였다.

"아뇨, 아직 늦지 않았어요."

"어째서?"

"미소년으로 변장한 미녀가 설사 옷은 바꿔 입었다고 해도 아직 가슴을 단단하게 묶은 천까지는 풀지 못했겠죠. 잠깐 미녀의 가슴을 보고 싶군요."

그러자 금련의 몸이 휘청 크게 흔들리더니 나긋나긋 움직여 응백작의 품 안으로 쓰러져 들어왔다. 응백작의 손가락이 그 붉은 겉옷을 벗겼다. 그다음은 안에 입은 흰 저고리도. 그리고…… 가슴에 단단히 묶인 천을 풀었다.

"아아……."

가쁜 숨소리가 누구 입에서 흘러나왔는지는 알 수 없었다. 응백작의 손끝에 봉긋 솟은 반금련의 젖가슴이 닿았다. 산수유 열매처럼 발그레 익은 젖꼭지가 손가락 끝에 닿았다. 응백작은 순간 몰아의 경지에 빠져들었다. 아무 소리도 들리지 않았다. 오로지 반금련의 비취 귀고리 부딪히는 소리만 들려왔다.

"이놈!"

바로 그때 느닷없이 우레처럼 큰 소리가 고막을 때리는 바람에 화들짝 놀라 돌아보니 서문경이 인왕[8]처럼 시뻘건 얼굴을 하고 서 있었다.

"너무 늦어진다 했더니 이런 짓을 하고 있어! 이 못된 놈!"

응백작은 호되게 얻어맞고 구석 쪽에 있는 침대로 날아가 엉덩방아를 찧었다. 조금 전까지 매달리며 안절부절못하던 것은 다 잊은 듯한 서문경은 화가 머리끝까지 나있었다.

"아잉, 서방님……."

반금련은 얼른 아무것도 걸치지 않은 젖가슴을 서문경의 가슴팍에 문지르며 아양을 떨기 시작했다.

"이건 유씨 할멈이 알려준 주문이에요. 이 주문을 적은 종이를 태워 그 재를 외간 남자와 서로 젖가슴 사이에 넣고 문지르면 내 마음속에 있는 사람의 마음이 내 가슴으로 뛰어든다고 했단 말이에요……."

응백작은 어처구니가 없어 뺨을 어루만지며 두 사람을 쳐다보았다. 인형의 팔에 못을 박았어도 샛서방에겐 아무런 효험도 없었다. 자칫하면 궁형을 당할지도 모르겠다는 생각이 들 만큼 서문경의 표정은 무시무시했다. 하지만 역시 주술의 효험이 여자에게는 확실히

---

8 仁王. 불교의 수호신 가운데 하나로, 흔히 절 입구에 무섭게 생긴 모습으로 조각해 세운다. 이 문을 '인왕문'이라고 한다.

있는 모양이었다. 서문경은 침을 꿀꺽 삼켰다.

"그리고 이 주술이 걸린 차를 드셔요……."

희대의 요녀 반금련은 감미롭기 짝이 없는 목소리로 속삭이며 공손하게 서문경에게 차를 건넸다. 응백작은 살짝 몸을 튼 흰 뱀 같은 반금련의 자태를 바라보았다. 그리고 어느새 헬렐레 풀어진 표정으로 머릿속 아득히 깊고 깊은 곳에서 이런 생각에 잠겼다.

'이 여자를 감당할 수 있는 건 악마밖에 없을지도 몰라…….'

쉴 새 없이 내리는 눈은 점점 모난 것을 둥글게, 둥근 것은 평평하게 만들어갔다. 쓰레기도 인간이 저지른 죄악도 모두 다 새하얗게 뒤덮었다.

염마천녀[1]

가릉빈가[2]

산동(山東) 청하현(清河縣)에서 커다란 생약 가게를 운영하며 청하현에서 으뜸가는 부자로 이름난 서문경은 아직 삼십 대 중반에 지나지 않는 나이다. 풍채가 좋고 게다가 세상에 보기 드문 바람둥이라 정실부인 오월랑 말고도 집안에 첩을 여섯이나 거느린 절륜한 정력가에다 성격이 호방해 술을 마시면 아주 떠들썩했다. 그런데 어느 늦은 봄날 저녁, 술잔을 손에 든 서문경은 이상하게 차분했다.

"형님, 무슨 일 있습니까?"

놀러 온 못된 친구 응백작이 이상하게 여겨 물었다.

---

1 閻魔天女. 불교 용어. '염마'는 지옥에 떨어진 사람이 생전에 지은 선과 악을 심판하는 왕이다. '천녀'는 육욕천에 산다는 아름답고 노래와 춤이 뛰어난 여자다.

2 迦陵頻伽. 산스크리트어인 'Kalavinka'를 한자로 표기한 불교 용어. 극락에서 여자 얼굴을 하고 아름다운 목소리로 노래하며 부처의 목소리로 말한다는 상상 속의 새.

"따님 병환 때문에 걱정입니까?"

따님이란 서문경이 나이 열여섯에 낳은 딸이다. 오월랑 전에 정실부인이었던 진혜수(陳惠秀)가 세상에 남기고 떠난 외동딸로 올해 나이 열일곱이다. 재작년 6월 도성에 사는 명문가에 가마를 태워 성대하게 시집보냈는데, 시댁에 큰일이 생겼다며 사위 진경제(陳敬濟)와 함께 친정으로 몸을 피한 뒤 계속 병으로 앓아누운 상태였다.

서문경은 고개를 저었다.

"그 일도 걱정이긴 하지만……."

"서방님께서는 사돈 집안인 진씨 가문 일로 걱정하고 계신 거죠? 저도 정말 걱정되네요……."

옆에 있던 오월랑이 미간을 찌푸리며 한숨을 내쉬었다.

진씨 집안은 80만 금군[3] 제독인 양전(楊戩)[4]의 친척인데 그 양 제독이 지난 몇 해 동안 양산박(梁山泊)에 모여든 큰 도적 무리를 진압하지 못한 책임을 지고 작년 여름 옥에 갇혔다. 그 죄가 일가친척에게도 끼칠 듯하여 서둘러 딸과 사위를 이곳으로 불러 숨겨주고 있는데 자칫하면 서문경도 화를 당할 수 있는 상황이었다.

서문경은 고개를 저었다.

"그도 그렇기는 하지만……."

"그러면 뭡니까?"

"사실은 말이야, 요즘 내가 정력이 떨어진 것 같아서……."

---

3   禁軍. 수도 방위를 가장 중요한 임무로 삼으면서 일부는 번갈아 국경 수비를 담당하기도 한 군대.

4   《수호전》에서는 북송 때의 4대 간신 가운데 한 명으로 꼽힌다.

오월랑 맞은편, 서문경 곁에 앉아 있던 다섯째 부인 반금련이 무릎을 찰싹 때렸다. 응백작은 웃음을 터뜨렸다. 너무도 진지하게 걱정하는 모습이 우스웠기 때문이다.

"형님이? 무슨 그런 농담을."

"아니야, 웃을 일이 아닐세. 아직 이 나이인데 이렇게 한심한 처지가 되다니, 이제 얼마 남지 않았는지도 몰라……."

서문경은 심각한 표정으로 말했다. 응백작은 속으로 '그렇다면 일곱이나 되는 처첩을 좀 정리하는 게 나을 텐데, 내겐 반금련을 주시지 않겠소?'라고 생각했다. 하지만 어쨌든 그게 사실이라면 응백작도 보통 신경 쓰이는 일이 아닐 수 없다. 도박과 주색잡기가 지나쳐 전 재산을 말아먹은 뒤로는 서문경의 집을 드나들며 술자리에서 분위기를 맞추는 알랑쇠로 하루하루를 지내는 처지였기 때문이다.

"언젠가 형님이 쓴다던 서역에서 온 스님이 준 비약……. 그거 있지 않습니까? 저도 합환산(合歡散)이다, 전성교(顫聲嬌)다, 신통하다는 약을 여럿 써 보았는데 잠깐은 몰라도 오래가지 않더군요. 아무리 서역 천축국 출신 호승[5]이 준 미약[6]이라고 해도 지나치게 힘을 쓰다가 보면 결국 목숨을 앗아가는 독이 되는 거 아니겠습니까?"

"당연하죠. 저 양반이 어지간히 자제하면 좋을 텐데. 몸 걱정은 전혀 해주지 않는 사람들이 아무 생각 없이 그런 걸 권하는 거니까요."

5   胡僧. 인도나 서역에서 온 중을 말한다.
6   媚藥. 성욕을 강화하고 야릇한 감정을 일으키게 만드는 종류의 약들을 두루 일컫는 말.

정실부인 오월랑이 흘끔 반금련을 보며 이렇게 말했다. 반금련은 시치미를 뚝 떼고 큰방 창 너머로 아름다운 황혼이 비치는 처마 밑 앵무새 조롱을 쳐다보았다. 아리따운 입술, 턱을 그리는 곡선이 은빛 미소를 짓고 있다. 이쪽으로 보이는 얼굴 반쪽은 초저녁 어둠처럼 그늘이 졌다. 청초함과 고혹한 모습이 신비롭게 어우러진 옆얼굴이었다.

"그런가?"

서문경은 불안한 표정으로 중얼거리며 술잔을 들이켜더니 말을 이었다.

"미약을 쓰지 않는다면, 춘심을 불러일으킬 방법으로 어떤 게 있겠나?"

"춘화를 보면 어떨까요?"

"에이, 그런 건 낡은 수법이지. 여드름 꽃피던 시절 이야기도 아니고 말이야."

"야한 책은요?"

"소용없네. 이 세상에 나도는 그런 책들은 질리도록 읽었어."

"거참 큰일이군요. 이렇게 침이 질질 흐를 만큼 아름다운 부인들을 두고도 다른 조미료가 필요하다니. 형님, 참 못됐소. 배가 부르니 아무리 맛있는 요리를 바쳐도 입맛이 당길 리가."

응백작은 혀를 끌끌 차면서도 재미있다는 표정이었다. 이런 이야기가 나오면 갑자기 기운이 나서 밤새도록 떠들어대도 질리지 않을 두 사람이었다. 오월랑은 또 시작이로군, 하는 표정을 지으며 두 사람을 외면했다.

"형님, 저번에 어떤 사람한테 들은 이야기인데, 좋은 방법이 또 하나 있습니다."

"호오, 그래?"

"요란한 소리를 듣는 방법이……."

"요란한 소리를 듣는 방법이라니……? 그게 어떻게 하는 건가? 그런 건 책에서도 읽은 적이 없고, 누구한테서도 들어본 적 없는데."

"그러니까 그게, 남녀가 같이 잘 때 그 옆에서 듣는 거죠. 두 사람이 속살거리다가 이제 막 법열경[7]에 이르러 내는 신음까지. 그 여자가 누군지 모르면 상상을 더 자극하게 되니 효과가 커진답니다."

"그건 그럴듯하군."

서문경은 눈을 크게 뜨고 몸을 응백작 쪽으로 가까이 가져갔다. 그러다가 불쑥 고개를 갸웃하며 말을 이었다.

"그런데, 그 여자는 누구고 그 남자는 누구지? 설마 생판 모르는 남녀에게 그런 소리를 내는 역할을 맡아달라고 할 수야 없잖아?"

"그렇죠……. 형님 밑에서 일하는 사람들 가운데 누구 적당한 사람이 없을까요?"

"바보 같은 소리. 안 돼. 본인이야 어떨지 몰라도 내가 싫어. 아무리 야릇한 소리를 질러대도 그 여자가 누군지 알면 가소로워질 것들뿐이고, 그렇다고 해서 잔심부름하는 계집아이나 하녀는……."

서문경은 말을 끊고 곁눈질했다. 잔심부름하는 아이나 일꾼의 아

---

7   法悅境. 참된 이치를 깨달았을 때 느끼는 쾌감에 도취한 경지를 이르는 불교 용어.

내는 모두 함부로 건드렸다가는 골치 아프지, 라고 하려다가 오월
랑이 옆에 있다는 사실을 퍼뜩 깨달았기 때문이다. 반금련이 피식
웃었다.

응백작도 빙긋 웃으며 말했다.

"방법은 괜찮은데 그럴 사람이 없으면 힘들죠……."

바로 그때 큰방으로 한 남자가 우당탕 들어왔다. 파란 비단옷을
걸치고 금비녀를 꽂은 절상건[8]을 썼다. 이제 스무 살 갓 넘은 사내
로, 잘생긴 말처럼 빼어난 체격이지만, 까불거리고 경박한 난봉꾼
기질이 얼굴에 고스란히 드러났다. 바로 서문경의 사위 진경제였다.

"장인어른, 옥황묘[9] 옆에 열린 장터에 구경하러 가시지 않겠어
요?"

서문경은 흘끔 그를 보았다. 술을 한잔한 모양인지 진경제는 얼
굴이 벌겋게 달아올랐다. 명색이 사위라는 녀석 때문에 딸은 고생
하다가 병이 들었고, 화가 여기까지 미치는 게 아닐까 밤낮 조마조
마하며 지내는데 사위란 놈은 아무 일 없다는 듯 태평한 얼굴로 놀
러 다니는 꼴이 통 마음에 들지 않았다.

"자네 혼자 가는 건가?"

"아뇨. 일곱째 부인께서 가고 싶다고 하셔서."

성 밖에 있는 옥황묘 시장은 한 달에 다섯 번 열린다. 오늘 밤도
장이 열리는 날인데, 옥황묘 주변은 온갖 물건을 파는 가게는 물론

---

8   折上巾. 옛날 중국 모자. 수나라와 당나라 때는 귀천을 가리지 않고 썼지만, 송나라
     때는 지체 높은 사람이 썼다.

9   玉皇廟. 도교에서 옥황상제를 비롯한 하늘의 신을 모시는 사당.

이고 진귀한 새나 기묘한 짐승을 팔기도 하고 점을 치는가 하면, 마술 같은 갖가지 구경거리를 보여주는 상인들로 가득했다.

그런데 서문경의 관자놀이 핏줄이 꿈틀했다. 진경제가 일곱째 부인인 주향란(朱香蘭)과 함께 간다고 했기 때문이다. 주향란은 서문경이 얼마 전 첩으로 들였는데, 원래는 진경제가 도성에서 데리고 온 하녀였다. 다른 사람의 애정 관계에는 아주 둔감한 서문경이라 요즘 들어서야 사위와 주향란이 단순한 도련님과 하녀의 관계가 아니라는 사실을 어렴풋이 짐작하게 되었다.

"같이 가기로 했어……? 그거야 뭐 상관없는데……. 내 딸은 어쩌고?"

서문경이 물었다. 진경제는 당황했다. 사실 요 이삼일 동안은 아내를 들여다본 적이 없기 때문이다. 진경제는 쩔쩔매며 대답했다.

"아뇨, 몸도 꽤 괜찮은 것 같고……."

"아까 내가 가서 보았을 때는 아직 열이 난다며 저녁 식사도 걸렀는데."

오월랑이 말했다.

진경제는 머리를 긁적이고 뺨을 문지르더니 다음에는 목덜미를 긁었다. 서문경은 버럭 화를 냈다.

"이런 매정한 놈! 너는 아내가 다 죽어가는데도 다른 계집과 놀러 나가고 싶은 거냐! 외출은 안 돼. 당장 내 딸에게 달려가!"

진경제는 허둥지둥 물러나고 말았다.

서문경은 잠시 눈물을 뚝뚝 흘리다가 이윽고 눈물 고인 눈을 들어 허공을 바라보며 입을 열었다.

"조금 전 그 이야기 말이야."

응백작은 무슨 이야기인지 의아했다.

"엥?"

"여자가 지르는 소리 말이야. 내 나이가 되면 여자는 얼굴이나 피부, 발 같은 부분보다 목소리가 훨씬 더 중요할지도 몰라. 맞는 말이야."

눈물을 머금고도 그 이야기를 다시 꺼냈다. 오월랑은 어처구니 없다는 듯이 쌩하니 방을 나가버렸다. 이제 응백작과 반금련만 남았다.

"맞아, 밤이 되면 어느 방으로 가야 할지 고민하는데 먼저 떠오르는 건 얼굴이 아니라 분명 그 음성이야……. 아름다운 목소리가 기분을 야릇하게 만드는 사람이 먼저 머릿속에 떠오르는 것 같아."

"하하. 그래, 어느 형수님 목소리가 제일 야릇한 느낌이 듭니까, 형님?"

응백작이 농담 삼아 물었다. 그런데 서문경은 의외로 진지한 표정을 지었다. 그리고 이렇게 대답하며 고개를 크게 주억였다.

"그야 뭐니뭐니 해도 주향란이지."

"하긴, 일곱째 형수님이 목소리가 가장 아름답고 노래도 제일 잘하죠. 이 저택의 가릉빈가로 불리니까요."

응백작의 대꾸는 신소리가 아니었다.

반금련이 고개를 갸웃거리더니 입을 열었다.

"그렇다면 오늘 밤은 그 방으로 가시면 되겠네요."

그러자 서문경이 대꾸했다.

"아니, 그 사람은 지금 달거리 중이야. 네 방으로 갈 거다."

목소리만이라면 몰라도 모든 매력을 다 따진다면 일곱 명의 아내 가운데 반금련이 발군이리라. '색을 밝힌다는 점에서도, 그렇지……'라고 응백작은 생각했다. 반금련이 키들키들 웃었다.

"싫어요, 난……. 이렇게 풀이 죽은 낭군님은. 안 그래요, 응 선생?"

"그러면 나는 오늘 밤 이계저나 찾아갈까? 그러지. 이봐, 아우. 춘소일각치천금(春宵一刻值千金)[10]이라지 않나? 여기서 꾸물거릴 틈이 없어. 당장 서둘러 사자가로 쳐들어가세."

서문경이 자리에서 벌떡 일어났다. 반금련의 얼굴에 얼핏 실망한 빛이 스쳤다.

사자가라는 거리는 유곽이 즐비한 곳이다. 이계저는 서문경이 단골로 삼은, 그곳에서 제일 아름다운 기생 이름이다. 응백작은 요즘 서문경의 정력이 과연 시원치 않은 건가, 싶어 히죽히죽 웃기 시작했다.

창살 너머로

진경제는 아내의 방에서 이미 짙은 어둠에 녹아드는 정원으로 나와 퉷, 하고 침을 뱉었다.

아버지가 지참금을 노리고 장가를 들였는데 아내는 원래 그다지 예쁘지도 않은 데다가 오래 병을 앓아 아내라는 기분이 전혀 들지

---

10 중국 송나라 때 시인 소식(蘇軾, 호는 동파)이 지은 〈봄날 밤(春夜)〉이란 시에서 '봄 날 밤의 짧은 시간은 천금처럼 귀하다'라는 뜻으로 쓴 구절.

않았다.

아내는커녕 여자와 잠자리를 함께한 지 벌써 몇 달이 지났는지 모른다……. 장인은 내게 못마땅한 표정을 지어 보이지만 봄인데 나처럼 젊은 남자가 도성에 있는 본가에 일어난 사건과 아내 병치레 탓에 이렇게 우울하게 쭈그리고 있기는 괴롭다는 걸 조금은 이해해 주면 얼마나 좋을까 하는 생각이 들었다. 장인은 일고여덟 명이나 되는 처첩을 거느리고 밤이면 밤마다 실컷 즐기지 않는가. 그뿐인가……?

진경제는 부루퉁한 얼굴을 하고 연못 위로 높이 걸린 돌다리를 건넜다. 건너편에는 부용정이라는 이름이 붙은 건물이 있다. 장인의 일곱 번째 부인 주향란이 지내는 곳이다.

주향란은 본가에 있을 때부터 진씨 집안의 하녀였으며 진경제와 정을 통하는 사이였다. 진경제는 많은 여자를 건드렸는데 향란은 그가 홀딱 빠진 여자였다. 도성에서 간신히 목숨을 건져 도망치면서도 잊지 않고 주향란을 데리고 왔던 것도 그런 까닭이었다. 아직 성적으로 성숙하지 못한 아내는 눈치채지 못했는데, 바로 그 때문에 이곳 처가에 도착한 뒤 생각지도 못한 심각한 문제가 일어났다.

여자라면 앞뒤 못 가리는 서문경이 주향란을 일곱째 아내로 삼고 말았다. 안 됩니다. 그 사람은 제 여자예요, 라고 장인에게 털어놓을 수도 없었다. 그런 소리를 했다가는 도로 도성으로 돌아가라고 할 텐데, 그러면 당장 오갈 데 없는 신세가 되고 만다. 진경제는 이를 악물고 참을 수밖에 없었지만 분하고 억울해 몸서리를 쳤다…….

게다가 향란은 서문경의 애첩 가운데 한 명이 된 뒤에도 의외로 불만 없는 모습이라 진경제는 더 속이 탔다. 단둘이 있을 때면 애틋한, 뭔가 하고 싶은 말이 있는 듯이 애처롭고 요염한 눈길을 보냈다. 그렇지만 남녀의 성생활 이야기라면 때와 장소를 가리지 않는 장인이 마치 다른 부인 뒷담화를 할 때처럼 향란이 귓가에 속삭인 말이나 응석 부린 이야기를 털어놓을 때도 향란은 놀리는 듯한 눈빛으로 진경제를 바라보며 깔깔 웃었다.

여자 마음을 내 어찌 알리오……, 하며 시인 같은 감상에 빠지기보다는 향란에 대한 사랑과 정념으로 가슴이 타들어 가는 듯한 진경제였다. 오늘 밤에는 성밖에 데리고 나가 옛정을 나누려고 향란을 꼬드겨 함께 옥황묘 시장에 가겠다는 허락을 받았는데.

'그런데…….'

진경제는 우뚝 멈춰 섰다.

기다리고 있을 향란에게 외출 금지를 당했다고 알리러 가는 길이었다. 그런데 이 길로 쭉 가면 중간에 두 번째 부인인 이교아의 방을 지나야 한다. 번거롭다. 진경제는 발길을 옆으로 돌렸다.

수화문으로 갔다. 진한 꽃향기 속에 디딤돌을 밟으며 조금 더 걸어 부용정 뒤편으로 갔다. 녹청색 창살을 끼운 창밖으로 불빛이 흘러나왔다. 그리고 호궁[11] 연주에 맞춰 노래하는 소리가 들려왔다. 부드럽고 맑은 샘물 같은 목소리였다.

"향란아, 향란아."

창문 아래 쌓아 놓은 공사용 석재 위로 올라가 이름을 불렀다. 호

11   胡弓. 동양 현악기 가운데 하나.

궁 소리가 그치더니 창살 너머로 주향란이 얼굴을 내밀었다.

통통하면서도 아름다운 얼굴이다. 크고 촉촉한 눈에는 싱싱한 젊음과 기품이 담겼고, 도톰한 입술이 너무도 육감적이었다.

"다 틀렸어. 시장 구경 가지 말래."

"누가 그래요?"

"네 서방."

빈정거리듯 대꾸했다. 하지만 주향란은 얼굴이 빨개지기는커녕 불안한 표정을 지었다.

"어머, 무슨 일이에요……? 뭔가 눈치를 챘나요?"

"누가 눈치채면, 겁이 나나?"

다른 사람에게 들킬까 가장 두려워하는 사람은 자신이면서도 향란이 이렇게 말하자 경제는 애써 배짱을 부리고 싶었다. 그렇게 말하고 나니 생각이 모자라고 세상모르는 젊은이들이 대개 그렇듯, 스스로 내뱉은 말에 흥분이 되었다.

"향란아, 난 이제 견딜 수가 없구나. 장인에게 다 털어놓고 너를 옛날로 되돌려 달라고 하고 싶어. 너 말고도 장인은 예닐곱이나 되는 첩을 거느리고 있잖아. 내게 점잖은 척하면서 병을 앓는 아내만 바라보며 지조를 지키라고는 하지 않겠지……."

"안 돼, 그런 터무니없는 소리를 하면……. 그런 걸 이해해 줄 분이 아니에요. 우리 둘 다 신세를 망치게 될 게 빤하다고요."

"둘 다 신세를 망쳐? 흥, 넌 장인의 첩 자리에서 쫓겨날까 두려운 거지?"

"그런 게 아니에요. 나뿐만 아니라 만약 도성에 있는 본가에 불

행이 크게 닥쳐 여기까지 관가의 손길이 뻗친다면 보호해 줄 수 있
는 사람은 그분뿐이잖아요? 지금 그분이 열심히 높은 벼슬아치들
을 찾아다니며 돈으로 해결하려고 손을 쓰고 있대요."

"그건 나도 알지……. 그래, 만약 내가 무사히 넘어가게 된다면
너는 이대로 모른 척하며 계속 장인의 첩 노릇을 할 거야?"

"……."

"또, 만약에 내가 무사하게 빠져나가지 못한다면 넌 어쩔 건데?"

"……."

"만약 그렇게 된다면 난 모든 걸 털어놓고 아무리 험한 곳으로
쫓겨난다고 해도, 지옥 끝까지 널 길동무 삼아 데리고 갈 테니 그리
알아."

진경제는 이렇게 말하더니 갑자기 눈물을 뚝뚝 흘리며 창살에 매
달렸다.

"거짓말이야. 향란아, 난 네가 그런 험악한 꼴을 당하게 만들고
싶지 않아. 그러니 제발 날 버리지 마!"

"울지 마세요……, 제발……. 누가 들으면 어쩌려고. 울지 말라
고요!"

정말로 마음이 흔들려서인지, 아니면 난처해서인지 향란은 경제
의 얼굴 가까이 다가와 흰 손가락으로 그의 눈물을 닦아주었다. 잘
익은 과일처럼 향긋한 숨결이 안개처럼 콧속으로 스며들었다. 그리
고 두 사람은 입술을 포갰다…….

오래 그리워하던 감각이었다. 향란의 입술, 잇몸, 매혹적으로 움
직이는 혀에는 정신을 차릴 수 없었다. 매끄럽게 밀고 들어온 혀가

연체동물처럼 경제의 혀 위에서 꿈틀거렸다. 이러면 어느 남자도 황홀경에 빠져들고 만다. 진경제의 몸에서 비릿한 남자 냄새가 풍겼다…… 숨을 한 차례 들이쉬느라 입술을 잠깐 떼자, 입맞춤에 도취한 향란이 아아…… 아, 하며 흐느끼는 듯 신음을 흘렸다. 사내를 야수로 변하게 만드는 여자의 목소리였다.

진경제는 정신없이 다시 창살에 코를 들이댔는데 어쩐 일인지 갑자기 주향란의 얼굴이 멀어졌다.

"어……."

향란의 눈이 휘둥그레졌다. 진경제는 깜짝 놀라 뒤를 돌아보았다. 어느새 목련꽃 위로 으스름달이 떠올랐다. 그 아래 반금련이 서 있었다. 원래 거기는 금련이 생활하는 북상방으로 가는 길이다.

진경제는 잠시 뭐라고 인사를 해야 할지 몰라 허둥댔다.

"눈에 들어간 티를 빼세요……, 젊은 나리님."

주향란이 진경제에게 말했다. 반금련은 키득 웃었다. 그리고 조용히 걸어왔다.

"난 신경 쓰지 않아도 돼요. 가여워라……. 난 전부터 두 사람 사이를 알고 있었어요. 그 양반이야 눈치가 없으니 남의 눈에서 눈물이 나게 만드는 거죠……. 난 고자질 따윈 하지 않으니 마음 놓아요."

반금련이 바싹 다가와 새하얀 주먹으로 경제의 어깨를 톡 두드렸다. 반금련의 몸에 밴 사향 냄새가 풍겨왔다. 경제는 마음이 놓였다. 그리고 어떻게든 이 여자도 손에 넣고 싶다는 발칙한 욕심이 스멀스멀 피어났다.

"그건 그렇고, 장인이 지금 찾고 있던데."

"예? 장인께서?"

"그래요. 조금 전 웅 선생과 함께 대문을 막 나서는데 때마침 도성 상황을 살피고 돌아오던 평안, 왕경과 딱 마주쳤죠."

"그, 그래서 도성의 형편은 어떻다고 하던가요?"

"그게 별로 좋지 않은 소식인 것 같던데……. 그래도 지금 당장 감옥에 갇히게 될 거라는 이야기는 아닌 모양이니 진정하고……. 어쨌든 얼른 장인께 가세요."

감옥 같은 처가

도읍인 개봉의 상황을 탐색하러 보냈던 하인 왕경과 평안의 보고를 듣고 서문경은 몹시 놀랐다.

양산박 도적들에게 패한 양 제독은 이미 투옥되었으며, 그 일가 친척은 물론 관계가 있는 사람들에 대해서도 심사 중인데 조만간 '칼을 씌워 한 달 동안 가둬두고, 그 기간을 채우면 변경으로 보내 군역을 치르게 한다'라는 판결이 나올 것 같다고 한다. 게다가 그 명단에는 진경제는 물론이고 서문경까지 이름이 올라있다는 이야기였다.

이튿날, 서문경은 심부름꾼을 통해 재상 채경(蔡京)[12]의 집사인 적겸과 우대신 예부상서 이방언(李邦彦)에게 엄청난 선물을 보냈다. 동시에 대문을 닫고 한창이던 화원 확장 공사도 중지했다. 진경

---

12 북송 말기 휘종의 측근 가운데 한 명. 이방언 등과 함께 송나라를 망하게 만든 원흉 여섯 가운데 한 명으로 꼽힌다.

제에게는 방에서 한 걸음도 나오지 말고 근신하라고 명했다.

사흘……, 닷새……, 이레. 놀기 좋아하고 엉덩이 가벼운 진경제는 좀이 쑤셨다. 점점 짜증이 늘어 방 안에서 홧술을 퍼마시거나 기물을 집어던지며 화를 삭이고 있었다. 그러던 어느 날 저녁, 견디다 못해 발정 난 곰처럼 허둥지둥 가까운 유곽을 다녀오다가 주향란을 보았다.

"햐……향란."

뜻밖이었는지 주향란은 깜짝 놀랐다. 뒤돌아보는 얼굴에 당황한 기색이 역력했다.

"어디 가는 거지?"

"……."

"흥, 장인 방에 가는 거로군?"

빈정거릴 작정이었지만 입술이 제대로 움직이지 않아 떼쓰는 어린애가 우는 표정이 되고 말았다. 무심코 옷소매를 잡았는데 의외로 향란이 뿌리쳤다.

"안 돼요. ……나리께 혼나요."

사실 향란은 핏발 선 경제의 눈에 놀라 저도 모르게 그리 말한 것이었는데, 경제는 화가 머리끝까지 치솟았다.

"뭐? 나리? 그래, 또 나리냐? 역시 넌 귀찮아서 나를 버리려는 거야. 이 매정한 것……."

"아, 아니에요. 그렇지 않아요. 나리께 들키면 모든 게 끝장이에요……. 이러는 모습을 나리께서 보실지도 몰라요. 저는 가야만 해요……."

"제길. 이제 끝장이 나건 뭐건 나도 모르겠다. 난 장인에게 다 털어놓을 거야. 그보다 일단 방에 들어가자. 그리고……, 향란아, 내 몸이 그립지 않으냐? 난 네가 흐느끼는 소리를 너무나 듣고 싶어서 미칠 것만 같구나!"

"이거 놓으세요! 제발!"

찌익, 옷소매가 찢어져 눈처럼 흰 향란의 팔이 드러났다. 경제는 이미 눈에 보이는 게 없었다. 기를 쓰고 승강이를 벌이는 두 사람의 얼굴에는 이미 옛정의 흔적은 찾아볼 수 없었다.

"저어, 잠깐만. 응 선생이 이리로 오고 있어요."

불쑥 들려온 목소리에 두 사람은 다툼을 멈췄다. 돌아보니 반금련이 미소를 짓고 있었다. 천천히 두 사람을 번갈아 바라보며 동정하는 듯한 그 눈에 개구쟁이처럼 재미있어 하는 빛이 스쳤다.

"딱하기도 해라……."

반금련이 중얼거렸다.

"여자란 말이에요, 아무리 잊으려고 해도 첫 남자는 잊을 수 없는 법이에요. 불쌍한 건 향란 씨 아닌가……? 향란 씨가 당신을 멀리하려고 하는 것도 다 당신을 위해서라고요. 여자의 그 애절한 마음을 전혀 모르시나?"

진경제보다 주향란의 얼굴이 더 빨개졌다. 향란은 원래 경제를 싫어하지 않는다. 하지만 싫어하지 않는 건 경제뿐만 아니다. 남자라면 다 싫어하지 않는다. 향란은 남자와 입을 맞추기만 해도 혀끝까지 짜릿해져 주체하지 못하고 아름다운 신음 소리를 낸다. 그리고 향란을 그렇게 만든 사람은, 남자의 매력을 알게 해준 사람은 바

로 서문경이었다. 따라서 그녀가 애써 경제를 피하려는 이유도 금
련이 말한 것처럼 갸륵한 마음씨 때문이 아니라 둘 사이를 들켜서
서문경에게 버림받을까 두려워서였다. 저도 모르게 얼굴이 붉어진
까닭은 바로 그 때문이었다.

하지만 주향란은 그런 말을 듣고도 그다지 기분 나빠하지 않았다.

"진짜 이러지도 저러지도 못해 괴로운 사람은 나뿐이지……."

이렇게 중얼거리더니 반금련은 구슬 같은 눈물을 흘렸다. 이 여
자가 자기 자신을 속이는 재주는 하늘로부터 내려받은 것이다. 하
물며 진경제는 아직 풋내기라서 깜빡 넘어가 눈시울이 뜨거워졌다.

"내 말 잘 들어요, 지금 향란 씨는 굳이 따지자면 장모님이나 마
찬가지예요."

불쑥 표정을 바꾸며 반금련이 냉담한 목소리로 말했다. 주향란은
찢어진 소매를 휘날리며 후다닥 도망쳤다.

그 모습을 멍하니 지켜보는 경제의 두 어깨에 반금련은 두 손을
살며시 얹었다. 숨이 막힐 듯한 사향과 여자의 향기가 그의 얼굴을
안개처럼 감쌌다.

"저어……."

"뭐, 뭐죠……?"

"불쌍하게도, 굶주린 것 같네…… 내가 채워줄까?"

"……."

"그냥 두고 볼 수가 없어. 나도 여자인데, 도저히 그냥 보아 넘길
수가 없네……."

어처구니없었다. 주향란이 장모뻘이라면 반금련도 마찬가지 아

닌가……. 어쩔 줄 몰라 하던 경제의 눈에 불길이 타올랐다. 배가 고플 때는 맛을 가리는 게 아니다. 도성에서 이 청하현에 와 반금련을 보고는 세상에 저런 미녀도 있나 싶어 도성에서 도망치게 된 신세가 외려 고마울 정도였다.

"고맙습니다. 정말 고맙습니다."

잠꼬대하듯이 이렇게 중얼거리더니 진경제는 불쑥 금련의 가냘픈 몸을 품에 안고 슬금슬금 방 안으로 뒷걸음질 쳤다.

"아……."

가쁜 숨을 몰아쉬는 금련의 어깨에서 오색 어깨걸이가 스르르 흘러내렸다. 서둘러 붉게 칠한 문을 닫았지만, 마음이 바쁜 진경제는 어깨걸이가 방 안으로 떨어지지 않고 문턱에 반쯤 걸친 채로 문이 닫혔다는 사실을 깨닫지 못했다.

바로 그때 그 방 앞에 응백작이 나타났다. 응백작만이라면 몰라도 골치 아프게 서문 아씨, 즉 진경제의 아내도 함께였다. 근신하며 방 안에 칩거한다는 핑계로 병문안도 오지 않는 남편에게 화가 난 아내가 경제의 방으로 찾아가겠다고 하자, 마침 그때 옆에 있던 응백작이 어쩔 수 없이 부축해 데려온 것이었다.

"어머?"

문 아래로 삐져나온 어깨걸이를 발견한 서문 아씨를 보며 응백작은 큰일 났군, 하며 속으로 혀를 끌끌 찼다.

"안에 여자가 있나?"

서문 아씨가 중얼거렸다. 응백작은 조금 전 어슬렁어슬렁 걷고 있던 자기 옆을 요염하게 고개를 숙이며 지나가던 금련의 어깨걸이가 머릿속에 떠올랐다.

"글쎄."

얼른 대답할 수 없어 우두커니 서있는 응백작의 귀에 여자의 간드러진 웃음소리가 들려왔다. 아니, 그 영리하다는 반금련이 이런 터무니없는 짓을!

"이럴 줄 알았는데……, 역시 그랬군!"

병에 시달린 서문 아씨의 창백한 뺨에 잠깐 혈색이 돌았다. 그리고 눈꼬리가 치켜 올라갔다.

"아저씨! 아버지를 불러줘요!"

서문 아씨는 이렇게 소리치더니 미친 사람처럼 문을 두드리기 시작했다.

"여보, 여보! 문 열어! 문 열라니까!"

안에서 킥킥 웃던 소리가 싹 사라졌다. 침묵 속에 두 사람의 당황한 모습이 눈에 선했다. 서문 아씨는 필사적으로 문을 두드렸다.

"아저씨! 얼른 아버지를 불러와. 빨리, 어서!"

머뭇거리던 응백작은 끝장이다, 라는 생각에 서문 아씨의 요구에 따랐다. 진경제는 몰라도, 좋아하는 반금련의 추한 모습만은 보고 싶지 않았다.

기별을 받은 서문경이 채찍을 들고 쏜살같이 달려왔다. 활짝 열린 문 입구에는 서문 아씨가 엎드려 엉엉 울어대고 있었다. 침대 옆 벽에는 옷차림이 흐트러진 경제와 금련이 찰싹 달라붙어 우두커니 서있었다.

"이런, 애야."

서문경은 우선 딸을 안아 일으켰지만, 딸이 더 큰 소리로 우는 바람에 그녀를 털썩 바닥에 내려놓고, 앞에 있는 두 사람을 무섭게 노려보았다.

"알았다. 울지 말거라. 내가 반드시 혼을 낼 테니."

기분 좋을 때는 따스한 봄바람 같고, 화가 나면 벼락처럼 빠르고 사나운 불길 같은 서문경이다. 진경제는 얼굴이 새파랗게 질렸다.

"에잇, 지난번에 그렇게 알아듣게 타일렀건만 아직도 세상 이치를 잘 모르는 모양이구나. 이렇게 된 바에야 그만 내 딸과 헤어져라. 그리고 개봉으로 돌아가. 너를 잡으려고 어서 오라 손짓하는 관리들이 있는 도성으로 말이야. 그리고 창주도(滄州道) 부근에 있는 감옥 성에 갇히거나 요나라 병사들에게 쫓기거나 하면 정신이 좀 들겠지."

"제발…… 용서해 줘요. ……모두 내 잘못이에요!"

반금련이 불쑥 서문경 앞으로 달려 나와 무릎을 꿇었다. 서문경은 그 어깨를 움켜쥐고 다짜고짜 옷을 찢어발겼다.

"네년이 무슨 짓을 저질렀는지 알긴 아느냐!"

와락 밀치더니 무시무시한 채찍으로 후려쳤다. 고스란히 드러난 새하얗고 부드러운 등판에 비스듬히 붉은 자국이 나더니 이내 부풀어 올랐다.

"헉!"

금련도 숨이 턱 막힌 듯했다. 무릎과 두 팔로 가슴을 꼭 껴안고 헤엄이라도 치듯 고통스러운 듯 꿈틀거렸다. 겨우 한숨 돌리려는데 또 찰싹. 채찍이 마구 날아들었다. 바닥에 엎어진 금련은 검은 머리카락을 휘저으며 흰 짐승처럼 몸부림쳤다.

"때려! 때려! 아버지, 더 때려!"

서문 아씨가 외쳤다. 그런데 반금련이 웃음을 터뜨렸다.

"때려요! 때리라고! 더 때려! 아아, 속 시원해. 호호호, 이대로 죽어버리고 싶은 지경이야. 호호호! 당신이 나를 사랑해 주지 않아서 이렇게 된 거야……. 병이 든 딸을 신부로 맞이한 사위가 괴로워하는 걸 보기 딱해서 견딜 수 없었어……. 사위에겐 죄가 없어. 잘못은 내가 했지. 자, 때려! 때리라고! 호호호!"

미친 듯이 웃어대는 반금련을 보고 서문경은 머쓱해졌다. 그러자 딸이 달려들었다.

"아버지! 저 사람은 때리지 말아요! 제 남편은 용서해 주세요!"

서문경은 어처구니없다는 듯 딸의 얼굴을 바라보다가 채찍으로 바닥을 후려쳤다.

"네 이놈. 아무리 손버릇이 나빠도 정도가 있지. 네가 집적거린 게 이년만은 아닐 테지? 발정 난 개처럼 향란이 주위를 맴도는 걸 내가 모를 줄 아느냐! 향란이 견디다 못해 며칠 전부터 내게 어떻게 좀 해달라고 하소연하고 있다."

"옛? ……정말요?"

"뭘 그리 놀라느냐. 제 분수도 모르는 멍청한 놈아. 향란이가 이렇게 말했다. 근신하며 방에서 나오지 말라는 정도로는 네가 그치지 않을 테니 이 저택 안에 있는, 잘못을 저지른 것들을 가두는 우리에 처넣어 달라고. 어쩔 수 없지. 내일부터 그리 해주마! 알겠느냐? 으하하!"

어둠 속의 야차

진경제는 우리에 갇혔다. 감옥처럼 창살로 둘러싸인 곳은 아니지만 그 방 밖에는 자물쇠를 걸었다.

'끔찍하게 되었네.'

우두커니 침대에 걸터앉아 있는 진경제의 눈에 뒷마당 쪽 창살 너머로 봄날 시름을 잔뜩 실은 흰 구름이 보였다. 그 창에서 백 걸음도 떨어지지 않은 곳에 주향란의 방이 있는데, 향란은 그 뒤로 매정하게 한 번도 찾아와 주지 않았다.

'매정한 계집이로군!'

생각할수록 분해서 속이 터질 것만 같았다. 진경제는 자기 신세가 어떻게 되건 혼자만 당하기는 억울하다는 생각이 들었다. 그에 비해 반금련은…….

'그 부인이 저토록 의협심이 있는 여자일 줄은 몰랐네. 내 처지를 측은하게 여겨주고……. 그토록 혼이 나면서도 모든 죄를 자기가 끌어안으며 향란과 나의 관계는 입을 다물지 않았는가. 참으로 배려심 깊은……, 대단한 여자야!'

진경제는 이렇게 감탄했다.

하지만 반금련은 그로부터 열흘쯤 지난 어느 날 밤, 이미 태연하게 서문경과 잠자리를 하고 있었다. 여자란 다 그런 걸까? 아니면 분노가 컸어도 망각이 빠른 서문경의 기질 탓일까? 어쨌든 반금련이 매우 음란한 여자라는 점은 서문경도 이미 잘 알고 있고, 게다가 엄청난 매력을 지니고 있어 대단한 호색가인 서문경이 반금련을 내내 외면하고 있을 수도 없는 노릇이었다.

동이 틀 무렵인데도 두 사람은 아직 잠을 이루지 못했다. 아니, 아주 섬세하게 움직이는 금련의 음란한 열 손가락이 서문경을 잠들지 못하게 했다.

"서방님, 잠들면 난 싫어."

"으흐흐. 못 말릴 계집이로군. 그러면 거기 있는 은탁자[13] 좀 집어다오."

서문경이 은탁자를 차고 둘이 한 쌍의 봉황처럼 절정을 향해 달려가고 있을 때였다. 문밖에서 황급한 발소리가 들려왔다.

"나리, 나리, 여기 계십니까……?"

"누구냐?"

"내보(来保)이옵니다. 도성에서 밤낮없이 달려 방금 도착했는데 급히 아뢸 소식이 있습니다."

"오오, 돌아왔느냐! 그래, 그쪽 사정은 어떤가?"

서문경은 벌떡 일어났다. 내보는 도성에 뇌물을 바치려고 보낸 심부름꾼이었다.

"좋은 소식입니다. 이방언 나리 댁을 찾아가 만나 뵈었는데 이야기가 잘 되었습니다. 관청에 올라간 문서에 실린 나리 함자를 가렴(賈廉)이라고 바꿔치기하는 걸 비롯해 사위분 쪽도 무사히 목숨을 건질 수 있게 되어 도성으로 돌아갈 수 있도록 두루 손을 써주셨습니다."

"그러냐? 그래? 참으로 고맙구나! 너를 보내지 않았다면 내 목숨

---

13   銀托子. 남성용 성생활 도구. 남성이 발기부전일 때 보조도구로 사용한다. 《금병매》에 나와 더욱 유명해졌다.

도 위험했을 텐데. 그래, 날이 밝으면 내가 다시 너에게 상을 내리 겠다. 아아, 정말 수고했다!"

서문경은 뛸 듯이 기뻐했다. 죽다 살아난 기분이었다. 내보가 물러가자, 아래 있던 금련이 찰싹 달라붙었다.

"서방님, ······잘된 일이군요!"

반금련의 지독한 욕망에 시달리며 지쳐가던 서문경도 반가운 소식을 듣고 다시 힘이 솟구쳐 엄청난 힘으로 반금련을 부둥켜안았다······. 구름이 흩어지고 비가 그쳤다. 황홀한 꿈을 꾼 듯한 눈을 한 금련이 불쑥 입을 열었다.

"사위도 목숨을 건지게 되었다는데······, 어떻게 하실 건가요?"

서문경은 반금련을 바라보며 불쾌한 표정을 지었다.

"흥, 마음이 쓰이나?"

"쓰이죠."

반금련은 픽 웃으며 입술로 서문경의 수염을 가지고 장난쳤다.

"인제 그만 꺼내주시죠."

"꺼내면 그 녀석 무슨 짓을 저지를지 몰라."

"설마······, 저는 지난번 일 때문에 넌더리가 나요."

"글쎄. 모르겠구나, 너란 계집은."

"게다가 제게 내린 벌은 이미 거두셨는데 사위만 용서하시지 않는다면 공평하지 못한 것 같아서 저도 마음이 꺼림칙하죠."

"너뿐만이 아니다. 향란이도 위험해."

"그렇다면 이제 도성 쪽 사정도 괜찮다고 하잖아요? 내일이라도, 아니, 날이 밝는 대로 돌려보내면 되잖아요?"

"그렇군. 아, 이 사람아, 간지러워⋯⋯. 어차피 도성으로 돌아가야 할 텐데 너무 괴롭혔다고 사돈에게 일러바치기라도 하면 나도 뒷맛이 나쁘지⋯⋯."

"그러면 제가 지금 사위에게 가서 문을 열어주고 올게요."

"아니, 이봐. 지금 가지 않아도 되지. 아직 어두운데."

"이제 곧 날이 밝을 거예요. 보세요. 멀리서 아침 시장 열리는 소리가 들리기 시작하잖아요."

"그리고 꼭 네가 가야 하나? 왜 사위 녀석 일이라면 그렇게 너그럽게 굴지?"

"그야 내가 친 장난 때문에 사위가 저런 벌을 받게 되었으니까."

그러면서 이미 옷을 걸친 반금련은 열쇠를 들고 방을 나섰다.

중정은 아직 어두웠다. 어둠 속에 아주 가느다란 봄비가 내리고 있었다.

진경제의 방에서 나온 반금련은 살짝 오른손으로 주먹을 쥐고 바라보다가 이내 빙긋 웃으며 회랑을 따라 흰 나비처럼 달려가기 시작했다.

부용정에 있는 주향란의 방 앞에 이르자 반금련은 문을 마구 두드렸다.

"향란 씨, 향란 씨."

잠시 후, 잠에서 덜 깬 목소리가 들려왔다.

"누구세요?"

"나야, ⋯⋯나 금련 언니라고. 좋은 소식이 있어서 달려왔어. 사위가 드디어 자유의 몸이 되었대. 도성에서 일이 잘 처리된 모양이야. 어쩌면 오늘 당장 도성으로 떠나게 될지도 몰라."

"……."

"날이 밝으면 서방님이 보는 앞에서는 제대로 작별 인사를 할 수
없을 거야. 지금이라도 다정하게 작별 인사를 하러 가는 편이 낫지
않겠나 싶어서 알려주러 왔어. 아, 그렇지. 그리고 회랑 쪽은 좀 전
에 보니 아가씨 간병을 맡은 하화가 자주 드나드는 것 같아. 뒷마당
을 통해 가도록 해. 창문을 넘어서."

"……."

"향란 아우. 난 아우 심정을 잘 알아. 사랑하는 마음, 여자의 마
음, 그렇지? 내가 괜한 참견 하는 거 아니니 기꺼이 받아줄 거지?
서둘러."

그리고 반금련은 살며시 그 자리를 떠났다.

주향란은 침대 위에 일어나 앉아 가만히 고개를 숙이고 있었다.
드디어 진경제와 작별인가? 그녀의 가슴속에서는 이루 형언할 길
이 없는 애절한 감정이 치밀어 올랐다. 하지만…… 솔직히 이야기
하면 마음이 놓이는 부분도 있다. 반금련이 일부러 찾아와 알려준
점은 분명히 고마운 일이면서 민폐이기도 했다.

하지만 그녀는 일어나서 서둘러 몸단장을 마쳤다. 반금련이 매정
한 인간이라고 경멸할까 두려웠다. 여자들의 꿈은 자신의 안전이고
행복이면서도 남들이 자기를 비극의 여주인공으로 봐주는 것이다.
창살을 사이에 두고 만난다면 그 안전과 행복을 지킬 수 있으리라.

차갑지는 않은 이슬비를 맞으며 향란은 종종걸음으로 뒷마당을
지났다. 날이 아직 어둡기는 하지만 여러 절에서 종과 목어를 치는

소리가 들려오기 시작했다. 시각은 오경[14]이다.

"저예요…… 향란이에요."

컴컴한 창살 안쪽에 사람이 움직이는 기척이 났다. 창살과 서너 걸음 떨어진 거리. 향란은 무슨 말을 해야 할지 고민이었다. 두 사람 사이에 실 같은 비가 내리고 있었다.

"도성으로 돌아가게 될 거래요……. 나 슬퍼……."

진경제는 말이 없었다. 향란에게는 무서운 침묵이었다. 무서운 나머지 그녀는 외려 한 걸음 더 다가갔다.

"부디……, 언제까지나 나를 잊지 말아줘요……."

비가 부슬부슬 내렸다. 안개처럼 아주 작은 물방울이 향란의 뺨을 적셨다. 안개비? 아니다……. 그렇지 않다. 그녀는 이상한 에테르와 밤꽃 향기 같은 냄새에 휩싸이는 걸 느꼈다. 코로 스며들고 목에 달라붙어 자신의 숨결과 타액이 온몸의 혈관에 꿀처럼 녹아들며, 그녀는 거의 무아지경에 빠지고 말았다. 향란은 '남자'를 느꼈다. 이별을 바라면서도 그녀는 자기가 이토록 경제를 사랑하는 정에 얽매일 줄은 생각도 하지 못했다.

"아…… 제발!"

목이 멘 소리로 그의 이름을 부르며 창살에 달라붙었다. 서로의 입술이 딱 마주쳤다. 진경제의 입술이 겨우 열리고, 향란의 혀가 빨려 들어갔다. 머릿속에, 온몸이 뜨거운 술에서 나는 김으로 가득 찬 듯했다.

"아아……아."

14   새벽 3시~5시.

향란은 바로 그, 남자의 정기를 모조리 빨아들일 듯한 감미로운 신음 소리를 냈다.

상대가 향란의 혀를 덥석 깨물었다. 통증은 무아지경의 도취 때문에 마비되었다. 아프다고 느낀 것은 바로 다음 순간, 반사적으로 창살에서 떨어져 땅바닥에 쓰러진 뒤였다. 향란은 울컥 피를 토하고 말았다…….

"……."

향란이 소리쳤다. 하지만 뭐라고 하는지 알아들을 수 없는 소리였다. 혀를 잘린 향란은 인간의 목소리라고는 할 수 없는 비명을 지르며, 휘둥그레진 눈으로 창살 있는 방 쪽을 바라보았다.

창살 안에 사람 얼굴은 보이지 않았다. 그 안에서 소리 없는 웃음소리가 흘러나온 것 같았다. 캄캄한 어둠의 밑바닥에서 주향란은 검은 머리를 흐트러뜨리고 처참하게 피를 토하며 몸부림쳤다. 이윽고 비가 주룩주룩 쏟아지며 창백한 물보라를 일으키기 시작했다.

보살

비가 내리 이틀 쏟아지기도 했고, 서문 아씨가 떼를 쓰기도 해서 진경제가 도성으로 출발한 것은 사흘째 되던 날이었다.

배웅하기 위해 서문경을 찾아온 응백작은 이때 뜻하지 않은 소동을 구경하게 되었다.

여행길에 나선 옷차림을 한 진경제는 친정 대문을 나서며 흐느끼는 서문 아씨의 손을 마지못해 잡고 있으면서 왠지 자꾸만 주위를 두리번거렸다. 자유로워진다는 생각에 벌써 여행을 떠난 기분이 드는지, 마음은 이미 여기 없는 듯했다.

벌레라도 씹은 듯한 표정인 서문경 옆에서 갑자기 반금련이 돌아보며 큰 목소리로 말했다.

"어머, ……향란 아우 모습이 아직도 보이지 않네."

과연 배웅하느라 죽 늘어선 서문경 저택의 사람들 가운데 향란의 모습만 보이지 않는 듯했다. 응백작도 진경제와 주향란이 심상치 않은 관계라는 사실을 간파하고 있었기 때문에 좀 이상하다는 생각이 들었다.

"형님, 일곱째 형수는 어떻게 된 겁니까?"

"글쎄. 요 이삼일 입이 부었다면서 방에 틀어박혀 있던데. 몸이 아픈 사람까지 배웅 나올 일은 없지."

그때 모여 있던 사람들이 웅성거렸다. 안에서 바로 그 주향란이 나타났기 때문이다. 사붓사붓, 아니 비틀비틀 마치 곧 쓰러질 듯한 걸음이었다. 겨우 이틀, 사흘 사이에 눈이 때꾼해지고 얼굴이 핼쑥하고 코가 툭 튀어나왔을 만큼 무척 야위었다. 기괴한 분위기마저 풍기는 그런 모습이었다.

주향란을 본 진경제는 눈이 휘둥그레져 겁먹은 표정으로 서문경 쪽을 바라보았다. 주향란은 그런 진경제 앞으로 조용히 다가갔다. 마치 대낮에 그림자 연극을 하는 듯 묘한 정적이 흘렀다. 하지만 다음 순간 그야말로 뜻밖의 활극이 벌어졌다.

"이 짐승만도 못한 놈!"

주향란의 이 외침은 나중에야 그런 말이었구나, 하고 해석할 수 있었다. 하지만 이때는 뜻을 알 수 없는 짐승의 울부짖음으로 들렸다. 그녀의 소매가 나부끼더니 은비녀가 허공을 가르며 날아갔다. 간신히 몸을 피한 진경제는 비명을 지르며 엉덩방아를 찧었다.

깜짝 놀란 응백작이 얼른 뛰어나가 주향란을 껴안아 붙잡았다. 응백작의 품 안에서 미친 듯이 몸부림치며 주향란은 소리를 질러댔다.

"이 어어이아으오아! 우여어이에아!"

"죽여버린다는 말인가? 아아, 입안이 부어서 그렇구나. 부인, 대체 왜 그러시오?"

"아아기 어오이 어으 애우어어!"

"갑자기 저놈이 혀를 깨물었다고? ……아니, 이게 무슨 소리지? 언제요?"

서문경이 등을 쭉 펴고 걸어왔다. 무시무시한 표정이었다.

"아우, 난 알겠네. 무슨 소린지. 아, 그게 그랬던 건가? 그저께 새벽 동트기 직전이었어."

"형님, 그저께 동트기 전, 무슨 일이 있었나요?"

"사위를 용서하고 풀어주기로 했지. 그래서 금련이 사위에게 가서 그걸 알려준 거야. 제법 시간이 지나서 사위가 인사를 하러 왔네. 손으로 입을 막고서. 수건이 새빨갛더군. 어떻게 된 거냐고 물으니까 내게 용서받은 것을 너무 기뻐하다가 그만 기둥에 부딪혀 코피가 났다더군……."

"장인어른, 저는 향란이 무슨 소리를 하는지 잘 모르겠습니다. 그건 진짜 코피였어요. 우물에 가서 피를 씻고 코를 차게 해주기도 했었으니까요……."

진경제는 어쩔 줄 몰라 하며 변명했다.

"거짓말! 풀어주자마자 향란의 방으로 살을 섞으러 갔겠지. 에 잇, 금련이 저것이 저 녀석을 자꾸 풀어주라고 해서. 그러기에 내가 뭐라더냐……."

"장인어른! 말도 안 됩니다. ……저는 정말로 기둥에……."

"그 기둥이 어디 있느냐? 그 아래 피가 떨어졌을 텐데."

"……."

전경제는 머리를 감싸 쥐고 대꾸하지 못했다. 서문 아씨는 휙 등을 돌리더니 또 세상 끝난 사람처럼 울어대기 시작했다. 그 발아래 개 두 마리가 있었는데 한 마리가 자꾸 다른 개의 꼬리 아래를 킁킁거리며 맴돌고 있었다.

응백작은 주향란의 어깨에 손을 얹고 말했다.

"대관절 어디서 혀를 잘린 겁니까?"

주향란의 대답은 매우 알아듣기 힘들고 뜻도 분명하지 않았지만, 요약하면 진경제의 방 뒷마당 쪽 창살 있는 방의 창문에서였다고 한다.

"그럼 일부러 찾아간 셈이군요? 어떻게 사위가 풀려날 거라는 사실을 알게 되었죠?"

"으여 어이아 아여우오 아오아오……."

"금련 언니가 알려주었다……? 도무지 이해되지 않네. ……아, 그렇지. 작별 인사라도 하라고……."

서문경이 뒤를 돌아보며 눈을 흘겼다. 반금련은 목을 움츠렸다.

"마, 말도 안 돼요. 제가 향란과 헤어지는 걸 아쉬워하다니! 저는 창살 있는 방에서 나온 뒤로 향란을 처음 본 건 오늘, 조금 전이라고요……. 이렇게 되었으니 어쩔 수 없네요. 다 털어놓죠."

진경제는 얼굴을 붉으락푸르락하면서 입에 거품을 물고 말을 이었다.

"사실 그 코피는 기둥에 부딪혀서 난 게 아니었습니다……. 다섯째 부인에게 맞아서 난 거죠……."

"왜?"

"그게, 그러니까 뭐랄까, 그날 새벽 부인께서 제가 갇혀 있던 방에 와서 이제 곧 근신은 풀릴 거라면서, 그다음에 그건……, 여기서는 좀 말씀드리기 어려운 야한 몸짓을 보이셔서 그만……, 저는 갈팡질팡해서……."

그러자 반금련이 받아쳤다.

"어머, 그렇게 뻔뻔하게 거짓말하면 염라대왕께서 혀를 뽑아버릴 텐데."

"아니, 거짓말을 하면서까지 자기가 얼마나 부끄러운 짓을 저질렀는지 널리 퍼뜨릴 작정이오? 그때 내가 껴안는 순간 느닷없이 주먹으로 내 코를 퍽 때려서……."

반금련은 웃음을 터뜨렸다. 매서운 눈으로 노려보던 서문경도 그만 쓴웃음을 지었다. 응백작도 히죽거리며 말했다.

"여하튼 다섯째 형수는 바로 그곳을 뛰쳐나갔고, 그다음에 일곱째 형수가 있는 방으로 갔겠죠. 그래서 일곱째 형수가 나왔을 테고……."

"그건 모르겠어요. 저도 다섯째 부인 뒤를 이어 바로 방을 나갔으니까……."

"증인이 없어서 누가 옳은지 결론이 나지 않을 테고. 시각이 확실치 않은 게 참 아쉽군."

"시각? 아……, 맞다. 제가 우물에서 코를 씻을 때 절에서 종과 목어 두드리는 소리가 들렸으니, 그때가 오경."

뒤통수를 긁적이며 진경제가 말했다. 응백작은 다시 주향란을 빤히 보며 물었다.

"창살이 쳐진 방 안에서 이 사람을 본 건 그보다 전이었나요?"

주향란은 고개를 가로저었다.

"그렇다면 주변 절에서 종과 목어를 치기 시작한 뒤로군요. 그거 참 이상하네요. 아니, 말이 앞뒤가 맞아. 그렇다면 상대는 사위가 아니지 않나요?"

"저 녀석이 하는 말을 어떻게 믿겠나!"

서문경이 내뱉었다. 어디선가 또 개가 두세 마리 달려와 낑낑거리기 시작했다.

"일단 오경 전후라면 아직 어두울 때인데. 하물며 창살 있는 방은 캄캄한데 상대가 사위인지 어떻게 알죠?"

"멍청하긴. 그런 어처구니없는 짓을 할 놈이 또 어디 있겠어!"

"아니, 남자인지 여자인지, 그것조차도 모르잖아요."

주향란은 저주에 걸린 듯한 눈으로 진경제를 노려보았다. 그리고 마치 미치광이처럼 손가락을 치켜들고 소리쳤다.

"아이아. 아아, 아아, 아나. ……이 아아!"

남자!

남자!

이 남자!

진경제는 머리를 감싸 쥐었다. 하지만 서문경은 오히려 주향란 쪽을 불쾌한 표정으로 노려보았다. 갑자기 발아래 있는 개를 걸어차며 말했다.

"에잇, 이 발정 난 개새끼들. 시끄럽다. 이제 아무려나 상관없어. 중풍 맞은 할멈처럼 말도 제대로 못 하는 저 계집도 데리고 어디로든 가버려. 어서 도성으로 꺼져버려!"

그리고 집 안으로 성큼성큼 들어갔다.

진경제는 허둥지둥 출발했다. 여자들과 하인들도 모두 집으로 들어갔다. 남은 것은 화창한 봄날의 구름이 땅 위에 그린 그림자뿐.

아니, 개가 남았다. 반금련도 남아있었다. 그리고 생각에 잠긴 응백작도.

개 가운데 암컷 한 마리는 마침 발정기인지, 어느새 일고여덟 마리나 되는 수컷들이 몰려들어 촉촉한 코를 씰룩거리며 암컷에게 추근댔다.

눈빛을 반짝이며 재미있다는 듯 보고 있던 반금련의 뒤로 응백작이 다가갔다.

"형수님……."

"어머, 계셨군요. 재미있네요, 이 개들. 완전 정신이 팔렸어."

"결국 해냈군요."

"뭘요?"

"지금 생각해 보니……, 사위를 창살 있는 방에 가두는 소동이 일어났을 때부터 계획이 있었던 거로군요. 품에 안지도 않고 건드리지도 않고, 창살 너머로 주향란의 혀를 물어뜯기로."

"어머, 무슨 말씀이세요? 마치 향란 아우 혀를 물어뜯은 게 나라고 하는 것 같네요."

"맞아요. 그렇습니다……. 주향란에게 작별 인사를 나누라고 한 뒤에 형수님은 다시 진경제가 있던 방으로 되돌아간 거죠."

"어머, 향란 씨가 그건 분명히 진경제라고 하지 않았나요? 당사자가 그렇게 이야기했으니 그게 제일 확실하겠죠."

"주향란은 어떻게 껴안지도 않고, 만지지도 않고, 게다가 캄캄한 상태에서 상대가 진경제라는 걸 알았을까요?"

"그러니까 남자라고……."

"저 개들을 좀 보세요. 왜 저렇게 많은 수컷이 이리 몰려들었겠어요? 그건 저 수컷들이 발정한 암컷의 냄새를 맡았기 때문이죠. 그런 건 개만큼 심하지는 않을지 몰라도 인간 남녀 사이에도 있을 겁니다……. 저야 그 정도로 여자에 미친, 아니 여자를 잘 아는 편이 아니라서 그런 신통력이 없지만, 만약 본인이 상대 남자의 냄새, 여자의 냄새에 민감하고 색을 좋아하는 귀신 같은 사람이라면, 그걸 사람에게 적용해 그런 계략을 떠올릴 수도 있을지 모르죠……."

"그런 계략? 어떤 계략?"

"형수님, 진경제가 풀려날 거라는 소식은 형수님이 찾아가서 알렸더군요. 형수님이 그런 늦은 시각에 알리러 갔다면, 틀림없이 형님과 잠자리를 함께하고 있다가 갔을 겁니다. 그때 형수님 몸 안에 형님의 정액을 받아두었겠죠. 그리고 진경제를 찾아가 팔꿈치로 한 방 먹여 기절시킨 다음, 형수님은 자기 얼굴과 턱에 형님의 정액을 받아내 바르고 주향란이 오자 진경제 행세를 한 거죠…….”

반금련의 몸이 천천히 흔들렸다. 응백작은 하마터면 그 나긋나긋한 그 몸을 부둥켜안을 뻔했다.

“호호, 형님의 정액이라면 나 같은 놈이야 코를 틀어막을지 몰라도 여자에겐…….”

그렇게 말하던 응백작은 반금련이 풍기는 여자의 향기에 현기증이 났다. 반금련이 간드러지게 가쁜 숨을 내쉬었다.

“아니……. 내가 무슨 원한이 있어서 향란 씨의 혀를?”

“원한은 주향란이 아니라 그 여자의 목소리에 있었죠. 얼굴은 부인이 주향란보다 천 배 아름다우니까……. 그리고, 이젠 주향란의 목소리는 제대로 나오지 않게 되었으니……. 형수님이 이겼죠.”

봄의 따스한 햇살 속에 반쯤 열린 반금련의 입술 사이로 하얀 치아가 드러났다. 이슬 맺힌 진주보다 아름답고, 저승사자의 손톱보다 무서운 치아였다. 하지만……, 응백작은 등골이 서늘해졌다. 그의 얼굴은 암컷에게 끌리는 수컷처럼 거스를 수 없는 불가항력으로 빨려 들어가고 말았다.

“형수님이 이겼어요!”

이렇게 조용히 속삭이면서…….

저택의 사육제

맛있는 미끼

서문경이 청하현 지현[1]의 부인 임대옥(林黛玉)과 어떻게 의기투합했는지는 아무도 모른다. 아마 생약과 전당포를 경영하는 한편, 관청 쪽에도 꼼꼼하게 뇌물을 돌리며 현 최고의 유지로 이름이 난 서문경이니 언젠가 지현의 저택에 뇌물이라도 보냈을 때 우연히 마음이 맞았는지도 모른다.

어쨌든 어느 봄날 저녁 임 부인이 몰래 서문경의 저택을 방문하는 바람에 다섯 명의 처첩은 잔뜩 긴장했다. 지현은 20일 전부터 도성에 불려 올라가 집을 비운 상태였다. 그런 만큼 임 부인이 서문경의 저택을 찾아온다니 세간에 소문이 날까, 걱정스러운 일이었다. 이윽고 가마에서 내리는 임 부인의 모습을 보고 마중 나온 처첩들

---

1   知縣. 중국 송나라 때 행정 단위인 현을 다스린 벼슬아치.

은 내심 안절부절못했다.

금실로 짠 나뭇잎들을 끼워 만든 관을 머리에 쓴 임 부인은 흰색 비단옷을 받쳐 입고 화려한 무늬를 수놓은 겉옷을 둘렀다. 진홍색 치마에 흰 비단 신발을 신은 요염한 모습은 소문으로 들은 마흔 가까운 나이가 믿어지지 않았다. 애당초 소문에 따르면 예순 살이 넘은 지현이 무섭게 질투할 만큼 색을 밝힌다고 들었는데, 이렇게 가까이서 보니 코가 조금 낮기는 하나 눈은 반짝반짝 빛나고 통통한 입술, 반들거리는 둥근 턱선 등 어떻게 보면 서문경 저택의 젊은 첩들보다 훨씬 더 천진난만한 느낌이 든다. 체격이 크고 살이 좀 넉넉한 몸매는 중후하면서도 기묘하게 화려해서 보기만 해도 와락 껴안고 싶을 만큼 아름다웠다.

"이렇게 맞이해 주신다니, 제가 괜한 수고를 끼쳤군요."

임 부인은 이렇게 가볍게 인사하고 서문경의 안내를 받아 조용히 저택 안으로 들어갔다.

거의 넋이 나간 표정으로 지켜보는 서문경 저택의 여자들 사이에서 한참 지난 뒤에야 임 부인의 말투를 흉내 낸 목소리가 들렸다.

"이렇게 맞이해 주신다니, 제가 괜한 수고를 끼쳤군요."

다섯째 부인 반금련이었다. 그러자 다들 수군거리기 시작했다.

"우리 서방님은 괜찮으실까? 나중에 지현 나리가 알면 큰일 치르지 않으려나?"

불안한 듯 눈동자를 이리저리 굴리며 넷째 부인 손설아가 말했다. 셋째 부인 맹옥루도 초조한 듯이 끼어들었다.

"설마, 그냥 들렀을 뿐이고 별일 아니지 않을까? 아무리 서방님이 여자를 좋아한다고 해도 목숨까지 걸면서 어리석은 짓을 하실 리는 없을 거야."

"그렇게 생각하고 싶은 마음은 굴뚝같지만, 서방님이라면 여색에는 목숨까지 걸겠지. 평범한 분이 아니니까."

둘째 부인 이교아가 한숨을 내쉬며 말했다.

"그런데 저 마나님도 목숨을 걸 것 같은데. 색에 관해서라면 나리에게 꿀릴 인물 같지는 않잖아?"

반금련이 킥킥 웃었다. 이 여자는 대담한 건지 철이 없는 건지, 얼굴은 예쁜데 이따금 가슴 철렁할 만한 소리를 아무렇지도 않게 내뱉는다. 그러더니 갑자기 콧방울을 벌름거렸다.

"어머, 맛있는 냄새가 나네."

반금련은 이렇게 말하며 꿀꺽 침을 삼켰다.

손님이 온다는 소식을 주변에 알리지 않았지만, 서문경 저택 안은 제법 술렁거렸다. 하지만 가만히 귀를 기울이면 특별히 이야기를 주고받는 소리나 사람들이 오가는 발소리는 들리지 않았다. 오히려 여느 때보다 조용할 정도였다. 아마 집안 사람들에게 마음의 동요가 있었기 때문에 술렁거리는 느낌이 들었으리라. 다만 분명히 평소와 크게 다른 점은 맛있는 냄새였다. 언제였던가, 새로운 순안사²인 채 어사와 송 어사 두 사람을 초대했을 때도 저택 안에 이 정도로 맛있는 냄새가 들어차지는 않았다. 설명할 필요도 없이 오늘 저녁 손님을 대접하기 위한 요리 냄새였다. 서문경이 이 벼슬아치의 부인을 접대하기 위해 얼마나 신경을 쓰는지 짐작할 수 있었다.

2   巡按使. 황제의 명을 받들어 일정 지역을 돌며 관리, 감독하던 고위 관리.

연회 장소는 최근에 화원 안에 지은 완화루(玩花樓)라는 건물의 2층이었다. 여기서는 저녁달에 비친 모란이나 작약, 해당화, 장미가 피어있는 드넓은 화원을 굽어볼 수 있다.

"오늘 저녁 뜻하지 않게 이렇게 마나님께서 왕림하시다니, 제 분에 넘치는 영광입니다."

서문경은 머리가 땅에 닿도록 크게 절을 두 번 했다. 상석에 앉은 임 부인은 방긋 웃으며 말했다.

"정말 그럴듯한 저택이로군요……. 내가 예고도 없이 찾아왔으니 그리 오래 머물지는 못하겠죠. 예의를 차리지 못해 미안하지만, 대인께서는 부디 편하게 대해주시기를."

"아이고, 그런 건 신경 쓰지 마십시오. 오히려 차린 음식이 보잘것없어 죄송합니다. 요리가 많지는 않아도 재료는 잘 살펴 마련했으니 부디 편안히 드십시오……."

"여러분, 호호호, 저는 맛난 음식을 먹으러 왔어요. 호호호, 그러니 부디 다들 긴장하지 마세요. 안 그러면 내가 마음 편히 먹을 수 없지 않겠어요?"

임대옥은 팔선탁³에 둘러앉은 사람들을 보며 애교 넘치게 웃었다.

이윽고 요리가 나왔다. 임 부인은 입술을 살짝 핥으며 말했다.

"여러분, 내 말을 믿지 않는군요. 나는 요 사오 년 동안 정말 요리다운 요리를 맛본 적이 없답니다. 내가 늘 투덜거렸더니 서문 대인이 측은하게 여겨 '그럼 제가 집에 모셔 대접해 올리겠습니다'라

---

3   八仙卓. 중국 전통 가구 가운데 하나. 정사각형 테이블에 한 면마다 2명씩, 모두 8명이 함께 앉을 수 있는 탁자다.

고 해주셔서……, 이렇게 기회를 얻었네요. 나는 앞으로 열흘간 맛난 음식을 먹을 수 있게 되었다는 생각에 어린아이처럼 마음이 들뜹니다."

"맛난 음식……? 글쎄."

반금련이 작은 목소리로 중얼거렸다. 그러자 이교아가 속삭였다.

"어머머, 열흘이나 여기 계시는 건가?"

"설마, 지현 나리의 부인이신데 그럴 리 없겠죠."

때마침 놀러 와 있던 서문경의 친구 응백작이 허풍스럽게 두 손을 벌리며 대꾸했다.

"아뇨, 그게 사실입니다. 남편이 요즘 내내 속이 좋지 않았어요. 자기가 먹을 수 없으니 남이 맛있는 음식을 먹는 걸 보면 질투가 나는 모양이더군요. 이런 걸 진짜 얌체라고 해야겠죠. 그런데 제가 타고난 식도락가이기도 해서, 그 괴로움을 털어놓았더니……."

그러면서도 임 부인은 줄지어 나오는 접시에서 풍기는 향기가 코를 찌르자 두 눈을 반짝이며 입술을 핥고 뺨이 발그레 상기된 채 몹시 흥분한 표정을 지었다.

"우와, 이거 정말. 마치 드넓은 바다에서 갈증이 나는 것 같군요. 우리 같은 아랫것들은 상상도 할 수 없는 일이네요. 자, 드시죠, 어서."

팔선탁에 둘러앉은 사람들이 임 부인에게 권했다.

"어머, 맛있어! 이건 상어 지느러미로군요. 정말 몇 해 만인가?"

그야말로 이날 밤에 나온 요리는 서문경의 애첩들도 좀처럼 보기 힘든 귀한 요리였다. 워낙 희대의 바람둥이인 서문경이지만 첩들이 '우리 나라께선 여자와 진수성찬 가운데 어느 쪽을 더 좋아하실까?'라고 궁금해할 정도로 미식가다. 그런 그가 돈을 아끼지 않고 마음을 담아 준비한 요리이니 평범할 리가 없다.

사천 지역에서 나는 흰목이버섯이 나왔다. 요동 지방에서 나는 해삼을 곁들인 진미, 검은해삼 요리도 나왔다. 이어서 먼 남쪽 바다에서 채취한 금사연[4]의 아름답고 광택 있는, 새하얀 섬유 같은 제비집 요리가 나온다. 임 부인이 아니더라도 입맛이 당길 수밖에 없다.

"어머, 이건 대체 뭔가요? 이렇게 맛있는 음식은 처음이네."

임 부인은 아름다운 노란색과 갈색이 섞인 살코기 같은 것을 집어 들며 감탄했다.

"하하하, 그건 훈제 돼지 위입니다. 먼저 돼지 밥통을 소금과 쌀겨로 깨끗하게 씻고, 산초를 더해 푹 삶은 다음 부드러워지면 술과 간장으로 맛을 내죠. 그리고 설탕과 회향(茴香)을 발라 훈제하죠……."

서문경이 준비한 요리 종류는 많지 않다고 했지만, 열 접시나 열다섯 접시쯤으로는 성이 안 찼다. 역시 부인들은 배가 불러 식후 홍주를 마시며 임 부인을 물끄러미 바라보고 있었다. 임 부인은 곁눈질 한 번 하지 않고 계속 음식을 먹었다.

"……저 마나님이 접시를 모조리 비우는 건가? 식사하러 왔다는 말씀이 정말이네."

맹옥루가 질렸다는 듯이 속삭였다. 반금련이 미소를 지으며 대꾸

---

4   金絲燕. 칼샛과의 새로 제비와 비슷하다. 보통 제비보다 작고 꼬리와 배 사이가 희다. 중국 요리에서 고급 국거리로 쓴다.

했다.

"마나님이야 그럴지라도 서방님이 어떠실지는 모르죠."

서문경도 잘 먹었다. 그는 만족스러운 듯 부드러운 표정을 지으며 넋을 잃고 임 부인을 바라보면서 말을 건넸다.

"마나님, 내일 밤에도 또 찾아주시겠죠? 내일은 지금으로부터 이천 년 전인 주나라 때의 여덟 가지 진귀한 요리로 혀를 즐겁게 해드리고 싶습니다만……."

고기 잔치

이천 년 전 요리는 어떤 걸까 하는 호기심이 일었는데 《주례》에 나오는 팔진⁵은 생각보다 맛있었다.

이 요리들은 며칠 전부터 준비했는데, 예를 들어 포돈(炮豚)이란 요리는 돼지 배를 갈라 내장 부분을 떼어낸 다음에 붉은 대추를 배에 가득 채우고 갈대로 싼 뒤 진흙을 발라 굽는다. 흙이 마르면 깨끗이 씻은 다음 껍질을 부드럽게 문질러 벗겨낸다. 여기에 죽을 뿌려 사흘 낮 사흘 밤을 기름에 조려 짭짤한 간장으로 간을 해 먹는다.

그 밖에 다섯 종류의 동물 고기를 부드럽게 두드려 섞은 도진(擣珍)이라거나, 좋은 술에 소고기를 하룻낮과 밤 동안 담아둔 '지(漬)', '삼(糝)'이라고 하는 고기가 들어간 죽 등등, 모두 맛이 기막힌 요리였다.

서문경은 비장의 요리를 동원했다. 사흘째는 곰 발바닥이 나왔다. 넷째 날은 돼지 태아, 다섯째 날은 원숭이 골을 먹었다. 이건 살

---

5   八珍. 《주례(周禮)》에 나오는 '왕을 위해 준비하는 여덟 가지 진귀한 요리'를 말한다.

아있는 작은 원숭이의 머리를 손도끼로 깨서 숟가락으로 떠낸 골을 접시에 담은 조미료에 찍어 먹는 요리였다. 모든 음식이 벼슬이 높다 해도 쉽게 맛볼 수 없는 기막힌 맛이었다.

부인들은 물론이고, 지금은 가난하지만 원래 다방면으로 즐기며 살아온 응백작도 남 못지않은 미식가였다. 그래도 며칠 계속 이런 음식들을 먹다 보니 조금 질렸다. 하지만 내일은 어떤 요리가 나올까 하는 호기심과 임대옥의 놀라운 식욕에 대한 호기심 때문에 매일 식사 자리에 찾아왔다.

"식탁에 맛난 음식이 가득하면 왠지 사는 보람이 느껴져요. 서문대인 댁에 비하면 우리 집 식탁은 정말이지 사막이나 마찬가지네요······."

임 부인은 포만감에 젖어 감동하여 황홀한 표정을 지으며 감격의 눈물을 흘렸다. 그 얼굴은 이 사람이 그처럼 엄청난 소화력을 지녔다고는 도저히 상상할 수 없을 만큼 사랑스러웠다.

"음식과 여자, 이 두 가지 화제는 누구에게도 상처를 주지 않아 늘 즐겁죠."

응백작은 트림하면서 붙임성 좋게 맞장구를 쳤다.

"지당하신 말씀입니다. 예를 들어 아름다운 여성과 같은 자리에 있더라도 차마 잠자리 이야기는 꺼낼 수 없는 경우가 많고, 또 그런 이야기가 가능한 사이라면 굳이 잠자리 이야기를 꺼내기는 어색하죠. 거기에 비하면 음식 이야기는 지금 먹고 있는 음식에 관해, 예전에 먹었던 음식에 관해, 언젠가 먹고 싶은 음식에 관해, 또 새롭게 연구한 음식에 관해 이야기할 수 있죠. 파도파도 끝이 없는 이야깃거리가 나옵니다. 이야기가 재미있으면 마음도 맞게 되고, 그때부터 잠자리 이야기로 옮아가도 늦지는 않으니……. 하하하."

서문경은 만족한 웃음을 지으며 임 부인 쪽을 힐끔 살폈다. 아니, 살핀 듯해 부인들은 눈이 휘둥그레졌다.

서문경이 얼마나 여자를 밝히는지 부인들은 몸소 체험해 잘 알고 있다. 그렇지만 지현이 출장 중인데 그 부인을 유혹한다는, 들키면 틀림없이 목이 날아갈 어리석은 짓을 할 리는 없다. 그렇다고 서문경이 농염하기 짝이 없는 이 육감적인 부인을 그저 식도락 친구로만 환대하는 걸까? 그걸 확실하게 알 수 없어서 서문경의 부인들은 약간 신경이 곤두섰다.

"설마……. 게다가 지현 나리가 돌아오시려면 아직 나흘이나 닷새는 걸리잖아요? 역시 음식을 즐기기만 하려는 게 틀림없어요."

맹옥루와 손설아는 이렇게 생각했다.

"야릇한 일은 눈 깜빡할 사이에 벌어지지 않나요? 요즘 우리 서방님이 저 마나님에게 몰두하는 모습을 보면 심상치 않죠. 그 증거로 요즘 서방님이 우리 가운데 누구와 잠자리를 같이한 적이 있던가요?"

이렇게 걱정하는 사람은 이교아였다.

"금련 씨는 어떻게 생각해요?"

반금련은 살짝 웃었다.

"난 어느 쪽이건 너무 화가 나서 견딜 수가 없네요. 설사 마나님과 같이 자건 말건 저토록 두 사람이 정신없이 음식 이야기를 나누다니. 난 질투가 나서 견딜 수 없어. 병아리, 잉어, 새우, 게, 오리,

심지어 굴에게까지도 질투가 나요…….”

그리고 소리 내어 웃었다.

“어머, 왠지 내가 지현 나리 처지가 되어가는 것 같네.”

그때 임 부인은 노란색 계단고⁶를 베어 물며 말했다.

“어제 맛보게 해주신 통닭찜 말입니다. 내장을 빼내고 술을 붓는다고 하셨는데, 그렇게만 하는데도 그리 맛있다니 대단합니다.”

서문경은 의기양양해서 만드는 방법을 설명했다. 마치 시나 노래에 도취한 듯한 대화였다.

“정말 지칠 줄 모르고 음식 이야기만 하시네.”

반금련이 혀를 끌끌 차고 서문경에게 말했다.

“음식 이야기는 그만하시고 유곽에서 노래하는 기생이라도 불러 마나님께 노래를 들려드리면 어떨까요?”

“시끄럽다. 어리석긴. 마나님이 주변에 알리지 않고 여기 오셨다는 걸 너도 뻔히 알지 않느냐? 유곽에서 노래하는 기생을 부르다니, 말도 안 되는 소리를.”

서문경이 버럭 소리를 지르고 다시 임 부인을 보며 말했다.

“조만간 우리 통돼지구이를 꼭 드셔보시기 바랍니다. 우리 돼지 통구이는 털을 벗기는 방법에 비결이 있죠. 어느 집이나 털을 불에 태워 뜨거운 물로 씻어낸다고 하는데 우리는 돼지 허벅지를 잘라내고, 쇠막대를 꽂아 배 안을 조심스럽게 휘젓습니다. 그리고 입으로 공기를 불어 넣어 부풀게 한 다음 뜨거운 물로 씻고 날이 휜 칼로 털을 깎죠. 그렇게 하면 돼지는 마치 눈처럼 새하얗게 되거든

6   鷄蛋糕. 달걀을 이용해 만드는 서양의 카스텔라. 케이크와 비슷한 종류의 음식.

요……."

그때 아래층에서 평안이라고 불리는 하인이 급히 달려왔다.

"마나님, 큰일 났습니다."

"엥? 무슨?"

"방금 댁에서 증승이란 분이 도두[7]인 어염무란 이를 데리고 오셔서 요즘 매일 마나님이 어디론가 외출하시는데 이제야 이 집을 방문한다는 걸 알고 찾아왔다고……."

"어머, 증승 할아범이 참 귀찮게 구네……. 호호호, 서문 대인, 그렇게 안색이 변할 일 아니에요. 괜찮아요. 주인 양반이 알게 되었다고 한들 하늘과 땅에 부끄러울 짓은 전혀 하지 않았으니까."

"그런데 마나님, 증승이라는 분이 말씀하시기로는 지현 나리께서 이틀 일찍 돌아오게 되어, 모레까지는 도착하신다고 미리 알려왔답니다."

임대옥은 혀를 끌끌 차며 슬픈 표정을 지었다. 하지만 곧 여느 때와 같이 화사하고 천진하게 빙그레 웃었다.

"그럼 아직 내일 하루는 남았네. 서문 대인, 부탁드려요. 내일 내가 어떻게든 한 번 더 몰래 나올 테니까. 나를 위해 마지막 맛난 음식을 차려주시죠. 방금 말씀하신 새하얀 통돼지구이를……. 아아, 생각만 해도 못 참겠네요!"

이렇게 말하고서야 자리에서 일어나더니 남은 요리를 너무 아깝다는 듯이 바라보면서 이 대단한 미식가 귀부인은 돌아가게 되었다.

대문까지 배웅하고 멍하니 생각에 잠긴 서문경의 어깨를 반금련

---

7   都頭. 송나라 때 각 군의 지휘관 아래 있던 하급 장교다.

이 새하얀 주먹으로 콩콩 두드렸다.

"서방님."

"아, 금련이구나."

"이제 내일 하루밤에 남지 않았네요. 괜찮으시겠어요?"

"무슨 소리냐, 그게?"

"호호, 그토록 탐스러운 마나님을 낚아 여기까지 끌어당겼는데. 서방님답지 않게."

"아니다. 내가 꼭 그렇게 나쁜 속셈은 없었는데……. 그런데 점점 묘한 기분이 드네. 후후, 역시 너로구나. 잘도 눈치챘군. 하지만 마나님은 다른 생각 없이 오시는 것 같더라. 이따금 눈짓을 보냈지만 통 반응이 없어. 어설프게 덤볐다간 이 목이 날아갈 테고. 아쉽지만 이쯤에서 포기해야겠지."

"호호호, 서방님도 참, 배짱이 없네. 그 마나님이 정말로 음식 욕심 때문에만 오신다고 생각해요? 의외로 속마음은 서방님과 같아서 안달이 난 상태일지도 모르죠. 예를 들어 강제로 속수무책 당한다고 한들 마나님이 그 이야기를 지현 나리에게 털어놓을까요? 자기 신세도 망친다는 걸 빤히 알면서?"

"아니, 그럼 너는!"

"하지만 어린 소녀도 아니고, 설마 강제로 할 수는 없겠고. 그렇다면 뭔가 좋은 방법을 궁리해야겠죠. 호호호, 서방님, 제가 그런 방면에 제법 머리가 잘 돌거든요."

술잔치

완화루 2층에서 내려다보니 땅거미 내리는 정원 한가운데서 불길이 활활 타오르고 있었다. 큰 돼지 한 마리가 통째로 들어갈 만한 크기의 토굴을 만들어 그 안에 부풀어 오르게 한 돼지를 거꾸로 매달아 뚜껑을 덮고 표시를 한 다음 그 아래 화덕에 장작을 넣어 때는데 그 불길이 보이는 것이었다……. 드디어 군침이 흐르게 하는 냄새가 화원에 가득했다. 냄새가 저 멀리 벽돌담을 넘어서 사방으로 퍼져가는지, 여기저기서 계속 개 짖는 소리가 메아리쳤다.

한편 완화루 2층에서는 잔치가 한창이었다.

정원에서 돼지구이가 준비될 때까지 여기서 한잔할 작정인데, 의외로 술자리 분위기가 달아올랐다. 오랜만에 여러 날 맛난 음식을 실컷 즐겼는데 다시 한동안 답답한 얌체 남편에 얽매여 지내야 한다는 생각에 즐겁던 임대옥도 여느 때와 달리 거푸 술잔을 비우는 바람에 취한 상태였다.

창가에 앉은 임대옥과 서문경, 반금련이 아까부터 가위바위보 놀이를 즐기고 있었다. 가위, 바위, 보! 요란한 목소리와 함께 다들 손을 불쑥 내밀었다. 그리고 와하하, 하는 웃음이 터졌다. 또 부인이 벌주를 마시게 되었기 때문이다.

임대옥은 은촛대의 희미한 그림자 속에서도 활짝 웃었다. 너무 웃느라 오동통한 입술에 민달팽이가 기어간 듯 침까지 흘렀다. 그런 모습마저도 요염하고 아름다웠다. 마치 물보라에 씻긴 큼직한 모란 꽃송이처럼 보였다.

한쪽에서는 응백작이 서문경의 부인들을 상대로 우스갯소리를 늘어놓고 있었다. 가난해서 지금은 서문경에 빌붙어 비위를 맞추며 살아가는 처지인만큼 이런 자리에서는 고기가 물을 만난 듯 떠들어 댔다.

"아, 이렇게 며칠 가깝게 만나 보니 정말이지 저 마나님은 지현 나리에겐 너무 아깝네. 기막히게 좋은 말이 얼간이를 태우고 달리다니. 내가 한 차례 지현에게 조사를 받은 적이 있어서 아는데, 그렇게 재미없는 영감은 처음 봤다니까……."

"어머머, 언제 조사를 받았어요?"

"아니, 까먹으셨나? 그러니까 그게 행자 무송(武松)이 사자가 있는 술집에서 이외전이란 사람을 죽이는 소동이 일어났을 때였죠. 공교롭게 내가 그 술자리에 있었기 때문에 다른 증인들과 함께 조사받으러 끌려갔어요. 자꾸 절을 하라고 시키는 바람에 내가 절을 하다가 그만 방귀를 뀌었거든. 그랬더니 난리가 난 거죠."

"어머, 큰일 내셨네. 오호호."

"아, 그게 웃을 일이 아니라니까요. 지현 나리가 '지금 그 소리는 무엇이뇨? 냉큼 소리 낸 녀석을 찾아내라' 하며 화를 내더라고요. 부하들이 낯빛이 변해 찾아다니는데 나는 숨도 못 쉬겠고. 지현 나리가 윗사람 앞에서 무례를 저지른 놈을 찾아내지 못한다며 질책을 해댔어요. 얼마나 난리를 치던지, 정말 괴롭더라고요."

"아니, 무슨 사연이 이리 길어요? 그래서 어떻게 되었다는 말씀이세요?"

"문득 앞을 보니 땅바닥에 개똥이 보이더라고. 나는 그걸 집어 들고 뻔뻔하게 황송스러운 척 말씀을 드렸지."

"엥?"

"진범은 정체를 알 수 없어서 대신 그 일당을 잡아 왔습니다."

"그래, 지현 나리가 뭐라고 하셨어요?"

"전혀 웃지도 않고 벌레 씹은 표정으로 계속 내 얼굴을 노려보더라니까요……."

부인들이 웃음을 터뜨렸다. 응백작은 기분이 좋아 자기 이마를 두드렸지만, 대체 어디까지 사실인지 알 수가 없는 이야기였다.

"아, 잠깐만요."

반금련이 응백작을 불렀다.

"나 대신 가위바위보를 좀……, 난 이미 취해서요."

"아, 알았습니다."

이렇게 대답하여 일어섰지만, 응백작도 비틀거리는 걸음이었다. 금련은 흐트러진 모습으로 비틀비틀 이쪽으로 다가와 털썩 주저앉더니 후욱, 하고 뜨거운 숨을 내쉬었다.

"아아, 돼지는 아직도 익지 않았나? 이러다가는 못 먹게 될 것 같아."

반금련 대신 가위바위보를 시작한 응백작이 문득 창을 통해 정원 쪽을 내려다보았다.

"어라, 춘매가 달려오네요. 무슨 일인가?"

서문경도 자리에서 일어났다. 춘매는 반금련이 부리는 몸종이다. 창 너머로 부르자 춘매는 숨을 헐떡이며 말했다.

"나리, 요리사 당우아가 갑자기 배가 아프다면서 쓰러졌습니다. 어쩌죠?"

참으로 당황스러운 일이기는 했지만, 그보다는 잔뜩 흥분한 춘매의 목소리가 더 심상치 않다는 느낌이 들었다.

바로 그 순간, 임씨 부인이 곤두박질치듯 비틀거리더니 눈 깜빡할 사이에 창에서 사라졌다. 임 부인도 취하기는 했지만, 깜짝 놀라 옆에서 손을 내밀어 부축하려던 서문경도 술에 많이 취한 상태였다.

창밖을 내려다보는 부인들 눈에는 마치 검은 모란이 핀 것처럼 보였다. 요란한 비명을 지르며 창가로 달려온 사람들은 완화루 아래 있는 컴컴한 돌계단에 마치 두 마리의 반딧불이가 멈춰있는 듯 어슴푸레 푸르스름한 빛을 내는 모습이 보였다. 그게 임 부인의 귀고리에 박힌 보석이라는 걸 알게 된 것은 나중이었다.

거의 꿈이라도 꾸는 듯 멍하니 그 자리에서 꼼짝도 못 하던 사람들이 춘매의 요란한 비명을 듣고서야 정신을 차렸다. 완화루는 그야말로 혼란의 도가니가 되고 말았다.

임 부인은 숨이 멎은 상태였다. 부딪힌 곳이 좋지 않았는지, 등불을 가까이 가져가니 머리에서 피가 흘렀고, 자줏빛으로 부풀어 오른 얼굴이 보였다. 서문경은 겁에 질려 꼼짝도 하지 못했다.

"으……, 으……, 아우, 이 일을 어쩌지?"

"어쩌다뇨? 마나님이 술에 취해 스스로 떨어진 건데……."

서문경은 머리를 감싸 쥐었다. 부인을 취하게 만든 술은 속셈을 자기와 반금련 말고는 아무도 모른다고 하더라도 지현 나리가 집을 비운 사이에 부인을 이 집에서 죽게 만든 죄는 곤장이나 귀양 정도로 넘어갈 일이 아니다.

엎친 데 덮친다는 말이 있다. 넋 나간 사람처럼 우두커니 서있는데, 또 심부름하는 평안의 다급한 목소리가 결국 서문경의 머릿속을 엉망진창으로 만들었다.

"또 지현 나리 부인을 찾으러 증승이란 분이 오셨습니다. 잠깐 한눈을 파는 사이에 마나님이 몰래 밖으로 나가셨는데 목적지가 틀림없이 이 집일 거라면서⋯⋯."

"뭐, 뭐야? 이놈, 설마 마나님이 여기 오셨다고 한 거냐?"

"물론 나리께서 시킨 대로 오지 않으셨다고 했습니다만, 증승이란 분은 또 도두를 데리고 왔습니다. 이 도두가 열 명 남짓한 보갑[8]까지 거느리고 왔습니다. 오늘 밤은 마나님이 싫다고 하신다 해도 강제로 모시고 돌아가지 않으면 내일 돌아오실 지현 나리에게 면이 서지 않는다면서⋯⋯."

서문경은 비틀거렸다. 술은 이미 깨어서 정신이 말짱했지만, 입술만 뻐끔거릴 뿐 말이 나오지 않았다.

그러자 반금련이 비틀거리며 걸어 나왔다. 아직 술기운이 가라앉지 않은 모양이다. 혀 꼬인 목소리로 금련이 말했다.

"안 계신다면 안 계신 거라고 말하라 해요. 정 믿지 못하겠다면 들어와 찾아보라고 하라고."

"그, 그, 금련아! 넌 대체 무슨 소리를?"

"이건 우리가 죽느냐 사느냐 하는 큰일이에요. 부디 제게 맡겨주세요. 여러분은 제발 모르는 척하시고⋯⋯."

"그게 가능하겠느냐? 금련아, 그리고 저 임 부인은 어떻게 처리하자는 거지?"

---

8   保甲. 군비 부담을 줄이기 위해 송나라 때 왕안석이 만든 민병 제도와 그 민병.

"에이, 그러면 안 돼요. 그렇게 허둥대면 어염무의 눈을 속일 수 없죠. 그 도두는 눈치가 보통이 아니라는데……. 아, 맞다. 서방님 은 곧 정천호[9]라는 벼슬을 받게 되잖아요? 그 일로 집안사람들끼 리 모여서 축하하는 거라고 하고, 오늘 밤 준비했던 그대로 정원에 서 잔치를 이어가 주세요. 술을 실컷 드시고 배짱을 두둑이 챙기세 요……. 그리고 응 선생, 이렇게 된 거 어쩔 수 없으니, 당우아 대신 통돼지구이를 썰어주시지 않겠어요? 보갑들에게 한껏 먹여서 눈을 속일 수밖에 없겠네요."

"알았습니다. 저는 괜찮은데, 형수님은 정말 괜찮겠어요?"

응백작의 목소리는 떨렸다. 첩들은 아까부터 덜덜 떨고 있었다. 그런 모습을 흘끔 본 반금련은 방긋 웃으며 말했다.

"어떻게 처리하건 나중에 결과를 두고 보세요."

사라진 시체

집을 수색하는 증승과 어염무가 이끄는 보갑들을 안내하는 역할 은 어쩔 수 없이 서문경 밑에서 오래 일한 점원들이 맡았다. 나머지 수십 명의 점원과 하인들은 화원으로 모였다.

"자, 오늘 밤은 나리를 축하하기 위한 자리다. 다들 마셔, 마셔."

응백작은 손수 부엌칼을 들고 뜨거운 토굴에서 꺼낸 통돼지구이 를 썰어내며 거의 미친 듯이 술을 마셨다. 어릿광대처럼 장난을 즐 기던 그도 등에서 식은땀이 날 만큼 겁이 났다.

9　正千户. 명나라의 정5품 무관의 직함. 천호가 담당하는 군호(軍戶)는 천 정도여서 비 교적 높은 직책이었다. 서문경은 뇌물을 주고 벼슬을 샀다.

도대체 임대옥의 시체를 어디에 숨겼을까?

이윽고 안채 쪽에서 수색자들이 줄지어 나타났다. 서문경이 마른 침을 꼴깍 삼키는 소리가 들렸다.

"정신 차리세요, 서방님."

뒤에서 목소리가 들려 돌아보니 어느새 반금련이 춘매와 나란히 서있었다. 두 사람 모두 통돼지구이를 잔뜩 쌓아 올린 커다란 쟁반을 들고 있었다.

"마님이 여기 계셨다는 증거는 이제 아무것도 없으니 괜찮아요. 보갑들을 잘 대접하면 어떻게 있지도 않은 사람을 찾아내겠어요? 자……, 혜상, 정기, 일장청, 어서들 가서 요리를 더 내오거라!"

중승 노인은 고개를 갸웃거리며 화원으로 들어섰다. 어염무와 그의 부하들은 어둠이 내린 정원을 가득 채운 고기 냄새에 눈이 휘둥그레졌다.

서문경은 애써 웃음을 지으며 그들을 맞이했다.

"어떻습니까? 마나님이 계시던가요?"

"안 계시네……. 설마 아무도 모를 곳에 숨긴 건 아니겠지?"

"설마, 마나님을…… 그렇게 해서 뭘 어쩌려고. 정말로 마나님은 어제 돌아간 뒤 오늘은 오시지 않았습니다."

"아, 워낙 좀 잘 나다니시는 분이지만 내일 지현 나리가 돌아오실 텐데, 정말 난처하군."

"영감님, 그보다 저는 곧 정천호라는 관직을 받게 되어 오늘 저녁은 그 일로 집안에서 축하 잔치를 하고 있었습니다. 괜찮으시다면 부디 한잔 올릴 수 있도록……."

"아, 아니. 그럴 순 없고. 난 바로 돌아가야 하네……. 댁에도 마나님이 안 계신다면 이곳을 다시 꼼꼼하게 찾아봐야겠지. 아무래도 이상한데……, 달리 가실 만한 곳이 없는데……."

"그러시다면, 그때까지는……."

반금련이 생긋 웃으며 끼어들었다.

"도두님과 함께 오신 분들은 여기서 요기라도 하며 기다리시는 편이 낫겠군요. 보세요, 음식을 드리려고 이미 준비를 다 해두었는데……. 어떠세요? 많은 분이 정말 고생이 많으신데 요기나 하도록 허락해 주시죠?"

반금련의 웃는 얼굴에 넋이 나가지 않는 사내는 이 세상에 없다. 하물며 굶주린 늑대 같은 보갑들의 배를 통돼지구이의 요란한 냄새가 쥐어뜯고 있었다. 반금련의 웃음과 고기 냄새를 맡은 대머리 증승의 애처로운 눈빛을 보면 허락은 시간문제였다.

"아, 고맙소."

"이렇게 푸짐한 음식은 처음 보는군요. 입은 그러면 안 된다고 말리는데 입에서 손이 튀어나올 것 같습니다."

"도두, 내가 안 된다고 하면 아마 손자 대까지 한이 남겠구려."

이렇게 왁자지껄 돼지처럼 요란하게 떠드는데 반금련의 지시를 받은 주방 담당 하인과 종들이 계속 새 살코기와 내장을 가지고 왔다.

증승 노인은 허둥지둥 돌아갔다.

봄날의 둥근 달이 떴다. 하지만 몽골에서 밀려온 황사가 하늘을 뒤덮어 달빛은 뿌옇게 흐렸다. 그 아래서 먹고 마시다가 급기야 춤까지 추기 시작한 보갑들은 마치 악마의 나라에서 온 요정 같았다.

화톳불에서 불이 탁탁 튀는 소리, 질질 흐르는 침, 꿀꺽꿀꺽 들이켜는 고깃국물, 오독오독 물어뜯는 뼈다귀, 후룩후룩 빨아들이는 내장. 이런 소리가 넘쳐나며 욕망의 파도 소리처럼 어지러이 울려 퍼졌다.

그 쾌활하고 환희에 찬 식욕의 음악을 듣고 있자니, 잔뜩 취한 응백작의 머릿속에 임대옥의 얼굴이 조건반사적으로 떠올랐다. 그 반짝이는 촉촉한 눈과 새빨갛고 촉촉한 입술, 반들반들 윤기 넘치는 흰 턱, 그리고 오르내릴 때마다 따로 살아 움직이는 것처럼 꿈틀거리던 울대가.

"금련아……."

옆에서는 서문경이 애원하듯 묻고 있었다.

"도대체 마나님을 어떻게 처리한 거냐?"

"쉿! 어염무가 저기 있어요."

반금련은 손가락질하며 마치 애들 술래잡기 놀이라도 하는 듯한 표정을 지었다.

"게다가 그 중승 영감이 분명히 다시 올 게 틀림없어요. 결국 지현 저택에서 마나님을 못 찾으면, 이번에는 틀림없이 혈안이 되어 이 집을 더 샅샅이 뒤지겠죠……."

"그, 그, 그래도 괜찮겠느냐? 응? 금련아?"

반금련은 어리광이라도 부리듯 서문경의 가슴에 몸을 기댔다. 그리고 자기 젓가락으로 커다란 고기볶음 한 점을 집어 서문경의 입에 넣어주었다.

"그러니까 얼른 치워버려야죠……."

응백작은 고기 몇 점을 입에 머금은 채 문득 턱 운동을 멈추고 말았다.

뭐라고? 지금 금련이 뭐라고 했지?

치워버린다……, 치워버린다……. 뭘 치워버린다는 거지? 그렇다. 임대옥을 치운다는 이야기다. 응백작은 눈동자에 문득 비단뱀 같은 것이 꿈틀거린 느낌이 들었다. 또렷하게 의식에 남아있는 기억은 아니다. 눈동자 저 밑바닥에, 오래된 연못 같은 어둠 속을 헛것처럼 움직이던 어떤 물체의 잔영이었다……. 응백작은 아까 임대옥이 창에서 떨어지기 직전, 은촛대 불빛을 받아 어렴풋이 완화루 2층 바닥으로 흘러내리던 검은 천이 기억났다. 의자에 앉아 자지러지게 웃던 반금련 옆으로 스르륵 흘러내린 얇고 검은 어깨 천. 아아, 그게 금련의 어깨 천 아니었을까?

그 천을 당기면 임대옥은 당연히 창밖으로 떨어진다. 떨어진 임대옥의 얼굴은 보랏빛으로 부풀어있었다. 마치 콧구멍이 막혀 숨을 쉬지 못한 사람처럼. 2층에 있던 사람들이 달려 내려가는 사이에 누군가가 그렇게 하려고 했다면 가능한 일이다. 대체 누가……? 거기 있던 사람은 금련의 심부름을 하는 춘매뿐이었다. 그렇다면 춘매가 부르러 온 것이나, 요리사인 당우아가 갑자기 복통으로 쓰러졌다는 것이나, 그게 과연 우연이었을까?

응백작은 젓가락질을 멈춘 채 술기운으로 잔뜩 흐려진 머리를 쥐어짜 냈다. 무엇 때문에……? 왜 그랬지……? 어째서……?

"우엑!"

그는 갑자기 구역질이 올라와 입에 있던 고기를 토했다. 그게 금련과 춘매가 주방 쪽에서 내온 큰 쟁반에 있던 고기라는 사실을 깨달았기 때문이다.

"아니……, 자네 왜 그러나?"

서문경이 의아한 표정으로 돌아보았다. 차가운 물이라도 뒤집어 쓴 듯 창백한 얼굴로 꼼짝도 하지 않는 응백작을 흘끔 보더니, 반금련은 천진하고 감미로운 미소를 지어 보였다. 그리고 중얼거리듯 말했다.

"얼른 치워야 해. 증승 영감이 오기 전에. 다 치워야만 해."

그러면서 아직도 의아한 표정을 짓고 있는 서문경 입에 먹음직스러운 고기를 밀어 넣었다.

"서방님, 부디 저를 믿고……, 안심하고 많이 드세요. 많이 드시면 돼요. 안 그러면 어염무가 의심해요. 저도 마나님 못지않을 만큼 요리 이야기를 할 수 있거든요. 정말이지 이 세상에 맛있는 요리 이야기만큼 즐거운 건 없죠……."

시를 읊듯 하는 반금련의 속삭임을 또 와아, 하는 환호성이 지워버렸다.

응백작은 가위눌린 듯 멍한 눈빛으로 봄날 밤 달빛 아래 펼쳐지는 요사스러운 까마귀들의 향연과도 같은 광경을 꼼짝 못 하고 바라보고 있었다……

모란꽃 살인

흑모란을 든 미녀

서문경의 저택 화원에는 모란꽃이 한창이었다. 호화롭다면 뭐든 다 좋아하는 집주인이 특별히 골라서 심은 꽃이다. 불타오르는 듯한 짙은 붉은색 꽃, 요염한 여인을 닮은 흑자색 꽃, 눈처럼 하얀 꽃, 짙은 홍색, 옅은 홍색, 황금색 등등 색도 가지가지 종류도 가지가지였다. 백금처럼 눈부시게 빛나는 여름 햇살 속에 때론 무게 있게 조용히, 때론 산들바람에도 요란하게 살랑거리고 있다.

여섯 명의 부인이 화원 안에 있는 비취헌으로 모이라는 전갈을 받고 가 보니 서문경과 정실부인 오월랑, 그리고 주인의 친구 응백작이 열흘 전부터 손님으로 머무는 화가 소용면(蘇龍眠)을 둘러싸고 담소를 나누고 있었다.

"아, 다들 오셨나? ……이렇게 모이라고 한 건 다름이 아니고, 나

와 이 사람의 초상화를 부탁드리기로 했는데 모처럼 맞이한 기회이
니 자네들 초상도 소 선생께 그려달라고 할까 하는데."

서문경이 정실부인 오월랑을 가리키며 말했다.

"어머, 기뻐요! 그렇지만 예쁘게 그려주시지 않으면 싫어요."

마른 넷째 부인 손설아가 백여우처럼 아양을 떨자, 옆에 있던 일
곱째 부인 양염방(楊艶芳)이 무시하며 웃었다.

"호호, 초상이라면 닮아야 당연하지 않아요? 아무리 미인으로 그
려주셔도 닮지 않았다면 누군지 알 수 없을 테니."

"뭐예요? 마치 나를 미인으로 그리면 엉터리라고 하는 소리 같
네? 하긴, 뭐 난 어차피 아우처럼 절세 미녀는 아니란 사실을 잘 아
니까."

"어머머, 누가 그런 말을 했다고 그래요?"

"이런, 이런. 너희는 셋만 모이면 말다툼이로구나. 하하하, 이제
부터 누가 가장 미인인지 화가 선생께 뽑아달라고 하자는 이야기
야. 어쨌든 거기 나란히 자리를 잡아라."

서문경은 손을 내저으며 팔선탁 맞은편에 앉은 소용면을 돌아보
았다.

"선생, 부탁드립니다……. 선생께서 보시기에 가장 예쁘게 보이
는 사람부터 그려주십시오."

"서문 대인, 부인들을 앞에 두고 그렇게 말씀하시면 섭섭하게 여
기실 겁니다."

응백작이 끼어들었다. 지금은 서문경을 따라다니며 비위나 맞추
는 신세지만, 원래는 비단 도매상을 하는 부잣집 자식이었다. 서문

경과 오랜 친구 사이인만큼, 응백작은 그가 여자 마음을 섬세하게 배려할 줄도 모르고 제멋대로란 걸 잘 알고 있었다. 그래서 응백작이 자주 부인들을 감싸주었기에 여자들은 의외로 호감을 느꼈다.

"아, 옳은 말씀입니다. 가장 아름다운 분부터 그리라고 하시면 저도 난처합니다. 괜히 드리는 말씀이 아니라 솔직히 이렇게 나란히 선 모습만 뵈어도 다들 서로 닮은 꽃처럼 아름다워 눈이 팽팽 돌 지경이군요."

소용면은 이렇게 말하며 눈이 부신 듯한 표정을 지었다.

부인들은 숨을 죽이고 서 있었다. 둘째 부인 이교아는 노래하는 기생 출신이라 얼핏 보기에도 풍만하고 요염했다. 코가 조금 낮아도 도톰한 입술이 탐스러울 만큼 육감적이었다. 셋째 부인 맹옥루는 으스름달처럼 기가 막히게 아름다운 미녀인데 한쪽 뺨에만 보조개가 팬다. 바로 이 보조개가 남자를 사로잡은 마성의 늪이다. 그런가 하면 넷째 부인 손설아는 얇은 비단처럼 투명해서 그 아름다움을 가늠할 길이 없는 환영 같다. 이어서 여섯째 부인 이병아는 자그마하면서 백설의 정령처럼 가련하고, 착한 마음 씀씀이가 아련한 눈동자에 고스란히 드러났다. 다행인지 불행인지 지금은 임신 중이라 배가 불러서 오히려 애처로웠다. 일곱째 부인 양염방은 얼마 전에 새로 맞아들였는데, 청하현에서 둘째가라면 서러워할 미모의 기생이었다…….

"어라?"

그때 물을 끼얹은 듯한 침묵을 깨고 끅, 끅, 하는 묘한 소리가 들려왔다. 소리가 난 쪽을 보니 다섯째 부인 반금련이 긴 의자에 편하게 앉아 오른발을 살짝 세우고 왼쪽 발은 축 늘어뜨린 채 그 발끝으로 아끼는 고양이 설사자(雪獅子)를 놀리고 있었다. 뀨, 뀨, 하는 이상한 소리는 반금련의 입에서 났다. 꽈리를 무는 소리였다.

"아니, 너는 왜 안 오는 거냐?"

서문경이 나무랐다. 금련은 또 고양이를 발로 간지럽히며 태연하고 나른한 눈으로 서문경을 바라보았다.

"전 맨 나중에 그려도 괜찮아요."

이렇게 중얼거리더니 또 뀨, 뀨, 하는 꽈리 소리를 냈다.

"여전히 뺀들거리는구나."

차례로 부인들을 살피다가 양염방의 얼굴에서 멈췄던 소용면의 눈길이 반금련 쪽으로 옮아가더니 다시 멈췄다. 소용면의 시선이 다시 두 사람의 얼굴을 번갈아 살폈다. 그의 표정에 곤혹스러운 기색이 떠올랐다.

'화가 선생이 역시 갈피를 못 잡는구나.'

응백작은 속으로 이런 생각이 들어 갑자기 흥미진진해졌다.

'양염방과 반금련, 과연 누가 더 아름다울까……? 그냥 예쁜 것만 따지면 조금 더 어린 양염방 쪽일지도 모르지. 저 여자 때문에 지금까지 남자 셋이 죽고 둘이 미쳤다고 하니. 양염방은 손님에게 등급을 매겨 최상의 고객에겐 봉황을 수놓은 베개에 연꽃을 본떠 만든 촛대를 준비하고, 그 아래 등급 손님에겐 원앙을 수놓은 이부자리에 붉은 베개를 준비한다고 하던데……. 하지만 나 같은 게 가면 얼굴도 내밀지 않고, 기껏해야 차 한잔 내줄 뿐이었지. 뚜쟁이 할멈 말로는 꿈속에서나 만나자고 전해달라고 했다던데. 꿈속에

서나 보자니, 매정한 것. 하기야 만나지 못한 게 외려 다행인지도
몰라. 하는 짓이 좀 이상하다던데. 손님을 말처럼 올라타고 방 안을
돌아다니거나, 깨물고, 할퀸다니. 그리고 피를 보면 무척 좋아하는
버릇이 있다던데. 이튿날 과거시험 진사 갑과에 응시할 손님의 얼
굴을 양염방이 할퀴어, 그 상처를 시험관에게 들켜 낙방한 녀석도
있다고 하니. 관세음보살, 관세음보살…….'

예상은 했던 게 틀림없지만 화가의 눈길이 자신에게 쏠리기 시작
한 걸 깨닫고 양염방은 의기양양하게 얼굴을 쳐들며 요염하게 웃었
다. 연사[1]로 지은 얇은 치마를 걸쳤는데, 그 안에 원앙의 부리처럼
굽은 자그마한 보라색 신발이 살짝 보였다.

응백작은 두세 차례 심호흡하고 나서 반금련을 바라보았다.

'양염방의 아름다움은 불꽃이지……. 그에 비하면 반금련은 물이
고. 깊이를 알 수 없는 연못. 하지만 나는 알아. 방탕하게 살기를 십
여 년. 그쪽 방면에는 모르는 게 거의 없는 나는 잘 알지. 반금련이
야말로 세상 보기 드문 음탕한 여자. 색의 맛, 깊이, 재미라는 걸 두
루 포함해 따진다면 양염방 정도는 술과 물 정도로 큰 차이가 난다
는 사실을……. 아마 앞으로 삼 년쯤 지나면 형님은 양염방에게 질
릴 거야. 하지만 반금련의 마력은 지옥에 가더라도 헤어날 수 없을
걸…….'

반금련은 무심한 표정으로 꽈리 무는 소리를 계속 냈다.

"선생, 누구를 고르셨습니까?"

서문경이 흰 비단부채를 흔들면서 물었다.

---

1   蓮糸. 연 줄기의 섬유로 만든 실로 극락왕생의 인연을 맺게 해준다고 한다.

"글쎄요, 참으로 곤란하군요. 어느 분이 어떻다고 하기가…… 그저 눈이 펑펑 돌지만, 그렇다고 이렇게 망설이기만 한다면 끝이 없겠죠. 그러면……."

누군지 몰라도 꿀꺽 마른침 삼키는 소리가 들렸다. 소용면이 손가락을 들었다.

"우선 저분부터 그릴까요?"

손가락으로 가리킨 것은 역시 양염방이었다.

무거운 한숨 소리가 여자들 입에서 흘러나왔다. 양염방만 참지 못하고 웃음소리를 냈고, 다른 첩들의 마지못한 웃음은 차츰 사라지더니 차가운 물처럼 냉담한 표정으로 변했다.

"어머, 저라면 금련 언니를 고를 텐데."

조금 전 양염방에게 비웃음을 샀던 손설아가 노골적으로 싫은 표정을 지었다. 응백작도 속으로 맞장구를 쳤다.

'그래. 나도 그렇다. 소용면 선생, 의외로 보는 눈이 낮군. 물론 양염방은 달콤하지. 혀가 아릴 정도로 달콤한 과자처럼. 하지만 반금련은 사람을 취하게 만들어. 저 선생은 여자의 아름다움에 관해선 하수인 게 분명해…….'

맹옥루는 따분한 표정을 지으며 비취헌 아래 매달아 놓은 새장 안의 앵무새 쪽으로 손가락을 집어넣고 흥얼거렸다.

"얘야, 나를 따라 하려무나. 변태 아가씨가 흘기는 눈빛은 벌꿀처럼 달콤하지만, 풍파가 일면 비로소 그 마음을 알 수 있다네."

반금련은 천천히 몸을 일으켜 화원 쪽으로 걷기 시작했다. 설사자가 그 발에 매달리듯 따라갔다.

"그러면 바로 밑그림을 그릴까요?"

소용면이 팔선탁 위의 접시와 잔을 밀어 치우고 종이를 펼쳤다. 붓을 들어 다시 양염방을 가만히 바라보다가, 문득 이교아의 도톰한 귓불에 반짝반짝 흔들리는 금귀고리에 눈길이 머물렀다. 그 귀고리에는 보라색 보석이 박혀있었다.

"오오, 저 귀고리는 참 멋지군요. 화룡점정이랄까……. 저 귀고리를 양 부인이 하면 더할 나위 없이 어울리겠군요. 혹시 가능하다면……."

"그 귀고리 좀 빌려줘요."

양염방이 염치없이 말했다.

"싫어."

이교아는 단호하게 고개를 저었다.

"이건 어머니 유품이라서, 절대 아무에게나 빌려줄 수 없어요."

"아무에게나라니, 언니도 노래하는 기생 출신 아니야?"

양염방은 태연한 얼굴로 웃었다. 자기가 아름답다는 자만에 빠져 교만하기 짝이 없다기보다 이 여자에겐 타고나길 다른 사람에 대한 배려가 없고 방자함만 있는 모양이다. 여자 서문경이라고나 할까.

"괜찮으니까 빌려줘."

서문경이 명령했다. 이교아는 얼굴이 붉으락푸르락했다. 그리고 마지못해 그 귀고리를 귀에서 떼어내 양염방에게 건네려다가 그만 떨어뜨리고 말았다. 바닥에 떨어지자 또르르 하는 맑은 소리와 함께 보라색 보석만 떨어져 나와 굴렀다. 다들 머쓱해 그 자리에 우두커니 서있었다.

"염방 아우, 모처럼 그려주신다니 이 모란꽃을 품에 안고 그려 달라고 하지 그래? 어때?"

한들한들 화원 쪽에서 돌아온 반금련이 말했다. 한쪽 손에는 커다란 흑모란 한 송이가 들려있었다.

"아아, 그거 좋겠군요. 미인이 모란을 품은 그림이라니."

소용면이 얼른 표정을 수습하며 웃는 얼굴로 말했다.

"고마워, 금련 언니. 이렇게 하면 될까요?"

양염방이 그 모란을 품에 안고 어깨에 대며 살짝 고개를 기울였다. 바로 그때였다. 무슨 일인지 양염방은 모란을 내던지더니 악, 하고 비명을 지르며 얼굴을 가렸다.

"어머! 왜 그래?"

반금련이 얼른 양염방 쪽으로 달려간 순간, 두 사람의 머리카락을 스치며 황금색 무지개가 붕, 하는 날갯짓 소리와 함께 푸른 하늘로 반짝이며 사라졌다. 응백작이 외쳤다.

"벌! 모란꽃 속에 벌이 있었어!"

"예? 그럴 리가. 몰랐어. 염방 아우, 미안해……."

매달리며 사과하는 반금련을 양염방이 밀쳐냈다. 그리고 얼굴을 두 손으로 가린 채, 울며 본채 쪽으로 달려갔다.

끔찍한 얼굴

꽤 큰 벌이었던 것 같다. 그날 밤부터 양염방의 얼굴은 끔찍해졌다. 오른쪽 눈썹 위를 쏘인 모양이었다. 얼굴 전체가 새빨갛게 부어올랐다. 물집이 생기고 눈꺼풀 같은 데는 잔뜩 부어올라, 눈이 휘둥그레지는 미녀라고는 상상도 할 수 없을 지경이 되었다.

이런 상태로는 초상을 그릴 수 없어 대신 반금련을 그리기로 했다. 물론 반금련도 다른 부인들이 좋아하지는 않기 때문에 여느 때 같으면 당연히 뭔가 험담을 들었겠지만, 이때만은 질투하는 목소리가 별로 나오지 않았다. 그러고 보면 양염방은 틀림없이 여자들에게 크게 미움을 산 존재였다.

양염방은 아프기도 하고 분해서 발을 동동 굴렀다.

"지독한 년! 반금련, 이 나쁜 년! 먼저 초상을 그리게 될 사람으로 내가 뽑히자 일부러 모란에 벌을 넣어 내게 줬어! 제길, 두고 봐. 절대 그냥 두지 않을 테야!"

"아, 아. 부인, 그렇게 화를 내면 나쁜 피가 더 머리로 올라와요."

돌봐주는 사람은 응백작 하나였다. 다른 사람들은 마구 난리를 치는 양염방을 꺼려서 한 차례 병문안을 한 뒤로는 들르려고 하지 않았다. 서문경은 아랑곳하지 않고 다른 부인들을 모아 큰방에서 술을 마셨다.

"설마, 그런 계략까지 꾸미지는 않았을 거예요. 일부러 벌을 모란에 넣거나 일부러 벌이 든 모란을 가지고 왔다면 양 부인보다 먼저 자기가 쏘일지도 모를 일이었으니까. 그건 진짜 우연히 일어난 불행이에요……."

그렇게 달래면서도 응백작은 속으로 '아니지, 반금련이라면 그렇게 했을지도 모를 일이지'라고 생각했다.

그때 응백작의 발아래 뭔가 부드럽게 감기는 게 느껴져 내려다보니 이마에 검은 점이 있는 하얀 고양이였다.

"설사자!"

고양이는 깜짝 놀라 문 쪽으로 도망갔다. 응백작은 그쪽을 돌아보았다. 어느새 문은 살짝 열려있었고 반금련이 문밖 회랑에 서있었다. 응백작은 헛것을 본 줄 알았다.

"좀 어때? 염방 아우?"

안타깝다는 표정이었다. 양염방은 벌떡 일어났다.

"정말 낮에는 미안했어. 내가 할 말이 없네, 면목이 없어……."

"초상화는 다 그렸나?"

양염방이 물었다. 목에도 영향이 있는지 밤에 우는 까마귀처럼 쉰 목소리였다.

"아, 반쯤 그렸어. 정말 나 아우에게 미안해서 싫다고 사양했는데, 선생이 아우가 나을 때까지 기다릴 수는 없다고 해서 마지못해 그리는 거야."

"난 네 년 초상화가 다 될 때까지 울며 누워있지는 않을 거야."

양염방이 갑자기 소리를 지르더니 침대에서 뛰어내렸다. 한 손에는 가위를 움켜쥐고 있었다. 응백작은 깜짝 놀라 벌떡 일어섰다. 하지만 양염방은 그보다 먼저 문을 박차고 회랑으로 뛰쳐나갔다.

"찢어버릴 거야! 얼굴도……, 머리카락도……."

반금련은 간신히 몸을 젖혀 가위를 피했다. 바로 그때 양염방은 뒤에서 누가 밀치는 바람에 고꾸라지고 말았다.

응백작이 나와 보니 이교아와 손설아가 서있었다. 반금련을 따라 고소해하며 들여다보러 온 모양이었다. 얼른 양염방을 떠민 이교아는 얄미워 죽겠다는 듯이 어깨로 숨을 쉬면서 욕을 퍼부었다.

"이 미친년!"

덩치가 크고 살집이 있는 여자라 화를 내는 모습도 무게 있고 아름다웠지만, 옹백작은 이교아가 이토록 증오를 드러낸 표정은 처음 보았다. 낮에 귀고리 때문에 어지간히 분했던 모양이다. 역시 여자는 무섭다는 생각이 들어 옹백작은 등골이 서늘해졌다. 몸매가 가냘픈 손설아가 키들키들 웃었다.

"어머, 정말 절세미인이네. 화가 선생에게 꼭 초상화를 그려 달라고 해. 그 모습 오래오래 보관하면 되겠어."

양염방은 벌떡 일어나 손설아에게 달려들었다. 가위는 이미 놓쳐서 큰일은 없었지만 마치 싸움닭처럼 무시무시했다. 어처구니없어 그 자리에서 꼼짝도 못 하던 옹백작은 양염방을 말릴 용기도 나지 않았다. 밤이나 낮이나 이런 여자들에 둘러싸여 실컷 즐기는 서문경이 참 대단하다는 생각이 들어 감탄했다.

원래 정신세계가 좀 특이한 양염방이 벌의 독에 쏘여 제정신이 아닌 모습은 그 소동을 통해 적나라하게 드러났다. 옹백작은 걱정스러운 마음을 안고 집으로 돌아갔다. 하지만 이튿날 오후, 다시 서문경 저택으로 갔을 때는 깜짝 놀랐다. 양염방의 정신이 완전히 이상해진 상태였기 때문이다.

얼굴은 어제보다 더 부어올라, 마치 썩은 호박 같았다. 그 모습으로 흐리멍덩한 눈을 하고 헛것을 본 사람처럼 중얼거리고 있었다.

"아아, 다들 날 죽을 때까지 괴롭힐 거야……. 내가 노래하는 기생 출신이라고 깔보고……, 내가 기생이 되고 싶어서 됐나?"

그러더니 구석으로 가서 공포에 질린 눈을 하고 이상한 소리를 했다.

"앗, 저기 소자허(蘇子虛)가 있어! 소자허가 날 노려보고 있어! 날 죽이러 왔어!"

그러더니 갑자기 상아로 만든 빗을 내던졌다. 나전을 박아 장식한 대리석 칸막이 뒤에서 설사자가 슬쩍 나타나더니 천천히 빨간 입을 벌리며 하품했다.

"아니, 형님. 소자허가 누구죠? 어디서 들어본 기억이 있는 이름인데."

응백작이 기억을 더듬는 표정으로 돌아보며 묻자, 서문경은 쓴 벌레라도 씹은 듯한 표정으로 대답했다.

"저 애가 머리가 돈 모양이로군. 소자허는 저 애가 전에 유곽에 있을 때 폭 빠졌다가 차인 뒤 목을 맨 백면서생이지."

"아, 그런가? 그렇군요."

"독이 빠질 때까지 손을 댈 방법이 없을 테니 내버려 둬. 자, 저리 가서 술이나 하세."

시원한 바람이 불기 시작한 비취헌으로 옮겨 술자리를 펼쳤다. 응백작이 쭉 둘러보니 이교아와 반금련만 보이지 않았다.

"어라? 둘째 형수님은?"

"글쎄, 아까 소용면 선생을 방으로 부른 모양이니 초상을 그리고 있을 테지."

"다섯째 형수님 초상은 다 그렸나요?"

"아니야. 절반쯤 그렸는데 어제 염방이 난리를 치는 바람에 겁을 먹었어. 그래서 그림은 나중으로 미뤄달라며 방에 틀어박혀 있지.

아무래도 정신이 온전치 않은 것이 가위를 들고 덤비니 대책이 안 서겠지."

바로 그때 화원 건너편에서 반금련의 심부름을 하는 방춘매가 숨을 몰아쉬며 달려왔다.

"큰일 났습니다! 빨리 와 보세요!"

이 몸종은 어리지만 아주 영리한데 안색이 변한 걸로 보아 보통 일이 아닌 모양이었다.

"왜? 왜 그러느냐?"

"또 양 부인이 소동을 부려서, 하인인 내안(来安)이 말리는데도 뿌리치고 우리 마님 방에 뛰어들었습니다. 가위를 들고서……."

"뭐야?"

"그리고 눈 깜빡할 사이에 마님의 머리카락을 삭둑삭둑 잘라버리고……."

"아니, 결국 머리카락을!"

응백작은 벌떡 일어섰다. 서문경은 이미 쏜살같이 달려가고 있었다.

서문경의 뒤를 따라 다들 달려가 보니 반금련이 쓰는 북상방 쪽에서 내안의 부축을 받은 양염방이 키들키들 웃으며 회랑을 걸어 이쪽으로 오고 있었다.

"호호호! 머리카락! 저년의 머리카락을 드디어 잘라줬어! 자, 이제 초상화 절반은 그릴 수 없겠지. 남에게 몹쓸 짓을 하고 자기는 괜찮을 줄 알았나? 그렇게 엿장수 마음대로 될 줄 알아? 호호호, 고소해! 호호호!"

한 손에는 가위, 다른 한 손에는 검은 머리카락 한 움큼을 쥐고
흔들며 미친 듯이 웃는 부풀어 오른 얼굴은 이 세상 사람이 아닌 마
녀 같았다. 방춘매는 쏜살같이 반금련의 방으로 달려갔다.

"에잇, 지독한 년!"

양염방을 방으로 끌고 들어가자마자 서문경은 그녀를 침대 위에
휙 내팽개쳤다. 손에 쥐고 있던 머리카락이 바닥에 흩어졌다.

양염방은 쓰러진 채 의아한 표정으로 서문경을 바라보다가 갑자
기 또 엉뚱한 쪽을 노려보며 쉰 목소리로 소리를 지르기 시작했다.

"아아, 다들 나를 못살게 굴어서 죽일 거야……. 소자허의 원혼
까지……, 소자허의 눈이, 그게 저기!"

양염방이 가리키는 바닥에는 흩어진 반금련의 검은 머리카락이
있었고, 언제 또 들어왔는지 모를 하얀 고양이 설사자가 여주인 냄
새를 맡았는지 얌전히 앉아있다.

인과의 수레바퀴

어처구니없는 표정으로 양염방의 방을 나선 서문경과 응백작은
북상방으로 가서 문을 두드렸다. 춘매가 문을 아주 조금만 열고 밖
으로 나왔다.

"나리, 당분간 마님을 혼자 가만히 계시도록 해주세요. 끔찍한
모습을 보여드리기 창피하다며 울고 계십니다. 가엽게도……."

"하긴 형수님이라면 그런 심정일 테지."

응백작은 고개를 끄덕였다. 자존심이 제일 센 반금련이 엉망이
된 머리를 남자에게 보여줄 리 없다.

"그러면 어쩔 수 없군. 으음, 염방, 이 고얀 것. 조금 부기라도 가라앉아 제정신이 들면 내가 그년을 엄하게 벌할 테니 그때까진 참고 있으라고 전해라."

서문경은 잔뜩 화가 난 표정으로 응백작을 데리고 큰방으로 돌아왔다. 그리고 소용면을 비롯해 부인들을 모아 다시 술을 마시기 시작했다.

그렇지만 서문경의 처벌을 기다릴 틈도 없이 무시무시한 파국은 그날 밤에 찾아왔다……

이경이 된 지 얼마 지나지 않은 시각이었다. 소용면 선생은 이미 맹옥루에게 월금[2]을 타게 하며 노래를 부르고 서문경과 응백작은 요즘 근처에 있는 양산박이라는 늪지대에 들끓는 도적 떼가 툭하면 관병을 괴롭힌다는 이야기를 하고 있었다.

술자리 분위기가 한창 무르익었을 무렵, 불쑥 입구 부근에 앉아 있던 손설아가 비명을 질렀다. 흰 고양이를 안고 휘적휘적 방으로 들어온 양염방을 보았기 때문이다.

"염방!"

깜짝 놀란 서문경이 벌떡 일어섰다.

검은 머리카락을 풀어 등 뒤로 늘어뜨리고, 새빨갛게 부어오른 끔찍한 얼굴은 도저히 술자리에 어울릴 몰골이 아니다. ……하지만 양염방은 태연하게 손설아 옆자리에 걸터앉았다.

"아, 저도 술 한잔 주세요."

잔뜩 쉬었지만 뜻밖에 차분한 목소리였다.

2   月琴. 중국의 전통 현악기.

"부인, 좀 괜찮은 겁니까?"

응백작이 말을 걸었다.

"이제 괜찮아요. 통증도 많이 가라앉았고. 정말 염려를 끼쳐 미
안합니다. ……금련 언니에게 못된 짓을 저질러 방금 사죄하러 들
렀는데 화가 나서 나오시질 않네요. 대신 이 설사자가 방에 들어가
지 못하고 어슬렁거리고 있기에 데려왔어요. 그쪽에 있는 고기 같
은 것 좀 주세요."

"흠, 그러면 금련의 머리카락을 자른 게 기억이 난다는 이야기로
구나."

서문경이 내뱉듯 말했다.

"정말 제가 정신이 나갔었나 봐요. 아프고, 분하고, 그리고 이상
한 사람의 눈이 허공에 보여서 무서워 정신이 이상해졌던 모양이에
요……."

"소자허 말인가요?"

응백작이 히죽 웃으며 묻자, 깜짝 놀라 얼굴을 든 사람은 양염방
보다 옆에 있던 소용면 선생이었다.

"소자허? ……소자허가 왜요?"

"아니, 선생도 그 사람을 아십니까?"

"그 아이는 내 조카입니다. 작년 유곽에서 못된 계집 때문에 목
을 매 죽은 불효자죠."

다들 깜짝 놀라 서로 눈을 마주 보는 가운데 잠시 뜸을 들였다가
서문경이 황벽[3]이라도 핥은 표정을 지으며 입을 열었다.

---

3   黃蘗. 운향과 식물인 황벽나무의 껍질을 말린 약재로 맛이 쓰다.

"이건 기막힌 우연이로군……. 그런데 선생은 그 못된 계집을 아시나요?"

"말도 안 되죠. 내가 어떻게 그런 추접스러운 거리에 발을 들이겠소? 얼굴은 모르지만 이름은 알죠. 분명히 사산산(謝珊珊)이라고 하는 여자였죠."

"그랬군요. 선생은 모르실 테지만 노래하는 기생이라면 성은 기루의 양어머니 성을 쓰고 이름도 바뀝니다. 예전에 사산산이었던 여자의 이름은 이제 양염방이죠."

소용면은 목구멍 안에서 개구리 우는 듯한 소리를 냈다. 양염방은 팔과 손바닥으로 얼굴을 가리고 있었다. 살짝 떨리는 무릎 위에서 계속 고기를 핥는 고양이 혓바닥 소리만 방 안을 채웠다.

"인과는 돌고 도는 수레바퀴……인 걸까요?"

웅백작이 불쑥 껄껄 웃음을 터뜨렸다. 일부러 웃는 듯했다.

"소용면 선생, 어제는 선생도 양 부인을 첫째가는 미인으로 인정하셨는데, 조카가 왜 반했는지 이해가 되겠군요……."

"……."

"그런데 말이죠, 유곽에서도 죽고 죽이는 소동은 양산박 패거리 못지않습니다. 하지만 여자가 사사건건 원한을 사거나 욕을 먹어야 한다면 지나친 일이죠. 그런 건 이해하실 테죠."

"이해합니다."

"뭐, 어제 일어난 모란꽃과 벌 소동도 시작은 선생께 초상을 그려달라고 해서 시작된 일이라고 할 수 있으니 부디 그 벌은 조카의 환생이라고 생각하시죠. 그걸로 양 부인에 대한 원한을 그 세계에서는 자주 일어나는 일이라 여기시고 마음에서 씻어내 주시면 어떨까요?"

"아아, 이제야 알겠네. 어디선가 소자허의 눈이 날 바라보는 기분이 들어 견딜 수 없었던 건 바로 선생이 저를 보는 눈 때문이었군요……."

양염방이 중얼거렸다. 역시 인연이 얼마나 무서운지 느낀 모양이었다. 뜻밖에 얌전한 목소리로 말했다.

"선생, 부디 용서해 주세요."

"아뇨, 뭘. 그거야 뭐, 뭐랄까, 그 녀석이 어리석어서 그랬죠."

"아뇨, 아니에요. 그러면 제 마음이 편치 않습니다. 용서하시는 뜻으로…… 선생이 제게 술을 한잔 내리시죠."

소용면은 멍한 눈으로 양염방을 바라보고 있다가 당황해 앞에 있던 금화주 병을 잡았다. 양염방이 의자에서 일어서려다가 비틀거렸다.

"아, 그대로, 그대로 계세요. 미안하지만 옆에 계신 손 부인께서 따라주시죠."

술병이 옆에 있던 응백작의 손으로 건네졌다. 응백작에서 이교아로, 이교아에서 손설아로……. 그리고 손설아는 양염방에게 술잔에 이어 술병을 내밀었다.

"자."

"고마워요."

양염방은 금화주를 마셨다.

왠지 떨떠름한 표정으로 우두커니 앉아있는 서문경을 곁눈질로 보며 응백작이 말했다.

"아, 일단 다행이로군요……."

이렇게 말하며 응백작이 손뼉을 쳤을 때였다. 갑자기 양염방이 이상한 소리를 질렀다. 뭔가 가슴을 불에 데기라도 한 듯 두 손으로 쥐어뜯으며 자리에서 일어섰다.

"으아악!"

"앗, 왜 그래?"

다들 깜짝 놀라 자리에서 일어났다. 양염방은 뭐라고 표현하기 힘든 표정으로 사람들을 쭉 둘러보았다. 퉁퉁 부은 얼굴에 거의 파묻히다시피 한 가느다란 눈이 공포와 원한이 깃든 오싹한 빛을 내뿜었다……. 그러더니 입술 사이로 피가 주르륵 흘러 턱을 새빨갛게 물들였다.

"나는 죽게 될 거야……. 아아, 역시…… 난 살해당할 거야!"

양염방은 무시무시한 비명을 지르며 비틀거리다 푹 쓰러질 듯하더니, 그대로 가슴을 움켜쥔 채 심하게 토하는 소리를 내면서 쏜살같이 큰방에서 뛰쳐나갔다. 그 바람에 설사자도 깜짝 놀란 듯 그 뒤를 따라 방에서 뛰쳐나갔다. 갑자기 일어난 일이라 다른 사람들은 순간 그 자리에 못 박힌 듯 꼼짝도 못 했다. 그리고 사람들은 바로 비명을 지르며 우르르 쫓아가려고 했다.

"잠깐, 잠깐만요."

응백작이 두 팔을 벌려 막아섰다.

"형님, 형님만 가세요. 나머지는 이대로, 가만히. 누가 술에 독을 풀었습니다. 금화주에는 처음엔 독이 없었죠. 지금 아주 잠깐 사이지만 누군가 독을 푼 거죠. 몸수색이 필요합니다."

서문경이 달려나가자, 응백작이 말을 이었다.

"방금 다들 보셨다시피 양 부인이 마신 독주는 실례지만 소용면 선생, 저, 이 부인, 손 부인 손을 거쳐 전달되었습니다. 따라서 독을 넣은 사람은 이 안에 있을 수밖에 없죠. 저는 소 선생과 서로 몸을 수색합시다. 정말 죄송하지만, 큰형수님과 여섯째 부인은 옆방으로 가서 둘째 부인과 넷째 부인의 몸수색을 해주시지 않겠습니까?"

다들 공포와 의혹에 휩싸여 여름인데도 소름이 돋았다.

이윽고 서문경이 몽유병자처럼 돌아왔다.

"형님, 어떻게 되었습니까?"

"죽었네. 내가 쫓아갔을 때는 이미 그 사람 방 입구에 엎어져서 숨이 끊어진 상태였어. 그런데, 누가 독을 탔지?"

응백작은 멍한 표정으로 고개를 저었다.

"모르겠어요……. 아무도 독 같은 걸 갖고 있지 않아요……."

무명[4]

독을 넣은 사람은 아무리 생각해도 분명 네 명 가운데 한 명일 것이다. 하지만 누군지는 알 수 없었다. 응백작은 제쳐두고, 다른 세명에게는 각각 양염방에게 한 방 먹이더라도 의외라고 생각할 리없는 원한이나 미움, 증오가 있다. 그 가운데서도 서문경이 가장 의

---

4   無明. 불교에서 이야기하는 십이 연기 가운데 하나. 잘못된 생각이나 집착 때문에 진리를 깨닫지 못하는 무지를 가리킨다. 가장 근본적인 번뇌다. 불교에서는 머리카락을 '무명초(無明草)'라고 부르기도 한다.

심한 것은 역시 생판 남인 소용면 선생이었다. 하지만 선생은 이렇게 말했다.

"말도 안 됩니다. 양 부인이 그 자리에 올 줄은 예상도 하지 못했고, 양 부인이 사산산이라는 사실도 조금 전에야 알게 되었죠. 그러니 내가 독을 준비했을 리가 없잖아요?"

맞는 말이다. 그건 다른 용의자에게도 마찬가지로 적용될 변명이었다. 서문경은 관청 쪽에 손을 써 결국 양염방을 병사로 처리했다. 서문경도 요즘 양염방 때문에 애를 먹는 눈치였고, 끔찍하게 변한 무서운 얼굴 때문에 그 전의 미모는 완전히 사라져 일을 복잡하게 처리할 만한 미련도 없었기 때문이다……. 여자는 죽더라도 예쁜 얼굴로 죽어야만 한다…….

술사인 서 선생에게 점을 쳐달라고 한 결과 매장은 21일째 되는 날 하기로 했다. 그 뒤로 매일 서문경은 장례 준비를 하고 조문객을 맞이하느라 마치 전쟁을 치르듯 부산했다.

초칠일 저녁이었다. 보은사라는 절에서 열여섯 명의 스님이 방문해 고인의 영전에서 경을 읽었다. 큰 거실에 안치된 관 너머에 있는 등명단[5]에는 꽃을 장식하고 향을 피웠다. 그리고 돼지와 양 등의 제물을 바쳤다.

응백작은 소용면 선생과 나란히 차분한 얼굴로 스님들의 독경 소리를 듣고 있었다. 선생은 이 집에 있기 괴로운 모양이지만 묘한 인연이 있는 만큼 냉큼 떠나겠다고 할 수는 없는 모양이었다.

"앗!"

---

5   燈明壇. 고인을 위해 촛불을 공양하는 단.

손설아가 살짝 비명을 질렀다. 다른 사람들도 술렁거렸다. 응백작이 고개를 드니 흰 고양이가 제단에 올린 고기를 노리고 달려가는 게 보였다.

"설사자!"

뒤에서 꾸짖는 소리가 들렸다. 돌아보니 상복을 입은 반금련이 어느새 자리를 잡고 앉아 있었다. 고양이는 얼른 돌아와 금련 옆에 얌전히 웅크렸다.

소동이 줄지어 일어나는 바람에 깨닫지 못했는데, 가만히 생각해보니 양염방이 죽은 뒤로 반금련이 처음 모습을 드러냈다. 이 머리카락으로는 여러 사람 앞에 나설 수 없다면서 시신에 수의를 입히는 염습 때도, 입관할 때도 반금련은 얼굴을 보이지 않았다. 하지만 계속 모습을 드러내지 않을 수는 없어서 오늘 겨우 나왔을 테지만, 짧게 잘린 머리카락은 역시 미인에게는 너무 끔찍했다.

징 소리가 점점 커졌다. 그러자 설사자는 깜짝 놀랐는지 다시 몸을 일으켰다. 응백작은 하얀 괴물처럼 옆을 달려가는 고양이를 잡으려고 했지만, 설사자는 갑자기 손등을 할퀴었다.

'아니, 요놈이!'

손에 배어나는 피를 막으며 고양이가 달려간 쪽을 노려보니 설사자는 이미 반금련의 발아래 오도카니 앉아있었다. 금련이 고개를 조금 숙이며 사과하듯 살짝 웃었다. 어떤 곳에서 어떤 모습으로 웃더라도 남자를 취하게 만드는 미소였다.

사실 속마음을 털어놓자면, 응백작은 반금련에게 반했다. 서문경 덕분에 술도 마시고 하루하루 재미있게 지낼 수 있어서 결코 그의 부인들에게 손을 댈 생각은 없었다. 하지만 이 반금련만은 남자로 태어나 한 번 사는 인생인데 어떻게 해보았으면, 하는 터무니없는 욕심이 솟아나기도 해서 참으로 난감했다.

응백작은 자기가 생각하기에도 참 헤프다 싶은 웃음으로 반금련에게 답했다.

'역시 반금련은 특출나. 양염방 따위가 어디 비교나 되겠어? 그걸 모르다니. 저 얼치기 화가는 뭐가 아름다운지 알지도 못하면서 그림을 그리는 건가?'

이렇게 속으로 중얼거리고 있는데 불쑥 바닷속 깊은 곳에서 흔들거리며 솟아오르는 기포 같은 어떤 생각이 떠올라 응백작은 흠칫 놀랐다.

'어라?'

반금련은 설사자의 머리를 부드럽게 쓰다듬으며 징 소리가 울리는 가운데 고개를 숙이고 있었다.

독경이 끝나고 자리를 뜨는 사람들 가운데 금련의 모습을 보고 응백작은 서둘러 뒤를 따랐다.

"형수님, 형수님."

"어머, 오셨군요……."

"어디 가시나요?"

"머리카락이 이런 꼴이잖아요? 그래서 비취헌에라도 가서 혼자 좀 쉴까 하는 생각에. 반쯤 그리다 만 내 초상화도 아직 거기 있을 테고요……. 염방 아우는 정말 무서웠어요. 딱하게 되기는 했지만."

"아, 그렇다면 저도 거기까지 함께 가죠. 어쨌든 그건 천벌이에 요."

"천벌? 무슨 천벌?"

반금련이 물었지만, 응백작은 생각에 잠긴 표정으로 말이 없었 다. 두 사람은 나란히 어슬렁어슬렁 후원 쪽으로 걸어갔다.

저녁놀 속에 자연의 호화로운 만찬처럼 반짝이는 모란이 피어있 는 화원까지 왔을 때, 그제야 마음을 굳힌 응백작이 입을 열었다.

"형수님, 힘들죠? 얼굴은 다 나았습니까?"

"머리카락은 아직 요만큼밖에 자라지 않았어요."

"머리카락 말고, 얼굴이요."

"얼굴, 내 얼굴이 왜요?"

"벌에 쏘였잖아요?"

"어머, 벌에 쏘인 사람은 염방 아우예요, 내가 아니라."

"아뇨, 양염방이 먼저 벌에 쏘인 뒤에 말입니다……. 아마 그 다 음다음 날인가? 형수님은 여기 와서 모란꽃 안의 벌을 찾아 스스로 벌에 쏘였죠?"

반금련이 걸음을 멈추더니 아름다운 눈을 크게 뜨고 응백작을 뚫 어지게 바라보았다. 동요는 없었다. 눈동자에는 낮잠을 즐기는 꿈 을 망친 소녀 같은, 나른하고 귀찮아 하는 기색이 가득 차있을 뿐이 었다.

응백작이 오히려 쩔쩔매면서 말을 이었다.

"양염방이 벌에 쏘인 게 형수님이 꾸민 일이었는지 아닌지, 그건 모르겠습니다. 하지만 벌에 쏘인 양염방이 크게 원망하여, 그 이튿날 부인의 머리카락을 자르겠다고 난리를 쳤을 때부터 형수님 마음 속에는 틀림없이 한 가지 계획이 자리 잡았어요. 그날 밤, 형수님과 양염방은 바꿔치기 되었죠. 아마 양염방은 자기 방에서 납치되어 재갈이라도 물린 채 형수님 방에 감금되어 있었을 겁니다. 방춘매가 지키고 있었죠. 그래서 사흘째 되는 날부터 그 소자허가 나타났다는 이상한 소리를 하기 시작한 양 부인은 사실 양 부인이 아니라 사실은 자진해서 벌에 쏘여 얼굴이 퉁퉁 부어오른 형수님이었죠."

반금련은 흰 모란 한 송이를 꺾어 코에 댔다.

"그리고 그날 밤 북상방에 쳐들어가 형수님의 머리카락을 자른 건 형수님이 혼자 꾸민 연극이었죠. 아마 머리카락을 자르는 모습을 하인인 내안은 보지 못했을 겁니다. 사실은 형수님 머리카락을 자른 게 아니라 미리 준비해 두었던 머리카락이었겠죠. 여자 머리카락이야 장에 가면 얼마든지 살 수 있으니까요."

"내 머리카락은 보시다시피 잘렸잖아요."

"그야 이야기 줄거리를 맞추려고 나중에……, 어제나 그저께 잘랐겠죠. 왜 이때 머리카락을 잘랐는가. 그건 얼핏 보기에는 소용면 선생이 초상화를 그리는 걸 양염방이 방해한 걸로 보이게 하고, 사실은 양염방이 죽고 난 뒤 오늘까지, 부인의 부은 얼굴이 가라앉을 때까지 방에 틀어박혀 있을 이유를 만들기 위해 꼭 필요한 행동이었죠."

"내가 염방 아우로 변장했다는 증거가 있나요……?"

"그걸 조금 전에야 발견했죠……. 설사자."

"설사자?"

"형수님이 아끼는 고양이가 그날 이후로는 양 부인에게 늘 딱 달라붙어 있었습니다."

반금련의 안색이 비로소 싹 바뀌었다. 해가 서쪽으로 조용히 기울고 있었다.

"그리고 그날 밤, 큰방에서 술을 마시던 우리 앞에 나타난 인물도 물론 형수님이었죠. 그래서 형수님은 일부러 소용면 선생의 술잔을 받았고요. 선생의 조카가 소자허라는 남자였다는 사실은 어디선가 들어 이미 알고 있어서 여차하면 혐의를 그 선생이, 부인을 가장 아름답다고 선택하지 않고 양염방을 선택한 그 얼치기 화가가 뒤집어쓰면 좋겠다는 정도만 생각했을지도 모르죠. 게다가 그 술병이 이 부인, 손 부인뿐 아니라 제 손까지도 거쳤으니 더 헷갈리게 되고, 덕분에 저까지 혐의를 뒤집어쓰게 된 터무니없는 연극이었어요."

금련은 커다란 모란꽃으로 얼굴을 가리고 서있었다. 새하얀 모란 꽃잎이 저녁 어스름한 어둠 속에 살짝 떨렸다.

"그런데 그 술을 마시고 부인은 독을 마신 시늉을 했죠."

"……."

"그 피는 대체 어떻게 된 거죠? 혹시 꽈리에 피를 담아 그걸 씹은 건 아닌가요……?"

"피? 그 피는 어디서 구한 거냐고요? 내 몸에는 송곳에 찔린 정도의 상처도 없어요."

"헤헤헤, 가능하다면 옷을 다 벗고 보여줄 수 있나요?"

반금련이 얼굴을 가렸던 모란꽃을 치웠다. 창백한 얼굴에 파랗고 뜨겁게 타오르는 눈동자가 있었다.

"예, 좋아요."

"아뇨, 아직 옷을 벗기는 이릅니다. 형수님, 여자에겐 분명히 상처 하나 없다고 해도 그 정도 피는 구할 방법이 있죠……."

"……."

"설명을 계속하죠. 그래서 형수님은 비틀거리면서 방을 뛰쳐나가 북상방으로 쏜살같이 달려갔어요. 뒤따라간 서문 대인이 발견한 건 형수님이 술자리에 나오기 전에 미리 양염방이 쓰던 방 앞으로 옮겨다 놓은, 짐독을 마시고 죽은 시체뿐이었습니다."

차츰 깊어지는 어둠 속에 반금련은 우두커니 서있었다. 거기 있는 줄 몰랐다면 모란꽃 한 송이로 보였을 만큼 희읍스름한 얼굴이었다.

"스스로 벌에 쏘이고, 머리카락을 자르고, 그러면서까지 내가 염방 아우를 죽일 이유가 있었을까? 나를 원망하던 건 염방 아우인데."

"그래서 그건 천벌이라고 하는 거죠."

"난 이해가 안 되네."

"저는 이해됩니다. 그 속물 같은 얼치기 화가가 그리는 초상화를 양염방에게 빼앗긴 형수님의 질투 때문일지도 모르지만, 진짜 여성의 아름다움을 아는 저는 이해가 됩니다. 그건 자긍심 강한 미의 여신이 가짜에게 퍼부은 피라는 사실을……."

반금련의 손에서 모란꽃이 툭, 땅바닥에 떨어졌다. 이제 하늘은 완전히 캄캄해졌다. 그저 밤의 화원에 흐느껴 우는 듯한 꽃향기가 짙게 피어올랐다.

"이제 옷을 벗어도 이르지는 않겠죠……?"

"이르지는 않지만, 불빛이 없어 모습을 볼 수 없는 게 안타깝군요."

응백작이 웃었다. 그는 반금련이 자기가 저지른 죄를 눈감게 만들려고 필사적인 교태를 부리는 것으로 알았다. 그리고 이 무시무시한 여자가 진짜 사랑하는 사람은 서문경뿐이라는 사실도 알고 있다.

"그럼."

코로 가쁜 숨을 내쉬는데 밤이슬에 젖은 모란 꽃잎 같은 입술이 응백작의 입술에 닿았다.

'이제 내 입은 영원히 막히는 건가? 그리고 만약 입이 열리면 다음에는 틀림없이 같은 입술을 통해 짐독이 흘러 들어오겠지…….'

그렇게 생각하면서 응백작은 찰나의 감미로운 전율 속으로 가라앉았다. 이렇게 쫓는 자와 쫓기는 사람은 한 몸이 되어 깊고 깊은 어둠 속으로 가라앉았다…….

돈에 환장한 사내

수상한 불청객

무더위가 시작되는 초복[1]은 하지로부터 세 번째 찾아오는 경일
(庚日)에 시작되며, 여자들은 이때 봉선화로 손톱에 물을 들인다. 서
문경 저택의 비취헌에 쳐놓은 차양 아래서는 정실부인 오월랑을 중
심으로 다섯 명의 부인들이 붉게 물든 손가락으로 저마다 신발을
꿰매거나 땀수건에 수를 놓으며 웃고 떠드는 중이었다.

옆에서는 서문경이 친구 응백작과 함께 말리 꽃으로 담은 술을
차게 해 마시면서 담소를 나누고 있었다.

---

1   중복, 말복과 함께 삼복이라고 한다. 삼복은 소서와 처서 사이에 있으며 일 년 가운데
    기온이 가장 높고 습한 '기간'이다. 초복 기간은 하지 이후 세 번째 경일(庚日)에 시
    작되고, 네 번째 경일에 중복이 시작되며, 입추 이후 첫 번째 경일에 말복 기간이 시
    작된다. 말복이 끝나는 날은 입추 후 두 번째 경일이다. '경일'이란 각 날짜를 육십갑
    자로 따진 일진(日辰)에 '경(庚)'자가 들어가는 날을 말한다. 십진(十辰)이기 때문에
    경일은 열흘에 한 번씩 돌아온다.

"형님, 말씀은 그리하시지만, 인간이란 이런저런 시답잖은 소리를 늘어놓아도 결국 가장 중요한 건 색과 돈이죠."

"그런 말이 아닐세. 자넨 영웅호걸의 깊은 뜻을 이해하지 못하는군. 연작홍곡[2]이라더니. 그런 한심한 책 말고 논어나 사기라도 읽는 게 낫지."

서문경은 응백작이 왼손 손가락을 끼워놓고 있는 책을 턱으로 가리켰다. 아내를 여섯 명이나 거느린 주제에 농담도 아니고, 저리 진지한 표정으로 거룩한 말씀을 늘어놓는 게 서문경의 버릇이다. 그런 서문경에 빌붙어 비위나 맞추며 살면서도 응백작은 늘 이 부자를 놀리는 듯한 소리를 한다.

"뭐 그 공자님도 '나는 여색을 좋아하듯 덕을 좋아하는 자를 보지 못했다'[3]라고 하셨죠. 영웅호걸도 평생 천하 국가에 마음을 쓰는 분량보다 여색과 돈에 몇 십 배 몸과 마음을 쓰는 게 분명할걸요."

응백작은 이렇게 대꾸하고 웃으며 왼손에 든 책을 펼쳐 부인들을 향해 외쳤다.

"여러분, 여기 이런 재미있는 이야기가 적혀있군요. 자, 들어보세요."

처마에 매달린 풍경이 흔들리며 맑은 소리를 냈다. 먼 담장 밖에서 "푸른 숲의 즐거움을 느껴보시면 어떻겠습니까?" 하고 외치는 매미 장수의 목소리가 들려왔다. 무더운 여름의 한낮이었다.

---

2   燕雀鴻鵠. '제비나 참새가 어찌 큰 기러기나 고니의 뜻을 알겠느냐'는 말. 평범한 사람이 큰 뜻을 품은 영웅호걸의 마음을 어떻게 알겠느냐는 뜻의 사자성어로 쓰이며, 《사기》에 나오는 말이다.

3   《논어》 자한(子罕)편에 나오는 말.

"자, 읽어드리죠. 공자님 말씀을 공부하는 선비와 중, 도사 세 사람이 같은 배를 타고 큰 강을 건너려던 참이었습니다. 막 배를 띄웠는데, 엄청나게 살찐 젊은 여자가 와서 함께 태워달라고 하죠. 물살이 거칠어 세 사람 모두 꺼렸지만, 여자가 거듭 애원하는 바람에 뱃사공이 배를 다시 강가에 댔습니다. 여자는 훌쩍 배 위로 뛰어올랐죠. 인사를 하고 자리에 앉은 모습을 가만히 보니 치마 속에 속곳을 전혀 입지 않았어요. 마치 다섯째 형수님처럼……."

"어머머, 얄미워, 정말."

다섯째 부인 반금련은 얼굴이 새빨개져서 손을 내저었다. 하지만 응백작이 놀리는 대로 반금련은 여름이면 늘 속곳을 입지 않고 치마만 길게 늘여 입었다.

"하하하, 농담입니다. 그런데 그뿐만이 아니었어요……. 그러니까 치마 속 거시기를 턱 드러낸 거죠. 정말 대담한 짓이죠. 여자는 이렇게 사람들에게 훤히 드러내고 말했습니다. '이 물건은 매우 길한 징조다. 불길할 까닭이 있는가?' 다들 깜짝 놀랐죠……. 중이 입을 열었어요. '그게 뭐가 길하다는 거요?' 그러자 여자가 대답했어요. '이 탁하고 썩은 맛은 공자 맹자 따지는 선비 같고, 털이 짧고 쑥대머리처럼 부스스한 꼴을 보면 도사 같고, 그리고 이건 마치 중이 사는 동굴처럼 생겼는데……'."

"응 선생, 그만. 그런 이야기는 그만……."

눈치 빠른 오월랑이 얼굴을 찌푸렸다. 둘째 부인인 이교아와 셋째 부인 맹옥루는 몸을 배배 꼬며 웃었다.

응백작은 그치지 않았다.

"하하하. 중이 화가 잔뜩 나서 모자를 벗고 머리로 들이받았어요. 그러자 여자가 배를 쑥 내밀며 맞이했습니다. 그러자 그만 쑥 들어가고 말았죠. 목덜미까지 쑥 들어가더니 어깨까지 파묻혔답니다. 중은 깜짝 놀라서 온 힘을 다해 머리를 쑥 뺐습니다."

부인들이 자지러지게 웃자, 응백작은 더 흥이 나서 파초선으로 팔선탁을 두드리며 다음 대목을 읽었다.

"그러자 머리는 축축하게 젖어 더운 땀을 뻘뻘 흘리며 마치 방금 시루에서 나온 만두 같았다. 여자는 크게 웃으며 몸을 날려 물로 뛰어들더니 거대한 물고기로 변해 사라졌다……. 어떻습니까, 이 이야기?"

"크크큭! 대체 그게 뭐예요? 크크큭!"

여섯째 부인 이병아가 수건으로 입을 가리고 웃음을 참으며 물었다.

"자, 이게 무슨 이야기냐. 중은 신심이 깊어 간신히 살아났지만, 속인들은 그 안에 둥지를 틀고 너무 오래 있다가 결국 커다란 물고기의 먹이가 되고 만다는, 그런 큰 교훈이 되겠습죠……. 어떻습니까, 형님? 논어보다 더 도움이 되는 책 같은데."

"무슨 헛소리를 지껄이는 거냐? 이 형편없는 녀석."

서문경이 쓴웃음을 지으며 술을 꿀꺽꿀꺽 마셨다.

"그런데 그 이야기에 나오는 여자…… 왠지 요금(搖琴) 같군요, 그 더럽기가."

반금련이 이렇게 중얼거리자 다들 크게 웃었다.

서문경은 저택 앞쪽에 아주 커다란 생약 가게를 열고 있는데, 요금이란 여자는 그 가게에서 부지배인으로 일하는 한도국(韓道國)의 아내다. 이 부부는 몇 해 전부터 서문경의 가게에서 일하기 시작했다. 원래는 좀 야한 여자였던 모양인데, 남편 한도국이 엄청 짠돌이여서 아내가 꾸미지도 못하게 했다. 반년 전, 요금이 비녀를 하나 사달라고 졸랐다가 천지가 뒤집힐 정도로 큰 싸움이 나서 아내의 머리카락을 밀어버릴 정도였다. 늘 여기저기 잔뜩 잇고 기운 옷을 입고 피부도 때가 덕지덕지하고 아주 뚱뚱해 옆을 지나갈 때면 지독한 냄새가 나는 여자다.

원래 한도국이 전에 일하던 어느 주인의 아내였는데 한도국이 모아놓은 돈에 눈이 뒤집혀 간통했다고 하니, 알 만한 여자다. 그 현장을 집안사람에게 들켜 반쯤 죽었다 살아나 가까스로 도망쳤다는 이야기도 있고, 요금의 남편이 허락해 함께 살게 되었다는 소문도 있으니, 그 남편도 요금에게 넌더리가 났던 건지도 모른다.

어쨌든 한도국은 방금 이야기한 것처럼 무지막지하게 인색한 사내라서 그런 소설 같은 연애 이야기는 꿈에도 상상할 수 없는 부부였다. 그런데도 자식은 다섯이나 두었다.

"정말이지 어떻게 그런 여자에게 아이를 낳게 했을까 생각하면 끔찍해."

반금련은 질투가 담긴 눈빛을 흘끔 여섯째 부인 이병아의 불룩한 배에 던지며 내뱉듯 말했다. 이병아는 임신 중이다.

"하긴, 그거야 한도국 잘못이지. 그 여자도 조금만 꾸미면 그렇게 못 쓸 물건은 아니라니까……. 아, 맞아. 이 세상에서 여색을 모르는 보기 드문 남자의 표본이지, 한도국이."

"그렇지. 그 녀석이 있었네. 하하, 그 대신 돈 욕심은 다른 사람들보다 몇 배나 많죠. 자식을 줄줄이 낳은 것도 그 녀석은 노후를 대비한 저축으로 여기기 때문일 거예요. 어쨌든 자기 것을 내놓는 건 혓바닥 내미는 것마저 싫다는 놈이니까. 이득이 없다면 어떤 여자에게도 눈길을 주지 않겠죠."

"나 같으면 내놓게 만들 수 있지."

반금련은 불쑥 이렇게 말하고 얼굴이 점점 붉어졌다. 하지만 바로 옆에 있는 부인들의 비웃는 눈빛을 둘러보더니 표정을 바꾸어 당당하게 입을 열었다.

"어머, 이건 농담이야. 호호호, 그렇지만 나 같으면 한도국에게 마제은[4] 백 개를 내놓고 내 앞에 자빠지게 만들 수도 있어!"

반금련은 백사선[5]으로 입을 가리고 교태를 부리며 방긋방긋 웃었다. 살쩍이 보이도록 은실로 묶어 올린 머리에 반짝이는 금비녀, 옅은 붉은색 능라 안에서 움직이는 새하얀 피부의 몸매, 곧게 뻗은 발을 장식한 초승달 같은 붉은 신발……. 산전수전 다 겪은 옹백작마저도 반금련의 미모 앞에서는 숨이 멎었다.

서문경이 불안한 눈빛으로 바라보았다.

"어리석은 수작을 부리면 용서하지 않겠어."

"어머, 농담이라고 했는데. 아무리 그래도 제가 그 한도국과 무슨 일이 있겠어요?"

---

4   馬蹄銀. 말굽처럼 생긴 은괴. 기본적인 형태는 50냥짜리이며 명나라 때부터 많이 사용했다.

5   白紗扇. 종이 대신 흰 비단을 대어 만든 부채.

반금련이 몸을 꼬며 웃었을 때 자홍색 등을 밝힌, 서향화와 봉선화가 핀 화원 너머에서 바로 그 한도국이 낯선 남자를 데리고 총총걸음으로 다가오는 모습이 보였다.

"나리, 손님 오셨습니다."

"그래? 어떤 분인가?"

한도국이 데리고 온 남자는 말처럼 긴 얼굴에 수염을 기른, 얼핏 봐도 부자 차림의 인물이었다. 한도국은 작고 동그란 눈을 이상하게 깜빡거리면서 말했다.

"이쪽은 송철곤(宋鐵棍)이라는 분인데, 제가 여기 오기 전에 모시던 주인이자 크나큰 은혜를 베풀어주신 분이십니다."

"호오, 그런가?"

"처음 뵙습니다. 송철곤이라고 합니다. 존함은 잘 알고 있습니다만 오늘에야 뵙게 되었군요. 참으로 영광입니다."

남자가 점잖게 말했다. 학자인지 신선인지 모를 분위기를 풍겼다. 서문경은 기가 눌려 허리를 굽혔다. 그때 옆에 있던 응백작이 불쑥 끼어들었다.

"아하, 한 씨, 바로 이분이신가? 자네 아내의 전남편이……? 아마 폭죽 제조업을 하신다고 들었는데."

"그렇습니다. 관가에 알렸다면 요금과 함께 곤장 백 대는 맞아야 할 벌을 받고 죽었을 테지만, 나리께서 온정을 베풀어주셨습니다……. 그리고 폭죽 도매상을 하셨는데, 지금은 그만두신 지 오래되었다고……."

"불꽃 원료가 폭발해 집까지 통째로 날려버렸죠. 하지만 제가 어떤 실험을 하던 중에 저지른 실수가 원인이었습니다. 집을 잃기는 했지만, 그래도 연금술 비법을 완성할 수 있었습니다."

송철곤은 막힘없이 유창하게 설명했다. 서문경이 자기 귀에 손을 대고 물었다.

"에? 방금 뭐라고 하셨죠?"

"연금술이라고 했죠. 납을 은으로 바꾸는 방법을 알아냈습니다."

"납을 은으로? 그게 정말인가요?"

서문경은 어안이 벙벙한 표정으로 말처럼 긴 송철곤의 얼굴을 바라보다가 갑자기 허둥대며 말을 이었다.

"아니, 이렇게 서서 이야기하는 실례를. 일단 곁채에 있는 응접실 쪽으로……. 여보, 어서 그쪽으로 안내를."

그러더니 서문경은 두 팔을 크게 휘저으며 앞장서 걸어갔다. 응백작은 '형님이 영웅호걸의 깊은 뜻을 잘 아는 편은 아닌 모양이다' 라고 생각했다.

서문경과 이상한 손님, 오월랑이 곁채 쪽으로 사라지자, 한낮의 비취헌에서 멍하니 그 뒷모습을 지켜보던 부인들 가운데 반금련의 입술이 먼저 열렸다.

"쳇, 저 양반은 여자가 금으로 변한다면 우리를 불가마에 처넣을 지도 몰라. 그런데…… 한 씨, 안색이 좋지 않네."

"그, 그렇습니까? 너무 깜짝 놀라서 그런 모양입니다."

"그런가? 요즘 음식을 제대로 먹지 않은 거 아니야? 고기 같은 걸 너무 못 먹은 거 아닌가?"

"헤헤, 그렇지도 않습니다만."

한도국은 삐쩍 마른 사각턱을 쓰다듬었다. 머리에는 여기저기 기운 흔적투성이인 두건을 썼고, 몸에는 축 늘어져서 땅에 끌리지 않도록 실로 질끈 동여맨 옷을 걸쳤다. 발에 매달린 것은 의자처럼 달그락거리는 소리가 나는 신발이었다.

"불쌍해라. 오리구이라도 좀 먹지 않겠나?"

"아, 먹겠습니다. 먹겠습니다."

반금련은 팔선탁 위에 있는 커다란 접시에서 오리구이를 뜯어 입에 물었다.

"그러면 무릎 꿇고 손을 앞으로 내민 다음 입을 벌려."

몸집이 작은 한도국은 고개를 갸우뚱거리면서 시키는 대로 그 자세를 취했다. 그러자 응백작이 웃음을 터뜨렸다. 마치 개가 두 발로 선 모습 같았다.

"그렇지, 잘했어."

반금련은 웃으며 고기를 씹어 고개를 숙여 한도국의 입에 뱉었다. 고기와 침, 그리고 향기로운 숨결이 한도국의 입으로 흘러 들어갔다.

응백작은 히죽거리며 말했다.

"반 부인, 저도 오리구이를 먹고 싶군요. 개가 되고 싶어요……. 이렇게 낑, 낑. 안 될까요, 저는?"

연금술 도사

철곤 도인은 서문경 저택을 이상한 흥분의 도가니로 몰아넣었다. 처음에는 반신반의하던 사람들도 그가 불가마에 던져 넣은 납 몇

덩어리가 은으로 바뀌어 나온 장면을 실제로 보고는 눈이 휘둥그레지지 않을 수 없었다.

송철곤의 이야기를 간단하게 줄이면 모든 금속은 수은과 유황이 섞인 것이라고 한다. 금속이 불에 녹고, 늘어나며, 빛을 내는 까닭은 수은이 지닌 성질 때문이고, 불에 타는 까닭은 유황의 성질 때문이라는 이야기다. 그래서 금은 노란색 유황을 많이 함유하고 있어 누런빛을 띠며, 은은 흰색 유황을 많이 지니고 있어 하얀 은빛을 낸다는 주장이다. 그 수은과 유황의 비율을 바꾸기만 하면 납을 은으로 만들기는 아주 쉽다면서, 그러기 위해서는 자기가 지닌 구환단[6]이라는 약을 써야만 한다고 했다.

송철곤은 턱수염을 쓰다듬으며 중후한 목소리로 말했다.

"이 구환단은 원래 은을 정제한 것입니다. 분량으로 따지면 십분의 일로 줄어든 거죠. 하지만 이 구환단을 쓰면 백 배의 납을 은으로 바꿀 수 있으니, 만약 한 냥짜리 은으로 10전만 한 구환단을 만들었다면 그것으로 10냥만큼의 은을 만들 수 있다는 이야기입니다."

그리하여 며칠 뒤 비취헌 옆에는 거대한 가마가 만들어졌다. 그리고 거기에는 노송나무로 만든 커다란 풀무도 설치되었다.

풀무는 틈새를 모두 닭의 깃털로 빈틈없이 막았고, 앞에는 디딤판도 연결했다. 막대를 한 가운데 직각으로 꽂고 양쪽에서 두 사람

---

6   九環丹. 중국 명나라 말기의 고전소설인 《초각 박안양기(初刻拍案惊奇)》 제18권에
     도 "내가 구환단을 가지고 있는데, 연홍(鉛汞. 도가에서 납과 수은으로 만든 단약)으
     로 황금을 만들 수 있다"는 말이 나온다.

이 번갈아 발판을 밟으면 막대가 풀무의 손잡이를 움직여 바람 주머니에 생긴 공기를 뿜어 송풍구로 거센 바람을 내보내게 된다. 송철곤이 지닌 구환단은 이제 얼마 남지 않아서 일단 은으로 구환단을 정제하려는 설비였다. 서문경은 구환단을 만들기 위해 은 이천 냥에서 오천 냥은 써도 된다며 의욕이 대단했다.

송철곤이 주의를 주었다.

"풀무질을 맡는 두 사람은 반드시 남자와 여자 한 명씩이어야 합니다. 우선 두 사람은 제가 만든 선약을 넣은 술을 마시고 디딤판 위에 올라갑니다. 다만……, 이게 중요한데, 만에 하나 이 두 사람 사이에 음탕한 마음이 일어나게 되면 구환단의 효험은 사라지고 불가마에 넣은 은은 오히려 납으로 변하고 말 테니 단단히 명심해야 합니다."

이리하여 화원에서는 매일 풀무질하는 소리가 흘러나오기 시작했다. 문지기 평안과 하녀 소옥. 하인 왕현과 몸종인 혜수, 하인 대안과 하녀 일장청……. 그러던 어느 날, 서문경이 처음 오백 냥이나 되는 많은 은을 넣은 뒤 그 불안과 호기심이 뒤섞인 마음을 안고 한도국의 아내 요금과 풀무 디딤판에 오르는 바람에 철곤 도인의 불행한 예언이 적중되었다.

돈도 없는 처지라 아무래도 이 일에는 서문경만큼 진지하게 빠져들지 않고, 처음부터 수상쩍다는 생각을 떨치지 못했던 응백작이 비취헌에 있는 서재의 침대에 누워 살짝 창문 너머로 보고 있자니 서문경과 요금에게 선약을 넣은 술을 마시게 하고 철곤 도인은 자리를 떠났다.

"요금…… . 너 요즘 엄청나게 예뻐졌구나."

서문경이 디딤판을 밟으며 말했다.

응백작이 보니 서문경의 얼굴이 불그레 물들고 눈이 게슴츠레했다. 서문경이 욕정이 일었을 때 보이는 표정이지만 물론 그는 도인의 경고를 알고 있을 것이다.

"어머, 나리…… . 괜히 놀리지 마세요."

요금은 크게 허리를 움직이면서 손으로 입을 가렸다.

예전 같으면 그럴 때 지독한 냄새가 물씬 풍겼지만 확실히 요즘 요금은 이상하게 요염해졌다. 아무래도 송철곤이 한때 아내였던 여자의 애처로운 모습을 보다 못해 화장할 돈을 얼마간 준 모양이다. 하지만 그것만으로도 요금은 달라 보일 만큼 나아진 것 같았다. 물론 아름답지는 않고 여전히 살이 피둥피둥하고, 칠칠치 못해 아무리 씻어도 지워지지 않는 불결한 느낌이 있었다. 그런 주제에도 남자의 흑심을 불러일으켜 질척질척하게 만들어버릴 듯한 요염함이 드러났다. 백치 같아 보이는 촉촉한 눈, 늘 반쯤 열린 도톰하고 새빨간 입술, 주름이 진 목, 살이 넉넉한 흰 팔은 남자의 허벅지처럼 두툼하고, 솟아오른 젖가슴은 불룩했다. 응백작은 질색이지만 희대의 호색한 서문경이 불쑥 야릇한 눈빛을 보내는 것도 당연했다. 그러나 불길한 기분이 들었다. 오백 냥이나 되는 은이 납으로 변할 수도 있다는 위험을 잊고 있었는지도 모를 일이다.

'철곤 도인의 연금술이야 어찌 되었든, 저 요금이 변한 모습을 보면 이쪽이 차라리 연금술이라고 할 수 있을지도 모르겠군…… .'

디딤판 밟는 소리가 문득 멈췄다. 서문경은 가만히 요금을 바라보았다. 요금의 뺨도 빨갛게 물들었다. 간지러운 시선으로 서문경을 보더니 차츰 숨결이 거칠어졌다.

서문경이 불쑥 디딤판에서 뛰어내려 요금을 덮쳤다. 그리고 둘은 화원 안에서 짐승처럼 뒤엉켰다. 봉선화가 파도처럼 출렁이기 시작했다. 어안이 벙벙한 응백작의 귀에 절구질하는 듯한 땅울림이 들려왔다.

응백작은 얼른 파초선을 들어 처마에 매달린 풍경을 향해 마구 부채질했다. 화원 저편 대나무숲을 돌아 들어오는 사람들이 보였기 때문이다.

요란한 풍경 소리에 놀란 서문경이 벌떡 일어났다. 누군가 다가오는 모습을 보고 당황해 얼른 옷매무시를 가다듬었다. 요금도 서둘러 치마를 치켜올리고, 풀무 쪽으로 달려갔다.

나타난 사람은 철곤 도인과 반금련, 한도국이었다.

"수고하십니다. 피곤하시죠? 이 두 분과 교대해도 됩니다."

철곤 도인은 이렇게 말하더니 반금련과 한도국을 데리고 비취헌 회랑에 내놓은 팔선탁으로 다가갔다. 그리고 또 선약을 조합하기 시작했다.

"아, 꽤 피곤하군요."

서문경은 가쁜 숨을 몰아쉬며 말을 이었다.

"한 씨, 그리고 이 이야기는 금련도 들어야겠군."

"무슨 이야기죠?"

묻는 반금련의 뺨이 술기운 때문에 발갛게 물들었다. 서문경은 좀 겸연쩍은 듯 입을 열었다.

"사실은 말이야, 한 씨. 어떤가? 자네 아내를 내게 넘겨주지 않겠는가?"

"아내를…… 달라고요?"

"그래. 일곱째 아내로 맞이하고 싶어서."

작고 동그란 눈으로 흘끔 내려다본 한도국을 서문경이 위협하듯 쳐다보며 말했다.

"그 대신 자네에게 30냥을 주겠네……. 지배인으로 승진시키고."

한도국은 입을 멍하니 벌리고 요금을 보았다. 개처럼 슬픈 눈이었다. 그는 말없이 풀무 디딤판을 밟고 있었다. 반금련이 말했다.

"어머머, 무슨 소리예요? 한 씨……, 거절해야지."

한도국은 손가락을 내밀어 세 개를 접어보더니 다시 자기 아내를 바라보았다. 그리고 애처로운 목소리로 말했다.

"좋습니다."

'과연, 저 녀석이야말로 연금술을 쓰는구나.'

응백작은 어처구니가 없었다. 하지만 한도국은 가게에서 일할 때처럼 계산적이었다.

"그런데, 나리. 지금까지 요금을 먹여 살린다고 돈이 제법 들었는데, 딱 잘라서 35냥이면 어떨까요?"

"35냥? 으음……, 그럼 그거로 계산을 끝내기로 하세."

서문경도 묘하게 엄숙한 목소리로 말하더니 요금을 데리고 본채 쪽으로 사라졌다.

어지간해서는 놀라는 일이 없는 반금련도 깜짝 놀란 나머지 말문이 막혀 디딤판만 밟고 있었다. 이윽고 바람이 불어 머리 위에 보이는 합환화[7]를 흔들고 지나갔다. 그 연분홍 꽃이 두 사람 사이에 흩어졌을 때 반금련이 이상하게 진지한 목소리로 말했다.

"한 씨, 당신은 시어[8] 한 마리를 얻으면 항아리 안에 넣어 지게미로 절인 다음 보름씩이나 먹는다면서……? 그것도 아내에겐 주지도 않고 혼자서."

"그렇게 먹으면 아깝죠……. 20일은 먹을 수 있습니다."

"어휴, 나 참. 그러면서 어떻게 요금을 아내로 맞이한 거지? 그것도 한바탕 소동이 났었다면서."

"젊은 혈기에 그만……. 세상에 뭐가 가장 중요한지 몰랐기 때문이죠."

"돈?"

"오오, 마님. 저는 지금 은을 만들고 있습니다. 이렇게 발을 움직일 때마다 척척 은이 생기는 거죠. 그걸 생각하면 저는 벌써 가슴이 두근거리고 숨이 막힙니다. 하늘로 날아오를 것만 같은 기분이에요."

"마치 돈과 사랑에 빠진 사람처럼 이야기하네."

반금련은 숨을 거칠게 쉬었다. 기분이 상한 모양인데, 눈빛이 심상치 않았다. 마치 조금 전 서문경과 같은 표정이었다.

"한 씨……, 요금에게 미련은 없어?"

7　合歡花. 자귀나무의 꽃. 자귀나무는 밤이면 잎이 오므라들어 서로 부둥켜안는다고 해서 '합환수'라고도 하며, 정원에 심어놓으면 부부 사이가 좋아진다고 믿었다.

8　鰣魚. 준칫과에 속하는 바닷물고기. 중국에서는 매년 초여름에 잠깐 나오는 한철 생선이라 이런 이름이 붙여졌다. 생김새는 밴댕이 비슷하며 몸길이는 50센티미터쯤 된다. 중국 명나라 때부터 궁중요리에 자주 올랐다.

"미련이 왜 없겠습니까. 사랑하는 아내인데……. 하지만 35냥과 지배인 자리에는 비할 바가 아니죠."

"그럴지도 모르겠군……. 내가 한 씨라면 한 냥에라도 요금을 팔 거야. 하지만 만약 내가 요금이라면?"

"그게, 무슨 말씀인지?"

"예를 들어 백 냥을 준다고 하면 날 팔 거야?"

한도국은 판단을 내리지 못해 고심하는 표정으로 반금련을 바라보았다. 그도 역시 흐릿한 눈빛이었다. 금련은 덥다는 듯이 웃옷을 벗어 던졌다. 빨간 가슴가리개만 한 젖가슴이 봉긋 솟았고, 뽀얀 가슴살이 고스란히 드러났다.

"왠지 기분이 묘해지네. 언젠가 서방님이 내게 전성교⁹라는 미약을 먹였을 때처럼. 어쩌지……? 한 씨는 아무렇지도 않아?"

"무슨 말씀인지요……?"

"나리에게 아내를 빼앗기고 분하지도 않아?"

반금련이 몸을 뒤틀자, 말리화 꽃잎을 젖에 섞어 바른 백설같은 가슴 위에 내려앉은 합환화 몇 잎이 요사스러운 벌레처럼 꿈틀거렸다. 훔쳐보던 응백작마저 숨이 멎을 만큼 도발적인 몸짓이었다.

한도국은 삐쩍 마른 목으로 꿀꺽꿀꺽 침을 삼켰다.

"예……? 무슨 말씀인지요?"

"눈치 참 없네. 방금 나리와 요금이 어떤 얼굴이었는지 보았잖아? 한 씨에게 요금을 달라고 한 건, 그건 사후 승낙 같은 거야. 난

---

9   顫聲嬌. 옛날 중국에서 성행위의 흥분을 높이기 위해 쓰던 최음제 종류로, 《금병매》에서 서문경과 반금련이 사용한다.

빤히 알지. 한 씨……, 앙갚음을 하고 싶은 생각은 없어?"

"그게……, 무슨 말씀인지?"

"우리 둘이 그 두 사람에게 똑같이 해서 앙갚음하지 않겠느냐는 말이지."

반금련은 드디어 디딤판 위에서 몸을 조금씩 틀어 옅은 복숭앗빛으로 달아오른 얼굴을 한도국에게 가져갔다. 그 향기로운 숨결이 무얼 뜻하는지 한도국도 알았으리라. ……하지만 한도국은 뒷걸음질 쳤다.

"절대 안 됩니다. 불가마 속 은이 납이 되고 말아요."

"이 돈밖에 모르는 녀석아! 그 은은 네 것도 아니잖아! 게다가 남녀가 즐긴다고 납으로 변한다면 이미 세상 은은 다 납으로 변했어."

반금련은 흰 뱀처럼 한도국에게 달라붙었다. 목석같은 한도국은 고통스러운 눈빛으로 반금련을 바라보며 심호흡을 세 번 했다. 그리고 쉰 목소리로 말했다.

"저어……, 마님……. 그럼 제게 얼마를 주실 건가요?"

음탕한 마음에 몸이 달아오르던 반금련의 눈에서 빛이 사라졌다. 그녀는 몸을 떼고 멍하니 입을 벌린 채 이 희대의 수전노를 바라보았다.

투호 놀이

그날 밤, 불을 끄고 열어 본 가마 안에서 나온 엄청난 양의 납을 보고 철곤 도인은 불같이 화를 냈다.

"내가 쓴 비술이 깨졌다! 누가 가마 앞에서 괘씸한 짓을 했군."

서문경은 쓴 약을 마신 표정으로 안절부절못하는 표정을 지었고, 반금련은 딴청을 부렸다. 응백작은 터져 나오려는 웃음을 참느라 애를 먹었다.

철곤 도인은 발을 동동 구르며 입에 거품을 물었다. 지금까지 느긋하고 서두르지 않는 성격의 인물로 여겼는데 무서우리만치 달라진 모습이었다.

"넣었던 은이 완전히 쓰레기가 되어버렸습니다! 제가 그토록 주의를 주었는데, 그걸 어긴 사람은 누구죠? 그런 추잡하고 부도덕한 사람들이 구환단을 만들 수 있을 리 없죠. 어림도 없는 이야기예요!"

서문경은 떨떠름한 표정을 지으며 가마 앞에서 물러났다. 요금이 서둘러 커다란 엉덩이를 실룩거리며 그 뒤를 따랐다. 이어서 슬금슬금 본채 쪽으로 향하는 부인들과 함께 반금련도 걷기 시작했다. 그때 뒤에 남은 응백작이 한쪽 눈을 깜빡여 눈짓을 보내는 바람에 걸음을 멈췄다.

"응 선생, 왜요?"

"형수님, 아까 낮에는 정말……."

"낮에……? 왜요?"

반금련은 기억을 더듬는 표정으로 히죽거리는 응백작을 물끄러미 보더니 이내 얼굴이 새빨개졌다.

"아니……, 알고 있었어요?"

"보세요, 한도국을. 저 녀석은 은이 납으로 변한 게 그 일 때문이라고 생각해 한탄하며 어쩔 줄 모르잖아요."

사람이 한 명 들어갈 수 있을 만큼 커다란 벽돌 가마 앞에서 송철곤의 지시에 따라 불씨를 처리하는 한도국의 야윈 옆얼굴이 살짝 붉어 보였다.

"후후, 아신다니 어쩔 수 없군요. 그렇지만 은이 납으로 변한 건 내 탓이 아니에요. 나리와 요금 때문이죠. 서방님의 종잡을 수 없는 취향에는 정말 넌더리가 나네요……. 웅 선생, 아세요? 서방님이 한도국에게 요금을 자기에게 넘기라고 해서 또 첩으로 들일 작정이라는 걸."

"헤헤, 형수님이 한도국을 잡아먹으려는 건 종잡을 수 없는 취향이 아니고요?"

"얄미운 소리. 난 서방님이 해도 너무해서 그냥 좀 앙갚음하려고 친 장난이에요. 누가 진심으로 저 말린 꽁치 같은 남자하고……."

"헤헤, 하지만 제가 보기에 장난은커녕 가슴까지 들이밀고……. 저라도 후들후들 떨릴 것 같던데요."

"웅 선생……, 그때 비취헌에 있었어요?"

"그렇지만 형수님이 야릇한 느낌이 들었던 건 당연하죠. 제 추측으로는 그 풀무 디딤판에 오르기 전에 도인이 마시라고 한 술에는 아마도……, 미약을, 그러니까 성적 흥분을 일으키는 약을 탔던 것 같아요."

"예? ……미약을?"

"그래요. 그러니까, 형수님이 스스로 전성교를 먹었을 때와 같은 기분이라고 하지 않았습니까? 그런데 한도국도 마셨는데 그런 기분이 들지 않은 걸 보면 그 사람은 은이 납으로 변하는 게 어지간히 두려웠던 모양이에요. 참 대단한 인물입니다. 물론 그쪽 방면으로 유난히 발달한 형님이라면 잠시도 버티지 못했지만."

"왜 미약을?"

"글쎄요, 그건 철곤 도인에게 물어보는 편이 낫겠지요."

응백작은 마침 그때 화를 이기지 못하는 듯한 손길로 수염을 쓰다듬으며 가마에서 이쪽으로 걸어오던 송철곤과 딱 마주쳤다.

"도사님, 그런데, 내게 이상한 일이 있었는데요."

"그래요? 어떤 일인가요?"

철곤 도인은 의아한 표정을 지으며 다가왔다. 응백작은 히죽거리며 말했다.

"서문 대인이 가마에 넣었던 은 오백 냥……, 정확하게는 오십 냥짜리 마제은 열 개가 그만 납 열 덩이로 변해버렸더군요."

"그렇습니다. 안타깝지만 보시다시피."

"그런데 말입니다. 도사님. 실은 그것 말고 제가 열 냥짜리 은덩이 하나를 슬쩍 가마에 넣어두었거든요."

"엥? 뭐, 뭐라고요……?"

"어쩐 일인지 내 은이 변한 납덩어리는 보이지 않습니다."

"아니, 그, 그게……. 그건 말이죠, 그건 그 은덩이가 너무 작았기 때문입니다. 마제은이 납이 되는 동안 그건 녹아서 사라졌겠죠. 아아, 그리고 보니 분명히 그런 자국이 있었어요."

"역시, 자국이 있었습니까?"

"그럼요, 숯가루 같은 게 아주 조금 있었죠. 안 그래도 저는 그게 무얼까 궁금해서 견딜 수가 없었습니다. 하지만 이건 너무 괘씸하군요……, 제 허락도 없이 그런 짓을 벌이다니. 구환단을 만들기 위해서는 연금술의 비법 이상으로 엄격한 계율이 필요한데. 그리고 은이 납으로 변한 까닭은 누군가 못된 음행을 멋대로 저질렀을 뿐만 아니라……."

"그건 모조리 거짓말이고."

"뭐요?"

"하하, 내가 열 냥짜리 은덩이를 넣었다고 한 말이 거짓이라면 당연히 그 흔적이 있었다고 한 당신 이야기도 거짓말……."

"……."

"도사 양반, 좀 어지간히 하시지."

"……."

"아, 이런. 그렇게 턱을 덜덜 떨 필요는 없고. 서문 대인에게 고자질하지는 않을 테니. 다만 오백 냥을 통째로 혼자 꿀꺽하면 너무 심하잖소? 어떤가? 여기 반 부인도 계시니 체면을 봐서 그 가운데 삼백 냥은 돌려주시는 것이?"

"삼백 냥!"

"이런, 그렇게 크게 소리를 지르면 한도국에게 들리죠. 뭐 서문 대인은 청하현에서 으뜸가는 부자니까 그쪽은 걱정할 필요 없을 테고. 그래서 문제는 우리인데, 어때요? 한 번 더, 이번에는 대인한테서 천 냥쯤 알겨내는 건? 난 거기서 조금만 떼어주면 입을 다물 테니. 절반쯤 주겠다면 그건 더 좋고."

막대기를 삼킨 이무기처럼 꼼짝도 못 하고 눈만 희번덕거리는 철곤 도인을 보며 반금련은 터져 나오려는 웃음을 참지 못해 몸을 배배 꼬았다.

응백작은 더 진지한 표정으로 말을 이었다.

"하지만 서문 대인은 그리 어리숙하지 않아요. 어리숙하기는커녕 욕심을 부리기 시작하면 남들보다 곱절은 영악하죠. 이번 건은 겉약은 잔꾀에 빠진 셈이니 조만간 눈치를 챌 거요. 도사님은 오래 여기 머물 필요가 없어요. 한 번 더 시도한 뒤에 바로 꽁무니를 빼고 새로운 봉을 찾아 떠나는 게 현명할 테니."

그때 한도국이 두리번거리며 다가왔다.

"나리, 가마의 불을 다 껐습니다만."

"한 씨, 섭섭할 테지만 도사님은 조만간 다시 여행을 떠나게 될 거야."

반금련이 심술궂게 웃으며 말했다.

"옛 주인, 그것도 목숨을 구해준 큰 은인과 작별하는데, 한 씨도 흰 명주 세 필 정도는 전별금으로 내놓아야 의리를 지키는 거 아닐까?"

"희, 흰 명주 세 필?"

정수리를 얻어맞은 사람처럼 입을 떡 벌린 한도국을 뒤로하고 반금련은 사뭇 흐뭇한 표정으로 앞서 걷기 시작했다…….

사흘 뒤, 역시 하늘이 푸르른 오후였다. 오월랑 이하 다섯 부인, 그리고 새로 아내로 맞이한 요금까지 비취헌 옆 포도 넝쿨 아래서 투호 놀이를 하고 있었다.

서문경도 내내 이 자리에 있었는데, 조금 전 철곤 도인이 조용히 나타나 데리고 갔다. 도인은 급한 볼일이 생겨 작별 인사를 하러 왔다고 했다. 그리고 이번에는 구환단을 대량으로 만들어 선물로 두고 가겠다면서, 구환단을 이용해 납을 은으로 만드는 비법은 가르쳐주고 가겠다고 한 게 오늘 아침이니, 틀림없이 가마에 데리고 가서 설명하고 있으리라.

점심때가 지나 한바탕 소나기가 쏟아졌기 때문에 하늘은 눈이 확 뜨일 만큼 푸르렀다. 빨간 꽃도 푸르른 잎도 씻은 듯 선명했고, 포도 넝쿨 아래를 스치는 바람은 상쾌할 만큼 시원했다.

투호는 목이 긴 항아리를 두고 멀리 떨어져 화살을 던져 넣는 놀이다. 항아리 목 끝에는 주둥이가 있고 양쪽에 귀처럼 생긴 작은 통이 붙어있다. 던진 화살이 주둥이나 귀에 들어가거나, 또는 들어간 화살이 수직이냐 비스듬하냐에 따라 점수가 달라진다.

"앗, 관이[10]다!"

"와, 이번에는 용수[11]네!"

항아리 주둥이나 항아리 귀에 들어간 화살을 헤아리는 여자들의 흥겨운 목소리가 푸른 하늘에 울려 퍼졌다.

가장 잘 던지는 사람은 일곱 명의 여자 가운데 다리가 제일 길고 왈가닥인 맹옥루였다. 정실부인 오월랑을 제외하면 여섯째 부인 이병아와 함께 체격이 좋은 편이라서 이런 놀이에 익숙하리라.

도도하고 투호에는 별로 재주가 없는 반금련은 깔개 위에 단정치

---

10 貫耳. 화살이 항아리 귀에 꽂힌 상태를 말한다.

11 龍首. 화살이 항아리 주둥이로 정확하게 들어갔으며, 화살 끝부분이 비스듬하게 기울어진 상태를 말한다.

못하게 누워서 흰 부채를 흔들며 시큰둥한 표정으로 구경만 했다. 하지만 들어온 지 얼마 되지 않는 요금은 다른 부인들로부터 빈축을 사면서도 눈치 없이 혼자 입을 크게 벌리고 꺄악, 꺄악, 거위처럼 큰 소리를 내면서 소란을 떨었다.

"저도 던지게 해주세요. 예? 저도 시켜주세요, 제발."

"시끄러워. 할 줄도 모르는 주제에."

투호를 잘하는 맹옥루는 짜증이 났다. 가장 고집 세고, 말투도 씩씩한 여자라 이 하얀 돼지 같은 새 식구에 대한 혐오를 노골적으로 미간에 드러내고 있었다.

그래도 요금은 지치지 않고 집중해서 화살을 던지기 시작했다. 차츰 땀투성이가 되어갈 무렵, 둘째 부인 이교아의 시중을 드는 원소가 나타났다.

그러자 요금이 말했다. 아주 당연하다는 듯한 말투였다.

"원소야, 시원한 것 좀 가져오렴."

"그런 심부름 하지 않아도 된다, 원소야."

이교아가 발끈해서 말했다.

"너는 내 심부름을 하는 아이니까."

"어휴, 이제 이 화살은 못 쓰겠네. 땀이 잔뜩 묻어서 고약한 냄새가 나는걸."

맹옥루가 화살 하나를 집어들었다가 바로 내팽개쳤다.

금룡탐조

둔한 요금도 이날 더위에 싸늘한 바람 같은 여섯 여자의 차가운 눈길을 받아 그만 머쓱해졌을 때 서문경이 어슬렁어슬렁 돌아왔다. 마침 응백작도 놀러 온 모양인지 둘이 열심히 무슨 이야기를 나누고 있었다.

"형님, 지금 이대로 철곤 도인을 보내면 게도 구럭도 다 잃는 꼴이 됩니다. 오백 냥이 고스란히 날아간다고요. 한 번 더, 그 사람 말대로 천 냥을 가마에 넣어봐야죠. 얼마 전에 어디서 들었는데, 그 도인의 연금술은 시키는 대로만 하면 아주 확실하다고 하더군요."

"그런가?"

고개를 끄덕이며 포도 넝쿨 아래로 들어온 서문경을 보고 요금이 갑자기 와락 달려들었다.

"왜, 왜 그러느냐, 왜?"

"다들 저를 못살게 굴어요. 나리…… 저는 죽어버리고 싶어요……."

"에잇, 또 계집들끼리 다툼이냐? 그렇게 시끄럽게 굴지 않아도 되잖아. 거참, 귀찮군. 우린 의논할 일이 있으니 다들 물러가거라."

서문경은 돌로 만든 의자에 걸터앉으며 손을 저었다.

"요금, 너는 여기 남아 술을 치거라. 한 서방이 곧 술을 내올 테니."

보기에도 후덥지근한 여자지만 첩으로 들인 만큼 요즘 서문경은 요금에게 가장 마음이 가는 모양이었다.

다른 부인들이 잔뜩 부은 표정을 하고 물러나니 한도국이 왔다. 그는 술을 돌 탁자 위에 놓은 뒤에도 왠지 꾸물거리며 돌아가지 않았다.

"왜 그러나, 자넨?"

서문경은 의아한 표정을 지으며 한도국을 쳐다보았다. 한도국은 덜덜 떨기 시작했다.

"나리……. 송철곤 나리가 떠나신다던데……. 그건 분명히 지난번 일로 기분이 상했기 때문이겠죠. 그 일에 대해서는 제가 계속 사죄드릴 테니 부디 조금 더 머무시도록 송철곤 나리를 만류해 주십시오……."

"지난번 일로? 자네가 사죄할 일이 대체 뭐지?"

"은이 납으로 변한 건 저희 때문입니다……. 아아, 너무도 큰 죄를 지었습니다. 사실은 그날 가마 앞에서 다섯째 마님과 제가……."

말이 끝나기도 전에 서문경의 눈이 번쩍 커졌다.

"잠깐……. 금련과 뭘 어째?"

서문경은 벌떡 일어나 한도국의 팔을 움켜잡았다.

"이놈. 네가 금련과 뭘 어쨌다는 거냐? 어서 말해라!"

서문경의 낯빛이 완전히 변했다. 자기는 제멋대로 살면서 이쪽 방면에는 무시무시할 만큼 질투가 심한 서문경이었다. 지난겨울에는 질투 때문에 그토록 아끼던 미소년 금동의 음경을 잘라낸 사건까지 일어났다.

서문경은 무서운 힘으로 한쪽 팔을 비틀어 올렸다. 하지만 한도국이 심한 타격을 받은 까닭은 주인의 분노보다 은이 납으로 변했다는 그 괴이한 일 때문인 모양이었다. 분명히 한도국 같은 수전노에게는 자기가 죽는 것보다 더 두렵고, 슬프고, 절망적인 일이었을지도 모른다……. 응백작은 골치 아프게 되었다는 생각이 들었다.

"부인께서……, 풍로 디딤판을 밟으면서……, 저를 어떻게 하려고 부둥켜안았는데……, 그건 정말……."

비틀어 올렸던 한도국의 왼팔에서 우두둑, 하는 이상한 소리가 났다. 한도국이 으악, 하고 비명을 질렀다.

막 끼어들려던 응백작은 반금련 쪽을 돌아보았다. 반금련은 창백한 얼굴로 비웃는 듯한 미소를 서문경에게 던지며 입을 열었다.

"흥, 은이 납으로 변한 건 우리 탓이 아니죠. 우리보다 먼저 누군가가 요금과 벌인 짓 때문이니. 참 쌤통이죠, 호호호."

사실 반금련은 한도국을 유혹하려다가 실패했지만, 그 이야기는 하지 않았다.

한도국에게 거부당했다는 사실을 반금련 같은 여자가 자기 입으로 털어놓는다는 건 죽기보다 더 끔찍하게 창피한 노릇일지도 모른다.

"뭐야? 으음. 건방진! 결국 네가 질투했다는 거로구나. 좋다, 좋아. 그렇다면 더 질투하게 해주마. 요금, 이리 오너라."

서문경은 요금을 옆으로 잡아끌더니 갑자기 사람들을 돌아보며 미친 사람 같은 표정으로 호통쳤다.

"다들 저리 가거라. 얼른 꺼져. 그래, 백작, 자네도!"

이럴 때 서문경의 지시를 어기는 짓은 용거[12]를 가로막는 짓이나 마찬가지다. 여자들과 함께 허둥지둥 물러난 뒤에, 응백작은 급히 화원 안에 몸을 숨기고 꽃 사이로 포도 넝쿨 쪽을 살폈다.

서문경은 우뚝 선 채 "대체 어떻게 해줄까?" 하면서 반금련을 노

---

12 龍車. 황제가 타는 수레.

려본 채 풀무처럼 거친 숨을 몰아쉬더니, 갑자기 기분이 나쁘게 해주겠다면서 성큼성큼 다가가 금련을 완전히 벌거숭이로 만들었다. 새빨간 신발도 난폭하게 벗겼다. 전족에 두른 천까지 풀고 그 두 다리를 묶더니 금룡탐조[13]의 자세로 포도 넝쿨에 매달았다.

"뭐 천천히 내 투호 놀이라도 구경하거라."

서문경은 매달린 반금련을 쳐다보며 웃더니, 돌 탁자 위의 그릇에 쌓여 있는 자두를 두세 개 집더니 저편의 항아리로 휙 던졌다. 자두는 멋지게 항아리 안으로 들어갔다.

"다음은 금탄은아[14]다!"

포도 넝쿨 아래 반금련의 비녀도 아래로 늘어지고, 비취 귀고리도 대롱대롱 매달렸다. 그 새하얀 몸이 차츰 고통 때문에 빨갛게 물들었다. 포도나무 잎이 산들바람에 흔들리자, 반금련의 알몸은 나뭇잎 무늬로 물들어 꿈틀거리는 알록달록한 여인 모양의 영락[15] 같았다.

서문경은 자두를 계속 던지는 한편, 요금의 커다란 젖가슴을 끄집어내 떡처럼 주무르고 흰 복숭아처럼 빨기도 했는데, 갑자기 무슨 생각이 난 듯이 히쭉 웃더니 자두를 집어 들었다.

"금련아, 네가 아주 좋아하는 거다. 마른 대추 같은 한도국마저 먹으려는 너니까 자두도 먹을 수 있겠지?"

---

13 金龍探爪. 중국 특유의 전족과 관계된 사자성어. 전족한 여성의 두 발을 다 벗긴 뒤에 가느다란 천으로 틀 같은 곳에 매달아 남자 성기로 여성의 성기를 희롱하면서 즐기는 성행위. 전족이라는 신체적 기형과 남자의 가학적 욕정을 드러내는 변태적 성행위를 말한다.

14 金彈銀鵝. '금으로 만든 탄환으로 은빛 거위를 쏘다'라는 뜻. 성행위를 은유적으로 표현한 말.

15 瓔珞. 목이나 팔에 두르는 구슬을 꿴 보석 장식품.

그러더니 배를 아래로 향하고 화살처럼 매달린 반금련의 머리 위로 자두를 디밀어 사타구니 쪽 그곳에 쑥 밀어 넣었다.

"악, 악."

반금련은 비로소 견디지 못하고 비명을 질렀다.

서문경은 껄껄 웃으며 그 아래서 요금의 두 다리를 벌리고 움직이기 시작했다. 그는 숨을 헐떡이며 새가 우는 듯한 소리를 내기 시작했다. 부끄러움을 모르는 요금은 아까 부인들에게 느꼈던 분노를 씻어낼 좋은 기회라고 여겼는지 평소보다 백배나 격렬하게 움직였다. 그 농염하면서도 추하고 괴이하기까지 한 풍경 위에 허공에서 비처럼 떨어지는 이슬은 반금련의 눈물인지 잘 익은 자두의 과즙인지 알 수 없었다…….

"아니……, 이런 짓까지 하다니…….."

시각과 몸의 감각을 찌르는 끔찍한 자극에, 음란한 반금련의 춘심도 쪼그라들었다. 눈앞이 흐려지며 타닥타닥 불꽃이 튀는 듯하다가 사지는 축 늘어지고 말았다.

"나를 이렇게 죽일 작정이에요?"

"나리, 다섯째 부인이 괜찮을까요?"

요금은 불안하기도 하고 고소한 마음도 뒤섞인 얼굴을 치켜들었다.

"흥, 그러면 정신 차리게 술이라도 섞어서 줄까? 오오, 그거보다 좋은 게 있구나……. 그것을 먹여주지."

서문경은 일어서더니 금련의 사타구니에서 젖은 자두를 끄집어내더니 그녀의 입술 사이로 밀어 넣었다.

"으하하."

서문경은 낄낄거리며 다시 요금을 부둥켜안았다. 두 사람이 땀과 욕정의 향기를 피워 올리며 난리를 치르는데 느닷없이 나타난 사람이 있었다.

그는 무심코 포도 넝쿨 아래를 들여다보고는 "앗!" 하고 놀라 그 자리에 얼어붙었다. 연금술 도사 송철곤이었다.

마지막 불꽃놀이

며칠 뒤, 서문경은 드디어 천 냥이나 되는 마제은을 준비해 가마 안에 넣었다. 그날은 화원에 온종일 풀무질하는 소리가 울려 퍼졌다. 하지만 해가 떨어진 뒤, 서문경 저택의 사람들은 다들 비취헌에 모여들었다. 내일 아침이면 철곤 도인이 가마를 열고 정제된 구환단을 꺼내기로 되어있다. 그리고 그는 바로 길을 떠날 예정인데, 마지막 날 석별의 정을 나누며 불꽃놀이를 구경하기로 했다. 원래 송철곤은 폭죽 판매상이어서 맹옥루가 불꽃놀이를 보여달라고 졸랐다. 그러자 서문경도 보고 싶다고 나서는 바람에 화원 건너편에서 철곤 도인이 여러 가지 비장의 기술을 보여주기로 했다.

늦여름이라도 일경이 되어 밤이 깊어지자, 비취헌에 밝힌 등불이 수렴 틈새를 통과해 반짝반짝 불빛이 흘러나왔는데 그 불빛마저 시원하게 느껴졌다. 협죽도[16] 분재와 붓, 벼루, 거문고, 서책 등을 그럴싸하게 장식한 방 안에 팔선탁을 둘러싸고 저택 주인과 부인들이

---

16   夾竹桃. 쌍떡잎식물 용담목에 속하는 식물로, 중독 증상을 일으키는 독성도 지니고 있다.

이야기를 나누고 있었다. 그리고 비취헌 바로 뒤에서는 풀무 소리가 들려왔다.

성인 남녀가 풀무에 오르는 것을 피하려고 서문경이 한도국의 자녀 2남 3녀에게 돌아가며 밤새 풀무질을 시켰다.

"품이 상당히 많이 드는 것 같군."

기다리다 못한 서문경이 화원 건너편을 내다보았을 때, 반금련이 아끼는 고양이 설사자까지 데리고 정원에서 회랑을 지나 비취헌으로 올라왔다.

"도사님, 고생이 많네요. 저렇게 커다란 불꽃놀이 장치는 처음 봐요. 하늘에 쏘아 올리면 예쁠 테지만 검은 발사용 원통과 수박 같은 불꽃놀이 탄환에 도화선까지, 보기만 해도 무서울 정도네요."

반금련은 이렇게 말하면서 서문경과 나란히 앉아 있는 요금 옆 의자에 자리를 잡았다. 다른 부인들은 다들 요금을 싫어해서 자리가 거기만 비어있었다. 하지만 어제 소동도 다 잊은 듯한 얼굴로 탁자 위에 있는 차가운 금화주를 마시기 시작했다. 원래 이 저택에서 벌어지는 부인들의 질투나 괴롭힘은 드문 일도 아니다.

"아, 저 둥근 구슬처럼 생긴 것 안에 여러 가지 화약과 숯가루, 다른 재료들이 들어가 있는 거지. 정말 우리 바깥양반 불꽃놀이를 구경하는 게 몇 년 만인지."

요금이 잘난 척하며 끼어들었다. 예전 남편을 '우리 바깥양반'이라고 부르고도 깨닫지 못할 만큼 맹하고 둔한 표정이었다.

"호호호, 그러고 보니 도사님도 그 시절을 떠올리며 요금이 당나귀 불꽃놀이를 가장 좋아했다고 하셨지."

반금련은 서문경이 떨떠름한 표정을 짓는데도 시치미를 뚝 뗐다.

"도사님이 요금과 헤어진 걸 후회하고 계신 게 아닐까……? 요금, 남자들이 당신을 참 좋아해."

"어머, 맞아요."

맞장구치는 요금에게 탁자 건너편에 있던 맹옥루가 내뱉듯이 말했다.

"게다가 도사님이 오신 뒤로 요금은 몰라보게 더 예뻐졌다니까."

"정말 신기한 일이지."

"도사님, 여간 아니셔!"

여자들은 이렇게 빈정거리는 대화에서 머리가 기막히게 돌아간다. 응백작은 혀를 내둘렀다.

"시끄럽다!"

서문경이 호통을 쳤다. 그때 어두운 화원 건너편에서 퍼-엉, 하는 폭음이 들렸다. 그리고 슈욱, 슈욱, 하고 푸른 불꽃이 하늘로 솟아올랐다. 보고 있는 사이에 또 노란색 불꽃 무지개가 점점 당나귀 모양을 그리다가 순식간에 사라졌다.

"와, 시작했네. 시작했어."

자리에서 일어나는 응백작의 뒤를 이어 서문경과 부인들도 발을 들추며 슬슬 회랑으로 걸어 나왔다.

그런데 떨떠름한 얼굴로 여자들이 빈정거리며 던진 말을 곰곰 생각하던 것 같던 요금이 갑자기 안색이 확 바뀌었다.

"금련 씨, 옥루 씨."

요금이 소리쳤다. 반금련은 불꽃놀이에서 시선을 떼지도 않은 채 멈춰 섰다.

"뭐?"

"방금 옥루 씨도 이상한 말을 했는데, 그게 대체 무슨 의미지?"

"무슨 의미냐니? 뭐가?"

맹옥루가 발끈하며 돌아보았다.

"도사님이 오고 나서 내가 이상하리만치 예뻐졌다니 어떻다니 하는 소리……."

"어머, 모처럼 칭찬 좀 해줬는데. 실제로 그렇지 않아?"

"마치 내가 저…… 사람과…… 뭔가 있다는 듯이."

"그건 요금 씨가 의심이 지나친 거야. 왜 그렇게 받아들일까? 오히려 요금 씨가 좀 이상하네. 어지간히 음란한 계집이 아니라면 그런 사악한 상상은 떠올리지도 못할 텐데."

맹옥루는 다시 의자에 걸터앉았다. 작심하고 시비를 걸 작정으로 보였다. 불을 붙인 셈인 반금련도 역시 아까 그 자리에 앉아 히죽거리며 두 사람을 번갈아 바라보았다. 화원에서 계속해서 불꽃이 솟아올랐다. 파파박, 하는 소리를 내면서 어두운 밤하늘에서 알록달록한 별과 꽃이 떨어졌다. 하지만 방 안에 남은 세 여자는 불꽃놀이를 구경할 마음이 없는 듯했다.

맹옥루는 커다란 팔선탁을 사이에 두고 요금을 바라보며 코웃음쳤다.

"애당초 나는 어느 점원의 마누라처럼 주인을 꼬드겨 홀려내는 여자는 모르는데."

"아유, 분해!"

날카로운 목소리를 덮으며 회랑 쪽에서 또 와아, 하는 탄성이 터져 나왔다. 밤하늘에 황금 사자와 붉은 공작이 환상적으로 그려졌기 때문이다.

"재미있는 모양이네. 나가 보자."

반금련이 의자에서 일어섰을 때 파바방, 하고 대나무 쪼개지는 소리가 귀청을 때렸다. 회랑에 있던 여자들이 비명을 질렀다. 밤하늘에 현란하고 거대한 용이 한 마리 꿈틀거리며 올라갔다.

그렇지만 바로 그 순간 서문경과 응백작은 깜짝 놀라 펄쩍 뛰었다. 폭음과 동시에 핑, 하는 소리가 귓가를 스쳤다. 조금 전 들추고 나온 발에 후두둑, 부딪힌 것이 있었기 때문이다. 뒤를 돌아보니 발에 꽂힌 화살 두세 개가 보였다. 불꽃놀이 용이 사라지자 그 발 안쪽 방 안 모습이 드러났다.

반금련은 이쪽으로 반걸음쯤 내딛고는 멍하니 멈춰 섰다. 그 안쪽 팔선탁에는 요금과 맹옥루가 가만히 앉아있었다. 숨 한 번, 숨 두 번, 숨 세 번. 이때까지만 해도 그건 아름다운 세 개의 조각상처럼 보였다.

그런데 눈을 부릅뜨고 입을 딱 벌린 요금이 갑자기 가슴을 쥐어뜯는 시늉을 했다. 그리고 무서우리만치 고통스러운 표정으로 변했다.

"앗."

응백작이 발을 젖히며 뛰어들기도 전에 금련이 쏜살같이 달려갔다. 요금이 둔탁한 소리를 내며 의자와 함께 바닥에 쓰러졌다.

"요금!"

금련이 달려들어 부둥켜안았다. 순간 이미 눈에 흰자위만 남은 요금의 몸이 꿈틀 경련을 일으키더니 그만 바닥에 축 늘어졌다.

"아니, 어떻게 된 거죠?"

"누가 화살을 쐈다!"

달려온 서문경이 헐떡거리며 간신히 말했다. 그리고 응백작과 함께 마당을 돌아보았다가 다시 공포에 질려 요금의 시체로 시선을 떨구었을 때 반금련은 비녀를 요금의 딱 벌어진 입안에 넣고 있었다.

"뭔가 이상한 게……."

반금련은 중얼거리며 시체를 엎었다. 그러자 요금의 입에서 흰색과 노란색이 섞인 물체가 흘러나왔다.

"뭐야, 삶은 달걀인가……?"

그러나 서문경과 응백작은 요금의 등을 가만히 보고 있었다.

그 포동포동하고 넓은 등판에 화살 하나가 꽂혀 있었다.

화원 너머에는 이제 불꽃이 오르는 기척은 없었다. 그저 캄캄한 어둠이 가득할 뿐이었다……. 어느새 뒤편에서 들려오던 풀무 소리도 끊어져 비취헌에는 깊이 가라앉은 죽음 같은 정적이 드리웠다.

이윽고 반금련이 창백한 얼굴을 들었다.

"이 삶은 달걀에 뭐가 들어있었나? 혹시……, 독?"

그러자 서문경이 말했다.

"화살이야. 등 한복판에 꽂힌 화살을 봐."

그제야 등에 꽂힌 화살을 발견한 듯, 반금련은 비명을 지르며 일어섰다.

"누구 짓이지?"

"정원 쪽에서 날아왔는데……."

탁자 너머에 우뚝 서있던 맹옥루의 얼굴에 맑고 고운 미소가 살짝 스쳐 지나갔다. 그녀는 태연히 서문경을 바라보더니 단호하게 말했다.

"어차피 저런 형편없는 년은 죽어도 제대로 죽지 못할 거로 생각했어요."

사라진 수전노

요금의 얼굴은 처음에는 보라색으로 부풀어 오르고 안구까지 튀어나온 것처럼 보였는데 어느새 물에 빠져 죽은 사람처럼 허옇게 변했다.

빙 둘러선 사람들은 공포에 질린 나머지 아무 말도 없었다. 응백작은 뒤편 풀무 쪽에 있어야 할 한도국의 다섯 아이들 얼굴까지 있다는 걸 깨달았다. 당연히 풀무질 소리도 들리지 않았다.

서문경은 갑자기 몸을 돌려 수렴을 밀치고 회랑으로 달려 나갔다. 그리고 정원 쪽으로 내달렸다. 화살을 쏜 놈을 잡으러 간 것이다.

응백작도 그 뒤를 따르려고 했을 때였다.

"아앗."

반금련이 당황한 듯 비명을 질렀다.

"이런, 설사자!"

가만히 보니 반금련이 아끼는 고양이가 요금의 입에서 흘러나온 삶은 달걀을 할짝할짝 기분 나쁜 소리를 내며 핥아먹고 있었다. 입밖으로 나온 달걀은 모두 먹어치우고 이제 시체의 입을 날름날름 핥는 중이었다. 반금련이 발로 걷어차니 설사자는 깜짝 놀라 정원으로 도망쳤다…….

응백작은 단경[17]에 불을 붙이고 비취헌을 나섰다. 화원을 가로질러 가니 서문경이 아까 폭죽을 쏘던 장소에 멍하니 서있었다.

"형님, 어떻게 된 거요?"

"여기엔 아무도 없어. 철곤 도인은 어떻게 된 거지?"

그 목소리에는 무시무시한 의혹이 담겨있었다. 서문경의 손에는 작은 활이 들려있었다.

"그 활은 뭐죠?"

"음, 이 활이 저 태호석의 움푹 팬 부분과 매화나무 가지 사이에 걸쳐있었어. 조금 전 그 화살은 당연히 이걸로 쏜 게 틀림없지."

그 태호석과 매화나무 근처에 단경 불빛을 비추니 땅바닥 위에 불에 그을린 불꽃 발사용 화통과 다 타버린 도화선의 재 같은 것들이 흩어져 있었다. 아까 화살은 틀림없이 불꽃이 올라간 지점에서 날아왔다. 그러니 철곤 도인이 저지른 짓이 아니라면 그는 틀림없이 범인을 보았을 것이다……. 하지만 철곤 도인 말고 누가 요금을 화살로 쏘아 죽이려고 했단 말인가?

"아우, 송 도사는 안 보이나?"

서문경은 이를 갈 듯이 말했다. 그는 핏발 선 눈으로 사방을 두리번거렸다. 응백작은 고개를 갸웃거렸다.

"그렇지만 범인이 그 도사인지 다른 사람인지 알 수 없지 않습니까? 그가 무엇 때문에 화살을 쐈을까요?"

"그런 사기꾼이 무슨 짓을 할지 어떻게 아나요?"

---

17   短檠. 높이가 낮은 등불이나 촛대.

불쑥 화원 안에서 목소리가 들려왔다. 돌아보니 반금련이 거기 서있었다. 품에는 설사자를 안고 있었다.

"정말 무서운 일이네. 응 선생도 분명히 그 도사가 오고 나서 요금이 좀 예뻐졌다는 걸 알죠? 둘이 무슨 일이 있었던 게 틀림없어. 게다가 그 도사가 지난번 포도 넝쿨 아래서 요금이 누군가와 부끄러운지도 모르고 벌인 짓을 본 직후니까."

"그렇지만, 그렇다면 굳이 지금 사람들이 다 함께 있는 자리에서 화살을 쏠 필요는 없죠. 언젠가 몰래 혼내주거나 하면 될 텐데……."

"그게 그 여자를 쏜 건지 서방님을 쏜 건지 어떻게 알죠? 게다가 그 도사는 속임수가 들통났기 때문에 불꽃놀이를 하는 틈을 타서 오늘 밤 이 집에서 도망칠 작정이었다는 건 응 선생도 잘 알고 있지 않았나요?"

"아우, 도사의 속임수라는 건 대체 뭔가?"

서문경은 의아하다는 투로 물었다. 응백작은 허둥대며 반금련을 돌아보았다. 이거 큰일이구나, 싶었다. 반금련은 모든 걸 다 폭로해버릴 셈인 모양이었다.

"아, 사실은 이렇게 된 겁니다. 그 도사의 연금술이라는 건 터무니없는 사기예요. 구환단을 써서 열 냥이나 스무 냥의 납이 은으로 변하는 걸 보여줘 믿게 한 겁니다. 물론 그건 납을 진짜 은과 바꿔치기한 거지만, 그렇게 해서 상대를 잔뜩 욕심에 부풀게 만드는 거죠. 그리고 구환단을 내세워 아주 많은 양의 은을 가마 안에 넣게 한 다음, 그 은을 납과 바꿔치기하는 겁니다. 지난번에 형님이 넣은

은 오백 냥도 그런 수법에 넘어간 거고, 오늘 밤 천 냥도 역시 그 수법으로 바꿔치기한 겁니다. 송 도사는 내일 아침까지 기다리지 않고 바로 줄행랑을 놓으려고 했을 거예요."

"아니……, 그럼 너희들은 이미 알고 있었다는 이야기냐?"

서문경은 깜짝 놀라더니 의심스럽다는 듯이 빤히 두 사람을 바라보았다. 응백작은 입을 다물고 머리와 뺨을 긁적였다.

"제기랄, 그러면 저 가마 안은 어떻게 되었지?"

서문경은 불쑥 활을 내던지더니 낯빛이 변해 달려갔다. 부인이 한 명 죽은 큰 사건 따위는 아랑곳하지 않는 모습이었다.

비취헌의 발 너머에서 그곳에 모여든 사람들 그림자와 아우성을 뚫고 어느새 다시 그 풀무질 소리가 들려오기 시작했다.

"가마 안은 어떤 상태인가, 그야 물론 거기 남은 건 납이죠. 천 냥의 마제은은 오늘 아침 가마에 불을 넣기 전에 저하고 도사가 반씩 나누어 가졌으니까……. 형수님에게도 당연히 조금 나누어드릴 작정이었는데 그걸 폭로하다니, 참으로 유감이네요."

응백작은 찝찔한 표정으로 활을 줍더니 천천히 걷기 시작했다. 그러다 불쑥 중얼거렸다.

"아니, 그런데."

응백작은 손에 든 활을 가만히 들여다보았다. 활시위 중간 부분에 줄이 하나 더 묶여있고 축 늘어진 그 끝은 불에 타 끊어진 상태였다.

반금련은 그걸 눈치채지 못한 모양이었다.

"아니, 살인 소동까지 일어났는데 그런 거 따질 때가 아니지 않나요?"

"어쨌든 무슨 수를 써서라도 잘 빠져나가야죠……. 그건 그렇고 송철곤 이놈, 도대체 왜 그런 멍청한 짓을 했고, 어디로 사라진 걸까?"

"정말 없어요?"

반금련은 공포와 불안에 찬 눈으로 주위를 두리번거렸다.

"그럼 이미 도망쳤을지도 모르겠네. 문지기에게 물어보면 알 수 있을 텐데……. 아직 어딘가에 숨어있다면, 난 너무 무서워……."

그 가마 가까이 갔을 때 응백작은 문득 야릇한 표정을 지었다. 그리고 자꾸만 코를 킁킁거렸다.

"어라?"

"뭐죠……? 고기 굽는 것 같은 냄새가 나네."

반금련도 걸음을 멈췄다. 고기 타는 냄새, 역시 고기 냄새였다. 그건 결코 맛있는, 향긋한 냄새는 아니었다. 말로 표현할 수 없는, 아니, 구역질까지 나는 고약한 냄새였다.

가마 앞으로 가 보니 서문경은 풀무질하던 한도국의 다섯 자녀에게 불을 끌 물을 길어오게 하고, 집 안에 있는 사람들에게 송철곤을 찾아내라고 알리러 가라며 소란을 떨고 있었다.

"아, 아우, 등불 좀 비춰주게."

응백작은 조마조마했다. 뒤를 돌아보니 반금련이 고개를 저으며 말했다.

"다 털어놓는 편이 낫지 않겠어요? 도사가 몽땅 가지고 도망친 걸로 하고."

"그렇지만 그 도사가 아직도 꾸물거리고 있다가 잡혀서 실토하면 골치 아프죠."

"무슨 말이 그렇게 많아? 어서 불을 비춰봐."

서문경이 호통을 쳤다. 응백작은 어쩔 수 없이 단경을 들어 불빛을 비추며 가마 안을 들여다보고 말했다.

"형님……."

그때 응백작은 갑자기 단경을 떨어뜨리고 말았다. 주위는 순식간에 캄캄해졌다. 서문경은 발을 구르며 혀를 찼다.

"뭐야, 왜 그래?"

"형님, 가마 안에는 틀림없이 이제 납밖에 없을 겁니다. 그 은자 천 냥은 오늘 아침 송 도사가 납으로 바꿔치기했을 테니까요."

"백작……, 자네 뭔가 수상하군. 좋아, 자세한 이유는 나중에 듣지. 그보다 도사를 놓치면 안 돼. 다들 서둘러 구역을 나누어 송철곤을 찾자!"

서문경은 당황한 표정으로 다급하게 말하며 달려갔다. 하지만 응백작은 움직이지 않았다. 가만히 가마 쪽을 바라보고 있던 그때 거기 홀로 남았던 한도국의 둘째 아들이 후다닥 도망치려는 걸 얼른 불러 세웠다.

"이 녀석, 거기 멈춰라. 너희들 오늘 아침부터 내내 여기서 풀무질했느냐?"

"예, 도사님이 풀무질을 시작하라고 하신 뒤부터 계속."

"잠시도 쉬지 않고? 그 사이에 누가 오지는 않았어?"

"누가 왔냐고요……? 아까 비취헌에서 무슨 소동이 일어났을

때 아버지가 와서 무슨 일인지 보고 오라고 하셨는데, 그때 말고
는⋯⋯."

"아, 그렇지. 그때 풀무질 소리가 그치고 너희들이 급히 달려왔
었지."

"엄마가 화살을 맞고 죽었다고 알리러 돌아오니, 아버지는 깜짝
놀라 일단 너희들은 풀무질하고 있어라, 하시며 어디론가 달려갔어
요."

그러자 응백작은 갑자기 반금련의 손을 마구 잡아끌면서 비취헌
방향으로 달려갔다.

"왜, 왜 그래요⋯⋯?"

"큰일 났어요. 좀 전에 맡은 이상한 냄새의 정체를 알 것 같아요."

"냄새? 뭔데요?"

"방금 가마 안을 잠깐 보았는데 그 안에, 납이 놓인 철망과 불 사
이, 그러니까 구환단이 만들어지면 받아낼 그 아랫단에 새카맣게
탄 사람이 처박혀 있는 게 보였습니다. 풀무질을 조금만 더 했다면
그건 완전히 재가 되어버렸을 거예요."

"엥? 새카맣게 탄 사람? ⋯⋯그게 누구죠?"

"아마 그 형태로 미루어 짐작하면 송철곤 도인."

"어머!"

그렇지 않아도 떨고 있던 응백작이 흠칫 놀랄 만큼 큰 반금련의
목소리였다.

"그 도사가⋯⋯? 대체 누가 그런 짓을⋯⋯?"

"글쎄요, 그건 아직 잘 모르겠습니다. 그게 송철곤이라면 그가

밤에 불꽃을 쏘러 화원으로 가는 모습은 우리가 다 보았죠. 그 뒤에 가마 쪽에 접근한 사람은 한도국뿐일 겁니다. 그러니 그 녀석이 범인일 테죠. 풀무질하던 애가 그사이에 온 사람은 아버지뿐이었다고 하니, 자식이 잘못 보았을 리 없겠죠."

"그렇다면 불꽃을 다 쏜 뒤에 한도국이 도사를 죽였다는 건가요? 요금을 쏘아 죽인 원한을 갚으려고······?"

"글쎄요. 과연 그럴까요? 아무리 그래도 옛 은인을 죽일 만큼 아내를 아꼈다면 애당초 형님에게 아내를 팔아넘기지는 않았겠죠. 아니, 아까 화살 소동 직후에 한도국의 아이들이 비취헌에 달려왔었는데, 그건 아버지가 가서 보고 오라고 했기 때문이라고 했습니다. 그렇다면 화살을 쏘고 나서 그때까지, 그 송 도사를 죽여 화원 너머에서 가마가 있는 곳까지 시체를 옮기기에는 시간이 너무 모자라죠. 무엇보다 송 도사가 요금을 죽였다면 한도국이 굳이 앙갚음해서 불가마에 넣어 재로 만들지 않아도 하늘이 내릴 천벌을 기다리면 될 텐데······. 앗, 이거 어쩌면······ 송철곤은 불꽃을 쏘기 전에 이미 죽은 상태였을지도 모르겠군요."

"그러면 불꽃은 누가 쏘았다는 거죠?"

"그렇다면 한도국이 쏘았겠죠. 그 녀석은 원래 송철곤이 폭죽 장사를 할 때부터 그 밑에서 일했으니까, 불꽃을 쏘아 올릴 수 있을 겁니다······. 그래요, 틀림없이 그랬을 거예요. 그리고 나서 비취헌에 소동이 일어났으니 살펴보고 오라며 아이들을 가마 앞에서 떠나게 했다는 건데, 정말 궁금했다면 차라리 직접 비취헌에 달려와 확인하는 게 나았겠죠. 아마 미리 죽여서 그 주변에 숨겨놓았던 시체를 그 틈에 가마 안에 집어넣은 게 틀림없는데, 이런 식으로 생각하면 처리 과정이 이상하리만큼 복잡하단 말입니다. 그렇다면 이건 미리 계획을 치밀하게 짠 상태에서 불꽃을 직접 쏘았을지도 모르고…….”

“그러면 역시 요금에 대한 미련이 증오로 바뀌어서?”

“아뇨, 형수님은 역시 그런 애정 문제에 신경이 쓰이겠지만, 아까 요금이 화살을 맞고 죽었다는 소식을 듣고 한도국이 많이 놀랐다는 이야기는 인과응보랄까, 그 녀석에게도 뜻밖의 일 아니겠어요? 가만히 생각해 보면 그 화살도 누구를 노렸다기보다 아무렇게나 마구 쏘아댄 것 같습니다. 이건 나중에 비취헌에 쳐놓은 발에 남은 흔적을 살펴보면 알 수 있겠죠……. 한도국은 그냥 비취헌에 소동을 일으켜 송철곤이 이상하게 자취를 감춘 이유 같은 걸 만들면 좋겠다는 생각으로, 목적은…….”

응백작이 여기까지 말했을 때 서문경이 하인 두세 명과 함께 바삐 달려왔다.

“아우, 그 도사는 이 집에서 빠져나간 흔적이 없어! 문을 지키는 모든 문지기에게 물어봐도 나간 사람은 조금 전 나간 한도국 한 명 뿐이라는 거야.”

“형님, 도사는 가마 안에 새카만 재가 되어있습니다.”

응백작이 말했다. 서문경은 의아한 표정으로 응백작을 보더니 숨을 삼켰다.

“뭐야……? 나는 도무지 이해되지 않는군. 도사가 가마 안에, 그것도 새카만 재가 되었다니. 그게 대체 무슨 소린가?”

"자세한 사정은 조금 전 나갔다는 한도국을 잡은 다음에 물어야 겠죠."

"한도국이 어쨌다는 건가? 그 녀석이 도사를 태워 죽였다는 소리야?"

"태워 죽였다기보다 죽여서 태우려고 했던 모양이에요."

"어째서?"

"그 수전노는 도사가 형님한테 뜯어낸 돈이 탐이 났던 거죠."

"돈은 남아있어."

"앗, 그런가? 그렇다면 그 돈을 슬쩍하려고 했지만, 예상하지 못한 문제로 계획에 착오가 생겨서 부랴부랴 종적을 감춘 거죠."

응백작은 회랑에 처진 발을 홱 들추며 방으로 들어갔다. 안에는 여전히 요금의 주검이 있었다. 그 시체에 매달려 통곡하는 자식들 주변을 한 걸음 앞서 들어간 설사자가 빙빙 돌고 있었다. 손을 내저어 고양이를 쫓아낸 응백작은 어두운 표정으로 중얼거렸다.

"게다가 이 아이들까지 남기고서 말이야. ……형님, 한도국은 계획이 어긋나서 허둥지둥 도망친 겁니다. 내버려두면 틀림없이 돌아올 겁니다. 한도국이 어떤 녀석인지 생각해 보세요. 남겨둔 자식들도 그렇지만, 설마 지금까지 제대로 먹지도 못하며 모은 재산을 그냥 두고 도망치겠어요……?"

반금련이 한도국의 자녀들 옆에 웅크리고 앉아 살짝 속삭였다.

"얘들아, 너희 아빠가 돌아오면 밤중이라도 내게 살짝 알려줘야 한다. 돈도 주고 과자도 줄 테니까……."

다른 부인들은 파랗게 질린 얼굴로 멍하니 팔선탁에 둘러앉아 있었다. 그 가운데 가장 혐오하는 표정으로 곁눈질하며 요금의 시체를 흘겨보는 셋째 부인 맹옥루는 혼자서 말리화주를 꿀꺽꿀꺽 들이켰다.

푸르른 하늘

불타는 듯한 하늘 아래 한도국은 거미처럼 팔다리를 잔뜩 웅크린 채 죽어있었다. 그는 툭 튀어나오다시피 한 눈알로 품 안에 넣었던, 이제는 땅바닥에 흩어진 마제은을 뚫어지게 들여다보고 있었다……. 지독한 수전노의 마지막 표정이었다.

그가 발견된 곳은 그날 밤부터 닷새가 되던 날 아침, 서문경 저택의 화원인 비취헌 근처였다.

"나는 한도국이 언제 돌아왔는지 몰라. 아이들에게 물어보니 한밤중, 삼경이 지난 시각에 불쑥 나타났다는군. 마제은을 품에 잔뜩 쑤셔 넣고, 나머지 돈이 될 만한 것들은 아이들에게 각각 나누어 들게 하고 몰래 집을 나가 성 밖에 있는 옥황묘에서 모이자고 한 뒤 사경쯤 헤어졌다고 하던데."

서문경은 달려온 검시관 하구에게 이렇게 설명했다. 쭈그려 앉아 시체를 들여다보던 응백작은 그때 시체의 이마로 기어 올라온 풍뎅이를 손가락으로 툭 튕겨냈다.

"그런데 여기 죽어있네."

하구가 못마땅한 표정을 지었다.

"누가 죽인 걸까?"

"자살이겠죠."

응백작이 얼굴을 들며 말했다. 하지만 하구가 아니라 허공 어딘가를 바라보는 눈길이었다.

"이런 하찮은 녀석을 죽여서라도 덕을 쌓을 사람은 이 저택에 있을 리 없죠……. 죽은 한도국은 어쨌든, 실성했는지 몰라도 자기 아내를 죽이고, 은인도 죽인 놈이니까요. 누구에게 살해당하더라도 불평할 자격은 없는 처지일 겁니다. 그러니 이렇게 자기가 죄를 저지른 장소 가까이 와서, 무심하지 않은 하늘이 벌을 내려 스스로 독약을 먹게 된 거겠죠."

응백작의 눈짓에 서문경은 얼른 품에서 마제은을 한 개 꺼내 하구의 소맷자락에 찔러 넣었다. 사건은 뭐가 뭔지 잘 알 수 없지만 어쨌든 집 안에서 이렇게 계속 죽은 사람이 나오니 골치 아파질까 두려웠다.

겸연쩍은 표정을 지으며 머뭇거리는 하구를 응백작은 아주 진지한 눈빛으로 바라보며 말했다.

"어쨌든 이 사망자는 저승길 노잣돈을 가지고 갈 자격이 없는 녀석입니다. 그러니 저 마제은은 높은 분들 몫이 되겠죠."

그러고 나서 응백작은 포도 넝쿨 쪽으로 걸어가며 히죽 웃었다.

포도 넝쿨 아래서는 조금 전까지 무서워서 벌벌 떨며 시체를 들여다보던 서문경의 부인들이 호기심 탓에 멀리 가지도 못하고 말없이 꼭두각시 인형처럼 투호를 하고 있었다. 늘 그렇듯 반금련만은 돌로 만든 긴 의자 위에 앉아 오른팔로 대충 머리를 괴고 축 늘어뜨린 왼발 끝으로 아끼는 고양이 설사자를 놀리고 있었다. 숨이 막힐 만큼 관능적인 모습이었다.

응백작이 그 옆에 살며시 앉아 투호 놀이 하는 모습을 보고 있는데 반금련이 고개를 들고 물었다.

"그런데 한도국이 왜 죽었는지 알아냈어요?"

"글쎄요. 제가 보기에는, 죽은 상태를 보면 아마도 짐독 때문이 겠죠."

"짐독이라면……, 입에서 피를 토할 텐데."

"그런 건 나중에 누가 닦아내거나 핥아버리면……."

"설마. 어머, 그러면 누가 한도국을 죽였다는 말이에요?"

"뭐, 그렇습니다. 실제로 저는 한도국의 입가에 하얀 고양이 털한 가닥이 붙어있는 걸 보았죠. 흰 고양이가 피를 핥았는지도 몰라요……. 물론 저는 그런 이야기를 검시관 하구에겐 하지 않을 겁니다. 아내와 도사를 죽인 죄책감 때문에 스스로 목숨을 끊은 게 틀림없다고 해두었죠……. 불쌍하게도, 도사는 몰라도 아내는 죽이지도 않았는데 말이죠."

혼잣말처럼 했지만, 반금련은 발끈 고개를 들고 응백작을 뚫어지게 바라보았다.

"아니, 요금을 죽인 게 한도국이 아니란 말이에요?"

"그렇죠. 도사를 죽인 사람은 한도국일 겁니다. 하지만 요금의 죽음은 한도국에게 뜻밖의 사건이지 않았을까요? 아니라면 송철곤 도사를 불가마에 넣어 재로 만들 계획을 그토록 치밀하게 궁리한 한도국이 그 뒤에 그렇게 허둥지둥 도망쳤을 리가 없죠……. 그리고 저번에 제가 한도국은 가마 안에 있는 천 냥이 탐이 나서 도사를 죽였을 거라고 했는데, 그건 제가 좀 잘못 생각한 것 같군요. 그 천 냥은 아침에 도사가 납으로 바꿔치기했습니다. 그런 사실을 몰랐다고 해도, 한도국은 연금술이 사기일 줄 몰랐을 테니까 밤이 되면 도사를 죽이고 시체를 가마에 넣을 때 마제은을 빼낼 속셈이었다고 하더라도, 그때쯤에는 마제은은 은도 아니고 구환단도 아닌 어정쩡한 것이 되어가는 중일 거라는 사실은 알고 있었겠죠. 약삭빠른 한도국이 그걸 노리고 그런 엄청난 살인을 저지를 리 없어요…….”

“그럼, 한도국은 왜 도사를 죽인 거죠?”

“그게 그야말로 웃긴다고 해야 할까, 아니면 무섭다고 해야 할까…….”

응백작은 포도 넝쿨 밖 풍경을 바라보며 중얼거렸다. 눈이 부신 햇살을 받으며 여자들이 투호를 하는 모습이 마치 환각처럼 느껴졌다. 응백작의 한쪽 뺨에 움찔움찔 쓴웃음인지 경련인지 알 수 없는 묘한 표정이 스쳐 지나갔다.

“죽은 자는 말이 없습니다. 사실 이건 제 상상이지만……, 원인은 언젠가 부인이 지나가듯 이런 말씀을 했죠? 옛 주인, 그것도 목숨을 구해준 큰 은인과 작별하는데, 한 씨도 흰 명주 세 필 정도는 전별금으로 내놓아야 의리를 지키는 거 아니겠느냐고. 그 때문이 아니었나 하는 생각이 듭니다만…….”

“예?”

“그런데 송철곤이 드디어 내일 아침 길을 떠나는 상황이 되었죠. 명주 세 필! 그 의리가 한도국의 마음을 뒤흔들었을 겁니다. 명주 세 필을 전별금으로 주는 게 아니라, 그날 밤 안으로 옛 주인이자 목숨을 구해준 은인을 불태워 재로 만들 작정을 한 거죠……. 그야말로 희대의 수전노, 고바우, 아니 그보다는 돈에 영혼을 팔아먹은, 돈에 환장한 사내라고 부르는 게 낫겠군요."

어지간한 일에는 놀라지 않는 반금련도 깜짝 놀라 아무 말도 하지 못했다. 하지만 그 마르고 각이 진 얼굴을 한 한도국의 모습을 떠올리면 응백작의 상상을 결코 웃어넘길 수 없었다.

응백작은 속삭이듯 말을 이었다.

"한도국은 도사를 재로 만들고 모르는 척할 작정이었겠죠. 그런데 그 비취헌 소동이 일어난 겁니다. 마침 좋은 기회라고 생각해 아이들에게 무슨 일인지 살피고 오라고 했는데, 불꽃을 쏘았을 때 누군가 화살을 쏘았고 요금이 죽었다는 소식을 듣고 깜짝 놀랐겠죠. 어쩌면 그 주변을 서성이다가 형님과 부인, 그리고 제가 나눈 이야기를 엿들었을지도 모르고요. 요금의 죽음이야 어찌 되었든 도사를 죽였다는 걸 들키겠다는 생각에 서둘러 도망친 게 아닐까요?"

"응 선생."

반금련이 드디어 상반신을 일으켰다. 그 눈이 검게 빛났다.

"그럼, 대체 누가 화살로 요금을……?"

"바로 그겁니다. 그날 밤 화원 너머에서 주운 활의 시위 중간 부분에 줄이 하나 더 연결되어 있었는데, 그건 뭘까요? 저는 이상하다는 생각을 떨칠 수 없었죠. 그런데 이제 그게 무슨 뜻인지 알게되었습니다. 그건 처음부터 화살이 자동으로 발사되게 하는 장치였던 거죠. 활을 태호석과 매화나무 가지에 걸쳐놓고 활시위를 당겨대여섯 개의 화살을 메겨둔 겁니다. 활시위를 잡아당기는 줄을 끊으면 화살이 한꺼번에 날아가는 거죠……."

"왜 그런 장치를……?"

"한도국은 얼마 전에 형님에게 오른팔을 꺾여 활을 쏠 수 없죠."

"아아, 그렇군요!"

"이렇게 생각했었죠……, 처음엔. 하지만 다음과 같은 이유로 범인은 한도국이 아닌 것 같습니다. 첫째, 만약 범인이 한도국이라면 그런 활은 어딘가에 숨겼을 겁니다. 그보다 그 활시위에 묶은 줄이 불에 타서 끊어진 걸 보면 그건 불꽃이 폭발시키는 도화선에 닿았던 것 같고, 밤중이기도 해 불꽃을 쏜 당사자도 거기서 화살이 발사되었다는 사실을 눈치채지 못한 게 아닌가……."

반금련은 드디어 의자에서 완전히 몸을 일으켜 일어섰다.

응백작은 여전히 투호 놀이 하는 모습을 보고 있었다.

"그래서 그 화살은 당연히 여기저기 흩어져 맞았던 거죠. 비취헌에 쳐놓은 발을 살펴보았는데, 대체 누구를 노린 화살인지 도무지 알 수 없더군요. 그뿐만 아니라…… 발을 꿰뚫은 구멍은 단 두 개뿐이었죠. 그리고 그 두 구멍은 화살이 요금 쪽으로 날아가기에는 방향이 맞지 않아요."

"그게 무슨 뜻이죠?"

"그러니까 발에 흔적을 남긴 화살은 화원에서 날아온 걸로 보이게 만들기 위한 목적으로 발사한 거고, 요금이 맞은 화살, 등에 꽂힌 화살은 발이 쳐진 안쪽, 즉 방 안에서 쏜 거죠."

"어머……."

아주 낮은 목소리였지만 그 이상한 울림은 투호를 하는 여자들의 귀에도 닿았으리라. 맹옥루가 화살을 잡은 채로 이쪽을 돌아보았다.

"무슨 일 있어요?"

"아뇨, 아니에요. 아무 일 없어요. 투호를 너무 잘해서……. 이번에는 분명히 용수였죠?"

응백작이 웃었다. 맹옥루는 방긋 웃고 다시 화살을 던졌다. 화살은 항아리 귀에 쏙 들어갔다. 반금련은 그 모습을 보고 다시 응백작을 보았다. 공포로 가득 찬 눈이었다.

"그럼…… 그때 비취헌 발 안쪽에 있던 사람은 바로 저 맹옥루였는데."

"그리고 형수님도."

응백작이 덧붙였다.

"나는 투호 솜씨가 서툴러요."

"그렇지만 형수님은 그때 요금 옆에 있었죠."

"이봐요."

반금련은 발끈했다.

"그럼 응 선생은 내가 요금의 등에 화살을 꽂기라도 했다는 거예요?"

"그렇습니다."

응백작은 살짝 고개를 끄덕였다. 물끄러미 바라보는 반금련의 한쪽 뺨에 미소가 떠올랐다.

"그때 발 밖에 계셨으니 보지 못했을지도 모르지만, 틀림없이 본 사람도 있을 거로 생각해요. 아니, 옥루 언니가 보았을 거예요. 밖에서 날아온 화살이 발에 맞았을 때 나는 의자에서 대여섯 걸음쯤 걸어 나와 있었죠. 뒤를 돌아보고서야 비로소 요금이 말로 표현할 수 없는 묘한 얼굴을 하고 이쪽을 보고 있다는 걸 깨달았어요. 만약 내가 의자에서 일어났을 때 요금의 등에 화살이 꽂혀 있었다면 그 사람이 그 순간 무슨 비명을 질렀을 겁니다. 쓰러지기까지 좀 시간이 걸렸으니 틀림없이 무슨 소리를 질렀겠죠⋯⋯."

"아, 아뇨⋯⋯. 방 안에서 화살에 찔려 살해되었다고 볼 수도 있겠지만, 사실은 그게 아니라⋯⋯, 진짜 원인은 그 삶은 달걀 때문이죠."

"삶은 달걀⋯⋯? 아, 그 요금의 입에서 흘러나온 달걀. 거기에 내가 독이라도 넣었다는 건가요?"

반금련이 마침내 소리를 내며 웃더니 말을 이었다.

"설사자가 먹었죠. 그 달걀을 먹고 고양이는 그 뒤로도 아무렇지 않게 돌아다녔어요⋯⋯."

"독은 삶은 달걀 안에 넣은 것이 아니라 그 표면에 발랐던 거죠. 언제 그렇게 무섭고 놀라운 궁리를 했는지. 아마⋯⋯ 언젠가 형수님이 포도 넝쿨에 매달려 형님에게 터무니없는 곤욕을 치렀을 때가 아닐까요?"

"무슨 말씀이에요?"

"결국 비취헌 밖에서 벌어지는 불꽃놀이에 맹옥루와 요금이 정신이 팔려 입을 벌린 순간⋯⋯, 눈 깜빡할 사이에 요금의 입안에 삶은 달걀을 밀어 넣고 바로 앞으로 걸어 나온 거겠죠. 회랑에는 열 명 가까운 사람들이 있었지만, 이 사람들도 다들 화원 쪽을 보고 있었을 겁니다. 방 쪽을 보고 있던 사람이 기껏해야 두세 명 있었다고 해도 불꽃이 하늘로 올라간 순간에는 밖이 환해지고 안쪽이 어두워

지니 발 너머로 그 장면을 본 사람은 한 명도 없었던 거죠……."

반금련은 입을 다물었다. 한여름 푸른 하늘 아래 고개를 숙인 그 얼굴은 어둡고 창백했다.

"요금이 아무 소리도 내지 못한 건 당연한 노릇이었죠. 희고 둥글고 매끄러운 삶은 달걀이 입안으로 쑥 들어와 목이 막혔으니까. 목소리는커녕 숨도 제대로 쉴 수 없었을 겁니다. 이 얼마나 아름다우면서도 끔찍한 살인입니까? 다음에 형수님은 입안에 든 삶은 달걀을 잘게 부쉈죠. 하지만 요금이 죽은 이유는 달걀 때문에 목이 막혀서였어요……. 등에 꽂힌 화살은 요금에게 달려간 부인이 그녀가 숨을 거둔 직후 팔선탁 아래 몰래 숨겨두었던 화살을 꺼내 꽂았을 뿐입니다."

"……."

"형수님은 도사를 범인으로 만들 작정이었던 거죠. 도사가 뒤가 구린 사기꾼이라는 사실을 우리는 알고 있었고, 그런 소동이 일어나면 쏜살같이 도망치거나 아니면 잡혀도 제대로 변명할 수 없는 약점이 있다는 걸 알고 있었으니까……. 그렇지만 그 도사가 살해당하고 한도국이 그 역할을 떠맡고 있다는 걸 알게 되어 많이 놀랐겠죠?"

"……."

"그래서 돌아온 한도국이 또 잡혀 이상한 소리를 털어놓거나 하기 전에, 오늘 아침 어두운 정원 저쪽에서 붙들고 그럴듯한 구실을 붙여 재빨리 한 방 먹였겠죠. 입에서 나온 피는 설사자에게 핥게 했고요. 하얀 고양이 털이 그 증거입니다."

반금련이 고개를 들었다. 한쪽 뺨에 팬 달콤하면서도 처절한 보조개를 보고 오히려 응백작이 당황해 눈을 깜빡거렸다.

"용케 알아채셨네."

"하지만 한도국은 도사보다 훨씬 더 큰 약점이 있으니 내버려두었어도 괜찮았을 텐데, 왜 한도국을 죽인 거죠……? 방금 이야기한 제 추리는 사실 저 고양이 털 한 가닥에서 출발해 거꾸로 더듬어 올라간 것인데, 왜 그런 짓을……."

"한도국은 이미 응 선생이 말했듯이 활을 쏠 수 없었어요. 그 사실을 언젠가 누가 알아차릴 게 틀림없죠. 게다가 그때 내가 활시위와 도화선을 이용한 속임수를 입에 올릴 수는 없지 않아요?"

"아, 그건 그렇죠."

"그래서 골치 아프게 되면 번거로우니까."

반금련은 씩 웃었다. 어린 소녀처럼 천진난만한 표정이었다. 이것이 자두 한 개에서 비롯된 원한에도 매우 치밀한 범죄를 꾸민 여자의 웃음이었다. 그리고 의심할 여지 없이 응백작의 마음을 흔들고 마비시키는, 희대의 요부가 아니면 지을 수 없는 요염한 웃음이었다.

"그래, 응 선생. 이런 걸 다 일러바칠 작정인가요?"

"그럴 리 없죠……. 그럴 거라면 아까 검시관 하구에게 그렇게 시치미를 뗐겠습니까? 그리고 형님에게 다 털어놓는다면 저는 도사한테서 알겨낸 마제은도 토해야 하는데."

이렇게 대꾸했지만, 응백작은 자기가 그 정도 이유만으로 입을 다무는 게 아니라는 사실을 잘 알고 있다. 무슨 일이 있더라도 반금련만은 잡혀가게 놔둘 수 없었다. 그렇다고는 해도…….

"한도국은 정말 대단해요……. 형수님도 결국 그 녀석에게는 졌다는 생각이 드는군요."

"정말 얄미워요……. 한도국은 인간도 아니죠."

반금련은 화원 건너편 한도국의 시체가 있는 쪽을 돌아보며 아름다운 종소리 같은 목소리로 깔깔 웃었다. 남들이 보면 무슨 재미있는 이야기를 나누고 있는 것으로 여길 것이다.

푸르른 하늘 아래, 계속 투호 놀이를 하는 여자들의 움직임을 멍하니 바라보면서 응백작은 중얼거렸다.

"저는 너무 인간적이라서……."

봄철 파처럼 윤기 흐르는 반금련의 손이, 얼마 전까지만 해도 아름다우면서도 무시무시한 죽음을 안겨준 삶은 달걀을 쥐었던 손이, 살며시 응백작의 손을 잡았다.

여인의 향기

날벼락 같은 소식

어느 초가을 오후, 햇빛이 눈부시게 반짝이는 서문경 저택의 문을 불길한 조짐 두 가지가 터벅터벅 들어섰다.

하나는 새로 짠 관인데 다른 하나는 사람이었다. 서문경의 친구 응백작, 이 사내를 불길한 조짐이라고 하는 까닭은 오늘도 빚쟁이에게 시달리다가 어떻게든 서문경에게 100냥쯤 빌릴 속셈이었기 때문이다.

"어라."

응백작은 앞서 인부들이 짊어지고 들어가는 관을 지켜보며 눈살을 찌푸렸다.

"벌써 관을 준비하다니, 그 부인이 어지간히 안 좋은 모양이군. 가엾게도……. 그렇지만 저 관은 최소한 350냥에서 400냥은 나가겠는걸. 아아, 아깝구나."

그 부인이란 서문경의 여섯째 부인 이병아를 가리키는 말이었다. 올 늦여름부터 병에 걸려 몸져누운 상태였다. 중국에서는 환자가 아직 살아있을 때 좋은 관을 마련해 보여주어 안심시키는 풍습이 있는데, 그 붉은 융단으로 감싼 관도 폭 3척[1], 길이 7척 5촌쯤 되는 좋은 오동나무로 짠 것이었다.

"아아, 나도 죽고 싶구나. 목이라도 매고 싶어……. 그렇지만 죽 더라도 내게 저런 멋진 관은 필요가 없지. 누가 날 위해 저런 관을 만들어줄 리도 없겠지만……, 머리털 없는 중놈에게 내 극락왕생을 빌어달라고 시주할 필요도 없어. 그냥 내가 살아있을 때 미리 조의 금을 받을 수는 없으려나? 단돈 100냥이라도 좋으니……."

응백작은 시무룩한 표정으로 중얼거렸다. 서문경은 응백작이 무 척 좋아하는 배포 큰 사나이지만 부자인만큼 돈 문제에는 까탈스러 웠다. 그래서 지금까지 빚에 빚을 얹으며 지내온 응백작이 또 돈을 꿔달라고 조르기는 멋쩍다. 아니, 사실 평소에는 멋쩍기는커녕 뻔 뻔스러운 편이지만, 겉보기와는 달리 체면에 얽매이기도 해서 돈 빌려달라는 말은 생각만 해도 입이 아교처럼 딱 붙어 잘 떨어지지 않는다.

우울한 표정으로 넓은 거실에 들어서니 여기는 막 관이 들어온 집으로는 보이지 않을 만큼 늘 그렇듯 밝고 떠들썩했다. 이 저택 주 인인 서문경의 주위에 이병아를 제외한 정실부인 오월랑, 둘째 부 인 이교아, 셋째 부인 맹옥루, 넷째 부인 손설아, 다섯째 부인 반금

---

1   尺. 1척은 30.3센티미터. 촌(寸)의 10배 길이다.

련이 만발한 꽃처럼 모여있으니 당연한 노릇이다.

"아, 자네 왔는가? 유난히 표정이 우울해 보이는데, 돈 이야기라면 사양하네."

부인들에 둘러싸인 서문경은 불그레한 얼굴로 히죽거리며 술잔을 내밀었다.

"여섯째가 몸이 많이 안 좋아져서. 마음이 울적해 때아닌 꽃놀이 술자리를 마련했지. 자네도 거기 앉아 함께 어울리세."

"꽃놀이요?"

서문경이 톡 까놓고 선수를 치는 바람에 응백작은 쓴웃음을 지으며 대꾸했다.

"정원에는 피어있는 꽃은 보이지 않던데, 형수님들 말씀입니까?"

"멍청한 소리 말고. 이 향기가 나지 않는가?"

"아, 그렇군요."

그러고 보니 코를 킁킁거릴 필요도 없었다. 주위는 숨이 막힐 듯 달콤한 향기로 가득했다. 다시 정원 쪽을 바라보니 창문 밖 바로 옆에 가지를 늘어뜨린 금목서, 은목서의 자잘한 꽃이 진짜 금이나 은 알갱이처럼 잔뜩 피어 가을바람에 흔들리며 반짝이고 있었다.

"그렇지만 좀 오래 맡으면 속이 거북해질 냄새로군요. 저는 역시 형수님들 향기가 더 좋습니다."

응백작은 일부러 코를 실룩거리며 옆에 있던 맹옥루의 소매에 얼굴을 들이댔다.

"으하하. 자네가 여자 냄새를 아나?"

"알고말고요. 전에도 말씀드렸지만 둘째 형수님은 부용꽃 향기가 나죠. 지금 병석에 누워있는 여섯째 형수님은 백합 향기가 나고, 여기 계신 셋째 형수님은…… 글쎄요, 뭐랄까, 한 번 더 냄새를 맡고……."

"어머머, 싫어요. 이러지 마세요."

맹옥루는 소매로 응백작의 얼굴을 톡 건드리고 날름 맞은편으로 도망쳤다.

"이 친구, 마치 개처럼 냄새를 맡는군."

"그렇죠. 개는 멀리 떨어져서도 암컷 냄새를 맡고, 벌레는 꽃향기를 맡고 십 리 밖에서도 날아오죠. 대체 여자 향기를 맡고 구분할 만한 능력도 없이 어찌 여색의 도를 논하겠습니까? 저 같은 놈이야 좋아하는 여자 냄새 비슷한 거라도 슬쩍 맡으면 금방 해롱해롱해서."

"어라, 이 친구 오늘은 이상하게 기세가 당당하군. 하지만 이런 분야는 나도 자신 있지. 여자 냄새라면 여러 가지 호불호도 있고 또 냄새를 맡아 누군지 알아내는 능력에 관해서는 내가 남에게 뒤지지 않는다고 자부하는데……."

희대의 호색가인 만큼 서문경은 이런 이야기를 아주 좋아해, 입맛을 다시며 덤벼들었다.

"그런데, 방금 부용과 백합 이야기를 했는데 자넨 여자에게서 어떤 향기가 나는 걸 좋아하지?"

"저요? 저는……, 글쎄요."

응백작은 잠깐 생각에 잠겼다가 슬쩍 곁눈질하더니 이렇게 말했다.

"저는 사향 향기죠. 사향 냄새가 나는 다섯째 형수님 같은."

서문경은 바로 옆에 있는 다섯째 부인 반금련을 흘끔 보았다. 살짝이 보이도록 검은 머리를 은실로 묶어 올린 반금련은 아까부터 말없이 턱을 괴고 혀 위에 연밥[2]을 얹은 채 씹지도 않고 뱉지도 않으며 이리저리 굴리고 있었다. 차분하고 천진한, 청순하면서도 요염한 그 모습은 말로 표현할 수 없는 절세 미녀다. 많이 놀아보았다는 응백작도 마음이 끌리는 것은 당연한 노릇이다.

"이 사람?"

서문경이 불안함이 섞인 회심의 미소를 지으며 응백작을 바라보았다. 그러다 문득 아득한 곳을 바라보는 눈을 하더니 이렇게 덧붙였다.

"그렇지, 사향 냄새가 나는 여자……."

"형님도 그런가요?"

"이봐."

서문경의 두 눈에 점점 생기가 돌며 반짝거렸다.

"자네는 사향 냄새가 나는 여자라면 이 사람밖에 모르는가?"

서문경이 반금련을 눈짓으로 가리키며 물었다.

"호오. 그럼 다른 분도 계시나요?"

"그럼, 있고말고. 자네도 아는 사람인데. 금련은 사향 냄새가 나지만 좀 약하지, 약해. 사향뒤쥐[3] 정도라고나 할까? 하지만 그 사람

---

2   연꽃의 열매를 채취해 말린 다음 껍질을 벗겨 식용이나 약용으로 쓴다.

3   땃쥣과에 속한다. 짝짓기 철에 사향 비슷한 냄새를 풍긴다.

은 그야말로 운남 지역에서 나는 사슴의 향낭을 자궁 안에 지닌 게 아닌가 싶은 지경이야. 난 그 냄새를 맡으면 숨이 가빠지고 아랫도리에 불끈 힘이 솟거든. 옛날 양귀비의 땀은 이 세상 것이라고는 생각할 수 없을 만큼 그윽한 향기가 났다고 하던데, 그 사람도 그런 면에서는 정말 마성이 느껴지지…….”

“아니, 혼자서만 그렇게 좋아하시지 말고, 그 사람이 대체 누굽니까? 예, 형님?”

“이계저.”

“이계저? 이계저라면 저도 아는데, 그런가?”

이계저는 청하현 화류계 최고의 미인이며, 넘치는 정력을 주체하지 못하는 서문경이 매우 아끼는 기생이다. 서문경은 히쭉히쭉 의미심장한 웃음을 지었다.

“그거야 자네가 알 리 없지. 이계저는 사향 냄새를 달거리 며칠 전후에만 풍기니까. 그때가 되면 이계저는 늘 안쪽 깊은 방에 틀어박혀 다른 손님 앞에는 나서지 않거든.”

이때 거실 큰 문이 열리고 한 여인이 들어왔다.

“호랑이도 제 말 하면 온다더니, 이게 어찌 된 일인가?”

응백작은 눈이 휘둥그레져 중얼거렸다. 서문경도 당황해서 서피의자[4]에서 벌떡 일어났다.

“이계저……! 아, 아니, 네가 어떻게 여길?”

이계저는 핏기 잃은 입술을 꾹 다물고 한동안 말이 없었다. 그리고 뛰는 가슴을 겨우 진정시킨 듯 힘겹게 입을 열었다.

4   코뿔소 가죽을 덧대 만든 의자.

"나리, 무송이 돌아왔답니다."

어둠 속의 향기

사람들의 안색이 싹 변했다. 청천벽력이란 이런 경우를 말한다. 그 가운데서도 온몸에 찬물을 뒤집어쓴 듯한 표정인 사람은 이 저택의 주인 서문경이었다.

"뭐, 뭣이? 무송이 돌아와? 언제, 어디서 보았느냐?"

"왕씨 할멈이 점심때 조금 지나서 자석가(紫石街)에서 우연히 보았다고 합니다. 아마 무송은 먹물을 들인 옷에 염주를 목에 걸고 커다란 계도⁵ 두 자루를 허리에 찬 행자 차림으로 변장한 모양이지만 키가 팔 척인 그 사람을 잘못 보았을 리가 없다며 왕씨 할멈이 새파랗게 질려 달려왔어요."

"으음. 그래, 보갑에는 알렸는가?"

"얼른 사람을 보내 알리라고 했는데 상대가 무송이니 겁을 잔뜩 집어먹고 모르는 척하고 있다네요. 게다가 지난번에 일으킨 소동은 그 벌로 곤장 백 대를 맞은 뒤 사면되었기 때문에, 다른 죄를 지었다면 몰라도 아직 아무 잘못도 하지 않았는데 잡아들일 수는 없다고……."

"무송, 그놈이 뭐 하러 청하현에 돌아온 걸까?"

무송이 마을에 돌아왔다는 이야기를 듣고 서문경이 벌벌 떠는 것은 당연한 노릇이다. 다음과 같은 사연이 있기 때문이다.

5 　戒刀. 불교에서 남자 중이 늘 지니고 다니는 칼. 머리카락이나 손톱, 옷감을 자를 때 쓰며, 호신용으로도 사용한다.

다섯째 부인 반금련은 몇 해 전만 해도 허름한 동네에서 호떡을 팔던 무대(武大)란 사내의 아내였다. 어느 봄날 반금련이 긴 막대기로 문간의 발을 내리려다가 그만 막대기를 떨어뜨려 마침 그 아래를 지나가던 귀공자의 머리에 떨어졌다. 그 귀공자가 서문경이었고, 두 사람의 인연은 이렇게 시작되었다. 누가 뭐래도 희대의 요부와 바람둥이였다. 이웃에서 찻집을 하는 왕씨 할멈이 거들어 바로 그렇고 그런 사이가 되었는데, 여기까지만 해도 마을 사람들이 재미 삼아 입에 올릴 만한 이야기였다. 그렇지만 십여 일 뒤, 반금련의 남편 무대가 하룻밤 사이 구혈에서 피를 흘리며 괴로워하다가 숨을 거두고 만 이유는 아무도 몰랐다. 다만 서문경이 검시관 하구에게 적지 않은 뇌물을 몰래 바쳤다는 소문은 나돌았다.

무송은 그 무대의 동생이다. 게다가 난쟁이라는 별명으로 불리던 형과 달리 팔척장신에 체구가 우람하고 생김새가 당당했다. 눈은 추운 날 밤의 별처럼 빛나고, 눈썹은 칠흑처럼 짙으며, 두주불사에 사나운 사자처럼 거친 사나이였다. 일찍이 경양강(景陽岡)에서 커다란 호랑이를 맨손으로 때려죽인 용기를 평가받아 청하현 옆 양곡현(陽穀縣)에서 순포도두[6]가 되었다.

형이 느닷없이 죽었을 때, 그는 관청의 명령을 받고 도읍인 개봉으로 출장을 나가 집을 비운 상태였다. 일을 마치고 돌아온 그는 형이 죽었다는 소식과 마을에 떠도는 소문을 듣고 노발대발하여 마침 사자가의 다리 옆 술집에서 벼슬아치 이외전과 한잔하고 있던 서문경의 방에 쳐들어갔다. 서문경은 창문을 넘어 도망쳐 간신히 피했

6   巡捕都頭. 지역 치안과 도둑 체포를 담당한 관청의 하급 지휘관.

지만, 그때 느꼈던 공포는 평생 악몽처럼 따라다닐 지경이었다. 이 외전은 느닷없이 나타난 무송에게 맞아 죽고, 술집은 폭풍이 쓸고 지나간 듯 난장판이 되었다. 그리고 무송은 몰려온 보갑에 붙잡히고 말았다.

이때도 서문경은 지현에게 엄청난 뇌물을 바쳤다고 하는데, 어쨌든 무송이 하소연한 형수의 간통과 형 독살은 사실무근이라는 판결이 내려지고, 무송은 곤장 백 대를 맞고 목에 일곱 근 반이나 되는 쇠로 만든 칼을 쓴 채로 저 멀리 맹주(孟州)에 있는 감옥으로 보내졌다.

그 무송이 최근 휘종 황제가 동궁을 지은 기념으로 사면되었다는 소식을 듣고 마음을 바짝 졸이고 있었는데, 마침내 마을로 돌아왔다니 벌벌 떨지 않을 수 없다.

"으음, 이거 당분간 나는 밖에 나갈 수 없겠군."

"저는…… 나리, 저는 어쩌면 좋죠?"

어찌할 바를 몰라 당황한 두 사람 옆에서 차분한 목소리가 들려왔다.

"그쪽도 이 저택에서 지내면 되지 않겠어요? 여기는 일하는 사람도 많고, 누가 집 안쪽까지 들어오려면 문을 여럿 지나야 해서 괜찮을 것 같은데."

반금련이었다. 응백작은 돌아보며 혀를 내둘렀다. 남의 일이라는 듯한 말투와 표정이었다. 하지만 무송이 가장 노리는 사람은 이계저나 서문경보다 반금련일지도 모른다. 아니, 감정적으로는 틀림없이 그럴 것이다.

반금련은 나른한 표정으로 탁자에 턱을 괸 채 다시 입을 열었다.

"무송은 폭풍 같은 사내예요. 폭풍은 날씨와 바람에 따라 달라지죠. 이쪽이 지붕과 벽을 최대한 튼튼하게 만들어 지키는 이상 무송도 어쩔 수 없을 거예요. 그리고 사람은 죽을 때가 되면 다 죽기 마련이죠."

반금련은 방긋 웃으며 말을 이었다.

"그보다는 언제 죽어도 후회 없도록 이 세상을 실컷 즐기는 게 현명하지 않겠어요? 그러니……, 서방님이 방금 우리 여자들이 그냥 듣고 지나갈 수 없는 말씀을 하셨어요. 그게 사실인지 아닌지, 마침 본인도 이렇게 왔으니 향합[7]을 해보면 어떻겠어요?"

"무, 무슨 소리지?"

"아까부터 듣고 있자니 어떤 여자 냄새가 제일 좋다, 백합 향이 난다, 부용 향기가 난다, 향기를 다 구분해 낼 수 있다, 하는 터무니없는 말씀을 하더군요. 정말로 맞는 이야기일까, 하는 생각이 드네요. 어때요, 여러분?"

반금련은 위험에 처한 목숨보다 자기 매력이 어느 정도인지가 더 마음 쓰이는 모양이다. 하지만 그건 반금련뿐만 아니라 여자들 모두 같은 심정인지, 살냄새에 관해서는 완전히 뒷전으로 밀린 다른 부인들도 마음이 편치 않아 보였다. 반금련이 돌아보자 바로 조잘조잘 자기들끼리 이야기하며 고개를 끄덕이기 시작했다.

"그래, 맞아. 살냄새야 어느 여자나 별 차이가 없지."

---

7   향습. 몇 사람이 좌우로 갈라서서 여러 가지 향을 피우며 냄새로 그 종류를 가려내거나 우열을 겨루는 놀이.

"그러니 서방님이 진짜 여자 살냄새만 맡고도 누군지 알아낼 수 있는지 캄캄한 방에서 냄새로 한번 알아내 보시라고 하자."

"그거 재미있겠군."

응백작까지 손뼉을 치자 서문경도 잠깐 눈을 반짝거렸지만 이내 고개를 푹 숙이고 한숨을 내쉬었다.

"잠깐, 잠깐만. 무송이 나타났다면 무슨 수든 써야만 해. 진짜 지금 그런 놀이나 즐길 때가 아니야……."

반금련이 제안한 기괴한 놀이를 서문경이 실제로 해보기로 마음먹은 것은 그로부터 이틀째 되는 날 밤이었다.

서문경은 원래 그런 파격적인 놀이를 워낙 좋아하는 성격인데다가, 낮에 검시관 하구가 사람 뼈 108개를 둥글게 꿰어 염주처럼 엮어 걸고 다니는 무송이 오늘 아침 일찍 마을을 떠나 동북쪽 제주(濟州) 양산박 방향으로 갔다고 알려줘 가슴을 쓸어내렸기 때문이다. 게다가 달거리 때만 사향 냄새를 풍긴다는 이계저가 마침 그 시기여서 이때를 놓치면 또 한 달을 기다려야만 했다.

중추절 밝은 달보다는 한 달 늦었지만, 그래도 아름다운 보름달이 뜬 밤이었다. 그 말을 듣고 응백작은 당연히 입맛을 다시며 달려왔는데 막상 그 방에는 들어가지 못했다. 향합 놀이 장소는 화원 안에 지은 완화루 거실이었다. 부인들을 앞에 두고 하는 향합 놀이는 안타깝게도 달빛을 문으로 가린 캄캄한 방 안에서 이루어졌다. 특히 반금련이 의견을 내어 여자들은 향이 밴 옷을 벗고 몸을 씻은 다음, 아무것도 걸치지 않은 상태가 되기로 했다. 아무리 보이지 않는다고 해도 여자라면 환장하는 응백작 같은 인물은 위험해서 도저히 방에 들일 수 없었다. 그래서 그는 가까운 빈방에서 투덜투덜 술이나 마시며 기다릴 수밖에 없었다.

"……서방님, 이제 준비되었어요."

완화루 2층은 특별히 비싼 서화나 골동품, 남경(南京)에서 들여온 오색단자[8] 등으로 장식되어 있다. 호화로운 집기들에 둘러싸여 실실 웃으며 역시 술잔을 기울이던 서문경은 아래서 여자 목소리가 들리자, 갈지자걸음으로 비틀비틀 계단을 내려갔다.

"옥루……, 설아……. 교아."

서문경이 이름을 불러 보았지만 통 대꾸가 없었다.

"계저……, 금련!"

어디선가 누가 킥, 하고 숨죽여 웃었는데 그때뿐이고 도로 조용해졌다. 계단을 다 내려온 서문경의 발이 뭔가에 세게 부딪혔다. 그게 며칠 전에 들여놓았다가 임시로 이곳에 보관 중인 이병아를 위한 관이라는 걸 바로 깨달았다. 하지만 그런 생각도 얼핏 머릿속 한 구석을 스쳐 지나갔을 뿐이다.

거실 안은 캄캄했다. 그 칠흑 같은 어둠 속에서 정실부인 오월랑을 뺀 다섯 미녀가 새하얀 알몸으로 서거나 웅크리고 있었다. 특히 반금련은 어둠을 핑계 삼아 아주 장난스러운, 음란한 자세를 취하고 있을지도 모를 일이라 생각하니 모든 첩의 몸을 구석구석 알고 있는 서문경도 가슴이 두근거리는 이상한 매력을 느꼈다.

---

8   五色緞子. 다섯 가지 색깔의 두툼한 수자직 비단. 광택이 나며 화려한 무늬가 특징이다.

향기로운 꿈

캄캄한 어둠 속에서 코를 실룩거리며 서문경은 이리저리 거닐었다. 향기로운 살냄새와 달콤한 여자의 숨결을 찾아서…….

서문경은 절대로 여자들 몸에 손을 대지 않기로 했다. 서문경은 아무것도 보이지 않았지만, 그의 발소리를 듣고 여자들은 몸을 움츠렸다. 하지만 서문경이 자기 앞에 다가왔을 때 여자들은 후욱, 하고 숨을 내쉬게 되어있었다. 그러면 서문경이 '파란색 작은 함은 반금련에게'라는 식으로 지명하고 나서 오른손에 든 작은 함을 그 여자에게 건네기로 약속했다.

서문경은 오른손에는 파란색 함, 왼손에는 빨간색 함, 오른쪽 소매 안에 검은색 함, 왼쪽 소매 안에 흰색 함, 그리고 품 안에 보라색 함을 가지고 들어왔다. 그 안에는 각각 홍옥, 진주, 마노, 묘안석[9], 공작석이 들어있는데, 여자들은 그 보석이 어떤 색 함에 들어있는지 알지 못한다. 어쨌든 서문경이 건넨 함에 든 보석은 부인들에게 건네기로 되어있었다. 보석의 값어치는 저마다 다르지만, 어떤 보석인지 모르기 때문에 누구나 자기가 받은 함에 가장 비싼 보석이 들어있기를 기대하는 심리가 있어 첩들이 받은 함을 바꿀 염려는 없었다.

"으음……. 역시 부용 향기가 나는군. 너는 교아로구나. 자, 빨간색 함은 교아에게."

서문경은 어둠 속에서 왼손에 들었던 함을 건넸다. 물씬 풍기는 달콤한 향기가 서문경의 얼굴을 훅 감싸더니 이윽고 여자는 뒤로

---

9   猫眼石. 고양이 눈처럼 보이는 보석이다. 금록석(金綠石 Chrysoberyl)의 변종.

물러났다.

"어디, 이번엔 누굴까? ……정향 냄새. 흐음…… 글쎄…… 아아, 알았다. 너는 옥루로구나, 맞지?"

서문경이 빈 왼손을 무심코 내밀자, 손바닥에 불룩 솟은 젖가슴이 닿았다. 오른손에 든 파란색 함을 그녀에게 건네고, 서문경은 웃으며 다시 걸음을 옮겼다.

이어서 살짝 육계[10] 향을 풍기는 손설아일 듯한 여자에게 왼쪽 소매 안에서 꺼낸 하얀색 함을 주었다. 이제 반금련과 이계저가 남았다.

서문경은 사향 냄새를 찾아 걸었다. 가끔 멈춰 서서 코를 킁킁거렸다……. 바로 그때 화원 저편에서 깡, 하고 마치 쇠막대가 디딤돌을 두드린 듯한 소리가 났다. 서문경은 깜짝 놀라 고개를 들었지만, 더는 들리지 않았다.

그때 가까이서 사향 냄새가 물씬 풍겼다. 서문경은 그쪽으로 다가갔다.

"네가 계저로구나."

그렇게 이름을 불렀을 때 또 디딤돌을 쇠막대로 두드린 듯한 소리가 났다. 조금 전보다 훨씬 가까워졌다.

"나리……."

바로 옆에서 불안한 목소리가 들려왔다. 틀림없이 이계저의 목소리다. 오늘 밤 여자들은 아무도 입을 열면 안 되는데도…….

---

10   肉桂. 5~6년 이상 자란 계수나무의 두꺼운 껍질을 동양의학에서 가리키는 말. 건위제, 강장제로 쓰인다.

"저……, 잠깐 나갔다가 오면 안 될까요?"

"어딜 가려고?"

"그게…… 배가 아파요. 아까부터 속이 좋지 않았는데 애써 참고 있었거든요."

"잠깐……. 그런데 저 소리는 뭐지?"

완화루 바로 근처에서 또 쇠와 디딤돌이 부딪히는 소리가 들려왔다. 그뿐만 아니라 이번에는 누군가의 발소리까지 함께 또렷하게 들렸다.

"서방님! 혹시……."

문 쪽에서 겁에 질린 반금련의 목소리가 들려왔다.

"무송이 온 걸지도……."

"뭣이? 무송이라고?"

하인들의 보고도 없었고 개 짖는 소리도 들리지 않았다. 하지만 그 무시무시한 무송이라면 개나 사람이나 한번 째려보기만 해도 기절해 버릴지 모른다. 서문경은 너무 무서워 온몸이 뻣뻣해졌다.

문에서 요란한 소리가 났다. 누가 밖에서 밀고 있는 모양이었다.

"어머나, 숨어야 해……. 어서, 빨리. 다들 얼른 숨어!"

"금련아……, 어, 어디로?"

"아무 데나, 빨리! 아래 있는 관 속에라도!"

그때 이계저가 기절하듯 서문경의 품 안으로 쓰러졌다. 서문경은 그녀를 안고 냅다 계단 아래쪽으로 달려갔다.

문 안쪽에 질러놓았던 빗장이 퉁겨져 날아갔다. 엄청난 괴력이었다. 그 순간 이계저와 함께 급히 관 속으로 몸을 숨긴 서문경은 얼른 뚜껑을 닫았다. 위급할 때면 사람은 불가사의한 능력을 발휘한다고 하는데, 서문경은 훗날 이때를 돌이키면서 구사일생으로 피했다며 몸서리를 쳤다.

그렇게 관 속에 숨은 서문경은 그 뒤에 벌어진 일들을 볼 수 없었다. 그러면 다른 여자들은 문이 벌컥 열리면서 갑자기 쏟아져 들어온 달빛 속에서 대체 무엇을 보았고, 과연 어떻게 되었을까?

"으악……, 용서하세요, 도련님!"

반금련의 처참한 비명과 쇠지팡이 소리가 들렸다. 빛은 그쪽까지 닿지 않지만, 무서운 나머지 세 명의 여자는 두 손으로 얼굴을 가렸다.

반금련의 비명이 툭 끊어졌다. 살금살금 고개를 든 순간, 여자들은 활짝 열린 문에 푸른 불빛 같은 달을 등지고 우뚝 선 무시무시한 그림자를 보았다. 무슨 두건이나 옷 같은 걸 머리에 두르고 있는데, 한 손에는 분명히 커다란 쇠지팡이 같은 것을 들었고, 키는 팔 척 남짓할 만큼 엄청나게 큰 남자 모습을.

"서문경……, 도망치지 마라!"

낮지만 묵직한 황소울음 같은 목소리가 들려왔다. 눈이 부셔 제대로 볼 수 없던 여자들의 눈에서 갑자기 푸른빛과 그 커다란 그림자가 사라졌다. 문이 닫히고 거실은 다시 캄캄한 어둠에 휩싸였기 때문이다.

그러나 그 남자는 방 안으로 들어온 상태였다. 어둠 속에 심상치 않은 중량감이 느껴지는 발소리와 그 무시무시한 쇠막대가 바닥을 두드리는 소리가 쿵, 쿵 다가왔다.

그는 가끔 멈춰 섰다. 아직 여자들을 발견하지 못한 듯했다. 그래서 관이 있는 줄 몰랐는지, 아니면 발견하고도 설마 그 안에 산 사람이 둘이나 있을 거로는 생각하지 못했는지, 이윽고 쇠지팡이를 끌면서 계단을 올라갔다.

여자들은 돌부처처럼 꼼짝도 못 했다. 그 틈을 타 도망칠 궁리도 못 했다. 아니, 도망치다가는 그 소리를 들은 무송이 득달같이 달려올 것 같았다. 게다가 기운이 빠지고 겁에 질려 몸이 얼어붙은 듯 움직일 수 없었다.

무송은 2층에서 무얼 하는 걸까? ……짧은 시간이 한없이 길게 느껴졌다. 머리카락이 곤두선다는 표현은 이럴 때 어울리는 말이다. 하지만 밖에 있는 세 명의 여자보다 몇 십 배 더 괴로움을 맛보는 쪽은 당연히 관에 들어간 서문경과 이계저였다.

괴로움은 당장이라도 관 뚜껑이 열리는 게 아닐까, 하는 극심한 생사의 공포 때문만이 아니었다. 기껏해야 시체 한 구가 들어갈 만한 좁은 공간이다. 서문경은 그 안에서 이계저를 부둥켜안은 채 드러누워 있었다. 위아래로 딱 겹친 상태라 두 사람은 몸을 움직일 수 없었다.

네 다리가 새끼줄처럼 얽히고 아름다운 기생의 불룩한 젖가슴이 털 많은 서문경의 가슴을 눌렀다. 튀어나온 그의 턱은 이계저의 벌어진 입에 닿았고, 헉헉 내쉬는 거친 숨이 짙은 안개처럼 그의 코를 자극했다. 그야말로 숨이 막힐 듯 짙은 사향 냄새였다……. 고통의 쾌감이라고나 해야 할 이상한 도취감이 공포 때문에 마비되었던 서문경의 뇌수를 흠뻑 적셨다.

그렇지만 그도 잠깐이었다. 이계저는 땀에 젖은 몸을 서문경의 몸에 비비듯 야릇하게 꿈틀거렸다.

"나리……."

"쉿……."

"저, 못 참겠어요……, 도저히……."

"조용히 하라니까……."

잔뜩 소리를 죽인 서문경의 핀잔을 듣고 그녀는 이를 악물었다. 하지만 혀를 내밀며 헐떡거릴 수밖에 없었다. 눈물이 흘렀다. 온몸이 땀에 흠뻑 젖었다. 그리고 마침내 입이 아닌 데로 목소리가……, 아니, 이상한 소리가 새어 나오기 시작했다.

"쉿."

서문경은 필사적이었다. 하지만 흘러나오는 것은 소리뿐만이 아니었다. 뜨뜻하고 아주 끈적한 액체 같은 것도 함께였다. 그것은 위에 있는 여자한테서 흘러내려 아래 있는 서문경을 적셨다. 그리고 사향 냄새와 그 액체에서 나는 또 다른 짙은 냄새가 뒤섞이며 관 안을 먹구름처럼 가득 메웠다.

"아아…… 아아아아!"

여자는 최고의 황홀에 가까운 신음을 냈다. 배설의 쾌감이야 늘 같겠지만, 특히 이렇게 목숨이 걸린 상황에서도 이계저가 제정신을 잃고 그만 배설의 기쁨을 견디지 못해 소리를 지른 것은 어쩔 수 없는 노릇이었다.

서문경도 이계저를 더는 나무랄 수 없었다. 이계저가 내는 소리는 비명도 아니고 구토도 아니었다. 서로 끈적하게 달라붙어 부둥켜안은 채, 이계저는 계속 배설했다. 그리고 비좁은 관 안에 지독한 사향과 설사의 악취가 짙게 뒤섞이면서 두 사람은 마치 화빙[11]처럼 차츰 단단하게 굳어져 갔다…….

빛을 잃은 보름달

그래서 서문경은 무송이 언제 2층으로 올라가고 다시 거실로 내려왔는지 알 수 없었다. 게다가 반쯤 실신 상태였기 때문에 무송이 언제 완화루를 떠났는지는 더욱 알 길이 없었다. 아니, 다른 여자들도 겁에 질린 나머지 무송이 머문 시간이 얼마나 되는지 제대로 가늠하지 못할 지경이었다.

여자들은 아주 긴 시간으로 느꼈지만, 나중에 이야기를 들어보니 서문경이 이계저 앞에 섰을 때부터 시작해 응백작이 왠지 느낌이 이상해 본채에서 달려올 때까지는 일 점[12]도 채 지나지 않았다고 한다.

어쨌든 그 무시무시한 무송이 이상하게 아무 일도 없이 가버렸다. 서문경을 찾아내지 못해 난감했을 테니 다른 첩들에겐 관심도 없었던 모양이다. 게다가 기적적이었던 것은 완화루 문밖으로 내던져진 요부 반금련이 기껏해야 두세 군데 타박상과 찰과상을 입었을 뿐, 생명에는 지장이 없었다는 사실이다. 무송은 어쩌면 서문경부터 죽인 뒤, 느긋하게 반금련을 처리할 작정이었는데 달려온 응백작의 발소리를 듣고 얼른 물러난 건지도 모른다.

---

11 花氷. 속에 꽃을 넣어 얼린 얼음. 여름철에 만들어 선물용으로 사용하거나 더위를 식히기 위한 장식물로 쓰기도 한다.

12 点. 야간의 시간을 계산할 때는 일 경(1更)을 5점으로 나누었다. 약 24분이다.

반금련은 물론, 다른 세 명의 미녀도 그 팔 척 거구의 시커먼 그림자를 보았다. 그리고 그 무시무시한 쇠지팡이 소리와 함께 "서문경…… 도망치지 마라!" 하는 황소울음 같은 소리를 틀림없이 들었다. 그런데 이상하게도 이 드넓은 서문경 저택의 몇 겹이나 되는 문을 지키는 문지기들과 일꾼들은 아무도 그 모습을 보지 못했다고 했다. 어쨌든 맨손으로 호랑이를 때려잡는 사내이니, 무슨 엄청난 능력을 지니고 있는지 모를 일이다.

그로부터 이틀 뒤, 검시관 하구가 알려준 소식에 따르면 역시 아무리 찾아도 청하현에서 무송을 보았다는 사람은 없다고 했다.

위기는 일단 넘겼지만, 피해자가 전혀 없지는 않았다. 사흘째 되는 날 땅거미가 질 무렵, 이계저는 눈물을 흘리며 유곽으로 쫓겨났다.

문 앞에서 해 저무는 어두운 거리를 바라보고, 다시 뒤에 서있는 냉담하고 무정한 서문경의 눈빛을 돌아보며 가련한 이계저는 쓸쓸히 떠나갔다.

서문경은 바로 집 안으로 들어갔다. 이날 저녁부터 여섯째 부인 이병아의 병세가 갑자기 더 나빠졌기 때문이기도 했다.

이제 두 사람만 남았다. 응백작과 반금련이다.

"암향부동(暗香浮動)하고 월황혼(月黃昏)[13]이라 했던가……?"

응백작은 이렇게 읊조리더니 동쪽 하늘을 우러렀다. 그 하늘에는 거의 다 죽어가는 환자를 품에 안은 서문 저택의 기와지붕 위로 검은 먹구름이 흘러갔다. 그 구름의 끝자락에 영롱한 은빛 달이 고개

---

13 중국 송나라 시인 임포(林逋)가 지은 유명한 시 〈산원소매(山園小梅)〉의 한 구절이다. '그윽한 향기가 황혼의 달빛 아래 은은하게 떠돈다'라는 뜻.

를 내밀기 시작했다.

"정말 감사합니다."

응백작이 히죽거리며 감사 인사를 하고 품에서 꺼낸 50냥짜리 마제은 두 개를 손바닥 위에서 얹어 들여다보며 말했다.

"형님은 목숨을 건진 기쁨에 완화루 2층에 있는 문갑에서 이게 사라졌다는 걸 눈치챌 경황이 없는 모양이네요. 이건 오로지 형수님이 빌려준 지혜 덕분입니다."

"별말씀을."

반금련은 무뚝뚝하게 대꾸하더니 돌아서 걷기 시작했다. 한패라고 생각해 꼬리를 쳤는데 갑자기 외면당한 개처럼, 응백작은 어리둥절한 표정으로 애처롭게 그 뒤를 따랐다.

"기상천외한 계략이 딱 들어맞았군요, 헤헤. 공포에 질린 상태에서야 그 무송이 사실은 내가 머리에 헐렁한 겉옷을 걸친 다음, 형수님을 목말 태운 모습이었다는 것이나, 빗장은 처음부터 부러져 있었다거나, 그 무시무시한 쇠지팡이는 쇳조각을 대나무 끄트머리에 끼운 것이라는 사실을 당연히 눈치챌 수 없었겠죠……."

어지러운 구름 사이로 둥근 달이 더할 나위 없이 아름다운 얼굴을 내밀었다. 응백작이 킥킥 웃으며 말했다.

"크크크, 변장이 들통나면 큰일이니 딱 한 번 '서문경……, 도망치지 마라!'라고 겁을 주기는 했는데, 정말 우스웠죠. 관 안에서 형님은 반쯤 죽을 지경이었을 테니."

반금련은 전혀 웃지 않았다. 뭔가 걱정스러운 듯이 고개를 숙인 채 돌다리를 건너고 있었다.

"아니, 형수님. 무슨 생각을 그리 골똘히 하십니까?"

"응 선생, 조용히 하세요……. 돈을 구할 수 있게 해주었으니 이제 내 일에는 상관하지 말고. 고맙다는 소리도 그만."

"무슨 그리 박정한 말씀을, 정떨어지게. 생색을 내려는 건 아니지만, 저도 형수님에게 큰 도움을 드린 셈인데."

"무슨 도움? 그 소동에서 내가 무얼 얻었다고요? 스스로 만든 타박상과 찰과상 빼고."

"헤헤, 형수님 같은 분이 제게 돈을 마련해 주실 생각만으로 굳이 몸소 타박상과 찰과상을 만들었을 리는 없죠. 제가 돈을 좀 융통해 달라고 말씀드리자, 실제로는 세상 사람들을 속이는……, 아니, 저를 이용해 형님과 이계저를 관에 넣어 거기서 형님이 그 여자의 살 향기가 지닌 엄청난 마력에서 몸서리치며 해방되게 만드는, 태공망[14]이나 황석공[15]도 코를 움켜쥐고 저 멀리 삼사[16]까지 내빼도록 만들 육도삼략[17]의 계책을 짜낸 거였죠."

"예?"

"아마 그날 저녁 형수님은 음식에 견우자[18]를 가루로 만들어 넣어 이계저가 먹게 했을 겁니다. 그건 무서운 효과를 발휘하는 준하제[19]

---

14   太公望. 흔히 강태공으로 불린다. 중국 제나라의 초대 임금이 되며 전략가로 유명하다.

15   黃石公. 중국 진나라 말기의 병법가. 한나라를 세우는 고조의 충신 장양(張良)에게 병법서를 전해주었다는 노인이다.

16   三舍. 옛날 중국 군대가 3일간 행군하는 거리. 60킬로미터가량.

17   六韜三略. 육도와 삼략이라는 중국의 유명한 병법서를 함께 이르는 말. 태공망이 썼다고도 하고, 태공망이 육도를 쓰고, 황석공이 삼략을 썼다는 이야기가 전해온다.

18   牽牛子. 나팔꽃 씨를 동양의학에서 이르는 말. 변비, 부종, 요통 치료에 쓴다.

니까."

"……."

"이거 뭐, 제가 마치 직접 본 듯 말을 합니다만, 형수님은 형님과 제가 여자 냄새를 품평한 직후부터 이미 이 엄청난 계획에 착수했다는 사실을 눈치챈 건 조금 전, 이계저가 이 저택을 떠나는 가련한 모습을 본 순간이었죠……. 마음 놓으세요. 형님은 이제 이계저의 냄새에 다시는 홀리지 않을 테니."

"……."

"힘든 고생은 함께하기 쉽지만, 행복을 함께 나누기는 어렵다는 말이 있죠. 그래도 공범끼리 일이 잘 풀린 뒤에 사이가 틀어지는 건 어리석은 짓입니다. 자, 형수님. 방긋 웃는 표정을 보여주셔야죠……. 그런데도 아직 펴지지 않은 미녀의 찌푸린 눈살을 보니 저도 마음이 편치 않군요."

"……."

"지금 걱정은 이계저를 몰아낸 일로 형님이 오히려 형수님까지 싫어하게 될지도 몰라 두려운 것 아닌가요?"

반금련은 물끄러미 응백작을 바라보았다. 이윽고 푸른 달빛을 받은 눈에 눈물이 어리더니, 어린 소녀처럼 고개를 끄덕였다.

"이계저의 살냄새도 사향이고, 형수님도 같은 사향 냄새……. 역시 이번 일은 두 사람 모두 상처를 입을 우려가 있네요. 생각이 좀 모자랐군요."

---

19 峻下劑. 적은 분량으로도 강력한 효과를 발휘하는 설사제. 효과가 약한 설사제는 '완하제(緩下劑)'라고 한다.

"저는 설사 사랑하는 남자에게 미움을 사더라도 다른 여자가 나보다 사랑받는 건 견디지 못하는 여자예요. 사랑보다 미움이 앞서는 여자죠."

반금련은 기어들어 가는 목소리로 중얼거렸다.

"나는 어쩌면 타고난 못된 요부인지도 모르겠네요."

응백작은 입을 멍하니 벌렸다.

그런 엄청난 짓을 저질러놓고도 지금은 눈물을 흘리며 어쩌면 자기는 타고난 요부일지도 모른다고 중얼거리는 여자의 모습을 뚫어지게 바라보면서 응백작은 말로 표현할 수 없이 기묘한, 오싹한 전율에 휩싸였다.

"아니야! 아니야!"

갑자기 반금련이 고개를 번쩍 들었다. 그리고 주먹을 꼭 쥐며 말했다.

"어쨌든 이겨저는 쫓아냈어. 난 나야. 나는 이겼어. 난 지지 않을 거야. 기필코, 절대로 지지 않을 테야……."

그 사향 향기가 나는 얼굴 옆으로 떠오른 파르스름한 보름달이 불쑥 빛을 잃고 녹이 슨 구리 쟁반으로 변해가는 광경을 응백작은 멍하니 바라보았다. 자신감과 자긍심으로 가득한 희대의 요부가 중얼거리는 소리와 함께.

"난 끝까지 서방님을 손에 쥐고 놓지 않을 테야……."

그림 속 미녀

이병아의 죽음

서문경은 의자에 깊숙이 앉은 채로 이병아의 초상화를 물끄러미 바라보고 있었다.

그림 속 여섯째 부인 이병아는 머리에 금으로 만든 관을 쓰고, 쌍봉이 새겨진 노리개를 달았다. 진홍색 화려한 옷을 걸치고 한쪽 뺨에는 늘 앓던 치통을 참는 듯 가련하고 슬픈 미소를 머금었다. 언젠가 서문경 저택에 잠시 머물렀던 화가 소용면이 그려주고 간 그림인데, 마치 살아있는 듯 옻칠까지 섞어 오색찬란하게 그린 채색화였다.

이병아는 한 달 전인 9월 17일에 세상을 떠났다. 지금까지 어떤 첩이 죽어도, 아니 예전에 정실부인이었던 진혜수가 세상을 떠났을 때도 이렇게 성대하지는 않았다는 생각이 들 만한 장례를 치른 것이 겨우 닷새 전이다. 그때까지만 해도 서문경은 내내 영전을 떠나지 않았고 밤낮으로 한탄하며 슬퍼했다.

"불쌍한 여자였어……."

이병아는 원래 서문경의 이웃에 살던 친구 화자허의 아내였다. 그 화자허를 괴롭혀 죽음으로 몰아넣으면서까지 빼앗은 여자였다. 자그마한 체격에 조용하고 쓸쓸해 보이는 여자였다. 이제는 정실부인이 된 오월랑은 물론이고 다른 첩들에게는 통 아기가 들어서지 않았는데, 이병아는 작년 6월에 드디어 아들을 낳았다. 서문경은 아들에게 관가(官哥)라는 이름을 붙였다. 희대의 바람둥이에다가 다혈질인 서문경이 얼마나 그 아들을 아꼈던지. 한때는 그 좋아하는 여자들에게도 눈길 한번 주지 않을 지경이었다…….

"나쁜 짓을 한 적도 전혀 없는데, 왜 이리 일찍 세상을 뜬 거지? 달리 죽어 마땅한 계집들이 얼마나 많은데!"

그토록 아끼던 관가가 갑자기 죽은 것은 지난 8월 말이었다. 다섯째 부인 반금련이 기르는 설사자라는 흰 고양이가 어찌 된 영문인지 빨간 옷을 입은 관가에게 갑자기 덤벼들어 얼굴을 할퀴었다.

"아가! 아가야! 날 남겨두고 죽으면 어떡하니! 아니야, 나도 따라가마. 저세상에서도 내 젖을 주마!"

이병아는 계속 울었다. 그녀의 병은 틀림없이 그 슬픔 때문에 생겼으리라…….

이병아는 그때부터 눈에 띄게 약해져. 하혈이 끊이지 않는 불치병에 걸리고 말았다.

"서방님……."

문을 열고 둘째 부인 이교아와 넷째 부인 손설아가 얼굴을 들이밀었다.

"큰방에 식사 준비를 해두었습니다. 국도 끓였고, 술도 데웠습니다. 바로 오세요."

"먼저 드시게."

서문경은 돌아보지도 않고 힘없는 목소리로 말했다. 고집 세고 쾌활하며 행동이 거침없는 서문경이 이렇게 넋을 잃은 사람처럼 기운 없이 지낸 지 벌써 여러 날 지났다. 두 여자는 얼굴을 마주 보며 어깨를 으쓱하고 문을 닫았다.

"정 많은 여자였어……."

서문경은 곁에 없는 이병아와의 추억에서 벗어나지 못했다. 이병아가 서문경의 열정과 꼬드김에 넘어가 결국 애처로운 얼굴로 몸이 달아올라, 타고난 조심성을 잃고 쾌락에 젖어 거친 신음 소리를 내던 모습은 그 유명한 시인 백낙천[1]이 노래한 비파의 온갖 음색을 듣는 듯했다. 얌전한 여자와 경험 풍부한 여자는 하늘과 땅 차이가 나는, 견딜 수 없는 매력이 있었다.

"서방님, 뭐 하세요? 응 선생이 술 식는다고 재촉해서 시끄럽단 말이에요."

이번에는 셋째 부인 맹옥루가 부르러 왔다.

"너야말로 좀 조용히 해라!"

서문경이 버럭 소리쳤다.

---

[1]   白樂天. 당나라 중엽의 시인. 백거이(白居易)가 본명이다. 그의 시 가운데 〈비파행(琵琶行)〉이 있다.

맹옥루가 화들짝 놀라 사라지자, 그는 고개를 저었다.

"아니, 아니야. 세상을 떠난 그 사람은 내게 화를 너무 내면 좋지 않다고 했지……. 그리고 술을 마시지 말고, 여자도 너무 밝히지 말라고도……. 몸을 잘 보살펴 장수하라고 했어. 참 착한 여자였는데. 내가 대신 죽는 게 차라리 나았을 텐데."

고개를 들어보니 그림 속 이병아는 애처로운 미소를 떠올리면서 그에게 뭔가 말을 건네려는 듯한 모습이었다. 서문경은 눈물을 뚝뚝 흘렸다.

"또 울고 계세요?"

이병아가 한 말인 줄 알았다. 서문경은 고개를 갸웃했다. 하지만 돌아보니 어느새 오월랑이 걱정스러우면서도 불쾌한 표정을 짓고 서있었다.

"심정은 이해되는데 죽은 사람은 죽은 사람이잖아요? 아무리 울어도 살아 돌아오지 못해요. 요 한 달 동안 머리도 전혀 빗지 않고, 사람들에게 얼굴도 비치지 않고. 그러면 철인이라도 견디지 못하죠. 그뿐인가요? 병아 아우가 숨을 거두었을 때 독기가 남아있을 텐데도 죽은 사람 얼굴에 자기 얼굴을 문지르기까지 하고…… 정말 제정신이 아니에요."

동정이 차츰 정실부인다운 푸념이 되어갔다.

"사나이라면 감정을 조절할 줄 알아야 하지 않을까요? 여섯째가 들어온 뒤, 3년 동안 하루도 즐겁게 해주지 못해 측은하다니……. 마치 내가 여섯째를 못살게 굴며 구박이라도 한 것 같잖아요?"

서문경은 한마디도 하지 않았다. 그냥 조용히 돌아보았을 뿐이다.

그 표정만 보고도 오월랑은 바로 입을 다물었다. 거의 슬픔도 잊은 듯한 얼굴이 눈물에 젖어 흔들렸다. 애간장이 끊어진 듯한 표정이었다. 오월랑은 한숨을 내쉬며 고개를 숙이고 가만히 돌아섰다.

"이 사람아, 왜 날 버리고 간 거야? 나도 이제 살날이 얼마 남지 않았겠지. 이젠 살아도 살아가는 보람이 없네……."

이병아의 초상화를 보며 중얼거린 서문경은 머리를 감싸안고 구슬피 울었다.

"이 사람아! 날 두고 가다니!"

"형님……. 아, 형님."

이번엔 응백작이 들어왔다. 괜찮은 녀석이지만 좀 경박하고 괴짜라는 느낌이 든다. 그런 그도 역시 서문경이 걱정되었는지 결국은 참지 못하고 이 방을 찾아왔다. 이미 한잔하고 있었는지 술기운이 좀 오른 얼굴이었다.

"아무리 그래도 조금은 수분을 섭취해야지, 눈물마저 마르겠네요……. 술과 잔을 가져왔습니다. 여기서 함께 마시면서 실컷 웁시다……."

서문경이 어린애처럼 응백작의 어깨에 매달리려고 했을 때 문 쪽에서 낮고 부드러운 웃음소리가 들려왔다.

"사람이란 죽어서도 행복과 불행이 있는 거네……."

"뭐라고?"

문에 기대어 선 사람은 다섯째 부인 반금련이었다. 금실로 참깨꽃을 수놓은 땀수건으로 살짝 복숭아색으로 물든 뺨을 부채질하듯 흔들면서 멍한 눈으로 이병아의 초상을 바라보는 모습은 이 세상 사람이라고는 생각할 수 없을 만큼 아리따웠다. 그녀는 희미하게 웃으며 서문경과 자기가 데리고 온, 뒤에 있는 춘연(春燕)을 번갈아 바라보았다.

"얘, 춘연아. 네 오라비 금동이도 나리께서 정말 많이 아껴주셨 거든. 하지만 얼마 전 세상을 떠난 누구와는 달라서 네 오라비는 죽 고 난 뒤 그뿐이었지. 그 뒤로 나리 입에선 금동이의 금 자도 나온 적이 없단다……."

춘연은 멍한 표정을 짓고 있었다. 하지만 서문경과 응백작은 안 색이 창백해졌다.

금동이 여동생 춘연

"형님이 슬퍼하는 모습을 보면 정말 걱정스럽네……. 그냥 내버 려두면 이대로 여섯째 형수 뒤를 따라갈지도 모르겠어."

끝없이 펼쳐진 푸른 하늘을 기러기가 울며 날아갔다. 요즘 부쩍 쌀쌀해져 아침저녁이면 사람들 입술이 파랗다. 그래도 낮에는 푸른 하늘에 황금빛이 넘실대고 풀과 나무도 생명의 마지막 잔치를 벌이 듯 화려한 비단으로 몸을 두르며 고요히 빛나고 있었다. 드넓은 서 문경 저택에서 가까운 뒷산 숲속이었다.

"형수님, 형수님의 미모로 형님을 전처럼 밝은 분으로 돌아오게 할 수는 없나요?"

응백작은 어슬렁어슬렁 걸으며 슬쩍 반금련을 바라보았다. 조금 떨어져 벌레장²을 든 몸종 춘연이 따라오고 있었다. 반금련은 말없 이 예쁜 혀를 날름 내밀었다. 응백작은 목을 움츠리며 말했다.

"하기야 이번에는 형수님이 아무리 아름다워도 이기지 못할 것 같군요. 형님이 그리워하는 대상이 이 세상 사람이라면 몰라도 저 그림 속 여인이니 당해낼 수 없겠죠. 잃어버린 작은 비취는 손에 쥐고 있는 큼직한 진주보다 더 아깝게 느껴지기 마련이니까요. 다시는 돌아오지 못할 사람에 대한 한없는 아쉬움, 추억과 환상이 저 그림을 넘어설 수 없는 몽환적 매력을 지닌 사람으로 꾸며내고 만 거라서⋯⋯."

"정말 짜증 나."

반금련이 중얼거렸다. 떼쓰는 아이처럼 천진한 말투에 응백작은 빙그레 웃었다.

동시에 문득 며칠 전 일이 머릿속에 떠올라 좀 불안해졌다.

"그런데 형수님, 짜증 나는 일일지 모르겠지만, 지난번에는 좀 의아했어요."

"지난번?"

"예⋯⋯. 금동이 일."

"호호, 그 생각만 하면 또 짜증 나죠."

금련은 아무렇지도 않은 얼굴로 웃었다. 살랑살랑 옮기는 걸음마다 푸른 벌레들이 사방팔방으로 튀어 올랐다. 살짝 미소 짓는 아름다운 옆얼굴을 보며 응백작은 결국 가슴이 설레었다.

"춘연아, 춘연아."

반금련이 고개를 돌려 불렀다. 가을 나비[3]를 잡으려고 쫓아다니

---

2   여치, 귀뚜라미, 방울벌레 같은 우는 벌레를 기르는 장.

3   입추가 지나서도 보이는 나비를 말한다.

던 춘연은 쪼르르 달려와 일곱 걸음쯤 떨어져 멈췄다. 아직 여자가 되기에는 이른 나이지만 잘생긴 오빠 금동을 빼닮아 청순하고 활달한 소년 같은 미소녀였다.

그런데 응백작은 금동이 세상을 떠난 뒤, 그 여동생을 데려와 굳이 자기 몸종으로 삼은 반금련의 심리를 도무지 이해할 수 없었다. 하물며 춘연이 앞에 있는데도 걸핏하면 '그 비밀'을 입에 올리는 심정은 더욱 가늠되지 않았다.

"얘, 춘연아……."

"예, 무슨 일이세요, 마님?"

"네 오라비 말인데……. 생각하면 슬프지?"

"그야 뭐……. 매일 밤 오라버니 꿈을 꿀 정도니까요. 어머니도 오빠가 죽은 뒤 갑자기 맥없이 돌아가셨거든요."

"금동이는 나리께 정말 사랑받았지. 내가 질투할 정도로 예쁘게 생긴 소년이었으니까……."

"형수님!"

응백작은 저도 모르게 소리쳤다. 대체 반금련은 무슨 말을 하려는 걸까?

"그런 금동이가 왜 죽었을까?"

반금련은 태연히 혼잣말처럼 이어갔다. 응백작은 두 팔을 앞으로 내민 채 금붕어처럼 입만 뻐끔거렸다.

"호호, 춘연아. 사실 네 오라비는 서문 저택에서 알려준 것처럼 병으로 죽은 게 아니었어……. 얘, 이리 더 가까이 오렴. 왜 그렇게 멀찍이 떨어져 있니?"

"아닙니다, 마님. 마님 옆에 옻나무가 있습니다. 저는 옻독에 약해서요."

춘연은 이렇게 대답했지만, 금련의 말을 듣고 표정은 창백해졌다.

"아니, 형수님……."

"괜찮아요, 괜찮아. 난 이 아이에게 참회하지 않으면 괴로워서. 언젠가는 말하려고 생각하고 있었어요. 춘연아, 네 오라비는 말이야, 사실 나리의 처벌을 받고 탈이 나서 죽었어. 남자의 그것을 잘린 게 원인이었지."

결국 말하고 말았다. 응백작은 몸이 굳어졌다. '그 비밀'을 아는 사람은 서문경과 반금련, 그리고 응백작까지 단 세 사람뿐이었다. 서문경이 몸종 춘연을 볼 때마다 왠지 불편한 표정을 지으면서도, 내쫓으라고 반금련에게 잔소리하지 못하는 것은 그런 약점 때문이었다.

"이런 말을 하면 네가 나리를 원망할지도 모르지만 그러면 잘못 생각하는 거야."

반금련은 응백작을 돌아보며 씩 웃었다.

"왜냐하면 네 오라비가 그런 처벌을 받은 이유는, 사실…… 어쩌다 보니 나하고 잠자리를 함께한 게 발단이었지. 나리가 화를 낸 것도 당연하지 않겠니?"

"예……."

춘연은 고개를 숙인 채 떨고 있었다.

"시동과 아내가 살을 섞은 거지. 세상 사람 누구를 잡고 물어봐도 나리가 분풀이한 거는 당연하다고 생각할 거야. 그래서 나도 벌을 받았어. 옷을 모두 벗기고 배꼽 위에 촛불을 밝혔지……. 그리고 네 오라비는 남자의 그곳을 잘렸어. 하지만 그건 나리가 생각해 내놓은 처벌이 아니었단다. 네 오라비 친구인 화동이가 그런 끔찍한 꾀를 내놓은 거지. 그래서 금동이는 화가 나서 나중에 화동이를 죽였단다. 그리고 자기도 죽었고. 그러니 나리께 원한을 품으면 안 된단다."

"예……."

"원망하려면 나를 탓하렴. 잘못은 내가 저지른 거니까. 너를 내 몸종으로 들인 까닭은 그 죄를 씻기 위해서야……. 이런 이야기를 하지 않겠다는 생각도 했었어. 하지만 이번에 이병아가 죽고 나서 나리가 슬퍼하는 모습을 보니 문득 죽은 금동이 생각이 나더구나. 너무 불쌍하고 안됐지. 그래서 이렇게 털어놓는 거야……."

춘연이 들고 있던 벌레장은 어느새 땅바닥에 떨어져 있었다. 크고 맑은 눈에 눈물이 가득 고여 반짝반짝 빛났다. 지금 들은 여주인의 무서운 고백이 새로 내린 눈처럼 깨끗한 그 영혼에 얼마나 큰 충격을 주었을까?

생각이 거기까지는 미치지 못했는지 반금련은 태연히 푸른 하늘에 흘러가는 하얀 비늘구름을 우러러보며 말을 이었다.

"덕분에 가슴이 후련해졌구나."

상쾌하다는 듯이 숨을 내쉬더니 말로는 표현할 수 없을 만큼 요염한 웃음을 지었다.

"뭐랄까, 마음이 가벼워져서 기운이 나네. 그래, 이 정도면 틀림없이 나리를 무덤 입구에서 끌어낼 수 있을 것 같아……."

그야말로 세상에 보기 드물게 음란한 여자이면서도 천의무봉이라고나 표현해야 할 기분의 변화에는 이 세상 쓴맛, 단맛 모두 본 응백작마저도 그저 멍하니 입을 벌릴 뿐 아무 말도 할 수 없었다.

벌어진 석류

그런데 산전수전 다 겪어 여자 마음이라면 잘 안다고 자부하는 응백작도 종종 여우에게 홀린 기분이 드는 요부 반금련이 어떻게 된 일인지 그로부터 열흘도 지나지 않은 어느 날 밤 서문경과 잠자리를 가졌다.

"거기 말리화주 좀 줘요. 아아……! 정말 이 술맛이 더 짙게 느껴지는 계절이 왔네……. 술도 그렇고 남자도 그렇고."

반금련은 흰 목을 들어 술잔을 비우면서 이렇게 말했다. 가을이 깊은 밤인데 옷을 전혀 걸치지 않고 침대에 걸터앉아 있었다. 살짝 꼰 허리는 매끄럽게 흘러내리고, 젖가슴은 봉긋 솟아 상아로 만든 그릇을 덮어놓은 듯했다. 촉촉한 입술에서 술 한 방울이 호박색으로 반짝이며 둥근 턱을 거쳐 목을 타고 흘러내렸다.

"이게 정말 몇 달 만이죠? 죽은 사람만 그리워하다니, 분해서 참을 수 없었어요."

반금련이 서문경을 콱 꼬집었다.

"아야야."

서문경은 정말 헤프다. 원래 늘 일고여덟 명의 아내를 거느리며, 그것도 모자라 유곽의 노래하는 기생이나 점원, 지배인의 아내들까지 가리지 않고 손을 대는 엄청난 바람둥이였다. 상대가 한번 밀려

백기를 내걸면 그 뒤로는 도저히 말릴 수 없다.

"이 사람아, 어서 자자고."

"기다리세요. 가을밤은 길다니까요. 서방님……, 아직 이병아에게 미련이 남아요? 뭐야, 늘 징징거리던 그런 여자를."

"이 사람아, 죽은 사람 험담은 하지 마."

"이것 봐, 바로 발끈하시네. 어휴 분해! 아예 초상화를 찢어발길까?"

"마, 말도 안 돼! 그런 짓을 하면 용서하지 않을 거야."

"어머머, 무서워라. 호호, 그냥 잠깐 그런 생각이 들었을 뿐이에요. 서방님 마음속에 이병아의 환상이 남아있다면 그림을 찢는다고 한들 무슨 소용이겠어요? 옻칠까지 이용해 그린 그림이라고 해도 세월이 흐르면 언젠가 칠이 벗겨지고 색도 바랠 테죠. 그걸 지금 찢어버리면 저 그림은 영원히 바래지 않고, 칠도 벗겨지지 않은 채 서방님 가슴속에 남게 될 테고."

"뭘 그렇게 혼자 웅얼거리나? 어서 내 옆에 누우라니까."

"아, 좀 기다리셔요! 맛난 음식은 천천히 드셔야죠."

"어허, 뜸도 어지간히 들여야지!"

손을 잡고 끌어당기니 꽃 같은 몸이 쓰러지며 새빨간 입술이 서문경의 입술에 스쳤다. 금련은 가쁜 숨을 내뿜으며 흐느끼듯 말했다.

"서방님, 그 호승한테 받은 약은?"

호승이 준 약이란 서문경이 성 밖 영복사(永福寺)에 들렀을 때 그절 대선당에서 만난 서역 천축국의 밀송림 제요봉 한정사[4]에서 왔다는, 나한처럼 생기고 나이 든 수상한 운수[5]는 그 묘약을 건네며 이렇게 말했다.

"생김새는 달걀 같고, 담황색입니다. 얼핏 하찮아 보이지만 사실 옥보다 귀하죠. 내 손바닥 위에 있는 이 환약을 쓰면 훌쩍 극락에 들어갈 수 있습니다. 한 판 겨루고도 정신이 상쾌하며, 두 판 겨루고도 혈기 왕성하죠. 밤새도록 시들지 않기가 창과 같고, 오래 복용하면 콩팥이 좋아집니다. 백 일 지나면 수염이 검게 변하고, 천 일이 되면 아침에 절로 강해지죠. 하룻밤에 열 명의 여자를 거느려도 정력은 쇠하지 않으니 나이 든 부인은 눈살을 찌푸리고, 음탕한 창녀라도 삼사 밖으로 피하게 되며……."

어쨌든 대단한 약인데, 부풀리기야 했을 테지만 효과는 확실히 있는 모양이다.

반금련이 그 약을 찾은 까닭은 이른바 맛난 음식에 마늘, 기름, 향미료를 뿌려 더욱 짙고 절묘한 진미를 차리려는 속셈이었기 때문이다. 서문경도 원래 그런 걸 싫어하지는 않지만, 그래도 이미 이야기했다시피 이병아의 초상화 앞에서 계속 슬퍼하며 시간을 보냈기에 당장 그 미약이 수중에 있을 리도 없었다.

"누구라도 불러. 얼른 가지고 오라고 하지."

"됐어요, 제가 가져올게요."

반금련은 침대에서 쓱 빠져나와 머리맡에 있는 촛대에 불을 밝힌 뒤 서문경의 긴 겉옷을 대충 걸치고 방을 나섰다.

---

4   密松林 齊腰峯 寒庭寺. 원전《금병매》제49화에 나오는 가상의 지명과 사찰 이름. 글자의 뜻과 발음을 이용한 성적 표현이다.

5   雲水. 정처 없이 이곳저곳을 떠돌며 수행하는 중.

바람이 불어 저택을 둘러싼 숲이 밤의 파도처럼 어수선하게 흔들리는 소리를 냈다.

반금련이 나간 뒤 은으로 만든 촛대에서 지직, 하는 소리가 났다. 눈을 들어보니 옻칠까지 더해 그린 초상화 속 이병아는 슬픈 듯이 아름다운 침대를 내려다보고 있었다.

금련이 촛대를 너무 초상화에 가까이 두고 나갔기 때문에 위험하겠다 싶어 옮기려고 손을 내밀었다. 그때 초상화 속 이병아의 눈에 얼핏 흰 빛이 번쩍인 것 같은 착각이 들어 얼른 이불을 당겨 뒤집어 쓰고 말았다.

시간이 제법 흘렀는데도 금련은 돌아오지 않았다.

'아니, 어떻게 된 거야? 약을 어디 두었는지는 알 텐데…….'

차곡차곡 쌓인 욕정 때문인지 규방 안은 찌는 듯한 느낌이 들었다. 서문경은 아랫도리에서 뜨거운 것이 치밀어 오르는 게 느껴졌다. 피가 마치 풀무 같은 소리를 내며 온몸에 퍼졌다. 굶주린 늑대처럼 그간 꾹꾹 눌러왔던 고통과 노여움이 서문경을 숨 가쁘게 만들었다.

바로 그때 소리도 없이 방으로 들어오는 여자가 있었다.

"나리…….."

"금련이냐?"

"아뇨. ……저는 춘연입니다."

서문경은 화들짝 놀라 이불을 젖혔다. 머뭇거리며 서있는 것은 바로 반금련의 몸종 춘연의 순진하고 싱그러운 모습이었다.

"약을 가져가라고 하셔서, 여기 이 약을…….."

"금련은 어디 갔느냐?"

"마님은 화장을 고치고 오신다고…….."

"뭐야? 아니 지금 그런 한가한 짓을? 그래, 거기 말리화주 좀 이리 다오."

서문경은 춘연이 건네준 금장식을 한 작은 상자에서 환약 두 알을 꺼내 입에 넣고 술잔을 비웠다.

춘연은 바로 방을 나가려고 했다. 그 엉덩이가 유난히 실룩실룩 움직였다. 서문경은 충혈된 눈으로 그 뒷모습을 바라보았다. 틀림없이 미약이 효과를 발휘해 눈에서 육욕이 불타올랐기 때문이리라. 아직은 어린 계집아이라고 여겼던 춘연의 엉덩이가 오늘 밤은 왠지 사내의 가슴을 설레게 할 만큼 성숙하고 부드럽게 움직이는 듯했다.

"자, 잠깐! 춘연아!"

서문경은 벌떡 일어나 춘연의 어깨를 잡았다. 춘연이 소리 지를 틈도 없이 그 작은 몸을 침대 위에 눕혔다. 그리고 바로 춘연의 옷을 여민 끈이 뜯어졌다. 치마가 허공으로 춤추며 날아올랐다. 그리고 욕정의 거센 폭풍이 춘연을 덮쳤다.

눈을 깜빡이길 한 번, 두 번, 세 번…….

느닷없이 서문경이 비명을 지르듯 외쳤다.

"앗…… 이, 이런!"

침대에서 굴러떨어진 서문경은 경악과 공포에 당장이라도 눈이 튀어나올 것 같았다. 춘연은 누운 채 몸을 뒤틀며 가냘픈 소리로 울고 있었다. 석류 같았다. 고스란히 드러난 아리따운 소녀의 하복부에 영글어 벌어진 석류 같은 부분이 보였다. 새빨갛게 부어올라 조개처럼 껍질이 벌어진 피부에 짓무른 물집과 고름이 찬 농포가 자글자글 몰려있었다. 아름다울 만큼 새하얀 상반신의 살갗과 대비를 이루어 너무도 끔찍한, 악몽 같은 모습이었다. 조금 전 엉덩이를 유난히 실룩거리며 걷던 이유도 이해가 갔다.

"추……추…….".

서문경은 이상한 소리를 냈다.

"춘연아, 이게 대체 뭐냐?"

욕망이 폭발하기 직전에 느닷없이 식어버리는 일만큼 사내를 화나게 만드는 일은 없다. 남자들은 그럴 때 미친 짐승으로 변한다. 하물며 타고나기를 한번 화나면 남들보다 훨씬 잔인해지는 서문경이다. 인왕상처럼 무섭게 벌떡 일어섰지만, 갑자기 눈앞에 무시무시한 추억이 살아났다.

침대 위에 길게 누운 춘연의 모습에 금동의 망령이 겹쳐 보였다. 전에 궁형을 당해 하반신이 피와 살 썩는 냄새로 범벅이던 미소년의 모습이 눈앞에 되살아났다. 공포 때문에 눈앞이 캄캄해졌다…….

"금동이, 이놈!"

서문경은 정신없이 그 희고 가느다란 목을 힘껏 눌렀다.

"춘연아, 네 이년! 넌 내게 병을 옮겨서 나를 썩어 문드러지게 만들어 오라비 복수를 하려고 했구나……. 에잇, 무서운 년!"

서문경은 미친 듯이 목을 졸랐다. 휙 바람이 스쳐 지나는 바람에 서문경은 동작을 딱 멈췄다. 갑자기 방 안에 이상한 침묵이 가득 찼다.

마치 한바탕 음산한 폭풍이 휩쓸고 지나간 듯, 눈앞에 펼쳐진 처참한 피의 만다라에서 서문경이 홀쩍 몸을 일으켰을 때, 바람이 불었는지 은으로 만든 등이 살짝 흔들렸다.

어떻게 된 일인지 갑자기 초상화 쪽에서 소리가 났다. 깜짝 놀라 돌아보니 그 아래 떨어진 비단벌레 한 마리가 부웅, 하고 날아올라 야릇한 금녹색 무지개를 그렸다.

하지만 서문경은 그걸 보지 못했다. 서문경은 여전히 벽에 걸린 초상화만 뚫어지게 바라보았다.

"오오……."

간신히 짜낸 듯한 신음이 입술 사이로 흘러나왔다.

이병아가 울고 있었다. 이제 꼼짝도 하지 않는 춘연과 그녀를 죽인 서문경을 조용히 내려다보며 초상화 속 미녀는 눈에서 반짝이는 두 줄기 눈물을 흘리고 있었다…….

염화미소

그날 아침, 동이 틀 무렵부터 빚쟁이에게 쫓긴 응백작은 여느 때와 마찬가지로 서문경의 저택으로 몸을 피했다. 그러자 반금련이 창백한 얼굴로 손을 잡고 방으로 끌어들였다.

"……?"

서문경은 요즘 늘 그랬듯 이병아의 초상화 앞에 있는 의자에 털썩 주저앉은 채 머리를 감싸 쥐고 있었다. 응백작은 무심코 침대 쪽으로 시선을 돌리다가 놀라 자빠질 뻔했다.

"형님……."

"금련이, 이 못된 것."

서문경은 씩씩거리며 울부짖었다.

"그것이 나를 애타게 해놓고 중간에 쏙 빠져나가더군. 그때 호승이 준 약을 가지고 춘연이 들어왔지. 내가 그 아이에게 손을 댄 건 당연하고⋯⋯."

"저 끔찍한 모습은⋯⋯, 형님이 저렇게 만든 겁니까?"

응백작은 애써 춘연의 하복부를 외면하면서 한숨을 내쉬었다.

"아니야, 처음부터 저랬어. 마치 잉어인 줄 알고 손을 집어넣었는데 살무사를 움켜쥔 심정이었지. 금동이의 유령인 줄 알았네⋯⋯. 조금 전 금련에게 물어보니 열흘 전에 금동이 이야기를 저 아이에게 들려주었다는 거야. 저 아이가 내게 병을 옮겨 오라비의 복수를 하려고 한 건지도 몰라⋯⋯."

"병이라고요⋯⋯? 무슨 병이죠? 형수님, 모르세요?"

반금련은 고개를 돌리며 혀를 내밀었다.

"어머, 응 선생도 참. 그런 심한 말씀을."

"아, 실례. 그냥 형수님이라 여쭤본 거죠. 저는⋯⋯ 이래 봬도 옥경, 옥문의 질병에 관해서는 꽤 자세하게 아는 편입니다만."

"그런 것까지 자랑인가요?"

"진자명이 쓴 《부인대전양방》[6]에 이르기를, 욕정이 너무 강한 사람은 낮이나 잠결에 사정해도 정액이 제대로 빠져나가지 않고 몸 안에 머무를 수 있고, 또 교합을 많이 하여 욕망을 채우려는 욕심에 정액을 애써 몸 안에 남기거나 여자의 음부에 정액이 고여 있는 경

---

6   婦人大全良方. 송나라 때 사람인 진자명(陳自明)이 지은 산부인과 관련 서적. 남송 이전의 산부인과와 성과를 체계적으로 정리해 1237년에 총 24권으로 완성했다.

우 남자가 교합하면 습열의 탁한 기운에 영향을 받아 옮기도 해 변독[7]이 생긴다고 했습니다……. 그렇다면 형님은 춘연이보다 더 쉽게 옮겠죠. 임질이나 하감[8] 같은 것도 아니고 침음창[9]이나 열비창[10] 같은 것도 아니고…….”

응백작은 문득 벽에 걸린 초상화를 바라보았다.

“아니, 형님. 그림 속 형수님이 눈물을 흘렸어요?”

“아, 그거 말인가? 실은 나도 그걸 보고 깜짝 놀랐지. 시체를 내려다보며 멍하니 있는데 불쑥 그림에서 소리가 났어. 가만히 보니 그림 속 저 사람이 울고 있더군…….”

“그림이 소리를 낸다고요?”

“아니, 바로 옆에 촛대가 있었는데 비단벌레 한 마리가 날아 들어와 부딪힌 소리였던 모양이더라고. 그 눈물은 촛농이고.”

“호오. 촛농 눈물이라.”

“알아보니 금련이 그림을 질투해서 장난을 쳤다더군. 그 촛농이 촛대의 열을 받아 녹아내린 모양인데, 그래도 그땐 깜짝 놀라 심장이 오그라드는 기분이었어……. 장난도 참 심하게 치는 계집이야.”

“그야 짜증 나니까.”

반금련은 태연하게 미소를 지었다.

응백작은 눈을 꾹 감은 채 합장했다.

---

7   便毒. 매독에 걸리면 나타나는 궤양.

8   下疳. 매독에 걸리면 초기에 나타나는 궤양. 부식성 구진이 감염 부위에 발생한다.

9   浸淫瘡. 급성 습진 가운데 하나. 살이 짓무르는 피부병.

10   熱痱瘡. 무더운 여름철에 땀띠가 한데 몰려 피부가 허는 병.

"아무리 그래도 너무 심한 짓을 했군요······. 나무아미타불."

"그나저나, 아우. 난 이제 어, 어떡하지?"

"설마요. 형님이 어떻게 되도록 내버려둘 수야 없죠. 하지만 이 사태를 수습하려면 은자가 100냥은 들겠네요. 검시관 하구에게 50냥을 줘서 입을 막아야 할 테고, 나머지 50냥은 춘연이를 위해 공양 올릴 비용으로 제가 맡아두고."

이제 그 돈이면 빚 걱정은 한시름 덜겠다고 생각해 응백작은 다시 얌전히 합장했다.

"이게 다 형님이 계속 돌아가신 형수에게 매달리다 보니 이런 일이 벌어진 거죠."

"아, 그, 그렇지. 아우, 저 그림을 어디다 좀 내다 버리게."

"예? 그건 또 너무 심하지 않은가요?"

"이제 저 초상화가 무서워!"

서문경은 벽에 걸린 그림을 다시 가만히 쳐다보더니 부르르 몸을 떨었다.

"설사 촛농이 흐른 거라고 해도 나는 그때 이병아가 나를 보며 울고 있다고 생각했어. 그 순간의 공포는 잊을 수 없네. 난 이제 그림을 볼 때마다 계속 어젯밤의 지옥 같은 기억을 떨칠 수 없을 거야. 그건 견딜 수 없어. 도저히······."

서문경은 갑자기 또 두 손으로 머리를 감싸고 상반신을 흔들며 쥐어짜는 듯한 목소리로 외치기 시작했다.

"이봐, 아우. 어쨌든 시체를 어떻게 좀 해줘. 그리고 그림은 갖다 버려! 어서, 빨리빨리."

"예, 알겠습니다."

응백작은 당황해서 서둘러 벽에서 그림을 떼어내, 그걸 옆구리에 끼고 방을 나섰다.

주칠한 난간을 둘러친 긴 회랑에 노란 낙엽이 바스락 소리를 내며 날아다녔다. 문득 따라오는 발소리가 들려 응백작은 뒤를 돌아보았다.

반금련이 걸어오고 있었다. 슬픈, 진지한 표정을 지으면서도 사뿐사뿐 다가왔다.

"아니, 형수님. 왜 그리 기쁜 표정을 짓고 계세요?"

응백작이 걸음을 멈추자, 금련은 깜짝 놀란 듯 우수에 찬 눈을 들어 응백작을 보았다.

"어머, 내가 기쁜 표정? ……거짓말."

"거짓말 아닙니다. 정말 기뻐서 견딜 수 없다는 표정이에요. 거울을 가져다드려야 하나?"

반금련은 불안한 듯 자기 뺨을 쓰다듬었다.

"내 몸종 춘연이 죽었는데 기뻐할 리 없잖아요?"

응백작은 웃었다. 뺨 한쪽에만 보조개가 파였다.

"그건 그렇지만 형수님은 완전히 목적을 이루었으니까요."

"목적? 내게 무슨 목적이?"

"이거죠. 제가 옆구리에 끼고 있는 이 그림."

"그게 어쨌다는 거죠?"

"무시무시한 연적을 깨끗하게 쫓아낸 거죠."

"쫓아낸 건 내가 아니에요. 서방님이 그런 거죠."

"그렇게 보이지만 사실은 그렇지 않죠. 평범한 수단으로는 도저히 당해 낼 수 없는 그림의 매력을 형님 머릿속에서 그야말로 너무도 끔찍한 사건과 연결해 버린 겁니다. 거기에 이르는 방법도 얼핏 보면 빈틈투성이인 듯하지만, 그야말로 형님 마음을 완전히 파악한 멋진 계략이었죠. 그림의 눈에 촛농을 붙였던 것도 형수님, 문밖에서 그림을 향해 비단벌레를 던지고 형님의 주의를 그림으로 향하게한 것도 아마 형수님······."

"몰라요, 나는. 그런 거."

"물론 춘연이를 죽이는 것까지 내다보지는 않았을 테지만 그 불쾌한 모습을 보고 소동을 일으킬 거라는 예상은 다 했을 테고, 모든 일이 계획대로 이루어진 거겠죠······."

"불쾌한 모습? 춘연이의 병도 내가 만든 거라는 이야기예요?"

"그렇습니다."

"그 병을 내가 옮겨주었다고?"

"그렇습니다."

"호호. 그렇다면 내 그곳을 보여드려야 하나?"

"부디."

반금련은 결국 입을 다물었다. 뺨이 붉어지며 분노가 차오르는 그 얼굴을 응백작은 히죽거리며 바라보았다.

"형수님 몸은 티 하나 없이 백옥 같겠죠. 그 아이에게 그런 병을 만들어준 사람은 형수님이지만, 그건 형수님 몸에서 옮은 게 아니죠. 아마 변기, 요강을 통해서일 겁니다."

"······."

"형수님은 춘연이 사용하는 요강에 옻나무 진을 넣어두었겠죠."

"……."

"춘연의 병은 칠창[11]입니다. 여자는 옻에 약하기 마련이죠. 하물며 사람 몸 가운데 가장 부드러운 곳을 드러내고 아래로부터 옻의 독을 정통으로 쐬었다면 당해낼 수 없겠죠……."

기와지붕에, 처마에, 비처럼 쓸쓸히 떨어지는 나뭇잎 소리를 들으며 두 사람은 한동안 말이 없었다……. 이윽고 반금련이 아주 작은 목소리로 말했다.

"그래서요?"

"그 뒤로는 없죠."

응백작은 미소를 지었다.

"어쨌든 형수님은 직접 손을 쓴 게 아니고……, 게다가 형님의 돈처럼 형수님에겐 저 같은 놈의 입을 막을 수 있는 수단이 있죠. 바로 그 절세의 미모."

반금련이 웃었다. 오만한 해바라기 같은 얼굴이었다.

"형수님, 형님은 이 그림을 태워버리라고 했지만 저는 태워버릴 수 없어요. 집에 가지고 가서 형님 대신 이 박복한 미인을 애도할 작정입니다. 그래도 제겐 질투를 전혀 느끼시지 않겠죠?"

"딱하시군요, 응 선생……."

금련은 또 싸늘하게 웃었다. 가을 햇살이 얼음처럼 차갑게 웃는 그 얼굴을 비췄다. 노란 나뭇잎이 계속 떨어지며 회오리바람을 타고 날렸다. 황금 소용돌이처럼.

11 漆瘡. 옻나무의 독이 올라 생기는 급성 피부병.

응백작은 마치 염화미소의 불상이라도 우러르듯, 법열로 가득한 표정으로 우두커니 서서 반금련을 바라보았다…….

아름다운 눈동자

수상한 사내

산동 청하현 최고 부자인 서문경 저택의 길고 긴 벽돌 담장을 따라 걷던 응백작은 그 모퉁이를 돌아서다 어둠 속에서 불쑥 튀어나온 시커먼 물체 때문에 깜짝 놀랐다.

"뭐야, 박쥐인가?"

혀를 끌끌 차며 이상한 물체가 사라져간 하늘을 무심하게 바라보았다. 어두운 비늘구름이 흘러가는 하늘에는 벌써 실처럼 가느다란 조각달이 몽롱하게 걸려있었다. 눈길을 거두고 걸음을 막 내디딘 응백작은 다시 헉, 하고 이상한 소리를 냈다.

뜻밖에 저 앞에 한 남자가 서있었다. 해 저문 늦여름 저녁이라도 이때쯤이면 누구인지 확실히 분간하기는 힘들다. 호리호리하고 키가 큰 남자. 옷차림은 응백작보다 훨씬 초라했다.

응백작과 마주치면서도 그 남자는 한마디도 하지 않았다. 그뿐만 아니라 마치 응백작이 보이지 않는 듯, 어슬렁어슬렁 걸어와 얼른 몸을 피하는 응백작 옆을 쓱 스쳐 지나갔다.

"……그런데."

스쳐 지날 때 희미한 빛에 얼핏 드러난 그 남자의 야위고 지친 옆 모습을 보고 응백작은 고개를 꼬았다. 그 기분 나쁜 남자는 분명히 한쪽 눈, 정확하게 이야기하면 왼쪽 눈이 실처럼 가느다란 흰색으로 보였기 때문이다. 마치 저 조각달을 닮았다.

"맞아, 저 사람은 틀림없이……."

손뼉을 치고 돌아보니 아무리 어둡다고는 해도 하늘에 조각달도 있는데 방금 스쳐 지나간 남자는 헛것을 본 듯이 어둠 속으로 녹아들어 보이지 않았다. 응백작은 주위를 두리번거렸다. 그리고 차가운 물세례라도 받은 듯 후다닥 서문경 저택의 대문을 향해 달려갔다.

응백작은 이 저택의 주인인 서문경의 오랜 친구인데, 지금은 쫄딱 망해 그저 타고난 재치와 입담을 내세워서 서문경의 기분을 맞추며 생계를 이어가는 처지다.

넓은 거실로 들어가 보니 정실부인 오월랑과 둘째 부인 이교아, 셋째 부인 맹옥루, 넷째 부인 손설아가 모여 다과를 즐기고 있었다.

"안녕하십니까? 형님은?"

응백작이 묻자 다들 시큰둥한 표정을 지으며, "글쎄요, 후원에 계시지 않으려나?" 하고 마지못해 대답했다.

"후원?"

지금 후원에는 여기 있는 손설아를 제외하면 다섯째 부인 반금련과 반년 전에 새로 여섯째 부인으로 들어온 유여화(劉麗華)가 산다. 서문경은 그 가운데 어디 있는 걸까?

응백작은 머리를 굴렸다. 이 질투 심한 여자들에게는 비벼볼 구석이 없다.

그래도 붙임성 좋은 응백작이기에 한두 마디 시시한 우스개로 여자들을 웃기고 나서 넓은 거실을 나와 바로 후원으로 들어갔다.

동쪽의 긴 회랑을 걸어가면 중간에 동상방이 있다. 예전에는 봉소추라는 첩이 살았는데 그녀가 뜻밖의 죽음을 맞이한 뒤 지금은 유여화가 들어가 살고 있다.

"계세요?"

응백작이 불렀다. 오늘은 서문경에게 돈을 꾸려고 왔지만, 갑자기 유여화에게도 볼일이 생겼다.

안에서는 한동안 대꾸가 없었다. 하지만 조금 기다리니 주칠한 문이 열리고 안에서 흰 얼굴이 밖을 내다보았다.

"아니, 넌 춘매 아니냐?"

응백작은 눈이 휘둥그레졌다. 방춘매는 반금련의 몸종이었기 때문이다.

어느 첩의 몸종이나 여자 특유의 노골적인 주인 역성 들기는 당연하다. 하지만 반금련의 몸종 춘매만큼 친밀한 주종 관계는 찾아보기 힘들었다.

"어머, 안녕하세요?"

"너는 왜 여기 있느냐?"

"우리 방에는 나리께서 와 계시는걸요."

"아, 그렇구나. 그렇다면 내가 지금 그 방에 찾아갔다가는 엉덩이를 걷어차이겠구나."

"호호호. 설마요. 해가 진 지 얼마 지나지 않았으니 괜찮을 겁니다. 틀림없이 술을 들고 계시겠죠."

"유 부인은?"

"지금 잠깐 이 부근을 좀 걷다 들어오겠다고 나가셨는데요."

거침없는 말투였다. 얼핏 보기에도 이지적인 아름다운 여성이었다. 응백작은 서문경이 이미 춘매도 손을 댔겠다고 여기지만 그래도 질투가 심한 반금련이 이 몸종과 의기투합하는 걸 보면 춘매가 얼마나 영리한지 알 수 있다. 춘매의 총명함은 여자 가운데 으뜸이라고 할 수 있어, 음탕하고 단정치 못한 반금련이 마음에 들어 하는 게 틀림없다.

응백작은 어슬렁어슬렁 회랑을 더 걸었다. 그러다 모퉁이에서 유여화와 딱 마주쳤다.

"아, 형수님. 방금 방에 잠깐 들렀더니 춘매만 있어서……."

"아, 그래요? 서방님은 금련 언니 방에서 쌍륙[1]을 하고 계세요."

"아니, 난 형수님에게 볼일이 있어요."

"제게? 무슨 일이죠?"

유여화는 눈이 휘둥그레져 응백작을 바라보았다. 처마에 걸린 가느다란 초승달 불빛에도 또렷하게 보일 만큼 맑고 아름다운 눈동자였다.

---

1   雙六. 여러 사람이 편을 갈라 차례로 두 개의 주사위를 던져 나오는 끗수에 따라 흑색과 백색 말 각 15개를 궁으로 들여보내는 놀이.

원래 서문경에 못지않은 부호의 부인이었던지라 유여화만큼 기품 있고 우아하며 세련된 용모를 지닌 여성은 찾아볼 수 없다. 굳이 단점을 꼽자면 색기가 옅다는 점 정도일 텐데, 그걸 탓하기에는 마음이 아플 만큼 깊고 아름다운 호수 같은 눈동자를 지녔다.

응백작은 목소리를 낮춰 말했다.

"사실은 말이죠, 여기 오던 길에 애꾸눈 남자를 보았는데, 그 사람은 분명히 엽두타(葉頭他), 즉 형수님 전남편 같더군요."

그때 느닷없이 회랑 아래서 박쥐 한 마리가 초승달을 향해 날아오르는 바람에 두 사람은 깜짝 놀랐다.

"형수님, 조심하세요."

거울의 질투

"그 사람이?"

유여화의 낯빛이 변했다.

안색이 변한 까닭은 방금 응백작이 보았다는 그 사내가 유여화의 전남편이기 때문만은 아니었다. 원래 그녀가 서문경의 여섯째 부인이 되기까지는 이런 사정이 있었다.

엽씨 집안은 이웃한 양곡현에서 손꼽히는 부호였는데 그 집에 시집온 지 얼마 되지 않은 유여화를 서문경이 우연히 보고 눈독을 들이게 되었다. 대책 없는 희대의 바람둥이다.

서문경은 이런저런 궁리 끝에 도성에 있는 엽두타의 이복동생이 곤궁하게 지낸다는 사실을 알아내 유산 다툼을 벌이게 했다. 그리고 서문경은 친척인 높은 벼슬아치 양 제독을 통해, 세상 최 태사에게 뇌물을 먹여 엽두타가 패소하게 만들고 말았다.

엽두타는 깜짝 놀라 양곡현과 도읍 사이를 이리저리 뛰어다니는 사이 마음도 피곤해지고 몸도 고단해져 정신이 이상해졌다. 그래서 일 년 전에 도성에 있는 여관을 어슬렁어슬렁 나간 뒤로는 행방이 묘연했는데, 그 뒤에 들려온 소문으로는 맹주도² 쪽 들판에서 객사했다고 한다.

서문경은 이렇게 엽씨 집안을 파산시킨 뒤, 또 이리저리 손을 써서 그 집안 재산을 사들인 다음에 마침내 유여화를 손에 넣었다. 그런데 죽은 줄 알았던 엽두타가 아직 살아있고, 서문경의 저택 주변을 원망하듯 서성거리고 있다니, 유여화의 낯빛이 바뀌지 않을 수 없는 노릇이었다.

"어쨌든 어두워서 잘 안 보였기 때문에 틀림없이 엽씨라고는 단정할 수 없겠지만요."

응백작은 좀 안쓰러웠다.

"뭐, 어쨌든 조심하세요. 일단 알려는 드려야겠다는 생각이 들어서. 이제 서문 대인께도 알려 대책을 마련하기로 하죠."

멍한 표정을 짓는 유여화를 위로하고 응백작은 북상방 쪽으로 갔다. 북상방에는 방이 세 개인데 맨 앞은 유여화가 쓰는 가구 이외에 엽씨 집안에서 가져온 재물을 넣어둔 채 곳간으로 쓰고 있어 늘 자물쇠가 걸려있었다.

옆에 있는 반금련의 방문을 여니 서문경과 반금련은 서쪽에 놓인 침대에 나란히 걸터앉아 술을 마시는 중이었다.

2   孟州道. 하남성 북서부.

"아니, 자넨가? 그렇게 기척도 없이 문을 열면 어떻게 해?"

두 사람은 얼른 얼굴을 뗐다. 그리고 서문경은 입술에 묻은 액체를 닦고, 반금련은 드러냈던 젖가슴을 옷으로 가렸다. 아마도 서문경은 가슴을 주무르면서 술을 입에 머금어 반금련에게 먹이고 있었던 모양이다.

"헤헤헤, 형님. 제게 그렇게 신경 쓰실 거 없어요. 그보다 급히 알려드릴 일이 있어서."

"뭔데?"

"아무래도 엽두타는 아직 죽지 않은 모양이에요. 조금 전 담장 쪽에서 가만히 안을 살피던 사람이 엽두타 같던데."

"뭐야? 거짓말."

"거짓말이라면 다행인데, 제 눈이 삐지는 않았다고요. 어떡하죠?"

응백작은 농담하듯 히죽거리며 말을 이었다.

"이거 신경 쓰이는군요. 형님, 거슬리면 당분간 제가 계속 저택 주위를 지켜볼까요……? 경비를 서는 품삯은 제게 주시고."

응백작이 손을 내밀었다. 서문경은 그 손을 뿌리치고 바로 술잔을 들었다.

"엽두타가 뭐 어쨌다고. 그 사람이 살아있건 이 주변을 어슬렁거리건 나하고 무슨 관계가 있어? 소송 판결은 높은 양반들이 한 거고, 집을 산 건 나고, 여화가 이 집안에 들어온 건 그 사람 마음이지."

서문경은 술을 단숨에 들이켜더니 기염을 토했다.

"그런가요? 하지만 여섯째 형수가 그렇게 들어왔다면 좀 측은한 변명이네요."

"뭐. 그 사람이 엽두타에게 미련이 있다면 돌려주지."

"흐흐. 무서우리만치 매정한 말씀이군요. 그거 다섯째 형수에게 잘 보이려고 그러시는 거 아닌가요?"

"말도 안 되는 소리를. 뭘 인제 와서."

응백작은 흘끔 맞은편 벽에 걸린 거울을 보았다. 거기에 비친 반금련은 별다른 표정도 없이 고개를 숙인 채 얌전히 빨간 술잔을 만지작거리고 있었다. 틈만 나면 아까처럼 서문경에게 젖가슴을 만지작거리게 만드는 여자라고는 생각할 수 없었다.

"좀 전에 여기 여섯째 형수가 왔었을 텐데요."

"아니야, 오지 않았어. 어째서 그런 소리를 하나?"

"그렇지만 거기 회랑 모퉁이에서 마주쳤는데. 여섯째 형수는 분명히 이쪽에서 걸어온 것 같았는데."

"글쎄. 이 방 앞을 지나는 발소리는 듣지도 못했는데. 옆방에 있었나? 그렇지만 그 방 열쇠는 이 사람에게 맡겼는데."

서문경이 대꾸하며 반금련을 보았다.

거울 뒤편 벽 너머는 엽씨 집안의 재물을 보관한 곳간이다. 유여화가 볼일이 있어 들어갈 수도 있다. 하지만 반금련은 옆에 있는 칠보라거나 꽃병 같은 것들이 놓인 작은 자개 탁자 서랍을 살짝 열어보더니 고개를 갸웃거렸다.

"열쇠는 여기 있어요."

"이상하네. 그렇다면 그냥 거기 서있었던 건가?"

고개를 갸웃거리는 응백작에게 서문경은 이렇게 말했다.

"뭘 그리 목석처럼 우두커니 섰나? 앉아서 한잔 마셔."

응백작은 술을 마시며 생각했다. 서문경이 유여화에게 별로 미련이 없는 듯한 말투를 쓰는 까닭이 특별히 반금련에게 잘 보이려고 한 행동은 아닐 것이다. 일 년 전, 엽씨 집안을 폭삭 망하게 하면서까지 손에 넣으려고 했던 유여화였다. 그런데 서문경의 애정이 식은 것은 언제부터일까? 응백작이 서문경으로부터 그런 말을 들은 것은 분명히 두 달 전쯤 전, 저 커다란 거울이 이 방에 들어왔을 때였다.

저 거울은 부남[3]에서 가져온 투명하고 맑은 푸른 유리로 만든 것이다. 청동 용 두 마리로 테를 두른, 가로 5척, 세로 6척이나 되는 커다란 거울이다. 원래 엽씨 집안의 가구 가운데 하나였기 때문에 이 집으로 옮긴 뒤에도 한동안 큰 거실에 두었는데 이런저런 사정으로 거기에서 치우게 되었다. 그러자 부인 여섯 명이 쟁탈전을 벌였다. 저마다 핑계를 내세우며 자기 방에 두고 싶어 했다. 그 가운데 소유권의 정당성을 주장한 사람은 물론 유여화였다.

한동안 첩들의 다툼을 지켜보던 서문경이 마침내 결론을 내렸다고 한다.

"이봐. 아우. 거울이란 물건이 말이야. 거울의 정령이란 게 있어서 너무 아름다운 눈을 보면 거울이 질투한다더군. 그래서 유여화에게 포기하라고 했고 일단 이 방에 두기로 했지."

이렇게 해서 푸른 유리 거울은 이 방에 자리를 잡게 되었는데, 응백작은 그때 서문경의 속마음을 짐작할 수 있었다. 서문경은 반금

---

3   扶南. 옛날에 인도차이나반도 동남쪽의 메콩강 하류에 있었던 나라.

련과 사랑을 나누는 모습을 저 거울에 비춰보며 즐기고 싶었던 게 틀림없다.

그만큼 아름답고 영롱한 금련이 보여주는 밤의 몸짓이 얼마나 고혹적이고 엄청난지 짐작이 간다. 방탕하기 짝이 없는 응백작도 이집의 다른 애첩들에게는 그리 야릇한 기분을 느끼지 않지만, 반금련만은 그런 모습을 마음속에 그려보기만 해도 후끈 달아올라 머릿속이 멍해지고 만다.

"만약 아름다운 눈이 거울에 비치기만 해도 거울의 정령이 질투한다면."

응백작이 무심코 중얼거렸다.

"엥? 자네, 뭐라고?"

서문경이 물었다. 응백작은 얼른 잔을 비우더니 대충 얼버무렸다. 하지만 그는 이렇게 묻고 싶었다.

은촛대 불빛 아래 몸부림치는 반금련의 요염한 모습을 비추면서도 저 거울이 질투 때문에 깨지지 않는다면 이상한 일이라고…….

'제길. 내가 저 거울이 되고 싶구나…….'

색욕의 지옥도

유여화의 눈은 참으로 아름다웠다.

크고 새카만 눈이다. 눈 안에 검은 꽃이라도 핀 듯하다. 서문경을 악마로 만든 것도 그 눈의 힘이 틀림없다. 검은 꽃이라기보다 빛에 따라서는 푸른 연못에 비유하는 편이 나을 듯할 때도 있다. 성적인 매력이라기보다 신성하게 느껴질 지경이다. 그게 성적인 매력이 넘치는 다른 애첩들과 분위기가 사뭇 다르다. 서문경이 동경하던 눈이었을 테지만, 역시 신성하리만치 아름다운 그 눈이 희대의 호색가인 서문경의 열기를 식어버리게 만든 것이 틀림없다.

그게 여자의 아름다움을 대하는 남녀의 차이다. 여자는 성적 매력이 넘치는 동성에 대해서는 반감을 지닌다. 여자가 좋아하는 여자는 대개 성적 매력이 느껴지지 않을 만큼 청순하거나 신성해 보이는 여자뿐이다.

그 좋은 예가 반금련의 몸종 춘매다. 그녀는 유여화를 아주 좋아한다. 며칠 전 응백작도 의아한 표정을 짓기는 했지만, 춘매는 반금련의 눈을 피해 틈만 나면 동상방에 틀어박히는 일이 잦았다.

어젯밤에도 의자에 조용히 앉아 향로에서 피어나는 연기를 바라보는 유여화의 발치에 무릎을 꿇고, 방춘매는 거의 동성애에 가까운 송가를 우수에 찬 아름다운 여인에게 바치고 있었다.

"서방님은 또 북상방으로 드신 모양이지……."

유여화가 들릴 듯 말 듯 중얼거렸다.

"춘매야, 시중을 들어야 하지 않니?"

"아뇨, 저는 걸리적거리기만 하죠."

춘매는 미소를 지으며 슬픈 눈빛으로 말을 이었다.

"측은하셔라, 마님……."

"어째서?"

"나리께선 마님의 진짜 아름다움을 이해하지 못하셔요. 물론 제가 모시는 마님도 아름답죠. 저마저도 품에 안고 싶은 지경이니까요. 하지만 마님의 아름다움은 여자의 아름다움만이 아니라 사람의 아름다움을 넘어섰죠. 제가 보기에는 마치 여신 같아요……."

"아니야. 난 틀렸어. 나는 통 서방님 마음에 들지 못하는걸. 난 아무것도 모르니까……."

"그런 고귀한 인품을 나리가 모르는 거죠. 이 저택의 음란한 분위기는 마님과 어울리지 않아요. 익숙한 저마저도 하루에 몇 번씩 귀를 막고 눈을 손바닥으로 가리고 싶은 심정인걸요……. 까마귀 노는 곳에 백로가 있는 격이라고나 할까, 진흙 속에 핀 새하얀 연꽃이라고나 할까? 마님은 이 저택에 아까운 분이에요……."

춘매는 안타까워 견딜 수 없다는 듯이 유여화의 검은 신발에 이마를 댔다. 유여화는 춘매의 머리를 부드럽게 쓰다듬었다.

"됐어, 괜찮아. 춘매야, 걱정하지 마."

"나리의 변덕 때문에 정말이지 저도 화가 나요. 그토록 미친 듯이 매달리더니……. 마님, 틀림없이 예전 나리가 그립겠어요……."

유여화의 손이 문득 움직임을 멈췄다. 그 눈에 공포의 빛이 떠올랐다. 이윽고 고개를 숙이고 알아듣기 힘들 정도의 목소리로 이렇게 말했다.

"춘매야, 그런 소리는 제발 하지 말아다오……. 난 이제 지난 일들은 떠올리지 않으려고 하니까."

"예, 알겠어요, 마님. 잘못했습니다. 다시는 그러지 않겠어요."

춘매는 눈물을 훔치면서 일어섰다. 자못 그 마음을 다 이해했다는 듯한 표정으로 방긋 미소를 지으며 말했다.

"마님, 그럼 저는 나가보겠습니다. 그러면 여기 열쇠를."

춘매는 검은 열쇠를 유여화의 손에 건네더니 얌전히 고개를 숙이고 방을 나갔다.

유여화는 가만히 열쇠를 들여다보았다. 북상방에 있는 세 개의 방 가운데 하나, 엽씨 집안의 가재도구를 넣어둔 곳간의 열쇠였다.

거의 헐값에 가까운 돈을 주고 엽씨 집안에서 가져온 가재도구는 그 벽에 거는 거울을 비롯해 쓸 물건은 쓰지만 아직도 그냥 보관만 하는 물품이 상당히 많았다. 특히 엽두타의 손때가 묻은 술잔이나 주전자 종류, 머리에 쓰는 관, 의자, 붓, 벼루, 악기, 책 등은 유여화의 눈에 띄지 않게 배려하느라 그랬는지 하나도 밖에 내놓지 않았다. 아마 유여화에게는 지난날의 그리운 꿈으로 가만히 바라보고 싶기도 하고 쓰다듬고 싶기도 한 물건들도 있으리라. 춘매는 이렇게 생각했던 모양이다. 그녀는 틈이 나면 반금련의 방에서 그 열쇠를 빼내 유여화에게 빌려주었다.

유여화는 조용히 회랑으로 나왔다. 쓸쓸하게 비가 내리는 밤이었다. 주위에 아무도 없다는 걸 확인하더니 발소리를 죽이며 걸어 북상방에 붙은 그 방으로 들어갔다.

캄캄한 방 안은 곰팡내가 풍겼다. 갖가지 가재도구가 어지러이 놓여 있을 텐데도 유여화는 익숙한지 소리 하나 내지 않았다. 아니, 손을 대는 기척조차 없었다. 유여화는 몸을 부드럽게 구부리며 서쪽 벽으로 다가갔다.

거기에 송곳으로 뚫은 듯한 작은 구멍이 있다는 사실을 유여화는 언제, 어떻게 알게 되었던 걸까? 어느 날 밤, 유여화는 그 구멍에서 흘러나오는 불빛을 발견했다. 황금 물방울처럼 보였다. 그녀는 몸을 웅크리고 그 구멍에 왼쪽 눈을 바짝 댔다.

아아, 춘매야. 설마, 너는 꿈에도 모를 테지. 유여화가 처음에는 이 방에 모르고 들어왔지만, 지금은 결코 전남편의 물건을 어루만지기 위해서 오는 게 아니라는 사실을. 그녀의 목적은 바로 그 작은 구멍으로 옆방에서 벌어지는 반금련과 서문경의 은밀한 잠자리를 엿보기 위해서라는 사실을.

유여화는 엽두타를 사랑하지 않았다. 애당초 애꾸눈 부호가 인형처럼 유여화를 사들였을 뿐이다. 그러나 그런 사실을 깨닫게 된 것은 이 저택에 와서 서문경의 애무를 받으면서부터였다. 희대의 호색가가 내뿜는 체취 앞에 전남편의 얼굴 따위는 향로에서 피어오르는 연기보다 희미하게 사라져 버렸다. 아니, 유여화 자신도 갈팡질팡하며 흐느끼기만 할 뿐 서문경의 몸 아래서 어찌할 바를 몰랐다.

그런 행동이 저 제멋대로인 서문경을 바로 따분하게 만들었다는 사실을 유여화도 안다. 서문경은 불평이나 분노를 고스란히 드러냈기 때문이다. 아아, 나는 어쩌면 좋을까?

어떻게 해야 저 남자에게 사랑받을 수 있을까?

그 해결 방법을 우연히도 이 구멍 너머에서 발견했다. 유여화는 반금련의 음탕한 모습을 보았다.

무대는 맞은편 벽 아래 있었다. 이쪽 벽의 두께도 있고 구멍이 작아, 당연히 전체 모습은 보이지 않았다. 그렇지만 대상이 자주 움직여서 거의 다 제대로 볼 수 있었다.

몸을 뒤로 젖히며 웃는 반금련을. 몸을 뒤틀며 몸부림치는 반금련을. 또 거꾸로 서문경 등에 올라탄 반금련을. 혹은 서문경의 등 뒤로 두 손과 발을 얽고 달라붙은 채 서문경을 걷게 하거나 춤추게 하는 반금련을.

밤에 보는 반금련은 낮에 여자들끼리 어울릴 때와는 전혀 다른 여자였다. 서문경을 휘감은 흰 손과 발은 기괴하게도 네 가닥으로 보이지 않고 수많은 뱀이 뒤엉킨 듯했다. 그리고 서문경이 온몸의 체액을 모조리 짜내 말라비틀어질 것만 같은데도 반금련의 입술과 혀는 다시 집요하게 서문경의 몸 위를 기어다니며 그를 몸부림치게 했다.

이 극채색의 문란한 만다라를 비추는 은으로 만든 촛대의 촛불도 왠지 평소의 빛과 달리 마치 안개처럼 요염한 우윳빛으로 타올랐다……. 지켜보는 사이에 유여화는 마치 증기탕에 들어오기라도 한 듯이 피가 뜨거워지고 손가락, 발가락이 오그라들었다. 헉헉 숨이 가빠지기 시작하더니, 온몸이 젖고 나중에는 눈이 움푹 팰 지경으로 온몸이 바싹 말라버린 듯 피로해졌다.

한심하다는 생각도 들었다. 두렵기도 했다. 하지만 유여화는 이제 밤이면 밤마다 이 차마 눈 뜨고 볼 수 없는, 귀기 어린 색욕의 지옥을 훔쳐보지 않을 수 없었다. 이 여신의 눈을 닮은 아름다운 눈은 엿보기의 쾌락을 위해서만 빛이 나는 듯했다.

그러던 어느 날 밤. 유여화는 여느 때와 마찬가지로 그 구멍으로 눈을 가져갔다.

반금련은 늘 그렇듯 맞은편 침대에서 다리를 모아 옆으로 하고 편히 앉아 등을 벽에 기대고 있었다. 용두병, 청동 향로 따위는 늘 보던 그대로인데 서문경이 보이지 않았다.

반금련이 문득 얼굴을 들고 입술을 움직였다.

목소리는 들리지 않았다. 말이 아니라 숨을 헐떡이는 듯했다. 그 표정에 공포의 기색이 드러나, 유여화는 이상하다는 생각이 들었다. 어쩌면 모습은 보이지 않지만, 방에 있는 사람은 서문경이 아닌 듯했다. 그걸 깨닫기까지는 오래 걸리지 않았다.

서문경은 어디 있는 걸까?

반금련은 누굴 보고 저렇게 겁에 질려 떨고 있는 걸까?

금련의 두 팔이 보이지 않아 기묘했다. 손을 뒤로 결박당하기라도 한 듯했다. 그런데 또 반금련의 입술이 고통스러운 듯 열렸다. 그리고 당장이라도 실신할 듯한 표정이 되었다.

유여화의 눈앞이 캄캄해진 것은 바로 다음 순간이었다. 촛불이 꺼진 게 아니었다. 벽에 난 구멍 바로 앞에 누가 있다는 걸 깨닫고 유여화는 얼굴을 떼려고 했다.

그 찰나, 그녀는 왼쪽 눈에 뜨거운 쇠가 찌르는 통증을 느끼고 무시무시한 고통 때문에 비명을 질렀다.

잃어버린 눈

응백작은 주위를 살피며 비 내리는 회랑을 걷고 있었다.

늘 그렇듯 빚 독촉에 시달리다 훌쩍 들렀는데, 서문경이 후원에 있다는 이야기를 듣고 후원으로 통하는 수화문에 이르렀을 때였다. 문지기 평안과 반금련의 몸종 춘매가 뭔가 소곤거리는 모습을 보고 무슨 일이냐고 물었다. 그러자 춘매가 캄캄한 회랑으로 둘러싸인 중정에 수상한 사람이 나타난 것 같다고 했다. 하지만 평안의 말에 따르면 후원에는 서문경과 반금련, 손설아, 유여화 네 명 말고는 아무도 들어가지 않았다고 했다. 그래서 응백작은 춘매를 데리고 주위를 찬찬히 둘러보면서 회랑을 걸어온 것이다.

동상방을 들여다보았는데 유여화는 없었다.

북상방 쪽으로 꺾어지는 모퉁이에 이르렀을 때 불쑥 퍼드득, 하고 차양 아래서 날갯짓하는 소리가 났다. 두 사람 이마에 차가운 물방울이 튀었다.

"놀랄 거 없다. 박쥐야."

응백작은 촛불로 처마 아래를 비추며 말했다.

"이상하게 박쥐가 많은 것 같은데, 어디 처마 밑에 박쥐가 집이라도 지은 건가?"

"아니에요. 아닙니다. 응 선생님, 저기, 저기요……."

춘매가 손가락으로 가리킨 방향을 보고 응백작은 흠칫 놀랐다. 어느샌가 그 곳간 문이 열리고 거기에 흐릿한 사람 그림자가 서 있었다.

그 사람은 소리도 없이 비틀거리며 다가왔다. 그때 푸드득, 하고 요란한 날갯짓 소리를 내며 나는 것은 아까 그 박쥐일까? 엉거주춤 뒤로 물러나며 촛불을 들어 올린 응백작은 그만 앗, 하고 비명을 질렀다.

"형수님!"

유여화였다. 팔을 들어 왼쪽 눈을 가리고 유령처럼 걸어왔다. 그 매끄럽고 새하얀 뺨에 주르륵 피가 흐르고 있었다. 그리고 기분 나쁜 박쥐는 그 피 냄새를 맡았는지 다시 집요하게 파닥거리며 주위를 맴돌고 있는 것이었다.

"아니, 어떻게 된 겁니까?"

"누…… 눈을……."

유여화는 가느다란 비명을 토했다. 그 손에서 열쇠 하나가 디딤돌 위에 떨어지며 맑은 소리를 냈다.

"누구죠? 누가 그랬습니까? 누구죠? 저 안에 누가 있습니까?"

유여화는 대답이 없었다. 쏜살같이 자기 방 쪽으로 달려갔다. 춘매가 으앙, 하고 울음을 터뜨리며 그 뒤를 따랐다.

응백작은 웅크리고 앉아 열쇠를 집어 들고 활짝 열린 문을 보았다. 곳간 안에 누가 있는 걸까? 북상방 안쪽도 신경이 쓰였지만 무서워서 그 문 앞을 지날 수 없었다.

"형님, 형님, 형님."

응백작은 큰 소리로 외쳤다. 세 번, 네 번. 더 크게 부르자 서문경은 의외로 북상방이 아니라 서상방 쪽에서 손설아를 거느리고 회랑 모퉁이를 돌아 다가왔다.

"뭔가, 이 사람아. 소란스럽게."

"아니, 형님. 그쪽에 계셨어요?"

"으음, 금련이란 녀석이 이상하게 오늘은 뾰로통하니 심기가 불편한 모양이라 재미가 없어서 난 바로 이 사람 방으로 가 있었지."

서문경은 손설아를 보며 대답하더니 이렇게 말을 이었다.

"그런데 뭔가? 조금 전 그 소리는?"

"영문은 모르겠지만, 유 부인이 저 곳간 안에서 눈을 찔리고 도망쳐 나왔는데요."

"눈?"

서문경은 고개를 갸웃하며 응백작을 보았다. 그 머릿속에는 불길한, 꺼림칙한 그림자가 스쳐 지나갔다. 창백한 얼굴의 서문경은 턱으로 열린 문을 가리키며 말했다.

"……저 안에 있나?"

"모르겠어요."

"여봐라, 평안아! 평안아!"

평안이 쏜살같이 달려왔다. 그를 앞세워 곳간으로 가보았으나 안은 그저 캄캄할 뿐 가재도구 뒤편에 수상한 사람은 그림자도 보이지 않았다. 응백작이 들고 있던 촛불 말고는 불빛이 전혀 없었다. 하지만 응백작은 서쪽 벽 방향에 가만히 서서 아래를 내려다보았다. 촛불이 던지는 둥근 불빛 안에 작은 핏자국이 떨어져 있는 것을…….

"금련은 어디 있느냐?"

서문경이 갑자기 생각났다는 듯이 펄쩍 뛰며 바로 옆방으로 갔다. 틀림없이 밖에서 나는 소란스러운 소리를 북상방에서 듣고 있었을 금련이 묘하게 조용한 게 수상했다.

이내 서문경의 요란한 고함 소리가 들려왔다.

"아우, 큰일 났네. 어서 이리 와줘."

깜짝 놀란 응백작이 북상방으로 달려가 보니 서문경은 침대 위의 반금련을 부둥켜안고 입에 술을 머금어 먹이고 있었다.

"어떻게 된 거죠? 다섯째 형수님도 당한 건가요?"

"아니야, 숨은 붙어있어. 살펴보니 상처도 없는 것 같고, 정신을 잃은 거야."

반금련의 가슴이 크게 움직이더니 힘없이 눈을 떴다. 멍하니 서문경의 얼굴을 보더니 갑자기 와락 껴안고 울기 시작했다.

"무서워, 무서워! 그 남자는 어떻게 됐어?"

"그 남자라니, 누구?"

"애꾸눈에 비쩍 마른 남자."

"뭐! 그렇다면 역시 엽두타가 왔던 건가? 그래, 어떻게 된 거지?"

"불쑥 들어와서 동상방에 유여화가 보이지 않는다면서 어디 있는지 모르느냐고 물었어요. 아아, 그 애꾸눈이 얼마나 무서운지! 모르겠다, 모르겠다 하다가 그만 무서운 나머지 정신을 잃고……."

방 안을 이리저리 거닐던 응백작은 불쑥 바람처럼 밖으로 나갔다.

동상방으로 들어가니 물론 여기도 한바탕 소동이었다. 두 손바닥으로 얼굴을 가린 채 몸부림치는 유여화를 춘매가 울면서 돌보고 있었다.

"불쌍해라. 마님……, 눈……, 그 아름다운 눈을……."

"애, 춘매야. 네 주인은 다섯째 부인이잖니? 그쪽도 한바탕 소동인데. 여기는 내가 맡을 테니 얼른 가서 돌봐드려라."

춘매가 서둘러 방을 나가자, 응백작은 흐느껴 우는 유여화의 어깨에 손을 얹었다. 그리고 슬픈 눈빛을 보내며 물었다.

"대체 어떻게 된 겁니까?"

"됐어요……. 그냥 내버려두세요! 제가 잘못한 거니까!"

유여화는 극심한 통증 때문에 신음하며 필사적으로 고개를 저었다. 응백작은 그 귀에 입을 대고 속삭였다.

"아뇨, 누가 잘못했느냐를 따지자는 이야기가 아니에요. 눈을 찌른 범인 이야기입니다. 범인은 그 곳간 안에 있었던 게 아니죠?"

"있었어요……. 있었어요."

"엽두타인가요?"

"그건 모르겠네요. 캄캄했기 때문에."

"캄캄한데도 용케 형수님 눈을 찔렀군요."

유여화는 입을 다물었다. 응백작은 다시 속삭이듯 말했다.

"형수님……. 찔린 눈에서 흘러내린 피가 방 서쪽 벽 아래 떨어져 있었어요. 계시던 방 벽 아래쪽에. 그런데 벽에 송곳으로 뚫은 정도 크기의 구멍이 있더군요. 제가 보았을 때는 불빛이 새지 않도록 건너편 방에서 그 구멍을 막았지만, 형수님이 눈을 찔렀을 때는 틀림없이 뚫려 있었을 겁니다……. 얼마 전 저는 형수님이 그 곳간에 들어갔다 나오는 모습을 본 기억이 있는데……. 대체 그 구멍으로 무얼 엿보았던 거죠?"

이렇게 묻자, 유여화는 느닷없이 비녀를 뽑아 자기 목을 찌르려고 했다.

조마경[4]에 비친 모습

응백작은 얼른 유여화의 손을 잡았다. 하지만 그 동작을 말리기 위해서는 엄청난 힘이 필요했다. 간신히 비녀를 빼앗아 헉헉 가쁜 숨을 몰아쉬면서 들썩이는 유여화의 등을 내려다보았다.

'내 질문이 도대체 왜 이 여자를 이토록 곤혹스럽게 만든 걸까?'

---

4   照魔鏡. 마귀의 본성까지 비추어 그 참된 형상을 드러내 보인다는 신통한 거울.

응백작은 멍한 표정으로 생각했다.

그러다 갑자기 그의 표정이 변했다. 응백작답지 않게 뺨이 불그레 달아올랐다. 그리고 입꼬리를 들어 올리며 살짝 미소를 지었다.

유여화는 죽고 싶은 심정이었다. 응백작의 질문에 대답하느니 차라리 죽는 편이 낫다. 인간이란 참 이상한 동물이라 어떤 죄나 원한, 죽음보다 더 견디기 힘들어하는 것이 있다. 바로 창피다. 사람들은 작은 창피를 견디지 못해 훨씬 더 큰 희생을 감수한다. 다른 여자들, 특히 춘매에게 다른 남녀의 잠자리 모습을 밤마다 몰래 엿보는 한심하고, 추하고, 우스꽝스러운 자기 모습을 상상하게 만드는 일은 자신의 어리석은 모습을 드러내기보다 훨씬 더 견디기 힘든 일이었다. 이 자부심 대단한, 여신으로 비유되기까지 하는 유여화에게는.

"그 곳간 열쇠는…… 반 부인이 맡아서 가지고 있을 텐데요."

응백작은 간신히 쉰 목소리로 물었다. 그러자 유여화가 흐느끼며 작은 목소리로 대답했다.

"춘매가 빌려주었어요."

"춘매가 빌려주었다. 춘매는 다섯째 부인의 몸종인데, 정말로 그때 반 부인의 방에 다른 사람이 있었던 건가요?"

"그렇게 생각할 수밖에 없죠……. 그렇지 않다면……."

"하지만 형님은 손 부인과 함께 서상방에 있었답니다. 춘매는 수화문 앞에서 평안과 함께 있었다고 하고요. 달리 생각할 수 있는 건 전남편 엽두타가 숨어들어 와 있었다고 하는 건데, 그렇다면 그 사람이?"

응백작은 이렇게 말하다가 고개를 꼬며 갑자기 이상한 말을 했다.

"눈을 찔렸을 때, 반 부인은 어디에 있었죠? 모릅니까?"

"반 부인은 늘 있던…… 자개 장식이 있는 작은 탁자 옆 침대에."

"그렇다면 곳간과 거울이 있는 벽과는 반대인 서쪽 벽이군요. 어떤 모습이었습니까?"

"침대 위에 앉아 손목이라도 결박당한 듯이 두려워하는 표정으로 방 안의 누군가를 바라보고 있었죠……."

그때 서문경이 우당탕 들어왔다. 범인은 누구냐, 의사를 불러라 하며 늘 그렇듯 소란을 떨었다. 거기에 흑흑 울며 몸부림치는 유여화의 목소리가 섞이는 교향악을 한동안 무심한 표정으로 듣고 있던 응백작은 불쑥 이렇게 말했다.

"음……, 그 누군가는 보이지 않았던 거로군요."

그러며 혼자 이해한 듯한 얼굴로 고개를 끄덕이고, 다시 훌쩍 방을 나갔다.

응백작은 다시 북상방으로 갔다. 그때 무슨 일인지 급히 뛰쳐나오는 춘매를 보았다. 불러 세울까 하는 생각도 잠깐 했지만, 응백작은 머뭇거리다가 그냥 보내고 천천히 방 안으로 들어갔다.

반금련은 창백한 얼굴로 아직도 침대에 걸터앉아 있었다. 힐끔힐끔 주위를 둘러보는 응백작에게 의아한 시선을 보내며 입을 열었다.

"엽두타는 아직 못 찾았어요?"

"안 보입니다……. 그런데, 아까 정말로 그를 보았나요?"

"그럼요, 봤죠. 내가 그렇게 말했잖아요? 기분 나쁜 애꾸눈을 번득이며 비쩍 마르고 키가 큰……."

"그런 말은 하지 않는 게 나았을 텐데. 안타깝게도 그 쓸데없이 덧붙인 한마디가 천 길이나 되는 둑을 무너뜨리는군요."

"예?"

"개미 한 마리가 지나갈 만한 구멍 하나로 아름다운 눈을 지닌 적을 멋지게 제거했는데."

반금련은 응백작을 흘끔흘끔 보았다. 긴 속눈썹을 깜빡거릴 때마다 푸른 불꽃이 튀는 듯했다. 응백작은 천천히 다가가 반금련과 나란히 침대에 걸터앉았다. 하지만 그녀는 몸을 움직여 거리를 두려고 하지도 않았다.

"아니, 그게 무슨 소리죠?"

"오늘 여기 오느라 교자 파는 거리를 지날 때, 거기 사거리 길바닥에 쓰러진 사람이 있었죠. 검시관 일행이 서성거리고 있었는데 그 행려병자는 분명히 애꾸눈인 엽두타였어요……."

반금련의 얼굴에 깜짝 놀란 기색이 스쳤다. 차츰 분노에 가까운 어두운 그림자가 얼굴을 덮었다. 대체 누구를 향한 분노일까?

"응 선생, 마치 내가 유여화의 눈을 찌른 것처럼 이야기하는데, 나는 이 방에서 한 걸음도 나가지 않았어요."

"맞습니다. 형수님은 이 방에 있었고, 저 벽의 구멍을 통해 옆방에서 엿보고 있는 유 부인의 눈을 바늘이나 그 비슷한 걸로 찌른 거겠죠. 그 기회를 잡기 위해 춘매를 이용해 유 부인에게 열쇠를 자유롭게 쓰게 만들어 매일 밤 저 구멍을 엿보는 버릇을 들이게 했죠. 거기까지는 아주 멋졌습니다……. 하지만 너무 가볍게 엽두타를 이용할 생각을 한 게 그야말로 천려일실."

"그 여자가 내게 찔렸다고 하던가요?"

"아뇨. 여기 앉아있었다고 했습니다."

"여기 앉아서 어떻게 내가 멀리 떨어진 저쪽 벽 너머로 그 사람 눈을 찌를 수 있다는 거죠?"

"푸른 유리 거울."

"예?"

"형수님은 이 서쪽 벽 아래가 아니라 동쪽 벽 아래 앉아있었던 겁니다. 이쪽 벽에는 저 커다란 거울을 두고, 맞은편에 침대와 저 구멍으로 보이는 범위의 주변 물품들, 이를테면 자개 장식 작은 탁자와 꽃병을 옮겨놓았죠. 그리고 손을 뒤로 돌려 유 부인의 눈을 콕⋯⋯."

반금련은 커다란 눈을 더 크게 뜨고 응백작을 바라보았다. 가슴이 크게 들썩이더니 달콤, 새콤한 관능적인 숨결이 응백작의 후각을 몽롱하게 휘감았다.

"아니, 이 얼마나 검고 촉촉한 눈동자입니까? 이렇게 아름다운 눈을 가지고 있으면서도 형수님은 유 부인을 용납할 수 없었던 거죠. 형님이 눈은 유 부인이 예쁘다고 했지만, 형수님이 더 매력 있다고도 했는데, 형수님은⋯⋯ 결국 무엇 하나 자기보다 뛰어난 여자를 그냥 두고 보지 못하는 거로군요."

반금련의 흰 팔이 응백작의 목에 감겼다. 뜨겁고 떨리는 숨을 내쉬며 반금련이 급히 말했다.

"증거가 있어요? 아무 증거도 없다니까. 난 그 애꾸눈 남자가 엽두타라고 단정하지는 않았어요. 유여화마저 누구에게 당했는지 모르고. 또 지켜본 사람은 아무도 없죠……."

"그렇죠. 지켜본 것은 저 거울뿐이죠."

"그렇지만 거울은 말할 수 없는걸요."

반금련의 입술이 응백작의 뺨에서 턱을 거쳐 부드럽게 흘러내렸
다. 응백작은 모든 걸 망각의 끄트머리로 밀어냈다.

"응 선생. 거울은 보기만 할 뿐 말은 못 해요."

희대의 요부가 토해내는 무서운 속삭임은 이미 응백작의 입술을
거쳐 목 깊숙이 스며들었다. 그리고 마녀의 술처럼 뇌를 적셔갔다.

낙인 찍힌 미녀들

'여설옥'이라는 지옥

우유를 섞고 말리화 꽃술을 띄운 욕조에서 나온 서문경은 알몸인 채로 나전 장식을 한 침대에 벌렁 드러누웠다.

그러자 대기하던 여러 명의 여자가 마치 오색구름처럼 그를 둘러싸더니 서문경의 알몸을 덮쳤다. 그리고 팔, 가슴, 얼굴, 배, 발을 비롯해 온몸에 묻은 우유를 저마다 부드럽고 아름다운 혀로 고양이처럼 구석구석 빨고 핥아 닦아냈다.

요즘 이 희대의 폭군이자 호색가인 부자가 재미를 들인 목욕 후 몸을 닦는 방법이다. 이따금 기분 좋은 듯 신음하거나 "금련아, 너무 장난치지 말거라" 하다가 간지러운 듯 허리를 뒤틀던 서문경은 문득 입술 위를 스친 살갗의 감촉에 감고 있던 눈이 번쩍 뜨였다.

"아, 조오라 공주."

백사처럼 꿈틀거리는 여자들 사이를 빠져나가 서문경의 발치에 웅크리고 앉은 여자는 옷차림이나 머리 모양은 이 나라 여자와 다를 바 없지만 분명 다른 나라 아가씨였다. 서문경은 매우 기쁘다는 듯이 히죽 웃었다.

"호오, 그대도 여기 계셨나?"

"어머, 너무해. 아니, 그걸 여태 모르셨나요?"

셋째 부인 맹옥루가 허리께에서 말했다.

"으음……. 목욕물 김을 너무 쐬었나? 머리가 좀 멍해서 그랬지."

"그런데 지금은 어떻게 알게 되신 거죠?"

넷째 부인 손설아가 물었다.

"으음……. 내 얼굴을 스치는 살갗 감촉 때문이지."

"살갗 감촉?"

"역시 살갗 감촉이 달라. 다른 여자들과는 전혀 다르지. 무엇보다 이렇게 눈을 감고 있어도 조오라 공주가 앞에 있으면 새하얀 눈의 정령이 서있는 듯 눈꺼풀까지 환해지거든……."

"와아, 형님은 역시 현종 황제[1]도 따라가지 못할 쾌락을 누리며 사시네."

문 쪽에서 목소리가 들려왔다. 친구인 응백작이 입맛을 다시며 들어왔다. 서문경은 그쪽을 흘끔 보기만 했을 뿐, 내키지 않는 표정

---

1   당나라 현종을 말한다. 양옥환(흔히 양귀비로 불린다)을 가까이 두고 아끼며 호화로운 생활을 했다. 백낙천의 장편 서사시 〈장한가〉에 현종과 양귀비의 사랑이 자세하게 묘사된다.

으로 몸을 일으키지도 않았다.

"자넨가? 뭐, 이건 일종의 벌이야."

"무슨 벌인데요?"

"거짓말을 많이 한 사람이 죽은 뒤에 간다는 지옥 여설옥(犁舌獄)인 셈이지. 혀로 밭 대신 내 몸을 일구게 하는 걸세."

서문경은 애첩들을 턱으로 가리키며 말을 이었다.

"이 계집들이 거짓말이나 험담 말고 입을 놀리는 걸 자네는 들어본 적 있나?"

"어머, 너무하셔."

일곱째 부인 빙금보(憑金寶)가 중얼거렸다.

"너무한 거 없어. 이봐, 아우. 내 말 잘 듣게. 얼마 전에도 이 조오라 공주가 선물로 준 대식국[2]의 멋진 진주 두 알은 페르시아만에서 채취한 건데, 한 알이 없어졌다네. 훔칠 사람은 아무리 생각해도 여기 있는 이것들 말고는 없지……."

"호오……. 그런가요?"

"그 진주를 보고 있을 때 그 방에 있던 사람은 우리 부부 말고는 이 계집들뿐이었으니까. 나중에 조사해 봤는데 다들 남의 험담을 늘어놓기만 할 뿐이야."

"당연하죠. 그런 의심을 받으니."

빙금보가 또 발끈했다.

"저 같은 경우는 이 집에 들어올 때 어느 형님에게나 인사로 진주를 한 알씩 드리기까지 했다고요."

---

2   大食國. 옛날 중국에서 사라센 제국, 아라비아를 일컫던 말.

빙금보는 원래 남문 밖 포목상의 아내였다. 그 큼직한 꽃송이 같은 풍만한 매력에 어울리지 않게 과부가 된 뒤에도 돈을 빌려주고 이자를 받았다. 이 저택에 첩으로 들어올 때 고급 비단 오백 궤짝과 은자를 사천 냥이나 가지고 들어왔을 정도로 부자였다.

"그야 그런 작은 진주하곤 달리 사라진 진주는 정말 멋들어진 진주니까."

이렇게 태연히 말한 사람은 다섯째 부인 반금련이었다. 반금련은 기막히게 아름다운 미소를 지으며 덧붙였다.

"그 유명한 말라³ 진주래요. 아직 한 알 남아있으니 보여달라고 하세요."

"이런 식이라니까. 다들 태연해. 이 녀석들 가운데는 낯 두꺼운 거짓말쟁이가 있겠지. 거짓말과 터무니없는 소리를 하면 죽은 뒤에 혀로 밭을 가는 여설옥이라는 지옥에 떨어진다지만, 나는 나대로 살아있는 이 녀석들에게 벌을 주려는 거야."

"헤헤. 뭐 그렇다면 저도 밭이 되고 싶군요."

말은 이렇게 하면서도 응백작은 의심스러운 듯이 조오라 공주 쪽을 바라보고 있었다. 이 아가씨는 석 달 전쯤부터 알 무타츠라는 이교도 승려와 함께 서문 저택에 머물고 있는데, 언어와 옷차림은 완전히 이 나라 사람 같지만 원래는 머나먼 대식국 어느 왕의 딸이었다고 한다.

머리카락은 황금빛이고, 코는 가늘고 오뚝하며 눈은 고귀한 비취처럼 푸르다. 그리고 말로 표현할 수 없는 정열에 불타는 붉은 입

---

3   末羅. 지금의 이라크 바스라 서쪽에 있는 지역.

술……. 그런데 서문경은 어떻게 이 공주를 손에 넣은 걸까? 워낙 물불 가리지 않는 호색가라서 수완이 보통은 아니라고 생각하지만 이렇게 공주가 다른 첩들과 섞여 함께 즐거워하며 말도 안 되는 쾌락에 시시덕거리는 모습을 보니 새삼 서문경의 대단한 솜씨에 놀라지 않을 수 없었다.

응백작의 시선을 눈치챘는지, 서문경은 어린애처럼 혀를 날름 내밀었다.

"아, 공주? 지금 달사(達沙)는 외출했어."

달사는 알 무타츠라는 이교도 승려를 말한다.

"아니, 그러면 그 승려는 이런 거 모릅니까?"

"으음. 그 승려는 아주 까다로워……. 사실은 밤마다 공주한테 대식국의 천일야화 이야기라거나 박달성[4]이라는 고을 이야기도 듣다 보니 그만 마음이 싱숭생숭해져서……."

서문경은 우스꽝스러운 표정을 지으며 목덜미를 긁었다. 하지만 가만히 생각에 잠긴 응백작의 표정을 보더니 살짝 불안해진 모양이다. 원래 공주의 가신이었다는 알 무타츠라는 승려는 평소 서문경이 음탕한 짓을 함부로 저지르며 갖가지 이상한 술수를 쓰는 걸 직접 눈으로 보아 알고 있기 때문이다. 그 불안을 떨쳐내려는 듯, 서문경은 갑자기 힘차게 침대에서 일어나더니 붉은 비단 속옷을 걸치고 이렇게 말했다.

"아우, 자, 똑바로 보라고. 공주의 피부가 얼마나 희고 매끄러운지를."

---

4 縛達城. 바그다드. 이슬람 문명의 중심지로, 지금은 이라크의 수도다.

그러면서 느릿느릿 조오라 공주 옆으로 다가갔다.

"이 살갗을 스치면 공자님이고 뭐고 없어. 글자 그대로 백설 같은 피부란 이런 거야. 나도 동하[5], 서하[6], 고려, 몽고, 토번[7] 여자까지 두루 만나보았지만 사실 이제 피부가 황색인 여자는 질렸어……."

"황색? ……그런가요? 피부가 희기로는 둘째 형수나 다섯째 형수도 공주와 비교해 뒤지지 않는 것 같은데."

"그게 무슨 소린가? 벽처럼 하얀 분을 칠했으니 그렇지……. 거짓말인 줄 아나? 자, 보라고, 가슴의 맨살을……."

그러면서 한쪽 팔을 뻗어 둘째 부인 이교아를 붙잡더니 훌쩍 가슴을 풀어헤쳤다. 깜짝 놀라 가릴 틈도 없이 젖가슴이 고스란히 드러났다.

"공주, 가슴을……."

서문경이 말하자마자 외국에서 온 공주는 놀랍게도 스스로 가슴을 드러냈다……. 응백작은 자기도 모르게 신음 소리를 냈다. 그야말로 방금 내린 눈처럼 희고 석고 조각 같은, 성스럽기까지 한 가슴이었다. 그에 비하면 분명히 이교아는 햇볕에 바랜 옷감처럼 노란색을 띠었다.

"어떤가, 아우. 우리나라 여자 피부는 상대가 되지 않을 걸세……. 이쪽은 건드리기도 아깝지. 숭배하고 싶은 마음이 들지 않는가?"

---

5   東夏. 중국 동북부 지역의 나라들을 가리키는 말.
6   西夏. 중국 서북부 지역의 나라들을 가리키는 말.
7   吐蕃. 중국 당나라 때 크게 융성했던 티베트 지역을 말한다.

그러더니 서문경은 넋을 잃은 듯 봉긋한 가슴을 쓰다듬으며 빨간 젖꼭지를 매만졌다.

"그래서 난 숭배해. 달사가 섬기는 신은 숭배하지 않지만."

"알았어요. 형님이 왜 이렇게 되었는지 이해가 가네요."

응백작은 꿀꺽 침을 삼키고 시선을 돌리며 말했다.

"하지만 공주는……."

응백작은 말을 이으려고 했다. 공주는 형님의 애첩 가운데 한 명이 되는 데에 이견은 없는 건가요? 그 알 무타츠가 받아들이나요? 이렇게 물으려고 했다. 하지만 그보다 먼저 조오라 공주가 갑자기 킥킥 웃으며 말했다.

"저는 말이죠."

갑자기 서문경의 목에 그 새하얀 팔을 힘주어 두르고 입술을 들이댔다. 철이 없던 어린아이였을 때 이 나라에 왔다지만, 이런 대담한 애정 표현은 거침없는 외국 여성의 피가 흐르기 때문일까? 한자리에 있던 애첩들도 화들짝 놀랄 만큼 화끈한 모습이었다.

입술을 떼자 끈끈한 실 같은 액체가 늘어지더니 서문경의 턱에 침이 되어 흘러내렸다. 조오라 공주는 푸른 불꽃 같은 눈으로 여자들에게 웃음을 짓더니 이렇게 말했다.

"저는 대식국의 딸입니다. 대식에서는 신분이 높은 남자라면 다들 하렘에 많은 첩을 거느리죠……."

"그런 추악한 사람들은 사악한 신인 알라를 믿기 때문입니다."

불쑥 문 쪽에서 낯선 목소리가 들려왔다. 그쪽을 보고 다들 낯빛이 변했다. 여기는 온돌이라 봄 같은데, 밖은 눈이 오는 건가? 아

니, 그 눈을 뒤집어쓴 듯이 새하얀 머리카락과 수염, 그리고 온몸을
까마귀처럼 새카만 옷으로 두른 사람이 그늘에 서있었다. 그늘 속
에서 눈과 가슴의 십자가만이 얼음처럼 빛났다. 달사 알 무타츠는
어두운 분노가 느껴지는 쉰 목소리로 말했다.

"공주. 공주가 모시는 신은 사악하고 음탕한 자를 벌한 여호와
하느님 오직 한 분이 아니십니까?"

무서운 경교승[8]

궁금해서 몇 번이나 물어보았지만, 서문경은 물론이고 생각보다
아는 게 많은 응백작도 이 외국인의 고향 대식국이란 나라와 그들
이 이 나라로 오게 된 경위를 제대로 이해하지 못한다. 하지만 그건
당연한 노릇이다.

대식국은 지금의 아라비아다. 당시 아라비아 일대는 설명할 필요
도 없이 이슬람의 지배 아래 있었다. 하지만 그 왕은 희한하게도 열
렬한 야소교(耶蘇敎, 예수교) 신자였다. 한 손에는 칼, 한 손에는 코
란을 든 이슬람 국가들에 둘러싸인 이 왕국의 위태로운 운명은 이
미 예상되었던 바이지만, 아니나 다를까, 비극은 15년 전에 덮쳐왔
다. 회교도에게 빼앗긴 성지 예루살렘을 회복하겠다며 로마 교황
이 엄청난 원정군을 파견한 것이다. 바로 그 유명한 제1차 십자군
이다. 조오라 공주의 아버지는 여기에 호응해 군사를 일으켰다. 성
지는 회복되었다. 하지만 몇 년 뒤에 다시 잃었다. 이때 조오라 공
주의 나라는 무너졌다. 그리고 어린 조오라는 사제 알 무타츠의 손

8　景敎僧. 옛 중국에서 기독교의 한 파인 네스토리우스교 선교사를 이르던 말.

에 이끌려 동쪽으로 사막을 건너 우연히 말라 항구에 와 있던 송나라 배를 얻어 타고 페르시아만을 벗어나 아득히 먼 이 나라로 흘러온 것이다.

알 무타츠는 이 나라를 돌아다니며 전도했다. 동시에 그 무렵에는 마법처럼 여겨지던 아라비아 의학을 구사해 사람들을 구해주었다. 그와 공주가 서문경 저택에 머물게 된 것도 청하현에 들렀다가 우연히 주색에 찌들어 몸져누운 서문경을 치료해 준 인연 때문이었다. 이 백발의 달사는 서문경을 털끝만큼도 어려워하지 않았다. 달사란 원래 대식어로 타르사, 즉 '두려워하는 사람', 하느님을 섬기는 야소교 신도를 가리키는 호칭이다. 이 무렵 중국에서는 이미 야소교를 경교(景敎)라고 부르고 있었다.

움츠러든 조오라 공주 옆으로 늙은 경교승이 불길한 그림자처럼 다가왔다.

"공주, 지금 그 흐트러진 모습은 대체 뭡니까?"

"……."

"아아, 신을 두려워하지 않는 이 집안의 음란한 분위기를 알면서도 이곳에 머물고 있던 내 불찰이었어. 이제 하루빨리 이 저택을 떠나야만 하겠군."

"잠깐만요, 달사……. 바깥은 지금 엄청나게 추운 계절인데."

서문경이 머뭇머뭇 입을 열었다. 알 무타츠는 돌아보더니 서문경의 알몸에 가까운 우스꽝스러운 모습을 보고 웃지도 않고 무서운 눈빛으로 바라보다가 시선을 떨구었다. 서문경은 결국 얼굴이 벌게지지 않을 수 없었다.

"눈이 내린들 무슨 문제인가요? 우리 주, 그리스도는 바다 위를 걸어 건너기까지 하셨죠. 예를 들어 바깥이 엄청나게 추운 얼음 지옥이라고 하더라도 썩은 냄새가 나는 음란 지옥인 이 집에 비하겠습니까? 공주, 떠날 준비를 하시죠."

대식국 공주는 고개를 숙이고 작은 목소리로 말했다.

"난 여기서 나가고 싶지 않아……."

알 타무츠의 어깨가 움찔했다. 아직 한 번도 자기 말을 거스른 적이 없는 공주의 거절에 놀란 모양이었다.

"뭐라고요……? 말라국에서 오자국[9]으로, 제라로화국[10]에서 사자국[11]으로, 그리고 이 나라 항주라는 항구에서 시작해 방방곡곡을 떠돌아다닌 지 어언 십여 년, 그동안 여호와 하느님의 은총을 입지 않은 날이 없던 우리 공주께서……."

"난 그런 여행에 이제 지칠 대로 지쳤어. 알 무타츠."

조오라 공주는 같은 말을 반복했다. 알 무타츠의 깜짝 놀란 눈이 점점 극심한 슬픔과 분노의 빛을 띠기 시작했다.

"흐음, 그러면 공주는 결국 이 집의 악취에 찌든 짓들에 익숙해지셨다는 거로군요. 아아! 내가 과거를 돌아보아야 했어. 공주의 몸 안에 그 음탕한 어머니의 피가 흐르고 있다는 사실을……."

조오라 공주는 고개를 들었다. 알 무타츠는 너무 화가 나는지 떨

---

9   烏剌國. 지금의 이라크 유프라테스 강 하구에 있는 바스라에 있던 나라. 아라비안나이트의 신드바드가 이곳 출신이다.

10   提羅蘆和國. 페르시아만의 이란 서쪽 아바단 근처에 있던 나라. 고대 서아시아의 중요한 항구가 있었다.

11   獅子國. 지금의 스리랑카.

리는 목소리로 말을 이었다.

"공주의 아버님은 후궁으로 여러 첩을 거느리는 저 추접스러운 회교도의 나라들 사이에 있으면서도 엄격하게 단 한 분의 왕비만을 맞아들인 청렴한 국왕이셨죠. 그런데 그에 비하면 공주의 어머니인 왕비는 음란한 아라비아 여성이었던 겁니다. 가까운 신하 가운데 한 사람과 밀통한 사실이 밝혀져 그 신하는 죽었죠. 하지만 관대하고 인자하신 아버님은 왕비를 성 밖으로 쫓아내기만 했습니다. 그게 비운의 시작이었죠. 성이 함락되고 국왕께서 전사하신 것은 그로부터 이레째 되던 날이었어요……. 공주, 그런데, 잘 들으세요. 어머니가 신하와 밀통한 사실이 왜 밝혀졌느냐 하면, 그건 여호와 하느님의 뜻으로 어머니가 그 죄 많은 잠자리에 누웠던 다음 날 아침, 그 등에 끔찍한, 새까맣게 태운 십자가 낙인이 찍혀 있었기 때문이죠. 공주, 부디 여호와 하느님에게 등을 돌리지 마세요……."

"알 무타츠."

조오라 공주는 눈을 부릅뜨고 말했다.

"그런 이야기, 난 처음 들어……."

"무슨 말씀이세요. 어머니가 지은 죄는 틈이 날 때마다 들려드렸잖아요?"

"아니, 어머니 등에 십자가 낙인이 있었다는 그런 이야기……."

경교승은 눈을 깜빡거리더니 수염을 쓰다듬고 나서 어두운 목소리로 중얼거렸다.

"그게, 그런가……? 아, 그 일이 너무나 끔찍한 기적이었기 때문에 입 밖에 내기를 꺼렸던 거죠. 하지만 방금 공주가 보인 너무 끔찍한 행동을 보고 그만 말하지 않을 수가 없었어요…….”

“잠깐만.”

조오라 공주는 얼굴을 들어 허공을 바라보았다. 무슨 기억을 떠올리려고 애쓰는지 눈썹을 잔뜩 찡그렸다.

“나……, 기억이 조금 나는 것 같아…….”

“기억이 나요? 뭐가? 하하하, 공주, 그건 기억이 나시지 않을 겁니다. 어머님의 일은 공주가 겨우 세 살이었을 때 일어난 일이니까요.”

“아뇨, 기억났어요.”

조오라 공주의 얼굴이 백지장처럼 창백해졌다. 입술까지 투명해졌다. 공포에 질려 의안처럼 빛을 잃은 눈으로 알 무타츠를 바라보았다.

“난 기억해요……. 두 살인지 세 살인지 모르지만 내 눈은 분명히 그 무서운 광경을 봤지……. 난 어려서 그게 뭔지 이해하지 못했지만. 그래도 눈에는 어른과 다를 바 없는 광경이 보이고 그 기억은 머릿속 어딘가에 새겨져 남아있어요……. 그게 지금 당신의 고백을 듣고 눈앞에 떠올랐네요. 그 등에서 피어오르던 끔찍한 흰 연기를, 그리고 새빨갛게 달군 십자가를 들고 있던 남자의 얼굴을…….”

“말도 안 돼! 세 살 어린아이가 어떻게 기억을……. 그건 공주가 꾼 나쁜 꿈이었겠죠.”

“그 남자 얼굴을…….”

조오라 공주는 반복하며 불쑥 얼굴을 가리더니 비틀거렸다.

“알 무타츠, 어머니의 등에 낙인을 찍은 건 당신이었어…….”

무시무시한 경교승은 몽둥이처럼 뻣뻣하게 서있었다. 맥없이 픽 주저앉은 쪽은 공주였다. 알 무타츠는 시커먼 아랫입술을 내밀며 넋이 나간 듯 공주의 모습을 내려다보더니, 이윽고 힘겹게 입을 열었다.

"그건 왕의 명령이었습니다."

그의 눈에 강한 힘을 지닌 빛이 되살아났다.

"아니, 그건 여호와 하느님이 명하신 벌이었죠."

그는 가슴에 십자가를 긋고 주문을 외듯 말했다.

"공주, 일어나세요."

조오라 공주는 천천히 고개를 들었다.

"공주, 내 눈을 봐요."

경교승의 움푹 팬 눈에는 이상한 빛이 들어온 것 같았다. 공주가 그 빛을 보자 어두운 눈은 심연처럼 이상한 흡인력을 드러냈다. 조오라 공주는 꼭두각시 인형처럼 일어섰다……. 최면술이라는 걸 모르는 사람들에게는 그건 분명히 마술처럼 보였다.

"공주, 우리는 이제 떠나야 합니다."

"예……, 우리는 여행을 떠나요……."

조오라 공주는 가냘픈 목소리로 말했다.

서문경이나 응백작, 다른 첩들도 말로 표현하기 힘든 귀기에 꼼짝도 할 수 없어 멍하니 서있을 뿐이었다. 달사 알 무타츠는 여전히 빨려들 듯한 눈으로 공주의 눈동자를 바라보며 엄숙한 목소리로 말했다.

"다시 이 사악한 음란 소굴에 몸을 들이면 여호와 하느님은 반드시 공주의 몸에 낙인을 찍는 벌을 내리실 겁니다."

진주 도둑 찾기

그래도 밖은 무섭게 추웠다. 요 열흘 남짓 습기가 덜한 마른눈이 내려 지붕에 쌓였다. 잠깐 날이 맑아 눈이 녹나 싶었는데, 또 살을 에는 듯한 차가운 바람이 불어닥쳐 처마마다 발을 드리운 듯 고드름이 열렸다. 그런 날씨 속에 달사 알 무타츠와 조오라 공주는 내일 다시 정처 없는 전도 여행을 떠나겠다고 한다.

그날 밤, 송별회가 열렸다. 탁자 위에는 늘 그렇듯 호두와 파, 돼지고기를 다져 구운 요리부터 양고기 백숙, 거위 목을 소금에 절인 요리 등등 진수성찬이 은촛대의 불빛을 받고 있었다. 하지만 서문경은 쓸쓸해 보였다. 조오라 공주를 잃는다는 사실이 너무도 괴로웠다. 데려가는 사람이 무서운 마력을 지닌 듯한 경교승만 아니라면 무슨 수를 써서라도 어떻게든 막고 싶은 심정이었다.

여자들은 들떴다. 물론 감당하기 힘겨운 연적 조오라 공주가 떠난다는 사실이 너무 기뻤다. 이 금발에 푸른 눈, 고귀함과 정열이 넘치는 공주의 매력은 그야말로 이질적이며 이국적이었다. 요염하기 짝이 없는 서문경의 애첩들마저 감당하기 어려운 상대였다.

그러나 송별회에 너무 슬퍼하는 사람과 기뻐서 어쩔 줄 모르는 사람이 섞여있으면 분위기가 엉망이 되는 것은 어쩔 수 없는 노릇이다. 떠나는 경교승의 무뚝뚝하고 벌레를 씹은 듯한 표정은 이런 자리에서는 불길한 까마귀처럼 눈에 거슬린다. 노래도 없고 웃음소리도 들리지 않았다.

"응 선생."

반금련이 불렀다.

"마침 좋은 기회인데, 말라 진주를 보여달라고 하시죠."

"아, 참. 그건 꼭 한번 보고 싶군요."

그러면서 응백작은 고개를 들었다. 물론 진주를 구경하고 싶기도 했지만, 그보다는 이 어수선한 송별회에 뭔가 흥미로운 일을 하나 마련하고자 하는 듯한 반금련의 의도를 눈치챘기 때문이었다.

"형님, 저 공주님이 주었다는 진주를 제게도 보여주시죠."

서문경은 당황했다. 조오라 공주가 준 것은 알 무타츠에게도 비밀로 했기 때문이다. 아니나 다를까, 알 무타츠의 눈이 희번덕거렸다.

"아, 아니, 아우. 그건, 그러니까, 뭐냐, 꺼내면 또 잃어버릴 우려가 있어서."

"설마. 이렇게 많은 사람이 지켜보고 있는데."

이렇게 말하며 반금련이 웃었다.

도리어 조오라 공주는 태연했다. 태연하다기보다 그런 대화를 듣는 건지 아닌 건지 홧술이라도 마시듯 향하주(香荷酒)를 들이켜고 있었다. 경교승이 신음하듯 말했다.

"주인장, 제게도 그 말라 진주라는 걸 보여주시죠."

이쯤 되면 더는 버틸 수 없다. 서문경은 정실부인 오월랑에게 그 진주를 가져오라고 했다.

"오오, 이건."

응백작은 저도 모르게 소리를 질렀다. 그건 정말로 미란대하[12]에

---

12   彌蘭大河. 《신당서》 지리지에 따르면 지금의 인더스강을 말한다.

피어나는 연꽃에 맺힌 크고 아름다운 이슬처럼 멋진 진주였다.

"아, 이걸 보니 역시 나머지 하나가 없어진 것이 아깝네요……."

"한 알이 없어졌다고요?"

경교승이 눈을 치켜뜨며 흘끔 보았다. 서문경이 허둥대는 사이 오월랑이 대답했다.

"정말이에요. 도둑맞은 건 그 진주만이 아니에요. 지난번에는 제 백동 거울이 없어졌고, 거기다 금팔찌와 은 항아리가 사라졌죠. 또 칠공예 장식을 한 칼, 상아 빗까지. 요즘 들어 이상하게 물건이 자주 없어졌어요."

"그 진주는…… 원래 세 알이었는데 공주의 어머니가 가지고 계시던 거죠."

경교승이 쉰 목소리로 말했다.

"왕비의 밀통 사건이 드러난 것은 그 한 알을 상대 남자에게 주었다는 사실이 들통났기 때문입니다. 그 진주를 받은 사람, 훔친 사람에겐 저주가 내릴 것이오!"

다들 말로 표현할 수 없는 공포에 몸이 굳어져, 휘둥그레진 눈으로 탁자 위의 큰 진주를 들여다보고 있었다.

반금련이 조오라 공주에게 속삭였다.

"저것 보세요. 당장이라도 덤벼들 듯한 여자들의 눈빛을."

"……."

"저 진주는 여자들 눈을 모두 도둑의 눈으로 만들죠. 호호호……. 그중에서도 보세요, 도둑고양이 같은 손 부인의 눈을……."

그러자 살짝 몸을 뒤로 물린 사람은 조오라 공주의 맞은편, 반금련 옆에 앉은 손설아였다.

"아니, 뭐라고요? 내가 도둑이라는 거예요?"

"어머, 들렸나? 호호호."

반금련이 웃었다.

"웃을 일이 아니죠. 무슨 그런 무례한! 도둑이라니, 무슨 소리예요!"

"도둑이라고는 하지 않았다니까요. 도둑고양이 같다고 했죠."

"어휴, 분해."

약간 신경질적인 손설아가 갑자기 반금련을 할퀴자, 반금련도 지지 않고 손설아의 뺨을 찰싹 때렸다. 순식간에 두 여자가 뒤엉키는 큰 싸움이 벌어졌다. 접시가 떨어지고 항아리가 쓰러졌다. 반금련의 옷소매에 걸려 촛대가 쓰러져, 눈 깜빡할 사이에 방 안이 캄캄해졌다.

"멍청한 것들. 이게 무슨 소동이냐!"

서문경이 버럭 소리를 질렀다. 붉은 불빛 몇 개가 바닥 쪽에 보이기는 했지만 군데군데 놓인 구리 화로에서 올라오는 불빛이었다. 방은 더 어둡고 캄캄하게 느껴졌다.

"불을 켜요."

오월랑이 소리쳤을 때, 응백작의 손 쪽에서 칙, 하고 푸른 불꽃이 일었다. 이럴 때는 머리가 아주 빨리 돌고 민첩한 응백작이 허리춤의 가죽 주머니에서 꺼낸 부싯돌을 쳐서 취등[13]에 불을 붙인 것이다.

---

13   取燈. 옛날 중국에서 소나무, 삼나무 가지 등을 잘라 작은 나무 조각으로 만든 다음
      그 끄트머리에 유황을 바른 것. 지금의 성냥과 비슷하다.

그 사이 대여섯 차례 숨을 쉴 만한 시간이 흘렀다. 촛대에 다시 환하게 불이 밝혀졌다.

불쑥 서문경이 깜짝 놀란 얼굴로 오월랑을 바라보며 말했다.

"진주는 있나?"

오월랑은 몸을 뻗어 작은 함을 들여다보더니 고개를 저었다.

"없네요."

"제길……, 또 당한 건가?"

서문경이 이를 갈며 신음했을 때, 방금 일어난 소란을 눈치챈, 서문경이 특별히 아끼는 소년 기동과 몸종 옥소, 소란이 달려왔다.

"으음. 정말 겁이 없군. 아우, 틀림없이 여자들 가운데 진주 도둑이 있겠지? 애, 기동아, 소란아! 촛대를 더 가져오너라. 이제 용서하지 않겠다. 반드시 도둑을 찾아내겠다. 다들 움직이지 마!"

"형님, 대체 어쩌시려고?"

"모두 옷을 벗고 조사를 받는다. 머리카락에서부터 옷, 귓구멍까지, 그리고 이 녀석들 가운데는 또 야릇한 부위에 숨기는 녀석이 있을지도 몰라. 샅샅이 뒤져 찾아낼 테다."

응백작은 뭔가 말을 보태려다가 얼른 입을 다물고 히쭉히쭉 웃었다. 아름다운 애첩들이 곧 알몸이 되는 눈의 즐거움을 생각하며 기쁨에 잠긴 것이다.

바로 그때 구석에서 누가 중얼거렸다.

"오오, 죄 깊은 이 집안에 저주가 내리리라!"

이렇게 중얼거리면서 휙 벽을 향해 돌아선 경교승을 보더니 서문경은 제정신이 좀 돌아온 모양이었다.

"자, 다들 옆방으로 가라!"

여자들에게 턱짓으로 옆방을 가리켰다. 맹옥루가 가슴을 쑥 내밀며 대들었다.

"싫어요. 옆방은 불을 때지 않아 추운데."

"닥쳐. 무슨 말이 이리 많아."

이번에는 반금련이 밉살맞게 말했다.

"그렇게 캄캄한데 용케 진주를 훔쳤네. 잔뜩 차려놓은 음식 접시들 가운데 있는 작은 함에서 소리도 내지 않고. 고양이 같은 눈을 지닌 사람을 찾으면 되겠지……."

"시끄럽다. 어서 가지 못하겠느냐!"

서문경은 소란스러운 여자들을 마치 닭을 닭장에 몰아넣듯이 거칠게 밀어냈다. 오월랑도 창백한 얼굴에 여자 특유의 심술을 감추고 뒤를 이었다.

곧 옆방에서 옷이 스치는 소리가 요란하게 나기 시작했다.

"으으, 추워……."

"무슨 이런 송별회가 다 있어……."

"앗……, 아잉, 싫어."

저항인지 교태인지 분간하기 힘든 소리를 지른 사람은 반금련일 것이다. 하지만 곧 소란은 가라앉았다.

문이 열리고 서문경이 쓴 약이라도 마신 표정으로 나타났다.

"형님, 진주는 나왔나요?"

"아니!"

서문경은 답답하다는 듯이 대꾸했다.

그때 지금까지 말없이 향하주를 마시고 있던 조오라 공주가 불쑥 발그레한 얼굴을 들고 말했다.

"어쩌면…… 진주를 훔친 사람은 그 사람일지도 모르겠군요……."

낙인 찍힌 공주

"뭐, 뭐라고요?"

서문경을 앞세우고 슬금슬금 밖으로 나온 여자들도 우뚝 멈춰 섰다. 조오라 공주의 눈과 뺨도 이상하리만치 빛이 났다. 향하주를 마셔 술기운이 올라온 모양이다.

"공주, 그 사람이라뇨?"

"그 사람……. 금련 언니 말을 듣고 떠오른 생각이에요. 고양이 처럼 어둠 속에서도 볼 수 있는 사람……."

"흠, 그런 사람이 이 안에 있나?"

"아뇨, 밝은 곳이 갑자기 어두워져도 사물을 볼 수 있도록 눈을 준비한 사람……."

"그게 누구죠?"

"불이 꺼지기 전에 내내 눈을 감고 있었던 사람……. 그것도 금련 언니가 사람들 눈을 보라고 했기 때문에 지금 생각이 난 거 예요……. 내내 눈을 감고 있던 사람은 바로 저 빙금보 부인이었 죠……."

듣고 있던 사람들이 흠칫 놀란 까닭은 그 말보다 이어서 조오라 공주가 아주 크게 킥킥거리며 웃음을 터뜨렸기 때문이었다. 왠지 조오라 공주의 태도가 이상했다. 갑자기 심하게 흥분한 듯이 행동했다.

그러나 다음 순간, 실내는 그야말로 난장판이 되고 말았다. 새가 갑자기 날아오르듯 뛰쳐나가던 빙금보의 옷소매를 서문경이 덥석 낚아챘기 때문이다.

"너로구나?"

"앗, 나리……."

빠져나가려고 몸을 뒤트는 모습을 보면서도 도무지 믿어지지 않았다. 그 막대한 지참금을 가지고 들어온 엄청난 부자인 빙금보가 도둑질이라니!

얼굴을 두 손으로 가린 채 발치에 무너져 내린 그녀를 내려다보는 서문경도 어처구니없다는 표정이었다.

"아니, 이 사람아. 대체, 왜 그런 짓을……?"

"용서해 주세요. 나, 난 병이에요."

"병?"

"예, 달거리가 시작되면…… 뭔가를 훔치고 싶어져서 견딜 수 없어요……. 손이, 손이 저절로 움직여서 남의 물건을 집네요……."

"터무니없는!"

서문경에게 그런 병에 대한 배려는 없다. 놀라움이 수그러드는 듯하더니 눈빛이 갑자기 불같은 분노로 타올랐다.

"그래서, 말라 진주를 어데 숨겼느냐."

"그게……, 삼켰어요……."

서문경은 다짜고짜 빙금보의 입으로 손을 가져갔다.

"토해! 어서 토하지 못하겠어?"

그는 빙금보의 등짝을 두드리며 혀를 끄집어내려고 했다. 발버둥을 치는 빙금보의 끔찍한 모습에 다들 어쩔 줄 몰라 아무도 나서지 않았다.

그때 갑자기 들려온 경교승의 목소리가 소동에 찬물을 끼얹었다.

"공주, 왜 그러십니까?"

조오라 공주가 좀 이상했다. 조금 전에 묘하게 흥분한 모습이었는데 지금은 낯빛이 창백했다. 정신없이 빙금보를 몰아치고 있던 서문경도 그 목소리를 듣고 당황해 얼른 자리로 돌아왔다.

"공주, 몸이 좋지 않소?"

조오라 공주가 얼굴을 들었다. 그 눈은 몽롱했다. 입술은 요염한 미소를 짓고 있었다.

"역시 난 떠나지 않아야겠어. 여기 계속 있게 해줘……."

"무슨 말씀이세요, 공주!"

알 무타츠는 당황해 벌떡 일어났다. 조오라 공주는 아무렇지도 않은 표정으로 바라보았다.

"난 기분이 이상해……. 왠지 병에 걸린 것 같아……. 그러니 먼저 가……."

"공주, 내 눈을 봐요."

경교승의 움푹 팬 눈에서 다시 아까와 같은 이상한 빛이 뿜어져 나왔다.

"공주……, 우리는 여행을 떠나야만 해요."

그렇지만 조오라는 이번엔 꼭두각시 인형처럼 일어서지 않았다. 여전히 멍한 흐린 눈빛으로 경교승을 바라보면서 이렇게 말했다.

"안 가겠어. 난 여기서 이분과 이렇게 지낼 거야. 언제까지 나……."

속삭이듯 말하더니 두려워하는 기색도 없이 흰 팔을 들어서 서문 경의 목에 감고 찰싹 달라붙었다.

"고…… 공주."

서문경은 공주의 얼굴을 들여다보았다. 조오라 공주는 어느새 그 자세로 새근새근 잠이 들었다.

"이런…… 엄청나게 취한 것 같군."

"그런 수법에는 넘어가지 않지."

알 무타츠는 이를 갈며 공주의 모습을 노려보았다.

"꾀병을 부려 날 속이려 하다니……. 이 추악하고 음란한 곳에 머물겠다고……? 여호와 하느님이 무서운 줄 모르다니, 당치도 않 지……."

서문경은 그 저주의 탄식 때문에 조오라 공주가 영원히 깨어나지 않을까 두려웠다.

"여봐라, 누가 공주를 옆방으로 옮겨 침대에 눕히도록 해라……."

기동과 몸종들이 축 늘어진 조오라 공주를 안아 들고 옆방으로 옮겼다. 오월랑과 반금련이 걱정스러운 듯 그 뒤를 따랐다.

조금 있다가 오월랑과 몸종들이 돌아왔다. 서문경은 불안한 표정 으로 물었다.

"공주는 괜찮은가?"

"괜찮습니다. 열도 별로 없으니 틀림없이 술을 과음한 거겠죠. 금련 아우가 돌보고 있고요."

오월랑이 대답하자 서문경은 고개를 끄덕이더니 다시 옆에 있는 빙금보를 무섭게 노려보았다.

"고얀 것. 어쩔 것이냐? 배를 갈라주랴?"

"설마…… 삼킨 물건이 계속 배 안에 있지는 않을 거잖아요."

옆방에서 나온 반금련이 문 쪽에서 말했다.

그 말의 의미를 깨닫고 서문경이 얼굴을 잔뜩 찌푸렸다. 알 무타츠는 고통스럽기까지 한 분노의 신음 소리를 냈다.

"으으, 유서 깊은 왕가의 진주를!"

반금련은 웃으며 서문경에게 말했다.

"설마, 이미 더러워진 진주를 되찾아 봐야 무슨 소용이겠어요…… 아예 제게 주시지 않겠어요?"

여자들은 술렁거렸다. 오물은 묻었지만 아름답고 커다란 진주. 이런 보석만큼 여자들의 마음을 뒤흔드는 것은 없을 것이다. 서문경은 더 화가 났다.

"이년 배를 갈라도 분이 풀리지 않을 것이야."

"병이라잖아요. 용서해 주세요…… 여자에겐 달거리가 시작되면 온갖 마귀가 달라붙기 마련이거든요."

"그런 말도 안 되는 병이 어디 있느냐?"

"저 대식국에서 온 경교승에게 마귀를 쫓는 의식을 해달라고 하면 되죠."

반금련이 태연한 표정으로 말했다.

"예를 들면 옛날에 저 경교승은 조오라 공주의 어머니에게 죄를 지었다는 표시로 등에 열십자 낙인을 찍었다고 하던데……."

알 무타츠는 펄쩍 뛰며 고개를 저으려고 했다. 하지만 반금련은 거침없이 내뱉었다.

"그런 마귀를 쫓는 의식을 다시 하면 아무리 그래도 금보 아우에게 붙은 마귀도 떨어지겠죠."

"너무해, 어떻게 그런 말을!"

빙금보가 몸부림치며 계속 악을 썼다.

"넌 어떻게 그런 악독한 소리를 하는 거지……? 아까부터 이상하다는 생각은 했지만 이제야 너에게 속았다는 걸 알겠어……. 이렇게 된 이상 다 까발려 줄 테니 각오해……. 훔친 사람은 나야. 그렇지만 훔친 물건은 전부터 둘이 나누어 가졌잖아?"

"뭣이?"

서문경의 눈이 휘둥그레졌다. 빙금보는 눈물을 닦으며 말했다.

"내 병을 알고 그걸 노려 오히려 나를 꼬드긴 거 아닌가? 오늘 밤도 마찬가지고. 하나 더 남은 말라 진주를 훔칠 마지막 기회라면서 불이 꺼지더라도 앞을 볼 수 있도록 그런 꾀를 알려준 건 너 아닌가……? 그러니 우린 같은 죄를 지은 거야!"

반금련은 그 말을 들으면서도 살짝 미소를 짓고 있었다.

"넌 나를 이런 꼴로 만들려고 미리 계획을 짜놓은 거지? 날 이 집에서 쫓아내려고?"

"그래. 이 집에 도둑질이 병이라는 사람이 있어서는 안 되지."

반금련은 뻔뻔하게 대꾸했다. 서문경은 이 여자에게 화를 내야 할지 말아야 할지 판단이 서지 않는 표정이었다. 반금련은 서문경을 돌아보며 태연하게 말했다.

"어쨌든 저 도둑년 몸에서 나온 말라 진주는 내게 줄 거죠?"

"그건 안 돼! 그걸 노린 거구나? 그 수법에 넘어가면 안 돼요, 서방님."

빙금보는 미친 사람처럼 악을 썼다.

"시끄럽다!"

서문경은 호통을 쳤다.

"둘 다 여우거나 너구리일 거야. 말도 안 되는 것들. 특히 금보, 넌 도둑질을 한 여우 주제에 그런 뻔뻔한 얼굴을 하다니. 에잇, 너 같은 년은 정말……."

"병이니까 경교승에게 마귀를 쫓아내라고 부탁해요."

반금련이 또 부추겼다. 서문경은 흘끔 알 무타츠 쪽을 보았다. 경교승은 아무 말도 없이 음침한 표정으로 중얼거렸다.

"오오, 내 귀를 막고 눈을 가리고 싶구나. 악취 풍기는 죄악의 집이여. 어쨌든 내가 정화해야겠구나."

증오와 혐오로 부들부들 떨리는 손가락으로 가슴께에 매달렸던 십자가를 벗기더니 옆에 있는 커다란 화로에 푹 꽂았다.

"그쪽 부인."

그러면서 빙금보를 보았다. 금보는 도망치려고 했지만, 그 무서운 눈빛에 꼼짝도 하지 못했다.

"내 눈을 바라봐……, 내 눈을 바라봐……. 오오, 대식의 사막에 모르는 사람 없는 왕가가 간직했던 진주를 훔쳐 더럽힌 여자여, 그대는 그 죄의 벌을 받아야만 하리라……."

그는 탁자 위에 있는 물항아리에 두 손을 집어넣더니 그 젖은 손으로 새빨갛게 달아오른 십자가를 집어 들고 쓱 훑어 내렸다. 빙금보가 아니라 오히려 서문경에게 보여주는 행동이었지만, 손바닥과 불에 달군 십자가 사이에서 피어오르는 수증기의 장벽을 모르는 사람들은 그만 그 마력에 꼼짝하지 못하게 되었다.

"아니, 그 죄는 성스러운 십자가로 정화해야만 한다!"

빙금보의 흰 등에서 바로 무시무시한 연기가 피어올랐다. 끔찍한 비명과 함께 그녀는 까무러치고 말았다.

수상한 경교승 알 무타츠는 십자가를 물에 담가 식히더니 다시 걸고 어두운 눈빛으로 또 사람들을 훑어보며 말했다.

"여호와 하느님의 뜻을 거스르는 죄인은 누구라도 그 명벌[14]을 받으리라!"

그러더니 으스스한 발소리를 내며 방을 나갔다.

다들 가위눌린 사람처럼 바닥에 엎어진 빙금보의 등을 바라보며 꼼짝도 하지 못했다. 포동포동한 살에 새겨진 십자가 모양의 자국.

"에잇, 보기도 싫다. 저걸 옆방에 처넣어 둬라!"

서문경이 고개를 돌리며 버럭 소리쳤다.

몸종들이 실신한 빙금보를 옆방으로 옮긴 뒤, 사람들은 몽유병자처럼 자리로 돌아왔다. 환송회 분위기는 이미 깨졌다. 무엇보다 조오라 공주와 알 무타츠가 자리에 없었다.

"이봐, 아우."

침울한 표정으로 술잔을 입으로 가져가던 서문경이 응백작에게 말을 건넸다.

14　冥罰. 죄지은 사람에게 신이 내리는 벌.

이럴 때면 늘 마음을 가다듬고 분위기를 띄워주는 역할을 맡는 응백작이 뭔가 깊은 생각에 잠긴 모습이 마음에 걸렸다. 서문경이 지금 고민하는 문제는 이제 빙금보나 말라 진주가 아니다. 저 경교 승의 저주 문제였다.

"자네, 왜 그러나······? 공주는 떠나지 않겠다고 하는데······ 저 무시무시한 달사를 생각하면 나는······."

그때 옆방에서 심상찮은 신음 소리가 들려왔다. 다들 깜짝 놀란 얼굴로 귀를 기울였다. 그때 응백작이 펄쩍 뛰었다.

"공주다!"

의자를 박차고 옆방으로 달려 들어갔다.

그러나 조오라 공주는 여전히 침대에 누워있었다. 정신이 들었는 지 눈을 떴는데 끔찍한 고통으로 일그러진 얼굴을 하고 두 팔을 들 어 허공을 할퀴고 있었다.

"공주! 어, 어떻게 된 거요?"

"아파, 너무 아파."

조오라 공주가 신음했다.

"뜨거워, 등이······."

"뭐? 등이······?"

뒤따라 들어온 서문경과 아내들은 흠칫 놀라 우뚝 멈춰 섰다. 침 대 아래 이부자리가 펼쳐져 있고, 정신을 잃은 채 혼자 쓰러져 있는 빙금보도 보였다.

"드, 등을 봐. 등 쪽을 보라고."

서문경의 말에 오월랑과 맹옥루는 떨리는 손으로 고통에 신음하는 조오라 공주를 엎드리게 해 등을 살폈다.

"이런, 땀을 잔뜩 흘렸네. 옷도 이부자리도 축축하고……."

응백작은 말하다 말고 비명을 지르며 펄쩍 뛰었다.

"나, 낙인이다!"

응백작이 신음하며 비틀거렸다. 서문경이 그토록 칭찬하던, 눈처럼 흰 피부에 처참하게 찍혀있는 불에 지진 듯한 십자가 자국!

"언제, 언제지? 언제야? 그놈 어디 있어?"

서문경은 공포에 질려 두 팔을 뒤틀며 주위를 둘러보았다.

"문은 하나죠."

응백작은 방금 들어온 문을 턱으로 가리켰다. 그리고 북측에만 있는 창 쪽으로 달려가 벌컥 열었다. 처마에 길게 늘어진 고드름이 등불 빛을 받아 아름답게 반짝였다.

"아니, 이쪽으로도 누가 들어온 흔적은 보이지 않아. 마당에 소복하게 쌓인 눈에 발자국은 하나도 보이지 않아!"

응백작은 마당을 훑어보고 외쳤다. 차가운 침묵이 드리운 방 안에서 사람들은 그야말로 얼어붙은 듯이 우두커니 서있었다.

돌개바람

"그건 모르오."

눈이 휘둥그레진 알 무타츠는 응백작을 바라보며 말했다.

"달리 아무도 없었다는 게 사실이라면 그 죄지은 여자 빙금보에게 캐물으시오. 공주가 그 여자 죄를 밝혀냈다는 원한이 있지 않은가요?"

"빙 부인은 내내 의식이 없는 상태였습니다."

"실신한 척했던 건 아닙니까?"

"아뇨. 그런 낙인을 찍으려면 불에 달군 십자가는 아니더라도, 달군 부젓가락이나 뜨거운 물 정도는 그 방에 가지고 들어가야죠. 그런데 그 방에 그런 걸 들고 들어간 사람은 아무도 없다는 걸 다들 압니다. 방 안에 있던 빙 부인은 물론이고요. 그런 걸 옷소매나 품 안에 숨길 수는 없을 테고. 또 이거다 싶은 기구나 그릇도 본 사람이 없어요. 공주가 누워있던 방에도 화로처럼 불을 붙일 수 있는 건 전혀 없었고."

"창문으로 빠져나가 부젓가락을 들고 들어오지는 않았을까요?"

"하지만 정원에 사람이 지나간 발자국은 전혀 없었습니다."

응백작이 이렇게 대꾸하자 입을 다문 알 무타츠는 울며 몸부림치는 조오라 공주를 부둥켜안았다.

"공주……, 공주……."

애처롭다는 듯한 목소리를 짜내던 그는 문득 고개를 들어 허공을 바라보며 그리고 조용히, 하지만 엄숙하게 말했다.

"여호와 하느님의 뜻이 이루어지신 거로군! 인간의 지혜로는 짐작할 수 없는 하느님의 손길이 사악하고 음란한 침대에 내려와 낙인이란 명벌을 내린 거야! 공주, 여호와 하느님을 두려워해야 해요. 내가 하는 말을 무시한 벌은 이러하답니다……."

이튿날 아침, 눈이 그쳐 눈이 시릴 만큼 푸른 하늘이 보였다. 하지만 추위는 더욱 심해졌다. 그런데도 고집 센 늙은 경교승은 군이 출발하겠다고 했다. 조오라 공주가 고통을 참으면서 풀이 죽은 모습으로 그를 따라나선 까닭은 틀림없이 여호와 하느님이 내린 벌에 데었기 때문이다. 그리고 서문경이 그들의 출발을 말리지 않은 이유도 같은 공포 때문일까?

여행을 떠나는 이방인 승려와 공주를 서문경 저택의 식구들은 문까지 배웅하러 나갔다. 그때 응백작이 어쩔 줄 모르겠다는 표정으로 다가왔다.

서문경과 오월랑이 두 사람과 작별 인사를 나누는 사이, 응백작은 반금련에게 작은 목소리로 이야기했다.

"그런데…… 빙 부인 몸에서 나온 말라 진주는 어떻게 되었습니까?"

"글렀어요, 글렀어. 결국 서방님이 물에 씻어서 돌려주었네요."

"그럴 줄 알았어요. 그 정도로 물러날 형님이 아니죠."

응백작은 킥, 웃고 고개를 숙인 채 땅바닥에 있는 얼음덩어리를 걷어찼다. 얼음은 차갑고 맑은 금속음을 내면서 굴러갔다.

"저는 어젯밤 도무지 이해되지 않는 게 있었습니다."

"뭐가……? 저 조오라 공주의 낙인 말인가요?"

"그것도 그렇지만 형수님은 왜 빙 부인이 훔쳤다는 사실을 폭로할 수 있도록 공주에게 넌지시 알려주었는지, 그게 이해가 안 되더군요."

"아아, 그거요? 그야 우리 집안에 도둑질이 병이라는 사람이 있으면 안 되잖아요. 그렇다고 같은 처지인데 내 입으로 폭로할 수는 없고."

"그건 그렇지만, 가만히 있으면 형수님은 빙 부인이 훔친 것의 절반은 손에 들어오지 않나요? 그런데 굳이…….”

“호호, 난 그렇게 못된 여자가 아니에요. 한패가 된 건 증거를 잡기 위해서였죠. 언젠가, 이르건 늦건, 서방님에게는 이야기할 생각이었다니까요……. 아니, 언제까지 그 여자의 도둑질이 들통나지 않을 거로 생각해요? 난 그렇게 어리석은 여자가 아니에요.”

“그렇죠. 형수님은 어리석기는커녕 무서우리만치 영리한 분이죠…….”

여기까지 말하고 응백작은 말없이 반금련의 얼굴을 바라보며 씩 웃었다.

“그렇게 영리한 형수님이 빙 부인의 도둑질을 폭로하는데 왜 어젯밤을 골랐을까, 저는 그게 궁금한 겁니다…….”

“이상하게 날 물고 늘어지시네? 그거야 꼭 어젯밤이 아니어도 상관없었죠. 하지만 더는 나쁜 짓을 두고 볼 수 없었던 거예요…….”

반금련은 응백작의 눈을 빤히 들여다보더니 문득 멋쩍은 듯 미소를 지었다.

“아니, 웃어요? 호오……, 웃으신다? 이봐요, 난 분명히 그 여자가 훔친 물건을 절반 나누어 받았어요. 그렇지만 생각해 보세요. 그렇게 얻은 물건을 남들 앞에 내놓을 수 있겠어요? 늘 숨겨야죠. 그러면 내 손에 들어오지 않은 거나 마찬가지예요. 외려 숨기느라 늘 신경 써야 하고. 이래서는 도저히 더 길게 갈 수 없다고 생각한 거죠. 그래서 아예 다 털어놓고, 칭찬은 몰라도 그 더러워진 말라 진주 하나쯤은 내가 공개적으로 받을 수 있을 거로 생각했던 거죠……. 그런데 그 고집불통 영감탱이 덕분에 일이 뜻대로 풀리지 않아 계획이 완전히 어긋난 거예요."

"영리한 분이 그쯤은 미리 짐작했을 텐데요."

"예? 그건 무슨 뜻이죠?"

"지금까지 손에 넣은 물건이나 말라 진주를 다 포기하더라도 꼭 하고 싶었던 일이 있었던 거 아닌가요?"

"아, 그러니까 그 도둑년을 내쫓는 것?"

"그것도 물론이지만, 빙 부인의 등판에 달사가 낙인을 찍게 하려는 목적 아니었나요? 계속 그런 방향으로 유도했었죠?"

"어머, 왜요? 그 여자 피부는 전혀 예쁘지도 않은데……."

"어허, 형수님답지 않군요. 하하하, 얼떨결에 속마음을 털어놓으셨어. 아니, 그러니까 빙 부인의 살에 불에 덴 상처를 남기기보다, 여러 사람 앞에서 달사가 낙인을 찍는 모습을 보여주고 싶은 게 목적 아니었던가요?"

"어째서요? 난 웅 선생이 무슨 소리를 하는 건지 잘 모르겠네."

"달사가 얼마나 무서운지 보여주기 위해서죠. 그런 다음에 조오라 공주의 등에 십자가 낙인이 찍혔을 때, 다들 그 낙인을 찍은 사람은 바로 달사라고 생각하게 만들기 위해서."

"엥? 그건 경교승이 한 짓이잖아요? 그게 아니라면, 대체 누가?"

"아뇨, 아뇨. 아무리 달사라고 해도 공주 옆에 없었는데 낙인을 찍을 수야 없죠. 실제로 공주의 어머니나 빙 부인이나 달사가 직접 십자가 낙인을 찍지 않았습니까?"

"그러면 그 여자 짓이겠네요. 빙금보가 옆에 있었으니까."

"빙 부인은 기절한 상태였죠. 적어도 불에 달군 십자가 같은 걸

가지고 들어올 겨를이 없었어요."

"그렇다면 그 여호와 하느님이라는 무시무시한 신이……."

"하하하, 그 달사도 영문을 모르니까 자기 편한 대로 둘러댄 건데……. 그렇지만 그 사람은 정말 무섭죠. 아직 아무것도 눈치채지 못했으면 좋을 텐데……. 얼른 떠나버리면 좋겠군요……."

경교승과 공주는 한 번 더 서문경 부부에게 작별 인사를 하고 조용히 발걸음을 옮기려 하고 있었다. 그 앞길에 펼쳐진 푸른 하늘에 검은 구름 한 덩어리가 둥실 떠있었다.

그런 모습을 멍하니 보고 있던 반금련이 휘둥그레진 눈으로 응백작을 돌아보았다.

"아니, 대체 무슨 말을 하고 싶은 거예요?"

"조오라 공주의 등에 십자가 낙인을 찍은 건 십자가도 아니고 불에 달군 부젓가락도 아니죠. 열십자로 얽은 고드름이었다는 이야기를 하고 싶은 거죠……."

"어머머, 고드름이 그런 화상을 남겨요……?"

"원하신다면 고드름 위에 오래 누워보시죠. 공주의 몸이 잔뜩 젖어있던 까닭은 고드름이 녹았기 때문이었어요……."

"조오라 공주가 차가운 고드름 위에 아무렇지도 않게 누워있었다는 건가요?"

"공주는 술에 넣은 아편 때문에 반쯤 정신이 없는 상태였죠. 그렇게 되기 전에 보여준 이상하리만치 쾌활한 모습, 지나친 행동, 달사의 눈이 지닌 마력도 전혀 통하지 않던 그 육감적인 움직임……. 그건 다 아편 때문 아니겠어요? 그리고 술자리가 열리던 중 공주 옆에 있던 사람은 형님과 형수님이었죠……."

"내가? 난 그 공주에게 아무런 원한도 없는데."

"그 피부를 질투한 거죠."

"예?"

"조금 전에 형수님이 한 이야기에 빠진 부분이 바로 그겁니다. 형수님은 형님이 입이 마르게 칭찬한 저 대식국 공주의 백설 같은 피부에 끔찍한 십자 상처를 내고 싶었던 거겠죠……."

경교승과 공주는 이미 열 걸음쯤 멀어졌다.

"이봐요."

반금련은 웅백작의 귓가에 향기로운 숨결을 내뿜으며 말했다. 그 뒤로 조금 전 나타난 검은 구름 한 점이 차츰 이상하게 커지기 시작했다. 그리고 거센 돌개바람이 정통으로 불어닥쳤다.

그때 스무 걸음쯤 멀어졌던 알 무타츠가 빙글 돌아섰다.

늙은 경교승은 성큼성큼 걸어왔다. 다들 뭔가 무서운 예감을 느끼고 그 자리에서 꼼짝도 못 했다. 땅끝에서 기분 나쁜 소리가 들려오는 것 같았다.

"잠깐, 방금 깨달은 일이오만."

알 무타츠는 배웅 나온 사람들을 쭉 둘러보고 입을 열었다.

"어젯밤, 공주가 주무시고 있을 때 옆에 혼자 남았던 사람은 누구죠?"

"그건, 빙금보와……."

서문경이 떠듬떠듬 대답했다.

"그 밖에는?"

"오월랑, 기동, 몸종 소란과 옥소……."

"아뇨, 우리는 다 함께 있었죠. 혼자 남았던 사람이라면, 아, 맞아, 금련 아우……."

오월랑이 의심스러운 눈빛으로 돌아보았을 때, 알 무타츠는 한 걸음 천천히 내디디며 반금련의 눈을 똑바로 바라보았다. 뭐든 꿰뚫을 듯한 눈빛이었다.

"공주의 낙인은 불에 덴 상처가 아니었소……. 빨갛게 부풀어 오르고 물집이 생긴 데다가 피부가 죽는…… 증상은 비슷하지만 그건 화상이 아니라 심한 동상이었지. 그 생각을 못 했어. 얼음으로 찍은 낙인일 줄이야……. 공주에게 아편을 먹여 잠들게 한 여자, 그런 부인은…… 이리 오시오."

반금련은 도망치려고 했지만 경교승의 심연 같은 눈빛 때문에 벗어날 수 없었다.

"내 눈을 바라봐……, 내 눈을 바라봐……."

반금련은 비틀비틀 걸어 나왔다. 응백작은 온몸에 찬물을 뒤집어쓴 느낌이 들었다. 어떻게든 소리를 지르려고 했지만 목소리가 나오지 않았다. 경교승은 반금련을 노려보며 보이지 않는 실을 당기듯, 뒷걸음질로 다시 왔던 길을 걸어갔다. 그러자 이상한 굉음이 밀려왔다.

"아니, 구름이!"

서문경이 소리치며 하늘을 우러렀다. 어두운 구름은 어느새 검은 줄을 드리우며 질풍처럼 다가왔다. 그러자 차츰 땅 위에서도 한줄기 눈발이 휘몰아치며 하늘로 솟구쳐 하늘과 땅을 잇는 기둥이 되었다.

"용오름이다!"

응백작이 절규했다.

돌개바람은 마을의 기와며 도로에 깔린 돌, 낙엽까지 휩쓸며 오른쪽에서 왼쪽으로, 그야말로 용처럼 꿈틀거리며 다가왔다. 도망치려고 했지만 다들 어디에 묶인 사람들 같았다. 알 무타츠는 그제야 비로소 무서운 바람이 불어온다는 걸 깨달은 모양이다. 뒤를 돌아보며 뭐라고 외쳤지만, 다음 순간 그는 공주, 반금련과 함께 컴컴한 모래 먼지에 휩싸여 보이지 않았다.

"형수님."

응백작이 소리치며 달려나갔을 때 용오름은 더욱 커지며 저편으로 비켜나갔다. 허공에서 툭 아름다운 한 여자를 토해냈다. 땅바닥에 떨어진 여자는 반금련이었다. 용오름은 굉음과 함께 차츰 멀어져 갔다.

"형수님! 형수님!"

응백작이 반쯤 미친 사람처럼 반금련을 안아 들었을 때, 금련은 폭풍에 떨어진 배 같은 안색으로 중얼거렸다.

"등이……."

반금련은 그렇게 말하고 그만 정신을 잃고 말았다.

나중에 알게 된 사실이지만 반금련의 등에는 땅에 떨어졌을 때 거기 깔려 있던 포석 무늬 그대로 또렷하게 붉은 열십자 상처가 나 있었다. 그렇지만…… 그 한바탕 불어닥친 겨울의 돌개바람이 이상한 외국 승려와 공주를 어디로 데리고 갔는지 끝내 그 행방은 알 수 없었다.

검은 젖가슴

손끝의 감각

응백작은 원래 비단을 파는 큰 가게의 아들이었지만 놀고 즐기느라 가산을 탕진해 버렸을 지경이니 도박에는 자신이 있었다. 그래서 집주인의 비위나 맞추며 술을 얻어먹으러 드나드는 이 저택의 주인, 청하현에서 가장 부유한 상인 서문경쯤은 그야말로 만만한 봉이라고 생각했다.

그런데 요즘에는 이상하게 서문경이 벌인 마작판에만 끼면 잘 잃었다. 아니, 벌이는 판마다 돈을 잃었다. 서문경을 좋아하기는 하지만 감각이 둔한 데다가 다혈질이라 툭하면 흥분하는 성격 때문에 승부를 겨루는 일에는 약하다고 생각하는 만큼, 도박에는 천재라고 자부하던 응백작은 눈에 핏발이 섰다.

"좋았어, 리치!"

"아니, 자네 괜찮겠나?"

베이챠(北家)인 서문경이 히죽거리며 물었다. 그야말로 자신만만한 표정이었다.

이어서 난챠(南家)인 오월랑이 서문경 앞에 있는 패를 집었다. 그리고 다섯째 부인 반금련도 따라 집었다. 서문경이 완츠(萬子)의 친이소(靑一色)[1]인 게 틀림없으니 아무도 완츠를 내놓으려 하지 않았다. 하지만 서문경은 다음 패를 집어가더니 씩 웃었다. 또 서문경이 원하던 완츠가 들어온 모양이다.

한 바퀴 돌아 패를 집은 응백작은 표정이 바뀌었다. 가장 두려워하던 츄완(九萬)이 들어오고 말았다. 서문경이 키들키들 웃었다.

"아우, 자네 리치지?"

"어쩔 수 없군. 에잇!"

"론(榮)[2]."

서문경이 또 이겼다. 친이소(靑一色)에 스안커(四暗刻)[3]였다. 물론 만간(滿款)[4]이었다.

"이봐, 아우. 자네 이제 얼마를 빚진 거지? 다른 건 몰라도 이 계산만큼은 반드시 제대로 치러야 하네."

"드려야죠. 물론 제 목을 팔아서라도 드릴 텐데……."

응백작은 울음 섞인 목소리로 말하고 잠시 생각에 잠겼다가 입을

---

1   나올 수 있는 확률이 0.94퍼센트라고 한다.

2   상대방이 낸 패로 이길 때 쓰는 용어.

3   나올 수 있는 확률이 0.048퍼센트라고 한다.

4   승자의 점수가 너무 많이 나오지 않도록 일정한 한도로 제한한 점수.

열었다.

"아, 완전히 졌다. 졌어. 오늘 밤은 형님을 기쁘게 해드렸으니 그만 판을 접죠."

이렇게 말하며 깔끔하게 단념하고 패를 섞어버렸다.

하지만 그 뒤 마련한 술자리에서도 역시 미련이 남는지, 응백작은 금화주를 한 모금 마시더니 문득 생각에 잠겼다.

"그렇지만 정말 이상하네. 형님은 자기 앞에 쌓이는 패의 순서를 다 알고 있는 것 같은데……?"

"으하하, 그런 걸 어떻게 알겠나? 난 마작 패의 뒷면까지 꿰뚫어 볼 능력은 없어."

"물론 그렇겠죠. 그렇다면 생각할 수 있는 건 패를 돌릴 때 손가락으로 더듬어 외우는 게 아닐까, 하는 건데……. 형님 손가락이 그렇게 섬세하게 감촉을 느껴 기억할 리는 없을 테고……."

"이 손가락 말인가?"

서문경은 자기 검지와 중지를 불빛에 비추며 또 재미있다는 듯이 껄껄 웃었다. 애벌레처럼 짤막하고 끝이 퉁퉁한 손가락이었다.

"마작 이야기는 차치하더라도 내 손가락은 무시하면 안 돼. 이 손가락은 그야말로 인간의 능력으로는 도저히 알 수 없는 신비로운 요술을 익혔거든."

"그게 무슨 말씀이죠?"

응백작은 의아하다는 표정으로 고개를 들었다. 야릇하게 빛나는 서문경의 눈빛을 보고는 슬쩍 쓴웃음을 지으며 말을 이었다.

"그 손가락이 범상치 않다는 건 저도 잘 알죠."

"에이, 마작에 졌다고 그렇게 말투가 부루퉁해선 못써. 내 손가락은 말이야, 캄캄한 어둠 속에서 스치기만 해도, 예를 들면 그냥 젖가슴을 살짝 스치기만 해도 어느 여자인지 분간해 낼 수 있다니까."

"헤헤……."

이런 이야기라면 응백작도 마작으로 돈을 잃었다는 사실은 잊고 호기심에 눈이 반짝거렸다. 서문경은 의기양양하게 말했다.

"이봐, 아우. 여자를 즐기려면 오감으로 즐겨야 해. 눈, 귀, 코, 혀, 그리고 바로 이 촉감……."

"당연하죠. 그리고 그 위에 '마음'이라는 게 있는데 형님이 그걸 아시려나 몰라."

"잘난 척하지 말게. 자네도 마음 같은 걸 알 턱이 없지. 그런데 내가 방금 이야기한 오감 가운데 뭐가 제일 중요할 것 같나?"

"그야 뭐니뭐니 해도 빼놓을 수 없는 건 눈이 아닐까요? 이른바 미녀란 눈으로 보아 아름다운 여자를 일컫는 말이니까요."

"그래서 자네는 아무리 시간이 지나도 색도[5]의 깊은 뜻을 제대로 모르는 거야."

"그럼, 형님은 뭐가 가장 중요합니까?"

"촉각이지."

"그렇군요……. 그럴지도 모르지만, 그 한 가지만 꼽으면 좀 인간미가 없는 것 같네요. 왠지 짐승의 그것과 비슷한 듯한."

"바로 그거야. 색도의 묘미는 거기까지 내려가야만 비로소 제대로 알 수 있는 걸세. 두 마리 토끼를 잡으려고 욕심을 부리면 한 마

5   色道. 색. 정사. 성에 관한 일.

리도 잡지 못해. 하물며 오감이라는 다섯 마리 토끼를. 오감으로 맛을 보려 든다면 정신이 이상해질 걸세. 그중에서도 방금 자네가 말한 눈 같은 건 가장 걸리적거리는 감각이지. 뭐든 한 가지에 통달하면 백 가지의 깊은 뜻을 짐작할 수 있어…….”

“그거 놀랍군요. 형님에게 도가 높은 큰스님 말씀 같은, 색도에 관한 가르침을 듣게 될 줄은 몰랐습니다.”

“내가 마작의 달인이 된 까닭도 그 덕분이라면 자네도 조금은 이해할 수 있지 않으려나? 모르겠다면 그걸로 됐고.”

서문경은 기쁜 듯이 키들키들 웃었다.

정실부인 오월랑을 비롯해 둘째 부인 이교아, 셋째 부인 맹옥루, 넷째 부인 손설아, 다섯째 부인 반금련, 그리고 얼마 전 서문경이 새로 저택 후원에 맞아들인 갈취병(葛翠屛)과 향초운(香楚雲)은 의아한 표정으로 서로 얼굴을 마주 보았다. 다만 마주 보는 것 같으면서도 마주 보지 않는 사람은 탁자 구석 쪽에 그림자처럼 앉아있는 여섯째 부인 유여화였다. 그녀는 앞을 보지 못하는 처지였다.

응백작은 알 것 같기도 하고 모를 것 같기도 한 기분이었다. 촉감이 색도에 중요하다는 건 알지만 새삼스럽다는 생각도 들었다. 하지만 저 희대의 호색가가 요즘 질리지도 않고 색계에서 벌이는 엽기적인 행위로부터 뭔가 진기한 영감을 얻은 모양이라는 상상은 할수 있었다.

틀림없이 그 서툴던 마작 솜씨에 뭔가 다른 사람처럼 느껴지는 마력을 갖추게 될 정도로.

앞 못 보는 여인

"금련 씨."

목소리는 들리지 않았다. 다만 회랑 저편에 서있는 갈취병의 두 툼한 입술 움직임으로 무슨 말을 했는지 알 수 있었다.

서문경 저택의 후원이었다. 정사각형 중정을 둘러싸고 북상방에는 반금련, 서상방에는 손설아, 남상방에는 갈취병, 동상방에는 유여화가 살고 있는데 이 방들은 주칠한 회랑으로 연결된다.

갈취병은 원래 어느 높은 벼슬아치의 첩이었는데, 서문경이 그 관리에게 빌려준 돈 대신 받은 여자였다. 피부는 희고 몸매가 예쁘지만, 코가 낮고 입술이 두툼하며 발바리를 닮은 얼굴이다. 자기보다 예쁜 사람을 끔찍하게 질투하며, 못생긴 사람은 경멸을 넘어 증오에 가까운 감정을 품는 반금련은 갈취병을 무척 싫어했다.

휙 몸을 돌리려던 반금련은 그때 갈취병이 엄지를 세우고 동상방을 가리키더니 두 손으로 뭔가를 품는 시늉을 하며 허리를 흔드는 바람에 그 자리에 멈췄다.

"……."

"……."

두 여자는 눈과 눈으로 대화했다. 동상방에 서문경이 와있다는 이야기다.

반금련은 조용히 걸음을 내디뎠다. 그 동상방 앞을 가면 쓴 사람처럼 무표정하게 지나치더니 갈취병 앞으로 다가갔다.

"취병 씨, 슬쩍 들여다봐 주지 않을래?"

반금련이 미소를 지으며 말했다.

다른 여자와 서문경이 새롱거리는 모습을 보고 싶은 욕망이 없지
는 않지만, 그런 모습은 평소에도 서문경이 호쾌할 만큼 공개적이
기 때문에 인제 와서 굳이, 하는 기분도 들었다. 반금련이 방금 그
런 말을 한 데에는 다른 이유가 있었다. 그건 동상방에 있는 유여화
가 앞을 보지 못하는 처지이기 때문이었다. 앞을 보지 못하는 여자
를 서문경은 어떻게 애무하는 걸까?

다른 여자들을 대할 때와 마찬가지일까? 그렇지 않으면……? 반
금련은 오늘 낮에 들은 서문경의 말이 마음에 걸렸다.

"음……, 오감으로 맛을 보려든다면 정신이 이상해질 걸세. 그
중에서도 방금 자네가 말한 눈 같은 건 가장 걸리적거리는 감각
이지. 뭐든 한 가지에 통달하면 백 가지의 깊은 뜻을 짐작할 수 있
어……."

이런 그럴듯한 말이 마음에 걸려 견딜 수 없었다.

두 여자는 눈을 크게 뜨고 밖으로 나왔다. 달이 없는 초가을 밤이
었다. 발소리를 죽이고 동쪽 정원을 걸어 창살 너머로 살며시 동상
방을 엿보고는 둘 다 숨을 삼켰다.

방에 불이 켜져있었다. 꽃병에 황금 같은 노란색 꽃이 달린 목서[6]
가지가 하나 꽂혀있었다.

방 안의 모습 때문이 아니라 짙은 목서꽃 향기를 맡았기 때문이
리라. 서문경과 유여화는 실오라기 하나 걸치지 않은 알몸이었다.
그것도 서로 몸을 보기 위해서가 아니었다. 등불도 끌 필요가 없으

6   木犀. 물푸레나뭇과의 상록 활엽 관목. 9월이면 황백색 꽃을 피운다. 꽃은 향수를 만
      들 때 쓰기도 한다.

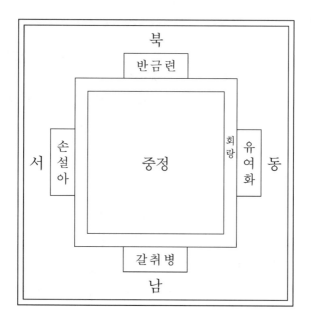

북
반금련
손설아
서   중정   회랑 유여화 동
갈취병
남

니 밝혀두었을 뿐이다. 그런데 어쩐 일인지 서문경도 검은 천으로
눈을 가리고 앞을 못 보는 사람처럼 손으로 더듬거리며 방 안을 걷
고 있었다.

유여화도 태어날 때부터 앞을 못 보지는 않았다. 올여름 그만 사
고로 시력을 잃고 말았다. 두 팔을 앞으로 내밀고 엉덩이를 뒤로
빼며 주춤주춤 움직이는 모습은 여느 때라면 우스꽝스럽게 보일
터였다.

그런데 그런 모습이 우습지 않다. 서로 숨결과 발소리에 귀 기울
이며, 그 숨소리와 발소리도 죽이고 소리 없이 더듬어 들어가는 듯
한 두 사람의 모습은 왠지 진검승부를 겨루거나 예술적인 고행을

하는 듯한 처연함마저 느껴졌다. 게다가 그러는 사이에 두 사람은 점점 흥분되는지 발가벗은 몸에 뚜렷한 변화가 일어났다.

"색도는 촉각이다."

서문경이 말했다.

하지만 상대방의 살갗을 만지지 않고도, 두 사람은 이미 공기를 통해 서로의 몸을 어루만지는 듯했다.

반금련의 눈빛에 슬픔이 드리웠다.

반금련은 서문경이 자기가 모르는 세계로 이상한 백마를 타고 홀연히 사라져 간 듯한 놀라움과 슬픔을 느꼈다. 서문경이 자기를 떠났다는 느낌이 이토록 깊게 다가온 적은 없었다.

드디어 서문경의 손가락 끝이 유여화의 젖가슴에 닿았다. 발그레한 젖꼭지가 유난히 힘차게 솟았다.

"아아흐!"

유여화가 신음했다.

유여화는 원래 다른 부잣집 부인이었던 여자다. 앞은 못 보지만 그녀만큼 기품 있고 우아하며 세련된 용모는 다른 애첩들한테서 찾아볼 수 없었다. 하지만 그만큼 색기가 옅었다. 당연히 실명 이전에는 서문경의 사랑도 그리 깊지는 않았다. 하지만 지금은 마치 다른 사람이 된 듯했다. 나지막한 신음 소리를, 마치 짐승 같은 소리를 냈다.

"으아아!"

서문경도 신음했다. 두 사람은 선 채로 뒤엉켰다. 여덟 가닥의 팔다리가 꿈틀거리며 상대방의 몸을 쓰다듬고 문질렀다. 두 사람 사이에서 이상한 하얀 불길이 나선형으로 솟아오르는 것 같았다. 그리고 한 줄기 투명한 땀 같은 것이 두 사람의 다리를 타고 흘러내렸다.

문득 정신을 차리니 갈취병은 창문 아래 커다란 엉덩이로 털썩 주저앉은 채 어깨로 숨을 몰아쉬고 있었다.

입술을 반쯤 벌린 채, 열 개의 손가락이 오그라드는 듯이 바들바들 떨고 있었다.

반금련도 몸이 파르르 떨리고 구역질이 났다. 그녀는 유여화를 보며 감탄했다. 증오를 느낀 대상은 바닥에 주저앉은 저 살덩어리였다. 마치 자기 자신의 은밀한 놀이를 누가 훔쳐보는 듯해서.

원령의 그림자

"……이른 가을바람 불어와 나뭇잎 지니

팔월에 호랑나비 날아와

서쪽 정원 풀 위에 함께 노니누나

그 모습 바라보는 내 아픈 마음

근심에 젖어 고운 얼굴 늙어가네……"[7]

서문경 저택의 중정 한가운데는 그네가 걸려있다. 홀로 그네에 걸터앉아 살랑살랑 흔들리며 유여화는 노래하고 있었다. 보이지 않는 눈을 들어 구름을 바라보는 듯이 슬픈 목소리로 노래했다.

문득 이마에 내리쬐던 햇볕이 그늘로 변했다. 땅거미가 지고 있다는 걸 깨닫고 유여화는 발로 더듬어 땅바닥을 찾아 그네에서 내려서려고 했다.

7   이백의 시 〈장간행(長干行)〉 가운데 한 부분. 여기서 8월은 음력이다.

"어머, 누구죠?"

유여화는 소리쳤다. 누군가 뒤에서 그넷줄을 잡았기 때문이다.

"앗, 안 돼!"

유여화는 비명을 지르며 빙글빙글 돌았다. 뒤에 있던 누군가가 그네를 돌려 줄을 꼬기 시작한 것이다. 유여화의 울음소리를 무시하고 그 손은 더 힘차게 줄을 꼬더니 갑자기 밀쳐버렸다. 그네는 무서운 기세로 팽팽 돌았다. 그리고 다시 반대 방향으로 돌고……. 마침내 유여화는 땅바닥에 떨어졌다. 아주 잠깐 정신을 잃었지만 누가 안아 일으키는 바람에 또 겁에 질려 비명을 질렀다.

"마님. ……마님."

반금련이 부리는 몸종 방춘매의 목소리였다.

"아아, 너로구나……."

유여화는 마음이 놓여 춘매에게 매달려 엉엉 울기 시작했다.

춘매는 전부터 유여화를 무척 좋아했는데 앞을 보지 못하게 된 뒤에는 더욱 상냥하게 굴었다.

"불쌍하게도……. 마님, 누가 또 장난을 쳤군요."

"춘매야, 네가 봤니?"

"예, 지금 서쪽 회랑을 지나가면서 흘끔 보았더니 마님을 태운 채 그네가 마구 빙빙 돌고 있어서……."

"누가 그네를 돌린 거지?"

"그게……. 장난친 사람이 누구였는지는 잘 모르겠어요. 동쪽 회랑으로 도망가는 치맛자락을 얼핏 본 것 같기는 하지만……, 어머, 저기 신발이 한 켤레 떨어져 있네. 회랑으로 올라갈 때 서둘다가 벗겨진 모양이네요."

춘매는 그리 달려갔는데 어쩐 일인지 바로 돌아오지 않았다.

"춘매야, 춘매야."

유여화가 계속 이름을 불렀다.

"예……."

"누구 신발이더냐?"

이번에는 대답이 없었다. 춘매는 그 신발을 주워 들고 무척 당황한 듯했다.

"됐으니 그냥 돌아오렴……. 난 누군지 알아."

돌아온 춘매에게 유여화는 쓸쓸한 표정으로 미소를 지었다.

"춘매야……, 금련 언니 신발이지?"

"……."

"난 알아. 지난번부터 내게 심한 장난을 치는 사람은 틀림없이 금련 언니 아니면 취병 씨……."

"취병 마님도요……? 어째서죠?"

"왜 그러는지는 모르겠어. 한 달쯤 전부터 그러더라. 그래도…… 요즘 취병 씨는 아무 짓도 하지 않지만."

정원에 어둠이 드리우기 시작했다. 유여화의 얼굴이 바람에 흔들리는 박꽃처럼 떨렸다.

춘매는 잠시 말이 없다가 이윽고 입을 열었다.

"취병 마님은 요즘 나리의 사랑을 듬뿍 받고 계시니까."

이렇게 말한 춘매는 한숨을 내쉬며 말을 이었다.

"나리는 정말 이상한 분이세요. 왜 요즘 갑자기 나리가 취병 마님 방에만 드시는지 저는 통 이해가 안 돼요. 이런 소리를 하면 혼이 나겠지만 마님들 가운데 취병 마님 외모가 가장 떨어지지 않나……? 그야 어제도 술자리에서 나리가 응 선생님에게 이렇게 말했죠. '눈을 가리고 여자와 놀아봐라, 앞을 못 보는 사람이 된 셈 치고 여자를 품어봐라. 이 세상 미녀가 눈으로 보았을 때와는 전혀 달라지니까'라고요. 왜 그런 이상한 말씀을 하셨을까요? 호호, 뭐 눈을 가리기까지 하면서 억지로 미인으로 생각하려고 하다니……. 제정신이 아닌 것 같아요. 저라면 싫을 것 같은데. 절 놀리는 것 같아서요. 그런데 취병 마님은 의기양양하게 다른 사람들을 둘러보며 웃음을 짓더군요……."

"취병 씨 이야기라면 더는 듣고 싶지 않구나."

유여화는 고개를 마구 저었다.

유여화는 안다. 서문경은 그 미묘하고 이해하기 힘든 촉감의 쾌락을 발견하고 터득했다. 그래서 대상을 바꾸는 것이다. 눈만 가린다면 상대가 꼭 앞을 못 보는 여자여야 할 필요는 없다는 사실을 깨달은 것이다.

"그 사람은 참으로 빼어난 몸매를 지니고 있으니까……. 서방님은 그렇게 지금 취병 씨를 총애하는데……. 나 같은 건 이제 돌아보시지도 않는데 금련 언니는 왜……."

"마님, 바람이 차가워졌습니다. 그만 방으로 들어가시죠."

춘매는 당황해 말을 가로막았지만, 유여화는 계속 말했다.

"왜 금련 언니는 여태 나를 미워하는 걸까?"

유여화는 혼자 걸음을 옮기기 시작했다. 동상방 쪽은 방금 춘매가 달려갔다가 돌아온 발소리를 듣고 대략 짐작이 갔다. 춘매는 얼른 유여화의 손을 잡으며 말했다.

"용서하세요, 마님……. 우리 마님은 자기보다 예쁜 분은 눈 뜨고 보지 못하는 아주 골치 아픈 버릇이 있어서……."

"나는 금련 언니만큼 아름답지 못한데. 게다가 앞을 못 보기도 하고……."

"몰라요! 저도 모르겠어요. 저희 마님이 왜 그렇게 악착같이 미워하는지."

춘매가 갑자기 정신 나간 사람처럼 소리쳤다.

"마님을 눈까지 멀게 만들고!"

방춘매는 그제야 정신이 퍼뜩 들었는지 자기 입을 가렸지만 이미 늦었다.

"춘매야, 너 지금 뭐라고 했어?"

"……."

"내 눈을 멀게 만든 게 금련 언니라고?"

"아뇨, 그냥……. 마님 눈은 정말 아름다웠어요. 언젠가 우리 마님이 '얄미울 만큼 아름다운 눈이로구나……' 하는 말을 들었을 뿐이에요……."

춘매는 괴로운 모양이었다. 말실수를 저질렀기 때문에 안색도 창백했다.

그러나 유여화는 자기 눈이 망가지던 때를 떠올렸다. 남들에게는 말할 수 없는 사실이다. 올여름, 그녀는 반금련이 사는 북상방 벽에 작은 구멍이 있는 것을 발견했다. 그리고 우연히 서문경과 반금련이 사랑을 나누는 모습을 보았다. 훔쳐보고 싶은 욕망을 이기지 못해 몇 차례 엿보다가 그만 벽 너머에 있던 누군가에게 눈을 찔렸다. 한쪽 눈만 찔렸지만 그게 화근이 되어 두 눈 모두 앞을 보지 못하게 되고 말았다.

자기가 남의 은밀한 잠자리를 엿보는 중이었다고는 죽어도 입 밖에 낼 수 없었다. 그래서 그 사건은 흐지부지되고 말았는데, 유여화는 자기를 찌른 사람이 반금련일 줄은 꿈에도 몰랐다. 왜냐하면 그녀가 엿보고 있을 때 금련은 구멍으로 보이는 방의 건너편 벽 쪽에 있었기 때문이다. 그렇지만…… 그렇지만……, 방금 춘매가 한 말을 듣고 보니 뭔가 무서운 속임수가 있었던 것 같은 기분이 들었다.

유여화는 춘매에게 이끌려 방으로 돌아온 뒤에도 골똘히 생각에 잠겼다. 모르겠다. 모르겠어. 하지만 내 눈을 멀게 만든 사람은 반금련이 틀림없다. 춘매가 거짓말을 할 리 없지 않은가!

"마님, 이쪽 손도,"

춘매는 조금 전 그네에서 떨어졌을 때 묻은 진흙을 따뜻한 물로 조심스럽게 씻어주고 있었다.

"어머, 불기운이 세네요. 마님, 이 물은 내려놓을까요? 위험할 테니까."

춘매는 구리 화로를 보며 말했다.

"아니야, 익숙하니까 괜찮겠지."

유여화는 침대에 걸터앉은 채 잠긴 목소리로 말하며 고개를 숙였다. 춘매가 이제 반금련을 입에 올리지 않는 것은 당연했지만, 이상하게도 유여화마저 더는 캐물으려고 하지 않았다.

유여화는 침대 옆에서 짙은 향기를 풍기는 그 목서꽃 쪽으로 얼굴을 돌린 채 뭔가 골똘히 생각에 잠겼다. 어둠이 드리운 방 안이라 마치 원령의 그림자 같았다.

검은 불길

시간이 얼마나 흘렀을까? 유여화는 여전히 꼼짝도 하지 않았다. 그녀는 단 하나의 소리만 듣고 있었다. 보글보글 뭔가가 끓는 소리를. 그건 차츰 머릿속을 몽땅 태워버릴 듯 거센 불길이 내는 소리로 바뀌었다.

이미 가버린 춘매의 목소리가 귓가에 맴돌았다.

"저도 모르겠어요. 저희 마님이 왜 그렇게 악착같이 미워하는지."

저 멀리 본채 쪽에서 월금 타는 소리와 웃음소리가 들려왔다. 아무도 나를 부르러 오는 사람이 없다. 반금련도 저기서 즐겁게 웃고 있을 테지. 싫어.

유여화는 아까 방 앞을 술에 취한 목소리로 남쪽 지방 노래를 흥얼거리며 지나간 반금련의 목소리를 떠올렸다. 북상방으로 가던 중이었으리라.

저 여자가 내 눈을 찔렀다.

자기보다 아름다운 눈을 지닌 내가 너무 미워서, 두 눈 멀쩡하던 나를 앞 못 보는 지옥에 떨어뜨리고 그것도 모자라 괴롭히고, 못살게 굴고, 고통을 주려고 한다.

유여화가 골똘히 생각한 것은 물론 반금련의 눈을 망가뜨리는 방법이었다. 하지만 그녀는 그런 생각을 바로 떨쳐냈다. 앞을 못 보는 처지라 불가능할 거라는 생각이 들었다.

유여화는 부글부글 끓는 소리를 들으며 다시 춘매가 한 말을 떠올렸다.

"어머, 불기운이 세네요. 마님, 이 물은 내려놓을까요? 위험할 테니까."

부글부글 끓는 것은 구리 화로에 올려놓은 은으로 만든 항아리의 물이었다.

유여화는 벌떡 일어섰다. 바들바들 떨리는 한 손으로 은 항아리의 손잡이를 잡고 몽유병자처럼 방을 나섰다.

몽유병자처럼. 아니, 그렇지는 않다. 앞을 보지는 못해도 잘 안다. 북상방으로 가는 길을. 아무리 앞이 보이지 않더라도 그리 어려운 길은 아니다. 유여화의 방은 동상방이기 때문에 나와서 오른쪽으로 돌아 모퉁이를 왼쪽으로 꺾어져 앞으로 나아가면 오른쪽에 북상방이 있다.

한쪽 손으로 회랑의 주칠한 난간을 더듬으며 유여화는 반금련의 방 앞에 섰다.

"계세요?"

작은 목소리로 불러보았다. 문이 열리면 바로 뜨거운 물을 얼굴에 끼얹을 작정이었다. 그런데 대꾸가 없었다. 유여화가 다시 부르며 살짝 문을 열었다.

잠이 들었는지 고른 숨소리가 들려왔다. 아직 그럴 시각은 아닌데, 아마 술에 취해 잠이 들었으리라. 유여화는 가만히 귀를 기울였다. 틀림없이 반금련의 숨소리다. 유여화는 조심스럽게 다가가 오

른손을 살짝 뻗었다. 따스한 옷이 만져졌다. 여전히 고른 숨소리가
들려왔다.

유여화는 바로 오른손에 든 뜨거운 물을 숨소리가 들리는 곳에
쏟아부었다.

"꺅."

비명과 함께 그 몸이 채찍처럼 튀어 올랐다. 그러더니 침대 너머
로 굴러떨어지며 끔찍한 비명이 들려왔다. 유여화는 돌아섰다. 문
밖을 스치는 바람에 의지해 들어왔던 문을 나가 회랑으로 도망쳐
나왔다.

그리고 오른쪽으로 꺾어져 아까 왔던 길을 달렸다. 하지만 유여
화는 이내 앗, 하고 소리를 지르며 뭔가에 부딪혀 쓰려졌다.

은 항아리가 바닥에 떨어지면서 요란한 소리가 났다. 눈이 보이
지 않으니 어디에 부딪혔는지 전혀 알 수 없었다. 맞은편에서 오던
사람도 모퉁이를 돌자마자 부딪히는 바람에 바닥에 넘어지고 만 모
양이었다.

"어머, 마님!"

춘매의 목소리였다.

"왜 어떻게 된 거예요?"

"춘매야."

이렇게 말하고 유여화는 고개를 돌렸다. 반금련이 쫓아올 줄 알
았는데 이상하게도 그런 기척은 들리지 않았다. 그렇다면 손으로
더듬거리면서 했지만, 목적을 제대로 이룬 모양이다. 반금련의 눈
이나 얼굴도 뜨거운 물에 데어 짓물렀을까? 어쩌면 죽어버렸을지

도 모른다…….

"어머, 마님, 은 항아리를 들고……. 물이 필요하면 누굴 부르지 그러셨어요. 아아, 다들 저쪽에 모여서 웅 선생님이 하는 재미있는 이야기를 듣느라 그만 마님 생각은 못 했네요. 딱하셔라……."

춘매는 유여화를 조심스럽게 안아 일으켰다.

"자, 돌아가시죠."

유여화는 춘매의 손에 이끌려 자기 방으로 돌아가면서 가슴이 두근거렸다. 춘매는 먼저 자기 방으로 돌아간 반금련이 신경 쓰여 북상방으로 가던 중이었을 것이다. 그렇게 되면 모든 일이 헛수고가 된다. 아니, 이건 스스로 파멸할 걸 뻔히 알면서 저지른 복수였다. 하지만 만약 반금련이 고통스러워하다가 죽어 내가 한 짓을 아는 사람이 춘매뿐이라면, 어쩌면 잘 빠져나갈 수 있을지도 모른다. 이렇게 내게 마음을 써주는 춘매라면. 이런 생각을 하다 보니 유여화는 가슴이 두근거린 것이다.

"춘매야, 북상방으로 갈 거니?"

동상방에 돌아와 침대 끄트머리에 앉은 유여화는 쉰 목소리로 물었다.

"예. 뭐 시키실 일 있나요?"

"아니야. 그게 아니고. 그보다……."

유여화는 간절했다.

"낮에 네가 내 눈을 이렇게 만든 사람이 금련 언니라고 했는데 그게 정말이니?"

"어머, 마님. 제가 그런 소리를 했나요? 그런 말도 안 되는 소리를! 저어……, 마님. 물 떠다 드릴까요?"

"춘매야, 꽁무니 빼지 말고."

유여화의 목소리가 떨려 나왔다.

"너, 날 측은하게 여기지?"

"마님, 그건, 이제……."

"그렇다면……, 그렇다면…… 만약에 내가 금련 언니를 원망해 앙갚음했다고 하면……, 그 또한 무리는 아니라고 생각해 주려나? 아니면, 역시 나를 미워하게 되려나……?"

춘매는 말이 없었다. 대체 무슨 말을 하는 건가 싶어 유여화의 얼굴을 빤히 바라보는 모양이다.

근처 절에서 종 치는 소리가 들려왔다.

"어머, 벌써 이경이네. 마님, ……왠지 너무 흥분하신 것 같아요. 말씀은 내일 나누기로 하고, 오늘 밤은 이만 주무세요."

춘매는 난처한 듯이 유여화의 어깨를 껴안아 침대에 눕히려고 했다. 유여화가 미친 듯이 몸부림을 치면서 말했다.

"춘매야. 제발 대답해 줘. 너는 금련 언니가 더 소중하니, 나를 더 가엾게 여기니?"

"아, 그게, 저는 아무래도, 마님이 정말 좋아요……."

거기까지 말하더니 춘매는 갑자기 입을 다물었다. 유여화를 쓰다듬고 있던 손도 멈추고 움직이지 않았다.

"왜 그러니, 춘매야……?"

"마님, 저기 누가 있어요……."

"응? 어디에"

"이 침대와 벽 사이에, 바닥에 누워서……."

유여화는 갑자기 찬물을 뒤집어쓴 듯이 벌떡 일어섰다. 하지만 그보다 더 무서운 비명이 귀를 때린 것은 다음 순간이었다.

"악, 가슴이 잔뜩 일그러져서…… 아앗! 취병 마님!"

침대 옆 시체

서문경은 술에 취해 비틀비틀 걸어 후원으로 와 남상방 앞에 섰다.

"애, 취병아."

저녁부터 갈취병은 술자리에 얼굴을 보이지 않았다. 물론 까다롭게 따지자면 그리 보고 싶은 얼굴은 아니다. 하지만 서문경은 그녀의 기막히게 매끄러운 피부, 근육의 미묘한 움직임, 마치 다른 동물처럼 느껴지는 젖가슴이 필요했다.

"준비는 다 되었느냐?"

그러면서 그는 검은 천을 꺼내 눈가리개를 했다.

서문경은 문을 열고 안으로 들어갔다.

두 팔을 내밀고 슬금슬금 걸었다. 그때 서문경은 눈은 물론이고 청각, 후각까지 스스로 차단해 버렸다. 그러기 위해서는 일종의 기술이 필요한데 그는 이미 그걸 익혔다. 그건 앞을 못 보는 여자와의 사랑을 통해 우연히 익힌 기묘한 놀이 기술이었다. 그리고 온몸과 마음을 촉각에만 집중했다. 상대의 살갗에 닿을 때 느끼는 감각은 그야말로 절묘한 쾌락이었다.

벽을 쓰다듬듯 움직이는 손바닥이 물컹, 하고 둥근 젖가슴에 닿왔다. 바로 이 느낌 때문이다. 서문경이 갈취병을 다시 보게 된 까닭은.

풍만하고 아름다우며 우아하고 요염하다. 다양한 아름다움을 자랑하는 애첩들 수가 모자라지는 않지만 이토록 빨아들이는 듯한 고혹적인 젖가슴이 세상에 또 있을까?

"오오!"

젖가슴만으로도 서문경은 한없는 희열을 느끼며 신음했다.

바로 그때, 어둠 저 너머에서 끔찍한 비명이 들려왔다. 아무리 청각을 차단했다고 해도 그 비명은 두 사람을 깜짝 놀라 벌떡 일어서게 만들기에 충분했다.

갈취병은 바로 후다닥 방에서 뛰쳐나갔다. 서문경도 허둥지둥 눈가리개를 벗으며 뒤를 따랐다.

"취병아, 기다려."

이미 남쪽 회랑에는 갈취병의 모습이 보이지 않았다. 다만 동쪽 회랑을 북쪽으로 달려가는 발소리가 희미하게 들려왔다.

"그런데 지금 그 비명은 아무래도 동상방 쪽에서 들려온 것 같은데……. 얘, 취병아!"

서문경은 두리번거리며 동쪽 회랑으로 갔다. 그때 북쪽에서 반금련이 홀쩍 나타났다.

"무슨 일인가요? 큰소리로 취병아, 취병아, 부르면서……."

다가온 반금련이 퉁명스럽게 말했다.

"아, 취병이가 그쪽으로 가지 않았나?"

"그건 모르겠네요. 그보다 춘매는 아직도 본채 쪽에 있나요? 이경이 되면 나를 깨워달라고 했는데……."

"춘매는 내가 알 바 아니고. 그런데 참 이상하네."

서문경이 눈을 비비는 사이에 남쪽에서 응백작이 휘적휘적 걸어 왔다.

"아니, 형님. 역시 여기 계셨군요. 벌써 잠자리에 드시는 건가요? 우스갯소리를 늘어놓느라 정신이 팔렸다가 문득 돌아보니 형님이 안 보이더라고요. 가만히 보니 금련 형수님도, 여화 형수님도, 취병 형수님도 보이지 않고. 그래서 형님이 일찍 이쪽으로 건너오셨을 거로 생각했죠. 그런데 오늘 밤 형님에게 꼭 물어봐야 할 일이 있어 서……."

응백작은 조금 취했다. 서문경은 떨떠름한 표정을 지었다. 또 빚 이야기를 꺼낼 게 빤했다.

"지금 그럴 때가 아니야. 취병이가 없어졌어."

"예? 아니, 언제부터?"

"방금 남상방에서 뛰쳐나갔는데 반대편에서 온 이 사람은 모르 겠다고 하네."

서문경은 반금련을 보며 말했다.

"그게 말이 됩니까? 그렇다면 이 동상방에 있을 테죠."

응백작은 옆에 있는 문을 가리켰다.

서문경과 반금련은 서로 얼굴을 마주 보았다. 두 사람 다 이 방 주인과는 껄끄러운 일이 있는 모양이다.

"음……, 그리고 보니 지금 이 방 부근에서 이상한 소리가 들렸 어. 그래서 취병이가 뛰쳐나갔는데……."

"그럼 불러보죠. 계세요, 유 부인?"

안에서는 아무런 소리도 나지 않았다. 문을 당겼지만 잠긴 모양이다.

"에이, 그냥 둬. 그보다 참 이상하네. 취병인 어디로 간 거지?"

"그럼 한번 더 찾아볼까요?"

서문경과 금련은 서둘러 북쪽으로 걸음을 옮겼다. 응백작은 허둥지둥 그 뒤를 따라가려다 문득 옆에 있는 문으로 시선을 돌렸다.

"그런데 이쪽도 이상하네. 아무리 앞을 못 보더라도 이런 소동이면 들릴 텐데……. 게다가 방금 이 방에서 이상한 소리가 들렸다고?"

응백작은 이렇게 중얼거리며 요란하게 문을 두드렸다.

"부인, 부인. 별일 없습니까?"

유여화를 부르던 응백작은 하마터면 고꾸라질 뻔했다. 갑자기 문이 열렸기 때문이다. 안에 창백한 얼굴로 서있는 사람은 방춘매였다.

"아니, 춘매야. 너 여기 있었느냐?"

"예, 얼른 들어오세요. 의논드릴 일이 있습니다."

춘매는 서둘러 응백작을 끌어당기더니 다시 문을 닫았다. 응백작은 당황해서 방 안을 두리번거리다가 불쑥 눈살을 찌푸렸다.

"유 부인은 어떻게 된 거냐?"

유여화는 침대 위에서 두 손으로 얼굴을 가리고 있었다.

"그보다는 침대 너머를 살펴봐 주세요."

응백작은 침대 너머를 들여다보더니 엉덩방아를 찧었다.

"앗, 이, 이건! 가슴이 왜 저렇지……? 죽었나? 누, 누구지?"

"갈 부인입니다."

"뭐야……? 갈 부인은 방금 서문 대인이 뒤쫓으며 찾아다녔는 데?"

"그게 무슨 말씀이세요……? 갈 부인은 아까부터 저기 쓰러져 있었는데요. 우리는 조금 전에 발견하고 비명을 질렀고."

"그렇다면 서문 대인이 들었다는 이상한 소리는 네 비명이었나……? 이상하군, 갈 부인이 언제부터 저렇게 되어 여기 있었던 건가? 유 부인, 부인께선 내내 여기 계셨죠……?"

"아뇨. 저는……, 아까 여기서 나갔었습니다."

유여화는 유령 같은 목소리로 말했다. 너무 깜짝 놀라고 너무 무서운 나머지 속일 기력도 없었으리라.

"어딜 갔죠?"

"금련 언니 방에."

"왜요?"

"제 눈을 망가뜨린 그 여자에게 앙갚음하기 위해서."

"뭐라고요? 누, 누가 눈을 망가뜨린 사람이 반 부인이라고 했죠?"

"여기, 춘매가."

"말도 안 돼요! 마님, 저는 그런 말 한 적 없어요!"

"춘매야, 넌 됐어. 부인, 그래서요?"

"저는 북상방에 가서 저 은 항아리에 담긴 끓는 물을 금련 씨에게 끼얹고 도망쳐 나왔어요……. 그리고 도망쳐 돌아오던 중에 모퉁이에서 춘매와 부딪혀 함께 이리 돌아온 겁니다."

"끓는 물을 부었다? 하지만 반 부인은 방금 보았는데 여전히 화가 날 만큼 예쁜 얼굴이던데. 그리고 갈 부인 쪽이 끓는 물을 뒤집어쓰고 여기 있고."

"모르겠어요. 저는 뭐가 뭔지 통 모르겠어요. 무서워요……."

"부인, 북상방에 갔어도 앞을 보지 못하기 때문에 뭔가 착각한 거 아니세요?"

"아니에요. 그쯤은 알아요. 여기서 나가 오른쪽으로 돌고, 왼쪽으로 꺾어지고, 오른쪽으로 좀 들어간 곳이 북상방인 걸요……."

"그리고 저도 회랑의 동북 방향 모퉁이에서 이 마님과 부딪힌 걸요."

춘매도 이렇게 말했다.

"그랬군요……. 그러면 틀림없이 반 부인에게 끓는 물을 끼얹었던 건가요?"

"그건 앞을 못 보니 알 수 없는 일이지만 느낌은 틀림없이 금련 언니였죠. 끼얹었을 때 비명도 그랬고요. 아니, 취병 씨가 북상방에서 자고 있을 리 없잖아요. 그리고 취병 씨가 거기 누워있었다고 하더라도 어떻게 지금은 이 동상방에 있는 거죠? 무서워……! 난 너무 무서워!"

"응 선생님, 제가 의논드리고 싶다고 한 게 바로 이 이야기예요. 저도 어떻게 된 일인지 모르겠지만 어쨌든 저 마님은 이 방에서 죽었어요. 뭔가 끔찍하게 잘못된 거죠……. 저는 이 마님이 불쌍해 죽겠어요. 도와드리고 싶어요. 끓는 물을 뒤집어쓴 사람이 제가 모시는 마님이라면 몰라도 취병 마님이라면……. 저는 지금 여기 이 마님이 말씀하신 걸 나리와 제 마님에겐 비밀로 할 작정이에요."

춘매가 간절하게 말했다.

"응 선생님, 뒤처리를 어떻게 하는 게 좋을지 가르쳐주시겠어요? 선생님이라면 분명 해가 되지는 않을 거라는 생각에 이렇게 매달리는 거예요."

칠칠치 못하고 우스갯소리나 하며 무일푼인 응백작이지만 묘하게 여자들에게는 인기가 많았다. 또 그걸 잘 알기에 여자가 부탁하면 마다하지 못하는 성격을 자랑스럽게 여기는 응백작이지만 먼저이렇게 물었다.

"그건 알겠지만……. 그렇지만 이상하군. 형수님은 대체 언제부터 이 방에 계셨습니까? 한 번도 방을 비운 적이 없었나요?"

"그러니까 아까 북상방에 간 것 말고는. 그 전에 저녁때 중정에서 그네를 탔었고요. 아, 금련 언니가 불쑥 뒤에서 줄을 꼬아 저를 못살게 굴어 땅바닥에 떨어질 뻔한 걸 춘매가 와서 잡아주었죠. 그 뒤로는 내내 여기 있었어요."

응백작은 머리를 감싸 쥐며 생각에 잠겼다. 그러더니 이윽고 고개를 들고 입을 열었다.

"그렇지만 언제까지 이러고 있을 수는 없지……. 어쨌든 형님께 알리고 와야겠어……."

"응 선생님, 부탁드려요."

응백작은 춘매를 보고 빙긋 웃었다.

"걱정하지 말아라. 어떻게든 잘 처리될 거야. 어쨌든 난 네가 모시는 마님에게 홀딱 반했으니까."

그게 유여화의 이해되지 않는 범죄를 덮어주는 일과 무슨 관계가 있는지, 응백작은 뜬금없는 소리를 남기고 훌쩍 동상방을 나갔다.

타오르는 젖가슴

바로 북상방으로 가나 싶었더니 그게 아니었다. 일단 갈취병이 지내던 남상방을 들여다보러 갔다가 다음에야 반금련이 거처하는 북상방으로 갔다.

"형님, 형님."

문을 열어보니 언제 갈취병을 찾아다녔냐는 듯이 둘이 마주 보며 태연하게 술을 마시고 있었다.

"아, 이러시니 못 말린다고 하지. 취병 형수님은 어디 계시는지 찾았습니까?"

"안 보이지만 곧 어디선가 나타날 테지."

"나타났습니다."

"어디서?"

"동상방에서."

"엥?"

"아직 놀라기는 이르고요. 끓는 물에 데어 세상을 떠났어요."

"뭐야?"

"그게, 아까 여화 형수와 춘매가 눈가리개를 하고 술래잡기 놀이를 하며 웃고 있는데 갑자기 취병 형수가 뛰어 들어와 마구 화를 내며 춘매에게 달려들었답니다. 그러다 스스로 넘어져 끓는 물을 뒤집어쓴 모양이에요. 여화 형수나 춘매는 잔뜩 겁을 먹었죠. 형님,

손가락 요술이 심오한 경지에 이르러 취병 형수를 너무 우쭐하게
만든 거 아닌가요?"

서문경은 말이 끝나기도 전에 방을 뛰쳐나갔다.

당황해 일어서려는 반금련을 응백작이 손으로 막았다.

"잠깐만요, 형님. 그보다 제가 보여드리고 싶은 게 있어요."

그는 품에서 주사위를 하나 꺼냈다. 그걸 탁자 위에 놓인 두 개의
술잔을 엎더니 그 가운데 하나로 덮었다.

"자, 어느 쪽에 있을 것 같습니까?"

반금련은 흘낏 응백작의 손 쪽을 보더니 말했다.

"저쪽에 있잖아요."

"그렇지만 이쪽에 있죠."

응백작이 다른 잔을 들어올리자 주사위는 그쪽에서 나타났다.

"어처구니없네. 그게 무슨 의미죠? 응 선생, 동상방에서 큰 변고
가 일어났다는데 느긋하게 마술 같은 거나 보여주고."

"형수님 마술을 흉내 낸 겁니다."

"난 마술 같은 거 몰라요."

"그런데 그렇지 않더군요. 마술은 눈을 속이는 방법이 중요하죠.
빠른 일 처리도 그에 못지않게 중요합니다. 항아리에 든 펄펄 끓는
물을 끼얹는 여자에게 습격당했는데 비명만 지르고 몸은 안전하게
피하는 동작은 성공하기 쉽지 않죠. 상대가 앞을 보지 못한다는 사
실을 이용한 위험한 시도였어요."

"뭐라고요? 내가 뭘 어쨌다는 거죠?"

"유 부인이 형님에게 끓는 물을 끼얹었을 때의 일입니다."

"내게? 방금 응 선생은 취병 씨가 끓는 물을 뒤집어쓰고 죽었다고 하지 않았어요?"

"아마 아실 겁니다. 형수님이 끼얹었으니까. 물론 그렇게 얌전하게 끓는 물을 받아들일 사람은 없을 테니 그때 갈 부인은 이미 아편 같은 거로 잠들게 했을지도 모르고."

"무슨 소린지 전혀 모르겠네. 내가 취병 씨에게 어디서 끓는 물을 끼얹었다는 거죠?"

"동상방에서."

"동상방에는 여화 씨가 있잖아요?"

"아니, 유 부인은 내내 남상방에 있었죠. 그 방의 주인은 이미 동상방에서 잠들어 남상방은 비었으니까요. 유 부인은 그넷줄이 꼬여 방향 감각을 잃었죠. 춘매가 이끄는 대로 남상방으로 돌아온 겁니다. 방금 들여다보았더니 유 부인이 아주 좋아하는 목서꽃이 남상방에 있더군요."

"그래서…… 그게 왜요?"

"그래서 유 부인은 동상방에서 나와 북상방으로 온 줄 알았지만. 사실은 남상방에서 동상방으로 왔던 겁니다. 그리고 형수님에게 끓는 물을 부었죠……."

"나는 여기 있지 않나요?"

"아, 들어보세요. 그리고 유 부인이 도망친 틈을 타 형수님은 미리 갈 부인에게 끓는 물을 끼얹고 이쪽으로 빠져나왔겠죠."

"이상한 소리를 하시네. 여화 씨는 동상방에서 도망쳤다면서요. 그 사람은 동상방에 있지 않나요?"

"그렇습니다. 유 부인은 동상방에서 도망치다가 춘매와 모퉁이에서 부딪혔죠. 유 부인은 회랑의 동북쪽 모퉁이에서 충돌했다고 생각하는 모양이지만 사실은 동남쪽 모퉁이에서 부딪혔습니다. 그 바람에 방향을 분간할 수 없게 되었고, 춘매의 손에 이끌려 그대로 동상방으로 갔던 거죠⋯⋯."

"⋯⋯."

"⋯⋯불쌍하게도 유 부인은 춘매를 둘도 없는 자기편이라고 믿고 있는 모양이지만 어찌 알았겠습니까, 춘매야말로 철저하게 형수님 명령을 따르는 충실하기 짝이 없는 몸종일 줄이야."

"⋯⋯."

"다만 이번 일에서 유 부인은 형수님에게 도구이지 목적이 아니죠. 그래서 유 부인이 죄를 뒤집어쓰는 것은 형수님의 자비로운 마음 때문에 견딜 수 없었겠죠. 형수님은 동상방을 빠져나가자마자 회랑을 북쪽에서 서쪽으로 돌아, 마침 형님이 본채 쪽에서 다가오는 발소리를 듣고 갈 부인인 척하며 형님을 놀렸죠. 유 부인은 그 덕분에 산 것 같습니다. 만약 저녁부터 갈 부인이 동상방에 있었다면 갈 부인에게 총애를 빼앗긴 유 부인을 의심할 수밖에 없었을 거예요."

"내가⋯⋯ 취병 씨로 변장했다고요? 호호호, 난 도저히 그런 못 생긴 여자로 변장할 수가 없어요."

요부 반금련은 거만하게 응백작을 바라보았다.

"제가 요즘 형님이 즐기는 희한한 술래잡기 놀이를 몰랐다면 '그야 당연하죠, 형님!'이라고 대꾸해야겠죠⋯⋯. 눈을 가리고 놀이

할 때 형님은 형수님이 갈 부인인 줄 알았던 모양이에요. 으하하, 그러니 형님 촉각도 그리 대단한 게 아니죠. 어쩌면 그게 유 부인을 도우려는 갸륵한 마음 때문이 아니라, 형님이 그렇게 자랑하는 손가락 감각을 아니꼽게 여겨 형수님이 슬쩍 장난친 것일지도 모르겠군요…….”

반금련은 아무런 말도 없었다. 깊이를 알 수 없는 눈으로 응백작을 가만히 바라보았다. 응백작의 모든 영혼을 빨아들일 듯한 악마의 눈동자로.

그러더니 천천히 자세를 흐트러뜨리며 응백작의 품 안으로 쓰러져 왔다. 응백작은 모든 걸 잊기로 했다. 보드라운 가슴을 감싸고, 더듬었다. 타오르는 듯한 뜨거운 젖가슴에서 느껴지는 감각에 응백작은 그만 다시 술기운이 오르는 듯한 기분이 들어 가쁜 숨을 내쉬며 말했다.

“그래요, 형수님이 형님을 비웃는 건 당연하죠. 웃으세요, 웃어요. 마음껏 웃으세요……. 그렇지만 사실 갈 부인의 젖가슴을 끓는 물에 오그라들게 할 필요까지는 없었어요. 형수님이 천 배나 아름다운 살결과 풍만한 젖가슴을 지니고 있으니까!”

얼어붙은 환희불[1]

불길한 조짐

산동 청하현 갑부 서문경이 이상하게 툭하면 불안한 듯 심각한 표정으로 생각에 잠긴 모습을 보이기 시작한 것은 올가을부터다.

남들이 보기에 나이는 아직 서른 중반쯤으로 보이는 잘생긴 남자에다 으리으리한 저택에 금은보화가 넘쳐나고, 엄청난 뇌물 덕분에 정천호라는 벼슬까지 얻었다. 게다가 열 손가락으로 헤아려야 할 만큼 절세 미녀들을 부인으로 두었으니 그야말로 세상에 부러울 게 없는 처지였다. 그런데 뭐가 모자라 그의 이마에 그런 우울한 그림자가 드리우는지 통 알 수 없는 노릇이다.

평소 워낙 기분파라서 누구도 진지하게 신경 쓰는 사람이 없지만

---

1   歡喜佛. 불교를 수호하는 신으로, 이 신에게 기도하면 부부가 화합하여 자식이 생긴다고 믿는다. 명왕(明王)과 명비(明妃)가 서로 마주한 채 껴안고 있는 모습이다.

단짝 응백작은 달랐다.

"형님, 요즘 심기가 불편하신 것 같네요."

"으음, 아무래도 몸 상태가 이상해."

응백작은 웃었다. 이 정력이 빼어난 사내는 전에도 이런 소리를 한 적이 있는데, 혀에 침이 마르기도 전에 바로 유곽으로 달려가 밤새 요란하게 놀고 나서도 거뜬했다. 아마 이번에도 마찬가지이리라. 만약 그렇지 않으면 서문경을 웃게 하고 즐겁게 해주며 하루하루 지내는 응백작은 곤란해진다.

"하하하, 그렇지만 형님 안색만 보면 꽃이 핀 것 같은데요."

"안색이 어떤지는 모르지만, 가끔 머리가 아파. 눈이 따끔거리고 현기증도 나네. 귀에서 이상한 소리가 들릴 때도 있고, 밤엔 잠이 오지 않고……."

첩을 열 명 가까이 거느리고, 거기에 환락가의 아름다운 기생이며 집 안의 몸종이나 고용한 일꾼의 아내까지 닥치는 대로 손을 대니 가끔 그런 이상이 없으면 인간도 아니다.

응백작은 이렇게 생각하면서도 말없이 히쭉히쭉 웃었다.

충고해 봤자 지금까지 해온 여자 낚시를 그만둘 남자가 아니라는 걸 잘 알기 때문이다. 또 육욕의 화신 같은 이 남자한테서 그걸 빼앗는다는 것은 눈사람에서 눈을 제거한다는 소리나 마찬가지다. 무엇보다 서문경이 갑자기 몸이 아프거나 쑤신다면 응백작은 난처해진다.

"이봐, 자네 뭘 그렇게 웃어? 내가 거짓말한다고 생각하나?"

"엥? 아뇨. 웃지 않았어요. 말도 안 되죠."

응백작은 당황하며 말을 이었다.

"형님, 그건 노는 방식에 너무 익숙해진 나머지 싫증이 난 걸 거예요. 다른 재미있는 궁리를 해볼까요?"

"또 그런 소리를 하는군. 그게 아니야……."

서문경은 숨을 죽이고 떨리는 목소리로 말했다.

"요새 내가 귀신을 자주 본다네."

"예? 귀신이요? 어, 어떤 귀신을?"

"이런저런 것들이 나오지. 발이 피투성이가 된 봉소추, 송혜련, 입에서 피를 토하는 주향란, 양염방, 목이 실오라기처럼 가늘어진 춘연, 얼굴이 화상으로 짓무른 갈취병, 하염없이 울고 있는 이병아……."

모두 일찍이 서문경이 사랑했으나 지금은 이 세상에 없는 여자다.

"허, 아니, 나타나는 귀신이 모두 여자뿐인가요?"

"남자도 나오지. 아랫도리가 피로 물든 금동이, 얼굴이 보랏빛이 된 화동이, 그리고……."

서문경이 사랑한 미소년들이다.

"그리고?"

"원망스러운 눈빛으로 노려보는 화자허, 비쩍 마른 엽두타……."

서문경에게 아내나 애인을 빼앗긴 남자들이다.

응백작은 빤히 서문경의 얼굴을 바라보다가 이렇게 중얼거렸다.

"귀신들이 총출동하는군."

서문경은 머리를 감싸 쥐었다. 화낼 기력도 없는 듯했다. 이런 농담이야 툭하면 튀어나오는 응백작의 버릇이지만 그 목소리는 떨렸다.

그러고 보면 미인과 돈, 권력을 두루 갖춘 이 대단한 호색가가 걸어온 쾌락의 길에는 얼마나 많은 희생자의 시체가 널려있을까…….
응백작은 그답지 않게, 무심코 측은한 눈길을 보냈다.

"그 가운데서도 제일 자주 나오는 귀신은 호떡장수 무대야."

무대는 다섯째 부인 반금련의 전남편이다.

반금련은 방탕한 생활에 이골이 난 응백작마저 다시금 헛된 생각을 품게 만드는, 서문경 집안의 애첩들 가운데 가장 빼어난 미녀지만 원래는 남문 밖에서 삯바느질하는 가난한 집 딸이었다. 일찍이 아버지를 여의었지만 어려서부터 마을 사람들의 입에 오르내릴 만큼 뛰어난 미모여서 열다섯 살 때 어느 부자 노인의 첩으로 팔렸다가 그 뒤에 무대와 살게 되었다.

그런데 이 무대라는 남자가 성실하기는 하지만 '난쟁이'라는 별명이 붙을 만큼 작고 못생겼다. 어느 날 그 집 앞을 지나가던 서문경은 반금련에게 첫눈에 반했다. 곧 둘이 그렇고 그런 사이가 된 것은 어쩔 수 없는 일이었다. 하지만 그 뒤로 얼마 지나지 않아 무대가 눈, 코, 입, 귀 등 아홉 구멍에서 피를 쏟으며 죽어버린 일까지 과연 어쩔 수 없는 일이었다고 할 수 있으려나?

사실 무대는 아내와 서문경이 몰래 정을 통하는 현장을 잡았지만 외려 서문경에게 얻어맞았다. 그날 이후 끙끙 앓던 무대는 반금련이 약이라고 속인 짐독을 마셨다. 서문경이 건넨 독이었다. 그 독을 마시고 무대는 괴로워 데굴데굴 굴렀다. 그러자 반금련은 움직이지 못하도록 이불을 뒤집어씌우고 그 위에 올라탔다.

아무리 서문경, 반금련과 친한 응백작도 이런 자세한 사연은 들은 적이 없었다. 탐이 나면 수단과 방법을 가리지 않는, 탐욕스러운 서문경과 이 세상 사람으로 여겨지지 않을 만큼 아름답고 너무도 요염한 반금련의 성격으로 미루어 대충 짐작만 할 뿐이었다.

"그렇군요……. 당연하죠."

"뭐? 뭐가 '그렇군요, 당연하죠'인가?"

눈이 휘둥그레진 서문경을 보고 응백작은 당황했다.

"아, 아뇨. 형님이 울적한 건 당연하다는 말입니다."

응백작은 고개를 들고 말을 이었다.

"어떻습니까, 형님? 태산 동쪽 봉우리에 가서 퇴마 기도라도 올리는 건?"

"퇴마 기도?"

"그렇죠. 거기 설간동(雪澗洞)이라는 동굴이 있어요. 여름에도 얼음이 언다는 대단한 동굴이죠. 거기에 설동선사(雪洞禪師)라는 수도승이 앉아서 도를 닦고 있답니다. 이 중이 기도하면 어지간한 악마는 물리친다고 하더군요."

"설간동이라고?"

"으음, 여기서 서쪽으로 50리, 눈이 내리는 계절이 되면 갈 수 없죠. 요즘 계속 날이 좋으니 이 틈에 태산 구경이라도 할 겸 간다면 기분이 나아지겠죠. 저도 따라갈 테니."

그리고 응백작은 씩 웃었다.

"내친김에 금련 형수님도 같이 가서 퇴마를 해드리면 좋죠. 하기야 형수님은 애당초 귀신들에게 시달리는 것 같지도 않지만……."

나찰[2] 같은 도적들

세상에서 제일가는 명산이라는 태산 앞쪽에는 역대 천자를 모신 사당인 태악묘가 있다. 우러러보면 산봉우리는 하늘에 닿을 듯 웅장하기 짝이 없는 산인데, 동쪽 봉우리는 꼭대기를 지나서 더 동쪽에 있었다.

서문경 일행은 이른 아침에 청하현 저택을 출발해 가마꾼을 재촉하며 그날 저녁 무렵 태산 기슭에 숙소를 잡았다. 사오십 리쯤 걸어야 하는 길이다. 함께 길을 나선 사람은 정실부인 오월랑, 다섯째 부인 반금련, 그리고 응백작과 스무 명쯤 되는 하녀와 일꾼들이었다.

이튿날 아침 일찍 일어나 태산을 넘어 동쪽 봉우리에 올랐다. 때는 늦은 가을, 차가운 구름이 떠있는 드넓은 하늘을 기러기가 날아갔다. 마치 저승으로 가는 황량한 길 같았다.

산꼭대기로 가는 길은 좌우 모두 절벽이었다. 그 한쪽 절벽에 정말 사람 키쯤 되는 동굴이 뚫려 있었다. 아마 저 동굴이 설간동이리라. 그 양쪽에 금빛 향로가 있고, 거기서 향을 사르는 연기가 피어오르고 있었다.

안을 들여다보니 바로 얼음처럼 차가운 바람이 얼굴을 훅 덮쳤다. 이런 동굴에 사람이 있을 리 없다는 생각이 들었다. 하지만 멀리 등불 하나가 보였다. 그리고 그 너머에 어렴풋이 흰 그림자가 있었다.

깊이를 가늠할 수 없는 동굴인데, 어딘가 희끄무레한, 이상한 빛

---

2   羅刹. 푸른 눈과 검은 몸, 붉은 머리털을 하고서 사람을 잡아먹으며, 지옥에서 죄인을 못살게 군다고 한다.

이 감도는 석굴이었다.

"선사님……. 선사님!"

응백작이 부르자 이윽고 안에서 묵직하게 쇠붙이가 부딪히는 소리가 들렸다. 그리고 미라처럼 나이 든 수도승이 나타났다.

손에 구환석장[3]을 들고 흰옷에 자주색 가사를 걸쳤는데 석장과 옷자락에서는 얼음조각이 우수수 떨어졌다. 그러고 보니 동굴 안에서 비치던 그 이상한 반사광은 설간동이라는 동굴 이름에 어울리게 얼음이 끼었기 때문인 모양이다.

이 인물이 이곳 설간동에서 이삼십 년 동안 좌선을 하고 있다는 설동선사였다.

서문경과 응백작은 절을 올리고 귀신을 쫓기 위해 불경을 읽어 달라고 부탁했다.

"그런 망령이 나타난다는 건…… 망령이 나타날 만한 인연이 있기 때문일 테지. 우선 그간 지은 모든 악업을 참회하시오."

설동선사가 말했다.

서문경은 종들을 돌아보며 머뭇거렸다.

"모든 악업이라니……. 아니, 내 생각엔 저세상에 가더라도 내 덕에 너무 기뻐 흘리는 눈물이 있으면 있어야지, 귀신이 되어 나를 힘들게 만들다니. 참으로 괘씸하기 짝이 없는 계집들이로구나……."

"서방님에게 나타나다니, 정말 눈먼 귀신들이야."

3   九環錫杖. '석장'은 불교 승려가 길을 나설 때 쓰던 지팡이로 지혜를 뜻한다. 철이나
구리로 만든 지팡이 머리에 금속 고리를 여러 개 장식해 걸 때 소리가 난다. 대개
고리는 4개, 6개, 12개를 끼우는데 '구환'은 아홉 개의 고리를 말한다.

반금련이 픽 웃으며 말했다. 그리고 태연하게 호기심만 가득한 목소리로 물었다.

"선사님……. 이 동굴 안쪽에는 얼음이 덮여있나요?"

늙은 수도승은 발끈한 듯이 음울한 눈으로 돌아보았다. 그는 반금련을 보더니 살짝 눈을 깜박거렸다. 소용돌이치는 회색 구름을 배경으로 반금련의 모습이 유난히 돋보였다.

"여인……, 여인 지옥에서 온 사자……, 여인 대마왕……."

선사는 혼잣말하듯 중얼거렸다.

응백작은 오싹했다. 하지만 반금련은 아무렇지도 않다는 듯이 노승 옆으로 사뿐사뿐 걸어가 어린애처럼 동굴 안쪽을 들여다보더니 선사에게 말했다.

"어머, 등불이 벽에서 반짝반짝 빛나고…… 어쩜, 저리 예쁠 수가! 선사님, 한번 안에 들어가게 해주세요."

설동선사는 입 주위를 닦았다. 말로 표현하기 힘든 향기를 풍기는 미녀의 숨결에 휩싸여, 잠시 정신이 혼미해진 모양이었다.

"호호, 여자는 마왕이라고요? 대단하군요. 그렇지만 제가 듣기로 그 어떤 악마도 물리칠 수 있는 법력이 있다는 스님, 만약 그게 정말이라면 저와 함께 이 동굴에 들어간다 해도 두려울 게 없지 않은가요?"

살짝 웃음을 지으며 반금련은 설동선사를 살짝 껴안았다.

늙은 수도승은 필사적으로 반금련을 떨쳐내더니 뜻을 알 수 없는 괴상한 소리를 질렀다.

바로 그때였다. 이 외딴 산속에 우르르, 하는 땅울림 같은 소리가 들려왔다.

서문경 일행은 앗, 하고 소리 지르며 납작 엎드렸다. 선사는 깜짝 놀라 뒤를 돌아보았다. 그 모습을 본 응백작은 얼른 아래를 내려다 보았다.

아래쪽에서 세 사람의 그림자가 쏜살같이 달려왔다. 세 사람, 아니, 그 가운데 한 명은 여자를 등에 걸쳐 멘 듯했다.

서문경도 일어섰다. 그 세 사람 아래로 몇 십 명, 몇 백 명인지 알 수 없는 병졸들이 뒤쫓아왔다.

"도적……, 도적이다!"

"게 섰거라! 양산박 도적들아!"

이렇게 외치는 소리가 들려왔다. 병졸들이 세 사람을 뒤쫓는 모습을 지켜보고 있는데, 먹물을 들인 옷을 입은 도적은 허리춤에서 칼을 뽑아 들었다. 그러자 병졸 네댓 명이 대번에 시체가 되었다.

"무송!"

반금련의 입술 사이로 두려움에 떠는 한마디가 흘러나왔다. 동시에 서문경은 그 자리에 얼어붙은 듯했다.

무송! 무송! 행자 무송! 그야말로 이 두 사람에게는 꿈속에 나타나는 귀신보다 더 무서운 이름이다. 왜냐하면 그는 두 사람이 독살한 무대의 아우이기 때문이다.

형과 달리 키가 8척이나 되었으며, 경양강에서 사람을 잡아먹던 호랑이를 주먹으로 때려죽인 호걸이었다. 그는 호걸답게 성격이 단순하고 급하며 과격해 무대의 죽음에 대해 서문경과 반금련이 미리 입을 맞춰둔 변명은 전혀 통하지 않았다. 변명이 통하지 않는 정도

가 아니라, 서문경은 한차례 공격을 받아 사지가 찢길 뻔했다. 서문
경은 혼비백산해 지현, 부윤⁴ 자리에 있는 벼슬아치들에게 손을 써
서 무송을 붙잡아 멀리 맹주 땅으로 귀양을 보냈다. 그러다가 휘종
황제가 동궁을 지은 기념으로 사면해, 무송은 귀양에서 풀려났다.
그 뒤로 그는 완전히 엇나갔다. 제주의 양산박에 둥지를 튼 도적 떼
에 가담했다. 그 양산박을 관군이 포위하고 있는데도 서문경은 무
송이 복수를 위해 자기 주변을 어슬렁거리는 느낌을 여러 차례 받
았다.

놀랍게도 무송은 먹물을 들인 옷소매를 등 뒤로 걷어 올리고 상
어껍질로 만든 칼집 두 개를 허리에 찼다. 그리고 인골 염주를 목에
건 채 이쪽을 뚫어지게 쳐다보았다.

"서문경, 거기 있나?"

이렇게 포효하더니 그는 바람처럼 달려 올라왔다.

반금련은 그보다 빨리 서문경의 손을 잡고 설간동 입구로 달렸
다. 그리고 설동선사의 귀에 대고 뜨거운 숨을 토하며 간절하게 매
달렸다.

"스님, 제발 살려주세요······."

대답도 기다리지 않고 망연자실한 설동선사를 뒤로한 채 동굴 안
으로 달려 들어갔다. 방금 선사를 무시해 놓고 뻔뻔한 짓이지만, 상
황이 이러니 어쩔 수 없었다.

거의 죽은 사람처럼 꼼짝 못 하던 나머지 일행 앞에 계도를 손에

---

4   府尹. 당나라부터 청나라까지 존재한 행정구역 '부(府)'의 책임자다. 성(省) 아래 부
     와 현(縣)을 두었다.

든 무송이 다가왔다.

"서문경의 하인들이지? 서문경은 어디 있지?"

"남편은 여기 없습니다."

정실부인 오월랑이 대답했다.

"남편은 청하현 집에 있습니다."

"멍청하긴, 우리는 오늘 아침 청하현 집에 쳐들어갔었다. 그랬더니 그놈은 이 태산 동쪽 봉우리에 가느라 집을 비웠다더라. 숨겨봐야 소용없다. 아……, 반금련도 안 보이는군. 자, 서문경과 반금련은 어디 있느냐?"

이렇게 소리치는 무송의 계도뿐만 아니라 옷에서도 비를 맞은 듯 피가 뚝뚝 떨어졌다. 그 뒤로 여자를 어깨에 멘 또 한 명이 다가왔다. 그가 뒤를 돌아보며 말했다.

"연청, 화살을 아껴라."

엄청나게 큰 목소리로 외치더니 여자를 털썩 내던졌다.

동굴로 올라오는 길에 남은 한 명은 활에 붉은 화살을 먹인 채 겨냥하고 있는데, 그야말로 백발백중의 기막힌 활 솜씨로 추적하는 관군을 향해 쏘아대고 있었다.

"이계저……!"

바닥에 쓰러져 힘없이 꿈틀거리는 여자를 보고 응백작은 속으로 웅얼거렸다.

청하현 화류계 최고의 미녀로 서문경이 아끼는 기생인데, 그전에는 무송의 애인이었다.

하지만 그보다 사람들이 웅성거리는 소리를 듣고 응백작은 고개를 들다가 입이 쩍 벌어졌다. 이계저를 메고 있던 사람이 남자인 줄 알았는데 가만히 보니 틀림없는 여자였다.

옷차림은 남자에다 짧고 굵은 허리, 망치 같은 손과 발, 무시무시한 눈빛이었다. 두 뺨에는 핏빛 연지를 바르고, 흐트러진 가슴팍에 드러난 절구 같은 젖가슴. 일찍이 맹주의 도령(道嶺)이라는 고개 아래 십자파(十字坡)에서 사람 고기를 팔다가 지금은 양산박에 둥지를 튼 108명의 도적 가운데 무섭기로는 누구에게도 뒤지지 않을 모야차 손이랑(母夜叉 孫二娘)이다.

"무송, 어떻게 됐어?"

"서문경과 반금련이 안 보여."

모야차는 흘끔 일행을 둘러보고, 설간동 앞에 앉아있는 설동선사를 보더니 이렇게 물었다.

"스님, 이 동굴 안에 있습니까?"

"아니, 이 안에는 아무도 없소."

선사는 고개를 저으며 말했다.

모야차는 씩 웃더니 산길을 내려다보며 무송에게 말했다.

"오, 이거 우물쭈물하고 있을 때가 아니네."

"왜요, 누님?"

"널 배신한 궁둥이 가벼운 저 계집년을 비롯한 서문경, 반금련을 양산박에 끌고 가는 일은 일단 포기해. 어차피 마찬가지야. 여기서 그냥 다 죽여버리는 게 어떻겠니?"

"그럼, 그럴까?"

무송이 고개를 끄덕이자마자 모야차는 이계저의 멱살을 움켜잡고 번쩍 들어 올렸다. 그리고 눈처럼 새하얀 이계저의 목에 비수를 찔러넣더니 단숨에 배까지 갈라버리고 말았다.

붉은 화살

순간 사람 목소리라고는 믿어지지 않는 비명이 산과 계곡에 메아리쳤다. 그건 이계저의 비명이었는지, 다른 사람의 비명이었는지 알 수 없다. 여자들 가운데 두세 명이 얼굴을 가리고 실신했기 때문이다.

"무송아."

모야차는 갈라낸 미녀의 배에 손을 쑤셔 넣더니 무송을 불렀다.

"너도 참, 이런 내장이 썩은 계집에게 마음을 빼앗겼다니. 으아, 냄새. 지독하네!"

내장을 줄줄 끄집어내더니 시체를 개처럼 내팽개치고 성큼성큼 설동선사 앞으로 걸어갔다.

"스님, 보시합니다."

내장을 선사 머리에 철퍽 얹더니 물었다.

"이 동굴은 끝이 막혔나?"

선사는 고개를 끄덕였다. 좀 전에 거짓말한 까닭은 아무리 여인 대마왕이라고는 해도 부처님의 품 안으로 들어온 중생을 돕지 않을 수 없다는 자비로운 마음 때문이었는지, 아니면 반금련의 애원이 마음을 흔들었는지 모르지만, 이 살인마들의 상상을 넘어선 행동에는 퇴마 기도고 얼음 속 고행이고, 모조리 사라지고 말았다.

"동굴 길이는?"

"1, 1리."

"굴 안에 갈림길이 있나?"

"없네. 곧게 뚫려 있어서."

"좋아!"

무송이 동굴 안으로 막 들어가려고 했을 때 뒤에 있던 한 남자가 쏜살같이 달려왔다.

"무송 형님, 어디 가요?"

"이 굴 안쪽에 원수가 숨어있어. 연청, 잠시 관군의 추격을 화살로 막아주게."

"잠깐, 그럴 틈 없소. 남은 화살은 이제 한 대뿐이야."

서문경의 일행 가운데 이 남자의 모습을 본 사람은 응백작뿐이었다. 나머지 몸종이나 하인들은 다들 머리를 감싸 쥐고 납작 엎드려 바닥을 기었다.

무송을 재촉하는 이는 머리에 꽃을 꽂고 붉은 거미 자수를 놓은 폭이 넓은 허리띠를 하고 있었다. 허리띠에는 부채가 꽂혀 있었다. 새하얀 뺨, 붉은 입술에 새카만 눈동자, 그야말로 양산박 최고의 미남, 낭자 연청(浪子 燕靑)이었다.

여자로 착각할 만한 미남이면서도 사천 지방에서 만든 활의 시위에 붉은 화살을 메기면 10만 금군도 벌벌 떨게 만드는 명사수다.

그런데 그 화살이 이제 한 대밖에 남지 않았다니! 추적하는 관군들이 벌써 와, 하고 소리를 지르며 산길을 올라왔다. 용감하기 짝이 없는 무송이 있다면 몰라도 그가 동굴 안으로 들어가 버리고 여자인 모야차, 화살 없는 연청만 남으면 아무래도 불안하다.

비로소 무송도 낭패한 표정을 지었다.

"이놈을!"

무송이 설간동 안쪽을 들여다보며 이를 갈았다.

"형님, 잠깐."

이런 상황인데도 환한 웃음을 잃지 않는 연청은 무송을 밀치고 뒤를 돌아보았다.

"화살은 아직 한 대 남았어요. 여기서 쏘면 맨 앞에 있는 놈이 맞겠지. 일단 지금은 한 명 처치하는 걸로 참으셔! 서문경과 반금련, 어느 쪽을 원하세요?"

무송은 눈에 불을 켜며 소리쳤다.

"둘 다 원하지!"

"떼쓰지 마시고."

연청은 쓴웃음을 짓고 동굴 안쪽을 향해 외쳤다.

"야, 서문경! 반금련! 이제 이 굴 안으로 화살을 쏠 사람이 누군지 알려주마. 활이라면 온 천지에 모르는 사람이 없는 양산박의 낭자 연청이다. 여자를 죽이고 싶지 않다면 남자가 앞으로 나오고, 남자를 죽이고 싶지 않다면 여자가 앞으로 나서라. 셋까지 세겠다. 알겠나?"

응백작의 귀에는 뒤쫓아 오던 관군의 목소리가 멀어진 것 같았다. 하지만 그건 착각이었다. 전율 때문에 머릿속이 잔뜩 오그라들어 멍한 상태였기 때문이다. 삶에건 악에건 끈질기게 매달리는 서문경과 반금련이 누가 먼저 앞에 나설지를 두고 두 사람 사이에 한순간 타올랐을 새파란 불꽃 같은 싸움을 상상하니 전율이 응백작의 온몸을 휘감았다.

"하나!"

드디어 동굴 안쪽에서 아주 작은 소리가 들려왔다.

"둘!"

발소리였다. 누군가가 걸음을 내디딘 것이다. 그렇다면 둘 중 어느 쪽이 미치기라도 한 걸까?

"셋!"

팽팽하게 당긴 활시위에 메긴 붉은 화살 앞에 한 사람이 쓱 나타났다. 반금련이었다.

"날 죽여라!"

금빛 구름무늬를 자수로 새긴 붉은 신발에는 얼음이 끼어있었지만 마치 불타오르는 모란처럼 처연하게 아름다운 모습이었다.

"내가 지옥에 떨어지면 염라대왕에게 물어보마. 나처럼 아름다운 여자가 볼품없는 남자에게 팔려갔는데, 잘생기고 힘도 좋은 남자의 고백을 받았을 때 마음이 옮겨간 게 대체 무슨 죄인지. 염라대왕도 제대로 대답할 수 없을걸. 그런데 간사한 계집이니, 음란한 계집이니 하며 욕하는, 여자 마음을 전혀 모르는 이 벽창호야, 내가 가르쳐주마. 여자 마음은 싫어하는 남자라면 차라리 독약을 마시지 꿈에도 보고 싶지 않아. 그렇지만 좋아하는 남자는 내가 죽더라도 그 사람을 죽게 놔두지는 않지! 자, 그 화살로 날 쏴라!"

"잠깐!"

당장이라도 쏘려고 하는 화살 앞을 모야차가 가로막았다.

"이 여자가 하는 말은 일리가 있네."

"누님, 그게 무슨 말씀이오?"

무송이 발을 동동 굴렀다.

"그래. 이 여자 말이 맞아. 지금까지는 배를 갈라도 분이 안 풀릴 독살스러운 계집이라고 생각했는데 너 같은 남자를 배신했던 이계저와는 좀 다른 것 같아. 여자 마음이라면 당연한 일이야……."

방금 귀신도 차마 눈 뜨고 보지 못할 학살을 저지른 이 절구통 같은 마녀도 '여자 마음'에 크게 공감했다.

"비켜요, 누님!"

"못 비켜. 게다가 저 여자는 자기 목숨을 걸고 남자를 지키려는 배포를 보였어. 아주 마음에 들어! 의로운 마음으로 모인 우리 양산박의 비석에 여자로서 당당히 이름을 올린 이 모야차가 저 여자를 죽게 내버려 둔다면 산채에 나부끼는 체천행도[5]의 깃발을 볼 면목이 없지. 이해해 다오, 무송, 연청!"

이렇게 소리치더니 손에 든 비수를 휙 뒤로 던졌다.

바로 산 위까지 올라온 병졸들을 이끄는 대장 어염무가 가슴팍에 비수를 맞고 나자빠졌다. 우르르 물러서는 병졸들을 보며 모야차가 소리쳤다.

"어서 가자, 무송, 연청!"

모야차는 두 사람을 재촉하며 마귀처럼 땅을 박찼다.

그들이 사라지고 병졸들이 몰려왔다. 해일이 지나간 뒤처럼 멍하니 서있던 일행 가운데 가장 먼저 제정신이 든 사람은 응백작이

---

5   替天行道. 하늘을 대신하여 정의를 실행에 옮긴다는 뜻으로 《수호전》에도 나오는 말이다.

었다.

"형님은?"

서문경은 설간동 안쪽에서 정신을 잃은 상태였다. 무서웠기 때문인지 아니면 추위 때문인지 원인은 알 수 없지만 그 모습이 좀 이상했다. 얼굴이 새빨갛고 코를 크게 골았다. 게다가 눈을 부릅뜬 채로. 하지만 실신한 것은 틀림없었다.

응백작은 고개를 갸웃거렸다.

"중풍인가?"

응백작은 의학 지식도 좀 있다. 서문경이 정말로 겁에 질려 풍을 맞았다!

감옥 같은 저택

나중에 알게 된 사실이지만, 서문경 저택은 정말로 무송과 연청의 공격을 받았다. 그때 유곽에 있던 이계저는 모야차의 습격을 받아 납치되었다. 그들은 급히 달려온 병졸들에게 포위되어 도주하면서도 서문경의 행방을 집요하게 추적했다고 한다. 이 얼마나 무지막지한 패거리인가.

어쨌든 큰 소동은 지나갔다.

서문경은 워낙 다혈질이라 중풍일 가능성은 있지만, 그 실신이 뇌출혈 때문이었는지 어떤지는 의문이다. 설사 뇌출혈이었다고 해도 아주 가벼운 정도였으리라. 게다가 나이도 젊고, 또 얼음에 머리를 처박고 쓰러진 게 외려 다행이었는지도 모른다. 서문경을 가마에 싣고 일단 태악묘로 내려왔다. 그리고 그곳 방장에게 하룻밤 묵고 가도 좋다는 허락을 받았다. 서문경은 곧 몸이 많이 좋아졌다. 이튿날 청하현으로 돌아왔을 때는 몸만은 일단 평소 상태를 되찾았다.

그토록 화려하던 저택도 두 명의 도적에게 털려 참담할 지경이었다. 나전을 박은 대리석 칸막이는 박살이 났고, 구리 화로는 뒤집어졌으며, 화원 안에 지은 부용정은 비스듬히 기울어졌다.

서문경이 넋이 나간 듯해 응백작이 사람들을 지휘해 정리하고 있는데 부윤 진문소가 찾아와 알려주었다.

"세 좀도둑은 틀림없이 양산박으로 도망쳤을 겁니다."

무슨 쓸데없는 소리를 하는 건가. 그렇다면 놈들이 자기들 본거지로 무사히 도망쳤다는 소리 아닌가? 응백작은 속으로 쓴웃음을 지었다. 하지만 다시는 이런 일이 없도록 관가에 정중하게 부탁해야 하니 바로 두둑한 뇌물을 준비시키는 한편 그나마 멀쩡한 완화루에서 귀신 퇴치를 위한 잔치를 벌였다.

물론 진문소도 그럴 목적으로 찾아온 게 틀림없고, 응백작이 그 뇌물의 일부를 자기 주머니에 넣었다는 이야기는 굳이 덧붙일 필요도 없다. 잘 구워진 통닭과 술에 절인 다음에 향유와 마늘, 후추로 맛을 낸 게 등등, 서문경 저택에서나 맛볼 수 있는 호화로운 요리들을 앞에 두고 여느 때 같으면 제일 잘 먹을 주인 서문경은 여전히 멍하니 앉아있었다.

그 밖에 오월랑을 비롯한 다른 부인들도 아직 겁에 질린 나머지 젓가락질도 잊은 가운데 반금련만 아무렇지 않게 맛있는 요리를 즐겼다. 응백작은 그 모습을 보고 감탄해 반금련을 곁눈질하면서도 사근사근하게 부윤을 접대했다.

"이제 걱정하실 필요 없습니다. 당분간 그놈들은 산채에서 한 걸음도 나오지 못할 테니. 당분간이 아니라 거기를 포위한 관군의 규모를 보면 아마 영원히 나오지 못하겠죠."

진문소가 의기양양하게 떠벌였다. 응백작은 고개를 끄덕이면서도 머릿속으로는 다른 생각을 하고 있었다. 그 세 명의 무시무시한 도적에 대한 공포가 아니라 깜짝 놀란 것은 서문경에 대한 반금련의 사랑이었다.

응백작은 부부도 결국은 남이라고 생각한다. 하물며 여자를 철두철미 쾌락의 도구로 여기는 서문경과 기꺼이 쾌락의 도구가 될 뿐 아니라 그걸 무한한 능력으로 삼아 자랑스럽게 여기는 반금련 사이에 있는 것은 결국 돈과 성으로 이어진 쇠사슬 같은 관계라고 보았다. 원래 이기심과 자아, 자기애로 똘똘 뭉친 두 사람이기 때문에 죽음이라는 도끼로 내려치면 그런 쇠사슬쯤은 바로 끊어질 거로 믿었다. 그런데 저 희대의 음란녀가 저런 호색가에게 저토록 순수한 사랑을 품고 있을 줄이야!

응백작은 놀라움과 함께 왠지 씁쓸한 실망감, 패배감에 사로잡혔다.

"어, 저건?"

옆에서 오월랑이 고개를 들며 말했다. 입구에서 호궁을 품에 안은 아름다운 아가씨가 웃으면서 들어왔기 때문이다. 서문경 저택에서는 손님에 따라 음악을 하는 사람을 불러 대접하는 일이 자주 있기는 하다.

"누가 부른 거지? 응 선생이?"

"아뇨."

응백작은 고개를 저었다. 하지만 그 아가씨의 얼굴이 왠지 낯익은 기분이 들었다. 진문소는 더욱 기뻐하며 말했다.

"아니, 생각하지도 못한 이런 대접을 받으니 정말 황송하군요. 앞으로는 꾸준히 병졸을 보내 이 저택을 엄중하게 지켜드리죠. 지금도 이 저택 문마다 호위 병졸들이……."

그때였다.

"앗!"

응백작은 소리치며 벌떡 일어섰다. 앞에 있는 커다란 접시로 서문경을 가렸다. 접시는 박살이 나고, 서문경의 목 바로 옆 벽에 붉은 화살이 픽 꽂혔다.

아가씨가 웃었다. 호궁인 줄 알았는데 어느새 활로 변해있었다.

"낭자 연청, 다시 왔다!"

이때부터 일어난 혼란의 소용돌이는 말로 표현할 길이 없다.

간단하게 이야기하자면, 부윤의 절규를 듣고 몰려온 병졸들 탓에 연청은 서문경을 쏘지 못했다. 그냥 가볍게 한 방 먹이겠다는 생각으로 뛰어 들어온 모양이었다. 그는 바로 바람처럼 사라졌다. 하지만 부윤의 체면은 그야말로 땅에 떨어졌다.

서문경이 신경쇠약이 된 것은 아주 당연한 노릇이었다. 서문경은 이때부터 여자를 두려워하기 시작했다.

툭하면 여자가 갑자기 연청으로 보인다는 거다. 회랑을 걷다가 느닷없이 요란한 비명을 지르며 그 자리에 못 박힌 듯 멈춰 섰다.

"밤에는 꿈에 유령이 나타나고, 낮에는 살인마가 헛것으로 보여.

이래서는 형님이 견딜 수 없지."

응백작은 진심으로 동정했다. 그러는 사이에 차츰 서문경의 정신 상태를 걱정하게 되었다.

겁에 질린 탓인지 서문경은 여자들에게 너무 잔혹해졌다. 전에도 여자를 채찍으로 때리는 짓쯤은 아무렇지 않게 했지만, 그런 짜증과 질투는 양면적인 모습일 뿐이다. 원래 여자에게 무서우리만큼 달콤한 사내다. 이 세상에서 여자를 가장 좋아한다. 그렇게 좋아하지 않으면 아내를 늘 여섯, 일곱 명씩 옆에 둘 리 없다.

그런데 요즘 여자들을 대하는 거친 행동만 본다면 그야말로 피도 눈물도 없는 악질이 되었다. 서문경 저택의 기와에 진눈깨비 떨어지는 소리가 나고, 쓸쓸하게 흩어지며 정원을 메우는 낙엽 구르는 소리 속에 매일 밤낮 가리지 않고 여자들의 비명이 울려 퍼졌다.

"형님이 완전히 변해버렸어!"

응백작이 결국 이렇게 신음하고 만 것은 어느 겨울, 날 맑은 아침이었다.

돈을 빌릴 일이 있어 하얀 입김을 토해내면서 찾아가니 서문경 저택의 분위기가 좀 이상했다. 드나드는 문들을 관에서 보낸 병졸이 지키고 있었다. 안으로 들어가니 집안 사람들이 아무도 보이지 않았다.

다만 서문경의 애첩 가운데 한 명인 빙금보의 몸종 소란이 울면서 달려왔다.

"아니, 얘야. 무슨 일이냐?"

"마님이……. 우리 마님이……."

"마님이 왜?"

"대안과…… 후원 연못에서……."

대안은 서문경이 가장 아끼는 하인이다. 서문경이 다른 여자에게 손을 댈 때는 늘 대안을 중간에 세웠다.

심상치 않다는 판단에 응백작은 후원으로 달려갔다.

후원을 둘러싼 회랑에는 사람들이 잔뜩 모여있었다. 그렇지만 다들 말 한마디 없이 붙박이 인형처럼 꼼짝도 하지 않았다.

한가운데 있는 연못을 보고 응백작은 온몸에 소름이 돋았다.

연못은 꽁꽁 얼어있었다. 어젯밤에 추웠기 때문에 당연한 일이었다. 무서운 것은 그 빙판이 된 연못 한복판에 허리 윗부분만 드러난 남녀가 서로 부둥켜안은 채 얼어붙은 모습이었다. 눈이 부실 만큼 맑은 푸른 하늘 아래 머리카락이나 눈, 입술에도 얼음이 박힌 시체는 창백하다기보다 투명해 보였다.

"아니, 저건……."

"빙 부인과 대안이죠……."

옆에 있던 평안이라는 하인이 핏기 없는 입술을 열어 말했다.

"아니, 왜?"

"어젯밤 둘이 몰래 정을 통하다가 나리께 들켰죠……. 발에 추를 매달아 쇠사슬로 묶어서 저렇게……."

응백작은 회랑 건너편을 바라보았다.

서문경이 작은 탁자를 내놓고 연신 술잔을 기울이면서 두 남녀의 시체를 보고 있었다. 하지만 눈은 멍하고 얼굴 또한 얼어붙은 듯한 표정이었다.

오른쪽을 보니 그쪽 회랑에 애첩들이 여러 명 말없이 서있었다.

응백작은 후들거리는 다리로 그쪽으로 다가갔다. 여자들은 응백작이 다가오는 걸 눈치채지 못했는지 작은 목소리로 소곤거렸다.

"그래도 저 여자는 외려 운이 좋은지도 모르지…… 저렇게 둘이 꼭 껴안고 죽었으니……"

"그런데 어젯밤엔 연못에 들어간 뒤에 둘이 서로 악쓰며 욕했잖아?"

"얼어 죽을 정도로 추웠으니까. 서로 부둥켜안지 않을 수 없었겠지."

"아무리 그래도 왜 저런 남자와……"

"난 이해해. 분명히 외로워서 그랬을 거야……"

"그런데 요새 밤에 서방님이 자기 방으로 드신 적 있는 사람 있나?"

다들 얼굴을 마주 보며 고개를 저었다.

"여자가 모두 그 연청으로 보이는 모양이야……"

응백작의 뒤에서 한 사람이 살며시 다가와 속삭였다.

"응 선생, 잘 보세요. 서방님을."

반금련이었다. 그 표정은 여태 한 번도 본 적이 없을 만큼 어두웠다.

"얼어 죽은 사람보다 더 불쌍한 사람이 저기 있네요……"

그게 무슨 뜻일까?

되묻기보다 서문경을 다시 바라본 응백작은 세게 얻어맞은 느낌이 들었다.

마냥 혼자서 작은 탁자 옆에 앉아 잔을 기울이고 있는 서문경은 얼핏 보기에는 마왕 같다는 생각도 들기는 했지만, 그 부스스한 머리카락과 창백한 낯빛에는 말로 표현하기 힘든 참담한 고독과 공포, 고뇌, 비애가 원한 맺힌 영혼처럼 그늘을 드리웠다.

도망치는 두 사람

낭자 연청은 서문경을 거의 광기로 몰아넣었다.

그 아름다운 도적이 얼마나 신출귀몰하는지는 부윤 진문소에게 향응을 베풀 때 생생하게 목격했는데, 그 남자가 또 서문경 저택에 잠입한 모양이다.

"앗, 이건 뭐지?"

빙금보와 대안을 처벌한 지 사흘째 되던 날 아침이었다. 큰 방 바깥벽에 큼직하게 적혀있는 글 한 줄을 보고 서문경은 깜짝 놀라 자빠질 뻔했다.

낭자 연청, 세 번 다녀간다.

저택 안이 완전히 뒤집힌 듯한 소동이 벌어졌다.

경비하고 있던 병졸들도 달려왔다. 문에서 수상한 자는 막아 들여보내지 않았다고 한다. 그런데도 이런 무시무시한 글자는 분명히 그렇게 적혀있다.

"누, 누가 장난친 게 아닐까요……?"

병졸 가운데 한 명이 말했다.

그러나 그게 결코 장난이 아니라는 증거로, 그로부터 사흘이 지난 저녁에 정원을 걷고 있던 서문경을 노리고 대나무 숲속에서 화살이 날아왔다. 서문경 옆에 있던 버드나무에 꽂힌 붉은 화살은 부르르 기분 나쁜 소리를 내며 떨었다.

저택에서는 광란에 가까운 수색이 벌어졌다. 건물들이 엄청나게 크고 대지가 넓어 수색하기 어렵다. 연청의 모습은 발견되지 않았다. 그렇지만 여자로 변장하는 남자인만큼 어디에 어떻게 숨어있는지, 아무도 짐작할 수 없었다.

서문경은 반쯤 환자가 되고 말았다. 그는 정원에 있는 완화루 2층에 홀로 틀어박혀 문을 다 닫아걸고 식사만 들이게 하며 지냈다. 그식사를 들고 가는 사람에겐 일부러 방울을 달게 하고 병사들이 일일이 확인하는 철통같은 방식이었다.

그 호쾌한 웃음소리는 어디로 사라졌을까?

그 우렁찬 호통 소리는 어디로 간 걸까?

하물며 밤마다 애첩들의 방을 돌아다니는 일은 이미 오래전에 그만두고 말았다. 여자들은 공포와 불만으로 가득한 상태에서 울적하게 방에 틀어박혀 지냈다. 이따금 신경질적인 비명을 질러 저택 전체가 음산한 요기로 뒤덮여 점점 황폐해져 갔다.

"그간의 죗값을 치를 때인가……?"

응백작은 중얼거리다가 깜짝 놀랐다.

그런 일이 일어나 좋을 리는 없다. 서문경은 아직 젊은 나이이고, 재산도 엄청나다. 미움을 받는 녀석이 세상살이를 잘한다는 말이 맞는 건가? 여자들은 서문경을 무척 사랑했다. 관청에서는 어떻게

든 그를 보호하려고 정신이 없다. 무엇보다 이 집안에 무슨 변고라도 생기면 응백작도 먹고 살길이 막막해진다.

그런 줄 알면서도 응백작은 그렇게 중얼거린 것이다. 그만큼 서문경 저택은 분위기가 이상해졌다. 이런 일은 일찍이 없었다. 게다가 서문경의 야윈 모습을 보면 알 수 있다.

아무리 이를 갈고 경비를 단단히 해도 제대로 잡아낼 수 없는 도적은 여전히 이 저택 안을 배회하고 있는 듯했다. 정원에서 붉은 화살이 발견되는 일은 그 뒤로도 여러 차례 있었기 때문이다.

응백작조차 나중에는 겁에 질려 비명을 지르고 싶어질 지경이었으니 당사자인 서문경이 거의 미친 상태가 된 것도 당연했다.

어둡고 추운 겨울밤, 등 하나만 밝힌 완화루 2층에 틀어박힌 서문경은 문득 단단히 잠근 창문에 탕, 하고 뭔가 부딪치는 소리에 놀라 펄쩍 뛰었다.

"뭐지?"

서문경은 중얼거리며 우두커니 서있었는데, 불쑥 눈이 미친 사람처럼 번득이기 시작했다. 그리고 창으로 달려가 벌컥 열어젖혔다.

"이놈! 연청! 아예 날 얼른 죽여라!"

이렇게 아우성치다가 문득 문밖을 보았다. 붉은 화살이 보였다. 거기에는 종이 한 장이 묶여있었다.

떨리는 손으로 그 종이를 펼쳤다.

서문경 보아라.

정의의 이름으로 너와 음란한 계집 반금련을 노린 지 오래되었다. 너희 둘의 운명이 내 화살통에 달려있음은 너희도 이미 잘 알고 있는 바이리라. 그런데 오늘에 이르러 또 이렇게 붉은 화살을 쏘지 않을 수 없게 된 이유는 무엇인가. 다름이 아니다. 반금련의 요염하고 아리따운 모습에 마음이 크게 흔들렸기 때문이니라.

금련의 붉은 입술이 움직일 때마다 교태롭기가 해어화[6]를 닮았고, 사뿐사뿐 걷는 발은 날렵하기가 바람에 날리는 연꽃 잎과도 같더라. 눈썹은 근심이 없어도 늘 살짝 찌푸린 것이 마치 서시를 닮았고[7], 눈은 양귀비처럼 보는 이를 나른하게 만드는구나. 그러니 돌과 쇠라고 한들 어찌 녹아내리지 않을 수 있겠는가. 금련, 금련, 금련을 갖고 싶다. 금련을 내게 준다면 붉은 화살을 거두고 양산박으로 돌아가리. 부디 서문경 그대가 금련을 데리고 내일 아침 태산 동쪽 봉우리로 오라.

낭자 연청

서문경은 앓는 소리를 내고 말았다.

서문경이라는 호색한을 노리는 흉악한 도적은 저택에 숨어있는 동안 그만 반금련의 빼어난 미모에 무릎을 꿇고 만 모양이다. 반금련의 요염한 미모를 생각하면 있을 수 있는 일이다. 그래서 반금련을 넘기면 서문경의 목숨은 살려주겠다는 이야기다.

---

6   解語花. 말을 알아듣는 꽃이라는 뜻. 아리따운 여성을 가리키는 말이다. 중국 당나라 현종이 양귀비의 아름다움을 이렇게 표현하기도 했다고 한다.

7   중국 춘추시대 월나라의 미녀 서시(西施)가 병 때문에 눈썹을 찌푸리곤 했는데 그 모습이 더 아름답게 보였다는 고사에서 나온 말로, 서시빈미(西施嚬眉)라고 한다.

이 세상에서 가장 사랑하는 여자다. 그런데 양산박에 끌려가면 과연 무사히 살아 돌아올 수 있을까? 무송이 있다. 흉악무도한 108명의 날강도가 있다. 하지만…….

"그런데, 그 계집은…….."

서문경은 문득 요즘 반금련의 모습을 떠올렸다.

이상한 일이 있다. 서문경이 애첩들의 방을 찾지도 않고 고민에 잠겨있는데 반금련만은 왠지 표정이 밝은 게 수상하다. 사내 없이는 사흘 밤도 견디지 못하는 계집인데!

"그 계집은 이미 연청이란 놈과 정을 통하고 있는지도 모르지."

설마 그럴 리가, 하는 생각도 했다. 그렇지만……. 서문경은 애써 이렇게 생각하려고 했다.

이제 양심의 방패가 생겼다. 중요한 것을 위해서는 작은 것을 희생해야 할 때도 있다. 이 무서우리만치 자기중심적인 사내는 목숨과 맞바꾸기 위해 가장 사랑하는 여자를 적에게 넘기기로 했다.

그날 밤이 깊어지자, 서문경은 반금련의 방문을 두드렸다.

"금련아, 잠깐 나랑 함께 갈 데가 있다."

"어디로요?"

"설간동에. 한 번 더 설동선사에게 독경을 부탁하러."

금련은 이상하다는 표정을 지었지만, 야윌 대로 야위어 귀신 같은 서문경의 심각한 표정을 보고는 어쩔 수 없이 따라나섰다.

서문경은 반금련을 말에 태우더니 뒤에서 꼭 껴안고 저택을 뛰쳐나갔다. 집안 사람과 저택 경비를 맡은 병졸들이 어라, 하고 놀랄 틈도 없었다.

하늘에 얼음조각 같은 초승달이 걸려있는 추운 밤이었다.

이튿날 아침, 응백작이 와서야 비로소 두 사람이 사라진 사실을 알게 되었다. 누구에게 물어도 그 행방을 아는 이가 없었다.

응백작은 얼굴이 창백해져 이리저리 뛰어다니다가 완화루 2층 구석에 구깃구깃 뭉쳐 버린 종이를 발견했다.

응백작을 앞세우고 말을 탄 병사 한 무리가 태산 동쪽 봉우리를 향해 달려간 것은 그로부터 얼마 지나지 않아서였다.

하지만 태산 동쪽 봉우리에 가면 서문경과 반금련이 아직 살아있을까?

얼음꽃

제정신으로 할 짓이 아니다. 그 가을 맑았던 날, 그만한 인원이 여행을 떠났을 때마저도 황량하기 짝이 없는 길이었다.

겨울 깊은 밤, 그때와 같은 길을 오로지 희미한 달빛에만 의지해 말을 달려가는 서문경의 모습은 누가 보면 틀림없이 밤하늘을 달리는 야차인 줄 알 것이다.

서문경과 반금련이 태산 동쪽 봉우리 꼭대기에 도착했을 때는 이미 꼭두새벽이었다.

내가 터무니없는 짓을 하는 게 아닐까? 도적의 협박에 응해 제대로 그놈이 쳐놓은 덫에 걸려든 게 아닐까?

그때 쇠 부딪히는 소리가 났다.

"서문 대인 아니오?"

설동선사가 설간동 앞에 서있었다. 움푹 팬 눈두덩에 공포의 빛이 어른거렸다.

"그대들은 저쪽에서 연청이란 도적을 만나지 않았소?"

"아, 역시 연청이 왔습니까?"

"으음, 무송과 연청, 모야차가 아까부터 여기 와서 기다렸었소."

"엑? 무송이?"

"그렇지만 모야차가 갑자기 배가 아프다고 해서, 아까 태악묘 쪽으로 갔지. 그 전에 세 사람이 주고받는 이야기를 들었는데, 서문경과 반금련이 도착하면 저번 그 여자처럼 배를 갈라 내장을 꺼내 죽이자면서 끔찍한 목소리로 웃고 있었네."

"헉!"

돌개바람에 휘말린 사람처럼 서문경이 비틀거렸다.

방금 내린 말에 다시 달라붙어 기어오르려고 했다. 그러자 반금련이 말했다.

"서방님, 되돌아가려면 그쪽에는 도적들이!"

그렇다고 태산 동쪽 봉우리를 이대로 넘어가면 길은 외길이라 양산박으로 통한다.

"안 돼, 안 돼. 그놈들이 올 거요."

선사는 갑자기 당황해 소리를 질렀다. 서문경은 하늘을 우러르더니 그쪽을 내려다보았는데 눈앞이 어질어질해서 아무것도 보이지 않았다. 그러자 금련도 소리쳤다.

"저기, 저기, 저 나는 듯 달려오는 모습은 분명히 무송……."

그러더니 갑자기 서문경이 쥐고 있던 채찍을 낚아채 말의 궁둥이를 찰싹 때렸다. 말은 설간동에서 동쪽으로 미친 듯이 달려갔다.

"아니, 무슨 짓이냐!"

"말이 여기 있으면 우리가 왔다는 걸 알아차리지 않겠어요?"

그러더니 반금련은 서문경의 팔을 잡고 설간동으로 밀어 넣었다.

"선사님, 자비를 베풀어주십시오……."

두 사람은 동굴로 후다닥 달려 들어갔다. 두 번째 들어온 동굴이었다. 게다가 그게 결코 안전을 보장하지 않는다는 것은 지난번의 무시무시한 경험을 통해 잘 알고 있다. 하지만 지금은 절체절명, 달리 피할 방도가 없는 위급한 상황이다.

서문경과 반금련은 가장 안쪽으로 들어가 부둥켜안고 숨을 죽였다. 아니, 숨을 죽이려고 했지만 서로의 호흡이 동굴 안의 초겨울 찬바람처럼 요란한 소리를 냈기 때문에 온몸의 터럭이 곤두섰다.

동굴은 곧게 뚫려있었지만 여기까지는 빛이 닿지 않았다. 들어왔을 때는 분명히 캄캄했다. 하지만 부둥켜안고 있는 두 사람을 차츰 희끄무레한 빛이 감싸기 시작했다. 두 사람은 주위의 바위벽이 완전히 얼음으로 뒤덮였다는 사실을 깨닫게 되었다.

"으윽……."

서문경은 신음했다. 한기가 점점 옥죄어 왔다. 동굴 안으로 뛰어들어올 때 온몸에 흘린 땀이 바로 살갗 위에 얼어붙는 느낌이었다.

얼마 지나지 않아서 서문경은 견딜 수 없어 반금련을 밀쳐내고 기어나가려 했다.

"위험해요."

"아니야, 이대로 있다가는 얼어 죽는다……. 게다가 그놈들은 이미 가버렸잖아?"

곰처럼 엉금엉금 기어 예닐곱 걸음 나아갔을 때 출구 주변에서 무슨 소리가 나더니, 날카로운 소리와 함께 뭔가가 굴러왔다. 얼른 그걸 잡은 서문경은 윽, 하는 신음 소리를 내며 좀 전에 있던 동굴 끝으로 도로 도망쳤다. 붉은 화살이었다.

들켰나?

툭 튀어나올 듯한 눈으로 출구 쪽을 보고 있었는데, 어쩐 일인지 아무도 들어오지 않았다. 숨이 막힐 듯한 시간이 잠시 흘렀지만, 서문경은 이미 다시 기어나갈 용기를 잃었다.

추위 탓에 두 사람의 폐는 송곳에 찔린 듯이 아팠고, 살갗은 아렸다.

"금련……."

반금련이 이상한 짓을 시작했다. 몸을 뒤틀면서 옷을 벗기 시작했다. 미친 게 아닐까, 하는 생각이 들었다. 반금련은 가장 안에 입어 차가운 땀으로 얼어붙은 속옷을 벗어버리고 그 위에 앉았다. 그리고 젖지 않은 상의를 대충 몸에 걸치더니 어깨에 걸쳤던 천을 서문경에게 걸쳐주며 말했다.

"바보."

서문경은 눈물이 났다.

"살과 살을 맞대면 조금이라도 더 따뜻해지는데……."

그 말을 듣고 서문경도 그렇게 했다. 두 사람은 발가벗은 몸으로 서로 부둥켜안고, 옷으로 꽁꽁 감쌌다.

역시 더 따스하구나. 이런 생각이 든 것은 아주 잠깐이었다. 지옥 같은 추위는 더 사나운 이빨을 드러내고 두 사람을 집어삼켰다. 반금련은 쉬지 않고 몸을 문질렀다. 하지만 서문경의 손길은 차츰 느려졌다.

"잠들면 안 돼요, 자면 안 돼!"

갑자기 서문경은 겁에 질려 소리를 지르며 반금련에게 매달렸다. 어두컴컴한 허공에 백랍처럼 하얀 빙금보와 대안의 환영이 큰소리로 웃는 모습이 떠올랐기 때문이다.

"금련아!"

"여기 있어요. 서방님, 금련이는 여기……."

반금련은 젖가슴을 문지르고 배와 허벅지를 문질렀다. 서문경의 가슴에, 배에, 뜨거운 엿이 끈적끈적 녹아내리는 듯한 쾌감이 온몸에 퍼졌다.

"서방님, 잠들면 안 돼요, 잠들지 말아요……."

반금련은 알몸을 서문경에게 찰싹 붙이고 쉴 새 없이 문지르며 흔들었다.

서문경은 수정처럼 희미한 빛으로 가득한 흰 동굴 안에서 천상의 음악이 들려오는 걸 들었다. 그리고 연화등, 부용등, 설화등이 파도처럼 넘실대는 광경이 보였다. 등롱은 그가 사랑한 수많은 여자의 웃음소리로 변했다. 그리고 그는 종소리처럼 울려 퍼지는 여자의 아름다운 웃음소리를 들었다.

그 누군가의 목소리. 그 누군가의 목소리…….

열반에 들다

힘을 다해 달리는 말에 채찍질하며 태산 동쪽 봉우리에 도착한 응백작은 설간동 앞에서 이상한 광경을 보았다. 활을 든 설동선사가 서서 동굴 안을 들여다보고 있었다.

"서, 서문 대인은?"

"저, 저 여자를 살려주시오! 아아, 저러다가 얼어 죽을지도 모르겠네……."

선사는 주술에서 풀려난 사람처럼 활을 내던지고 털썩 바닥에 쓰러졌다.

응백작 일행이 설간동 안쪽에서 두 사람을 끄집어냈을 때, 알몸인 서문경과 반금련은 이미 숨을 쉬지 않는 상태였다.

"이보시오, 서문 대인의 몸을 문질러주시오! 나는 부인을……."

응백작이 미친 듯이 소리치며 반금련에게 덤벼들어 언 몸을 문지르기 시작했다.

이런 상황에서 서문경을 다른 사람에게 맡기고 반금련은 자기가 부둥켜안은 것은 얼핏 생각하면 친구 사이에 의리가 없어 보일 수도 있다. 사실 친구라고는 해도 서문경 집안에 빌붙어 살아가는 응백작은 서문경이 죽으면 바로 파멸이다. 그런데 그마저 잊고 그의 온 정신은 반금련에게 가 있었다.

응백작이 거의 벌거숭이인 반금련을 품에 안기는 이때가 처음이었다. 그리고 이런 상태에서도 아무런 성욕을 느끼지 않기는 처음이었다. 그는 남의 눈은 신경도 쓰지 않고 반금련에게 달라붙어 눈처럼 새하얀 몸을 계속 문질렀다.

산꼭대기를 뒤덮은 겨울 구름 틈새로 황금처럼 누런빛이 새어나왔을 때, 반금련의 젖가슴 언저리와 명치 쪽에 조금씩 온기가 돌아왔다.

"금련! 금련 씨!"

그때 금련은 꿈꾸듯 응백작의 목에 팔을 감더니 그의 입술에 자기 입술을 포개며 살며시 혀끝을 움직였다.

"서방님! 드디어······."

"예?"

"드디어 내 것이 되었군요······."

응백작은 머릿속이 어지러웠다.

그때 뒤에서 뿌드득 이를 가는 소리와 함께 나지막한 신음 소리가 들렸다.

"여인 대마왕······."

돌아보니 설동선사가 우뚝 서서 움푹 팬 눈두덩 안에서 이글이글 타오르는 듯한 눈으로 요염한 금련의 모습을 노려보고 있었다.

"아아, 내가 요부의 감언이설에 넘어갔어! 나는 망어계[8]를 범하고 말았구나! 오지도 않을 도적이 왔다고 속여서 서문경을 설간동에 몰아넣었고, 심지어 붉은 화살로 겁을 줘 얼어 죽게 했으니! 내가 천마[9]에 씌어 음란한 계집의 사탕발림에 넘어가고 만 거야······. 어쩌자고 이런 짓을 꾸몄나 했더니, 결국 너는 이렇게 다른 남자와 사악한 쾌락을 누리려고 지아비를 죽게 만든 거냐?"

그러더니 반금련의 아름다움에 애간장이 녹아 그만 살인 공모자

---

8   妄語戒. 불교에서 신자들이 지켜야 할 다섯 가지 계율 가운데 하나로, 거짓말하지 말라는 가르침이다.

9   天魔. 불교에서는 온마(蘊魔), 번뇌마(煩惱魔), 사마(死魔), 천마(天魔)를 네 악마라고 하여 사마(四魔)라고 한다. 천마는 수행을 방해하는 마왕이다.

로 전락한, 이 얼음 속에서 삼십 년이나 고행한 중은 다시 털썩 땅바닥에 쓰러지고 말았다.

응백작은 서문경 곁으로 달려갔다.

"형님, 형님! 서문 대인!"

서문경은 완전히 얼어 죽은 상태였다.

응백작은 대지가 찢어질 듯한 공포와 경악, 분노에 휩싸여 반금련을 돌아보았다. 뭐라고?

이 엄청난 파국이 모두 네가 꾸민 짓이라고?

머릿속이 새카만 불길에 타버리는 듯했다. 이해할 수가 없다, 도저히!

반금련은 서문경을 죽여서 어쩌자는 건가? 서문경이 있어야 반금련도 있는 게 아닌가? 게다가 반금련은 자기 죽음을 두려워하지 않을 만큼 그를 사랑하지 않았던가?

반금련은 상반신을 일으키더니 한없는 격정이 담긴 눈으로 물끄러미 서문경을 바라보았다.

"아아, 나는 살아났네……? 나도 함께 죽을 작정이었는데!"

"아니, 이, 이, 이게 대체…….."

"세 번째 나타난 연청부터는 나였어요…….."

반금련은 두 손으로 얼굴을 가렸다. 손가락 사이로 반짝이는 눈물이 흘러내렸다.

"아니, 대체 왜요? 어째서 그런 짓을!"

"서방님은 지난번에 이 설간동으로 몸을 피했을 때부터 이미 죽은 거나 마찬가지 상태였어요…….."

"예? 형님이 이미 죽은 상태였다고요?"

"응 선생, 그 뒤로 그 양반 얼굴, 모습이 어땠는지 잘 기억해 보세요. 그분은…… 그 뒤로 여자와는 인연이 없는 병자가 되어버렸죠. 여자를 품어도 어찌할 바를 모르는 남자, 여자의 침실을 꺼리는 남자…… 그게 서방님이라고 할 수 있을까요?"

응백작은 숨을 삼키고 허공을 뚫어지게 바라보았다. 그 참담하리만치 귀기로 가득했던 서문경의 모습이 떠올랐다. 아아, 여자를 품에 안고 아무것도 못 하는 서문경, 그건 상상도 할 수 없는 끔찍한 일이었다.

"불쌍한 서방님! 나는 서방님을 다시 예전으로 돌아가게 만들고 싶었던 거죠……. 그렇지만 서방님은 여자를……, 저마저도 뿌리치고 도망치셨어요. 여자를 두려워하는 남자가, 여자를 미워하는 남자가 여자를 품기 위해서는……, 대안과 빙금보의 아름다운 모습을 떠올려 보세요……."

반금련은 비틀거리며 일어나 걸어왔다. 실오라기 하나 걸치지 않았지만 차가운 바람 속에서도 새하얀 피부에는 거의 악마적인 능력이라고 느껴질 만큼 아름다운 혈색이 돌았다.

이 여자는 아무리 추운 지옥이라도 눈이 조금 쌓인 곳처럼 여기는 여인 대마왕일까? 그러나 그 모습은 성녀처럼 아름다웠다. 젖가슴도, 입술도, 온몸이 무서우리만치 슬픔에 젖어 떨고 있었다.

"그렇지만…… 서방님은 결국 예전 서방님으로 돌아오셨죠! 내 품 안에서……. 내 품 안에서! 보세요, 응 선생. 서방님 얼굴을!"

희대의 호색가 서문경이 반금련의 품 안에서 황홀한 환희와 기

뺨에 젖어 빙긋 웃으며 죽은 얼굴이 응백작의 멍한 머릿속에 떠올랐다.

텅 빈 머릿속에 검은 구름이 소용돌이치다가 마침내 눈사태처럼 무너져 내리는 서문경 저택의 기와가 되더니 결국은 모든 걸 밀어 내고 반금련의 새하얀 알몸으로 가득 찼다.

여인 대마왕

초상집

산동 청하현에서 으뜸가는 부자 서문경이 죽었다.

"죽은 게 아니고, 살해된 거야."

"누구에게?"

"양산박에 둥지를 튼 108명의 흉악한 도적 두목 가운데 한 명인 무송에게."

"왜?"

"모르나? 서문 대인의 다섯째 부인 반금련은 원래 무송의 형 무대의 아내였잖아? 그 반금련과 서문경이 몰래 정을 통하고 무대를 독살했다더군. 그래서 무송이 형 원수를 갚으려고 노리고 있었다는 거야."

"아니야. 내가 듣기로는 서문 대인과 반금련이 태산 동쪽 봉우리에서 퇴마 기도를 하다가 서문 대인이 얼어 죽었다고 하던데."

떠도는 소문은 가지가지였지만 돈 많고 정력 좋고 잘생기고 욕
망이 넘치는, 부족할 것 없이 쾌락을 즐기던 서문경이 청하현 서쪽
50리, 차가운 업풍[1]이 휘몰아치는 황량한 태산 동쪽 봉우리 꼭대기
에서 죽은 것은 틀림없었다.

그 증거로 어느 겨울밤, 서문경의 주검을 태운 교자와 그걸 둘러
싼 일행이 조용히 서쪽 성문을 통해 집으로 돌아왔다. 그 가운데는
고을 사람들 입에 오르내린 서문경의 애첩 반금련과 친구 응백작이
고개를 푹 숙인 모습도 보였다.

이들을 맞이한 서문경 저택 사람들이 얼마나 놀라고 두려움에 떨
었는지는 필설로 다할 수 없다. 정실부인 오월랑은 까무러쳤고, 둘
째 부인 이교아, 셋째 부인 맹옥루, 넷째 부인 손설아를 비롯해 향
초운, 유여화 같은 첩들은 집이 떠나가도록 울어댔으며, 몸종, 상점
지배인, 일꾼 등은 당황해서 갈팡질팡했다.

그 가운데 역시 응백작만이 필사적으로 사람들을 달래고 위로하
고 북돋우며 이끌었다.

공사라는 이름의 지배인을 불러 마제은을 듬뿍 건네며 관을 구해
오라고 보냈다. 그리고 풍수지리를 잘 아는 술사 서 선생을 불러오
라고 했다. 큰 응접실에 유해를 모실 준비를 한 다음, 친척과 지인
들에게 급히 부고를 띄우도록 했다…….

어쨌든 갑작스러운 일이고, 게다가 청하현 최고 갑부로 관청이나

---

1   業風. 불교에서 사후 지옥에 떨어지면 분다는 바람. 지옥에 떨어진 중생이 저지른 악
    업의 크기에 따라 거세진다고 한다. 겁풍(劫風)이라고도 한다.

민간에 위세가 대단했던 사람이 세상을 떠났으니 보통 일이 아니다. 장례 규모도 대단할 수밖에 없다.

"응 선생, 잘 부탁해요. 우리 집안의 체면이 걸린 장례이니 소홀함이 있다가는 내가 손가락질을 받을 테니 부디 돈은 아끼지 말고."

깨어난 오월랑이 정신을 가다듬고 응백작에게 당부했다.

"예, 어떤 일이든 제가 도움이 될 일이 있다면 거리낌 없이 시키세요. 생전에 제가 형님에게 얼마나 많은 신세를 졌는데. 형님 장례는 당연히 제가 거들어야죠. 안 그러면 나중에 제가 염라대왕 앞에서 형님께 꾸중을 들을 겁니다."

응백작은 평소에 늘 늘어놓던 우스갯소리는 쏙 빼고 차분하고 진지하게 말했다.

"그리고 서 선생이 점을 치셨는데 형님 입관은 돌아가신 지 사흘째 되는 날에 하고, 2월 16일에 묘혈을 판 다음, 20일에 출관하면 크게 지장이 없을 거라고 합니다."

구슬픈 곡소리가 울려 퍼지며 혼란스러운 가운데 서문경이 주검이 되어 집으로 돌아온 지 이틀째가 되었다.

서문경의 유해는 입관을 끝냈다. 붉은 융단으로 감싼 관은 큰 응접실로 옮겨 빈소를 차렸다. 보은사에서 스님이 와서 경을 읽었다. 오월랑을 비롯하여 애첩들은 상복을 입고 줄지어 영전에 나아가 곡을 했다. 술사 서 선생이 엄숙하게 관에 장명정[2]을 박고, 옆에 '무려

---

2   長命釘. 자손정(子孫釘)이라고도 하며, 관을 단단히 고정하는 데 쓰인다. 이 못은 죽은 사람에 대한 명복을 빌며 후손들이 복을 누리기를 바라기 때문에 중국 장례 풍습에서는 특별한 의미로 여겨졌다.

장군 서문공의 관(武略將軍西門公之棺)'이라고 쓴 명정을 세웠다.

이날, 검시관 하구가 조문하러 와서 응백작에게 귓속말로 말했다.

"그리고, 이렇게 하면 어떻겠소? 만약 서문 대인과 거래하던 상인들 가운데 대인이 세상을 떴다는 걸 알고 줘야 할 돈을 주지 않거나 빚을 갚지 않는 녀석들이 나타난다면 우리 쪽에서 받아내 줄 수도 있는데."

"감사합니다. 그런 일이 생기면 꼭 말씀드리고 도움을 받고 싶습니다."

하구는 꾸물거렸다. 응백작은 바로 눈치채고 그에게 돈을 찔러주었다.

"아니, 뭐 이런. 이런 건 그런 일이 생길 때 하셔도 되는데······. 으흠, 뭐. 그러면 담당한 사람들에게 건네주기로 하죠."

하구가 서문경 저택의 문을 나서는 걸 배웅하는데 흙담장 밖에서 쭈그리고 앉아 이마를 마주하고 소곤소곤 이야기를 나누는 남자 세 명이 보였다. 가만히 보니 요즘 잘 보이지 않던 선임 점원 춘홍과 내작, 내보였다. 틀림없이 여행에서 방금 돌아온 모습이었다.

세 사람은 고개를 돌려 하구를 보더니 급히 일어나 달아나려고 했다.

"잠깐!"

하구가 버럭 소리쳤다. 세 사람은 그 자리에 멈췄다. 하구는 그들을 빤히 노려보았다.

"왜 도망치지? 서문 대인이 돌아가신 걸 모르는가?"

"예, 그 소식은 임청 부두에 내려서 들었습니다. 그래서 깜짝 놀라서 막 돌아온 참인데…….”

“임청 부두? 자네들 어딜 갔다 오는 건가?”

“예, 양주(揚州)에 면을 사들이러 다녀왔습니다…….”

“면은 사 왔나?”

세 사람은 당황한 표정을 지었다.

“예, 부두에 정박한 배에 실어두었는데요…….”

“좋아, 그럼 내가 나중에 보러 가지.”

하구는 세 사람이 수상하다고 육감적으로 느꼈다.

불쑥 춘홍이 털썩 무릎을 꿇고 머리를 조아렸다.

“나리, 제발 한번 봐주십시오.”

“뭘 봐달라는 거지?”

“사실은 여기 있는 내보가 이러더군요. 주인님은 이미 죽었으니, 면을 가지고 돌아가 봐야 소용없다. 마침 배에 싣는 중에도 값이 2할이나 올랐으니 아예 항구에서 팔아치우자고…….”

“아, 저는 어차피 이렇게 된 거 돈으로 바꾸어 돌아가는 편이 낫겠다고 생각해서…….”

내보가 턱을 덜덜 떨며 둘러댔다.

“그래서, 물건을 팔아치운 돈은 얼마나 되지?”

“예, 사천 냥쯤.”

“이 녀석들, 그걸 나누어 갖고 도망칠 작정이로구나. 그 전에 이쪽 상황을 살피려 어물거리고 있었던 거지?”

“나리!”

내작이 매달리며 하구의 귀에 대고 간절하게 속삭였다.

"나중에 절반, 이천 냥을 댁으로 가지고 갈 테니 부디 자비를……."

하구는 하늘을 바라보았다.

"좋을 대로 하거라."

그는 낮은 목소리로 내뱉더니 성큼성큼 걸어갔다.

세 사람이 안도한 표정으로 얼굴을 마주 보며 떠나려고 할 때였다.

"잠깐."

문 뒤에서 응백작이 히죽거리며 나타났다. 흠칫 놀란 세 사람 앞에서 턱을 쓰다듬으며 이렇게 말했다.

"나도 입을 다무는 대가로 천 냥쯤은 받고 싶은데."

눈사태처럼 무너지다

초칠일이 되자 또 중들이 와서 경을 읽었다.

처음의 충격과 슬픔의 파도가 빠지자, 서문경 저택에는 말로 표현하기 힘든 정적과 불안, 공허가 감돌았다. 하지만 이때쯤 되니 새로운 슬픔이 밀려들면서도 묘하게 구원받은 듯한 밝은 분위기가 되살아났다.

응백작은 이날 영전에 향을 사르고 구슬픈 목소리로 추도문을 읽었다.

"중화³ 원년 정월 스무이레, 평소 많은 가르침을 받던 못난 아우

---

3   重和. 북송 휘종 때의 연호. 1118년 12월 17일부터 1119년 3월 17일까지 3개월 1일 동안 사용한 연호다.

응백작은 돌아가신 금의서문대관인(錦衣西門大官人)의 영전에 삼가 애도의 뜻을 바칩니다.

고인께서는 생전에 강직한 분이셨습니다. 타고나기를 강건하시어 약한 자를 두려워하지 않고 강한 자에게 저항하지 않았습니다. 벗을 위로할 때는 무쇠 같은 주먹으로 했고, 여성을 도울 때는 신수[4]로 했습니다. 주머니가 뿌듯해지면 드높은 기개가 양물에 오르고 음문에 내렸습니다. 은혜 입은 두 방울을 샅에 거느리고 뻗질나게 꽃에 눕고 버드나무에 쓰러지며 겨루어 패한 적이 없습니다. 그런데 이게 어인 일입니까. 이제는 영원히 서지 못한다니. 아아, 슬프도다. 여기 남겨진 가난한 인생. 다시 거북이 머리 나란히 하고 유암화명[5]의 거리로 나아가 기예를 겨룰 수 없다니. 내 거북이 머리는 그저 눈물만 흘리며 샅에 늘어져 있을 뿐.

이에 백탁[6]을 받아 보잘것없는 잔을 올립니다. 고인께서는 내키시면 오셔서 받으소서.”

여자들은 추도문이 무슨 내용인지 이해하지도 못하면서도 다들 울었다. 응백작도 읽다 보니 눈물이 흘렀다.

그날 밤, 응백작이 정원을 거닐고 있는데 돌다리 위에서 고개를 숙이고 있던 반금련과 우연히 마주쳤다.

“아니, 형수님.”

---

4   腎水. 동양의학에서 신장은 오행 가운데 물에 해당한다. 여기서 '신수'는 정력이나 정액을 뜻하는 말이다.

5   柳暗花明. 원래 화려한 봄의 풍경을 뜻하는 말이지만 화류계, 유곽, 홍등가를 빗대는 말로도 쓰였다.

6   白濁. 오줌이 탁하게 나오는 성병인 임질이나 그 뿌연 배설물을 말한다.

응백작이 깜짝 놀라 말을 걸었다.

다른 첩들은 울기도 하고, 화를 내기도 하고, 또는 끼리끼리 소곤 거리기도 하며 뭔가 술렁거리는 분위기였는데, 반금련만은 북상방에 틀어박혀 목소리도 들리지 않았다. 아마 서문경을 가장 사랑한 여자였기 때문일 거라고 응백작은 믿어 의심치 않았다.

"뭐 하세요?"

"응 선생. 슬프군요……."

"이해합니다, 그건……."

"그런 게 아니라, 이교아의 방 앞에 가서 몰래 들여다보시죠?"

"예?"

이 말만 남기고 반금련은 가버렸다.

응백작은 멍하니 반금련의 뒷모습을 바라보다가 고개를 갸웃거리며 발소리를 죽이고 이교아의 방 쪽으로 다가갔다.

이야기하는 목소리가 들렸다. 그 목소리는 문상하러 온 이씨 할멈이었다. 이씨 할멈은 서문경이 생전에 단골로 드나들던 기루의 주인이었다. 이교아는 둘째 부인이지만 원래 이씨 할멈이 하는 기루에서 노래하던 기생 출신이다.

"생각해 보렴, 너는 서문 나리께 은혜를 입었지만, 세상을 떠났으니 그 은혜를 갚을 길이 없지 않니? 앞으로도 계속 이 집에 있으면 어쩌려고? 정실부인에게 구박당해 쫓겨나기나 하겠지. 너도 이제 나이가 서른넷이잖니? 모처럼 장 나리께서 널 첩으로 들이고 싶다는구나. 바람이 불 때 돛을 올려야 해. 지금 기회를 놓치면 이런 행운은 다시 오지 않을 거다……."

장 나리란 이 청하현에서 서문경 다음으로 부자라는 장이관(張二官)을 말하는 모양이다. 겨우 초칠일 밤인데 벌써 바꿔타기 상담이 들어오다니, 놀라지 않을 수 없었다.

"이제부터 이 지역은 그 나리의 세상이야. 제형원[7]에서 서문 나리가 차지했던 자리에 앉으려고 벌써 도성에 있는 벼슬아치들에게 뇌물을 잔뜩 보냈다는구나. 장 나리는 아마 반금련에게도 눈독을 들이고 있는 모양이더라. 맹하니 있다가는 넌 팔리지도 않을 거야……."

"그런데, 어머니. 장 나리는 나이가 분명히 아직 서른쯤이죠?"

상대의 나이는 이교아도 꽤 마음이 드는 듯했다.

"그래, 서른둘이지. 너 스물여덟이라고 속여. 아직 이렇게 예쁜데. 여섯 살쯤은 깎아도 누가 알겠니?"

"호호호."

"그리고 저쪽으로 건너간다고 하면 뭐니뭐니 해도 돈과 재물을 듬뿍 가지고 가야 나중에 체면이 설 거야. 이 어수선한 틈에 닥치는 대로 긁어모아도 누가 알겠니? 네가 힘껏 잘 해야 돼……."

세상에는 이런 지독한 여자들도 있기 마련이다.

응백작은 화를 낼 자격이 없다. 사실 응백작도 오월랑으로부터 장례 준비를 위임받은 걸 기회로 삼아 자기 주머니를 채우고 있으니.

2월 3일은 서문경이 세상을 떠난 지 십사 일이 되는 날이다. 이날은 옥황묘에서 오 도관(吳道官)을 비롯해 열여섯 명의 도사를 불러

7   提刑院. 송나라 때 지방 행정기관으로 사법, 감찰 기능을 수행하며 그 지방의 인사,
     재정, 민정, 군정을 두루 관장했다.

제사를 지냈다.

"응 선생."

그날 저녁, 오월랑이 뭔가 걱정스러운 표정으로 응백작에게 말을 걸었다.

"왠지 문상객이 적지 않아요?"

"그런가요?"

"아니, 이병아 장례식 때는 문상객이 더 많았던 것 같은데……."

이병아는 전에 세상을 떠난 서문경의 애첩 가운데 한 명이었다.

"제가 뭘 못해서 그런 걸까요?"

오월랑이 말했다.

"그, 그런 건 아닙니다."

응백작이 얼른 대꾸했다.

"우리에겐 임금님 같은 서방님의 장례식이에요. 부디 한껏 화려하고 시끌벅적하게 장례를 치러주세요……."

그때 뒤에서 나지막한 목소리가 들려왔다.

"큰언니, 언니 탓이 아니에요."

반금련이 슬픈 표정으로 서 있었다.

"그건 세상 사람들이 다들 배은망덕하기 때문이죠. 여태까지 이 집에서 장례를 치를 때는 서방님이 살아계셨죠. 장례식에 찾아온 사람은 욕심을 숨긴 아첨꾼들이고. 이번 장례는 아부할 서방님이 계시지 않으니 더는 잘 보일 필요가 없어서……."

응백작도 그건 잘 알고 있다. 하지만 오월랑이 딱해서 말하지 않았을 뿐이다. 반금련이 말을 이었다.

"우리 집안은 눈사태처럼 무너질 거예요. 집 안팎으로. 지금 이 곳에는 뜯어먹으려고 하는 흰개미가 우글거리죠……. 응 선생?"

응백작은 움찔했다.

"그런 건 상가의 어쩔 수 없는 운명 아닌가요?"

"아, 예, 그건……."

"나도 그런 건 알지만, 그래도…… 서방님이 돌아가시고 아직 장 례도 다 치르지 않았는데 남녀가 벌써 몰래 불장난하는 일까지 있 다는 건 참을 수가 없네……."

"금련 아우!"

오월랑이 무서운 표정으로 반금련을 돌아보았다.

"누가 그런 짓을?"

"향초운이 부지배인 유포와."

"엥?"

"방금 유포가 주위 눈치를 살피며 초운 아우 방으로 들어가더군 요."

오월랑은 주먹을 불끈 쥐고 눈을 부릅떴다. 그리고 떨리는 목소 리로 말했다.

"이런 음란하고 배은망덕한! 그것만은 용서할 수 없어. 응 선생, 하인을 두세 명 불러줘요. 만약 그게 사실이라면 제대로 처벌해야 서방님이 돌아가신 집에 기강이 설 거예요."

향초운의 방 안에서는 살창 밖에 무서운 표정을 지은 사람들이 살며시 다가오는 걸 눈치채지 못했다. 불도 밝히지 않고 캄캄한 가 운데 초운과 유포의 간드러진 숨소리가 흘러나왔다. 유포는 무척 오랫동안 초운을 마음에 두었던 모양이다. 향초운도 서문경이 세상을 뜨기 전후로 꽤 오래 금욕적인 나날을 견디고 있었으리라. 두 사람 다 무아지경에 빠져서 서문경이 세상을 뜬 지 열나흘 되는 날, 밤의 정적도 잊은 채 교성을 지르며 사랑을 속삭이는 것만 보아도 알 수 있었다.

"음란한 년!"

"음탕한 놈!"

일행이 우르르 방으로 밀려 들어가 단숨에 두 사람을 하나로 묶어 끌고 나왔다.

"어떻게 해주랴?"

오월랑은 분노에 찬 눈으로 두 사람을 노려보았다. 초운과 유포는 알몸으로 가슴과 가슴, 배와 배를 맞댄 채로 하얀 팔다리가 여덟 개 달린 괴물 같은 모습으로 바닥에 쓰러져 있었다.

"서방님의 유해가 아직 큰 거실에 있는데도……."

"저어……."

반금련이 가라앉은 목소리로 입을 열었다.

"제게 좋은 생각이 있어요."

"어떤?"

"분명히 언니는 서방님 장례를 임금님처럼 치르고 싶다고 하셨죠? 그럼 부디 그렇게 하시죠."

"그게 이 일과 어떤 관계가 있나?"

"순장시키는 겁니다."

"수, 순장을?"

"그것도 이런 배은망덕한 것들은 살두장(殺頭葬)으로."

벌거숭이 두 남녀는 온몸에 소름이 돋아 몸부림치고, 응백작도 얼굴이 새파랗게 질렸다.

"뭐, 뭐요? 살두장?"

순장을 바라는 두 여인

중국에서 순장이 언제부터 시작되었는지는 확실치 않다.

하지만 상나라[8] 무덤 양식 및 그 뒤를 이은 서주[9]의 유적을 보면 그 시절부터 이미 꽤 널리 이루어졌음을 알 수 있다. 그래서 문헌에 따르면 동주 이후 수, 당, 나아가 명, 청대에 이르기까지 왕이나 제후, 귀족 계급은 분명히 자주 순장했다.

그러나, 그렇기는 하지만, 시대가 내려가면서 차츰 줄어든 것은 말할 나위도 없다. 하물며 '살두장'이란 말을 들으니 당연히 다들 눈이 휘둥그레질 수밖에 없었다. 그것은 머리를 잘라 주인과 함께 매장하는 순장의 한 형식이었다. 보통 순장은 세상을 떠난 주인을 저세상에서도 모신다는 뜻이지만 살두장은 형벌이라는 의미가 담긴, 무시무시한 희생이었다.

"그렇지만 그건 너무……."

"응 선생, 그렇지만 이 사실이 알려지면 둘 다 무사히 넘어갈 수는 없을 거예요. 출관하기도 전에 첩이 점원과 정을 통하다니, 목을 매달거나 망나니가 목을 베지 않을까요……? 만약 월랑 언니가 자

---

8   商. 기원전 1600년-기원전 1046년. 마지막 도읍이 은(殷)이었다.
9   西周. 기원전 1046년-기원전 770년

비를 베풀어 너그럽게 봐주신다면 저 두 사람에게 유산까지 나누어
줘야만 할 텐데…….”

“내가 설마!”

오월랑은 버럭 소리를 질렀지만, 반금련의 말이 맞는다는 생각이
들어 저도 모르게 이를 빠드득 갈았다.

반금련이 그때 목소리를 낮추고 말했다.

“큰언니, 그리고 응 선생, 잠깐만요.”

반금련은 두 사람을 회랑 구석 쪽으로 불렀다.

“언니, 이 집안에는 지금 버러지가 우글거려요. 상점 물건 판 돈
을 훔쳐 도망치는 일꾼, 선임 점원이라는 놈과 밀통하는 첩……, 그
밖에도 마치 도둑고양이 같은 남녀가 잔뜩 있다는 건 아시죠? 그런
것들에게 돈과 유산을 나누어주는 건 도둑놈에게 가욋돈을 얹어주
는 거나 마찬가지라고 생각하지 않으세요?”

“그야 그렇지만 누가 뭘 하고 있는지, 무슨 생각인지 알 수가 없
지 않나?”

“그러니까 조만간 언니가 엄숙하게 순장 이야기를 꺼내시라는
거죠.”

“아하, 그렇게 전체적으로 시험해 보자는 건가?”

응백작이 안도한 표정으로 말했다.

“그렇죠. 그렇게 하면 배은망덕한 것들은 다 이 저택에서 도망쳐
나가겠죠. 뭐 정말로 순장을 당해도 좋다고 하는 사람은 없을 테지
만 그래도 언니 말을 들을 때의 표정이나 태도로 사람들의 진심은
떠볼 수 있을 거예요. 그렇게 해서 정말로 서방님을……, 이 집안을

소중하게 여기는 사람들이 누군지 알 수 있게 되겠죠."

"흠, 그건 재미있겠군."

응백작은 반금련이 꺼낸 순장 이야기가 단순한 방편이라는 사실을 알고 마음이 놓였다. 게다가 이런 못된 장난을 즐기는 응백작은 좋다고 손뼉을 쳤다.

"그런데 이 남녀는 어떻게 하죠?"

"그건 큰언니 뜻에 맡기도록 하죠. 어쨌든 출관하는 날까지 묶어서 뒷산 장춘오에 가둬두고, 살두장을 당할 거라는 공포를 뼛속 깊이 맛보게 해주면 돼요."

오월랑은 무서운 표정으로 고개를 끄덕였다.

진지한 성격인 오월랑은 이걸 짓궂은 장난으로 여기지 않았다. 남편이 세상을 떠난 뒤 눈사태처럼 집안이 흔들리는 걸 느껴 안절부절못했다. 또 입 밖에 내진 않았어도 첩들에게 재산을 나누어줘야만 하니 분하다는 생각이 마음 깊은 곳에서 연기처럼 모락모락 피어올랐다. 하물며 그 가운데 몇몇은 사자 몸속의 버러지[10]이니 더 말해 무엇하랴.

무덤을 파는 날짜는 2월 16일로 받았지만, 5일부터 성 밖 오리원(五里原)에 규모가 엄청난 묘를 만들기 시작했다. 지름 50간[11] 남짓한 넓이에 원뿔 모양으로 흙을 파, 그 중앙에 지하 3간 깊이로 관이 들어갈 구덩이를 마련했다.

---

10   불교에서 쓰는 말이다. 불교에 귀의했다면서도 불교에 해를 끼치는 일을 하는 존재나 행동을 말한다. 사자 몸 안에 살면서 그 덕을 보면서도 사자의 살을 파먹으며 해친다는 뜻이다.

11   1간은 여섯 자, 1.81818미터로 계산한다. 넓이를 말할 때는 1.1818제곱미터를 말한다.

그리고 서문경 저택 안팎에는 무서운 소문이 나돌기 시작했다.

"이번에 서문 대인을 모실 묘에는 대단한 보물이 함께 묻힌다고 하더군."

"보물만이 아니지. 사람도 묻는다고 들었어."

"엥? 살아있는 사람을?"

"그래, 그 첩들을."

"그거 아깝군! 그런 미인들을 왜? 거참, 끔찍하네……."

"그게 그 사람들이 원해서라는데. 서문 대인이 없어서 세상 살맛이 안 난다고."

"그건 또 감동이로군. 미녀라서 다들 바람기가 많을 줄 알았는데, 다시 봤어……. 무서우리만치 정절을 지키는 여자들이잖아?"

"정절……, 그러고 보니 그럴지도 모르겠군. 서문 대인 말고 이 세상에 남자는 없다……, 대인만 한 연장을 지닌 사내는 이 세상에 없다……. 이렇게 말하는 여자도 있는 모양이니까."

"아, 그런 뜻인가? 제길, 사람 기죽게 만드네. 섭섭하기는 한데, 맞는 말인지도 모르지. 어쨌든 서문 대인은 정말로 당나귀 거시기만 했다고 하니까."

그로부터 며칠 뒤, 이교아가 도망쳤다.

다들 소문의 중심인 첩들을 주목했기 때문에 뻔뻔하게 많은 짐을 싸서 나갈 수도 없었으리라. 나중에 알아보니 거실에 있는 고리짝이나 상자에는 부지런히 긁어모은 돈과 보물이 가득 들어있었는데, 그것도 부랴부랴 도망치느라 가지고 가지도 못한 딱한 상황이었다.

이런 사실을 알게 된 오월랑의 얼굴에는 당연히 분노가 깃든 웃음이 떠올랐다.

이제 사흘 뒤면 출관하게 될 17일 밤이었다.

오월랑은 비로소 첩들을 모두 불러 엄숙하게 말했다.

"여러분, 서방님이 살아계실 때 정말 많은 신세를 졌습니다…….
원래는 이렇게 많은 여자가 한집에 살면 다투고 질투하는 소동이
있기 마련이지만 풍파 하나 없이 자매처럼 사이좋게 살아온 건 모
두 여러분의 인품 덕이죠. 그리고 딱 한 가지 더, 다들 남편의 사랑
에 수레바퀴 살처럼 연결되어 있었기 때문일 거예요……."

무슨 풍파가 없었단 말인가. 밤낮으로 질투와 증오의 불꽃이 튀
는 수레바퀴가 돌지 않은 날이 없었는데. 그런데도 다들 얌전한 표
정으로 고개를 숙이고 있었다.

"그분을 향한 사랑, 그건 오히려 나보다 여러분이 더 컸을지도
모르죠. 그래서 여러분은 다들 그 사랑의 크기를 두고는 결코 누구
에게도 질 생각이 없을 거예요……."

첩들은 떨떠름한 표정으로 고개를 끄덕였다.

"난 그걸 믿어요. 세상을 떠난 서방님도 분명히 여러분을 믿었
겠죠……. 서방님이 숨을 거두기 직전에 남기고 간 말이 있습니다.
나는 저세상에 가서도 혼자 살기는 싫다. 이 세상만큼 북적거리지
는 않아도 괜찮은데 부디 말벗을 해줄 여자 한두 명은 있으면 좋겠
다. 이런 유언을 남기고 갔죠. 웃기는 소리일까요? 나는 그분이 얼
마나 외로움을 많이 탔는지, 그리고 얼마나 여자를 좋아했는지, 그
런 걸 생각하면 그게 무슨 어처구니없는 소리냐고 웃어넘길 수 없
어요……."

오월랑은 찌를 듯 차가운 눈으로 첩들을 둘러보았다. 그리고 고개를 숙인 채 작은 목소리로 말했다.

"어떨까요……? 그 양반을…… 저세상에서도 돌봐주겠다고 나설 분이 없을까요?"

다들 무표정한 얼굴로 정실부인을 바라보기만 할 뿐이었다.

사실은 지금까지 거대한 분묘를 직접 보고, 마을의 무서운 풍문을 들어도 다들 설마 싶었다. 부지배인과 몰래 정을 통했다는 향초운은 어쩌면 살두장이라는 형벌을 받을지도 모른다. 하지만 죄 없는 자기들을 생으로 무덤에 묻는 비상식적인 짓을 정말 실행에 옮길 거라는 생각은 하지 않았다. 실제로 이교아가 도망쳤을 때, 맹옥루는 빈정거리며 웃기까지 했다.

"어리석은 것! 월랑 언니의 수법에 걸려들었어! 당연히 순장 소문으로 우리에게 겁을 줘 알몸으로 쫓아내려는 계략인데. 재산을 나눠주고 싶지 않으니, 빈손으로 도망치는 사람이 나오면 고마운 일이지. 누가 그런 수법에 넘어갈 줄 아시나!"

그런데 오월랑이 이렇게 대놓고 이야기를 꺼내니 다들 머쓱한 표정을 지었다.

오월랑은 순장에 대해 얼마나 진지하게 생각하고 있는 걸까?

혹시 이게 떠보는 이야기일 경우, 여기서 추태를 보이면 비웃음을 사게 될 거다. 그렇다고 해서, 만약 진지한 이야기라면 결코 손을 들어 지망해서는 안 될 일이다.

무서운 정적이 흘렀다.

그때 누군가 얼굴을 들고 나지막한 목소리로 말했다.

"제가 하고 싶어요."

오월랑과 반금련은 깜짝 놀라 돌아보았다.

맑게 웃는 얼굴로 자진해서 순장을 선택한 사람은 한 명이 아니었다. 두 명이었다. 몸이 야위어 가장 존재감이 흐릿해서 서문경의 총애도 옅던 손설아와 앞을 못 보는 애첩 유여화였다.

머리 잘린 시체

18일 저녁이었다. 모레 치를 장례식이 어떻게 될지 걱정스러울 만큼 눈이 내렸다.

"그 두 사람은 어떻게 하고 있을까?"

문득 반금련이 중얼거리는 목소리를 들은 응백작은 갑자기 갇혀 있는 향초운과 유포가 궁금해졌다.

장춘오는 이름으로도 알 수 있듯이 뒷산에 있는 동굴인데, 한때 침대와 화로 같은 걸 두고 서문경이 점원들의 아내나 몸종을 끌어들여 놀던 곳이었다. 그 뒤 언제부턴가 집 안에서 뭔가 나쁜 짓을 저지른 사람들을 가두는 감옥으로 쓰이기 시작했다. 그래서 입구에는 두꺼운 문을 달았고 큼직한 자물통도 걸려있었다.

밤이 되면서 눈이 그친 틈을 보아 응백작은 불을 밝혀 들고 장춘오를 들여다보러 갔다.

향초운과 유포는 여전히 함께 꽁꽁 묶인 채 바닥에 쓰러져 있었다. 하인들이 화가 나서 일부러 짓궂게 묶었기 때문에 초운의 두 손목과 두 발목은 남자의 등 뒤로 묶었고, 남자의 두 팔도 여자 등 쪽으로 둘러 묶었다. 그리고 남자의 발은 곧게 편 채로 묶었다. 음식은 누가 접시에 담아 가져다주었던 모양이다. 두 사람이 번갈아 위치를 바꾸며 개처럼 핥아먹었기 때문인지, 아직 살아있기는 하지만 끔찍한 악취가 풍겼다. 배설물 냄새가 틀림없었다.

"이봐."

응백작이 부르자 두 사람은 살짝 꿈틀거렸다.

"살려줘요……."

기어들어 가는 목소리로 초운이 말했다. 등불을 비추니 어렴풋이 창백한 두 사람의 얼굴이 드러났다. 두 사람 다 야위었지만, 말라비틀어진 듯한 유포는 정말 끔찍했다.

응백작은 측은하다는 생각이 들었다.

"살려줘요……."

"으음, 그래. 목숨만은 건질 수 있도록 내가 부인께 말씀드려 볼 텐데……."

이렇게 말하다가 코를 쥐었다.

"그런데 냄새가 심하군. 자기가 싼 거라고는 해도 이 정도면 견디기 힘들지. 조금만 더 참아요. 절대 나쁘게 하지는 않을 테니."

응백작은 품 안에서 통으로 구운 닭을 꺼내 창살 사이로 던져 넣고 얼른 물러났다. 이게 응백작이, 아니 이 세상 사람이 본 살아있는 향초운과 유포의 마지막 모습이었다.

19일 아침, 서문경 저택 사람들은 지난밤에 경천동지할 엄청난 변고가 일어났다는 사실을 알게 되었다.

일은 서문경의 유해를 안치한 큰 응접실에서 일어났다. 관 양측에 목이 잘린 향초운과 유포의 시체가 엎어져 있었다. 서 선생이 장명정을 박았던 관 뚜껑도 활짝 열려있고, 그 안에 있는 서문경의 시체도 머리와 몸통이 따로 떨어져 있었다.

오월랑은 다시 까무러치고, 서문경 저택은 또 요란한 소동에 휩싸였다.

한겨울이라 서문경의 얼굴은 아직 생전과 크게 다르지 않았다. 살아있을 때 세상에 유례를 찾아볼 수 없이 쾌락을 뒤쫓던 사내는 죽어서도 이상한 힘을 핏속에 간직하고 있는 걸까? 잘려 나간 머리의 얼굴은 여전히 황홀한 듯한 미소를 머금고 있었다.

"진정해, 진정하라고……! 떠들 필요 없어. 서문 대인이 오늘 살해당한 건 아니잖아. 이미 돌아가신 분이야! 시끄럽게 해서 세상 사람들에게 창피를 살 필요는 없어!"

갑작스러운 소식을 듣고 달려온 응백작은 다른 사람들을 진정시키려는 듯이 이상한 음성으로 소리를 지르면서 실제로는 자기도 허둥대고 있었다. 도대체 누가 이런 끔찍한 짓을 저질렀을까, 하는 의문 때문이었다.

다들 아우성치는 사이에 검시관 하구가 말을 타고 쏜살같이 달려왔다. 커다란 종이쪽지 한 장을 움켜쥐고 있었다.

철천지원수 서문경, 아무리 시체라고 해도 목을 베는 형벌에 처하지 않을 수 없다. 행자 무송.

이렇게 적힌 종이가 서쪽 성문 옆 외벽에 붙어있었다는 것이다.

아아, 그렇다면 서문경에게 형의 목숨과 형수를 빼앗기고, 지금은 양산박의 도적 무리에 가담한 무시무시한 무송은 서문경이 죽었는데도 만족하지 못하고 시체의 목에 칼을 대고 간 것이란 말인가?

"그렇지만 무송이 언제?"

반금련이 전율하며 입술을 덜덜 떨었다. 오월랑이 카랑카랑한 목소리로 사람들에게 어젯밤 침입한 괴한을 본 사람이 없느냐고 물으며 돌아다니는 사이에 응백작은 팔짱을 끼고 뒷산 앞 눈 속에 서있었다.

'왜……?'

그는 속으로 외쳤다.

'무송이 도대체 왜?'

시체를 욕보이고 싶었다면 일단 의미는 있겠지만 그래 봤자 죽은 사람의 목을 절단해서 무슨 소용이란 말인가? 하물며 무송이 아무런 원한도 없었을 향초운과 유포의 머리까지 베었다니, 그렇게 해서 뭐가 남는다는 걸까?

이상한 건 향초운과 유포였다. 굳이 덧붙일 필요도 없이 장춘오의 문은 열려있었다. 그러나 무송은 그들이 거기 감금되어 있다는 사실을 알 리 없다. 아니, 실제로 지금 장춘오로 오간 눈 위의 발자국을 꼼꼼하게 살펴보았는데 어젯밤 응백작이 낸 발자국 말고는 향초운과 유포가 뒤뚱거리며 장춘오에서 나간 걸로 보이는 발자국밖에 없었다.

그렇다면 향초운과 유포는 자기 힘으로 장춘오를 빠져나왔다는 이야기가 된다. 지나칠 정도로 꽁꽁 묶어놓은 그 밧줄을 푼다. 밖에 걸려 있던 자물쇠를 연다. 이런 불가능한 일이 어찌어찌 가능했다고 치더라도 과연 그들이 왜 서문경의 시체가 있는 큰 응접실에 들어갔고, 어떻게 해서 목이 잘리게 된 걸까?

본채 쪽에서 하구가 외치는 소리가 들렸다.

"뭣이? 무송을 본 자가 아무도 없다고? 무슨 이런 말도 안 되는 경우가 있나!"

응백작은 눈이 차가워서가 아니라 피가 싸늘하게 얼어붙은 것 같아 그 자리에서 꼼짝 못 하고 서있었다.

만에 하나, 만에 하나 이 엄청난 변고를 꾸민 자가 이 집에 사는 사람이라고 해보자. 장난이라고 하기에는 너무 심하다. 하지만 제정신이라면 목적을 도무지 짐작할 수 없다. 특히 서문경의 머리를 잘라내서 뭘 하겠다는 건가?

"미치광이?"

응백작은 이 저택 사람들 얼굴을 차례차례 떠올렸다. 그러다 전율에 휩싸이고 말았다.

무덤 안으로

이렇게 이상하게 머리가 잘린 향초운과 유포의 주검을 '살두장'으로 삼을 수도 없다.

"저 음탕한 연놈을 나란히 같은 무덤에 묻는다면 형님도 화가 날 겁니다."

응백작이 이렇게 말하자 오월랑도 고개를 끄덕였다. 오월랑도 이 두 사람의 머리를 진짜 벨 생각은 없었던 모양이다.

소란은 일단 가라앉았다. 문제는 두 사람의 시체였다. 내일이면 드디어 서문경의 장례식이 치러지는데 간음한 남녀의 장례를 함께 치러줄 수는 없는 노릇이었다. 그럴 마음도 없고, 준비도 되어있지 않았다. 향초운의 시체는 그날 밤 안으로 친척을 불러서 몰래 빼내라고 했지만, 유포는 아주 어려서부터 이 저택에서 지내왔기 때문에 친인척이 없었다. 그래서 오월랑도 그 유해를 어떻게 해야 할지 갈피를 잡지 못했다.

"이렇게 되고 보니 역시 측은하군요. 살두장으로 겁을 주기는 했어도 이 시체가 제게 가장 큰 원한을 품고 있을 것 같은 기분이 드네요. 머리를 자른 무송은 어쨌든 맨손으로 커다란 호랑이를 때려죽이는 사내인 만큼 한을 품고 귀신이 된다고 해도 유포가 감당할 수 없을 테니 나를 찾아올지도 모르죠. 그러면 큰일이니 내가 장례를 치러줘야겠어요. 장례식이 끝날 때까지 내 방에 놔두도록 하세요."

이렇게 말한 사람은 반금련이었다. 그 말을 듣고도 기특하다거나 대담하다거나 감탄스럽다거나 질린다거나 하는 감정을 품을 여유도 없는 상황이었다. 머리가 잘린 유포의 시체는 반금련이 머무는 북상방으로 치워졌다.

그리고 이튿날, 드디어 서문경의 장례가 시작되었다. 오월랑이 질타하며 격려하고, 응백작이 동분서주한 보람이 있어 그야말로 큰 부자의 장례식다운 거창한 의식이 되었다.

산과 들은 눈으로 뒤덮였지만 하늘은 차갑고 장려한 노을에 물들었다. 상여의 끈을 끄는 백 명의 참석자들, 빽빽하게 늘어선 삽[12],

---

12   翣. 발인할 때 상여 앞뒤에 세우고 가는 부채 모양의 도구. 흔히 '운삽'과 '불삽'을 들며, 둘을 합쳐 삽선(翣扇)이라고 한다.

펄럭이는 붉은 비단에 금빛 글자를 적은 만장, 그 뒤를 따르는 거문고, 거울, 긴 칼, 짧은 칼, 탁자와 지팡이 같은 명기[13], 그리고 붉은 천으로 둘러싼 관을 실은 상여……

구경하던 사람들 가운데는 밟혀 죽는 사람이 나왔을 만큼 대단한 장례식이었지만, 그 사람들이 모두 희대의 호색남 서문경의 죽음을 애도하려고 모인 것은 아니었다. 그보다는 죽은 사람이 누군가에게 목이 잘렸다는 기괴한 소문을 듣고 나온 사람들이 많았다. 그리고 고인을 모시려고 산 채로 묘에 들어가겠다는 두 명의 첩을 구경하려는 호기심 때문에 모인 이들도 많았으리라.

손설아와 유여화.

"여화 씨는 앞을 보지 못하고, 설아 씨도 몽유병이 있어. 게다가 서방님 생전에 제일 존재감이 옅었지. 다른 사람들에게 괄시당하기도 했고. 그래서 이판사판, 평생 단 한 번 마지막으로 남 보란 듯 꽃을 피우고 싶었겠지만, 그게 죽음의 꽃이라니. 감탄해야 할지, 딱하다고 해야 할지 모르겠네."

이런 소리를 입을 삐죽거리며 하는 첩도 있었지만, 그 마음은 알 수 없는 노릇이다. 새하얀 상복에 새하얀 신발을 신고 순장을 향해 걸어가는 두 여인은 백로처럼 정결하고 아름다웠다.

중화 원년 2월 20일, 중국 사대기서로 꼽히는 《수호전》과 《금병매》에 호색한으로 이름을 남긴 서문경은 성 밖 오리원의 거대한 분묘로 옮겨졌다.

그리고 장례식에 참석한 사람들이 돌을 깔아놓은 묘실로 통하는

---

13   冥器. 매장할 때 죽은 사람의 명복을 빌며 함께 묻는 부장품을 말한다.

길을 되돌아 나올 때 새하얀 손설아와 유여화의 모습은 보이지 않았다.

이튿날, 서문경 저택에서 살며시 작은 관이 나왔다. 안에는 불쌍한 유포의 시체가 들어있었다. 그 관은 반금련이 서문경 저택으로 시집올 때 어머니 역할을 맡았던 왕씨 할멈의 군서가(群西街)에 있는 집으로 보냈다가, 그 다음날 성 밖에 있는 허름한 묘지에 몰래 묻었다. 그 묘지는 반금련의 부모가 잠들어 있는 공동묘지였다.

그로부터 열흘째 되는 날이었다.

오리원의 묘지 옆에 있는 절에 교자가 도착했다. 거기서 반금련이 내렸다. 붉은색 천으로 감싼 네모난 상자 같은 것을 품에 안고 있었다.

반금련은 묘지기에게 말했다.

"이걸 우리 서방님에게 바치고 싶은데, 문을 열어주겠소?"

지하에 관을 모시는 방까지 따로 만들 정도로 큰 묘라서 당연히 들어갈 수 없지는 않지만, 묘지기 송만(宋萬)[14]의 눈이 휘둥그레졌다. 그 무덤에 순장된 두 여인은 아직 살아있을 것이다. 아니, 어쩌면 이미 죽었을지도 모른다. 하지만 어쨌든 그 기분 나쁜 무덤 안에 들어가겠다니, 놀라운 일이었다.

"아니, 대체 무얼 바치시려는 겁니까? 뭐 아주 무거워 보입니다만."

"보여드릴까요?"

"아, 아뇨. 그럴 것까진 없지만……."

14 《수호전》에 나오는 양산박의 '송만'과는 이름만 같은 다른 인물이다.

"자, 보세요. 깜짝 놀랄 테니까."

반금련은 꾸러미를 풀었다. 나전 장식이 된 상자에서 꺼낸 물건을 보고 묘지기는 야릇한 소리를 질렀다. 그건 은탁자와 면자령[15] 등, 최음 도구여서 그는 본 적도 없는 기괴한 모양이었다.

"그분이 아끼시던 물건들이죠……. 이런 게 내게 남아있으면 자꾸 쓸데없는 생각이 들게 되어서."

발그레한 얼굴로 몸을 꼬는 반금련의 숨 막힐 듯한 요염함에 묘지기 영감은 깜빡 홀려서 몇 십 년 만에 피가 끓어오르는 느낌이 들었다.

"허, 그렇군요. 거…… 참 갸륵한 뜻이로군요."

송만은 갈팡질팡하며 알 듯 모를 듯한 탄성을 흘렸다.

금련은 돌로 된 문을 열어달라고 해, 묘 안으로 내려갔다. 얼마 뒤 다시 올라와 이렇게 말했다.

"정말 고마워요. 이제야 마음이 좀 가볍군요."

반금련은 아직 품에 아까 그 사각 꾸러미를 안고 있었다. 그렇다면 안에 있던 물건들만 바치고 나온 걸까? 그렇지만 묘하게 여전히 묵직해 보였다. 그래도 반금련의 요염한 미소에 넋을 빼앗긴 늙은 묘지기는 이미 그런 걸 의아하게 여길 만한 마음의 여유가 없었다. 게다가 더 궁금한 점이 있었다.

"마님……, 그보다 안에 있는 그 두 분은?"

"고운 모습으로 세상을 떠났답니다. 나무아미타불."

반금련은 묘지기를 돌아보며 고개를 숙여 합장하며 눈물 한 줄기

15 勉子鈴. 옛날 사람들이 사용하던 속이 빈 작은 구슬 모양의 성생활 보조기구.

를 흘렸다. 그리고 교자에 올라 묘지를 떠났다.

달밤의 대마왕

반금련의 교자가 그녀의 부모가 잠들어 있는 황폐한 산의 볼품없는 공동묘지에 도착했을 때는 이미 한밤중이었다.

반금련은 어쩐 일인지 교자를 돌려보내고 혼자 남았다. 창백하고 커다란 흰 달이 건너편 산 위로 둥실 떠올랐다. 으스스한 분위기가 느껴지는 달빛이었다. 하지만 금련은 거리낌 없이 그 꾸러미 안에서 검고 둥글고 무거운 것을 꺼내 품에 안았다.

"서방님…… 서방님."

반금련은 흐느껴 울었다. 과연 누가 이 여자의 이토록 슬프면서도 사랑이 담긴 울음소리를 들어보았겠는가?

"장차 나도 여기 묻힐 거예요. 그러니 그때까지 외로워하지 말고, 편히 쉬세요."

그녀는 그 검은 물체를 쓰다듬고 입을 맞추며 자못 사랑스럽다는 듯이 껴안았다.

이윽고 반금련은 그걸 내려놓고 교자에 싣고 온 괭이를 꺼냈다. 그리고 가녀린 팔로 높이 치켜들더니 힘겹게 흙을 파기 시작했다.

"형수님."

그때 가까운 백양나무 뒤에서 잔뜩 가라앉은 목소리가 들리더니 시커먼 그림자가 나타났다.

"웅 선생?"

반금련은 흠칫 놀라 동작을 멈췄다.

"아니……, 내 뒤를 밟은 건가요?"

"그래요. 오리원 서문 대인의 묘에 갔을 때부터."

응백작은 겁을 먹은 듯이 땅바닥에 놓인 검은 물체를 바라보았다.

"그건…… 형님의 머리로군요."

서문경의 잘린 머리는 둥근 달빛 아래 여전히 황홀한 듯한 미소를 짓고 있었다. 그러나 역시 뺨에서 턱까지 검붉게 변했고, 이마 부근에는 살짝 진물 같은 것이 흐르기 시작했다.

"그걸 오리원 묘에서 가져온 거로군요……. 아아, 그토록 형님을……."

"그 묘는 훌륭하죠. 하지만 거짓으로 가득한 묘예요, 응 선생."

반금련이 고개를 치켜들고 말했다.

"월랑 언니가 겉치레만 생각하고 만든 묘, 그리고 전혀 슬퍼하지 않는 사람들이 참배하는 묘, 나는 서방님을 그런 곳에 잠들게 하고 싶지 않아요……."

"형수님, 그런 심정은 저도 잘 압니다. 하지만."

응백작이 어두운 표정으로 말했다.

"하지만 거기에는 너무도 갸륵한, 정절을 지킨 두 여인이 곁에서 모시고 있죠……."

"난 그게 더 참을 수 없어요."

"예?"

응백작은 깜짝 놀라 반금련을 물끄러미 바라보았다.

반금련은 황홀한 표정으로 밤하늘을 우러렀다.

"만약 그 두 사람이 순장을 지원하지 않았다면 내가 나서도 좋겠다고 생각했는데……."

"형수님, 그 두 사람은 이미 죽었습니까?"

응백작이 잔뜩 잠긴 목소리로 물었다.

"유여화는 이미 숨이 끊어졌어요. 손설아는 아직 숨소리가 희미
하게 들리더군요. 삶에 미련이 남은 듯 문 쪽에 매달려 있었죠. 나
는……."

거기까지 말하더니 반금련은 얼른 입을 다물었다. 응백작도 아무
말 없었다. 하지만 간신히 짜낸 목소리로 말했다.

"그래서 그 묘에서 이 머리를 가지고 왔다는 건가요? 하지만 여
기 땅속에는 그 향초운과 몰래 정을 통한 유포의 시체가 묻혀있지
않나요? 거기 나란히 묻히면 형님이 과연 기뻐하시겠습니까?"

"유포의 머리는 황하에 내다버렸어요."

반금련의 얼굴에 무시무시한 미소가 떠올랐다.

"뭐라고요……? 그렇다면……."

그렇다면 여기에는 유포의 몸통만 묻혀있다는 거냐고 소리 지르
려던 응백작은 금련의 요사스러운 웃는 얼굴을 보고 온몸에 번개처
럼 스치는 통증을 느꼈다.

"아아, 호, 혹시…… 혹시…… 여기 묻혀있는 몸통은!"

"서방님 것이죠. 오리원 묘에 묻힌 건 유포의 몸통에 서방님 머
리를 붙였던 거고. 내가 군서가로 옮긴 것은 서방님 몸통에 유포의
머리를 붙인 것이었어요……."

응백작은 우두커니 서있었다.

"어쨌든 서방님의 시체를 한꺼번에 훔쳐내기는 연약한 여자의

힘만으로는 불가능한 일이었으니까요……."

이제야 그날 밤, 몰래 정을 통한 두 사람의 머리를 자른 사람은 분명해졌다. 그리고 또 서문경의 머리를 잘라낸 의미도 밝혀졌다…….

"이제 알겠어요?"

이 대마왕이라고나 해야 할 여자는 응백작의 눈을 가만히 들여다보며 속삭이듯 말했다.

"유포와 초운을 장춘오에서 풀어준 건 나였죠. 나는 응 선생이 눈 위에 남긴 발자국을 그대로 밟으며 갔다가 돌아왔어요. 풀어준 두 사람은 내가 마음대로 할 수 있었죠. 완전히 허약해진 두 사람은 내 여린 손으로도 무덤 안에서 죽어가던 손설아를 죽이는 것보다 더 쉬웠으니까……."

응백작은 턱을 덜덜 떨면서 막대기라도 삼킨 듯이 꼼짝 못 했다. 죽어서도 사랑하는 남자를 혼자 차지하기 위해 세 명의 남녀를 무자비하게 죽이고, 그 사랑하는 남자의 시체마저 절단해 버린 여자는 지금 한낮처럼 밝은 보름달 달빛을 받으며 무서우리만치 장엄하게, 여왕처럼 명령했다.

"자, 이제 내가 서방님을 생각하는 마음이 어떤지 알았다면 어서 이 괭이를 들고 무덤을 파세요."

연화왕생[1]

무덤 속의 귀신

이른 봄 어느 저녁 무렵, 서문경 저택에서 반금련의 심부름을 하는 방춘매는 성 밖 오리원에 있는 서문경의 묘에 참배하다가 잔뜩 겁을 집어먹었다.

묘지기 오두막으로 다가갔는데 어쩐 일인지 묘지기 영감이 보이지 않았다.

"송 영감님! 송 영감님!"

묘지기를 찾아 소리쳐 부르며 무덤 입구에 이르렀을 때 춘매는 앗, 하며 그 자리에 우뚝 멈춰 섰다.

산동 청하현 최고의 부자로 꼽히던 서문경의 무덤이다. 지름 50간 남짓, 깊은 땅속에 있는 묘실까지 돌을 깐 길고 긴 묘도가 이어지는

---

1   蓮花往生. 죽은 뒤에 극락정토의 연화좌에 태어나는 것을 말하는 불교 용어.

거대한 규모였다. 그런데 그 입구의 두꺼운 돌문이 마치 기왓장처럼 부서져 있었다. 그뿐만 아니라 그 앞에 묘지기 송만이 쓰러져 있었고, 머리가 없었다. 아니, 머리는 옆에 떨어져 있었지만 칼로 깔끔하게 베어낸 것이 아니라 엄청난 힘으로 쥐어뜯은 듯 끔찍한 상태였다.

이건 천마의 짓인가?

아니 천마보다 더 무서운 남자가 한 짓이다. 퍼뜩 이런 생각이 들어 춘매는 도망치려고 했다. 하지만 몸이 굳어 움직일 수 없었다. 동굴처럼 입을 연 묘혈 안쪽에서 묵직한 걸음 소리가 들려오는 걸 들으며 춘매는 그 자리에 얼어붙고 말았다.

입구에 시커먼 그림자가 나타났다. 먹물을 들인 옷을 걸치고 있지만 두 개의 칼집을 허리에 차고, 인골 여러 개를 염주처럼 꿰어 목에 걸친, 키가 엄청나게 큰 중이었다.

"넌 누구냐?"

중은 이렇게 물으며 마치 자기가 묘지기인 양 춘매를 노려보았다. 무송이었다. 양산박에 둥지를 튼 108명의 도적 두령 가운데 성질 급하고 사납기로는 다섯 손가락 안에 들어가는 무송이 틀림없었다. 그가 왜 서문경의 묘에 들어갔는지는 물어볼 필요도 없었다.

서문경이 죽었어도 분이 풀리지 않아 묘에 들어가 송장을 욕보이기 위해 나타난 게 분명했다.

"아, 너는……."

무송의 눈이 두건 그늘에서 번쩍 커졌다.

"반금련의 몸종이로구나."

평소 배짱 좋은 춘매지만 숨도 쉴 수 없었다.

"반금련은 어디 있지? 아, 그렇게 떨지 말고 묻는 말에 대답하거라."

"집에."

"뭐야? 반금련은 오지 않았느냐? 너 혼자 성묘하러 왔다는 거야?"

무송은 혀를 끌끌 찼다. 하지만 바로 거침없이 내뱉었다.

"그렇다면 너는 한 걸음 먼저 지옥에 가서 기다려라."

칼집에서 쌩, 하는 소리가 나더니 허공에서 한 줄기 빛이 번쩍했다.

"잠깐, 무송."

뒤에서 누가 소리쳤다.

뒤를 돌아보니 춘매가 방금 걸어온 길에 한 여인이 서있었다. 아니, 옷차림은 남자 복장인데 뚱뚱한 허리, 망치처럼 다부진 팔과 다리는 남자보다 씩씩하지만, 얼굴에는 새빨간 연지를 발랐고 불룩한 젖가슴은 오갈 데 없는 여자였다. 바로 양산박의 도적 두령 가운데 무시무시한 꽃, 모야차 손이랑이었다.

"누님, 왜요?"

"기다리라고. 이런 여자애를 죽여서 뭐 하려고. 그보다 원수는 반금련이잖아. 반금련에 관해 물어봐."

모야차는 성큼 춘매 옆으로 다가왔다. 코가 막힐 것만 같은 암내가 났다.

"야, 반금련은 왜 너랑 같이 오지 않았지?"

"마님은…… 혼례 준비 때문에 바쁘셔서요."

"뭐야? 반금련이 혼례를? 서문경이 죽은 지 백 일도 지나지 않았는데? 정말 끝내주는 계집이로구나."

"아뇨, 마님이 원해서가 아니라 주 수비(周守備)[2] 나리가 워낙 고집을 부리기도 하고 큰마님이 배려했기 때문입니다."

"반금련이 주 수비와 혼례를 올리는 거냐?"

모야차는 질렸다는 표정으로 무송을 돌아보았다. 수비부의 주수(周秀)는 산동 일대를 관할하는 무관으로 양산박 동지들도 높게 평가하는 호쾌한 사내였다.

"무송, 이거 서둘러야겠구나."

"아. 주 수비쯤이야, 뭐! 설사 반금련이 황제의 첩이 된다고 한들 원수를 갚지 않고 그냥 둘 것 같소?"

"그야 네 힘이나 원한도 잘 알지만 그걸 주 수비 쪽에 쏟으면 역시 골치 아파질 거야. 야, 계집애야, 반금련이 언제 혼례를 치른다니?"

"치, 칠 일 안에……."

"좋아, 그렇다면 오늘 밤 서문경 저택으로 쳐들어가자."

"누님, 그렇게 딱 정해서 말씀하시면 이 계집을 살려서 돌려보낼 수가 없죠."

무송은 다시 칼을 고쳐 잡았다. 춘매는 비명을 질렀다.

"잠깐만요. 제가 돌아오지 않으면 저택에서 찾으러 올 겁니다.

---

2   '수비'는 군무 관리, 식량 및 급료 관리를 하는 무관 관리기관인 수비부(守備府)의 책
임자를 말한다.

제가 죽고 이 묘가 망가져 있으면 저택에서도 가만히 있지 않겠죠. 안 그래도 이번 혼례 이야기가 마무리되고 나서 저택에는 수비부의 병사들이 우글거리고 있죠."

"그렇지만 널 죽이지 않으면 반금련에게 일러바칠 텐데."

모야차는 씩 웃더니 무송을 돌아보고 말했다.

"어떻게 하지?"

무송은 대답하지 않았다. 그냥 칼자루에 퉤, 하고 침을 뱉었다. 살기가 뻗치는 모양이었다. 춘매는 나이에 어울리지 않게 영리하고 배짱 있는 아가씨였기 때문에 이 두 사람의 뇌 구조가 아주 단순하다는 걸 눈치챘다. 하지만 이런 상황에서는 그 단순함 때문에 더욱 온몸에 소름이 끼쳤다.

"이르지 않겠어요. 안 이른다고요."

필사적으로 소리쳤다. 모야차는 무시무시한 눈빛으로 춘매의 얼굴을 들여다보며 말했다.

"너, 우리를 돕겠느냐?"

"그럴게요……."

"어떻게?"

"……."

그때 멀리서 "송만! 송만!" 하고 부르는 소리가 들려왔다. 산 아래서 기다리던 춘매의 가마꾼인가? 아니면 절의 중이 부르는 소리일까? 모야차는 살짝 당황했다.

"좋아, 하루 기다리지."

이글거리는 눈으로 춘매를 노려보며 말했다.

"오늘 밤 안으로 도울 방법을 궁리해 그걸 적은 쪽지를 대나무 통에 넣어 서쪽 성문 밖에 묻어둬. 이 일을 반금련이나 관청에 알려 우리를 잡으려고 한다면 네 가느다란 모가지는 반금련과 함께 날아갈 거다. 알겠느냐? 이 무송은 경양강에서 맨손으로 커다란 호랑이를 때려죽인 사람이란 걸 잊지 말거라⋯⋯."

그리고 두 명의 흉악한 도적은 귀신처럼 사라졌다.

'고사교'라는 비약

뉘엿뉘엿 해가 기울며 땅거미가 지기 시작한 가운데 서문경 저택의 바닥에 깐 돌 틈에서 돋아나기 시작한 파란 풀들이 일제히 몸을 흔들었다. 서문경 생전에 가장 친하게 지냈던 응백작은 후원으로 걸음을 서두르면서 어두운 표정으로 그런 풍경을 둘러보았다.

서문경이 죽은 겨울에서 봄 사이, 아주 짧은 기간에 이렇게 변했다. 땅바닥에 깔린 포석 사이에서 자라나는 풀뿐만이 아니다. 허물어진 흙벽뿐만이 아니다. 푸르게 덮인 연못뿐만이 아니다.

서문경 밑에서 일하던 오래된 점원 춘홍과 내작, 내보는 물건 판 돈을 챙겨 달아났다. 점포 지배인 부명에게는 몸종인 옥소와 영춘을 붙여 보내며 도성에 있는 서문경의 친척에게 소식을 전하라고 했지만, 부명은 도중에 이 두 아가씨를 범한 뒤 도성의 높은 벼슬아치에게 팔아넘기고 말았다. 서문경이 아끼던 첩 가운데 한 명인 향초운은 유포와 몰래 정을 통하다가 기괴한 죽음을 맞이했고, 이교아라는 다른 첩도 고을 부자 장이관의 집으로 도망쳤다. 셋째 부인 맹옥루는 지현의 후처로 가게 되어있고, 다섯째 반금련은⋯⋯.

지금도 정원과 건물 여기저기서 얼핏얼핏 스치는 병사들은 수비부 책임자 주수의 부하들이다. 명목은 7일 뒤로 다가온 반금련의 혼례 준비를 위해서 와 있는 셈인데, 실제로는 반금련을 경호하기 위해서였다. 나중에 산동 병마제치사[3]가 되어 양산박 도적을 토벌하는 사령관으로 임명될 만큼 용감한 장수로 꼽히는 주수는 반금련의 기막힌 미모에 집착했지만, 한편으로는 그녀의 한도 끝도 없는 음탕한 소문에 더욱 마음이 쓰였다. 막상 반금련이 자기 여자가 된다고 하니 그런 부분에 불안을 느끼지 않을 수 없었다. 특히 서문경이 죽은 뒤, 이 저택 안의 사정이 어지럽기 짝이 없다는 소문인만큼 잠시도 눈을 떼어서는 안 될 것 같았다. 게다가 반금련의 과거 문제 때문에 목숨을 노리는 사내도 있다고 한다. 이래저래 이런 감시는 반금련의 신체적 안전만이 아니라 마음도 지키려는 조치였다.

　반금련의 마음. 그녀는 무슨 생각일까?

　응백작은 생각에 잠겼다. 그는 반금련에게 반했다. 그래서 실토하자면 서문경이 죽은 뒤 잠깐 큰 꿈을 꾸었던 적도 있다. 하지만 금련과 서문경의 애욕이 얼마나 무시무시한지 속속들이 다 지켜보고 그는 공포마저 느꼈다. 자신이 가난뱅이라는 건 차치하고 도저히 감당할 수 없을 거라는 생각이 들었다. 그래서 그런 꿈은 접고 말았다. 하지만 주 수비에게 간다면 이곳과는 달리 이제 우연히 마주칠 일도 없을 것이라는 생각에 응백작은 정신이 아득해질 지경이었다. 급기야 반금련이 괘씸하다는 생각마저 들었다. 사실 서문경

3　兵馬制置使. 해당 지역의 군대를 통솔하는 책임자. 내란을 평정하고 외세의 침입을 방어한다. 원전《금병매》에서 주수는 산동 제남(齊南) 제치사로 나온다.

과는 따지자면 정말로 마음을 터놓은 친구도 아니었으면서, 반금련의 바람기는 뻔히 알면서도, 서문경을 위해 의분마저 느끼지 않을 수 없었다.

그렇기는 하지만 이번 일은 다른 첩들과 달리 반금련이 원해서 움직이는 흔적이 전혀 보이지 않았다. 주 수비가 원했고, 정실부인 오월랑이 권해 반금련이 그 권유를 받아들였을 뿐이다. 이런 경위는 응백작도 알고 있었다.

반금련은 매사에 몸이 나른하고 마음이 내키지 않는 듯했다. 얼핏 그렇게 보이지만 사실은 심연과 같은 생명력의 요기를 내뿜던 여자다. 그런데 서문경이 죽은 뒤 정말로 그림자처럼 희미해진 느낌이 들었다.

"형수님."

후원에 있는 북상방으로 들어가니 반금련은 누가 들어온 것도 모르는 듯이 침대에 걸터앉아 고개를 숙이고 뭔가 깊은 생각에 빠져 있었다. 그런 모습을 보니 조금 전까지 품었던 원망 따위는 다 사라지고 측은한 마음만 가득했다.

"아직 형님 생각을 하고 계신 건가요?"

"……."

"그렇게 해서 혼례를 치를 수 있겠어요? 문 앞에는 혼례용 물품을 짊어진 심부름꾼과 축하 선물을 들고 오는 사람들이 우글우글합니다. 자, 웃으세요, 웃어."

마음에도 없는 말이 입 밖으로 튀어나왔다.

"그런 표정 지어도 전 알죠. 기뻐서 어쩔 줄 모르겠으면서."

"응 선생, 난 월랑 언니가 가라고 해서 갈 뿐이에요."

반금련은 기운 없는 목소리로 말했다.

"그건 저도 알죠. 그렇지만 형수님이 만약 정말 싫다면 아무리 정실부인이라고 해도 형수님을 쫓아내는 그런 일은 세상 사람들이 용서하지 않을 겁니다."

응백작이 힘주어 말했다.

"그래도 지금 이곳의 주인은 역시 월랑 언니죠. 서방님은 이제 안 계시니까."

응백작은 정실부인 오월랑이 첩과 일꾼들이 도둑고양이처럼 재물을 훔쳐 도망치는 것에 분노하면서도 한편으로는 자기에게 도움이 되지 않을 사람들은 얼른 빈손으로 사라져 주기를 바라는 자존심과 양심, 욕망에 짓눌려 점점 신경과민 상태가 되어가고 있다는 걸 안다. 그러니 반금련처럼 자긍심이 대단한 여자라면 이 집에서 지내기가 무척 괴로우리라. 그래도 전에는 그런 오월랑에게 한 치도 양보하지 않던 반금련이 이토록 색바랜 인형처럼 시키는 대로 가만히 있다는 건 불안하다. 아무리 높은 벼슬을 하는 주 수비에게 간다지만 받아야 할 건 제대로 받고 나가는지 걱정스러웠다.

"난 아무것도 필요 없어요."

응백작이 에둘러 그런 심정을 표현한 셈인데 반금련은 관심 없다는 듯이 미소 지으며 대답했다.

"난 어떻게 되든 괜찮아요."

응백작은 문득 아까부터 반금련이 손에 들고 있는 물건이 신경 쓰였다.

"아니, 그건 뭡니까?"

"이건 약."

"무슨 약이요?"

"고사교(蠱死膠)."

"고사교? 그게 무슨 약이죠?"

"이건 서방님이 남겨주신 거예요. 그분이 쓰던 은탁자, 아촉기(牙觸器), 상사투(相思套), 유황권(硫黃圈), 면자령, 현옥환(懸玉環) 같은 것은 모두 관 옆에 바쳤죠. 하지만 이건 쓰지 않은 거라서."

반금련이 이야기한 물건들은 죄다 최음 도구였다. 응백작은 그제야 반금련이 만지작거리는 것이 미약이라는 사실을 깨달았다. 지금 이런 상황에서 슬픈 표정을 지으며 저런 물건을 만지작거리는 여자를 보니 소름이 끼쳤다. 그리고 그런 반금련을 측은하게 여긴 자신이 우스워지기도 했다.

"아니, 왜 사용하지 않았죠?"

"죽으니까요."

"죽어요?"

"예, 둘 중 한 명이."

"둘 중 한 명이라면, 남자? 아니면 여자가?"

"아, 이건 일단 여자가 쓰는 거랍니다. 하지만 마시면 효과가 없다더군요……. 약이 여자 몸 안에서 녹아야 비로소 효과가 나타난다는 거예요. 원수에게라도 당하고 싶다…… 하는 기분이 된다네요."

응백작은 속삭이듯 말하는 반금련의 얼굴을 멍하니 바라보았다.

"그렇지만 사흘 안에 남자와 교접하지 않는다면 여자가 죽게 된

답니다."

"하면?"

"그러면 약 기운이 남자에게 흡수되어 남자가 그 약을 사용한 여자를 애간장이 녹을 만큼 사랑하게 된대요. 그리고 만약 그 여자와 잠자리를 같이하지 못하면 남자가 괴로워하다가 사흘 안에 죽는다고 해요."

"같이 자면?"

"이번에는 여자가 그 남자에게서 약기운을 흡수하게 되고……. 그걸 계속 반복하는 사이에 두 사람의 체액이 섞여 약의 효과는 점점 더 좋아진다고 해요."

반금련이 미소를 지었다.

"응 선생, 드릴까요? 이걸 준 천축국에서 온 호승이 한 번 사용할 분량밖에 주지 않았다고 하던데."

응백작은 잠시 생각에 잠겼다. 방탕하기 짝이 없는 삶을 살아온 응백작에게 그런 색욕을 북돋우는 놀이는 자칫하면 영원한 지옥이 된다. 하지만 상대가 반금련이라면…….

"헤헤, 받아도 괜찮지만, 그 약을 써보시지 않겠어요? 우선 저를 위해서……."

"호호, 그렇게 해 드릴까?"

"와, 그거 정말입니까?"

"그 약 기운을 응 선생이 빨아들이게 한 뒤에 나는 혼례를 치를 텐데."

"그러면 저는?"

"사흘 안에 죽겠죠."

반금련은 웃음기도 없이 말했다. 그런데도 응백작이 물러서지 않고 진지하게 고민하고 있을 때였다. 몸종 춘매가 비틀비틀 들어왔다.

'어라, 나 대신 성묘하고 오라고 했는데…….'

반금련은 의아했다.

"춘매야, 너 안색이 왜 그러니?"

"마님, 큰일 났어요."

"왜 그래?"

"그게, 무송이…….."

춘매는 반금련과 주종 관계라기보다 자매 같은 사이였다. 게다가 똑똑해서 무송과 모야차가 협박한 내용을 제대로 전달하기는 했지만, 얼굴은 창백했다. 응백작도 깜짝 놀라 소리쳤다.

"으음, 겁 없는 멍청이들. 하지만 그거야말로 불을 보고 날아드는 여름 나방 꼴이지. 이 기회에 주 수비 나리가 무송을 잡는다면 전화위복이 되겠군…….."

이기적이지만 이런 상황에서는 수비부를 믿고 의지할 수밖에 없을 것이다.

"좋아. 그러면 바로 수비부 병사에게 알리고 오죠."

응백작은 서둘러 나가려고 했다.

"잠깐만요."

반금련이 조용히 불러 세웠다.

"수비부 병사들을 동원해 무송을 처치하면 틀림없이 나머지 도적들이 복수하려고 눈에 불을 켜겠죠. 양산박 도적 우두머리는 108명이나 된다잖아요? 그놈들이 모두 복수에 눈이 멀어 저와 춘매를 노리기 시작하면 감당할 수 없어질 테고, 계속 그들을 피할 수는 없을 거예요."

"그렇다면 어떡하실 거죠?"

"춘매야, 죽통에 넣을 종이에 이렇게 쓰거라. 내일 저녁, 수비부 병사로 변장해서 서문경 저택에 숨어들어 오라고. 그리고 그 죽통과 함께 수비부 병사의 옷을 한 벌 서쪽 성문 밖에 묻어두거라."

"그, 그러면 어쩌려고요……, 마님!"

"그다음에 무송이 안으로 들어오면 날이 저물 때까지 숨어있으라고 하고, 네가 뒷산에 있는 장춘오로 무송을 안내하는 거야. 그리가는 도중에 살짝 길을 벗어나면 오래된 우물이 있는 건 알지? 물은 없지만 깊이가 1장 5척⁴쯤 될 거야. 잡초로 뒤덮여 전에도 일꾼들이 빠진 적이 있어. 무송을 거기에……."

"함정에 빠뜨리자는 건가요……?"

"아뇨, 그다음에 나도 그 안에 들어갈 거예요."

"옛?"

응백작이 소리를 질렀다. 이게 무슨 소리인가. 반금련이 정신이 나간 걸까? 그건 호랑이 우리에 들어가는 거나 마찬가지 아닌가. 아니…….

"무송은 호랑이도 때려죽인 사람입니다. 대, 대체 어쩌려고……!"

"내가 무송을 어떻게 길들이는지 보여줄게요."

4   1척은 33센티미터이며, 1장은 10척이다.

반금련은 벌떡 일어났다. 응백작은 눈이 휘둥그레졌다. 여태까지 생기를 잃어 기운이 없던 반금련이 물을 준 꽃처럼 되살아난 느낌이었다.

"난 각오했어요. 무송을 내 발아래 무릎 꿇게 만드는 방법 말고 내가 평생 피할 수 있을 거로 생각해요?"

"아니, 무송을 길들이겠다뇨? 그놈은 형수님을 불구대천의 원수로 여기며 죽이려고 드는데!"

반금련은 대답하지 않았다. 새빨갛게 물든 입술로 빙긋이 웃었다.

"나는…… 이제야 살아갈 보람을 찾았어요."

이렇게 말하는 반금련의 눈길이 천천히 손안에 든 비약으로 옮겨 가는 모습을 보고 응백작은 몸을 푸르르 떨었다. 무슨 생각을 하는 걸까?

함정에 빠진 무송

무송은 캄캄한 우물 속으로 떨어지며 화가 치밀었다. 당했다!

춘매를 따라 뒷산으로 가면서도 수상한 짓을 할지도 모른다고 생각해 충분히 조심했는데…….

수비부 병사로 변장하고 서문경 저택에 들어간다고 해도 무송의 얼굴을 알아볼 사람은 적지 않을 터였다. 그래서 캄캄해질 때까지 뒤편에 있는 동굴에서 기다리라는 춘매의 말에 그만 걸려들고 말았다. 게다가 전후좌우로 경계하다 보니 그만 발을 딛는 땅바닥의 푸른 풀이 갑자기 푹 꺼질 줄이야!

오래된 우물 바닥에 쿵 하고 떨어지자마자 무송은 야앗, 하고 마치 사나운 호랑이처럼 허공으로 튀어 올랐다가 다시 떨어졌다. 우물의 깊이는 1장 5척쯤 되었다. 아무리 무송이라고 해도 빠져나오기는 힘든 깊이였다.

"춘매, 날 속였구나!"

목소리가 우물 안에 웅웅 메아리치며 돌개바람처럼 솟아올랐다. 그러자 뜻밖에 조용한 목소리가 들려왔다.

"아뇨, 지금 우리 마님을 모셔올 거예요."

"뭣이?"

이건 무슨 소린가? 반금련이 온다니, 함정에 빠진 나를 비웃기 위해서인가? 아니면 약속대로 춘매가 역시 복수의 길잡이 노릇을 할 셈인 걸까?

무송은 복잡하게 생각하지 않았다. 그냥 반금련이라는 이름을 듣자마자 바로 칼을 뽑아 들었다.

풀을 밟으며 뒷산 쪽으로 걸어가는 반금련의 모습을 멀리서 온몸의 털이 곤두선 채로 지켜보는 사람은 춘매와 응백작뿐이었다.

반금련은 걸음을 멈췄다. 노을이 지는 가운데 햇빛이 마지막으로 잠깐 빛났다. 침향색[5] 겉옷에 오색 천을 어깨에 걸치고 녹색 테를 두른 연분홍빛 치마를 입은 그 모습은 저녁놀과 함께 사라져 가는 요정처럼 보였다. 그렇다. 반금련은 정말로 이 세상에서 사라져 버릴지도 모른다. 응백작의 관자놀이를 타고 진땀이 흘러내렸다.

반금련을 노리는 자는 평범한 사람이 아니다. 엄청나게 큰 호랑이를 맨손으로 때려잡고, 관리를 때려죽이고, 배신한 여자를 찢어

5   沈香色. 누런빛을 띤 갈색.

죽였으며 한꺼번에 여덟 근의 고기와 열다섯 사발의 술을 마시는, 거칠기 짝이 없는 사나이다. 양산박의 백팔 두목 가운데서도 가장 무시무시하다는 사나이다. 그런 남자가 빠진 우물 안으로 일부러 몸을 던지려고 하는 금련은 구사일생으로 목숨을 건질 가능성을 바라지도 않으리라. 이 얼마나 무모한 도박이란 말인가!

좋다. 만에 하나 도박에 이겨 반금련이 무송을 무릎 꿇게 했다고 하자. 무송이 엎드렸다는 것은 금련이 지닌 성적 매력에 굴복했다는 이야기다. 그때는 틀림없이 그 비약을 쓸 게 틀림없다. 부드럽고 촉촉한 살의 틈새에는 남성을 사랑의 함정에 빠뜨릴 독이 녹아 있다. 만약 무송이 그걸 건드린다면 그때는 금련의 승리가 된다!

반금련은 요염하게 허리를 꼬며 우물 안을 들여다보았다. 응백작은 목을 움찔거리면서 만약 반금련이 허락만 한다면 설사 죽게 되더라도 내가 그 살과 살 사이의 틈새에 있는 함정에 빠지고 싶었다. 반금련과 무송의 싸움에는 승산이 천분의 일인 도박이 걸려있다. 하지만 여기서 진땀을 흘리며 지켜볼 뿐인 내겐 승산이 만분의 일도 없다.

"도련님."

반금련이 미소를 지으며 불렀다.

"나예요."

우물 바닥에서 희미하지만 끔찍한 신음 소리가 들렸다. 반짝거리는 빛이 떠오르더니 이내 아래서 땅에 뭔가 부딪히는 커다란 소리가 났다. 칼집에서 칼을 뽑아 든 무송이 뛰어올랐다가 바닥에 도로 떨어졌기 때문이다.

"도련님, 서둘 일 없어요. 내가 지금 그리 내려갈 테니까."

"뭐라고?"

"잠깐 비밀스럽게 할 이야기가 있어요. 그래서 내가 스스로 온 거죠. 도련님이 춘매에게 속은 것도 아니고 내가 춘매에게 속아 끌려온 것도 아니에요."

마치 밀회를 권하는 듯한 감미로운 콧소리였다.

"네년과 할 이야기는 없다!"

"그럼 나는 가버릴 거예요."

무송은 말문이 막혔다. 반금련은 웃었다.

그 웃는 얼굴을 응백작은 멀리서 보고 있었다. 지금이다! 지금 병사를 부르면 무송을 죽일 수 있고 반금련은 구할 수 있다! 이런 생각으로 막 소리를 지르려는데 저 얼핏 보기에 천진한 반금련의 웃는 얼굴을 보고 응백작이 머뭇거릴 때 우물 안에서 무송의 목소리가 들려왔다.

"어디 들어보자. 내려와."

무송이 칼끝을 위로 치켜들었다. 반금련은 그런 모습을 들여다보며 낮은 목소리로 말했다.

"과연 그 칼로 나를 찌를까, 아니면 나를 받아줄까? 좋아, 어느 쪽이든 들어갈게요!"

활짝 펼쳐진 연분홍 치맛자락이 우물을 덮었다. 바로 그 순간 무송은 칼을 내던지고 두 팔을 펼쳐 반금련을 받았다. 무쇠 같은 가슴과 품 안에 향기 나는 부드러운 반금련의 몸이 떨어졌다.

순식간에 머리가 마비된 듯한 무송은 아주 잠깐 온몸의 피가 끓어올랐다. 오래 묵은 원한보다 지금 자기가 한 행동이 이해되지 않아서 화가 치밀었다. 짐승처럼 포효하더니 그는 반금련의 가녀린 목을 손으로 움켜쥐려고 했다. 그때 금련이 말했다.

"도련님, 자진해서 몸을 던져 들어온 사람을 바로 목 졸라 죽이다니, 그러고도 사나이라고 할 수 있겠어요?"

무송은 숨을 씩씩 몰아쉬었지만, 손에 힘이 풀렸다. '사나이'라는 말이야말로 의를 중요시하는 협객이라고 외치는 양산박 영혼의 뼈대였기 때문이다.

"지금 이야기를 듣겠다고 하잖아."

반금련의 몸은 뜨거운 땀으로 흠뻑 젖어있었다. 그야말로 처음 호랑이 우리에 들어와 공포에 질린 조련사 같았다.

"죽이더라도 내 말을 들어보고 난 뒤에 죽여도 괜찮잖아요?"

"네 이야기는 듣고 싶지도 않다!"

"그러셔? 그럼 죽이셔. 하지만 미리 말하는데, 날 죽이면 도련님은 이 우물에서 나갈 수 없어요. 이 우물은 1장 5척, 도련님 키는 8척이죠. 키의 두 배야. 날개가 없으니 날아오를 수 없겠지. 그리고 도련님이 여기 빠졌다는 건 춘매가 알고 있어요. 만약 춘매가 수비부 병사에게 알리면 아무리 호걸이라도 독 안에 든 쥐죠. 병사들이 화살을 쏠지도 모르고 그냥 묻어버릴지도 모르고……."

그러자 무송이 호통을 쳤다.

"네년을 죽일 수만 있다면 난 죽어도 좋다."

하지만 그건 거짓말이었다. 형이 갑자기 죽었을 때 느꼈던 분노는 털끝만큼도 식지 않았다. 하지만 그는 그 뒤로 양산박 도적 가운데 한 명이 되었다. 물론 체면을 생각해도 형의 원수를 보고도 그냥 넘어갈 수는 없다. 하지만 무송은 어지러운 흙먼지를 일으키며 광야를 달리고 피바람을 일으키는 지금의 호쾌한 생활에 한껏 취해 있었다. 별로 생명을 소중하게 여기지도 않기 때문에 형의 원수인 이 여자를 죽이는 일 따위는 솔직히 발길질 한 번이면 족하다.

"그거 잘 되었네."

반금련은 무송에게 몸을 기대며 웃었다.

"그러면 나하고 함께 죽어줄래요? 이 우물 안에서 우리 둘이 몸을 겹치고 흙에 묻혀도 괜찮아요?"

어둠 속에서 눈이 빛나고 숨결이 느껴졌다. 취한 듯한 목소리였다. 그렇다. 반금련은 두려움에 취한 것이다. 숨 가쁜 쾌감이 반금련의 온몸을 배배 꼬게 했다.

"무슨 짓이야!"

오히려 무송이 몸을 뒤로 물리려고 했다. 하지만 우물 속은 좁았다.

"그럼 내 이야기를 들어줄 거예요?"

"이야기를 듣는다고 해도 널 죽이는 건 변함이 없을 거다. 널 죽이면 나도 틀림없이 죽게 되겠고. 쓸데없이 혓바닥 놀리지 말고 각오해라."

"잠깐만! 꼭 그런 건 아니에요. 내 이야기를 들어주면 도련님이 살 수 없는 것도 아니라니까요."

"뭐라고? 어떻게?"

"내가 이 귀고리를 던져 올리면 춘매가 밧줄을 가지고 와주기로 되어있어요. 위로 올라간 뒤 나를 죽여도 되지 않아요?"

"그럴듯한 소리로 날 속이려고 해봐야 소용없어."

"도련님을 속일 작정이었다면 애초에 내가 여기 들어올 리 없겠
죠."

무송은 말문이 막혔다. 반금련이 자진해서 이곳에 몸을 던진 속
셈을 도무지 알 수 없었다.

"도련님, 날 죽이는 건 조금 있다가, 아니면 한밤중이나 동이 틀
무렵이라도, 언제든 죽일 수 있잖아요. 느긋하게 생각하세요. 그사
이에 내가 하는 말을 들어보면 되지 않겠어요?"

"말해."

무송이 결국 나지막하게 대꾸했다. 반금련은 하늘을 우러러보았
다.

"어머, 별님들이 참 예쁘기도 해라."

네모난 작은 하늘에 꿀벌 떼처럼 펼쳐진 별이 보였다. 우물 밑바
닥에 있는 사람은 그 하늘마저 함께 이고 살아갈 수 없는 남자와 여
자였다.

"안아줘요, 도련님. 추워."

반금련이 말했다. 무송은 그녀가 겉옷과 치마 안에 아무것도 입
지 않았다는 걸 깨달았다. 동그스름한 젖가슴, 매끄러운 복부, 미끄
러질 듯한 허벅지가 바들바들 떨며 무송의 피부에 닿았다. 그는 거
대한 심장을 움켜쥔 기분이 들었다. 말로 표현할 수 없는 향기를 풍
기는 숨결이 가슴, 턱, 뺨, 코에 휘감겼다.

"도련님, 날 원망하는 것도 무리는 아니지만 형님을 죽인 건 내

가 아니에요. 이 집 주인……, 이미 세상을 떠난 서문경이지…….
아니, 죄를 죽은 사람에게 덮어씌우려는 게 아니에요. 날 봐요. 나
를 한번 안아줘. 내 남편을 죽여서라도 나를 갖고 싶지 않았을 남자
가 이 세상에 있기나 할까요?"

반금련은 목숨을 구걸하지 않았다. 변명하지도 않았다. 그건 절
세미인의 높은 자긍심이 드러나는 말이었다. 이제 공포를 느끼는
사람은 용맹스러운 호걸 무송이었다.

"형님!"

무송은 저도 모르게 비명을 질렀다. 그를 지킬 수 있는 것은 이제
무시무시한 힘도 아니고 날카로운 칼도 아니다. 자기에게 다가오는
여자는 옛 형수라는, 절의를 지키려는 마음뿐이다.

"도련님……, 도련님……. 이 단단한 팔, 그리고 이 곰처럼 억센
가슴털……, 아아, 나를 죽여줘!"

그 목소리는 미인계로 남자를 함락시키겠다기보다 이미 몸 깊은
데에 웅크렸다가 꿈틀거리며 타오르는 관능의 불길이 내는 소리로
들렸다.

캄캄한 하늘과 땅에 시간이 흘렀다. 달이 떴다.

우물 속 싸움보다 더 무서운 싸움이 위에 있는 응백작의 마음속
에서 벌어지고 있었다. 무송이 이기고 금련이 죽을 거로 생각하면
미칠 것만 같았다. 금련이 이겨 우물 바닥에서 두 사람이 뒤엉킨
모습을 떠올리면 그는 까무러칠 것만 같았다. 그는 더 버틸 힘이
없었다.

"앗……."

춘매가 소리를 지르며 달려갔다.

춘매가 우물 옆으로 가더니 뭔가를 받아 올리는 동작으로 보였다. 아래에서 던져 올린 귀고리가 틀림없다. 그렇다면……?

춘매가 밧줄을 옆에 있는 말뚝에 묶더니 우물 안으로 던졌다. 이윽고 그 줄을 타고 거대한 그림자가 올라와 땅 위에 섰다. 그리고 살아있는 반금련의 모습이…….

응백작은 털썩 무릎을 꿇고 말았다.

무송이나 반금련이나 아무 말이 없었다. 불구대천의 원수인 두 사람이 이렇게 조용히, 말없이 나란히 서게 될 줄은 지금까지 상상도 해본 적이 없다. 반금련이 춘매를 보며 살짝 고개를 끄덕이더니 고개를 돌렸다. 춘매가 걸어 나오자, 무송이 그 뒤를 따랐다. 서문경 저택을 떠날 셈인 모양이었다.

"도둑이야!"

응백작은 저도 모르게 벌떡 일어나 마구 소리치기 시작했다. 질투 탓에 제정신이 아니었다.

"으악, 양산박 도적이 들어왔다!"

후원의 회랑 부근에서 병사 세 명이 나타났다. 흙담 쪽으로 걸어가는 커다란 그림자를 보더니 서둘러 뒤쫓았다. 무송이 멈춰 서더니 천천히 돌아보았다. 응백작이 손가락으로 가리키며 소리쳤다.

"저놈이다! 수비부 병사 옷을 입고 있지만 저놈이 도적이다!"

끔찍한 비명이 들렸다. 무송의 칼이 어둠을 옆으로 가르며 번쩍하자 이미 머리가 잘린 세 병졸의 몸통이 제각각 다른 방향으로 걷고 있었다. 그러나 그때 회랑 쪽에서 병사들이 물밀듯 몰려들었다.

무송이 무서운 기세로 병사들을 물리치려고 나섰을 때 불쑥 앞장섰던 병사가 비명을 지르며 자빠졌다. 달빛에 드러난 그 병사의 가슴에는 화살 하나가 박혀있었다.

"무송, 빨리 와!"

흙담 위에 두 개의 그림자가 서있었다. 한 명은 활시위에 화살을 메기고 있었다. 응백작은 그게 양산박의 흉악한 도적 가운데 한 명인 낭자 연청이라는 사실을 깨달았다. 무송은 몸을 돌리더니 대지를 박차고 담 위로 날아올랐다.

다른 그림자 하나가 웃으며 말했다.

"무송, 그 음란한 계집은 잘 처리했니?"

모야차였다. 무송은 대답하지 않고 흙담에서 뛰어내렸다. 이어서 두 사람도 커다란 박쥐처럼 달빛뿐인 하늘로 날아올라 사라져버렸다.

죽음의 혼례 행렬

사흘 뒤, 신부 차림을 한 반금련을 태운 가마가 서문경 저택 문을 나섰다.

날을 앞당긴 까닭은 주 수비가 무송 일당의 침입에 두려움을 느꼈기 때문이다. 반금련을 서문경 저택에 놔두면 위험하다. 하루라도 빨리 수비부로 데려와야겠다고 생각해 서두른 것이다. 애당초 주 수비는 반금련과 무송이 그날 밤 우물 안에서 무얼 했는지 알 도리가 없었다.

그걸 아는 사람은 당사자인 반금련과 무송 말고는 나뿐이라고 응백작은 씁쓸한 표정으로 중얼거렸다……. 그러나 간단하게 생각하면 반금련은 틀림없이 승부에서 이긴 셈이다. 그래서 그 악마처럼 복수에 불타던 무송의 추적을 멋지게 끊어낸 것이다.

생각해 보라. 미약 고사교의 약효는 이제 무송의 몸속으로 들어가지 않았는가? 사흘 안으로 반금련과 다시 몸을 섞지 않으면 그는 고통 속에 죽어갈 것이다. 물론 반금련은 그걸 노리고 그 목숨 건 행동을 해낸 게 틀림없다. 아아, 그야말로 세상에 다시 없을 음탕한 반금련다운, 파천황의 전술이고 승리 아닌가!

"형수님, 진짜 졌습니다. 저도."

이튿날, 반금련은 혼사를 앞두고 수비부에서 보낸 금실로 짠 머리 장식이며 마노 허리띠, 옥 장식, 가슴 장식, 옷가지 등등 여러 물품을 꼼꼼하게 정리하던 중이었다. 그 바쁜 틈을 노려 옆으로 슬며시 다가간 응백작이 웃으며 이렇게 말했다. 그는 반금련에게 감탄하여 진심 어린 축복을 건넬 셈이었다.

"……"

반금련은 말없이 고개를 숙이고 있었다. 혼례를 치르기 전의 기쁜 기색은 전혀 없었다. 그건 금련답지 않은 수줍음이라 쳐도, 그 무시무시한 상대에서 벗어나 해치웠다는 승리의 웃음이 치밀어 올라야 하지 않겠는가……? 이상하게도 반금련은 다시 생기를 잃었다. 이전보다 더 풀이 죽었고, 그림자처럼 존재감이 희미한 여자가 되어있었다.

"왜 그러시죠? 혹시 그 약은?"

응백작은 고개를 꼬았다. 그 고사교는 상대에게 닿으면 그때부터는 상대 남자가 견딜 수 없는 정욕에 시달린다고 하던데, 역시 이쪽에도 어느 정도 좋지 않은 영향이 남는 게 아닐까? 아니면 반금련이 원하는 대로 무송을 자기 앞에 무릎을 꿇게 해, 안도하고 만족해 허탈한 상태에 빠진 걸까?

"그래요, 그 약……."

응백작은 새로운 불안에 사로잡혔다. 알았다. 고사교를 받아들인 무송은 반금련이 그리워 틀림없이 다시 야수처럼 덮치러 올 것이다. 반금련은 그걸 두려워하고 있는 게 아닐까?

"무송이 또 찾아오겠죠?"

"그러겠죠."

반금련은 목소리에 힘이 없었다.

"나를 죽이러……."

응백작은 그 말뜻을 알 수 없었다. 하지만 이야기로 들은 그 약의 효과를 생각하면 육욕이 너무 심해져 어쩌면 무송이 반금련을 죽여 버릴 수도 있을지 모른다.

"그럼 하루빨리 수비부로 들어가야죠……. 날짜를 앞당기자고 이야기를 해드릴까요?"

"그럴 거 없어요. 수비부 쪽에서 서두르고 있으니. 그리고 저도 재촉하고 있고……."

"그러면…… 정말 빤한 이야기지만 혼례 행렬을 특별히 엄중하게 경계하겠군요."

"응 선생, 걱정하지 않아도 돼요. 무송이 오더라도 요 이삼일 사이에 올 건 아닐 테니까."

"그렇지만 그 약은 사흘 안에……."

"그렇죠, 앞으로 이틀 뒤에……."

반금련은 중얼거리더니 멍하니 응백작의 얼굴을 바라보았다. 생기를 잃었던 얼굴의 눈에 이상한 빛이 깜빡이고 있었다. 뜨거운 열망으로 타오르는 푸른 불꽃 같은 눈빛이었다. 응백작은 문득 빨려 들어가듯 머리가 멍해지는 걸 느꼈다……. 나중에 그는 이 순간을 떠올릴 때마다 말로 표현할 수 없는 전율을 느꼈다.

"이틀 후에, 나는……."

반금련은 다시 중얼거리더니 털썩 침대에 엎드렸다. 그 잘록한 허리와 매끄러운 곡선을 바라보며 응백작이 어슬렁어슬렁 다가갔다. 그때 느닷없이 반금련이 날카로운 목소리로 소리쳤다.

"가까이 오지 말아요, 응 선생! 저리 가! 내 곁에 오면 당신은 죽게 될 거야!"

그리하여 이틀이 지난 날 밤, 신부 차림을 한 반금련을 태운 교자가 서문경 저택의 문을 나섰다.

문을 나서기 전에 정실부인 오월랑은 반금련의 손을 잡고 울며 말했다.

"금련 아우, 정말 매정한 여자네. 날 혼자 내버려 두고."

응백작은 새삼 여자란 속이 빤히 들여다보이는 소리를 한다는 생각이 들었다. 예전의 반금련이라면 비웃거나, 아니면 함께 우는 척을 할 텐데 어쩐 일인지 그녀는 오월랑의 말이 들리지 않는 듯 묘하게 멍한 상태에 빠져있었다.

중국의 혼례에서는 붉은색을 귀하게 여긴다. 반금련은 짙은 붉은색 옷에 진주를 박아 금실로 만든 머리 장식을 하고, 그 위에 붉은색 면사포를 드리웠다. 네 쌍의 홍사초롱을 장식한, 네 명이 짊어지는 커다란 교자에 탄 반금련. 그 아름다움을 이미 잘 알고 있던 사람들마저 마치 환상을 보는 듯 자꾸만 눈을 껌뻑거리게 했다.

행렬을 따라갈 작정인 응백작도 그 모습을 보고 저도 모르게 눈물을 흘렸다. 왜 그랬는지 자신도 이해가 되지 않았다. 반금련이 수비부에 들어가면 다시는 볼 수 없다는 괴로움 때문이 아니다. 그보다 더 운명적인 깊은 비애를 그날 밤 신부의 요염하기까지 한 아름다움에서 느꼈기 때문이다. 그래서 응백작은 반금련을 따라가는 춘매가 눈물을 흘리는 모습을 보고도 전혀 이상하게 여기지 않았다.

문을 나서며 교자 위의 반금련이 다시 서문경 저택을 돌아보았다. 넋이 나간 사람처럼 보이기는 하지만 역시 애증과 희비가 소용돌이치던 세월을 헤아릴 수 없는 감정을 안고 바라본 것일까? 그사이에도 붉은 등불로 물든 행렬은 밤 깊은 거리로 나아갔다.

그러나 신만이 알리라. 이게 죽음의 행렬이었다는 사실을.

아니, 신 말고도 그런 사실을 아는 이가 한 사람 더 있었다. 나중에 응백작은 신부가 탄 커다란 교자를 짊어진 남자 가운데 한 명으로부터 들었다. 반금련이 교자 위에서 서문경 저택을 돌아보았을 때 "서방님, 저는 곧 서방님 곁으로 가게 될 거예요"라고 중얼거렸다는 이야기를.

적막한 광야

그 혼례 행렬에 창을 든 병사 십여 명이 붙어있다는 점은 좀 이상했다. 응백작도 겁이 나서 쓸 줄도 모르는 주제에 청룡도 한 자루를 품에 안고 있었다.

무장한 병사를 붙인 것은 응백작이 간절하게 부탁했기 때문이지만, 주 수비는 그게 쓸데없는 수고라고 여겼다. 왜냐하면 잠깐 놀라기는 했지만, 어제 오후 청하현에서 서쪽으로 50리 떨어진 태산 동쪽 봉우리를 분명히 낭자 연청과 모야차로 보이는 도적이 나란히 양산박 방향으로 날 듯이 달려갔다는 정보가 들어왔기 때문이다. 가장 중요한 무송의 동정은 알 수 없지만, 만약 무송이 또 반금련을 습격할 작정이라면 연청과 모야차가 그 계획을 무시하고 가버리지는 않았을 테니, 무송은 이미 양산박으로 돌아갔으리라. 주 수비는 반금련이 수비부로 들어온다는 걸 안 흉악한 도적들이 이쪽에서 포기한 걸로 생각했다. 애당초 그는 고사교라는 비약에 대해서는 알 리가 없었다.

행렬은 운하를 가로지르는 돌다리에 이르렀다. 달 밝은 밤이 이어지고 있어 행렬 선두에 선 절반의 병사들 앞에는 고양이 그림자 하나 보이지 않았다. 그런데 그들이 다리를 다 건넜을 때 불쑥 뒤에서 뜻밖의 절규가 들려왔다.

"아악, 무송이다!"

"무송이다!"

불쑥 다리 돌난간 위에 마신 같은 행자의 모습이 나타났다.

다리 아래에 박쥐처럼 달라붙어 숨어있었다는 사실을 알게 된 건 나중 일이었다. 무송이 난간에서 뛰어내리자마자 행렬을 이루던 사람들은 기겁하고 비명을 지르며 도망쳤다.

무송은 다리 위에 내팽개쳐진 교자에 엎어진 반금련 곁으로 다가 갔다. 떨어진 홍사초롱이 활활 타오르기 시작했다. 이때까지 정신을 잃은 듯이 멈춰 섰던 앞쪽 병사가 겨우 정신을 차렸는지 소리를 지르며 화살을 여러 대 날렸지만, 무송이 칼을 번개처럼 휘두르자 모두 두 동강이 나서 바닥에 떨어졌다.

"도련님."

반금련이 힘없이 부르는 목소리가 들렸다.

"역시 날 죽이러 왔나요?"

"아니, 잡으러 왔지, 형수님을."

"어머, 형수님이라고?"

"역시 그냥 이름을 부르는 게 낫겠군. 반금련, 나는 네게 졌다. 내가 네게 반한 모양이다. 그 뒤로 사흘 동안 네 생각이 나서 지옥 같았다!"

이런 대화를 행렬 뒤편에 있던 응백작은 그야말로 지옥에 떨어진 심정으로 듣고 있었다. 게다가 그때 옆에서 활시위에 화살을 메긴 한 병사에게 "쏘지 마!"라고 무심코 외친 까닭은 반금련이 천천히 몸을 일으켜 무송 앞에 섰기 때문이었다.

"나를? 도련님이 나를?"

반금련이 웃었다. 창백한 달빛과 불타는 홍사초롱의 불길 때문에 그야말로 이 세상 사람이 아닌 듯한 요염한 얼굴이었다. 반금련이 되살아났다!

숨이 멎다시피 한 사람은 응백작만이 아니었다. 다리 위의 신부
와 무송이 주고받는 이상한 대화가 자아내는 귀기 같은 것 때문에
칼과 창을 거머쥔 병사들도 넋이 나갔다.

"도련님. 그 우물 안에서 내 유혹에 전혀 넘어오지 않았던 도련
님이⋯⋯."

"그렇지만 난 그때 널 죽이지 못했어."

"죽이려면 죽일 수 있는 나를 죽이지 않고, 스스로 몸을 던진 여
자를 죽일 수는 없다면서 당당하게 죽이러 오겠다고 가버린 건 도
련님이죠."

"그 뒤에 내 머릿속에 떠오르는 네 모습에 항복한 거지."

"그렇지만 그때 나는 내가 진 줄 알았는데요. 그렇게 창피한 꼴
을 보이고, 아니, 목숨을 걸고 유혹한 나는 죽임을 당하지 않았어도
도련님에게 죽임을 당한 거나 마찬가지였어요."

"반금련, 가자. 나하고 같이 살자. 그래서 나는 동지마저 버렸어.
아니, 내가 버려진 거지. 연청도 모야차도 나를 비웃고 어처구니없
다며 양산박으로 가버렸지."

"이미 늦었는지도 몰라요. 도련님, 나는 도련님이 간 뒤에 독을
몸 안에 넣었어요."

"뭐야? 독을? 하지만 살아있잖아?"

"사흘 뒤에 죽는 독이에요. 점점 내 몸 안에서 차가운 불이 돌
아다니는 것 같아서 이 행렬이 수비부에 이르기도 전에 죽을 뻔했
죠."

"그렇다면 살 방법은 없나?"

"딱 한 가지 있죠. 사흘 안에 남자와 잠자리를 함께한다면……."

"살 수 있나?"

쓰러지는 반금련을 부둥켜안고 비틀거리는 물소처럼 무송이 소리쳤다.

응백작은 망연자실했다. 까무러칠 만한 대화 내용이었다. 그날 밤 우물 안에서 아무 일도 없었다는 사실, 반금련이 독을 사용한 것은 그 뒤라는 사실, 따라서 무서운 고사교의 독은 지금 반금련의 몸 안에 있다는 사실……. 전혀 짐작도 못 했다.

무송의 손이 맹렬하게 움직였다. 반금련의 붉은 옷이 찢어지고 알몸이 달빛 아래 인어처럼 떠올랐다. 너무도 단순한 이 호걸은 적들이 즐비한 다리 위에서 바로 반금련을 덮치려는 듯했다.

"안 돼!"

응백작은 불에 덴 듯이 펄쩍 뛰었다. 정신없이 옆에 있는 병사한테서 활을 낚아챘다. 눈앞에 펼쳐지려는 광경에 눈이 멀어 정신없이 화살을 메겨 당겼다. 물론 무송을 향해서.

"으악!"

무송이 비명을 질렀다. 비명을 지른 사람은 무송이지만 화살이 꽂힌 데는 반금련의 등이었다. 그 모습이 응백작의 망막에 새겨졌다. 화살의 살깃과 새하얀 등, 그걸 품에 안은 행자의 거대한 그림자와 으스스한 달, 모두가 그대로 멈췄다.

응백작의 머리에는 모두 정지한 모습으로 각인되었다. 하지만 그의 몸은 허우적거리고 있었다. 현기증이 난 것이다. 비틀거리다가 다리 난간에 부딪히며 차가운 운하로 떨어졌다.

첨벙, 하는 소리와 함께 다리 위에서는 정지했던 모두가 다시 움직이기 시작한 듯 엄청난 혼란과 고함 소리가 들려오기 시작했다. 병사들이 우르르 몰려들고, 그걸 맞받아치듯 한 손에는 벌거벗은 반금련을 껴안은 채 무송이 사자처럼 펄쩍펄쩍 뛰어왔다. 그의 칼이 수많은 청룡도와 창을 쳐내며, 달빛 내리는 운하에 우수수 피의 소나기를 뿌렸다…….

응백작이 시궁쥐처럼 운하에서 기어 나왔을 때, 다리 위에는 아무도 없었다. 그저 부러진 칼과 창, 병사들의 목과 몸통, 손발이 피를 뿜어내며 흩어져 있을 뿐이었다. 그리고 서쪽 성문 방향에서 폭풍 같은 아우성이 들렸다…….

처음 무송을 본 마을 사람이 당황해 급히 수비부에 알린 게 오히려 문제였다. 허둥지둥 서둘러 밀려 나온 이삼십 명의 말 탄 병사가 무시무시한 바람처럼 달려온 무송과 부딪히자 맨 앞에 있던 병사가 무송의 칼에 힘없이 쓰러지며 말을 빼앗겼다.

말 위에서 피투성이 계도를 옆구리에 끼고 반금련을 한 손에 움켜쥔 무송이 하늘을 나는 야차처럼 달려간 뒤를 따라 수비부의 기마병이 썰물처럼 성문을 빠져나가 들판과 여러 마을로 흩어졌다.

드넓은 산동의 산하 위로 달은 천천히 움직여 기울어갔다. 인적 없는 대지 위를 단 한 사람, 응백작이 이제 두려움도 잊고 헤매는 중이었다.

"금련 씨……."

울먹이는 소리는 바람에 덧없이 쓸려갔다.

"용서해 줘, 금련 씨……."

그 소리가 들릴 리 없는 멀리 떨어진 황폐한 들판에서 운명의 맞수였던 두 남녀 사이에 이상한 마지막 싸움이 벌어지고 있었다.

"금련, 이깟 상처가 뭐라고, 정신 차려."

"아니에요, 도련님. 저는 이제 글렀어요. 내가 알아요……."

"금련……, 금련! 너는 지금 고사교라는 약 이야기를 하는 거지? 내가 너와 몸을 섞으면 너는 살 수 있다고 했잖아. 좋아……."

"안 돼, 안 돼요. 도련님, 나는 죽을 거예요. 내게서 고사교를 빨아들였는데 내가 죽으면 도련님은 사흘 안에 죽게 될 거예요……."

알몸이 되어 죽어가는 반금련의 따스한 손이 용맹하기 짝이 없는 무송의 무쇠 같은 가슴을 밀어냈다.

"내가 처음부터 미약을 쓰지 않고 나만의 타고난 능력으로 도련님을 말라 죽게 만들겠다고 우쭐거린 게 차라리 다행이었네요. 이제 나는 도련님을 죽게 하고 싶지 않아요……."

"네가 미약을 쓰건 쓰지 않건 내겐 마찬가지야. 기다려. 내가 지금 그 독을 받아들여 줄게……."

"내가 죽은 다음에야 남자가 나를 미치도록 원하면 무슨 소용이에요? 난 살아있을 때만 남자를 애타게 만들고 싶어요. 도련님, 나는 도련님이 좋아요. 약 때문일까? 나는 몸을 섞으며 죽어가고 싶어요. 그렇지만 그건 안 되죠……. 난 이렇게 괴로울 만큼 남자를 원하면서 죽어가는 게 어울릴지도 몰라요……."

손으로는 밀쳐내면서도 반금련의 다리는 무송의 몸통을 휘감았다. 반금련의 몸은 괴로움에 몸부림치면서 차게 식어갔다.

"잘 있어요, 도련님……."

"금련!"

무송은 반금련의 혀를 빨았다. 고사교의 독을 빨아들이려는 듯이 숨을 빨아들이고 혀를 빨아들이고…… 그리고 생명을 빨아들였다.

반금련의 머리가 툭 뒤로 넘어갔다. 희대의 요부 반금련은 아름다운 입을 벌리고 꿈속에서 헤매는 듯한 눈동자는 덧없이 하늘을 향했다. 달은 기울고, 어둠은 아직 물러가지 않아 광야의 끄트머리는 캄캄했다.

그 들판 저 멀리서 누군가 소리치는 소리가 아득하게 들려왔다.

"무송아."

"양산박으로 돌아와, 무송!"

그러나 반금련의 주검을 품에 안은 채 동상처럼 우뚝 선 행자 무송의 귀에는 동지 연청과 모야차가 이리저리 헤매며 부르는 소리가 들어오지 않았다.

살아있는 반금련

다시 만난 여자들

"남풍 불어 고향 그리는 내 마음 실어

고향 술집 앞에 떨구어 놓네

누각 동쪽에는 한 그루 복숭아나무

가지와 푸른 잎이 무성하구나"[1]

느긋하게 이런 시를 읊조리는 사람이 있었다. 차분하고 듣기 좋
은 목청. 목소리가 작은 데다 그 남자 홀로 우두커니 앉아 술잔을
기울이는 중이라 듣는 이는 없었다. 행화촌(杏花村)에서 제일 큰 주
루였다.

이 주루에 모여 술을 마시고 밥을 먹는 사람들 가운데는 여행자
차림을 한 사람도 있었지만 대부분 여느 때처럼 가까운 청하현 사

---

[1]   이백의 시 〈기동로이치자(寄東魯二稚子)〉의 일부분이다.

람들이 많았다. 왁자지껄 나누는 대화는 이런 가게답게 제각각이었지만, 그러다가 북쪽 큰길을 따라 이곳에 온 한 여행자의 입에서 '요(遼)'라는 말이 나오자마자 화제는 바로 그쪽으로 쏠렸다.

하기야 요즘은 네다섯 명만 모이면 꼭 요나라 이야기가 나왔다. 몽골 동쪽에서 유목 생활하던 이 부족이 점차 힘을 키우더니 몽골 전체는 물론이고 만주 일대, 나아가 이 나라의 북쪽 변경을 침범한 지 이미 오래다. 조정에서도 재상 채경과 대신 고구, 양전 등이 토벌군을 이끌고 나섰지만 다들 크게 패했다. 이상한 차림을 한 요나라 병사가 올봄부터 하북 지방으로 내려와 황하를 건너더니 이 청하현에서 오륙십 리 떨어진 곳까지 출몰하기 시작했다. 다들 전전긍긍하며 두려움을 느끼는 터라 이런 이야기를 나누는 것도 당연한 일이다.

이렇게 말하는 사람도 있었다.

"주 수비 나리가 토벌하러 가시면 좋겠네."

주수는 청하현에 주둔하는 수비부 사령관인데 용맹하다는 소문이 파다했다.

"주 수비 나리는 지금 양산박 쪽으로 가고 계시지."

"아, 그래? 거참, 나라가 안팎으로 어수선하니 역시 말세라는 말이 맞는 건가?"

"큰 소리로 떠들 일은 아닌데 재상인 채경, 대신 고구 같은 놈들은 책임을 서로 떠넘기며 세력 다툼에 혈안이라더군. 요나라를 정벌할 군사나 양산박 토벌군도 각 파벌에서 저마다 보내는 꼴이래. 그러다 보니 자기편 공적이나 쌓으려고 하고, 정적의 실책을 노리느라 온통 뒤엉켜 도무지 가닥을 잡을 수 없는 지경이지. 장수는 물론 병사들도 섣불리 출정하길 꺼린다고 하던데."

"그러고 보니 양산박 사람들에게도 황제가 몰래 보낸 밀사가 가서 싸움을 그만두자고 했다는 이야기도 있더군. 죄를 용서하는 것뿐만 아니라 양산박 두령들을 모두 관군의 장수로 삼겠다고 한다던가?"

"나도 들었어. 그들을 내세워 요나라를 정벌하는 싸움에 나가게 하려는 속셈인 모양이던데. 글쎄, 그게 잘 될까?"

이야기는 산동 서북부에 있는 거대한 호수와 늪지대를 근거지로 삼아 날뛰는 108명의 흉악한 도적 두목에 관한 소문으로 넘어간다. 아니, 지금은 다들 도적이라고도 부르지 않고 반란군, 아니, 민중이 기대를 품은 영웅들로 여기기도 하니 진짜 말세인 징조인가?

주 수비 이야기에서 양산박 이야기, 그리고 반금련 이야기로 넘어가는 것은 우연이지만 자연스럽기도 하다. 반금련은 청하현 최고 부호 서문경의 애첩 가운데 한 명이었다. 서문경이 태산 동쪽 봉우리에 있는, 여름에도 고드름이 열린다는 설간동에서 얼어 죽고 난 뒤, 주 수비가 원해서 그의 신부가 되려고 혼례를 치르러 가던 날 밤, 그 행렬이 양산박 도적 무송에게 습격을 받아 행방불명되었다. 저 먼 광야로 끌려가 결국 시체는 발견되지 않았지만 습격당했을 때 화살을 등에 맞기도 했고, 주 수비에게 사로잡힌 양산박 도적 엽춘(葉春)이란 자가 무송이 반금련을 죽였다는 이야기를 틀림없이 들었다고 하니 이 세상 사람이 아닌 것은 분명하다.

생전에는 음란하다느니 요부라느니 하며 그다지 평판이 좋지 않앗지만, 그 절세의 미모를 깨진 옥구슬에 대한 환상처럼 아까워하는 탄식만 나오게 된 것도 다 어리석은 사내들의 천성 탓일까?

"정말 예쁜 여자였지."

"그 여자 때문에 많은 남녀가 죽었다는데, 원인이 그녀의 아름다움에 얽힌 사연이라면 나도 그 가운데 한 명이 되고 싶었어……."

한 사람이 진지한 표정으로 웃음기 없이 말했다. 그러자 다른 사람이 대꾸했다.

"바닥이 보이지 않는 돈과 빼어난 정력, 남자다운 모습까지 갖추고 게다가 당나귀 거시기만 한 물건을 지닌 서문 대인이 평생 손을 댄 첩, 기생 같은 여자는 몇 십 명이었을까? 하지만 그 가운데 반금련만 한 미녀는 절대 없었을 거야."

몹시 감탄한 듯 중얼거렸는데 이게 바로 뜻하지 않은 소동의 씨앗이 되었다.

다들 그 말에 고개를 끄덕이는 것 같았지만 한 사람이 이렇게 말했다.

"아니지, 반금련보다 우리 마님이 더 아름답지."

그 남자는 청하현에서 서문경 다음가던, 따라서 이제는 으뜸가는 부자가 된 장이관 밑에서 일하는 사람이었다. 그가 이야기한 마님이란 장가의 애첩이 된 이교아를 가리킨다.

그뿐이라면 그래도 술집에서 하는 우스갯소리로 넘어갈 텐데 또 다른 쪽에서 이런 소리를 하는 이가 있었다.

"웃기지 마셔. 서문경 저택에 있던 여자들 가운데 우리 마님만큼 예쁜 분이 어디 있다고!"

이렇게 말다툼이 벌어져 골치 아프게 되었다.

그 남자는 지현 이공벽(李供璧)의 종자였다. 그가 이야기한 마님은 올봄에 지현의 후처로 들어간 맹옥루를 가리키는 말이었다.

말다툼이 벌어진 까닭은 두 사람이 취했기 때문만은 아니었다. 다들 금방 깨달았지만, 이교아는 일찍이 서문경의 둘째 부인이었고, 맹옥루는 셋째 부인이었다.

사실 이교아와 맹옥루는 이날 마침 성 밖 옥황묘 쪽 장터에 나왔다가 딱 마주쳤다. 서문경 저택에 있을 때는 사이가 그리 좋지 않았지만 각자 다른 집 사람이 되어 오래간만에 만나자, 속으로는 어떻게 생각했는지 몰라도 겉으로는 다른 여자들처럼 호들갑스럽게 반가운 표정을 지으며 손을 잡고 조금 전 이 행화주루(杏花酒樓) 2층으로 올라갔다.

물론 두 사람이 거느리는 몸종과 하인은 따라 올라갔지만, 이 둘은 지루하겠다 싶었는지 올라가지 않고 가게 앞에 자리를 잡고 앉아 술을 마시고 있었던 모양이다. 아마 이 말다툼에 불을 댕긴 사람은 그런 사정도 모르고 "반금련이 제일 예쁘다"라고 한 남자였겠지만, 어쩌면 그걸 다 계산에 넣고 서문경이 세상을 떠난 뒤 가장 빨리 다른 집으로 시집간 이교아와 맹옥루를 빗대어 그런 말을 꺼낸 건지도 모른다.

"흥, 너희 맹 부인은 그 뭐냐, 살짝곰보가 있지 않아?"

"무슨 소릴. 우리 마님이 어떻다고? 그쪽 마님은 돼지처럼 살찐 주제에."

이러면서 한 명이 술잔을 던지자 다른 한 명이 덤벼들었다. 바로 옆에 있는 탁자와 의자가 뒤집히며 맞붙어 싸우기 시작했다. 상황이 더 나빠지려고 그랬는지, 그때 2층에서 내려온 지현 쪽과 장가쪽 하인 여러 명이 있었는데, 앞뒤 상황을 들어보지도 않고 자기편을 드느라 달려들어 그야말로 격투가 시작되었기 때문에 결국은 수습할 길 없는 난장판이 벌어졌다.

주루 앞길에는 많은 사람이 몰려들었다. 양쪽 이야기를 들어 싸움의 원인을 알게 되자 더욱 재미있어진 사람들이 대부분이라 말리기는커녕 키득거리며 구경만 할 뿐이었다.

"꽃 두 송이가 아름다움을 겨루는 건가? 이런 풍류 넘치는 싸움은 다시 보기 어렵지."

"엇! 이번엔 몸종들끼리 싸우기 시작하네."

"풍류는 무슨, 마치 싸움닭이 뒤엉키는 것 같은데."

"이거 난리로군. 저 여자는 엉덩이가 고스란히 드러났어."

"그냥 구경만 하고 있을 수가 없네. 나도 같이 싸워야겠어."

"그만둬, 하지 마. 끼어들면 그냥 두지 않을 거야."

"뭐야? 너 장가네 식구냐? 그렇다면 내가 상대해 주마. 자, 덤벼."

이리저리 튄 불똥이 옮겨붙어 주루 앞길은 당연히 사람들이 오갈수도 없게 되었다.

그런데 그 인파에 막혀 꼼짝도 못 하는 교자 두 채가 있었다. 하나는 청하현에서 온 것이고, 다른 하나는 오리원 쪽에서 행화촌으로 들어온 것이다. 둘 다 지체 높은 사람으로 보였으며, 일행이 꽤 있었는데, 특히 청하현에서 온 쪽은 멋지게 꾸미고 병사들까지 섞여 있었다.

그 병사 가운데 한 명이 결국 참지 못하고 칼을 뽑았다.

"진정해라, 그만! 주 수비 각하 영부인 행차다. 그만둬라. 그만두지 않으면 베어버릴 테다!"

그 호통에 일대의 소란은 벼락이라도 맞은 듯 바로 가라앉았다.

얼어붙은 구경꾼들 속으로 장검을 뽑아 든 병사를 앞세우고 청하현에서 온 교자는 조금씩 나아갔다. 하지만 그 반대에서 오던 교자 옆을 지나갈 때였다.

"잠깐."

부드러운 목소리가 들렸다.

"그 교자는 혹시 서문 대인 저택에서……?"

그 목소리를 듣고 반대편에서 오던 교자에서 얼굴을 내민 사람은 깜짝 놀란 듯 눈을 크게 뜨고 서둘러 교자에서 내렸다.

허둥대면서도 행동거지는 얌전하게 허리를 굽히며 말했다.

"아, 설마 이런 곳에서……. 먼저 가십시오. 수비부 마님."

이쪽 교자에서도 한 여성이 내렸다. 머리 장식을 하고 커다란 봉황 비녀를 꽂은 여자는 짙은 붉은색 겉옷에 금실로 수를 놓은 남색 치마, 화려한 장신구로 치장했다. 아무래도 지체 높은 장군의 부인답게 여유로워 보였다.

"아뇨. 자, 그쪽이 먼저."

그러면서 이렇게 말을 이었다.

"제가 어찌 전에 모시던 마님께서 비켜주신 길을 먼저 지나갈 수 있겠습니까?"

이렇게 말한 사람은 서문경의 다섯째 부인 반금련의 몸종이었던 방춘매였다.

굴묘편시[2]

반금련을 기다리던 주 수비가 맞이한 것은 피에 젖은 빈 교자뿐이었다. 다만 그 빈 교자를 따라온 춘매의 뭐라 표현하기 힘든 슬픔에 젖은 모습이 그의 눈을 사로잡았다.

그는 춘매를 버릴 수 없었다. 그대로 집에 머물도록 했는데 그사이에 그녀는 주 수비의 마음을 사로잡았다. 살아있는 반금련을 품에 안아본 적이 없는 주 수비는 방춘매에게 더할 나위 없는 만족을 느꼈다.

물론 춘매는 아름답다. 하지만 무엇보다 그 영리함이 명장의 마음을 사로잡은 것이다. 주 수비가 방춘매를 부인으로 맞이한 것은 한 달 전이었다.

그 이야기는 서문경의 정실부인 오월랑도 들어서 알고 있었다. 그러나 방춘매는 겨우 한 달 사이에 놀라우리만큼 변모했다. 얼굴은 마치 옥을 깎아놓은 듯하고, 키도 큰 것 같았다. 얼마 전까지만 해도 자기 집 몸종이었다고는 믿어지지 않았다. 이렇게 마주하고 있는 것만으로도 그 기품에 저절로 압도될 것 같았다.

오월랑은 할 말을 잃었다.

춘매는 여유롭게 미소를 지었다.

---

2   掘墓鞭屍.《사기》〈오자서(伍子胥) 열전〉에 나온 말. 무덤을 파헤쳐 시체에 채찍질한다는 뜻인데, 대개 통쾌한 복수나 지나친 행동을 가리킬 때 사용한다.

"마님, 오늘은 어디 다녀오시는 길입니까?"

"아, 오리원에 있는 남편 묘소에."

오월랑은 겨우 대답하더니 물었다.

"그쪽은?"

"저는 잠깐 영복사에."

영복사는 주 수비 집안에서 세운 절이다. 그것도 서문경 가문의 위패를 모신 절인 보은사보다 훨씬 격이 높은 절이다. 최근 주 수비가 수천 냥이나 되는 은자를 희사해 아주 웅장하고 아름다운 불전을 세웠다는 이야기를 들었다.

춘매는 다시 살짝 웃었다.

"거기에 금련 마님의 묘가 있어서."

"아, 금련 아우의 묘가?"

"미인박명이랄까요? 참으로 불쌍한 분이었어요. 세상을 떠난 뒤에 장례를 치러줄 가족 한 명 없다니, 너무 불쌍해서……."

오월랑의 표정이 살짝 흐려졌다. 춘매가 원래는 서문경 가문에서 장례를 치러주었어야 하는 거 아니냐고 비아냥거리는 기분이 들었기 때문이다.

"그런데 금련 아우는 시신도 찾지 못했죠?"

"예, 그래서 무덤에는 금련 마님의 신발을 묻었죠."

"신발?"

"그나마 제게는 그 신발이 유품이나 마찬가지라서."

"정말로 은혜를 잊지 않았다니……, 요즘 보기 드문 분이로군요. 금련 아우가 세상을 떠난 덕에 주 수비 나리의 부인이 되셨으니, 그에 대한 보은으로 당연히 해야 할 일인지도 모르겠군요."

칭찬인 것 같지만 말에 뼈가 있었다. 방금 춘매가 비아냥거린 말을 되갚은 셈이었다.

원래 생전의 반금련은 서문경 저택의 정실부인 오월랑에게 가장 두려운 맞수였다. 반금련의 미모와 음탕함은 오월랑이 도저히 따라가지 못할 수준이었다. 하지만 반금련이 거기서 그쳤다면 총명한 오월랑이 그토록 두려워할 존재는 아니었을 것이다. 천의무봉이라고 해야 하려나, 반금련에게는 뭔가 마음을 놓을 수 없는 지혜가 있었던 것 같다……. 그런데 그 지혜가 샘솟는 곳은 바로 이 방춘매가 아니었을까? 무슨 까닭인지 마치 자매처럼 금련과 사이가 좋았던 춘매가 그 지혜의 보따리가 아니었을까? 반금련을 정실부인에게 뻔뻔하게 맞서게 했던 책사가 영리한 이 여자였던 게 아닐까, 하는 생각마저 들었다.

날이 시퍼렇게 선 이런 대화도 제삼자가 보면 우아하기 짝이 없는 두 귀부인의 담화로 보인다. 주변 사람들은 호기심이 가득한 눈으로 지켜보고 있었다.

오월랑은 주위의 그런 분위기를 느꼈다. 아니, 그보다 지금 자기가 맞받아친 걸 춘매가 눈치챘다는 걸 깨닫고 이쯤에서 물러서는 게 현명하겠다고 판단했다.

"어머, 뜻하지 않은 구경거리가 되어 창피하군요. 수비부 마님, 그럼 저는 이만……."

"잠깐 기다리시죠."

춘매가 차분하게 말했다. 구경꾼들은 안중에도 없다는 투였다.

"마님, 오늘 이 소동의 원인이 무엇인지 들으셨나요?"

"아, 조금 전 다툼 말씀이죠? 모르겠는데요."

"잠깐 교자 안에서 들은 이야기인데 아마 장본인은 맹옥루 마님과 이교아 마님인 모양이더군요."

"어머나! 그렇다면?"

"두 사람이 이 술집 안에 있는 모양이에요. 다투던 것은 지현 나리와 장씨 집안 사람들이었던 모양이고요. 지금은 각자 다른 집안으로 갔지만, 원래 두 분은 서문 저택에서 함께 지내던 사람들이죠. 이 소동은 서문 가문의 수치입니다. 마님, 부디 두 사람을 달래서 화해시키시죠."

지당한 말이었다. 하지만 그 태도는 분명히 명령이었다. 올봄까지만 해도 서문경 저택의 몇 십 명인지 모를 몸종 가운데 한 명으로 부엌과 회랑을 바삐 오가던 어린 아가씨가 지금은 서문경 저택 부인이었던 여자들의 다툼을 가라앉히라고 정실부인에게 명령하는 위치에 있다.

오월랑은 감정을 억누르고 행화주루로 들어갔다. 그 뒤를 춘매가 조용히 따라 들어왔고, 그 뒤를 검을 든 호위 병사들이 따랐다. 술잔과 쟁반이 어지럽게 나뒹구는 주루 안에는 2층에서 내려온 맹옥루와 이교아가 멍하니 서 있었다. 물론 두 사람은 직접 다투지는 않았기에 벌어진 소동에 매우 놀랐지만, 그보다 가게 앞에서 오월랑과 춘매가 이야기를 나누는 모습을 보고 나가지도 못하고 망부석처럼 우두커니 서 있었다.

"두 사람, 오래간만이네요."

오월랑이 말했다. 이교아와 맹옥루는 허둥지둥 허리를 굽혔다.

"어떻게 된 거예요? 방금 이야기를 들었는데 무슨 다툼이 있었다고 하던데?"

두 사람이 대답하지 못하고 있는데 뒤에서 춘매가 말했다.

"아마 두 분 가운데 어느 쪽이 더 아름다운가를 두고 싸움이 일어난 모양이던데?"

"아니, 그게……."

"어느 분이나 아름답죠. 그런데 그곳에 계시던 마님들 가운데 제가 모시던 마님은 워낙 특출나고, 그다음은 둘째 마님이다, 셋째 마님이다 따지며 우리 몸종들도 자주 말다툼을 벌였어요……."

춘매의 마무리 일격은 교묘했다.

반금련은 특출났다고 하는 한마디로 두 사람을 가볍게 웃어넘길 뿐만 아니라 동시에 에둘러 오월랑까지 무시해 버린 것이었다.

오월랑은 낯빛이 창백해져 싸늘한 목소리로 말했다.

"옥루, 교아 두 아우. 제발 사이좋게 지내세요. 다른 집으로 갔어도 한집에서 지낼 때처럼……."

무슨 소리. 한집에서 지낼 때부터 견원지간이었다. 하지만 오월랑은 두 사람에게는 눈길도 주지 않고 가게 앞에 모여든 구경꾼들을 흘끔 보더니 이렇게 말했다.

"서문 저택의 부인으로 살던 여자들…… 십여 명인가? 다들 비명횡사한 가운데 우리 세 명만 살아남았어요. 그럭저럭 평온하고 행복한 나날을 보내고 있는 까닭은 역시 하늘이 보살폈기 때문이라고 하는 분도 있죠."

이 단아한 여자에게는 어울리지도 않는 짱알거리는 목소리로 말했다.

"참으로 이게 하늘이 보살폈기 때문인지는 우리가 알 수 없지만, 적어도 우리가 정절을 지킨 여자였다, 음란한 여자가 아니었다는 말은 할 수 있겠죠. 음란한 여자일수록 심한 벌을 받아 죽었다고 하는 분들도 계세요."

이 말은 지금 소동과 무슨 관계가 있는 걸까? 없다.

그게 반금련 이야기라는 사실을 춘매만은 확실하게 알 수 있었다.

"덕도 쌓지 않고, 정절을 지키려는 마음도 없고, 오로지 음란하게 신분 높은 남자의 마음을 사로잡으려고 하는 여자에게는 언젠가 틀림없이 그에 어울리는 응보가 따라온다는 본보기라는 목소리도 있죠. 부디 두 분은 세상 사람들에게 손가락질당하지 말고, 귀부인은 바로 저런 사람이라는 말을 듣게 되기를 바랍니다."

이 말은 반금련을 빗댄 말이고, 한낱 몸종에서 수비부 사령관의 부인으로 출세한 춘매를 풍자한 소리였다. 그런 속뜻을 아는지 모르는지, 맹옥루와 이교아는 갑자기 귀부인처럼 새침한 얼굴로 고개를 끄덕였다.

"지당하신 말씀입니다."

춘매가 살짝 웃으며 대꾸했다.

오월랑은 돌아서서 천천히 밖으로 나가려고 했다. 그때 주루 구석 쪽에서 나지막하게 읊조리는 소리가 들려왔다.

"둘이 술잔 주고받으니, 산에는 꽃이 피고

한 잔, 또 한 잔, 다시 또 한 잔.

나는 취해 졸리니 자네 먼저 가시게."[3]

오월랑은 걸음을 멈추고 그 소리가 난 쪽을 보았다. 그리고 내뱉
듯 중얼거렸다.

"세상에 둘도 없는 친구처럼 알랑거리다 죽고 나니 찾지도 않고,
아무 일도 없다는 듯이 아주 즐겁게 세상을 살아가는 사람도 있지.
주인이 죽으면 그 뒷자리를 차지하고 앉아 의기양양해하는 여자도
있으니까 그런 걸 탓할 일은 아니지만. 아아, 사람 마음은 도무지
알 수 없구나……."

그러더니 오월랑은 뒤도 돌아보지 않고 나갔다. 방춘매는 그 남
자 옆으로 다가가 킥 웃었다.

"응 선생님."

그 남자는 술잔을 얼굴 높이까지 들며 말했다.

"이거 오래간만이군요."

씩 웃는 남자는 서문경의 친구 응백작이었다. 춘매는 반가운 표
정으로 말했다.

"정말 오래간만이네요. 가끔 놀러 오시지."

"수비부에요? 에이, 군인들은 내 취향에 맞지 않아서."

"어머, 응 선생님도 참……. 호호, 그렇게 꺼리실 것까지는 없는
데……. 그래도 방금 저 오씨 부인의 말씀, 흥분해서 그러신 거지만
응 선생님 경우에는 별로 틀린 말도 아니네요."

"그래요? 어째서?"

"응 선생님은 우리 마님을 좋아하셨죠? 저는 우리 마님을 가장

3   이백의 시 〈산중여유인대작(山中與幽人對酌)〉이란 시의 일부분이다.

사랑하는 사람은 서문경 나리보다 오히려 응 선생님이 아니었을까, 하는 생각을 했었죠."

"부인."

응백작은 한숨을 내쉬고 말을 이었다.

"그건, 분명히 그랬었죠."

"그런데 우리 마님이 돌아가셨어도 응 선생님은 아무 일도 없었던 듯이 술 마시고 돌아다니고 있잖아요. 아, 소문은 잘 듣고 있어요."

"그러면 날 보고 금련 씨를 따라 죽기라도 하라는 말씀?"

"아뇨, 그렇게까지 말씀드리는 건 아니지만 그래도 무척 즐거운 표정이라서."

응백작은 잠시 허공을 바라보았다. 춘매에게는 수수께끼처럼 황홀해하는 눈빛이었다. 하지만 그는 이내 익살스러운 표정을 지으며 말했다.

"죽은 사람만 손해라는 말도 있잖아요. 살아있어야 말씀대로 이런저런 즐거움을 맛볼 수 있을 테고요. 어쨌든 피차 잘 지내는 것 같으니 다행이군요."

춘매는 응백작을 가만히 바라보았다. 그리고 낮은 목소리로 혼잣말처럼 이렇게 말했다.

"응 선생님까지 내가 지금 행복하다고 생각하시는 건가요?"

"그야 수비부 사령관 부인이라면 나 같은 사람은 알 수 없는 마음고생도 많아질 테지만요."

이번에는 춘매가 응백작이 보기에는 수수께끼 같은 요염한 미소를 지었다.

"그렇지 않아요. 금련 마님이 계시지 않는 이 세상은 제게 사막이나 마찬가지예요. 이해되세요……? 응 선생님은 이해 안 되시죠?"

남자 사냥

여름이 시작될 무렵이었다.

행화촌의 주루에서 소동이 일어난 이후, 근방에는 요나라나 양산박에 관한 소문은 잠시 가라앉고 한동안 이 일로 떠들썩했다.

우연히 마주쳐서 불꽃 튀는 싸움을 벌인 이 네 명의 여성이 모두 빼어난 미녀이며 또 저마다 청하현에서 손꼽히는 유명한 집안의 부인일 뿐만 아니라 다들 과거나 현재, 엄청나게 색을 밝히던 서문경의 정실부인, 첩, 하녀였다는 점에서 당연히 큰 관심을 불러일으켰다.

네 여자의 아름다움, 그리고 그들의 불화. 하지만 사람들은 살아 있는 그 여자들보다 이제 세상에 없는 서문경과 반금련이 얼마나 음탕했는지를 더 많이 이야기했다. 이런 이야기는 서문경이나 반금련이 죽은 뒤에 자주 사람들 입에 오르내리던 화제였지만, 이번에는 서문경 저택에서 벌어진 괴기스럽기까지 한 음란하고 외설스러운 일들에 대한 폭로가 새로운 이야깃거리로 떠올랐다. 그건 아무래도 사람들이 반감을 느낄 불씨를 털어내기 위해 네 부인 가운데 누군가가 일부러 흘린 것 같았다. 다시 말하면 반금련과 다른 첩들은 음탕했지만, 우리는 다르다는 점을 강조하기 위해서였다. 그리고 이런 꿍꿍이는 성공했다. 왜냐하면 반금련이 얼마나 색을 밝혔는지는 예전부터 유명했고, 그에 비하면 이 네 명의 부인은 분명히 더 '도덕'이 있었기 때문이다.

그렇다면 사람들이 반금련을 미워하고 네 명의 귀부인들에게는 호감을 품게 되었을까? 아니다. 그 반대였다.

하지만 그 여자들은 이런 사실을 깨닫지 못했다. 그로 인해 전대미문의 엄청난 비극이 일어났기 때문이다.

행화촌 주루 사건이 일어난 지 약 열흘 뒤, 주수 장군은 양산박 포위 공격을 마치고 수비부로 돌아왔다. 그가 도적을 소탕했기 때문은 아니다. 도적들과 그들을 이끌던 108명의 두령은 매우 사납게 저항했다. 그래서 관군은 오랫동안 양산박을 포위하고 공격했다. 주수 장군은 때로 다친 병사들을 이끌고 철수해 휴식을 취하기도 했다. 이런 일은 전에도 여러 차례 있었다.

그리고 잠시 휴식을 취한 다음에는 매번 병사를 충원해 다시 출정했다. 그런데 이번에는 여태까지와는 전혀 다른 상황이 벌어졌다. 주수 장군은 병사를 모집한 게 아니라 징병으로 충원하기 시작했다. 게다가 징병은 무서우리만큼 대대적이고 강제적이었다.

"이게 무슨 일이야⋯⋯."

청하현 남자들은 깜짝 놀랐다. 지금까지 툭하면 양산박과 전투를 해왔지만, 자기들까지 거기에 동원될 줄이야!

우왕좌왕하는 사이에 남자들은 하나둘 수비부로 끌려갔다. 징병이라기보다는 범인을 잡아들이는 듯했다. 게다가 젊은이, 건장한 이, 가난한 장정만 잡아들인 게 아니었다. 부자들까지라서 모두 화들짝 놀랐다. 어떤 이들은 뇌물을 바쳐 빠지려고 살머시 수비부를 찾아갔지만, 뇌물과 함께 쫓겨나고 말았다…….

"주 수비가 왜 이리 터무니없는 일을 벌이는 거지?"

"양산박 녀석들에게 호되게 당하고 화가 치솟은 게 아닐까?"

"그도 그렇지만 장군은 이번에 그럴듯한 공로를 세워 요나라 정벌을 총지휘하는 정요 총사령관이 되고 싶어 한다더군."

"장군의 야심 때문에 이렇게 말려드는 건 참을 수 없지."

이런 소문으로 어수선하던 어느 날, 지현 이공벽과 상인 장이관이 수비부를 방문했다. 여유 있는 사람은 징집 대신 군비를 충당할 돈을 내는 걸로 하자고 진정하기 위해서였다.

"물론 자금력이 있다면 나라에서는 기꺼이 받아들이겠지."

주 수비는 이렇게 대답했다. 시커멓고 긴 수염, 6척은 충분히 될 것 같은 큰 체격, 그 옛날 관우 장군도 이러했겠구나, 하는 생각이 들 만큼 위풍당당한 모습이었다.

"이거 감사합니다. 우리 성의를 기꺼이 받아주시겠다니. 뭐라 감사 말씀을 드려야 좋을지……."

마음이 놓여 표정이 밝아진 장이관은 속으로 재빨리 그 비용을 얼마나 깎아야 좋을지 계산하고 있었다. 그런데 주수가 엄숙하게 말했다.

"그러나 신성한 병역 의무는 다른 문제다. 내가 보아 병역을 감당할 수 있겠다고 판단하면 그자는 반드시 군에 들어와야 한다…….
보아하니 너희들은 아직 젊고 남들이 부러워할 만큼 건장한 몸을 가지고 있구나. 어쨌든 수비부에서 불러들이게 될 텐데……."

장이관은 펄쩍 뛰었다. 너무 놀라 날카로운 목소리로 외쳤다.

"그런 터무니없는!"

"닥쳐라!."

고막이 찢어질 듯한 목소리로 주수가 호통을 쳤다.

"내우외환이 번갈아 일어나서 이제 나라 자체가 흔들리는 게 눈에 보이지 않느냐? 하루라도 빨리 양산박 좀도둑을 소탕하고 북쪽 변방의 큰 난리에 대비하지 않으면 너희들의 재산도 송두리째 오랑캐의 발에 짓밟힐 것이 불을 보듯 분명하다. 염치없는 헛소리 늘어놓을 틈이 있다면 얼른 집으로 돌아가 서둘러 징병에 응할 준비나 하거라!"

"그건 월권이오, 월권! 무슨 권리로 일반 백성을 강제로 끌고 간다는 거요!"

지현이 버럭 소리를 질렀다.

"내가 이 폭거를 도성에 가서 위에 알리겠소!"

"아, 도성까지 가는 수고는 필요 없지."

주 수비가 무뚝뚝하게 말했다.

"내일이라도 널리 알리려던 중이오. 도성의 고 대신께서 이미 그 명령을 전달하는 군사(軍使)를 파견해 이곳에 도착해 있으니까."

그때 문이 열리며 제대로 차려입은 무관과 귀부인이 들어왔다. 그 귀부인은 춘매였다.

"지현 나리."

춘매가 말했다.

"고 대신께서 파견한 전사대위(殿司大尉) 진경제 나리입니다."

이공벽과 장이관은 눈이 휘둥그레졌다.

그들은 또 한 번 놀라지 않을 수 없었다. 이번 동원이 정부의 명령에 따른 것임을 알고 놀라기도 했지만, 더 깜짝 놀란 까닭은 그 명령을 들고 내려왔다는 군사였다. 진경제는 서문경의 사위였는데, 품행이 좋지 않아 쫓겨났다. 원래는 팔십만 금군 제독 양전의 친척 뻘 되는 집안이라고 들었는데, 서문경에게 쫓겨난 뒤 연줄을 대어 고 대신의 사자가 될 만큼 출세를 한 모양이었다.

진경제는 이공벽을 가만히 바라보며 싸늘하게 웃었다.

"지현 대인, 그대가 어떻게 부유한 상인들의 방패가 되어 징병 기피를 요청했는지, 그 사실은 대신께 확실하게 보고하죠. 걱정할 일 없습니다."

이공벽과 장이관은 덜덜 떨며 후다닥 돌아갔다. 진경제는 그 모습을 지켜보며 중얼거렸다.

"괘씸한 녀석이로군. 당장 고 대신께 보고하여 지현은 좌천 명령을 받아내야겠습니다."

"진 대위."

주 수비가 말했다. 수염으로 뒤덮인 얼굴에 용맹한 장수답지 않게 비굴한 기색이 스쳤다.

"만약 내가 전력을 다해 양산박을 공격해 성공적으로 토벌한다면 정요 총사령관으로 임명될 일은 없겠지?"

근방에 퍼진 소문과는 달리 주 수비는 아득히 먼 북쪽 사막으로 출진하게 되는 걸 두려워했다. 그런데 황제의 참모진 내부에서는 정요 총사령관으로 자기가 물망에 오르고 있다는 이야기를 듣고 가슴이 철렁했다. 진 대위는 양산박 도적을 소탕하면 그 임무에서 벗어날 수 있을 거라고 했다. 적어도 양산박 작전 중에는 지금까지처럼 이곳에 머물 수 있다. 이곳에는 사랑하는 여자가 있다! 주 수비는 용맹한 장수지만 지금은 완전히 이 아름답고 현명한 여자에게 사로잡혀 있었다.

"그야 당연하죠."

진 대위는 이렇게 말하며 가볍게 고개를 숙였다. 희고 맑은 얼굴에 재기 넘치는 미소를 지으며 이렇게 말했다.

"어찌 두 분을 아득히 먼 곳으로 갈라놓는 야박한 짓을 할 수 있겠습니까? 그 문제에 관해서는 각하가 정요 총사령관 물망에 오르내리고 있다는 정보를 재빨리 파악해서 제가 힘을 쓸 수 있도록 서면으로 연락을 준 영부인의 지혜가 각하의 운명을 바꾸었죠. 자칫하면 큰일 날 뻔했습니다."

"참으로 옳은 말씀입니다. 청하현 전체에서 병사를 동원해 황제 폐하에게 충성을 보이라고 한 것도 아니었죠."

진 대위는 고개를 크게 끄덕이며 말했다.

"정말 훌륭한 분입니다."

이튿날, 장이관이 몰래 청하현을 빠져나가 도망쳤다는 사실이 밝혀졌다. 말할 필요도 없이 수비부에서 부를까 봐 두려웠기 때문이다. 그 뒤 장이관의 아내 이교아가 가산을 정리해 뒤를 따르려 했던 모양인데, 미리 발각되어 도주는 미수에 그치고 말았다.

열흘 뒤, 도성에서 날아든 황제의 명령은 지현 이공벽을 그 자리에서 내쫓는다는 것이었다.

그사이에 남자들은 대부분 소집되어 뜨거운 날씨에 주 수비를 따라 무거운 다리를 끌며 양산박 쪽으로 출정했다.

여자들의 울음이 서쪽 성문을 뒤흔들었다. 모래 먼지 너머로 병사들의 행렬이 사라진 뒤, 그곳에는 '남자 없는 마을'이 남았다.

메마른 하늘

그해 여름은 빨리 찾아왔다. 더위도 다른 해보다 심했다.

버드나무도, 기와도, 디딤돌도 뜨거운 햇볕을 받아 하얗게 달아올라, 청하현은 바싹 말라붙은 듯했다. 그야말로 모두 말라붙어 건조하기 짝이 없었다.

사람들은 죽은 물고기 같은 눈을 하고 느릿느릿 움직였다. 사람들이라고 해봐야 여자들뿐이었다. 젊은 아가씨나 활기 넘쳐야 할 새색시들까지 다들 노파 같은 표정이었다.

"이거 묘하게 되었군."

해가 지는 거리를 응백작은 어슬렁어슬렁 걷고 있었다. 여느 해여름 같으면 시원한 저녁 바람을 쐬려는 사람들이 거리나 처마 밑에 낮보다 더 많이 나와있을 테지만, 올해는 완전히 유령 마을 같았다. 아니, 응백작은 어두운 창문 안쪽에서 가만히 자기를 바라보는 눈빛을 느꼈다. 여자 눈이다!

그 여자들이 뛰쳐나오지 않는 까닭은 서로 견제하고 있기 때문일 뿐이라는 사실을 응백작은 알고 있다. 두렵다. 정말 무섭다!

무일푼에 술꾼으로 남의 등이나 치며 살아왔기에 개 취급을 받는 응백작이다. 그런데 요즘은 분위기가 달라졌다. 그의 모습을 멀리서 보기만 해도 서둘러 문을 잠그던 부잣집이 요즘은 다투어 그 문을

열고 반기며, 얼토당토않은 만담을 듣고 싶어 한다. 물론 듣는 사람
은 그 집 안주인과 몸종들뿐이지만 그 사이에 응백작은 자기 이야기
보다 자기 얼굴에 정신이 팔린 여자의 눈길을 느꼈다. 그뿐만 아니
라 차를 내오고, 과자를 내오며 은근히 자기들 몸을 건드리게 하고
싶은 눈치였다. 잠깐 스치기만 해도 그 여자들의 피부가 살짝 붉어
질 정도로 큰 반응을 일으키는 걸 또렷하게 알 수 있었다.

심지어 이런 광경까지 본 적도 있다.

응백작이 어느 부잣집에 초대받았을 때였다. 그 집으로 들어가니
몸종 둘이 문에 얼굴을 댄 채 서로 몸을 비비고 있었다. 무얼 하는
거냐고 응백작이 물었는데도 듣지 못했는지 몰입한 상태였다.

"……?"

이따금 떨리는 듯한 숨을 토하며 딱 달라붙은 두 사람의 손이 서
로의 치마 안으로 들어가 있는 걸 보고 응백작은 뚜벅뚜벅 옆으로
다가갔다. 두 사람을 옆으로 밀쳐내자, 몸종들은 아무 소리도 내지
못하고 그저 얼굴만 새빨갛게 붉혔다.

응백작은 조용히 살짝 벌어진 문틈에 눈을 댔다.

안에 여주인이 침대에 누워있는 모습이 보였다. 문을 등지고 있
어서 등과 엉덩이만 보였다. 더위 때문인지 옷은 거의 걸치지 않은
상태였다. 여주인의 엉덩이는 두 개의 작은 언덕처럼 선이 매혹적
이었다. 그리고 보드랍고 새하얀 허벅지 너머에는 동물 한 마리가
꼬리를 흔들고 있었다. 그 녀석은 아마 발바리 종류인 듯했다. 여주
인은 무얼 하는 걸까……. 숨을 가쁘게 몰아쉬며 경련을 일으키는
듯한 발작이 파상적으로 땀에 젖은 육체를 휘감았다.

응백작은 다른 집에서 일어난 어떤 사건을 알고 있다.

그 집에는 한쪽 팔이 없는 머슴이 있었다. 팔이 하나뿐이라 그는 징집을 피할 수 있었지만, 마맛자국투성이인 못생긴 사내였다. 그런데 한 달쯤 전에 그 집을 방문했을 때, 그가 요염한 여주인을 턱짓으로 부리는 모습을 보고 깜짝 놀랐다. 언제 위치가 뒤바뀌었는지 놀라웠다. 그뿐만이 아니었다. 열흘 전 응백작이 다시 그 집을 찾았을 때, 여주인의 수련처럼 청순한 두 미녀 조카딸이 백치처럼 입을 헤벌리고 그 머슴 뒤를 따라가는 모습을 보고는 할 말을 잃기도 했다.

이런 이변은 모두 청하현에 남자가 없어진 탓임을 응백작은 바로 간파했다. 아아, 청하현에는 남자가 없다! 남은 남자는 몇 안 되는 병사를 빼면 어린아이거나 노인, 병자, 몸이 편치 못한 사람들뿐이라고 해도 틀린 말이 아니었다. 그렇지만…….

"겨우 오십 일 만에 이런 꼴이로군."

예전 같으면 틀림없이 껄껄 웃었으리라. 하지만 지금은 구역질과 두려움만 느껴졌다. 그는 '다른 여자'에게는 전혀 관심이 없었다. 그래서 이 지역의 변화 뒤에 숨은 무시무시한 의지를 어렴풋이 느꼈다.

청하현에서 남자가 사라진 것은 주수 장군이 명령했기 때문이다. 하지만 주수를 그렇게 만든, 또 다른 의지가 있다.

주 수비의 부인 방춘매.

응백작은 직감했다. 자기는 멀쩡한데 징병을 면했다는 점에도 그녀가 특별히 손을 썼다는 걸 느끼지 않을 수 없었다. 그건 눈물이 날 만큼 고맙지만, 그러면 방춘매는 대체 왜 이런 일을 시작한 걸까?

여자들이 발정 난 암캐처럼 변한 데에는 남자가 부족하다는 사실에만 원인이 있었던 것은 아니다.

거기 기름을 붓는 듯한 방춘매의 방약무인한 태도도 한몫했다. 주 수비가 병사들을 이끌고 출정한 뒤, 그녀는 자주 절을 찾았다. 왜 절을 찾았을까? 그녀는 늘 도성에서 온 진경제와 함께 다녔다. 게다가 그 절에서, 또는 오가는 거리에서 남들이 다 보는데도 그와 시시덕거리는 추태를 보이면서도 부끄러운 줄을 몰랐다. 뙤약볕 아래서 그와 뺨이 스칠 듯 말 듯 가까운 거리에서, 얇은 비단을 통해 고스란히 드러난 통통한 허리를 배배 꼬며 깔깔 웃거나 하여 그걸 보는 여자들의 머리를 어질어질하게 했다. 진경제는 잘생긴 사내였고, 방춘매는 더욱 풍만하고 요염해진 듯했다.

"저 두 사람뿐만은 아니지. 진 대위를 호위하는 병사들도 다들 주 수비의 집 몸종들과 새롱거린대."

"남편들이 모두 전쟁터로 나갔는데, 정말 겁이 없군."

"정말 하늘이 두렵지도 않은가 보죠?"

처음에는 그런 소문에 이를 갈기도 했지만, 그런 소문을 짓뭉개듯 펼쳐지는 음란한 풍경에 압도되어 그저 비명 같은 한숨만 내쉴 뿐이었다. 무엇보다 청하현의 모든 성문은 진 대위가 지휘하는 병사들이 지키고 있어서 어쩔 도리가 없었다.

청하현은 말라붙은, 죽은 사람들만 남은 곳처럼 변했다. 그러나 그 깊은 곳에서는 빠른 속도로 음란한 숨결에 젖어 들어, 여자들의 젖가슴만 가쁜 숨을 몰아쉬며 출렁이고 있었다.

그리고 요즘은 밤마다 주 수비의 집에서 열리는 잔치가 화제였다. 그 집의 넓은 응접실에서는 매일 밤 향기로운 술과 산해진미를 둘러싸고 방춘매와 청하현의 귀부인, 아가씨들이 말로는 표현할 수 없는 음란한 놀이를 즐긴다는 것이었다. 진 대위와 그의 병사들, 그 가운데 특히 잘생긴 소년들이 여자들을 위해 동원된다는 이야기였다…….

그런 이야기들이 비밀스럽지도 않게, 마치 널리 알리기라도 하려는 듯 퍼져나갔다. 주 수비의 집 넓은 응접실에서는 귀부인들이 미소년을 말 삼아 타고 논다거나, 둥글게 둘러싸고 한복판에 한 쌍씩 나와 음란한 놀이를 해 보인다거나, 남자의 살을 살짝 만진 촉감만으로 상대 남자가 누군지 알아맞히는 놀이. 듣기만 해도 거기 초대받지 못한 여자들은 가슴을 쥐어뜯지 않을 수 없었다. 당연히 악성 전염병이 퍼져나가듯 청하현은 점점 음탕하기 짝이 없는 열기로 가득 차고 말았다.

"이상하군."

응백작은 연신 고개를 갸웃거렸다.

이해되지 않는 점은 청하현의 변화한 모습이 아니었다. 방춘매였다. 그 총명한 춘매가 왜 그런 짓을 하는지 이해할 수 없었다.

춘매가 여자라면 환장하는 진경제의 술수에 빠진 건가? 아니, 아니다. 춘매는 결코 그런 어리석은 여자가 아니다!

'다른 사람은 몰라도 춘매만은 장군의 부인으로 제격인 인물이라 잘 해낼 거로 생각했는데.'

다만 응백작의 가슴에 문득 유령처럼 떠오르는 말이 있었다. 그건 언젠가 행화촌 술집에서 들었던 말이다.

"그렇지 않아요. 제게 금련 마님이 계시지 않는 이 세상은 사막과 마찬가지예요……."

춘매는 이렇게 말했었다.

그녀는 주 수비를 사랑하지는 않는 건가? 가령 사랑하지 않는다고 하자. 그렇지만 아무리 그래도 지역의 귀부인들을 모아 이런 난잡한 짓까지 하는 참뜻이 이해되지 않았다. 춘매는 그런 짓으로 마음을 채울 여자가 절대 아니다.

'이상하군. 왜지?'

그리고 응백작은 지금 그 광란의 연회에 초대받아 바쁜 걸음으로 주 수비의 집으로 가는 중이었다.

악마의 연회

"여러분."

응백작이 넓은 응접실로 들어서자, 방춘매가 일어서며 말했다.

"지난번에 약속한 대로 오늘 밤은 제 새로운 취향을 마음껏 즐기시기 바랍니다."

방에는 소문대로 수십 명이나 되는 귀부인과 아가씨, 진경제를 비롯한 병사들이 모여 있었다. 남자들은 누가 들어왔나 싶어서 불온한 눈으로 응백작을 흘끔 보았고, 여자들도 새로운 먹잇감을 본 야수처럼 눈을 반짝였다. 하지만 춘매만은 슬쩍 시선을 던졌을 뿐 개의치 않는 투였다.

"우선 오늘 밤 우리의 향락을 위해 봉사해 줄 사람을 소개하죠. 우리는 지금 진짜 처녀를 보고 있습니다……. 하지만 처녀가 부끄러워서 심하게 저항하는 모습을 보는 건 사실 이제 지긋지긋하죠. 오늘 밤은 그렇지 않을 겁니다. 잠깐 이 아가씨의 출신을 알려드리겠습니다. 바로 거란 아가씨입니다."

사람들이 술렁거렸다. 응백작은 빙 둘러싼 사람들 한가운데 손을 뒤로 묶인 채 무릎을 꿇고 앉은 아가씨를 보았다. 얼굴 윤곽이 뚜렷한 대단한 미소녀였다. 하지만 그녀는 울지 않고 이를 악물고 있었다. 사람들이 술렁거린 까닭은 거란족이 세운 나라가 바로 요나라이기 때문이었다.

"아니, 요나라 아가씨가 왜 여기에?"

눈이 휘둥그레진 진경제가 소리쳤다.

"아시다시피 요나라 병사들은 여기서 오륙십 리 떨어진 곳까지 쳐들어와 있죠. 이 아가씨는 그 일당인 여자 병사입니다. 포로가 되어 바로 도성으로 보낼 예정이었는데, 다쳤기 때문에 이곳 청하현으로 보내져 지금까지 감옥에서 치료받고 있었죠. 문득 생각이 나서 데리고 나왔습니다. 설사 이 아가씨가 어떻게 되더라도 옥에서 죽었다고 하면 그만이에요. 하지만 보시다시피 아직 적개심을 잃지 않았죠. 이런 사나운 암표범을 귀여운 고양이로 길들이는 게 오늘 밤의 주제입니다."

"재미있겠다!"

"내가 길들여 주지!"

병사들이 일제히 소리치며 앞으로 나서려고 했다.

"잠깐만요. 이 아가씨를 압박해 강제로 범하면 그건 참으로 꼴사나운 광경일 뿐이죠. 그보다는 이 술 욕조에 취하게 해서 아가씨가 스스로 몸이 달아오르는 걸 보는 게 훨씬 재미있지 않을까요?"

거란 아가씨 옆에 놓인 관 모양의 나무 상자를 가리키며 방춘매
는 웃었다.

응백작은 아까부터 그의 코을 자극하는 그윽한 향을 맡으며 이게
대체 무얼까 생각했었는데, 관에 가득 담긴 액체가 호박색 술이라
는 사실을 비로소 알게 되었다.

"자, 누가 이 아가씨를 술로 목욕시켜 주세요."

말이 떨어지자마자 서너 명의 병사가 달려 나왔다. 춘매의 말을
제대로 알아듣지 못했는지 거란 아가씨는 당황해서 도망치려고 벌
떡 일어섰다. 하지만 바로 강철처럼 억센 손에 붙잡혔다.

그녀는 분노와 공포에 휩싸여 말도 못 하고 미친 듯이 날뛰며 필
사적으로 몸을 빼내려고 했다. 하지만 옷이 찢어지고 튕겨 나오듯
젖가슴이 드러났다. 병사 가운데 한 명은 키들키들 웃으며 출렁거
리는 새하얀 젖가슴을 쓰다듬었다.

"겁내지 마. 예뻐해 주는 거야."

아가씨는 그 손을 덥석 깨물었다. 병사는 눈을 가늘게 뜨며 웃었
다.

"제법 앙탈을 부리는군."

아가씨는 묶인 채로 옷이 찢어져 거의 알몸이 되고 말았다. 그래
도 여전히 필사적으로 버둥거렸지만 억지로 술 욕조에 첨벙 던져
넣었다. 그리고 머리카락을 잡아 여러 차례 머리까지 술 욕조에 잠
기게 했다.

술을 얼마나 마셨을까. 이윽고 밖으로 끌어냈을 때는 흠뻑 젖은

온몸이 연분홍색으로 물들었고 숨소리는 거칠어졌다.

"밧줄을 풀어줘라."

춘매가 말했다.

밧줄을 풀어주니 아가씨는 도망치려고 했다. 하지만 바로 발이 꼬여 넘어지고 말았다. 바닥에 쓰러진 두 개의 수술 사이로 술에 젖은 분홍색 암술이 드러났지만, 그녀는 그 부분을 가릴 생각도 못 하고 그저 좌우로 꿈틀거릴 뿐이었다.

"이제 됐네요, 진 대위."

춘매는 돌아보며 태연히 말했다.

오래 기다렸다. 진 대위는 크게 숨을 들이쉬더니 성큼성큼 옆으로 다가가 아가씨를 안아 들었다. 아가씨는 몸을 뒤로 젖히고 머리를 저었지만, 진 대위의 한쪽 팔이 뱀처럼 감겨와서 허리를 뒤트는 사이에 그만 입술을 빼앗기고 말았다.

진 대위는 아가씨의 내장까지 빨아들이려는 듯 게걸스럽게 덤벼들었다. 그 뺨이 여러 차례 홀쭉해질 정도였다.

입술이 벌어지며 아가씨는 신음했다. 눈물이 관자놀이를 타고 흘러내렸다. 하지만 차츰 저항은 약해지고 결국 그녀는 눈을 질끈 감았다. 그리고 두 팔로 진경제의 등을 부둥켜안았다.

얼마 뒤, 가련한 아가씨는 검은 머리카락이 엉망으로 흐트러진 채, 살짝 벌린 입술 사이로 흰 치열이 드러났다. 그리고 뼈까지 녹아내린 듯 누운 채 꼼짝도 하지 않았다. 그 모습을 보자 다음 병사가 흥분해서 얼굴이 시뻘게진 채 앞으로 나왔다.

"거봐요! 거란 여자는 스스로 숨을 가쁘게 몰아쉬며 다리로 남자를 휘감고 몸부림치며 쾌락을 맛보고 있잖아요!"

음란한 독초 향기처럼 짙은 공기가 실내에 감돌며 귀부인들은 숨을 가쁘게 몰아쉬다가 한 명이 이렇게 외치며 옆에 있는 병사에게 덤벼들자 넓은 방은 이내 피비린내까지 풍기는 육욕의 새하얀 진창으로 변하고 말았다.

응백작은 가위눌린 사람처럼 꼼짝도 하지 못했다. 사실은 이와 크게 다를 바 없는 광경을 일찍이 서문경 저택에서 자주 보았기 때문에 깜짝 놀랄 정도는 아니지만, 넋을 잃지 않을 수 없는 까닭은 그 꿈틀꿈틀 움직이는 살덩어리의 만화경, 출렁이는 젖가슴, 입술 사이로 흘러나오는 숨결 같은 교성 속에서 놀랍게도 맹옥루 부인을 발견했기 때문이다.

그때 느닷없이 용수철처럼 튀어나와 넓은 응접실을 빠져나가는 사람이 보였다. 그게 거란 아가씨라는 걸 깨닫고 퍼뜩 정신이 들었다. 고개를 돌리니 춘매가 바로 옆에서 살짝 웃으며 서있었다.

"어때요, 응 선생님?"

"부인……."

"서문 대인 저택 시절이 그립죠?"

"터무니없는, 이게 대체 무슨 짓이오?"

"여자…… 아니, 인간은 다 마찬가지라는 걸 알려드리고 싶기 때문이에요. 보세요. 저기서 자칭 귀부인이 체면이고 도덕이고 다 내팽개치고 쾌락에 취해 해롱거리지 않나요……? 만약 우리 마님이 음란한 여자였다면 여자는 모두 다 음란한 거죠……."

응백작은 고개를 들었다.

"부인, 그렇다면 이건…… 금련 씨를 조롱하는 사람들을 비웃기 위한 건가요?"

"나는 마님을 욕보인 사람들을 절대로 용서할 수 없어요."

춘매의 목소리는 엄숙하기까지 했다. 응백작은 고개를 저었다. 이해할 수가 없다.

"부인은 세상 떠난 금련 씨를 그토록……? 지금 부인에게는 주수비라는 훌륭한 부군이 있는데도?"

"저는 남편을 사랑합니다. 하지만 마님을 더 깊이 사랑하는 거죠. 저는 그분을 잊을 수 없어요……. 그분은 제게 어떤 남자보다 매력 있는 분이었죠……. 우리 둘 사이의 사랑과 쾌락 앞에는 그 어떤 남자도 불 속에 떨어진 눈송이처럼 보잘것없는 존재예요."

춘매는 더듬더듬 말했다. 그 황홀한 표정에서 언젠가 행화촌 주루에서 보았던 수수께끼 같은 웃음이 떠올랐다.

응백작은 그제야 비로소 알게 되었다. 반금련과 방춘매의 주종 관계가 사실은 상상을 초월한 사랑으로 연결되어 있다는 사실을.

"응 선생님은 이해하지 못하겠죠"라고 춘매가 비웃듯이 말한 것도 어쩌면 당연한 노릇이다. 정말 몰랐다. 하지만 이 사실이야말로 반금련과 방춘매의 관계를 명확하게 하는 아주 중대한 열쇠였던 셈이다.

오오, 아무리 그래도 모든 남자만이 아니라 총명한 춘매마저 고혹의 심연에 빠뜨린 희대의 음녀 반금련! 방춘매는 어두운 눈빛으로 주위를 엄숙하게 둘러보았다.

"만약 마님이 음탕했다는 죄로 그렇게 죽어야 했다면 저는 모든 여자에게 벌을 내리지 않을 수 없어요."

응백작도 주위를 둘러보았다. 눈을 깜빡거린 뒤, 그나마 숨통이 트인 기분으로 중얼거렸다.

"오월랑 부인은 없군요……."

"맞아요. 그분은 도무지 이 무리에 들어오지 않네요. 이를 악물고 차가운 돌부처처럼 굳게 집에 틀어박혀 계시죠."

춘매는 한쪽 얼굴을 파르르 떨며 미소를 지었다.

"그렇지만 곧 저 여자들과 같은 처지가 되겠죠. 거란 아가씨와 마찬가지로."

"거란 아가씨……, 그 아가씨가 조금 전 도망친 건 알고 있나요?"

"알아요. 오늘 밤 여기 부른 병사는 서쪽 성문을 지키는 병사들이에요. 그쪽에는 지금 아무도 없죠. 그 아가씨는 분명히 그리로 도망쳤을 거예요. 육십 리 떨어진 자기편이 있는 곳으로."

응백작은 깜짝 놀라 고개를 들었다.

"부인!"

"그 아가씨는 이곳 청하현에 남자가 거의 없다는 걸 알아요. 아마 요나라 병사들은 복수심에 불타 쳐들어오겠죠. 이곳은 결국 능욕의 피바람에 휩싸일 거예요……."

공포에 질려 꼼짝 못 하는 응백작에게 춘매는 싸늘하면서도 상냥한 웃음을 지어 보였다.

"이제야 말씀드리지만, 저는 어젯밤 늦게 급한 연락을 받았어요. 양산박에서 또 관군이 크게 패해 제 남편은 전사했답니다……. 지원군은 아마 오지 않을 거예요. 응 선생님, 피하세요. 이게 제가 드리는 작은 성의입니다. 그래서 웅 선생님을 오늘 밤 초대한 거예요."

멸망의 거리

배덕의 거리에서 시뻘건 불길이 타올랐다.

웅백작은 행화촌에서 펼쳐지는 들판 너머로 보이는 청하현 성 안
에서 푸른 하늘로 솟아오르는 소용돌이 같은 시커먼 연기를 보았다.
주 수비의 집에서 연회가 열렸던 이튿날 저녁 가까운 무렵이었다.

'이런! 늦었나?'

웅백작의 눈에 핏발이 섰다. 채찍을 휘두르고 뒤돌아보며 "빨리!
서둘러!" 하고 재촉했다. 눈을 부릅뜨며 버럭 화를 냈다. 이 겁쟁이
난봉꾼의 이런 모습은 정말 보기 드문 일이다.

십여 명의 소년이 관 하나를 어깨에 짊어지고 달려갔다. 모두 청
하현 소년들이며, 어깨에 짊어진 것은 어젯밤 주 수비의 집에서 열
린 연회에서 술이 담겨 있던 관이다. 그 안에는 대체 뭐가 들어있는
걸까?

가끔 틈새로 반짝거리는 물방울 같은 것이 소년들의 머리와 어
깨에 떨어졌다. 아직도 술이 담겨있는 걸까? 어젯밤 어둠이 깊었을
때 소년들에게 그 관을 짊어지게 해 성문을 나와 서쪽으로 달려갈
때는 보물이라도 넣어 도망치는 듯했다. 그런데 지금은 똑같은 관
을 짊어지고 도로 불타오르는 마을로 돌아오는 중이었다…….

청하현 성벽 위로 붉게 물든 하늘은 저녁놀인지 화염인지 분간이
되지 않았다. 성에서 멀리 떨어진 곳에서 으아아, 하며 엄청난 고함
소리가 울려 퍼졌지만, 이내 뭔가를 불태우는 소리에 지워지고 말

왔다.

서쪽 성문은 활짝 열린 상태 그대로였다. 가슴에 화살이 박힌 병사의 시체가 쌓여있었다. 그 기괴한 화살의 살깃 색을 보고 응백작의 얼굴은 공포에 질렸다.

"역시 왔나?"

"누가요?"

"요나라 병사."

소년들이 걸음을 멈췄다. 그들은 아무런 설명도 듣지 못했기 때문이다.

응백작은 기도하는 눈빛으로 서쪽 저녁 하늘을 바라보며 말했다.

"아직 오지 않았나?"

"누가요?"

"지원군."

응백작은 지금 무슨 소리를 하는 걸까? 주 수비는 죽었고, 지원군은 올 리 없다는 이야기를 어젯밤 춘매에게 듣지 않았는가. 무엇보다 청하현에서 징집당한 병사들이 이런 큰 피해를 모를 리 없지 않은가.

"하지만 올 거야. 틀림없이 오겠지. 오지 않을 리 없어!"

이윽고 그는 고개를 끄덕이며 결연하게 명령을 내렸다.

"누가 먼저 살펴보러 달려가거라. 요나라 병사가 있다면 길을 우회하고. 걱정하지 마. 공격해 온 요나라 병사는 틀림없이 소규모일 거야. 놈들 눈에 띄지 않도록 수비부에 도착해야 한다!"

청하현은 처참했다. 집들은 불타오르고 거리에는 구부러지거나 부러진 창과 칼, 그리고 팔과 다리. 몸통뿐인 남녀 시체가 흩어져 있었다. 어제까지만 해도 여자의 향기로 가득했던 거리라고는 상상도 할 수 없었다. 아직도 사타구니에서 피가 흐르는 여자 시체가 여기저기 쓰러져 있는 모습도 보였다. 활활 타오르는 불길이 얼마나 처참한 광경인지 고스란히 보여주고 있었다…….

응백작과 소년들은 뒷골목을 달려 수비부 뒷문에 이르렀다.

나중에 돌이켜보면 응백작과 소년들이 수비부 안으로 들어갈 수 있었던 것은 기적이었다. 쳐들어온 요나라 병사들이 이곳 지리를 모르는지, 뒷문은 제쳐두고 수비부 앞 공터에서 최후의 지옥도를 펼치고 있었다.

수비부까지 쫓겨온 생존 경비병들은 수비부의 담과 문을 방패 삼아 마지막 방어전을 이어갔다. 쏠 화살도 다 떨어졌지만, 요나라 병사들은 그런 사실을 모른 채 공격하는 시늉만 하거나, 아니면 방어에 나섰던 병사를 거의 다 죽였다고 여겨 승리의 기쁨에 겨워서인지 수비부 앞 공터에서 피의 제전을 펼치고 있었다.

여기저기서 잡아 온 여남은 명의 아름다운 여자들을 둥글게 둘러싸고 그들은 징과 갈고[4]를 두드리며 이화창[5]과 장팔사모를 휘두르며 춤을 추었다. 우스꽝스러운 기괴한 춤이지만 그게 외려 오싹한 느낌을 주었다. 그 안에서 회오리바람처럼 미친 듯이 춤추는 사람은 바로 거란 아가씨였다.

그 아가씨가 대장으로 보이는 남자에게 뭐라고 속삭였다. 꿩 깃

---

4 羯鼓. 장구와 비슷하게 생긴 북.
5 梨花槍. 날이 배꽃 잎처럼 날카롭게 휜 창.

털을 단 뿔 셋 달린 검붉은 투구를 쓰고, 쇠고리를 이어 만든 갑옷을 걸친 대장이 뭐라고 명령하자 병사들이 달려 나와 여자들을 거칠게 끌어내 손짓으로 자기들과 같은 춤을 추라고 했다.

여자들은 춤추기 시작했다. 손짓과 발짓의 모양이나 순서가 다르면 이화창과 장팔사모로 얻어맞았다. 여자들은 숨을 헐떡이며 기이하게 껑충껑충 뛰기도 했다. 비틀거리다 곤두박질치며 발톱이 벗겨져 피투성이가 되었지만, 여자들은 차츰 황홀한 상태에 빠졌다. 야수 같은 사내들의 냄새가 여자들을 취하게 했다.

문득 거란 아가씨가 한가운데를 가리키며 괴이한 새의 울음 같은 목소리로 뭐라고 외쳤다.

둥근 원 한복판에 홀로 서있는 여자는 오월랑이었다. 해는 이미 지고 활활 타오르는 불길만이 그 모습을 비추었다. 하지만 불빛에 물들지 않아 그 모습은 한 마리 백로 같았다. 그녀는 눈을 감고 있었다.

대장이 앞으로 다가와 그 앞에 섰다.

"왜 춤추지 않느냐?"

기괴한 억양의 서툰 말씨로 이렇게 소리쳤다.

오월랑은 싸늘하고 도도한 표정으로 대꾸했다.

"싫소."

"죽인다."

"죽음은 각오하고 있소."

대장은 불길이 이글거리는 눈동자로 오월랑을 똑바로 바라보았다.

"좋다, 너를 발가벗겨 등에 채찍질을 해주마."

"무슨 소리요. 나는 저기 있는 거란 아가씨가 이곳의 음란한 남자들에게 희생양이 되었다는 이야기는 들었소. 하지만 나는 그 무리에 끼지 않았소이다. 남편이 세상을 떠난 뒤 굳게 정절을 지키며 남편만 그리워하며 지내던 여자요! 그런 나에게 창피를 주려고 하다니, 아무리 미개한 요나라 사람이라고 해도 지나치다는 생각이 들지 않는 거요?"

"하고 싶은 말은 그뿐인가?"

대장은 냉담했다.

"여봐라, 이년을 벗겨라!"

병사가 덤벼들자, 오월랑은 사납게 저항하면서 소리쳤다.

"더러운 것들, 내게 손대지 마라! 정절을 지키는 여자에게 이런 난폭한 짓을 하다니, 이 야만인!"

하지만 오월랑은 땅바닥에 엎어진 채 온몸을 매의 발톱 같은 가죽 신발에 짓밟히고 말았다. 치마가 무참하게 젖혀지고 엉덩이가 고스란히 드러났다. 살이 잘 오른 부드러운 두 개의 언덕이 불빛을 받아 아름답게 빛났다.

"좋아, 저 깨끗한 피부를 마음껏 두들겨 패라."

남들보다 먼저 거란 아가씨가 가죽 채찍을 들고나와 오월랑의 엉덩이를 찰싹 후려쳤다.

복수한다는 기쁨에 겨워 마구 후려치는 채찍을 맞은 살갗에는 차츰 붉은 자국이 굵은 지렁이처럼 부풀어 올랐다. 오월랑은 울부짖으며 채찍을 피하려고 허리를 틀어 몸을 뒤집었다.

그러면서도 오월랑은 두 다리를 단단히 오므리며 창피함에 몸을 뒤틀었지만, 결국 사나운 소리와 함께 이어지는 채찍질이 더해지자, 저도 모르게 발버둥을 치다 보니 아름다운 허벅지 안쪽이 고스란히 드러나고 말았다.

요나라 병사들이 와하하 웃는 소리가 밤하늘에 울려 퍼졌다. 대장이 말했다.

"어허, 너는 지금 우리를 미개한 야만인이라고 지껄였겠다. 이 버르장머리 없는 년! 그럼 내가 네게 야만스러운 미개인의 피를 쏟아 넣어주마!"

"제발 자비를! 용서해 주세요!"

더는 견디지 못하고 오월랑이 이렇게 외쳤다.

"야만인에게 자비는 없다!"

대장은 오월랑을 덮쳤다.

오월랑은 치욕과 고통 말고는 아무것도 느끼지 못했다. 그저 몸을 떨며 울기만 했다. 하지만 미개한 야만인으로 여기던 대장의 고문에 가까운 애무에 시달리다 보니 마침내 강렬한 욕정이 그녀의 온몸을 덮쳐왔다.

응백작이 수비부 건물 2층으로 달려 올라간 것은 바로 그때였다.

그곳에 방춘매가 돌부처처럼 서서 창 아래를 내려다보고 있었다. 대위 진경제도 옆에서 피투성이가 되어 간신히 버티고 서 있었는데, 이미 반쯤 정신이 나간 눈빛이었다.

말없이 고개를 돌리며 춘매는 공터를 가리켰다. 응백작은 창으로 달려갔다. 그리고 저도 모르게 숨이 턱 막혔다. 아무 말도 할 수 없었다.

"저런 상태예요."

춘매는 웃었다. 공터에서는 징과 갈고를 미친 듯이 두드리는 소리가 울려 퍼졌고, 하늘에는 타오르는 불길이 내는 소리만 가득했다.

"다 끝났어요. 여기는 멸망입니다……."

"부인……."

"제겐 금련 마님이 세상을 떠났을 때 이미 이 세상은 멸망했어요. 저는 방금 독약을 마셨습니다. 응 선생님, 저는 마지막으로 제 눈에 비치는 저 광경을 이야기 선물로 삼아 기쁜 마음으로 금련 마님이 계신 곳으로……."

"부인, 금련 씨는 살아있어요."

응백작은 쉰 목소리로 말하며 뒤를 가리켰다. 춘매는 돌아서서 소년들이 세워 놓은 관 속에 우뚝 선 여자의 모습을 보았다.

반금련이 살아있어?

춘매는 깜짝 놀라 목을 쭉 뺐다.

금련이다. 반금련이다. 정말로 반금련이 살아서 저기 있다!

그럴 리 없다. 그럴 리 없다. 하지만 올해 이른 봄에 분명히 세상을 떠난 반금련이 저기 야릇하게 방긋 미소 지으며 서있었다. 반짝이는 검은 눈동자, 새하얀 피부, 반쯤 열린 요염한 입술. 분명 헛것은 아니었다. 하지만 멀리서 타오르는 화염의 불빛을 받아 온몸이 무수히 많은 이슬이나 보석을 뿌려놓은 듯이 이상하게 반짝거리고 있었다.

"마님."

춘매는 반금련에게 달려가려다 풀썩 쓰러졌다. 입에서 울컥 선혈이 튀어나와 바닥을 적셨다. 등이 크게 경련을 일으켰다. 두 번, 세번. 손을 뻗어 바닥을 기어가려고 했지만, 방춘매는 그렇게 반금련을 그리워하며 숨이 끊어지고 말았다.

"그리고 이곳은 멸망하지 않아……."

응백작은 중얼거리며 창 쪽을 돌아보았다.

반쯤 넋이 나간 상태로 먼 데를 바라보던 진경제는 이때 문득 벼락이라도 맞은 듯 눈을 번쩍 떴다.

"앗, 무송이다……."

한 차례 양산박 공격에 출전하기도 했던 진 대위는 그 마리지천[6] 같은 무시무시한 도적의 끔찍한 모습을 본 적이 있다. 창으로 다가가 확인하려고 한 그 얼굴 아래로 어디선가 날아온 붉은 화살이 쌩, 하는 소리를 내며 날아와 박혔다. 진 대위는 소리도 지르지 못하고 바닥에 쓰러졌다.

"금련! 금련!"

절규가 밤하늘에 울려 퍼졌다.

무송이다. 그는 올봄, 반금련을 납치했지만, 광야의 끝에서 죽게 하고 말았다. 그는 통곡하며 떠났지만, 금련의 모습은 뇌리에 박혔다. 그런데 금련이 살아있다니. 어제 청하현 수비부 감옥에 포로로 잡혀 있던 부하 엽춘이 탈출해 양산박으로 돌아와 보고해서 알게

6 　摩利支天. 불교의 수호신 가운데 하나. 달과 멧돼지를 타고 있는 모습으로 그려지기도 한다.

되었다. 엽춘의 말로는 어젯밤 자기를 감옥에서 풀어준 응백작이라는 남자가 무송에게 그렇게 전하라고 했다는 것이다.

그 말을 전해 듣고 무송은 웃어넘길 수 없었다. 금련의 모습이 자꾸만 떠올라 넋을 빼앗긴 듯했기 때문이다. 다행히 포위 공격에 나섰던 관군은 용맹한 장군 주수를 잃고 동요했다. 적들 사이를 돌파해 청하현으로 가서 그걸 확인하기로 작정한 무송에게 함께 가겠다고 나선 동지는 낭자 연청, 모야차 손이랑, 흑선풍 이규(黑旋風 李逵), 구문용 시진(九紋龍 史進), 화화상 노지심(花和尚 魯智深) 이렇게 다섯 명이었다.

"금련! 금련, 어디 있나? 금련! 살아있다면 내 앞에 나타나."

무송이 외치는 소리에 응백작은 소년들에게 관을 창 옆으로 가지고 오리고 지시했다. '살아있는 듯한' 절세의 미녀 반금련은 거리에서 타오르는 화염의 불빛을 받아 하늘 위에서 아래 세상을 내려다보는 듯했다.

사실 금련은 살아있는 상태가 아니었다. 광야에 버려진 그 주검을 발견하자 응백작은 태산 동쪽 봉우리에 있는, 여름에도 고드름이 열리는 설간동으로 옮겼다. 응백작은 얼음에 싸여 불멸의 미모를 지키게 된 금련을 숭배했다. 그게 그의 단 하나뿐인 비밀이고 살아가는 힘이 되었다.

그 시체를 지금 응백작은 얼음에 재워 오십 리 길을 걸어 청하현으로 옮긴 것이다. 무송을 이곳으로 부르기 위해. 그렇게 해서 전멸당할 위기에 처한 청하현을 구하기 위해…….

"오오, 금련!"

달려오는 무송을 따라 다섯 명의 의적이 질풍처럼 달려왔다. 당황해서 그들에 맞선 요나라 병사들은 피바람에 휩싸였다. 겨우 여섯 명이라고 얕본 요나라 병사들은 이들이 《수호전》에 나오는 무예와 용맹에 관해서는 따라올 사람이 없는 귀신 같은 호걸들이라는 사실을 알지 못했다.

수비부 앞 공터는 순식간에 도살장으로 바뀌었다. 겁에 질린 요나라 병사들은 도망가기 시작했지만, 이상하게도 그 뒤를 따라 달려간 여자가 네다섯 명 있었다. 그 안에는 정신이 나가 색마처럼 변한 오월랑의 모습도 있었지만 그걸 제대로 목격한 사람은 아무도 없었다.

《수호전》의 호걸들은 떠났다.

죽은 반금련을 불사의 미녀로 믿어 그 관을 받쳐 들고 노랫소리 드높게 저 멀리 양산박으로 떠났다…….

불에 타 무너진 성문 밖에 서서, 응백작은 그들이 떠나는 모습을 지켜보고 있었다. 등 뒤로는 여전히 불길이 계속 올라, 밤하늘을 태우고 있었다. 그 불과 싸우는 사람들의 외침에는 그래도 활기가 있었다. 하지만 응백작은 눈물을 흘렸다.

그는 청하현을 구했다. 하지만 반금련을 잃었다. 그에게 금련은 '살아있는' 여인이었다. 하지만 무송 일행도 금련이 '살아있는' 줄 알고 빼앗아 달아날 줄은 몰랐다.

"아니야, 조금 있으면 다시 뜨거운 태양이 떠오를 거야."

응백작은 고개를 저었다.

"그리고 반금련도 햇볕을 쬐겠지……. 그러면 녹을 테고. 그리고 그들은 틀림없이 금련을 버릴 거야."

응백작은 달려나갔다. 반금련의 시신을 수습할 사람은 나뿐이라고 생각했다. 썩어 문드러졌건 새하얀 백골이 되었건, 나만은 꼭, 반드시 그대를 품에 안아주리라!

"금련, 반금련……."

구슬픈 목소리로 외치면서, 그래도 눈빛은 무엇인가에 홀린 듯 반짝이면서, 응백작은 어둡고 드넓은 광야를 끝없이 끝없이 달려갔다.

인어등롱(人魚燈籠)

여설옥

우유를 섞고 말리화 꽃술을 띄운 욕조에서 나온 서문경은 알몸인 채로 나전 장식을 한 침대에 벌렁 드러누웠다.

그러자 대기하던 여러 명의 여자가 마치 오색구름처럼 그를 둘러싸더니 서문경의 알몸을 덮쳤다. 그리고 팔, 가슴, 얼굴, 배, 발을 비롯해 온몸에 묻은 우유를 저마다 부드럽고 아름다운 혀로 고양이처럼 구석구석 핥고 빨아 닦아냈다.

요즘 이 희대의 폭군이자 호색가인 부자가 재미를 들인 목욕 후 몸을 닦는 방법이다. 이따금 기분 좋은 듯 신음하거나 "금련아, 너무 장난치지 말거라" 하다가 간지러운 듯 허리를 뒤틀던 서문경은 문득 입술 위를 스친 살갗의 감촉에 감고 있던 눈이 번쩍 뜨였다.

"이야, 형님, 이거 또……."

문을 열고 들여다본 친구 응백작은 눈이 휘둥그레져 말했다.

"그야말로 당나라 현종 황제도 따라오지 못할 즐거움을 맛보고 계시는군요."

"무슨 소리, 이건 벌을 주고 있는 거야."

"벌이라고요?"

"말하자면 여설옥인 셈이야. 혀로 밭 대신 내 몸을 일구게 하는 거지."

서문경은 싱글싱글 웃으며 일어나더니 붉은 비단 속옷을 걸치며 여자들을 턱짓으로 가리켰다.

"이 녀석들이 거짓말이나 험담 말고 입을 놀렸던 걸 자네는 들어 본 적 있나? 얼마 전에도 순안사로 온 송 어사가 선물로 준 진주 두 알 가운데 한 알이 없어졌지. 훔칠 녀석은 여기 있는 일곱 명 말고 는 없어……."

"예?"

"그걸 보고 있을 때 그 방에 있던 사람은 나와 부인, 그리고 여기 있는 이 계집들뿐이었으니까. 나중에 조사해 봤는데, 남의 험담만 할 뿐이었어. 그러니 정말로 훔친 녀석은 거짓말을 하는 거잖아? 터무니없는 소리를 늘어놓고, 남을 헐뜯은 인간은 죽어서 혀로 밭 을 갈게 하는 여설옥에 떨어진다는데, 그건 나하고 관계없고. 나는 나대로 이것들에게 살아서 치러야 하는 벌을 주기로 한 거지."

"아니……, 헤헤. 그렇다면 나도 밭이 되고 싶군요. 그래, 어느 부인께서 밭을 가장 잘 가시던가요?"

서문경은 그 물음에 대답하지 않고, 옷을 걸치며 물었다.

"자네는 무슨 용건이 있나?"

이렇게 말하면서 서문경은 흘끔 갈취병의 입술을 보았다. 그녀의 입술이 가장 매력적이었다고 느끼기 때문일까?

"음, 실은 누구한테 부탁받은 걸 전달만 하는 건데요……."

응백작은 서문경의 애첩들을 신경 쓰면서, 머뭇거렸다.

"형님, 형수 한 분 더 들일 마음은 없으세요?"

"아니, 응 선생. 언제부터 뚜쟁이 노릇까지 하셨나?"

셋째 부인 맹옥루가 바로 빈정거렸다.

"어휴, 아내가 몇 명이나 필요하다고 생각하는 거지?"

반금련은 이렇게 내뱉고 고개를 홱 돌렸다. 갈취병과 향초설(香楚雪), 하혜림(何惠琳) 세 사람을 아내로 맞이한 것도 바로 얼마 전이기 때문이다. 하지만 서문경은 눈을 반짝이며 귀를 쫑긋 세웠다.

"그래? 어떤 여잔가?"

"아, 저는 잘 몰라요. 하지만 듣기로 남문 밖 포목 도매상 과부인데, 이름은 빙금보라더군요. 나이는 아직 스물다섯이고 시집올 때 고급 평직 옷감을 이삼백 상자에다가 은자도 천 냥 넘게 가지고 온답니다……. 바느질도 잘하고, 쌍륙도 잘하고, 월금도 잘 타고, 용모는……."

"잘 모른다더니, 자세히도 알고 있네요?"

손설아가 비웃었다. 서문경은 바싹 다가앉으며 물었다.

"으음, 용모는……?"

"그게 말이죠, 또 형수님들께 따끔하게 혼날 테지만, 저는 아직 실물을 본 적은 없어요. 그냥 피부가 무척 예쁘다고들 하던데…….

뭐 저야 부탁을 받아 형님 의향을 물어볼 뿐이죠. 사실 오늘 들른 건 그 일 때문이 아니고."

응백작은 당황해서 말했다.

"방금 하신 말씀, 그 진주를 봤으면 해서 왔는데, 없어졌다고 요?"

"아니, 한 알은 아직 있지."

"무척 큰 진주라고 하던데."

"으음, 천축에서 온 물건이라더군. 크기는…… 그렇지, 취병아, 이리 오너라."

서문경은 갈취병의 희고 둥근 턱을 한 손으로 받치더니 다른 손 의 손가락으로 그녀의 입술을 벌리며 말했다.

"이 치아만 한 크기지."

"그렇군요."

응백작은 슬쩍 들여다보며 대꾸했다. 바로 이때, 응백작은 진주 이야기를 깜빡 까먹고 갈취병의 아름다운 입에 홀렸다. 참으로 아 름다운 입이다. 얼굴은 오히려 백치미에 가까운 분위기였다. 약간 도톰한, 한가운데가 부드럽고, 옴폭 팬 새빨간 입술, 촉촉하게 젖은 입 안에서 살짝 꿈틀거리는 혀……. 그리고 정교한 장난감 같은 치 아. 그건 이슬에 젖은 들꽃이 신비한 구조를 드러내 보이듯, 그의 눈에는 야릇한 안화[1]로 남았다.

"이곳에는 아름다운 진주가 서른두 알이나 있으니, 천축에서 온

---

1   眼華. 불교 용어로 실체가 없는 번뇌나 망상을 상징하는 말이다. 공화(空華)라고도 한다.

진주 같은 건 다 없어져도 상관없지 않나요, 형님?"

"취병의 치아 말인가?"

서문경은 다시 흘끔 그녀의 입을 보며 대꾸했다. 응백작은 '역시 저 입에 빨려 들어가면 공자님도 버티지 못하겠군' 하는 생각을 했다.

"흐음, 치아는 확실히 예쁘지."

서문경은 고개를 끄덕였지만 바로 침대에서 일어나며 말을 이었다.

"아우, 그보다는 응접실로 가서 술이라도 마시면서 늘 하던 이야기나 좀 하지. 아, 진주도 거기서 보여주겠네."

사라진 진주

응접실 한가운데 놓인 커다란 팔선탁 위의 은촛대에서 흔들리는 어렴풋한 불빛이 방충망으로 쳐놓은 푸른 망사에 달무리처럼 흐릿한 동그라미를 그렸다. 여름날, 해가 완전히 저문 때였다.

탁자 한가운데는 금과 은으로 도금한 작은 보석함의 뚜껑이 활짝 열려있었다. 응백작은 감탄하며 한숨을 내쉰 다음, 서문경의 부인들이 차례로 구경한 그 멋지고 커다란 진주를 되돌려 놓았다. 작은 귀고리에 그 진주가 밤이슬처럼 매달려 있었다.

"와, 이 진주 귀고리를 하면 정말 나머지 한 알이 없어진 게 아쉽겠군요."

응백작은 입술 끝에 살짝 묻은 향하주 술 방울을 닦으면서 시무룩한 표정으로 작은 함을 바라보았다.

탁자 위에는 호두와 파, 고기를 볶은 요리부터 양고기 백숙, 거위 머리 소금 절임처럼 늘 상에 오르는 화려한 진수성찬이 차려져 있었다.

"그게 말이죠, 진주뿐만이 아니에요. 저번에는 내 백통으로 만든 거울이 없어졌고, 그전에는 금팔찌와 은 항아리가……. 그리고 멋진 옻칠 장식을 한 칼, 상아로 만든 빗까지 요즘 계속 물건이 없어지고 있어요."

정실부인 오월랑이 한숨을 내쉬며 흘깃 서문경을 째려보았다.

"제형원 정천호라는 관직에 있는 사람이 주인인 집에 도둑이라니……. 도둑뿐이라면 괜찮죠. 요즘은 미인을 거느리고 향기로운 술에 취했다가 아침이면 밤새 불을 밝힌 등불 아래 시체가 되고, 피가 빈방을 적시는 일이 한두 번이 아닌 요즘 같은 때에……. 남자가 처신을 제대로 하지 않는 집은 반드시 혼란스러워진다는 옛말을 되새겨야죠."

역시 서문경도 몸가짐 바르고 신심 깊으며 설교하기 좋아하는 정실부인만은 어려워한다. 하지만 꿀꺽꿀꺽 술을 마시더니 이렇게 말했다.

"걱정할 거 없소. 도둑은 내가 곧 잡을 테니까. 잡았을 때 벌을 주기 위해 며칠 전에 이리 힘줄로 채찍까지 만들어두라고 했소."

그때 맞은편 자리에서 무슨 영문인지 반금련과 하혜림이 다투기 시작했다.

"춘매는 내 몸종이라고요. 내가 시킨 일을 할 때는 다른 사람이 시키는 일을 하지 못해도 어쩔 수 없잖아요."

"아뇨, 그게 아니에요. 그 애는 내가 이 집안에 들어온 지 얼마 되지 않는다고 업신여겨요."

아마 금련의 몸종인 춘매 때문에 다툼이 생긴 모양이다. 하지만 진짜 원인은 그게 아닐 것이다. 단 한 명인 서문경에게 여덟 명이나 되는 부인이 있으니, 서문경과 금실이 좋을 때 말고는 서로 다투기 라도 하지 않으면 달리 할 일이 없다.

하지만 하혜림은 여기 올 때 새내기에 어울리지 않게 지참금을 많이 가지고 오기도 해서 꽤 까탈스럽게 구는 편이었다. 그래도 금 련이 좀처럼 손을 쓰지 않는데 무엇 때문에 화가 났는지 갑자기 하혜림의 뺨을 찰싹 때리는 바람에 두 사람은 맞붙어 대판 싸움이 벌어졌다. 접시가 떨어지고, 항아리가 깨졌다. 금련의 소맷자락이 펄럭일 때 촛대가 쓰러지며 순식간에 방안이 캄캄해졌다.

"아니, 이게 무슨 소란이냐!"

일어서서 호통치는 서문경의 등 뒤로 어렴풋이 푸른빛이 비쳤다. 창의 망사 너머로 떠오른 달빛이었다. 하지만 주위는 여전히 캄캄했다.

"불을 켜……."

오월랑이 소리쳤을 때, 응백작의 손 쪽에서 칙, 하고 푸른 불꽃이 일었다. 이럴 때는 머리가 아주 빨리 돌고 민첩한 응백작이 허리춤의 가죽 주머니에서 꺼낸 부싯돌을 쳐서 취등에 불을 붙인 것이다. 취등이란 겨릅대 머리에 유황을 묻힌 것을 말한다.

그사이 대여섯 차례 숨을 쉴 만한 시간이 흘렀다. 촛대에 다시 환하게 불이 밝혀졌다.

서문경이 깜짝 놀란 얼굴로 돌아보며 말했다.

"아우, 진주는 무사한가?"

응백작은 몸을 일으켜 작은 보석함을 들여다보고 고개를 저었다.

"없네요."

"제길! 또 당했군."

서문경이 이를 갈며 신음했을 때, 방금 일어난 소란을 눈치챈, 서문경이 특별히 아끼는 소년 기동과 몸종 옥소, 소란이 달려왔다.

"으음. 조금 전 경고했는데, 바로 내 눈앞에서 이게 무슨 겁 없는 짓인가. 아우, 도둑은 여기 일곱 계집 가운데 있다는 내 말이 거짓은 아니지? 애, 기동아, 소란아! 촛대를 더 가져오너라. 이제 용서할 수 없어. 반드시 여기서 도둑을 찾아내야만 해. 옥소! 너는 저 이리 힘줄로 만든 채찍을 가지고 오너라!"

"형님, 대체 어쩌시려고?"

"모두 옷을 벗고 조사를 받는다. 머리카락에서부터 옷, 귓구멍까지. 그리고 이것들 가운데는 또 야릇한 부위에 숨기는 녀석이 있을지도 몰라. 샅샅이 뒤져 찾아낼 거야."

"저는요?"

"자네?"

서문경은 눈을 깜빡거리며 응백작의 얼굴을 물끄러미 바라보았다. 아주 친한 친구이기는 하지만 빈털터리에, 여차하면 속일 수 있는 녀석이라는 생각이 머리를 스쳤다. 서문경이 쓴웃음을 지으며 말했다.

"자네는……, 설마 훔치지 않았을 테지. 아니, 훔칠 수 없었을 거야. 자네 자리에서는 도저히 그 작은 보석함에 손이 닿지 않았을 테니까."

"다행이군요. 그렇게 생각하면 보석함에 손이 닿는 건 실례지만 탁자 이쪽에 앉은 이교아, 손설아, 향초설 세 분 형수님, 맞은편 갈취병, 반금련, 하혜림 이렇게 세 분 형수님이겠네요. 형님 양쪽에 있던 큰형수님과 맹옥루 형수님은 손이 닿지 않고."

"그렇지. 그래서 난 손이 닿을 수 없던 두 사람에게 나머지 여자들을 조사하게 할 거야. 어디에 숨겼건⋯⋯."

"형님⋯⋯, 저도 거들까요?"

"으음, 아니야. 자넨 거기 앉아서 그냥 보고 있어."

진주를 잃어버린 실망감과 분노 때문에 서문경은 응백작에게 신경을 써줄 여유가 없었다. 그걸 기회 삼아 응백작은 좋아서 히죽거리며 한 겹씩 옷을 벗어 알몸이 되어가는 여섯 미녀의 모습을 곁눈질하고 있었다.

오월랑과 맹옥루는 여자 특유의 심술궂은 손길로 철저하게 뒤졌다. 반금련이 한 차례 "앗⋯⋯, 아잉⋯⋯, 싫어"라고 앙탈을 부리며 교태에 가까운 소리를 냈지만 바로 뒤에서 쌩, 하고 울리는 서문경의 채찍 소리에 고양이처럼 얌전해지고 말았다.

그러나 귀고리에 박힌 그 커다란 진주는 결국 나오지 않았다.

"없어⋯⋯?"

서문경의 목에서 가래에 걸린 듯한 목소리가 힘겹게 흘러나왔을 때, 응백작은 파초선을 살살 흔들면서 헤실헤실 웃었다.

"진주가 어디 있는지 저는 아는데요, 형님."

먹잇감을 희롱하는 거미

이렇게 지껄이고 난 뒤, 응백작은 장난치다 들킨 어린애처럼 어버버하며 자기 입을 틀어막았지만 이미 때는 늦었다.

"뭐? 뭐라고 했지, 자네?"

서문경이 돌아보며 물고 늘어졌다.

"진주가 어디 있는지 안다고? 어디 있다는 건가?"

응백작은 난처한 표정을 지으며 뺨을 긁적였다.

"아뇨, 뭐, 이건 그냥 제 상상에 불과한데……."

"역시 여기 여섯 명 가운데 있나?"

"맞아요. 저는 그럴 거로 생각하는데……. 형님, 이렇게 하면 어떨까요? 지금 이 자리에서 그 사람이 툭 털어놓고 자백한다면 그 사람을 용서할 수는 없겠어요?"

"그건 안 되지. 이전에 다른 것들도 훔쳤는데."

"그렇지만 나름 복잡한 사정이 있을 테고……. 형님, 그게……, 귀고리를 슬쩍 하신 분이 지금 이 안에 있다면 형님이 제 체면을 봐서라도 너그럽게 넘어가 주실 수는……."

여섯 여자는 말없이 서로 흘끔거리며 눈치를 보았다. 숨이 막힐 듯한 시간이 흘렀다. 들리는 것은 은촛대의 초가 타오르는 소리뿐.

"거봐, 아무도 나서지 않잖아."

서문경이 내뱉듯 말했다.

"아우, 말해!"

"어쩔 수 없군. 그렇다면 결과가 어떻게 될지는 몰라도 말씀드리죠. 형님, 다만 이건 어디까지나 제 추측이라 틀렸을지도 모릅니다."

응백작은 여전히 주저하면서 말을 이었다.

"아무리 찾아도 나오지 않았다면 진주는 아마 뱃속에 있을 겁니다."

"뭐야, 뱃속에? 누…… 누구 배?"

"좀 전에 불이 꺼졌죠. 제가 불을 켤 때까지 그리 긴 시간이 걸리지 않았어요. 창에 달빛이 비치기는 했지만, 잠깐은 앞이 보이지 않는 거나 같았죠. 그 잠깐 사이에 재빨리 보석함에서 귀고리를 꺼낼 수 있었던 사람은 틀림없이 어둠 속에서도 앞을 볼 수 있었을 겁니다……. 어둠에 눈이 익은 사람이 틀림없어요……."

"그래서?"

"제 기억으로는 두 분이 다투는 사이에 무슨 까닭인지 내내 눈을 감고 있던 사람……."

"그게, 누구지?"

"취병 형수님이……."

다들 술렁거리는 가운데 지목당한 갈취병과 서문경은 응백작을 똑바로 바라보았다. 갈취병은 낯빛이 바뀌어 뭐라고 소리를 지르려고 했다. 그때 획, 하는 채찍 소리를 듣고 덜덜 떨기 시작했다. 두려움에 질린 그 모습은 응백작의 추측이 들어맞았다는 사실을 증명했다.

"네년이냐?"

서문경이 갈취병을 채찍으로 때리려고 했다. 응백작이 얼른 매달리며 그 손에 든 채찍을 억지로 빼앗았다. 서문경도 진주를 훔친 사람이 애첩들 가운데 있다는 생각은 했지만 갈취병이라는 사실이 밝혀지고 나니, 평소 갈취병을 사람은 좋아도 좀 어리숙하게 여겼던 터라 일단 화보다 의아하다는 생각이 앞서는 모양이었다. 그는 두 손으로 갈취병의 어깨를 잡고 마구 흔들었다.

"왜 훔쳤어? 이유를 말해 봐."

갈취병은 그래도 입을 다물고 숨만 몰아쉬고 있었다. 그런 모습을 보더니 서문경도 점점 얼굴이 시뻘겋게 달아올라, 갑자기 갈취병의 아름다운 입에 손가락을 쑤셔 넣었다.

"에잇, 어서 삼킨 진주를 토해내. 어서 토해."

한 손으로는 머리끄덩이를 잡고, 입안을 이리저리 헤집었다. 취병은 이상한 소리를 내면서 온몸을 뒤틀었다. 끔찍하다고 해야 할지 처참하다고 해야 할지 모를 광경이었다.

그러자 반금련이 하느작하느작 나서며 혼잣말처럼 중얼거렸다.

"아유, 그렇게까지야……. 뱃속까지 끄집어낼 작정인가요? 그냥 낚싯줄로 진주 귀고리를 낚아 꺼내면 될 텐데."

"아니, 그게 가능하겠습니까?"

응백작이 어처구니없다는 듯이 소리쳤다.

"그렇다고 내버려두면 죽을 거 같아서. 끝에 낚싯바늘을 매단 실을 넣어 바늘에 귀고리가 걸리게 할 수 없을까요?"

"너무해, 너무해요, 금련 언니."

갈취병은 몸부림치며 반금련을 노려보았다.

"자기가 나를 꼬드겼으면서……."

"뭐야? 금련이 꼬드겼다고?"

"그, 그래요. 아까 저 응접실에 가는 중에…… 진주를 보는 동안 불을 꺼줄 테니까 그때까지 눈을 감고 있다가 캄캄해지면 재빨리 훔치라고, 훔친 뒤에는 꿀꺽 삼키라고, 그렇게 요령을 가르쳐준 사람은 금련 언니예요."

서문경은 무서운 눈빛으로 반금련을 노려보았다. 하지만 이건 갈취병이 풀숲을 뒤적여 뱀을 불러낸 꼴이었다. 돌이킬 수 없는 어리석은 짓이었다. 서문경이 노려보자 머쓱해진 반금련은 될 대로 되라는 듯이 이렇게 대꾸했다.

"응 선생, 여전히 쓸데없는 참견을 즐기시네. 그러지만 않았어도 취병 아우를 무사히 구해낼 수 있었을 텐데……. 어쨌든 이렇게 된 이상 어쩔 수 없군요. 본인이 저렇게 털어놓았으니 나도 다 털어놔야지. 난 취병 아우의 사랑을 측은하게 여겼던 거예요……."

"사랑……? 그게 무슨 소리지?"

갈취병은 얼굴이 창백해졌다. 그 옆얼굴을 보는지 안 보는지 금련이 중얼거렸다.

"취병 아우는 말이죠, 이미 꽤 오래전부터 상점 부지배인 은천석(殷天錫)과 깊은 관계였죠. 두 사람은 양곡현에 살던 어릴 때부터 친했다더군요……. 그래서 언젠가 둘이 손을 잡고 도망치려고, 그때를 대비해 돈을 모으느라, 전부터 취병 아우는 이런저런 물건을 훔쳐 모아두고 있었다는 걸 난 알고 있었기 때문에……."

그러더니 금련은 서문경에게 아양을 떨었다.

"아잉, 그러니까……. 저 두 사람이 도망치면 내게 유리해진다는 거 아시잖아요? 너그럽게 봐주세요. 아내가 이렇게 많은데 한 명쯤 빠져도 상관없잖아요……?"

"마누라가 몇이든 네가 상관할 바 아니야!"

서문경은 버럭 소리를 지르고, 반금련을 밀쳐냈다. 서문경은 어깨를 들썩이며 숨을 씩씩 몰아쉬면서 응백작의 손에서 채찍을 빼앗고 소리쳤다.

"은천석을 불러라!"

"취병아! 그러면 지금까지 네가 훔친 항아리와 큰 칼까지 양이 엄청날 텐데, 그걸 어디다 숨겼느냐?"

"저어……, 뒤뜰에 있는 빈 우물에."

이제 다 글렀다. 응백작은 속으로 포기하고 말았다. 서문경의 분노가 가장 크게 폭발하는 경우는 여색에 관한 원한이다. 상식을 벗어난 잔인성을 드러내는 경우를 지금까지 여러 차례 겪어서 잘 안다.

"으음, 이것들을 어떻게 해야 하나?"

서문경이 핏발 선 눈으로 온몸을 훑자, 갈취병과 반금련은 부들부들 떨었다. 그때 은천석이 벌벌 떨며 끌려왔다. 아직 젊고 피부가 희며, 얼굴은 너부데데한 사내였다. 그가 겁에 질린 목소리로 말했다.

"나리……, 부르셨습니까?"

"숨김없이 털어놓아라, 이 녀석!"

서문경은 다짜고짜 정면에서 채찍질하기 시작했다.

"이놈! 네가 나를 배신해? 소원대로 저 계집과 함께하게 해주마. 다만 저세상에 가서나 함께 살아라!"

돼지처럼 비명을 지르며 몸부림치는 은천석의 이마에서 뺨까지 채찍 자국이 지렁이처럼 부풀어 올라 새빨간 피가 흘렀다. 숨도 제대로 쉬지 못하며 그 자리에 못 박힌 듯 서있는 여자들 사이에서 응백작이 앞으로 나왔다.

"잠깐만요, 형님. 설마 죽일 작정은 아니실 테죠?"

"무슨 소리를 하나? 주인의 여자와 간통한 놈이라면 죽이는 게 당연하지."

"그, 그보다 삼킨 진주는 어떻게 하시려고?"

"배를 가르더라도 꺼내야지."

"설마……."

응백작은 전율했다. 정말 그럴지도 모를 사내다. 하지만 서문경은 갑자기 뭔가 머릿속에 떠올랐다는 듯이 히죽 야릇한 웃음을 지었다.

"그런데 조금 전 재미있는 소리를 했어, 저 사람이."

서문경이 반금련을 바라보며 말했다.

"뭐라고 했는데요?"

"낚싯바늘로 귀고리를 낚아 꺼낸다고……."

다들 물끄러미 서문경의 얼굴을 바라보았다. 서문경이 미친 듯이 웃기 시작했다.

"여봐라, 낚싯바늘을 매단 실을 가지고 오너라."

"자, 잠깐. 형님, 정말 그러실 작정이에요? 설마 뱃속에서 낚시질할 수 있겠어요?"

"될지 안 될지 해봐야 알지. 귀고리가 낚싯바늘에 걸리지 않는다는 법도 없고. 아우, 자넨 자기 여자를 다른 놈에게 빼앗긴 적이 없지?"

"빼앗길 마누라라도 있으면 좋겠군요."

"그러니 자넨 잠자코 있어. 다른 계집들에게 본보기를 보여야 하니."

서문경은 결국 갈취병에게 억지로 낚싯바늘을 삼키게 했다. 물론 귀고리가 걸려 나오지는 않았다. 하지만 서문경은 또 탁자로 가서 술을 마시며 한 손으로 취병의 입에서 나온 낚싯줄을 툭툭 당기며 기분 나쁜 웃음을 지었다. 그리고 두 팔과 다리가 묶여 도롱이를 닮은 벌레처럼 바닥에 쓰러져 있는 은천석을 내려다보고 있었다.

그건 쥐를 가지고 노는 고양이나 줄에 걸린 나비를 괴롭히는 거미 같은 광경이었다.

"아이고, 형님. 이제 그만하시죠."

응백작은 술맛도 떨어진 듯했다.

"아직 진주가 나오지 않았어."

"아니, 그게 낚이겠어요? 기다리면 진주는 절로 나올 텐데."

"어디로?"

"어디라뇨……. 그야 뒤로 나오죠."

"역시 그 방법뿐일까? 제길, 소중한 진주를……. 에잇, 그렇다면 견우자라도 먹여서 나오게 하지. 다들 보고 있는 앞에서. 똥에서 진주를 찾는 일은 금련에게 맡기고. 금련도 벌을 받아야 하니까."

우물 속 나락

결국 다들 보는 앞에서는 아니었지만. 옆방에서 서문경은 정말로 갈취병에게 견우자를 먹여 설사하게 만들고, 금련을 시켜 변기 속에서 찾아내게 했다고 한다.

옆방에서 반금련이 수건으로 손을 닦으며 분노와 수치심 때문에 얼굴이 붉어진 채 나타났고, 뒤를 이어 서문경이 취병을 양처럼 끌고 나타났다. 그런데 바로 그때 난처한 일이 일어났다. 흐느끼는 갈 취병의 입에서 응백작이 낚싯줄을 빼주려고 했지만 빠지지 않았다. 아마도 바늘이 위장 벽에 걸린 모양이었다. 실을 당길 때마다 갈취병은 몸부림쳤다.

"어허, 이거 큰일 났네. 형님, 어떡하죠?"

"자네, 왜 떠드나? 내 처벌은 아직 끝나지 않았다고."

"예? 아직도 할 게 남았어요?"

"그래, 남았어. 분을 풀어야지. 어떻게 해야 분이 풀릴지, 이 생각만 하며 애태우고 있을 지경이지. 하지만 오늘 밤은 이쯤에서 그만둘 거야, 일단……."

"일단……? 어쩌려고요?"

"뒤뜰에 있는 빈 우물에 처넣어 둘 걸세."

"우물에?"

"후후, 걱정하지 마. 그 우물에는 물이 없어. 그래서 저것들이 훔친 물건들을 숨겨두었던 거지. 둘이 몰래 도망치려고 모은 재물 위에서 부둥켜안고 하루 밤낮 실컷 꿈을 꾸는 것도 좋을 거야."

서문경은 화가 나면 주왕[2] 못지않게 포악한 남자다. 하지만 그 난폭한 행동은 오히려 늘 철부지 어린아이 같다. 그런데 이날 밤 우물

---

2   紂王. 폭군으로 유명한 중국 상나라의 마지막 임금. 주색을 일삼고 포학한 정치를 하여 민심을 잃어 주나라 무왕에게 살해되었다.

속 남녀를 괴롭힌 방법은 그답지 않게 기괴하고 복잡한 것이었다.

갈취병과 은천석은 마주 본 채로 둘둘 묶여 두레박에 실려 우물 바닥으로 내려졌다. 그리고 두레박 줄을 삭둑 끊어버렸다. 그러나 두 사람은 모로 누울 수도 없었다. 밧줄은 끊어졌어도 취병의 입에서 나온 낚싯줄은 팽팽하게 당겨져 도르래에 묶여있었기 때문이다.

그 우물은 여러 해 전부터 물이 없었지만, 벽에는 역시 이끼가 잔뜩 끼고 곰팡내가 나서 여름인데도 서늘했다. 비스듬히 들어오는 달빛이 우물 위쪽을 퍼렇게 물들였지만, 두 사람이 서지도 못하고 앉지도 못해 힘겹게 몸을 뒤트는 아래쪽은 캄캄했다.

"아파?"

은천석이 속삭였다. 취병은 살짝 고개를 저었다. 실제로도 아프지는 않았다. 낚싯바늘은 위벽에 푹 박혀있지만 통증은 없었기 때문이다. 하지만 아픔보다 더 기분 나쁜, 말로 표현하기 힘든 느낌이 들었다.

"……."

갈취병이 몸을 비틀었다. 그러자 은천석은 흰 진흙에 빠진 듯 정신을 차릴 수 없었다. 이 몸을 이렇게 품에 안고, 이 뺨에 이렇게 닿기 위해 여태 얼마나 가슴 설렜던가. 그 부드러운 젖가슴과 아름다운 입술이 지금 이렇게 나와 함께 묶여있다……. 이제 나는 죽어도 좋다…….

죽는다. 그래. 내일은 나리 손에 죽게 될 것이다!

발아래서 찬바람이 올라왔다. 발밑에는 애써 훔친 금은 항아리와 큰 칼 같은 것들이 있다. 제길. 반금련이 털어놓지만 않았다면, 반금련이 마치 우리의 사랑을 이해해 주는 척 구슬렸을 때 넘어가지만 않았다면, 내일이라도 둘이 손잡고 야반도주할 수 있었을 텐데!

"그 낚싯줄을 씹어서 끊을 수 없을까?"

은천석이 말했다.

"그렇게 해서 어떻게든 이 우물을 기어올라 도망치자……."

"틀렸어……. 이렇게 묶인 채로는……. 설사 손발이 자유로워진다고 해도 이 미끄러운 우물을 기어 올라갈 수는 없을 거야……."

갈취병은 고개를 저었다.

"그보다는 이 안에 매달아 내려보낼 때 금련 언니가 몰래 이야기했어요. 꾹 참고 있으면 내일은 꼭 나리의 화가 풀리게 해주겠다고……."

은천석은 미묘한 표정을 지으며 갈취병을 바라보았다. 그는 반금련이 그렇게 마음씨 고운 여자라고는 생각하지 않았다. 오히려 왠지 무서운 여자라는 느낌을 떨칠 수 없었다. 두 사람 사이를 폭로한 것도 그 여자 아닌가……. 그런데 갈취병은 아직 그 여자를 믿고 있다.

"그런 말을 믿는 거예요?"

"그야, 금련 언니가 그렇게 말했으니까……."

이 여자의 어리숙한 모습이야 사랑스럽고, 또 그런 면이 있어 은천석도 파고들 여지가 있었지만, 이번에는 그런 어리석음에 애가 타서 입을 다물고 말았다.

무서우리만큼 파르스름한 반달이 하늘에서 우물을 들여다보고 있었다. 그때 밀착된 갈취병의 배가 뱀처럼 꿈틀거리더니 이상한 신음 소리를 냈다.

"아파?"

"토할 것 같아서……."

그 순간 갈취병의 입에서 토사물이 흘러나와 은천석의 뺨과 턱에 잔뜩 달라붙었다.

"낚싯줄을 물어뜯어요!"

"아니……. 금련 언니가……."

은천석은 울컥 짜증이 치밀었다. 시큼한 토사물의 악취가 코를 찔러 자기도 금방 토할 것만 같았다.

달이 중천에 올라 우물 바로 위에 있었다. 두 사람은 여전히 가슴과 가슴, 배와 배를 맞댄 채 몸부림치고 있었다. 시큼한 토사물로 범벅이 되어, 은천석도 고통과 공포, 분노, 혐오 때문에 속을 게우고 있었다. 이 얼마나 어리석은 여자인가. 그러고 보니 반금련이 폭로한 것도 이 여자가 경솔하게 입을 놀렸기 때문이라고 자신도 뉘우치지 않았는가. 모든 게 이 여자가 어리석기 때문이다. 이 우둔한 여자 때문에 이제 나는 죽게 생겼다.

"안 돼! 싫어! 죽기 싫어!"

갑자기 은천석이 짐승처럼 울부짖었다. 잘못을 꾸짖기 위한 본보기마저도 이토록 참혹한 벌을 궁리해 내는 서문경이 날이 밝으면 얼마나 끔찍하게 가지고 놀다가 죽일지…….

"안 돼, 제기랄. 난 죽고 싶지 않아!"

"아야, 아파. 으악!"

은천석이 벌레처럼 버둥거렸다. 그러자 낚싯줄은 더 팽팽해져 갈취병도 벌레처럼 몸부림치기 시작했다.

바로 그때 위에서 키득키득 웃는 소리가 들려왔다.

인어등롱

"아니, 넌 지금 저 계집의 낚싯바늘을 빼내겠다는 거냐? 낚싯줄을 끊지 않고서? 그게 되겠어? 그럴 수만 있다면 재미있지. 으하하."

서문경이 반금련에게 말했다. 서문경은 술에 취해 웃고 있었다. 여태 술을 마신 모양이다.

"어머, 재미있어 하기만 하면 안 되죠. 좀 전에 내기를 건 거는 기억하죠?"

"만약에 낚싯바늘을 빼낸다면 저 두 연놈을 풀어준다는 거 말이냐? 하지만 너는 우물에 들어가지 않고도 저 둘을 위로 끌어올리겠다고 했잖아?"

"예. 그러면 저 두 사람을 반드시 용서하고 훔친 재물을 가지고 떠날 수 있게 해주겠다고 했죠?"

"아니, 괜찮겠어요? 우물 안에 있는 두 사람은 손발을 쓸 수 없다고. 만약 못 해내면 형수님도 똑같이 낚싯바늘을 삼키겠다고 했는데."

걱정스러운 목소리가 들리는 걸로 보아 서문경과 반금련 말고 아마 응백작도 함께 있는 모양이었다.

"예, 반드시 낚싯바늘을 삼키겠어요. 내가 해내지 못한다면 저 양반 말대로 이 우물에 살무사 백 마리를 던져 넣는다고 해도 그건 어쩔 수 없는 일이죠."

우물 안의 두 사람은 숨을 죽였다. 역시 사람 좋은 갈취병이 믿은 대로 반금련이 구해주러 왔다. 구해주러……? 하지만 방금 들린 이야기에 따르면 무슨 내기를 한 모양이다. 낚싯줄을 끊지 않고 갈취병의 뱃속에 걸린 낚싯바늘을 빼낸다. 반금련은 우물 안으로 들어오지 않고 두 사람을 구해낸다. 그리고 구해내지 못하면 이 우물에 살무사 백 마리를 던져 넣는다고?

"춘매, 춘매야. 그걸 모아 왔니?"

"예, 마님. 여기 이만큼. 그리고 곧 소란 언니와 옥소 언니도 가지고 올 겁니다."

반금련과 몸종 춘매의 이런 대화가 들려오더니 바로 응백작의 놀란 목소리도 뒤따랐다.

"아니, 그건 염주 아닙니까?"

그리고 반금련이 소리 죽여 웃는 소리가 들렸다.

멍하니 입을 벌리고 부들부들 떠는 갈취병의 귀에 슉, 하는 묘한 소리가 내려오더니 탁, 하고 차가운 물체가 이에 부딪혔다.

"취병 아우, 그걸 삼켜. 그 염주 알을!"

반금련이 위에서 소리쳤다. 동시에 또 염주 알이 낚싯줄을 타고 주르륵 내려왔다. 취병은 영문을 몰라 염주 알을 삼켰다. 염주 알은 계속해서 떨어져, 이윽고 위벽에 꽂혀있던 낚싯바늘 맨 아래부터 쌓여 식도를 타고 취병의 입 밖까지 따라 나왔다.

"자, 낚싯줄을 당길게!"

반금련이 외치며 낚싯줄을 팽팽하게 당겼다. 아마 염주 알 무게 때문에 꽂혀있던 낚싯바늘이 눌려 빠진 모양이었다. 낚싯줄은 바로 목에서 입으로 억센 털로 할퀴는 듯한 느낌을 남기며 끌려 나와 염주 알과 함께 줄줄이 입에서 쏟아져 나왔다. 갈취병과 은천석은 비틀비틀 우물 바닥에 쓰러졌다.

"으음, 과연. 이런 방법이 있었다니!"

서문경은 질렸다는 듯이 신음했지만, 이윽고 마음을 가다듬으며 말을 이었다.

"자, 이제 두 사람을 어떻게 위로 끌어올릴 거지?"

잠시 뒤, 갈취병과 은천석의 머리 위에 종려나무 줄기로 꼰 줄이 주르륵 내려왔다. 줄은 외가닥이지만 끄트머리는 두 갈래였다.

"아니, 저것들은 도롱이처럼 묶여있는데?"

두 가닥으로 갈라진 줄 끄트머리에는 작은 매듭이 묶여있었다. 반금련은 목소리를 짜내듯 소리쳤다.

"두 사람은 그 매듭을 입에 물고 놓치지 않도록 입에 힘을 꽉 줘!"

"뭐라고? 매듭을 입으로 물게 해 두 사람을 매달아 끌어올리겠다는 건가? 으하하, 이건 방금 보여준 그 염주 낚시와 달리 어리석은 생각이잖아……?"

"가만히 계세요! 될지 안 될지는 해보지 않으면 모르니까. 취병 아우, 도저히 안 되겠다 싶으면 포기해요. 하지만 그때는 마지막이에요. 못 해내면 살무사 백 마리를 그 안에 던져 넣게 될 테니까!"

우물 속 두 사람은 밧줄 매듭을 덥석 물었다. 물지 않을 수 없었다.

"자, 줄을 당길게. 춘매야, 준비됐지?"

반금련과 춘매가 힘을 합쳐 밧줄을 당기기 시작한 모양이었다. 두 사람은 자칫하면 입에 문 밧줄을 놓칠 뻔했다. 얼른 더 세게 물었다.

"사랑을 이루느냐⋯⋯, 뱀에게 물리느냐."

반금련이 줄을 당기며 부르는 무시무시한 노랫소리가 들렸다.

그 노랫소리와 함께 도르래에서 소리가 났다. 끼럭, 끼럭. 갈취병과 은천석의 몸이 차츰 위로 올라왔다⋯⋯. 인간이란 존재는 죽느냐 마느냐 하는 순간에 몰리면 상상하지 못할 힘을 발휘한다. 하지만 아무리 그래도 두 사람은 처참할 정도로 죽을힘을 다하는 상태였다. 입술이 터지고 이가 부러지고 턱이 부서질 것 같았다. 조금씩 위로 올라갈수록 두 사람의 입에는 피가 배어나더니 흘러내리기 시작했다. 폭포수처럼 쏟아지는 달빛 속에 흔들리는 끔찍한 인간 등롱.

"사랑을 이루느냐! 뱀에게 물리느냐!"

이제 위에서는 반금련이 외치는 소리 말고는 아무 소리도 들리지 않았다.

응백작이 불쑥 우물과 서문경을 붙들고 거의 울상이 되어 소리쳤다.

"그만! 그만해요! 형님, 서문 대인, 저 두 사람을 그만 용서해 줘요! 안 그러면 내가 내려갈 거요! 내가 내려가서 구해줄 겁니다!"

바로 그 순간 철퍼덕, 하는 불길한 소리를 내며 결국은 힘이 빠진 갈취병과 은천석이 입에 문 밧줄을 놓치고 우물 바닥에 떨어졌다.

거의 죽다시피 한 상태에서 응백작의 도움으로 목숨을 건지고, 서문경에게 용서를 받은 갈취병과 은천석은 기진맥진한 모습으로 서문경 저택을 떠났다. 제법 흡족한 듯하면서도 어딘가 불만스러운 듯한 표정인 서문경과 몸종들이 사라지자, 달빛 쏟아지는 우물가에는 반금련과 응백작만 남았다.

"그런데 다행히 형님이 용서해 주기로 마음을 먹었네요. 두 사람이 살아서 다행입니다······."

"맞아요······. 둘 다 죽을 고생은 했지만, 그만한 벌은 참고 견뎌야죠. 서방님은 분이 풀리지 않았을 테니까."

"그 두 사람도 피눈물을 흘리며 형수가 내민 도움의 손길을 잡지 않았습니까?"

"호호호. 응 선생. 사실은 말이죠, 두 사람을 이 우물에 가두라고 한 것도 내가 남편에게 귀띔한 거예요. 끔찍하지만 이렇게 하지 않았다면 어젯밤 두 사람 목숨은 사라졌겠죠······. 결국 두 사람은 목숨을 구했고 오늘 재물까지 받아 이 집에서 쫓겨났으니 두 사람 뜻이 이루어진 거죠. 기쁜 사랑의 도피가 가능하게 된 셈이에요. 자, 응 선생. 이만 가시죠. 나는 오늘 밤 착한 일을 한 덕분에 잠을 편히 잘 수 있겠네요······."

반금련은 푸른 달빛을 받은 얼굴에 웃음을 짓더니 그대로 사뿐사뿐 안채 쪽으로 걸음을 옮겼다.

뒤를 따르려던 응백작은 문득 걸음을 멈췄다. 발아래 작고 하얀 것이 두 개 떨어져 있었다. 뭔가 싶어 집어 드니 진주 두 알······이 아니라 치아 두 개였다. 얼른 내던졌지만, 손가락에 검고 끈적한 피가 묻었다.

치아 두 개······, 아름다운 진주 같은 두 개의 이. 말할 필요도 없이 그 치아의 주인은 갈취병이다. 아까 밧줄 매듭을 깨물고 매달렸을 때 빠진 게 틀림없다. 우물 밖으로 나온 뒤 반금련에게 매달려 흐느낄 때 그만 입 밖으로 떨어져 나왔을 것이다……. 그렇다면 갈취병이 잃은 치아가 그 두 개뿐일까?

사흘도 지나지 않아 그녀의 아름다운 치아는 모두 빠져 노파 같은 입이 되지 않을까?

"아아……."

응백작은 저도 모르게 소리쳤다. 이게 다 반금련의 목적이었던 것은 아닐까? 애초부터 모두 그 요염하기 짝이 없는 치아와 입을 지닌 갈취병을……, 어느 부분이건 자기보다 아름다운 모습을 지닌 여자를 질투할 수밖에 없는 반금련이 악마만 눈치챌 수 있는 일격을 가하는 음모를 꾸민 게 아니었을까?

'아아……. 여자란 참으로 무서운 존재로구나…….'

응백작은 온몸에 찬물을 끼얹은 듯한 기분으로, 그 희대의 요부가 사라져 간 달빛 속을 멍하니 바라보며 얼어붙은 듯이 서있었다…….

옮기고 나서

이 연작 단편집의 원래 제목은 《요이 금병매(妖異金甁梅)》입니다. '요이'는 표준국어대사전에 '요사스럽고 괴이하다'라는 뜻이 실려 있는데, 지금은 잘 쓰지 않는 말이라 편집부와 고민하다가 제목을 바꾸기로 했습니다. 제목에서도 알 수 있듯이 이 작품집은 원전인 《금병매》를 바탕으로 재창작한 작품입니다. 하지만 단순한 패러디나 패스티시가 아니라 야마다 후타로의 그로테스크한 필터를 통해 추리소설로 새롭게 태어났습니다.

지은이 야마다 후타로는 일본 대중소설의 문호로 꼽힐 만큼 대단한 활약을 한 거장입니다. 추리소설, 전기소설(傳奇小說), 시대소설 분야에서 두루 명성을 떨쳤습니다.

1947년에 잡지 《호세키》에 〈다루마 고개 사건〉으로 데뷔해 에도

가와 란포로부터 작가적 역량을 인정받으며, 10년 동안 추리소설을 중심으로 활동했습니다. 그러다 시대소설 쪽으로 창작 활동의 무게를 옮겨, 차츰 닌자 이야기나 시대소설을 활발하게 발표했습니다. 심지어 괴담, 공상과학소설, 공포소설, 유머소설, 관능소설에 이르기까지 일본 대중문학 거의 모든 분야에서 활약하며 뛰어난 작품성으로 큰 발자국을 남겼습니다. 게다가 엄청난 다작이라 그의 작품 리스트를 짚어 내려가려면 중간에 몇 차례 쉬어야만 할 정도입니다.

물론 작가 생활의 출발점인 추리소설에도 장편, 중편, 단편 가리지 않고 수많은 작품을 남겼습니다. 2001년에 고분샤 문고로 나온 《야마다 후타로 미스터리 걸작선》이 무려 12권이나 되니 활발한 작품 활동을 짐작할 수 있습니다. 그는 추리소설 분야에서 1949년에 단편 〈허상음락〉과 〈눈 속의 악마〉로 제2회 탐정작가클럽상(지금의 일본추리작가협회상) 단편 부문을 수상했으며, 1997년에는 그간의 문학적 공로를 기리는 뜻에서 제45회 기쿠치 칸상을, 2000년에는 제4회 일본미스터리문학 대상을 받았습니다.

작가가 세상을 떠난 뒤, 2010년에는 그 업적을 기려 '야마다 후타로상'이 만들어졌으며, 2024년 10월 21에는 제15회 수상작을 배출했습니다. 이 문학상은 '독창적인 재미'로 평가받은 엔터테인먼트 소설에 주어집니다. 그간 기시 유스케, 다카노 가즈아키, 이케이도 준, 오기와라 히로시, 이마무라 쇼고, 요네자와 호노부 등 유명 작가들이 이 상을 받았으며 후보작과 수상작은 추리소설이 압도적으로 많습니다.

야마다 후타로가 남긴 소설은 지금도 여전히 서점 진열대를 장식

합니다. 그 가운데 대표작으로 꼽히는 작품이 바로 이 연작 단편집입니다.

작가는 원고료를 받으러 들렀던 출판사가 번역 출간한 《금병매》를 받아 읽고 아이디어를 떠올려 이 연작 단편들을 잡지에 발표하기 시작했다고 합니다. 연재했던 단편들은 바로 《요이 금병매》(1954년)와 《비초(秘抄) 금병매》(1959년)란 제목의 단행본으로 출간되었으며, 그 뒤에 두 권을 한 권으로 묶어 꾸준히 《요이 금병매》란 제목으로 출간되며 오늘에 이릅니다.

이 작품집의 원전인 《금병매》는 여주인공 가운데 반금련의 금, 이병아의 병, 방춘매의 매를 따서 지은 제목입니다. 《수호전》의 반금련과 서문경, 무송의 에피소드를 바탕으로 만들어진 이야기이기 때문에 자연히 시대 배경은 송나라가 됩니다. 또 《수호전》의 등장인물도 여럿 나옵니다. 하지만 이 소설은 명나라 때인 만력 연간(1573-1620)에 만들어졌기 때문에 명나라 문물이나 풍습이 등장하기도 합니다. 이 연작 단편집에서도 마찬가지입니다.

《금병매》는 흔히 중국 4대 기서에 꼽혔다가 빠졌다가 합니다. 중국에서 금서로 여기던 시절이 있어 그때는 《홍루몽》에게 자리를 내준 셈입니다. 명나라 때만 해도 사회 분위기가 자유로웠는지 풍속이 음란했는지는 몰라도 금서는 아니었다고 합니다. 이른바 음란서적으로 찍혀 금서목록에 오른 때는 청나라부터라고 합니다. 그뒤 중국은 현대에 들어서도 쭉 금서로 묶어두었다가 1985년에 연구자들을 위해 출판하며 숨통이 트이기 시작했답니다. 지금도 중국 4대 기서를 꼽을 때 《금병매》는 탈락하는 경우가 있습니다. 하지만

'기서'를 꼽는다면 역시 《금병매》가 으뜸이겠습니다. 중국의 대문호 루신은 《금병매》를 '현실적 인간 세태를 생생하게 반영한 최고의 인정소설'이라고 평가했습니다.

원전에 관한 자세한 설명은 옮긴이 후기의 몫이 아니니 우리말 완역본들에 실린 소개 글과 해설을 참고하기를 바랍니다. 더 자세한 내용을 알고 싶은 분들은 제가 작업하며 자주 펼쳐 본 우리말 서적 《금병매 평설》(진기환 지음, 명문당, 2012년)의 도움을 받으면 됩니다. 또 《금병매》를 둘러싼 시대와 문화에 관해 더 넓은 시야가 필요한 분은 《소설로 읽는 중국사1》(조관희 지음, 돌베개, 2013년)을 추천합니다.

제 또래는 《금병매》와의 첫 만남이 대개 비슷할 겁니다. 이른바 유신시대, 그것도 긴급조치 시절입니다. 〈고우영 수호지〉가 스포츠신문에 연재되며 엄청난 인기를 끌 때 《금병매》라는 책 이름을 귀동냥으로 알게 되었지만 나름 순수한 까까머리 학생이었던 저는 교실을 흥분의 도가니로 몰아넣었던 반금련과 서문경 에피소드에만 잠깐 흥미를 느꼈을 뿐, 찾아 읽을 생각은 하지 않았습니다.

대학에서도 몇몇 선생님이 언급하며 결론은 '쓸데없는 책'이라는 바람에 외려 관심이 갔지만 쉽게 접근할 수 없었습니다. 그러다 청년사가 우리말판을 내놓았을 때, 그 전모를 접하게 되었습니다. 《완역 금병매》(박수진 번역, 전6권, 1992년)를 읽고, 저는 그동안 얼마나 많은 사람이 읽지도 않고 소설 《금병매》 이야기를 그리 길게 했는지 발견하는 기쁨을 얻었습니다.

그 뒤 솔출판사에서 전공학자인 강태권 선생님의 손길을 거쳐 새로운 번역판(전10권, 2002년)이 나왔고, 이 원고는 이제 문예춘추사로 넘어가 계속 발매되고 있습니다. 따라서 제가 이번 번역에 주로 참고한 우리말 번역 원전은 강태권 선생님의 번역이며 청년사판도 참고했습니다. 다른 완역본으로 2017년에 '올재 클래식스'의《금병매》(전5권, 대중화 문고본 장죽파본을 저본으로 사용)도 출간되었는데 저는 접하지 못했습니다. 하지만 이 연작 단편집은 원전과 다른 설정이 많아 두 우리말판은 기본적인 참고만 했을 뿐이니, 관련된 오류가 있다면 모두 옮긴이의 탓입니다.《금병매》와는 다른 작가가 쓴《금병매 후편》의 우리말판이 2003년에 모두 4권으로 나오기도 했습니다. 저승에 간 서문경과 금병매의 여주인공들을 환생시키고 설간대사를 비롯한 여러 승려들이 활약하며 불교색 짙은 마무리를 하기도 하지만 우리말판이 있다는 정도만 알아두셔도 괜찮겠습니다.

우리는 이따금 고전 명작을 원전으로 삼은 추리소설을 만납니다. 셜록 홈스 이야기야 당연하고, 셰익스피어는 물론 동서양 많은 고전 명작이 추리소설로 변용되어 나옵니다. 어떤 추리소설은 꽤 진지하게 원전을 공부한 느낌이 들기도 하지만, 그저 제목이나 시대, 인물만 빌려와 대충 얽어내는 소설도 적지 않아 만족을 느끼기는 쉽지 않습니다. 아마 명작의 아우라를 이겨내기 힘들기 때문일 겁니다. 하지만 이 연작 단편집은 독특합니다. 원작의 여러 장점을 더 짙은 색으로, 더 두드러지게, 또 아주 다른 각도에서 그리며 힘들다는 재창작을 끝내 성공으로 이끕니다. 따라서 원전을 읽지 않은 분들도 이 작품집에 접근할 때 불편을 느끼지 않을 겁니다.

소설을 원작으로 삼은 성공적인 영화가 그렇듯, 이 연작 단편집은 원전과 사건의 전개나 결말이 매우 다릅니다. 아니, 전혀 새로운 에피소드와 분위기를 만들어냅니다. 같은 인물도 다른 캐릭터로 새롭게 태어나고, 원전과는 다른 무늬의 인간관계로 맺어집니다. 예를 들면, 원전에 풍금보란 인물이 나오는데, 이 작품집에는 빙금보라는 이름으로 등장하는 인물이 있습니다. 풍(馮)과 빙(憑)의 차이만큼 다른 인물이고 다른 결말을 맞이하지만, '금보'라는 이름만큼 유사한 인물 설정이기도 합니다.

또 이 연작 단편집 맨 뒤에는 〈인어등롱〉이라는 번외편이 수록되어 있습니다. 〈낙인 찍힌 미녀들〉보다 1년 먼저 발표되었는데, 두 작품은 같은 '진주 도난 사건'을 다룹니다. 하지만 두 단편은 도입부만 같고 사건의 전개와 결말은 다릅니다. 특히 서로 완전히 다른 등장인물도 나오기 때문에 두 작품을 비교하면 독자들은 색다른 재미를, 창작자들은 '원전을 활용한 창작'에 큰 도움을 얻게 될 겁니다.

사실 이곳에 실린 단편들은 한두 편 읽다가 보면 '범인'이 누군지는 쉽게 알 수 있습니다. 아니, 그냥 범인을 미리 공개해 놓고 이야기를 풀어가는 셈입니다. 따라서 '누구'를 찾는 소설이 아니고, '어떻게' 범행을 저질렀느냐, '왜' 범죄가 일어났느냐를 파헤치는 추리소설입니다. 여기저기 깔렸던 복선은 후반에 모두 회수하며, 사건의 진상은 탐정 역할을 맡은 이와 범인의 대화로 하나하나 짚어가며 푼 뒤에 마무리합니다. 추리소설의 열린 결말은 저주받기도 하는 요즘 시대라 깔끔한 사건 마무리는 미덕입니다.

이 연작 단편집이 보여주는 대단원의 막은 처절하고 웅장합니다.

거대한 파멸입니다. 애욕의 파국, 탐욕의 파탄입니다. 특히 서문경의 죽음과 반금련의 죽음으로 이어지며 피날레를 향해 달리는, 〈얼어붙은 환희불〉부터 시작하는 네 편은 다른 나라 언어로 전달하기 힘들 만큼 거장의 힘과 숨결이 느껴지는 압도적 문장입니다. 다만, 앞에 실린 작품들과 마찬가지로 한자어가 지닌 함의와 일본어 특유의 분위기 등이 우리말로 제대로 전달되지 않은 듯해 걱정스러울 뿐입니다.

이따금 명탐정 방자와 왓슨 역의 향단이를 두고 이몽룡의 아버지를 모리어티 교수역으로 설정하는 식의 상상을 즐기는 무뢰한 독자라《금병매》를 원전으로 삼은 이 추리소설 연작 단편집을 우리말로 소개하기까지 오랜 시간이 걸렸습니다. 처음 논의는 번역하는 이기웅 님이 오래전 모 출판사 편집자로 근무하던 때였습니다. 하지만 판권 문제로 더는 진행되지 않았습니다. 오랜 시간이 흐른 뒤, 스토리텔러를 통해 다시 교섭해 소개할 수 있게 되었습니다.

원작은 1950년대 중후반에 쓴 작품이고, 배경이 중국 송나라 시절이라 많은 한자어와 중국 문화, 풍습, 격언, 속담이 나옵니다. 배경음악 같은 한시도 종종 인용됩니다. 그 시대의 건축양식, 복식, 병장기, 관혼상제가 두루 언급되고 자세하게 묘사되는 통에 가지고 있는 자료를 모두 꺼내고도 모자라 새로 마련해야 했습니다.

아쉬운 점은 역시 최대한 한자 표기나 한자어를 줄여야 하는 요즘 출판 환경 때문에 1950년대의, 그것도 중국을 배경으로 한 소설의 한자 표현을 풀어 쓰거나 한자 표기를 피해야 했다는 점입니다.

한자어를 한글로만 표기했을 때는 제 뜻이 온전히 전해지지 않는 경우가 대부분이기 때문입니다. 특히 고유명사의 경우 그러합니다. 그래도 괄호 안에 이렇게 많은 한자가 남은 것으로 원문의 분위기는 짐작할 수 있을 겁니다.

힘든 작업이 되더라도 할 수 있겠다는 서툰 각오가 응징당할 줄은 알았지만, 중간에 컴퓨터 사고도 겹쳐 예상보다 작업 기간이 길어져 두루 폐를 끼치고 말았습니다. 오래 기다려주신 스토리텔러 편집부, 그리고 야마다 후타로 선생님의 유족, 일본 가도카와분코 관계자분들에도 고개 숙입니다.

2024년 10월
권일영

금병매 살인사건

초판 1쇄 발행 | 2025년 2월 3일

지은이 | 야마다 후타로
옮긴이 | 권일영
발행인 | 김태진, 승영란
마케팅 | 함송이
경영지원 | 이보혜
디자인 | 여상우
인쇄 | 다라니인쇄
제본 | 경문제책사
펴낸 곳 | 에디터유한회사
주소 | 서울특별시 마포구 만리재로 80 예담빌딩 6층 (우) 04185
전화 | 02-753-2700, 2778
팩스 | 02-753-2779
출판등록 | 1991년 6월 18일 제1991-000074호

값 19,000원
ISBN 978-89-6744-286-6 03830

■ 잘못된 책은 구입하신 곳에서 바꾸어 드립니다.
■ '스토리텔러'는 에디터유한회사의 문학출판 임프린트입니다.